少水鱼

卢一萍 著

天津出版传媒集团

百花文艺出版社

图书在版编目（CIP）数据

少水鱼 / 卢一萍著. —— 天津：百花文艺出版社，2023.9

ISBN 978-7-5306-8606-5

Ⅰ.①少… Ⅱ.①卢… Ⅲ.①长篇小说-中国-当代 Ⅳ.①I247.5

中国国家版本馆 CIP 数据核字(2023)第 153874 号

少水鱼
SHAO SHUI YU

卢一萍 著

出 版 人：薛印胜　　　　　选题策划：汪惠仁
责任编辑：徐福伟　孔吕磊　　美术编辑：郭亚红
出版发行：百花文艺出版社
地址：天津市和平区西康路 35 号　　邮编：300051
电话传真：+86-22-23332651（发行部）
　　　　　+86-22-23332656（总编室）
　　　　　+86-22-23332478（邮购部）
网址：http://www.baihuawenyi.com
印刷：山东临沂新华印刷物流集团有限责任公司
开本：900 毫米×1300 毫米　　1/32
字数：396 千字
印张：17.125
版次：2023 年 9 月第 1 版
印次：2023 年 9 月第 1 次印刷
定价：68.00 元

如有印装质量问题，请与山东临沂新华印刷物流集团有限
责任公司联系调换
地址：山东省临沂市高新技术产业开发区新华路 1 号
电话：(0539)2925886　邮编：276017

献给我们
已然远去的祖先

是日已过，

命亦随减，

如少水鱼，

斯有何乐！

——《普贤菩萨警众偈》

大姨嫁陕二姨苏，

大嫂江西二嫂湖。

——清·六对山人《锦城竹枝词》

目　录

1

亡魂表

李　能　字清安,1775 年生,集州人,读过私塾,乃乡村医生、端公、渡劫会会首,后附会唐太子李贤后裔,于 1797 年起事,攻占集州,建新唐,登基称帝,旋被剿灭,全家除他之外均被杀;随即投靠白莲教,任先锋,1804 年再败,改姓成,名宝财,逃亡至昆山,重新成家立业,1810 年得子成宗羲;1853 年改回李姓,让皇位于子李宗羲;1859 年,被朝廷侦知后杀害;庙号新唐太祖。

　　李宗羲　1810 年生于昆山,本姓李,后随父改姓成,为登基,复姓李,字绳武,号文斋公,出身贫苦皇帝家庭,先后中文、武举人,1853 年携长子李方我、次子李方汝参加太平天国运动,官至石达开部右四军帅;其两子均战死。1859 年年初离开石达开部后,全家除他十七口先后被太平天国及清廷捕杀,孑然一人,流亡海上;1860 年,为报仇,暗杀松江知府燕承舟,得其女燕古雪为妻,1861 年得子李方吾;后为海贼,势大起事。1878 年,复建新唐,年号开泰,与清廷为敌,从东海之滨沿长江转战多省,溃败后率残部遁入大巴山原始丛林,陷入与军阀刘大川的战斗。

　　燕承舟　燕古雪之父,松江知府,被李宗羲暗杀。

　　燕夫人　燕古雪之母,跳海自杀。

　　燕古雪　燕承舟、燕夫人之女,1844 年生,被李宗羲用计骗至海上，与其成婚，育子李方吾，后为皇后，1878 年死于与清军的作战。

林景芳 川剧演员，太子李方吾慕其美色，将其从敌营俘获，李宗羲第三任皇后，李方吾深爱的女人。

安德鲁·艾米莉娅 汉名艾莉娅，混血儿，刘大帅赏赐给洋顾问安德烈的玩物，后为李宗羲贵妃。

安德鲁·特立斯 在中国传教的英国牧师，艾莉娅的父亲，被刘大帅以洋妖之名杀害。

李方我 李宗羲长子，1829 年生，皇太子，为太平天国捐躯，谥号龙威。

李方汝 李宗羲次子，1831 年生，平南王，为太平天国捐躯。

李方吾 1861 年生，李宗羲与燕古雪所生子，皇太子。与父同为朝廷之敌。因爱林景芳，痛苦不堪，后遁走，不知所终。

梁红玉 新唐女将，海盗梁札之女，太子妃，1892 年，在与朝廷的战斗中，被俘处死。

赵小媚 1870 年生，李方吾情人，李娥儿母亲，与众多男人有染。

梁　札 海盗，新唐将军，梁红玉之父，攻打汉口时遭炮击而亡，追封为淮南侯。

李绍文 1878 年生，新唐战将，东王，李方吾、梁红玉长子，战死。

李绍武 1880 年生，新唐战将，南王，李方吾、梁红玉次子，战死。

李绍智 1881 年生，新唐战将，西王，李方吾、梁红玉三子，战死。

李绍勇 1883 年生，新唐战将，北王，李方吾、梁红玉四子，战死。

李绍谋 1885 年生，新唐战将，李方吾、梁红玉五子，先封翼王，李绍文战死后，继封东王，后立为太子，娶长嫂陆云珠为妃。

李娥儿 1886 年生，李方吾与赵小媚所生女，公主，喜住树上。

陆云珠 1881 年生，李绍文妻，即东王妃，李寥之母，后嫁李绍谋,为太子妃;被孟金榜爱恋。

李　寥　1898 年生,李绍文、陆云珠长子,蜀王,最先发现林海市,与妓女梅枝成婚。

李　廓　李绍文遗腹子,楚王。

李　宏　李绍谋、陆云珠子,秦王。

李　嫦　李娥儿与不知名者所生之女,公主。

孟金榜　1861 年生,字家振,秀才,求功名不得,追随新唐,赐状元,授祠部郎中,后升任散骑常侍;陆云珠、刘秀芬的情人。

陆　腾　陆云珠之父,中州侯,战死。

陆云豹　1878 年生,陆云珠之兄。

成文昌　亲勋翊卫校尉兼符宝郎,巴州侯。

成老七　端公,丰都侯。

张屠户　新唐军校尉,老年得子,武陵侯。

张王氏　张屠户之妻,老年得子。

张长路　张屠户与张王氏之子。

朱征远　刘秀芬之夫,湖州侯,李娥儿的情人。

刘秀芬　朱征远之妻,孟金榜的情人。

朱成栋　朱征远与刘秀芬之子。

朱成柳　刘秀芬与孟金榜之私生女。

李易知　端公,为孟金榜开天眼的人。

刘大川　原义军首领,南蜀皇帝,后为军阀,勾结洋人,自封大帅,割据川北。

刘二川　刘大川胞弟,军阀部队中将。

汉特·安德烈　刘大帅顾问,被李宗羲下旨砍头祭旗。

克拉克·吉尔伯特　刘大帅军事顾问、军阀部队准将。

引章

作者：
她要为他殉葬

那还是我先来说吧。看来要听你们说，我就得先起个头。

还得从新唐皇帝李宗羲第一次死而复活的事说起。那样的床帏之事，让德高望重的新唐皇帝和狂野雅致的艾莉娅王妃自己来讲，也不合适。这种故事，自然是我这个旁人来说最好。

李宗羲出生于一个贫苦皇帝家庭，他父亲李能曾有过短暂的帝王生涯。而这一切，在他的灵魂正挣脱他那副已用了一百多年的臭皮囊、即将获得自由的弥留之际，都已不重要。因为所有人的死亡都是一样的。但在那个时刻，他叛逆不羁、波澜壮阔的一生在他眼前快速闪现，他深感欣慰，也难免遗憾。他最大的遗憾已不是他未能实现父皇遗愿，一心要建立的新唐最终依然徒有其名，而是不能陪伴年轻的贵妇艾莉娅终老，这使他不由得发出了一声长长的哀叹。

就在那个时刻，他无比难堪地发现，当他听到贵妇艾莉娅为他而哭的娇柔之声时，他的身体竟然有了生理反应，他的小腹开始发热，它赫然勃起，把他崭新的、用丝绸缝制的寿衣裤裆顶了起来，如青春期少年晨勃一般，在他身体的正中撑起了一个明显的、高高的凉棚。但他已没有心力来控制身体的原始欲望。人生一世，没想最终还是为了这点尿事。他不禁感到悲哀。是的，如果有人在那个时候问他有何遗愿，他肯定只是希望能和艾莉娅继续刚才的鱼水之欢，沉溺于令他深深迷醉的爱欲之中，永不自拔。

当时，新唐的遗民们都聚集在他周围，面带无限悲伤，盯着自己无限崇敬的皇帝，来为他送终。他们关注着他身体每丝每毫的变化，特别关注的，自然是代表他是否还活着的那口气多久断掉。而他，虽气若游丝，但依然顽强地、吃力地、断断续续地呼吸着。

他那声长叹虽然声音很低，但在那个因肃穆而显得异常寂静的时刻，却响若惊雷，让跪在大床周围的每个人都听见了。他们心里自然有些恓惶。有人开始低声呼唤他，想把他的灵魂像唤一条离家老狗一样唤回来；有人开始悲泣，想用这种方式表达对曾随石达开征战的太平天国圣军右军帅、新唐第二代皇帝、后来实际跟一村之长差不多的传奇男人即将死亡的悲痛和不舍。

因为他一直心存念想，对人世无限留恋，使他那缕白色的灵魂与苍老的肉体难舍难分，以致灵魂不能痛痛快快、利利索索地飘到它应往之地。它好几次飘到了屋顶上，又沉落到床上，与肉体合为一体。它像条刚孵出的鱼苗，在水中不停上上下下；像只机灵的麻雀，不断在枝丫与地面间起起落落。这让他自己都不好意思起来。可那个时刻，哪个是他的灵魂，哪个是他的肉体，他一时也搞不清楚了。所以，人世里的羞耻之心顿时少了许多，掩饰了漫长一生的、属于人本性里的东西很明显地浮现在了自己的臣民面前。

当然，在那个时刻，他还是想尽快咽下那口气。他想，只有那口气断尿了，他的身体才会无欲无求，彻底平静，他也才能尽量少地丢人现眼。

他的灵魂脱离肉体、像炊烟一样袅袅升起的时候，他眼前的世界格外清晰，连艾莉娅脸上泪水里映着的人影都看得一清二楚；而灵魂一旦沉落到肉体里，眼里的一切又都变得模糊了，只能看到影影绰绰的画面,如雾里花、水中月。

已经有人找来了摊尸的柏木板。按新唐风俗,如果他在这张大床上死掉,死后就要一直背着这张大床,在另一个世界来往,那样太累,所以在他断气之前,一定要把他移到薄的柏木板上去。他一见,顿时慌了。他喜欢这张雕花大床,就在半个时辰前,他还在这张床上和艾莉娅戏耍、云雨,他是在二人同登极乐之境的那个瞬间,一口气上不来的。但在艾莉娅娇喘吁吁地按压他的人中、同时对他进行一番人工呼吸后,他呼出了那口带着死亡气息的浊气,又吸入了一小口人世的清新空气。但慢慢地,他呼出的气多、吸入的气少了。艾莉娅感觉他即将走到人生的尽头,连忙给他换上她亲手为他缝制的、早就备好的绸缎龙袍寿衣。但他舍不得自己创建的这个小小的龙兴之地,舍不得这片来之不易的乐土,更舍不得艾莉娅。

见他老落不下那口气,有人劝他勿要有所挂碍,放心地走。他知道他们都是好意。但他的那口气就是落不下去。他也着急,但一点办法也没有。就在孟金榜准备高唱丧歌,愿他早登极乐的时候,他猛地睁开了眼睛。他这才意识到,自己刚才目睹的,是他闭着眼睛看到的——也就是说,是他灵魂所见。他两眼放光,示意重孙、蜀王李寥。蜀王马上意识到了,以为皇曾祖要留遗诏,忙俯身过去,把耳朵靠到他的嘴边。

他的声音虽低,但很清楚,他说:"不要……把我……从床上……移走……"

大家听了这句话,都以为是回光返照,这使他不禁有些着急。好在蜀王答应了,他又放心地闭上了双眼。那个时刻,他的心跳虽然缓慢,但异常平静。

有人说:"看来圣上还是心有不舍。"

"能不舍的,也只有……"有人欲言又止,把目光投向了艾莉娅。她哭得梨花带雨,的确令人怜爱。

而艾莉娅在那个时刻,不由自主地想起了半个时辰之前的情景,不禁有恍然如梦的感觉。

在熟悉的鹩哥的第一声清脆鸣叫从一棵枫香树上传来,其他鹩哥正要群起应和的时候,他们同时醒来。他没有把枕在她脖颈下的左臂抽回,而是顺势把她揽入怀里,她在他怀里那么青春、温软,他闻到了她如兰的气息,立马春情勃勃。她知道,他总喜欢在群鸟齐鸣的时候临幸她,她也喜欢在那个时候承受他雨露的滋润。他用一生积累下的爱的经验来待她,令她感觉到每个最细微的体验都是销魂而又美好的。次次如此。但这个清晨,他们的感觉尤好,二人翻云覆雨,颠鸾倒凤,如果说之前只有百分之九十,这次则是百分之九十九到达了水乳交融、浑然忘我的境界。她浑身酥麻,声音颤颤地说:"我跟你同登极乐了!"

他像被雷电连着劈了几次,也浑身颤抖地说:"鱼水之乐也!忘生忘死也!此时若死,死而无憾,死而无憾矣!"

说完这句话,他在她身上不动了。他的下巴支在她的肩胛处,她可以感觉到他下巴上的胡须很浓密。

这场情爱的风暴使她用尽了所有的气力,除了那颗怦怦跳动的心在持续震荡——它现在像个宫殿,在不断扩展,疆域辽阔……身体的其他部位都感觉不到了。所以,在她的身体没有苏醒、复活之前,她并未察觉他有什么异样。

先是她的手脚醒来,接着是除心脏之外的五脏六腑——心脏的跳动已舒缓不少,然后是皮肤,是头发,是眼耳鼻舌身意……她突然警觉,她的肩胛没有感觉到他的呼吸,平时,他也喜欢把长着胡子的下巴支在她的肩胛处,她可以感受到他呼出的气息喷在她的脖颈上时那种酥酥痒痒的感觉。她喜欢,甚至迷恋。

"莫装怪了!"她以为皇帝又在憋气吓唬她。

她还记得四个月前的那个春日清晨,也是他们几番云雨之后,皇帝从她身上滑至身旁,趴在那里,气息全无。她又是掐人中,又是嘴对嘴吹气,按压胸腔,折腾了好一会儿,那口气也没有上来。当时她以为他就那样驾鹤西去了,没想正在她泪水涟涟、悲伤不已的时候,却听到了他的笑声。事后,按他的说法,他练过气功,可以一袋烟的工夫不呼吸。他说:"以后,你略吱我,就可把我的这个功夫破解了。"后来她试过,知道他很是怕痒,一略吱便受不了。她想起这招,便去略吱他,但他还是没有动。"难道你功夫更深了?"她身子一颠,把他从身上颠下来,又去略吱他,却仍无反应。

"圣上,你莫装怪了,莫要吓我。"艾莉娅有些害怕了。

但皇帝只是安静地躺着,带着心满意足后的平静与安宁。他的脸色已慢慢变得苍白。她心怀绝望,再次去略吱他的胳肢窝、脚板心,他没有像之前那样大笑不已,缩成一团,而是一动不动;她把手放在他的嘴鼻前,也没感到一丝呼吸;去听他的心跳,也没听到身体里的任何声音,她这才慌了,说:"圣上,你这个样子驾崩,可真就变成风流鬼了!"

就在艾莉娅悲伤不已、慌乱无措的时候,皇帝即将离开人世。但因为快乐带给他的迷醉,他一开始并没有意识到。其实呢,他的灵魂已经脱离肉身,飘浮在距他胸口三尺高的地方。他看到了自己,看到艾莉娅依然一丝不挂,用嘴吸着他的嘴,他以为她还想戏要,就说:"你看你这个丫头,真不知足啊!"但他没有听到自己的声音。他想去抹一把她优美的脊背上的汗水,但他的手并没有动。他这才隐隐意识到哪个地方不对劲。他的灵魂又往上升了三尺,看得清楚了一些,他才晓得,躺在那里不动的,原来是自己刚用过的、已是人瑞的皮囊。它虽然才被激情燃烧,但的确老了,老得他自己看着都有些厌恶。他有了解脱之感。但一看到艾莉娅,却又顿生悲情。他从上往下把她细细打量了一遍,不由赞叹道:"你真美啊!"

可能已认识到自己无力回天,艾莉娅便穿了衣裳,为他擦净身上的汗,悲悲切切地把寿衣抖伸展,为他换上,本想用一张火纸盖了他的脸,但由此便阴阳两隔了,于心不忍,便住了手。

"难道,我真的死了?"皇帝忍不住大放悲声,灵魂直向肉体扑去,有那么一瞬间,他的灵魂又回到了肉体里,但非常短暂。心只轻轻地跳了一下,那口气呼出了一半,又噎在了喉咙里。就这样,他的灵魂像一只蜻蜓,肉体则如水面,蜻蜓一次次点水,却不能沉入水中,更不能融为一体。这让他更加难过。肉体会衰老,但灵魂一直是那个样子——青春年少,有些调皮。对于灵魂,肉体不过是他的一个梦。他寄身的不同的肉体——不同的人生,就是不同的梦而已。但他这个梦只与艾莉娅有关,而与艾莉娅在梦里的无数时刻,如他之前与皇后林景芳在一起一样,是那么美好,令他很难舍弃。他忍住悲伤,像小孩一样哭泣起来。

艾莉娅来不及整理衣衫,就去叫居于一侧的景芳。景芳虽为皇后,已知趣地退居旁室。听艾莉娅那么说,顿时慌了,责怪道:"你知道圣上年事已高,怎可不知餍足?"艾莉娅不敢还嘴,跟在景芳身后,给圣上理好寿衣,收拾体面之后,通报了其他人。太子李绍谋已出门去向臣民报丧。人们都赶来了,围拢到皇帝跟前。有人对她们已给皇帝穿上寿衣感到不满。艾莉娅没有说什么,进到里屋换了一身黑白衣裳。

见他们悲悲切切的样子，皇帝深感悲哀，有些生气地大声对他们说："我的灵魂离我的肉体才六尺高，我还没有死呢，你们就这个样子！"但没有一个人理他。亲戚邻里陆续到来，不断有人问，圣上昨晚间还好好的，怎么一早就驾崩了？有人说，人死如灯灭，生死是隔着一张纸的事；有人安慰他的后人道："圣上已一百多岁高寿，这是喜丧，你们也不要过于悲伤、难过。"

　　开始的气氛还有些压抑，每个人的表情都还肃穆，但随着人越来越多，就变得越来越热闹了。一些长者已在与他的后人商议怎么办他的后事。

　　他觉得有些可笑。他大声说："你们莫要那么急嘛！急啥啊！"但阴阳两隔，没有一个人听得见，说也白说。想到阴阳两隔这个词，他的灵魂在虚空里被吓得往上跳了半尺高。难道我以后再也见不着艾莉娅了吗？提出这个问题后，他自己马上难过地回答，那是肯定的。悲伤再次把他紧紧包裹起来。

　　他只想专注于艾莉娅，不想再理任何事情了。

　　艾莉娅坐在他的身侧。因为忌讳热泪洒到亡者的身上，她的泪水一涌出眼眶，就用手帕擦拭掉。很快，她的手帕就像从水里捞出来的了。她只能一次次把它拧干。

　　她梨花带雨、楚楚动人的样子更令他不舍。他的灵魂不想再是一只蜻蜓，而是一尾少水鱼，他不顾一切地从搁浅的旱地挣扎进水中，再次与肉体结为一体。回到肉体，就像回到了自己的家，虽是一栋老房子，很是破旧，但还是保留了他的气息和所有的梦境，所以他很激动。他想再次对艾莉娅说，我又可以爱你了！但他还没有一点力气，所以他的声音低得自己都没有听清楚。奇怪的是，他心中无限的爱意激起了自己的情欲，使他的身体再次有了反应，撑起了一个充满爱和欲望的凉棚。它似要屹立不倒。可令他难受的是,肉体在其他人看来,正逐渐变得冰凉,对于灵魂来说,却如一锅滚烫的沸水,跳入其中的鱼,不得不马上跳出来,如此反复,令人绝望。

艾莉娅似乎感觉到了他受的煎熬,悄悄地握住了他的右手。他的手已寒凉,她却觉得它仍像清晨抚摸她时那么温热。想起这些,她再也控制不住自己的情感,伤心欲绝,跌倒在地。他一见,心急如焚,却无能为力。死亡或者悲伤,其实只存在于相爱的人之间。其余的,都只是死亡和悲伤的旁观者。有两个妇女要过来扶起她,但她自己抓住床栏站了起来。也只有在那个时刻,所有的人才感受到了她悲伤的深切,才感受到了她对他的爱。世界宁静,没有一点声响,只有她的绝望,如惊雷般轰然滚过。但那个时刻非常短暂。人间重回喧嚣,迅即将一切淹没。

为了防止她再次摔倒在地,有人为她搬来了一把圈椅。但她没有坐,她站起来,俯身下去,勇敢地在他耳边说:"我要为你殉葬!"

那个时刻,他的听力格外敏锐,听得一清二楚。挨近她的人也听见了,他们一下呆住了。外围的人以为又有了什么神迹,悄声问怎么了?有人便悄声传话说,她要为他殉葬!他们又这样次第把话传下去——她要为他殉葬!她要为他殉葬!她要为他殉葬!她要为他殉葬……最后,每个人都吃惊地僵立原地,像被人施了定身法似的。

世界重归初创时的寂静……

他的灵魂也僵直在了空中,好久没有动。悲喜在瞬间化为无,化为空明,化为天地间的澄澈境界。虽仅瞬间,却如永恒。然后,悲伤重回他的心中,渐为大悲。他用尽愿力,扑向自己的肉身——在那个时刻,他下定决心,即使肉身如同沸腾的铁水,他也要与它合二为一。

他的灵魂被自己的肉身灼烧得伤痕累累,但他做到了。他输出了那口一直噎在喉咙里的浊气，然后又吸了一大口人世间带着甜味的清新空气，缓缓地睁开了眼睛。

"圣上刚才已经闭了眼，现在又睁开了，看来他还是死不瞑目啊！"有人见了，这样说。

"看来还是有不放心的事。"

"应该是因为还没留下遗诏吧！"

"早晓得，应该让他先留一个。"

新唐另一长者，巴州侯、亲勋翊卫校尉兼符宝郎成文昌走上前去，显然是想让更多的人听见，所以大声说："圣上啊，我已经把您的谥号都想好了，到时会在您皇陵的墓碑上铭刻，这谥号是：承天隆运圣德神功先觉体元肇纪立极哲肃敦简仁孝睿武端毅钦安弘文定业神圣高皇帝！您就闭上眼目，安心地走吧！"说罢，就伸出手去，要把皇帝的眼目合上。

"你们……让老子往哪里走啊？"皇帝突然有些生气地说出话来。

成文昌的手像被蛇咬了一口，"嗖"地弹跳起来，然后僵在了空中；本是跪着的人也吓得站立起来，直往后躲闪，连艾莉娅也一下站起来了。

"你们是不是非得让朕驾崩？"皇帝试图用双肘支撑起上半身，坐起来，但他没有做到。

即使到了那个时刻，也没人认为他复活过来了，而认为他是听到了成文昌说出的谥号后，欢喜得诈尸了。

成文昌首先吓得半死，其他人更是魂飞魄散，转身纷纷往外逃跑。

"艾莉娅，难道朕就那么吓人吗？"

皇帝这句话一说,艾莉娅站定了。她重新转回身去,殷勤地俯下身,转悲为喜。

"吾皇啊,你又戏耍臣妾。"

其他人一听,这才先后回转身来,原本惊惧的面部表情慢慢被欢欣替代。

皇帝谥号本应由礼官议上,奏请钦定,但成文昌这么着急地宣布出来,是什么意思?好在皇帝没有在意这件事,也没有去管其他人,他只想着艾莉娅。

他终于坐了起来,对围在床周围不相信这个事实的人说:"朕没事,刚才睡得太死了,让你们虚惊了一场,都去忙自己的事吧,朕得好好休息休息!"

臣民一听,悲欣交集,跪拜皇帝后,纷纷退出。

成文昌是最后退出的。他说:"微臣是把自己当礼官了,请圣上恕罪!"

"没事,没有伪造遗诏的想法就好!能整出那么多词并记住,也是难为你了。是不是早就背下了,只等我一死,就能拿出来用上啊?"皇帝微笑着问他。

成文昌一听,赶紧跪下:"圣上,微臣不敢,因为深感圣上比很多帝王都伟大英明,所以就临时把三两个皇帝的谥号综合起来,用在了圣上身上,每一个字都是出于微臣的敬意,万望圣上恕罪!"

"不要把认识的几个字用来搞这些名堂,做点正事吧!"皇帝很严厉地说。

"微臣谨记在心!"

"出去吧。"

"谢圣上!"

成文昌退出后,把门小心掩上,弓着腰,擦净额头上冒出的冷汗。直到回到自己府上,他也没敢把腰直起来。

艾莉娅给皇帝倒了一碗开水,用瓷勺舀了,一边用已由苍白变得红润的小嘴吹凉,一边喂他喝。

"往阴曹地府跑了一趟,是有些渴了。"皇帝把瓷勺里的水喝了,接过碗,自己用嘴吹着,先试着喝了一口。

艾莉娅看着他,仍担心是幻觉,便用手小心地摸了摸他的头发、脸、胡须、胸膛,然后把手放在心脏处,再次说:"圣上啊,以后万勿再戏耍臣妾,吓死我了!"

"这次没有戏耍你,朕真的是死了一回。"

艾莉娅一听,又垂了泪水。不过,那已是欢喜之泪。

"莫哭了,因为你,朕才又活了过来。"

艾莉娅的泪水却越来越多。手帕已因湿透无法拭泪,她直接用衣袖揩着,右边的衣袖很快也湿透了。

皇帝无限温柔地说:"是你说你要为我殉葬,感动得我才重新活过来的。"

他喝完水,她把碗接过,放好,拭了泪:"我刚才是觉得,你如驾崩,我活着就没有什么意思了,生不如死,既然是这样,还不如随你去。"

皇帝听罢,顿时双眼潮湿,把她揽过来:"你穿着这身衣裳,倒是显得非常特别,你不知道,朕在另一个世界看你的时候,本已死亡的身体居然有了反应,真是丢人得很。"

"丢人丢到阎王殿去了,那现在呢?"她带泪而笑。

"还是那样。它在等你。"

"是吗?"她说着,眼目里已溢出万种风情来……

我觉得我讲到这里就不用再啰唆了，你们肯定明白接下来他们要做什么。下面该你们讲了。说到这里，我看着皇帝，有些忐忑地说："圣上，您看，一不小心，还是说了您的隐私……"

　　皇帝捻须一笑，说："还隐私呢，不就那点破事嘛，可没有那点破事，也没有这芸芸众生，没有这人世间啊！所以，大家想咋说就咋说吧！"

　　"多谢圣上包涵！"

　　孟金榜收起笔，很认真地问我："大家所说的，都原话实录吗？"

　　我很认真地回答道："原话实录肯定不行，既然是历史，肯定要对你们的话进行整理，做适当的加工。"

　　"明白了，那还是圣上先说吧。"

　　圣上往龙椅上一靠："唠个嗑，有啥可谦让的！让朕说，朕就说。"

第一章　金

李宗羲：
朕出身于一个贫苦皇帝家庭

《新唐国志》是朕让新唐状元、祠部郎中孟金榜编修的，先皇与朕的经历，志中有载。在新唐，他对朕的身世最为了解。朕与他围坐在火塘边，一边烤着青冈木柴火，一边啃着腊野猪腿，喝着玉米烧，给他讲了七个晚上。但他的记述，溢美之词太多，以致不真实了。朕自己看着，都觉得汗颜，好在这部史稿后来掉进了几水里，付之东流，才没有贻笑后人。所以，还是朕自己跟你讲。

朕出身于一个贫苦皇帝家庭，本姓李，父皇为躲避朝廷追杀，改姓成，后为了登基，又改回李姓，名宗羲，字绳武，号文斋公。要说朕，还得先从父皇说起。父皇名能，字清安，生于1775年腊月初七日，即乾隆四十年，读过四年私塾，能识文断字，后学过医，是个乡村郎中，又随人学做端公，受请作法，踏歌蹈舞，娱神禳灾，捉鬼驱邪，游走于四乡八里。后聚众起事，建立新唐，登基称帝，失败后其家人被朝廷捕获后斩杀。无奈之下，只能投白莲教，又败。他隐姓埋名，沿长江，到吴越，落脚昆山，以开中药铺为生，娶母后文氏，生三子，前二子也即朕之大哥、二哥均夭亡，只有朕活了下来。

药铺在父皇打理下，生意不错，后在苏州、无锡、松江开了分店，待朕要开蒙时，家境已颇殷实，父皇便送朕读书习剑，二十岁那年，朕中了举，他却不让朕去做官，而是办了一家鹤鸣书院，叫朕教人读书;几年后,朕又中过武举,他仍不让朕做官,朕不知原因,问他,他也不说,却在书院旁又办了鹤鸣武馆,让朕教人习武。

直到有一天,父皇才揭开了他那么做的秘密。

那是咸丰二年,也就是1852年腊月二十八,当时战乱四起,人心惶惶。太平天国已在攻打武昌,大清江山岌岌可危。父皇祭祖后,将朕叫到堂屋,屏退其他人,端坐竹椅上,让朕看了祖先的牌位。不少祖先朕都知道,又恭敬地仰望了一番。父皇让朕再次上香、磕头,然后说:"我现在要告诉你一件大事。"

父皇当时已七十七岁高龄,身体尚好。母后三年前已去世,他说需人照顾,当年花朝节刚续了弦,娶了一位年方十九的小娘柳氏。朕当时还想,看他那个样子,他说的大事不像是要交代后事,难道是要纳妾?朕便没有应答。

他两眼放光,盯着朕,压低声音,吐字清晰地说:"我现在要告诉你,老子是登过基的!"

朕当时的确以为是族里让登记什么,便问:"登过记?族里又让登什么记?"

"是登基!登基!皇帝登基!"他用力地小声说。

当时朕本是坐着的,听他这么说,吓得一下站了起来。朕以为他做梦了,没有醒来,便说:"爹,这话可不能乱说,太平天国造反,捻军起事,到处风声都紧,被人听去,报了官,会被灭门的。"

他没管朕,接着说:"以后,你要叫我父皇。"

朕以为爹老了,神智出了问题,又叫了一声"爹",那意思是让他千万不要乱说。

他年事那么高,犯糊涂是很正常的事,但他肃然端坐,一脸威严,继续说:"儿啊!你以为老子老糊涂了在胡说八道吗?老子清醒

24

得很！"

"爹……"朕还想制止他。

他当即打断了朕："叫父皇！"

朕看了他一眼，发现他满面红光，并无异常，就低声地、很不习惯地叫了声，问道："父……皇……您……您这是要唱哪一出啊？"

"皇儿啊，"他改了对朕的称呼，"从此以后，你要习惯这样叫你。朕告诉你，朕原本就是新唐的皇帝，而你，早就是新唐的太子，这就是你虽有文武举人的功名，朕却不让你去当官的原因。你一个堂堂新唐太子，怎么能去做清朝的官呢？这不是自降身份吗?! 但就因为你是太子，所以朕要把你培养成能文能武的全才，这样，你才能继承朕所开创的新唐帝业！"

父皇这个说法又把朕吓了一跳："爹，不……父皇，您不要再说了，不然真会被杀头的。"

他却好像真坐在了金銮殿上，不管不顾地说："正因为怕杀头，朕才一直隐姓埋名，以观察局势，等待时机。现在，太平天国在南方造反，帝业将成；捻军在北方起事，势如破竹；清廷疲于应付，自顾不暇，正是趁乱夺取天下，重建新唐的良机。今天，我们要做的第一件事，就是恢复本姓——李！"

朕甚是惊骇，一时竟说不出话来，连忙警惕地往四下里看了看，生怕有人听见："您是说，我们本姓李？"

"是的。你看你那个胆小怕事的样子，哪有一点新唐太子的风范?! 朕今天就把这前前后后的事都告诉你吧。朕以前跟这里的人都说朕是重庆人，实为川北集州人氏，大巴山里头的。有一次，朕到巴州去给人收鬼，得了一册五代时吴越开国国君钱镠命属下所撰的《转天图经》，该书托名天台山志、化、朗、唐、宝五公菩萨共撰，又名

《五公经》，是一册专讲大劫难的书。朕如获至宝，读罢便决心用《五公经》来推翻清廷，改朝换代。

"朕声称自己是唐太子李贤之后，并为此专门编撰了一册族谱，把唐朝的皇帝都列为自己的祖宗。这个也是有来头的，记得是调露二年，也就是680年，武则天以谋逆罪将李贤废为庶人，幽禁三年后，流放巴州。从长安到巴州，经褒斜道、米仓道最为便捷，集州是李贤的必经之地。据说，唐代女官、皇妃上官婉儿曾从长安到巴州看望过李贤。这说明他们的情感非同一般，我们这一支李姓，就是李贤与上官婉儿之后。"

朕赶紧说："父皇，武后把持朝政后不久，为防李贤谋反，即命左金吾卫将军丘神绩前往巴州，逼李贤自杀了。上官婉儿行至静州时，李贤已被害，她还在木门寺写过一首悼念的诗，'米仓青青米仓碧，残阳如诉亦如泣。瓜藤绵毵瓜潮落，不似从前在芳时。'他们怎么可能相聚，甚至有后呢？"

"皇儿，那是野史，不可信。你不要打断朕的话，继续听朕说。朕是李唐后裔，就跟刘备是汉室正宗一样，一旦宣告，不少人就对朕高看起来，朕为此成立了'渡劫会'，宣扬嘉庆五年即1800年七月初七将是末劫之日，吹钢风、下铁雨、打镔雷，上天收生，一万人中只留一，要留的这一人必须是渡劫会会众，以此鼓动民心，秘密发展信徒，招兵买马。到嘉庆二年，也就是1797年清明时，不少人归顺，很快啸聚了一千两百余众，分头秘密进入集州城，关了四门，攻占县衙，杀了一众官员后，暂时定都集州，宣告成立新唐国，改县衙为皇宫，设年号为皇始元年。那个地方偏僻，黄袍不好弄，只好把从戏班子那里搜罗来的皇帝戏袍穿在身上，正式登基。但二十一天后，清军即围住集州城，朕亲率将士臣民固守抵抗，坚持了二十七天，弹尽粮绝,朕不得不率部突围,只有九十三人侥幸逃脱,朕不足五十日的贫苦皇帝生涯就这样结束了。

"官府很快抓了朕的全家——你爷爷、奶奶、朕的前夫人、你的五个哥哥姐姐,共计八口人,在集州砍了头,我登基后纳入后宫的十六名嫔妃则被遣散了——其中肯定有怀了朕的龙种的。但天不灭曹,当时,白莲教刚好在巴州起事,要活命,朕就只能跟着他们干。朕率残部加入了罗其清、冉文俦的义军,任先锋,占据山区险要,筑垒防守,曾在东乡娘娘庙老营湾两次击败成都将军勒礼善所率数千清军。此后数年,一直转战于陕、豫、鄂交界地带的深山老林。起义失败后,朕隐姓埋名,改姓成,名宝财,在万州当过船夫,为逃避追捕,后又辗转到成都、重庆、汉口,于嘉庆十一年,搭船逃亡到了吴江一带,靠在义军中做先锋时攒下的钱财开了一家药铺。"

父皇的表情一直严肃,听他讲完,朕很是吃惊,朕从没想到他还有那样的经历,就说:"这些事,父皇这么多年来,可从没跟我们说过!"

"天机岂能泄露?"

"但现在,父皇的帝王生涯已经结束了啊。"

"但朕并没有退位,朕活着,新唐就活着。"

说完,父皇把朕带到一间放杂物、平时紧锁的密室,打开地窖,拿出他开药铺以来积攒的八千两白银和一万两银票。

"皇儿,这只勉强够你起事之初使用,但你要相信,一旦起事,战乱一起,人不值钱,但不会缺钱,钱多得会跟死人成正比。八大王张献忠你知道吧?"

朕点点头。

"你起事后,钱会多得跟八大王一样,他最后钱多得都带不走,只能沉到江里。你肯定会打回巴蜀,成都流行一个说法:石牛对石鼓,白银万万五,谁人识得破,买尽成都府。说的就是张献忠江口沉银的事。你说说,他有多少钱?你到时可以捞出来用。我当午也在一个叫乐坝的地方埋过一些金银,比我现在给你的多得多,到时你也可找来使用。"

"乐坝那么大,我到哪里去找啊?"

"乐坝也不大,你找到当地一棵最大的、从中间分叉的古柏,在其北面,离树九尺远的地方,有三座乱葬坟,中间那座坟前有块白石头,里面并没有埋死人,埋的金银财宝。那是我攻占集州所得,是我从集州突围后,在加入白莲教之前埋在那里的,当时想的就是以后再次起事时用。"

朕听父皇一直在认真地谈论这件事,就知道他肯定不是在闲扯,一想自己一夜之间已贵为太子,顿时雄心勃勃,就问:"父皇,起事需要的人马呢?"

"朕都为你设想好了,为什么办鹤鸣书院?为什么开鹤鸣武馆?就是为了给你搜罗才俊、网罗英杰。"

"原来父皇一直是未雨绸缪啊!"

"项羽带八千江东弟子能灭暴秦,你也能几年间灭掉太平天国,再灭大清,重振新唐!"

父皇变得像个年轻的小伙子,红光满面,激情澎湃。

1853年大年初一的晚上,他把全家人召集在一起,宣布恢复李姓,朕就由成宗羲变成了李宗羲,朕的长子成方我、次子成方汝改为李方我、李方汝。然后做了叮嘱,说我们父子三人是要像三苏当年一样,结伴进京求取功名,但因为太平天国造反,早晚会打到这里,为保护家人,其余儿孙虽改为李姓,但需以新的姓名、身份,在新的地方生活，不得言及与我们三人的关系；三五年后，我们来接全家进京，去享受荣华富贵。因此朕的家人——也就是朕的第三子、长女、幼女随父皇改姓白，由他带着，与他新娶的柳氏及朕的大人方氏、小姨太欧阳氏一起，迁往松江；次女改姓赵，随她的母亲即朕的二姨太曾氏居吴江；幼子改姓钱，随他的母亲、朕的三姨太赵氏居无锡；长子的二女一男改姓刘，随长子夫人沈氏居苏州；次子一儿一女改姓周，随次子夫人闵氏居太仓。

朕没想到的是，父皇已分别在上述诸地购置了房舍、田产或商铺，使他们能衣食无忧。这样一来，朕全家十八口，用船分别送至松江、吴江、无锡、苏州、太仓五地，隐匿安排在了他事先购置的房舍里。

离开昆山之前，父皇在正月初五大宴乡邻，说是为了躲避长毛之乱，我们全家已决定乘船走海路迁居济南；旧居仍然保留，安排人看管，待战乱一过，全家人即搬回居住。

父皇做的所有事情，一直没有任何人知道，即使对朕这个他唯一的儿子，也没有透露半点风声——似乎他之所以一定要活着，就是在等待这一天的到来。

1853年的江南之春与往年一样美，春节刚过，全家登上了父皇租的一艘大船，大张旗鼓地顺流东去，到达松江后，他先安置好要居住在这里的家人，重新租了几艘船，将其余人分头送达原先安排好的安置地。就这样，朕原本圆满的一家人，为了父皇的新唐伟业，就这样支离破碎了。也正因为他费尽苦心精心谋划，朕没有任何借口不为他的宏图大业而奋斗。在这个基础上，他把朕又往前推了一把——他宣布自己退位，做太上皇，朕正式继位，改年号弘兴，立长子李方我为太子，封次子李方汝为平南王。家中各人，均有封赐。新唐天下就这样定下来了。

三天之后,朕即得知,朕继位之日,太平天国攻下了南京将其改为天京,洪秀全在那里做了天王。父皇又择了黄道吉日,催促朕赶紧去南京投奔圣军,先借力灭清,待实力扩大、时机成熟再反叛,从而平定天下,进入新唐盛世。

父皇的谋虑让朕深受感动。朕便联络了原先在鹤鸣书院读过书、在鹤鸣武馆练过武的一众江南弟子四百二十六人,乘船前往南京,编入翼王石达开部,初任旅帅。在这里,父皇的培养起了作用,有文武之才的朕,很快受到了赏识,半年后即升任师帅,管前营、后营、左营、右营、中营计两千六百三十人;执长剑,骑大马,驰骋疆场,杀人放火,生活的确远比之前豪爽放达。太平天国圣军北伐时,朕已为军帅,统率前营、后营、左营、右营、中营五师帅,领一万三千一百五十五人。

1856年,也就是清咸丰六年、太平天国丙辰六年九月,"天京事变"爆发,石达开于次年避祸离京。当时,朕已因功升任右四军帅,依然一直率部随翼王作战。1859年春,翼王自江西率部入湘,发动"宝庆会战"未果,士气低落。不久,朕得知自己因是翼王部属,天国派人侦知朕在松江、苏州的亲属后,将其全部屠杀。朕失望、痛苦至极,也已厌倦了成年累月的征战杀伐,加之本就心怀异志,便带领所余心腹百人,化装离营,遁入江湖。因此,对于太平天国,朕是叛逆,被他们追杀;对于大清,朕是逆贼,被一直通缉。最后,朕只得遣散心腹,各自逃命。

在死人堆里摸爬滚打数载,跟随朕一同投奔太平天国的两个儿子已为天朝捐躯,那四百二十六名江南弟子或战死,或在内斗中被诛杀,或流亡各地下落不明。为了活命,朕再次改回"成"姓,成了渔民,驾一条渔船,只身漂泊在大海上。太平天国的不少将士,为了活命,乘船逃到了南洋,有人甚至到了南美大陆。在风声最紧的时候,朕曾向东,到过无数岛屿,直到琉球;往南,朕也到过无数岛屿,直抵爪哇,在巴达维亚开了武馆。很多义军将士有幸漂泊到爪哇后,在那里安了家。但朕不愿置身异邦,回到了故国。

朕找到了一个无人居住的荒岛,把船靠岸,取名"新唐"——这个只存在于我们家族的王国的名字,在岛上开了几亩荒地,搭了一间窝棚,过起了孤独的且耕且渔的生活,是真正的孤家寡人。朕想停止那漂泊不定的生活了。一开始,朕还如剑侠一般,不时窜回大陆,惩治些贪官污吏,最后不得不认清一个事理:自己的民族是太易腐朽了,当时的朝廷如同一块腐肉,除了将其埋掉、扔掉、喂狗、喂蛆,是无可救药了,也便冷了匡时济世的心。天国惨烈无比的命运及其所造成的人间地狱般的景象,也使朕一度不敢再去做新唐皇帝的春秋大梦。

朕在新唐岛盖了三间茅房,想着去把幸存的家人接来,一起隐居度日。

朕乔装打扮从海上潜回大陆,寻找幸存的家人,不想分居吴江、无锡、太仓三处的亲人也被朝廷查出,全被砍头,屋舍、财产均被没收,朝廷甚至将远在米仓山里的祖先尸骨刨出,挫骨扬灰,其余坟墓也被泼了狗血,全被填平。朕既恨且悲,痛哭一场后,挥泪遁去。

那时,朕成了李家唯一存留的香火,朕意识到,自己要活着,要做的第一件事,就是报仇;第二件事,就是传宗接代,延续李家血脉。不然,朕怎么对得起列祖列宗,对得住被株连的家人亲族?朕是那么急迫,以致觉得一日也不能等了。听说当时的松江知府燕承舟便是负责诛杀朕族亲的仇人,朕便驾船到了松江,伺机报仇。

燕古雪：
一夜之间，家破人亡

　　那天晚上月光很淡，朦朦胧胧的。我被惊醒前，一直睡得很香。我甚至做了一个梦，梦见母亲带着我到西林禅寺去上香，路上开满了各色野花，我还采了几朵分别插在母亲和我的鬓角上。

　　那人敲门的时候，手并不重，一副很有教养的样子。我问："谁?"那人说："快，我来救你！房子起火了！"我透过木格窗，的确看到了闪烁的火光。那人急了："快，你父亲的仇人杀上门来了！"因为之前一直有太平天国余党刺杀地方官员的事情发生，我吓坏了，赶紧穿了衣服，开了门。门刚打开，那人就把我扛到肩上，往外飞奔。

　　火已从佛堂和父母居住的庭院燃起，借着火光，我看到了地上的血和躺倒的人。

　　那人从后花园把我扛出来时，已有人赶过去救火，但大火烧得噼里啪啦直响，火焰蹿到了半空。我吓得什么话也说不出来，甚至没去问那人是谁，要把我扛到哪里去。

　　他提着我家的马灯，跑得飞快，一直把我扛到了一艘乌篷船上才停下脚步。当我回头去看，火光映红了好大一片夜空。他让我待在船上不要动，他要回去看一眼我家还有没有能救出来的人。我那时才知道，他是我的救命恩人。

　　一会儿，他又扛来了我的母亲。他把母亲一直扛到船上，小心地抱进船舱里,放在我身边。

母亲昏迷着,我喊她,她没有应;我摇她,她也没有醒。

"感谢……恩人……救我……"我要起来跪谢,但双腿发软,站不起来。因为恐惧,我的声音发抖。

他说:"小姐勿动。船身狭小,船篷低矮,不宜站立。你家有难,我刚好遇到,自会相救。"

我小声问:"恩……人,你……是……谁?"

"草民姓成,我是知府大人救过的人。"

我再次道谢,感到安全了一些,全身颤抖得不那么厉害了。"我家里的其他人呢?我的爹爹、弟弟、妹妹们呢?还有那些仆人丫鬟呢……"我哭了。

"火势太猛,没能救出其他人来。看来贼人是先杀人,后放火,我返回救你母亲时,他们都已遇难。"他望了一眼火光升起的地方,回过头,安慰我,"小姐,你不要难过。"

"感谢恩人!"

"你母亲如在你父亲房里,定也遇害。但不知何故,她没有,而是晕倒在了后花园,所以才得以把她救出。"

我仍止不住哭泣:"你要带我们到哪里去啊?"

"敢杀知府大人的,定然不是一般蟊贼,所以,我们要先到海上去躲避些时日。"

"我从来没有去过海上。"我说着,挪到母亲身边,把她的头放在我的腿上。

"海上好逃命,但风高浪急,小姐要受苦了。"

"连累恩人了!"

"你和夫人在船舱里坐好,我去划船。"

母亲在我怀里慢慢苏醒了过来,但身子一直在发抖。

晨光在宽阔的水面闪烁,让我以为已进入大海。他将船摇入芦荡,说要避人耳目,等天黑再走。

阳光从船舱的缝隙漏进来,我看清了那人的半张脸:坚毅、秀气、黑里透红。

母亲的身子还在发抖,我很担心。看到他进来,我对母亲说:"是这位义士救了我们。"

母亲吃力地撑起身子,半卧着,本想感谢,却哽咽着没能说出半句话来。

一夜之间,家破人亡,一无所有,母亲怎能不伤心欲绝!

他给了我们吃食和水,然后对我母亲说:"燕夫人,很抱歉,草民来晚了,没能救出您更多的家人。"

母亲半天没有说出话来,好久,才低声说:"已经非常感谢义士了!也不知道我家老爷跟谁……结了如此深仇大恨,下手这么狠,要我燕家灭门。"

"这些年,天下遭劫,杀人放火的事每天都在发生,家破人亡又岂止夫人家?长毛反叛,叛乱平息,官府自然会到处搜捕余党,斩杀监禁,哪有不结仇的?"他说着,从衣袋里掏出一张纸条,"这是杀手用匕首扎在你家门厅上的。上面写的是:入此路者永不可还,入此道者永无光亮,凡害天国臣民者永不可恕。由此可见,这一定是太平天国余党所为。情势至此,夫人和小姐逃命才是。"他看着母亲,言辞恳切。

母亲也低眉看了他一眼,低声问道:"义士是怎知我家会遭劫的?"

他说:"我也是恰巧碰到。前些年,我全家死于战乱,我因在海上捕鱼,得以幸免,这次回松江,是祭祀亲人,刚好住在与贵府一墙之隔的'春满楼'旅社。夫人定然知道,二楼靠南的窗户正对贵府后花园。昨晚正酣睡,听到贵府有惨叫呼救之声,开始以为是做噩梦,后听得真切了,赶紧翻身爬起,前来相救。"

我和母亲一听,再次跪下,磕头谢恩。他赶紧跪行到我们面前,要扶我和母亲起来。我闻到了他身上海的气息、风尘的气息、刚燃起的大火的气息。他的手并未用力,而是很文雅地示意我们不要那样做。我感觉到,他的手是柔软的,又有一种难以言说的力道。

"没有什么值得感谢的,该怪我没有及时赶到,没能救下更多的人。"

母亲垂泪,用泪眼看他,却哽咽难言,没说出一句话来。

他说:"这船狭小,不能在海上使用,你们母女如不嫌弃,得移步到我另一条稍大的船上。"

我和母亲哪还能嫌弃?都当即答应了。

他便移至船身后边,用脚蹋桨,用手桨控制航向,手脚并用,沿着一条更狭窄的水道,继续向苇荡深处划去。

那里的确藏着一条更大的船。船身装有玉肋,船尾置手操舵,船头呈立起的剪口形,两侧饰了"龙眼",其长约三丈,能载七八千斤重物,桅杆直立,风帆未张,是一条可在海上使用的"亮眼木龙"。

他先把我扶上船,然后去扶母亲,母亲哪有上船的力气?怎么也攀不到船上。乌篷船一晃,离开大船,他和母亲一起差点落入水中。他赶紧把母亲抱在怀里,母亲因为惊吓,也搂住了他的脖子。我看到母亲两腮顿时飞红,他也不好意思起来,赶紧把母亲小心轻放在乌篷船上,像是在放置一个异常精美的宝物。然后,他说:"真是抱歉!但草民绝无轻薄夫人之意。"

"义士言重了,都怪我过于柔弱,以后万勿再称自己草民。"母亲脸上仍有羞红,低声说。

不知为何,那个时刻,我竟心生出一缕莫名的妒意来。

他只得再把乌篷船撑到大船边,系好,自己先一跃上了大船,然后趴在船舷上,伸出手去,要把母亲拉上来。但无论他伸出左手、右手还是双手,也无论他拉住的是母亲的右手、左手还是双手,母亲仍在乌篷船上。他那么小心,以致不敢使劲;而母亲又是那么娇柔,就像一朵盛开的花,稍一用力,就会被揉碎。最后,他只能把大半个身子探出去,有些羞愧地说:"夫人,草民……我只能……抱你……上来了!"

母亲低着头说:"义士,拖累你了……要不,我就在这小船上待着……"

"天一黑,我们就要入大海的,波浪滔天,乌篷船那么狭小,肯定不行。"

我赶紧说:"娘,都这个时候了,赶紧上船要紧。"

母亲听我这么说,伸开手臂,微闭双眸,对他说:"难为义士了。"

母亲虽然同意,他却不知该把自己的手放在哪里,放在她腋下似乎不宜,捉腰也觉得不妥,最后是握了母亲的双臂,把她提将上来的。

他很是小心,轻轻地把母亲放到大船上的时候,还连说"冒犯"。母亲脸上尽是桃花的颜色,像个情窦初开的少女。我有些吃惊。因为在那个时刻,我和母亲似乎都忘记了刚发生不久的家破人亡的不幸。

他把乌篷船解开,系到大船船尾,请我们到船舱里去。

船舱里有桌椅、木床,家具皆用榫卯固定,居家之物颇为齐备,但少有打理，一看就是单身男人的栖身之处。他把一床看上去已旧的被子从木箱里抱出来，满含歉意地说："我常年漂泊海上，少有收拾，船舱凌乱，到处污脏。这床铺简陋，但可平躺，如不嫌弃，你们母女可上去休息。"他说完，出了船舱，到船头坐下，靠着船帮，也准备歇息。

我和母亲看了一眼那张宽约三尺的床，半天没有动，脸上都有一种身在梦幻的感觉——我和母亲其实一样，都希望真的只是置身梦境里，醒来后一切都还是原先的样子。

但靠在船头的他使我知道，我不在梦里。

他看上去已到不惑之年，身高应有八尺，体态修长，身形如豹。从一侧看去，他乌黑的长辫缠绕在脖子上，刚剃数日的前颅饱满，额头光洁，眉毛浓淡相宜，眉间锁着愁绪，鼻梁挺拔，短髭和从下巴延至两腮的短须浓黑如墨，颇是丰满的双唇富有轮廓，喉结突起在修长有力的脖颈上。他看上去像个书生，有文雅气；却又有武人的精气神，有十足的英武气。我见他第一眼，就觉得他很易令人亲近。

但想起昨夜还在一起、转眼已阴阳两隔的亲人；昨夜还是富贵之家，而今却一无所有；昨夜还是松江最尊贵的人家，而今已化为烟尘，不禁悲伤难抑，抱着母亲，哭泣着问道："娘，我们该怎么办啊？"

母亲把船舱打量了一番，往空中望了一眼——好像她的眼睛可以透过船舱的顶棚看到天空，然后说："活下去！"

"可我们什么都没有了。"

母亲的眼睛依然望着空中："这世上什么都没有的人，不只是我们。"

"娘，我知道了。"

母亲去把船舱门扣上，然后勇敢地走到床边，把被子打开，坐到床上,回过头来,擦了我脸上的泪,然后说:"女儿,我们先歇息吧,你还是睡里侧。"

"娘,您从小都让我睡里侧。现在女儿已经长大,娘睡里侧吧。"

"在娘心里,你还是个小女孩儿。"

我听话地上了床,在里侧和衣躺着。母亲也在我身侧和衣躺下来。

船在芦荡里轻轻摇荡。船已旧了,一股陌生男人的汗味混合着海水的气息迎面而来,我以为自己会憋住呼吸,没想却深深地吸了一口,直入肺腑。这种气息已渗入木头——木头里全是他和大海的气息。

似乎一生的倦意都积攒在了那个时刻。疲惫、恐惧和绝望催人入眠。我和母亲竟很快睡着了。我睁开眼睛的时候,母亲已醒,用右手撑着头,看着我,正在默默垂泪。见我醒来,她即把头搁在枕上,顺势擦干了泪,当她再次看我,已脸上带笑。

"睡得可好?"

"刚才做了个梦。"我说。

"我竟一个梦也没有。"母亲有些失望,"女儿梦到什么了?可跟我说说。"

"梦到我和你掉进了海里,沉不下去,也游不到岸边。"

"你……没有梦见他们?"

"没有。"我其实撒了谎。我做的梦远比这可怕。我梦见父亲和弟妹在火里像焦干的木头,"呼呼"燃烧着,不断发出噼噼啪啪的响声。

"没有梦见最好。梦离我们脑子里的路其实挺远的,他们肯定还没有走到我们的梦里来,还在往这里赶。他们到了你的梦里,一定要记得问一问,究竟是谁杀的人、放的火?官府是否已抓到凶手?"

"娘,官府肯定会为我们报仇雪恨的。"

"就我们两个弱女子,也只有拜托官府了。"

"娘,有朝一日,女儿一旦寻到仇人踪迹,也可替全家报仇的。"

"你那点力气,拿针线书纸尚可,哪能拿刀拿枪去杀人雪恨?我最希望的,倒是你能躲过此劫,安度一生。"母亲说着,下了床,去开门。

门一打开,阳光便猛地泼进来,把她推得后退了两步,她赶紧抬起手臂,挡在眼前。船舱被照得过于明亮,使我一时睁不开眼睛。待我的眼睛适应了日光之后,我看见他正把扣在脸上的斗笠拿开,脉脉含情地看着母亲。

"恩人,没想这个时候竟睡着了,不知现在是什么时辰了?"母亲低声问道。

"夫人和小姐昨夜倍受惊吓,加之劳累,能睡着那是太好不过。现在太阳偏西,已是未时。"

他给我和母亲拿来了面饼,端来了水。看到食物和水,我一下感到了饥渴。面饼又干又硬,但我吃得很香。

天黑透后,他将船摇出芦荡,到了海上,便升起青帆,船借风势,向大海深处驶去。

李宗羲：

朕把她骗到了大海上

朕让母女二人重新进到船舱里,然后看了燕夫人一眼。朕没有看她女儿,但她——那位尊贵的朝廷命官的夫人一直面带绝望。她满脸惊恐,像不幸逃脱猎狗追捕的母兔。燕夫人虽已三十多岁,仍是个美人。见朕看她,有些害羞,低下头去的时候,脸又绯红了。朕想说些安慰她的话,但朕没有说,只顾摇着橹,驾船往苍茫的大海深处驶去。

在暗杀燕承舟之前,朕得知知府夫人和女儿均貌美如花,便做了掳掠母女,杀掉其他人,然后放火灭迹的复仇计划。当喋血燕府,大火燃起,将母女二人掳掠到船上时,朕心中还有一种报仇雪恨后的快感,但那种感觉很快就变淡了,没过多久,快意就变成了罪恶。朕觉得,她们的确是无辜的。而更要命的是,面对这对美人,朕意识到,复仇除了让内心稍得安慰,除了让仇恨加深,爱意变味,没有任何意义。

海面并不平静,燕夫人突然喊了一声:"义士——"

朕停止了摇船,船行得慢了些。

"我想知道你的尊姓大名。"

朕略微迟疑了一下,不想瞒她,说:"夫人,草民祖上本姓李,后改姓成,再改回李姓,成是成功的成,名宗羲,字绳武。"

"李、宗、羲？"她那样子，像在回想一个认识的人。

"是的，李宗羲，宗，宗族的宗；羲，伏羲的羲。"

"也就是说，成宗羲和李宗羲是一个人？"

朕一听，吃了一惊。"夫人之前难道认识草民？"

"前两年官府还在通缉你。我看过布告，所以记得，布告把你的根底说得很是清楚，好像说你是长毛，乃逆匪石达开麾下干将；还说你僭号，大逆不道，我记得告示上的画像，与你倒有两分相像。但你后来失踪了，有人说你中途离开了石匪，在江南一带神出鬼没，除奸诛暴，很多贪官污吏都是你暗杀的，所以一提起你，好多官员都会脊背发凉；也有人说你随石匪流窜到了四川，战死在大渡河畔；还有人说你与石匪为救部下，一起投降，最后在成都被处以凌迟极刑；也有人说你已远遁南洋。反正传言纷纷，莫衷一是。直到近两年，有关你的传言才日渐稀少了。"

朕不想撒谎，便说："夫人，那个被通缉的人正是草民，李宗羲就是成宗羲。"

母女都吓得往后退了好几步："那布告所说，都是真的了？"

"布告所说，的确属实，但在下其实与长毛志向不一，他们借助洋神，蛊惑人心，企图建立太平天国。但洋神哪管得了我们的事？所以那个天国很快众叛亲离、分崩离析了。而草民实为大唐太子李贤之后，属大唐正宗，岂能与长毛为伍？"说到这里，朕又不得不撒谎了，"所以，草民很快就脱离了长毛那帮乌合之众，也因为这个原因，朝廷和长毛都要捕杀在下，将草民家人一十七口悉数杀害。草民只能漂泊海上，虽孤家寡人，但继承的是堂堂新唐皇位。当初草民遵父皇之命加入长毛，原也不过想借力行事，以定天下。"

一说起这件事，朕就变得富有激情。但燕夫人已吓得脸色煞白：

"没想……有这么多人……想登基……"

"风水轮流转,皇帝轮流做嘛,夫人您想,这人世,谁不想位尊九五,君临天下?"

"那……你到松江,是来……报仇?"燕夫人小心地问。

"恰恰相反,草民除了过来祭奠亲人,也想来谢恩。"朕继续编谎,"前些年,有人向官府举报,说草民通长毛,被投入监狱,这可是杀头之罪。燕大人时任苏州知州,幸得他公正审理,认为草民初为长毛,即迷途知返;可能是为了感召更多加入长毛的人和草民一样弃暗投明,非但没有判草民有罪,还予以嘉奖,才使草民得以苟全性命。但没想草民无辜的家人,或被官府或被长毛悉数捕杀,只余草民孤身一人,心灰意冷,浪迹江海,四处漂泊,后在海岛上搭了三间茅屋,暂时栖身。前些时候,听闻叛乱已定,便回陆上祭奠家人,闻知燕大人做了松江知府,就想着去叩拜谢恩呢,不想……"朕说到这里,也真的难受起来。

燕夫人一听,突然跪下,一边行三叩九拜之礼,一边呼了"万岁",然后有些惶恐地说:"民妇就是做几辈子的大梦,也不会想到,救我母女的竟然是个皇帝!"

"夫人,快快请起,快快请起!"朕一边说着,一边赶紧去扶她。她却怎么也要把那叩拜大礼完成。男女有别,朕也不便拉拽,只得受了,然后惭愧地说:"身为皇帝,贫困、落魄如草民者,从古至今,闻所未闻,让夫人见笑了。"

"落魄皇帝,肯定是有的,贫苦皇帝,的确未曾听闻。"她说完,像是怕伤朕自尊,赶紧补充道,"圣上贵在有此大志,贵在孤身一人仍大志不灭!不知您下一步做何打算?"

"草民的家人一部分被朝廷诛杀,一部分被长毛所灭,草民现在是新唐皇族唯一的幸存者,所以,目前首先该做的,就是传续香火,然后再展宏图。"

"民妇与圣上可谓殊途同归。老爷出身贫寒,后好不容易中举,成了朝廷命官,又遭此厄运,民妇与小女虽蒙圣上相救,但如今一无所有,孤苦无依,不知该何去何从。"

朕一听,更感自己罪恶深重,沉默半晌,不知该说什么。

燕夫人欲言又止,但忍了忍,还是小心地说:"圣上救命之恩,民妇更无以为报。小女知书达理,心灵手巧,长于女红,年方二八,圣上如不嫌弃,民妇愿将小女许配……"

燕小姐听了燕夫人的话,顿时惊讶得微张了小嘴,羞得转过了身去,说:"娘亲怎能……如此……"

燕夫人说:"女儿不知,缘分天定,随缘最好。"

朕也觉得突然,心想定是燕夫人自觉走投无路,才如此作为,便道:"夫人,这个……说来惭愧,草民现一事无成,万勿先叫万岁圣上,那套礼节也先勿用,不然,一旦被朝廷鹰犬探知,会惹祸端。至于婚姻大事,更不能匆忙。"

"那就还是叫你义士吧。那你告知我们母女,我们知悉了你的这些秘密,是不是就只能与你在一起了?"

"草民信任你们,所以跟你们说了。如果某一天你们真想离去,放心走就是。"

"至于小姐……"

"至于小姐,她金枝玉叶,在下蓬门荆布,与她年龄也差距甚大,恐不合适……"说到这里,朕望向燕夫人,"草民倒是觉得与夫人年龄相当……也有诸多相宜之处……"

燕夫人早已满脸羞红,听朕这么说,站立不动了。那燕小姐也呆立在了那里。半晌，燕夫人才侧身低头说："多谢义士不弃！我自十六岁许配老爷，就从未想过醮夫再嫁，望义士成全民妇名节。"说到这里，她回过头去，看着自己的女儿，问道："古雪，你怎么想？"

燕小姐一听，转身进了船舱。然后，朕在浪涛声里听燕小姐清晰地说："我……我听……娘的……"

"我就这么一个女儿，我希望你好好待她……"燕夫人说完，背过脸去。她流泪了。

"既然如此，此事先不提吧。夫人放心，草民会待你们如家人。草民现虽为海上流寇，一介草莽，但心怀天下，自会一生为此努力，决不辜负你们。"朕不晓得朕为何要对她们这么说。的确，此后的人生，朕都是按照这个誓愿去做的。

"汉高祖刘邦、蜀汉昭烈帝刘备、南朝宋武帝刘裕、陈武帝陈霸先、梁太祖朱温、乞丐皇帝朱元璋，谁不出身低微，起于草莽？我女儿才貌双全，温良贤淑，即使你以后真的做了皇帝，她也能母仪天下。但民妇现在最希望的，是你能像一个读书人一样待她。"

"夫人如不嫌弃，与草民能成百年之好，在下一定会将古雪视若己出。"朕还是心仪于燕夫人。

"你这人……倒是执着，我也跟义士言明，我对老爷忠贞不渝，断不可能，万望义士成全！"

朕坐在船头，颇是郁闷，过了好久才说："夫人先进船舱歇息吧，此事以后再说。"

她进了船舱，朕听见她用哭音对女儿说："古雪，这就是缘分，多么难得，你定要珍惜！"

燕小姐没有说话。船在风浪中摇晃得很厉害。过了一会儿，燕夫人叫朕进去，说女儿脸色苍白，总想呕吐。朕说这是因为晕船，便让燕夫人把燕小姐扶到床上，让她休息。然后，燕夫人走到朕身边，轻声说："在这船上，话也不便多说，反正我把女儿托付给你了。你去驾船吧，最好把船驾得稳当些，不要让我女儿太颠簸。"

朕点点头："风浪甚大，你们躺好。"

船离岸已经很远，黑色的大海在四周啸叫，浪不断把船抛到惊涛之上，又跌进浪谷里面，腥咸的海水不时飞溅到朕的脸上。

这时，朕听见了不同寻常的、很短促的"扑通"一声响，紧接着，朕听见燕小姐哭喊道："娘——快救我娘——"

朕几步冲进船舱，只见燕小姐正摇摇晃晃地往船尾跑，见了朕，可怜巴巴地望着，说不出一句话来。朕从船舱跑到船尾，也没有看到燕夫人的踪影。

"夫人呢？"

"她……她跳海了。"燕小姐爬到船舱边，盯着波光闪烁的黑色海面，哭喊着说。

朕一听，一股悲意顿时从心间直冲脑门，朕没有丝毫犹豫，一跃跳入海里。朕在大海里摸索着，海水黑暗如墨汁，什么也看不见，但朕还是一次次浮起，换气后，再一次次下潜。但朕只摸到了海水。大海已无情地将她吞噬了。

朕最后一次浮出水面时，力气已经耗尽，只能仰面朝天，漂浮在海面上，大口喘息着，想积攒一点气力后，爬回船上。每当海浪拍打过来，朕的眼睛就得闭上，就得憋住气不呼吸。当朕睁开双眼，总能看见有着稀疏星辰的无垠夜空无比凄凉地悬在虚空。

这是一个与朕原本没有任何关系的女人，我们相处还不到一天时光，但她的离去却令朕心如刀割。朕随波漂浮在海面上，不禁热泪长流。

泪水被海水一次次冲刷掉,又一次次涌出,怎么也止不住。朕从来没有这样无声地痛哭过。人世负载在朕身上的所有伤悲和痛苦,都通过泪水流泻出来,汇入大海中——朕甚至觉得,这苦涩的大海就是朕的泪水汇成的。

朕,漂浮海上,沉浸其间。

能供人畅游的,其实只有泪水。

那是朕当时悟到的,这让朕的泪水似乎更难止住。

朕想那样一直在海上漂浮着,朕甚至想跟燕夫人一起走——她的灵魂已漂浮到离海面三尺高的地方。就在那个时候,朕断断续续地听到了燕小姐的哭泣声。

侧过脸,朕看见燕小姐趴在船舷上,哭喊着"义士",一只手向前伸着,似要抓住潮湿空气里的什么东西。她的声音里有恐惧、绝望、无助。海浪把朕推离到了离船至少有三丈远的地方。朕怕她忧心,赶紧翻转身,向她游过去。

那个时候,朕感觉自己已全部化为海水,是海水中异常苦涩的一滴。这使朕格外虚弱,好久才游到船边。她伸出手,想来拉朕,但一浪过来,撞击得船身向另一侧倾斜过去,她的手猛地抬高了。当船再次倾斜过来,她又把手递给朕。朕抓住了,它是那么娇小,柔若无骨,朕不敢用力抓握,所以又小心地放开,好在朕借力抓住了船舷。

朕从来没有那么虚弱过,竟然爬不到船上了。

她拉朕,但那点力气一点用也没有。

朕用双手抓住船舷,挂在那里。随着船身的颠簸,身体不断没入水中,又不断被扯离水面。

她依然在喊着朕,仍伸出手想来拉朕。但朕像挂在船舷上的一截干蛇皮,只能随水漂荡,连应答她的力气也没有了。

她很着急,连着问朕怎么啦。朕说没事。过了好久,朕终于攒够了力气,趁船向朕这侧倾斜时爬上了船。

朕侧躺在船上,浑身湿透。一离开大海,肉体就变得格外沉重,沉重得都支撑不住自己了。

她哆嗦着说:"你吓死我了,你没事吧?"

"没事,就是把力气用完了。"

她哭了:"感谢你为了救我母亲舍生忘死,我看到你一次次扎进海里,真是担心死了。你最后浮了上来,一动不动,我以为你出了意外,所以才那么没命地哭喊,你如果有了不测,我一个人在这海上,也只有随你们去死了。"

"很抱歉啊,草民没能救下燕夫人。"

也许是想起母亲转眼即逝,她哭得更加伤心,一句话也说不出来了。

朕坐起来,想安慰她,但朕也不知道该说什么话。过了好久,朕看了一眼铺满黑色波涛的海面,才说:"她是个好女人,也是个好母亲。"

她听了,抽泣着说:"你不该喜欢我娘。"

"不是喜欢,是爱。她的离开,跟草民爱她没有关系,但肯定跟爱有关。"

"你的话我不明白。"

"有一天你会明白的。"

"自你救我们到现在,还不到一天的时间,我不相信你会那么深地爱上她;但你刚才不顾一切救她的样子,又让我觉得你是真的爱她。"

"两人相爱,不需要那么多时间,有时眼眸的一次对视就足矣。"

"我明白了。"

我们彼此无言。良久,朕进了船舱,换了衣服,然后请她进去休息。她似乎一下变得乖顺了许多,听话地进去了。

报了仇,雪了恨,并且还让燕小姐不知道朕是她的杀父仇人,把朕认作了救命恩人,应该是件值得高兴的事,但在那个时刻,以及后来漫长的岁月里,朕都觉得这件事一点也不美好。

海浪飞起来,拍打在朕的脸上,像大海在扇我的耳光。朕抹去脸上的海水时,感到海风带来了她身上混合了悲伤的少女的香气。

燕古雪：
死亡成了我最奢望的事

李宗羲如木桩般坐在船头，一直看着海面上的虚空。船摇晃着，在海上随着海浪没有目的地漂泊。

我躲在船舱里，觉得一日如同百年，一日之间，我便经历了世上所有的不幸，悲伤之深，几欲晕厥。

我想起了他刚才说的话——母亲的死跟爱有关。是的，她是因为爱父亲？也可能爱他——但我当即意识到，她是因为爱我才去死的。

刚才，我躺在床上，母亲还挨我坐着。她温柔地抚摸着我的头，好像我还是个小女孩儿。她面色沉静、安详，好像发生的不幸她都没有经历。她眼睛里全是爱，落在我身上，我能感觉到它的重量。我看她的时候，她那么端庄，那么美，那么年轻，像我的姐姐。我当时还想，难怪那个恩人对她有意呢。那个时候，我也意识到，我们母女是那么孤独、悲伤，是那么需要彼此守护。小时候，母亲那样抚摸我的头时，我就特别容易入睡，没想我长大了，还是如此。但我睡得并不踏实，因为我只要一合眼，就会梦见火，梦见父亲、弟弟和妹妹在火中奔跑。我好几次惊醒过来，都看见母亲依然坐在我的身边。我想让她也睡一会儿，但我困倦得只能产生这个意念，就又睡着了。我梦见母亲在大海上行走，如在陆地上行路一样。踏浪而行，不就是凌波仙

49

子吗?我在梦里这么想着,却看见蓝色的海水变成了红色,整个大海变成了火海,翻滚的波涛变成了火焰,母亲和亲人在火中相见……当父亲问母亲:"古雪呢?"母亲向我所在的方向指了指:"她在那条船上,现在睡着了,她会嫁给一个贫苦皇帝。"父亲笑了:"世上哪有那样的皇帝!"母亲喜悦地说:"人家只不过一时间有些贫苦罢了。"父亲说:"不管贫苦也好,富贵也罢,人家总归是个皇帝,我也就放心了,就让她留在那里吧。"他们的神态和平时一样,但看到他们在火里闲谈我就很着急,一着急就醒了。

床边已没有母亲,船舱门开着,船舱外是朦胧的海天间的夜色,母亲像个影子,站在船边。她像在看夜景。我刚要喊她,却见她双脚一跶,轻盈地跃入黑暗之中。

那太像一个梦境残片,我惊讶得半天没回过神来。当我意识到那不是幻觉,便一边大声呼喊着,一边往船尾跑。"娘——"我浑身无力,双腿发软。他闻声跑进了船舱,我指着母亲跳海的方向:"我娘……跳海了! 快救我娘!"

他飞跑出船舱,似乎刚出舱门,就飞跃进了海里。

我跌跌撞撞地扑到船舷边,看到他刚从海里冒出头来换完气,又猛地扎入黑色的海水中,如此十二次。最后一次,他因为用尽了力气,好久没有从海水里浮出来,我盯着海面,担心死了。直到他终于仰面躺在海面上,我才松了一口气。他就那样漂浮着,如一片落叶,如一尾死鱼。我听见了他的哭声,虽然只有几声,但我的确听见了。他后来一直不承认,说那是大海里的鱼在哭泣。

我伸手去拉他,他抓住了我的手,又放开了。他费了很大的劲儿才爬上船来,躺在船板上,像从海里捞出来的一条穿着衣服的濒死的鱼,供它存活的水越来越少,只余一小碗、几滴、一滴,最后干涸……他不得不大张着嘴,徒劳地呼吸着。我担心他真会像少水鱼那样死去。但我面对这样一个男人,手足无措,不晓得该怎么办。我小心地用衣袖擦去他脸上的水,然后坐在他身边,傻乎乎地守着他。

母亲已经走了,他又这个样子,如有不测,我就真的孤身一人,无依无靠了。看着他,我怎能不痛哭流涕?

他听到了我的哭声。他睁开了眼睛,呼吸也慢慢平稳了。他支撑着坐起来,带着哭音说了声"抱歉",然后站起,摇摇晃晃地走进船舱,关了门,换了衣服。他点亮了马灯,又走出来,把我扶进船舱,一直把我扶到床边。

那个时刻,我感觉我多像他的女儿啊!

他到木桶里给我舀了一瓢水,端到我面前。但我没有喝。我像一朵遭遇了春寒的梨花,凋落在了木床上。

他想把我扶起来。但他的手一触到我,哪怕仅仅触到我的衣裳,我都会惊恐得发抖。

我心如寒冰,脸却发烫,身体发烧,好像他是一团火,我一触到,就会把我融化。

马灯的光随着船身颠簸摇晃着,火光在他被晒成古铜色的手臂和脸庞上晃动。他扶起我,很小心,好像是从泥尘中拾起一枚花瓣。然后,他把自己的外衣找出来,披在我身上。他坐在我面前,专注地看着我,目光里有一个男人对一个女人的关心,但更多的是长辈般的慈爱。

那个时刻,我似乎能看到自己,像照着镜子一样:苍白的脸上有两道泪痕,没有血色的、略显丰满的嘴唇紧闭着,眉头里满是忧戚,眼睛虽然闭着,但仍能感觉到其中的悲伤——这使我在以后的很多年里都不敢看自己的眼睛。

海上只有我们两个人。

船漂浮在海上,不知道在朝哪个方向漂。

他说:"你想哭就哭出来,想怎么哭就怎么哭吧。"

他的话音刚落,我就哭出了声。我的哭声越来越响,像个小女孩儿那样无所顾忌。

那个时候,整个人世都是空落落的,我多想有个依靠。但我不想去依靠床头、船帮、桅杆以及船上的任何一样器具,不想去依靠海风和海浪的声音,我想依靠一个真实的身体,有呼吸、有温度、有情感,那个时候,不管这个肉体是丑陋的还是俊美的,也不管它是虚弱的还是强健的……这么想着,我的头很自然地靠在了他的肩膀上。

他的肩膀像铁一样硬。我左边的脸颊能感受到它的硬度和力道。我像是得到了安慰,没再哭出声。

他没有动,僵直地坐在那里。

我想说些什么。他肯定也想。因为就在我那么想的时候,他说:"没有哪里的水比海水更多,没有哪处水域能比大海辽阔。人不过是一滴雨,大地上的江河就是由这无数的雨滴汇成的。任何一条江河的水都有雨水的味儿,没有一滴雨是腥咸的、苦涩的,但一汇集到大海,就变成了这个味道。这就是雨的终点——腥咸而苦涩的大海。所以,你不要难过。"

听了他的话,我抬起了自己的泪脸。他侧过脸,看了我一眼。他的侧脸看上去更有力,像刀刃一样锋利,但晃动的灯光又使其变得柔和了不少。

"虽然你的眼睛含泪后更美、更清澈,眼珠像两粒被清水洗过的黑色珠宝,但你笑起来的时候,它肯定还要好看。"

听他这么说,我止住了哭泣,把头放进了他的臂弯里。

这让他有些不知所措,他动了动手臂,想让我的头舒服些。我想跟他说些什么——我突然有很多话想跟他说,但我只说了句没头没尾的话:"我晓得你的意思了,人世就是这样,无论曾经多么甜蜜,但一切终将归于苦涩。"

"让你这么年轻就明白这些东西,真是抱歉得很。"

"我经历了这么大的灾难,哪还能年轻得起来?"

"人世本就催人老啊。"他叹息了一声,接着对我说,"你肯定还有亲戚,你可以去投奔他们,我可以送你去。"

我一听,又哭了,双肩一耸一耸的,泪眼呆滞地看着母亲跳海的方向。

他又说:"我送你回去,明天早上,船就可以靠岸。"

我不说话,似乎只会流泪,仍只看着母亲跳海的方向。

船在海上随波漂流,颠簸得很厉害,海涛惊雷般轰鸣着。

"要不,我现在就送你回去。"他不让我靠着他了,站起身,便去摇橹,把船掉了头。虽然看不见,但我知道,沿着船头所指的方向,会到达人烟稠密的海岸。

船往岸边走,正是逆风,他得使劲摇橹。

除了海浪声,我侧耳听时,没再听见别的声音。我走出船舱,身体摇晃着,很难站稳。但我还是踉跄着冲向了大海。他一见,当即丢开橹,在我身体即将坠海的一瞬拉住了我。

他抱着我,我的身体娇柔得像一团浮云,若没有人世带给我的伤痛,那该是一朵多么洁白的云啊。

我的身体在缓慢苏醒。云变成了实在的肉体。我颤抖起来。刚才的动作像已用尽我全身的力气,我在他的怀抱里连动弹一下的气力都没有了。

我不知该说什么,我的口舌变得十分笨拙。

他说出来的话也是苍白无力的:"你不能这样,不能的,千万不能……"

我像是非常冷,如置身寒冬,上下牙齿发出细碎的磕击声。我在他怀里,变得十分乖顺。但我知道,我心中的伤痛随时会让自己像一件受损的瓷器一样,无声地碎裂开来。

他感受到了我的痛苦,把我抱得更紧了些。我的泪水滴落在他的手臂上,先是温热的,然后慢慢变凉。

好久,我像是攒足了力气,说:"你……让……我……去死吧!"

他说:"我送你回家去。"

我却只是哀求他,让我去死。

我每哀求他一次,便心碎一次。我和母亲一样,因为绝望,也因为爱,死亡成了我最奢望的事。

"我说了,我送你回去。"

他还是不明白我为什么想死。我只好说:"我老家在遥远的成都,那么远,我怎么回去?我母亲跟你说过,我父亲出身贫寒,他父母早亡,后来好不容易获得功名,有了官职,又遭此灾厄,我哪还有亲戚可以投靠?"

我说到这里,停顿了一下,长舒一口气,才能把接下来的话说完:"我晓得你嫌弃我,所以我最好去走我母亲的路,免得拖累你。"

他听我这么说,苦涩一笑:"我是嫌自己草莽污浊,让你在我身边,玷污了你……"

听他这么说,我安静下来了。

船在海浪里打旋,漂荡。他得去掉过船头。他一边摇橹,一边不时回过头来看我——他担心我再去跳海,所以很快又回到了船舱里。

我躺在那里，娇弱的身体被悲伤抽打着，显得孤苦伶仃。

"还是让船漂着吧。"他没话找话，然后忍不住走到我面前，默默地看着我。我希望他一直那样看着我。

他不由得讲起了自己的往事，他说那些事他是第一次从头到尾对一个女人讲。

四周是可怕的黑色海浪，茫茫无际，发出一阵紧似一阵的浪涛声。

马灯的光罩着我们，海上的飞虫不时飞扑到上面，有些当即掉在船板上，挣扎着；有些壮烈地一次次往光里扑，直到最终陨落。即便是光明的诱惑，也是那么致命！

我不知船漂向哪个方向了，天上没有星辰，他也很难判断。船被海浪肆意蹂躏，漂荡在无限喧嚣的黑暗里。

他讲自己的经历时，就像是在讲别人的。他为什么要讲那些深埋在铁石心肠里的事？追忆使过去的日子离我们猛然变近了。他并不漫长的一生竟然经历过那样残酷的战争，又遭遇过那么大的不幸。在不知不觉中，他的经历已充满传奇味道、英雄色彩。我显然被感动了。

我像一个终于安静下来的婴儿。他偶尔用眼睛望我一眼。当他讲到他全家被官府砍头，他祖先被挫骨扬灰，我的眼睛瞪得很大，苍白的嘴唇微微张开来，一双纤纤玉手绞在了一起。我心里满是惊惧和疑惑，像一个孩子在听一个恐怖故事。

海风吹着青帆，发出旌旗飘扬之声。船顺风漂流，如离弦之箭，直射向黑暗而广阔的大海深处。

他讲完那些往事时，我不知身在何处，也不知时间在哪一个节点上。自从逃过杀戮的锋刃和烈火的焚烧，陆地已没有我的容身之处。我没有想到，他也是。我们成了同一类人。虽然官府认为他可能已经死亡，但在没有见到他尸骨之前，朝廷是不会罢休的。幸好他们没把大海放在眼里，使他能凭借一叶孤舟，像海天之间的一缕孤魂，漂泊在大海上。

大海狂暴而又平静，危险而又安全，它给予一切，也容纳一切。他无疑早已习惯了海上的生活。

他让我躺在床上。在一个陌生男人面前躺着，我觉得不雅，便支撑起身子，半坐起来，把上半身靠在被子上。他没有看我，想说什么，但没有说出来。

我说："我和你一样了。"

"你说……我们一样？"

"难道不一样吗？"我又晕船了，没等他回答，就赶紧说，"我要吐。"

他把自己的饭碗递到了我跟前。

我吃惊地看了他一眼："就吐这里面？"

"没事的。"

"扶我到船边。"

他把碗放下，赶紧揽着我来到船舷边。我把头搁在船舷上，示意他转过身。他有些迟疑，我便说："你放心！我不会做别的，我只是……不想……让你看到我……狼狈的样子。"

他听后，转过身去，听着我呕吐的声音。呕吐声一停止，他又转回身来，关切地问："难受吗？"

"没事，给我水……"我其实很难受，这从声音就可以感觉得到，我变得更虚弱了。

他答应着,从密封的水桶里给我舀了半碗水,又倒了些进去,最后还是舀了大半碗,递给我。

"先漱漱口。"

我一看还是他刚才递给我的那个碗,嘴角露出了一丝很浅的笑意,很听话地把口漱了。

他把碗接过去,又给我舀了半碗水。我知道,在海上,淡水就是命。他渴了都只喝一小口,而在我面前,他一点也不吝惜。他柔声细语地说:"来,把口再漱一漱。"

我发现,他是那么愿意做我的奴仆。

碗是粗瓷大碗,我锦衣玉食,以前从没用这种碗喝过水。我用双手托着,似乎不知道该怎么把它递到嘴边。他用温柔的目光看着我,我顿时觉得自己浑身被无尽的爱意笼罩住了。当我把大碗端到嘴边,我呼出的鼻息让水面有了一层微小的涟漪。

我学他那样喝了一小口,漱口后,吐到了海里。

"你再喝两口。"他劝我,"这水是我居住的新唐岛上的泉水,挺好喝的,只是在木桶里存放好几天了,有了木腥味,但你还是要喝两口。"

我本要把大碗放下,听他这么说,又端到嘴边,喝了一小口,含在嘴里,然后慢慢滑入喉咙:"是不清凉了,有一股木头的味道,但还是有甜味儿。"

"水放久了,难喝。"

"我还是第一次喝到这个味道的水,我小时候偷偷喝过冷水,长大后,父母就不让我喝了,要是海水能喝就好了。"

"海水不能喝。"

"海水溅到嘴里时,我尝过,又苦又涩,跟泪水的味道一样。"

"整个大海都是那个味儿。"他说完，又补充了一句没头没尾的话，"我以后不会再让你尝泪水的味道。"

我听后，泪水又差点从我的眼眶里流出来。

我要把大碗里剩下的水倒回木桶。

他对我说："我也渴了，你如果真的认可你母亲说过的话，愿意跟着我，就把那碗水递给我；如果你认为我是个朝廷命犯，叛贼逆臣，十恶不赦，不愿意跟着我，你就把那碗水泼到海里。"

自他把我扛上船，我的心就和汹涌的大海一样很少平静过。但当我听到他说出上面那句话，便心如止水一般了。

那碗水被我捧在手里。随着船的颠簸，水也在碗里晃动。我生怕洒掉一滴，但有几滴水还是打湿了我原本洁白、现已污脏的绢丝袖口。粗瓷碗黑褐色的碗口在渐渐暗去的马灯光里泛着深沉的颜色。

海水拍击着船，发出"噼噼啪啪"的声响。

我抬起另一只手臂，拭了眼泪，看了一眼被黑暗填满了的虚空，想把碗递给他，但最终，我还是把碗放在了船板上。

李宗羲:
对仇家女儿潮水般的爱

　　世界非常安静。海风拂动她头发的声音都能听见。

　　朕看着碗里随船晃动的清水,有些绝望。清水每晃动一次的时间都显得格外漫长。好在过了无比漫长的时间后,她把羊脂玉般纤柔的右手颤抖着伸向了粗瓷碗。当她的手指愈来愈近地靠近那个碗,朕的心也越来越紧张。她的手指触到了碗沿,但碗像个毒物,吓得她把手又一下子缩了回去,然后把受了惊吓的右手放在了自己胸前。

　　她还没能决定跟朕还是不跟朕。那朕该怎么办? 朕不能把她接回岛上,又不能把她送到岸边。难道朕只能带着她在这大海上漂泊吗? 朕在心里想。

　　朕一边在心里这样想着,一边再次看她。她默默地坐在那里,像一尊刚完成的雕塑。灯光已经很暗,她身上披着层层夜色。夜色里的她,有惊人的朦胧的美,像朕梦见过的、在雾蒙蒙的南方森林里飘飞的仙女。

　　在她面前,朕总觉得自己罪孽深重。朕需要她的爱情缓解自身的罪孽,从而使朕洗心革面,成为一个新人;她也需要把心结打开,不再沉浸于朕带给她的不幸。

　　——而最主要的是, 在大海上漂泊的每个时刻都无限漫长,朕

59

感觉离自己昨晚犯下的罪恶已时隔好多年头,早已淡薄。朕原来一个人在海上独自往来,对时间的感觉并不是那样的。现在,这船上有了另一个人,一个女人,一个如花似玉的千金小姐,对时间的感觉就变成了这样,朕自己也难以理解。

黑夜里的大海显得格外深沉。

就在这时,她重新端起了碗,动作优雅地把碗里的水倒进了木桶里,然后说:"我看你每次喝水,都只喝一小口,我就晓得,这水在海上肯定珍贵,不能抛洒。而你舀了半碗让我漱口,又舀了半碗让我喝。我怎么舍得把它倒进海里?你如果渴,就自己舀水喝。"

她这么说,是给朕留了希望。朕忙说:"你就在这里歇息,我还得去打望着,我都不知道船漂到什么地方了。"

她和衣斜靠在被子上。旁边就是装了水的木桶,瓷碗就放在木桶上面。

朕扶着橹,并没有摇动,只望着黑暗的天地和闪着暗色波光的海面发呆。世界肃穆,似乎只余下了朕和她两个人。朕怀着指望,坐在船上,任黑色的海风抽打着朕,任黑色的海水飞溅到朕身上,任黑色的船在黑色的天海间继续漂泊。

慢慢地,朕看见了远方一道弯弓似的曙色,那曙色倒映在遥远的海面上,被海浪一波一波推涌到朕的面前,又从朕面前扩散到更远的地方。然后是朝晖染就的辉煌的景象,它使整个大海变得壮丽起来。海鸟不知是多久飞临海面的,它们与不时跃出海面的鱼,还有渐渐显影的零星渔船一起,成了那壮丽风景的点缀。

朕喜欢晨光普照的大海,深吸了一口满是大海味道的空气,回头看了一眼她安睡的船舱。知道她肯定还没有醒。昨天这个夜晚,的确过于漫长了,如同一个老也做不完的梦,令人疲倦、绝望。

朕看了看方位,用力把船向朕栖身的新唐岛摇去。朕一边驾船,一边唱起了那首海盗和水手常唱的歌:

　　我一年四季浪迹海上,
　　海浪日夜拍打我的心房。
　　家在惊涛骇浪里漂荡,
　　一艘破船就是故乡。
　　祖先的灵魂跟随在我身旁,
　　我思念的女人在遥远的岸上。
　　…………

可能是歌声唤醒了她,她推开了船舱门。她对自己身处的地方满脸疑惑。她有些吃惊,像在追忆一个梦,纷乱的梦——有令人恐怖的刺杀,有大火,有朕把她救出时的场景,有她母亲的飞身一跃,有无边无际的黑暗,有她的哭泣,有一个男人的面孔,有一碗水……

她让我在船舱门口坐着。我置好橹,答应了。

“是梦吗?”她打量了一眼这个在水上晃动的居所,小声自语,“这么简陋!我竟然躺在这不足三尺宽的、铺着竹席的床上……”

床头木桶里的水拍击着桶壁,发出“噼噼啪啪”的声响。

她折转身,打量起船舱来:与床相对的,有一张与船铆在一起的小书桌,书桌旁有满满一竹筐书。书桌旁的铁钉上挂着一柄剑,剑鞘斑驳,剑柄被血污和汗渍浸得发黑,笔墨和砚台都用木钉固定在书桌上——几乎所有的东西都是固定在船上的——也只有这样,船在风浪中颠簸时,它们才不会移动。

船舱顶上挂着那盏马灯,她一下来了兴趣:“这不是我家的那盏吗？"

"是的，救你时，怕路黑，顺手拿来了。"朕说。

"这是一个洋人送给父亲的，还没用多久呢。家里的东西都没能带出来，你刚好为我留了一个念想。"

她用眼睛打量着这个新奇的世界，大海那广阔的美使她惊讶不已，她忍不住把头往前伸了伸，像是要把什么东西看个仔细，又像是要看清那一切是不是真实的，以搞清楚自己是不是真在一个梦里。她的小嘴起初是紧闭的，慢慢就张开了点，露出了她白玉样的两颗门齿。

"你饿了吧？"

"还真有点。"

"我去做饭。"

朕撒了一网，捞了些鱼虾上来，然后开始做早饭。饭很简单，大米煮沸，把收拾干净的鲜虾放进去，熬煮成粥就成。而那几条鱼，也都收拾好，煎了两条，其余的则挂起来晾着。

海风又起，不过，是舒爽的。风刚好是往新唐岛的方向吹。

风浪让船调转了方向，朝晖从船舱一头猛地涌进来，给船舱里所有物品朝向光的那一侧都镀上了晨辉的色彩，让所有平凡之物都显得辉煌、神圣。她也像仙女一样，被镀上了金，猛烈的光芒使她一时睁不开眼睛，身上顿时有了一股融融暖意。她抬起手臂，挡住万缕阳光。但她没有注意到，阳光把她的手臂——按古小说的描绘，当是玉臂——的轮廓从绫罗里勾勒了出来，同时被勾勒出来的还有她被光照的玉体。

朕站在舱门口，挡住了一部分光线，她才把手臂放下来了——她后来告诉朕，朕那个时候身负万道光芒，顶天立地，宛若天神。

一直到那个时候，她像是还没有缓过神来，羞涩地看着朕问："你是……救我的恩人？"

"草民李宗羲。"

她一下坐直了，身体摇晃着，勉强给朕道了个万福。

"感谢恩人！"

"小姐此前已千恩万谢过了。"

她面露悲戚之色："我晓得，昨晚发生了太多事。"

"小姐要想开些。"

她已确认了自己的处境——自己已不再是知府家的千金小姐，而是一个被父亲的仇人报复、侥幸被这个男人救到海上的、正在逃命的小女子。

粥已快熬好，要放少许盐，朕低眉顺目地一边从瓦罐里取了一小木勺盐，一边说："虾粥快熬好了，等会儿就可以吃饭了。"说完，就退出了船舱。

在那个时刻，朕知道，朕的眼里、心里、灵魂里，已充满了对这个仇家女儿潮水般的爱。

燕古雪：
大海没有恨

从背影看上去，他是个文质彬彬的书生，而不像一个能把我救出火海的武夫，更不像能孤身漂泊在大海上的人。但他往虾粥里撒盐的侧影又告诉我，他是个坚韧、不屈、骨子里蕴含着无穷力量的人。可能只有这样，他才能在逃脱灭顶之灾后，孤身躲过官府的追杀，并能在大海上活下来，带着我乘船逃遁。我也曾怀疑，刺杀我亲人的人会不会是他？他会不会杀人放火后，又假装侠义，把我和母亲救到了大海上？我之所以这样想，是因为他并未隐瞒自己参加过长毛，并且，他有一部分家人是被官府，也就是我父亲杀掉的，他为了报仇，杀我家人是完全可能的。但他如果要报仇，为什么又要救我和母亲呢？

这些想法都只是一念而已。把救命恩人想成了杀人凶手，我很是自责，觉得是种罪过。当知府的父亲从没有讲过杀人的事，我从来也不知道——虽然那是父亲的职责，但我还是觉得有些不可思议。自从昨晚听了他的遭遇，我就为父亲杀他家人感到愧疚——这种愧疚一直伴随着我的一生。

我从小就没有恨过谁，父母一直教育我要善良、温婉、贤淑，要爱人，爱人世。这种杀戮是我未曾想象过的。

我不愿再去想跟杀戮有关的东西，它过于沉重、阴冷、残忍，是我一个小女子不愿承受，也承受不起的。

虾粥的香味和海上的某种鸟鸣一起飘来，粥香进入鼻孔，鸟鸣传入耳中，眼睛看着外面的大海。

对那个杀我亲人、烧我家园的人，我开始还充满仇恨。但置身大海后，这种仇恨莫名其妙地变淡了。我心里问自己："大海有恨吗？"我又马上自答："没有。"是啊，它收容天上的水和地上所有江河湖泊里的水，不管是清澈的、混浊的，还是干净的、肮脏的；承载所有的船——包括海盗船和战舰；供养万千生灵，包括人的爱恨情仇、悲欢离合，甚至人世所有的悲喜。所以，我虽然是在大难之后被他带到海上的，但我喜欢海。这可能也是我呕吐了一次之后就再也没有呕吐的原因。

现在，我才突然意识到，像我这个几乎一直生活在深闺里的娇柔女子，之后竟然没再晕船，无疑是个奇迹。"可能是，我身处黑夜之中，又处在惊恐和悲伤里的缘故吧。而现在，你看，这天地是多么仁慈，它用清晨的大美分走了我心里的悲伤，让我能一直沉浸其中，忘却那些大不幸。"

我整理好衣裙，站起来，迎着光走出船舱。硕大的红日正从海天相接处一点一点升起来。我从来没有看到过那么辉煌的朝阳，手指天际处，忍不住喊他："你看——"

他一手拿着锅盖，一手拿着木勺，一滴黏稠的米粥正要滴落。他用特别的目光看着我。脸上的表情很复杂，有欣喜，也有愧疚和担忧，还有……我突然意识到了什么，故意让脸色沉了沉，微微敛了眼目，默默地望着东方的风景。

他还是沿着我的指引去看新一天的太阳——其实，即使今天清早的这一轮，他可能已先我看过好几眼了。海风和润起来，可以感觉到,他想找些话来跟我说,却又不知该说什么。我们彼此毕竟还属陌生人。他也许更担心自己说出的某句话会让我难过,或引我不高兴。我也不知道还能说什么。但就这样,又觉得对不起他,对不起这样的美景,于是,我找到了一句话:"原来海上的清晨这么美。"

"是啊,还有更美的时候,"他接着用轻柔的口气问我,"你以前见过这样的美景吗?"

我想回答他,但又想自己是个千金小姐,还是应该矜持一点,所以我没有马上应答,担心他尴尬,只摇了摇头。他看了我一眼,他应该能够感觉到,我对他已亲近了一点;他也应该知道,我是个对外面世界一无所知的人。

"我们现在已在大海深处。"他得了鼓励似的,接着说。

我听见他说这句话,便朝四面望去。我想看见岸,看得见岸,似乎才有依靠。但我没有看到,四周都是茫茫大海,都是被朝霞洇染得无比瑰丽的连绵波涛。但奇怪的是,我也没有因为远离了海岸而担心和害怕。

太阳已挣脱了水面,我也突然有了第一次挣脱束缚后那种轻松、自由的感觉。

"船漂了一夜,离岸很远了。"他一边说,一边揭开锅盖去搅粥,免得煳锅。"饭已经好了,你先洗脸。"他说完,就去拿了洗脸帕,往木盆里舀了半碗水,然后端到我面前,"在海上,一切都得将就了。"

"谢了。"我端过木盆,洗脸帕一放进去,就把盆里的水吸光了。我一拧,盆里的水又有了一点。

这是他的洗脸帕,用了好久了,已经脱线,但没有异味,只有水和他的气息。

我的脸很脏,洗了一次,把帕拧干,水已变浊。我第一次遭遇这样的情形,顿时羞得满脸通红,又抹了一把脸,把洗脸帕赶紧搓洗了一次,就要去倒水。他好像事先就盯着了,从我手上接过了脸盆。

"我也要洗一把脸。"

我更不好意思了,但已不可能再把脸盆从他手上拿过来。我说:"那水……要换……"

"不用的。"他说着,已经在洗脸了。

我想起了这是在海上。

"我平时出海,都不洗脸。"

"无论多久都不洗脸?"

"船小,装不了那么多水。"

我想起了他刚才唱的那首歌,我说:"那首歌很好听,你能再唱一遍吗?"

"只要你愿意听,我可以唱一千遍。"他说完,就唱起来。他唱的时候,我也跟着哼唱,待他唱完,我也会唱了——

> 我一年四季浪迹海上,
> 海浪日夜拍打我的心房。
> …………

我竟然记住了歌词。我的两眼顿时潮湿,泪水盈眶。我怕他看见,赶紧背过了身。泪眼蒙眬中,我看到了那个固定在木桶盖上的瓷碗,不由自主地走了过去,舀了小半碗水,端起来。我听见了自己的呼吸声,感到了自己的心跳加快——有一种东西一下填满了我的全身,那么刻骨铭心,我从来没有体验过。

他弯腰搅着虾粥,当他抬起头,看见我小心捧着那个瓷碗,站在他面前。他一下站直了身体,手中的木勺像是握不住了,"啪"地掉在了船板上。木勺击打船板的钝响那么分明,猛地打破了清晨的宁静。

我看见他傻站在那里,眼泪无声地淌下来。

我手捧着瓷碗,眼睛低垂着,满脸羞红,起伏的胸把我内心的激动和害怕暴露了出来。

身后就是东边崭新的朝阳,周围则是铺满朝晖的天空和大海。朝阳正映照着我和他。褐色的瓷碗里一小半是水,多半是朝晖。朝阳的光辉正穿过我和他的身体,使我们身体内部有了一道道绚丽的光芒。

大海真静啊,像个在追忆逝水年华的老者,和蔼、安详。我听见辽阔的海天之间,隐隐有乐声传来,优雅的乐声中沾带着一丝爱的忧郁,沾带着一缕人世的苦涩。

我向前走了一步,又走了一步,两步像有两万里,但我最终跋涉到了他面前。我捧着的瓷碗就要挨近他的胸膛。我可以真切地看见他的胡楂儿,看见他黝黑的脸膛上的那层茸毛和嘴巴四周的胡楂儿被霞光抹上了淡淡的浅红。

作为一个男人,他在那个时刻,眼泪却那么多,默默地,像两条无声的河——河流的深处潜藏着多少人生的感慨和生命中惊心动魄的经历啊!这些东西没法说清,却又那么强烈地震撼着我。

我捧着那个瓷碗,又往他胸前递了递。

我看着他,眼里有泪,右眼的眼泪顺着脸颊流进了我右边的嘴角里,一直流进了我心灵深处,触动了心灵深处道义、良心和情爱的弦——我知道,它们的意义是永恒的。

他慢慢地屈下了自己的双腿,我听见了他双膝跪下时撞击船板的声音。船摇了几下,我的身体也跟着晃了晃。

他跪下，怀着无限的感激。我知道，他那个样子是要向我感恩。而他，才是我的恩人。你说，我怎么能够承受？要感恩，也当是我。看他那个样子，我有些慌乱，忙一手端了瓷碗，一手去拉他。我的眼泪滴落在他头上。我拉不动他，他像一块长在那里的石头。他磕第三个头时，我已经哭出声来。

感觉到我在流泪，他有些担心，抬起脸来望着我。

我哽咽着说："恩人，你不要那样，千万不要那样。"

他听了我的话，举起两只手，接过了瓷碗，捧着它，望着我说："这是一碗同甘共苦水，我先饮了！"他饮了三口，举起来，递给我，我也跪下，觉得昨天到现在，像是从上一个百年到了这一个。我像经历了无比漫长的人生，在历经沧桑后，命运终于赐给了我一抹温暖之光，让我感受到了命运的宽宏和仁慈。我脸上泪水横溢，看着他，然后，伸出手，接过瓷碗，像一个饥渴得很的人，完全忘了自己昨天还是个大家闺秀，连着喝了几大口带着木腥味的水，直到喝得一滴不剩。

他笑了，他的嘴唇血色充沛，牙齿整齐洁白，眼睛清澈黑亮，他想替我抹去脸上的泪，但他的手在快靠近我的脸颊时，一下停住了，它羞怯地、不知所措地停在空中；然后，下了决心，像一只蝴蝶似的轻轻落在了我的脸上，轻轻地把我脸上的泪拭净了。

然后，他把我拥过去，把我拥到了他的怀里。我闻到了他身上大海的气味，我听到了他有力的心跳声，咚，咚，咚……如鼓声一般。

有几滴温热的泪水滴落到我的头发上，有一滴滑落到我的脸上。我一只手还握着那个瓷碗，另一只手臂紧紧地拥抱着他。

我再次觉得我的人生在那一刻是那么需要依靠，也真切地感受到了什么叫拥有，感受到了人世间少有的富足。

大海是那么安静，海天间的万物不再喧嚣，海鸟似乎都在无声地飞翔，鱼也只在水里无声地游弋，我们只能听到彼此的心跳，感受彼此的呼吸。

在广阔的大海上，船在漂泊。他没有去管它，我也不想让他去管，我相信它会把我们带往一个幸福而美好的地方。

我说："我们都不要哭了。"

他说："我对不住你。"

"你是我的救命恩人，哪能说这样的话。"

他本想说什么，但话到嘴边又强咽下去了，最后，他说："我没有把你更多的家人救出来……"

"这怎能怪你。我爸杀了你家那么多人，要说致歉、谢罪，也应该是我。如果你不救我，我也已成了刀下鬼，在大火中化成了飞灰。"

他说："总之，我觉得，我是个罪人。"

我说："我们谁又不是罪人呢。"

他听了我的话，自己先站起来，把我扶起，到木桶里又取了半碗水，对我说："来，我们以水代酒，就在这里先祭拜我们的亲人。"我挨着他跪下，磕了头。他把水洒向大海。然后，他把那把跟了他很多年的长剑取出来，丢进了水里。它寒冷的刀锋在水中闪耀了几下，随即被墨绿色的海水吞没了。

"仇恨是没有止境的，从此以后，我将不再为仇恨而杀人。"这是他当时说的话，有好些年，他遵守着自己的诺言，没想后来，为了新唐，他还是杀了人。

新唐岛方圆不过二十来里，形似野猪獠牙，距离最近的有人烟的岛屿，即使顺风航行，也得漂两天两夜。岛上森林茂密，有很多海鸟栖息。四周海水碧蓝，他盖的茅舍背靠一座绿色的小山，面临一片洁净的白色沙滩。我很喜欢到沙滩上看日出,看大海,也喜欢在沙滩上仰躺着,看天上的流云和繁星密布的夜空。这样的生活,是我之前想都不敢想的。

我本该守孝三年,对亲人的追念与对爱情的追求,我不得不屈服于后者。对于两个置身洪荒的孤男寡女,爱情是我们在面对这个孤寂世界和无边大荒时唯一的安慰。

自然,我们也知道,只有我俩好好相爱、早日成家、生儿育女,才是安慰亲人的最好方式。我们都相信,那些在另一个世界的亲人是乐见我们那样做的。所以,在我为遇难的亲人举行了百日祭后,便在次日举行了婚礼。

岛上只有我们两口子,在岛上的吃穿用度,开始都是他用自己捕捞的海产去海上跟过往船只交换。后来,他开了两块地,种些瓜果菜蔬;然后,他又加修了一间偏厦,用来放柴火和杂物。他出海捕鱼时,我也会跟着。我不会捕鱼,就坐在船上看。我慢慢学会了做饭、缝补衣裳、种植粮食、蔬菜,因为劳动,我变得结实了不少。我的笑越来越多。他说我的笑在我那被太阳晒得鰲黑的脸上很好看,他总说我变得更好看了。我不知道他说的是不是真话。我们朝夕相处,形影不离,不去管人间祸福,天下兴替,也不去管季节的变化,岁月的苍老。

那无疑是我一生最快乐、最幸福的时光。

当然,我们也有不顺心的时候,也有拌嘴的时候,但事后想想,觉得那不过是来衬托我们美满生活的,只不过是要使我们的日子更可回味。

但令我难过的是,我们安定下来后,他又做起了皇帝梦,把四间茅舍重新整饬,做了临时的皇宫,还要封我为皇后,封我们才一岁的儿子李方吾为太子。

新唐的疆域不足百亩,人口就一家三个,我当时就笑了:"就我们两个过日子,成不成皇帝皇后有什么区别啊?"

他一本正经地说:"那肯定不一样,我乃李唐后裔,又出身帝王之家,我本就是帝王之身,帝王之家就得有帝王之家的格局,如按普通人家那样过日子,早晚会沦落得真跟他们一样,可能过不了多久,就会自甘平庸,失去雄心了。"

我嘻嘻笑着说:"那我就叫你陛下,你就叫我皇后吧。从现在开始,我就准备母仪全岛的鸟儿、虫儿、蛇蝎、螃蟹、草、树、花、果,还有游到岸边的鱼了。"

李宗羲:
海水涌动的地方,都是新唐的疆场

中国人都有帝王梦,但像朕这样将先皇遗志继承到底,不屈不挠、不顾生死的人却是凤毛麟角。

朕之所以起事,也是因为新唐孤悬海上,实际占有面积过于狭小。而最主要的是,朕觉得自己给予古雪的太少,朕要让她成为真正的皇后,真正能有天下可仪。所以,朕便从 1869 年初春开始,在东洋、南洋到大清的海上贸易线上做起了海盗。由于朕本是读书人,又带过兵打过仗,能文能武,任侠好施,归顺者不少。朕有三大规定,必须严格遵守:一、劫掠时只劫富,不扰贫;二、只杀官,不伤民;三、官船悉数为我所有,海商只取三成。予以穷困者救济,故有"侠盗"之名。很多海贼听说,都来投奔,其中有在明末清初就开始反清复明的海盗世家;有为逃避清朝迁界,回到海上招揽民众抗清的蜑民,还有纵横东亚海域的艇匪,连南洋、琉球的海贼都来投奔,实力大增,很快就聚集了千余人,朕被尊为"东海大王"。

朕带着这些兄弟在海上强收通行费、保护费,抢劫黄金、白银、鸦片、粮食、丝绸、瓷器、茶叶,甚至军火、船舰。朝廷深以为患,连洋人也忌惮三分。朝廷多次组织水师围剿,但海天辽阔,云水苍茫,官兵来后,我们或驶入外洋,或遁归港汊,使其捕之无从,击之不可。

后来,朕这个东海大王的势力越来越大,干脆占据大小四十七岛,于 1878 年一月初九日,正式打出"新唐"旗号,提出"灭鞑虏,复大唐"的宏伟目标,自己正式复位,又一次登基,改年号为开泰元年,尊父皇为新唐太祖,给跟朕亡命海上的海盗兄弟姐妹们都封了官,晋了爵,个个脸上有光,人人心里欢喜。然后,朕在岛上大兴土木,修筑了宫殿、神庙、房舍、城墙、工事、炮台,岛岛毗连,相互呼应;除了劫掠的武器,又向洋人购买了洋枪、洋炮,正式反了朝廷。朝廷兴兵攻剿时,我们不再逃遁,而是直接抗击,屡次获胜。朕已拥有四百八十艘战船,十万八千名子民。海域广阔,已俨然一海上王国,按当时流传的说法,"海水涌动的地方,都是新唐的疆场"。这使朕的威名远播东洋、南洋,甚至传到了美洲,来投奔朕的人络绎不绝,真可谓四海来归。

接下来,朕参考大唐军队编制,自任大将军,下设将军、副将、都尉、校尉、队正、伙长、什长等职衔,正式成军。这一来,拥戴者更多,那些一边做着海盗、一边做着反清复明大梦已经数代的明朝遗民们,更是悉数来投,一时大军咸集,战船如云。

朝廷得知,匆忙调集更多水师前来征剿。但新唐不少战船,在动力、航速、性能上都胜朝廷水师一筹,在朕的指挥下,多次大败清军,最多的一次,击沉其船舰四十三艘。朕率领人马,乘势挥师向陆上进攻,势如破竹,一举夺下沿海多地,队伍迅速壮大,一度达到八万之众,号称三十万雄师。朝廷大震,恐再酿长毛之乱,立即调集能征善战的湘军、淮军以及其他精锐,封锁海岸线,以使登陆的新唐军队不能回顾,然后联合洋人的舰队,对朕的海上王国进行攻击。朕心爱的古雪被炮弹击中,不幸殉国。其余残部护着太子李方吾突围之后,在海上逃遁了二十七天,最后乔装成流民,才侥幸归队。

得知古雪香消玉殒,朕至少有七天时间意志消沉——当时面临

74

大战,朕也只有那么多消沉时日。她知道香火对朕的重要,所以喜欢为朕生儿育女,为朕先后生有七个儿女,但养活的只有李方吾一个,这是她常抱憾的地方。

她走后的很多年,朕还经常独自对自己说,古雪,你是个多好的女人啊,可惜那么早就为新唐捐躯了,朕却要活这么久,这一定是阎王要留朕体验这人世的苦,是神要我用这漫长的时间来细细体会你给予朕的爱是多么美好、珍贵!

每当那个时候,她也会到朕的梦里,跟朕说:"这死亡其实没有什么,没有沉重的肉体,你看我多么轻盈。而死亡恐怕又是世上最难说清楚的事,常常是不该死的死了,该死的却要一直活着。但你该活,真的,你要好好活着,我会保佑你的。"

古雪已死,朕再也无心回到海上,在为古雪报仇雪恨的决心鼓动之下,奋勇向前,沿长江而上,准备效仿太平天国,攻夺南京定为皇都,再谋北伐、南征、西进,最后一统天下。

当时的朝廷通过与太平天国和捻军的作战,对付朕之新唐已有了丰富经验。新唐军队主力是那些跟随朕在海浪里出没的老海盗,其实应该叫作海军,擅长海战,一登陆,则无长处,每与清军接仗,大多失败;但一入水中,则如蛟龙,战无不胜。清军自然知道,为防止新唐大军再入大海,便利用水师和洋人的海军,封锁长江口,再步步驱赶;长江两岸也布置重兵,不让新唐大军登陆,欲将朕锁死于长江,其战略叫"长江困蛟"。所以,很多时候,朕所率新唐军队被困江中,一路逆行,虽先后攻打过镇江、南京、安庆、九江、汉口、岳阳,但成功者少,即使攻夺,皆旋得旋失,逐日消耗,补充困难,大军劳顿,汉口一战后,人马已损失大半。一入湖南,即陷入重视制江权的湘军手里,余部被逼入洞庭湖。湘军早已在洞庭布下天罗地网,新唐军惨败。朕只得率余部突围,在西洞庭登岸时,已不足万人,因此,只能遁入武陵山中,准备自湘西入川东,夺重庆,占成都,将成都暂作皇都,效仿蜀汉,养精蓄锐,待兵强马壮后,再平定天下。不想湘军尾随而至,清廷增调鄂、黔、川、陕的清军围追堵截,新唐余部被陷群山之中,最后只能依靠大山深谷与敌周旋。

为了新唐,朕也算是走上了一条不归路。无数人为之血洒疆场,朕也做出了巨大牺牲。

但朕义无反顾,因为朕知道,要做皇帝,就得这样,这如同开店做生意,开始可能亏损巨大,甚至血本无归,可一旦成功,所获就是整个天下。朕通古晓今,自然明白,所以即使付出任何代价,也认为值得。

第二章　木

李方吾：
一说起景芳，我就心碎

母后的往事，更多的是传说。之前，很多人都只晓得有个仙女一样美貌、温良、贤淑的古雪夫人，但父皇和她是怎么走到一起的，就不晓得了。父皇之前还说到了燕夫人——也就是我的外祖母——跳海而死的事，但语焉不详。外祖母鼓励我母后要活下来，自己为什么突然就自杀了呢？的确令人费解。之前有传说，外祖母十六岁嫁给外公燕老爷，十七岁生母后，跳海时才三十三岁，正是风姿绰约的年龄，所以父皇开始要娶的是她，而不是正值二八芳华的母后。但外祖母作为外祖父的夫人，肯定要守住名节，而更主要的是为了成全女儿，所以自己跳海了。反正，我也不晓得这样推测对不对。

父皇和母后的事我就不说了，要我讲，我就只想说我和景芳的事。要说她，就可能冒犯父皇了，如果真是这样，得先请父皇恕罪。

反正一说起景芳啊，我就心碎。

新唐军队遁入湘西后，因被官兵继续追剿，或死或伤，或逃或降，待侥幸溃逃进大山深处，幸存者仅余数百。我们为摆脱追兵，只能遁入更深的大山。

在路上，我很多时候都走在景芳身后，我想跟紧她，但某种东西让我和她之间隔了夕阳里的人影那么长的距离。

因为她就走在我前面，所以对我来说，那还算是一次并不痛苦的远征。她浑身洋溢着清晨青草的气息,她的头发乌黑发亮,她的腰身虽然被裹在厚厚的棉袍里,但还像被不疾不缓的风拂动的柳枝。反正在我的心目中,她永远都是那么完美。

我当时心里还没有放下爱妃梁红玉。她是海盗梁札的女儿,身材修长,面容俊俏,性格爽直,只要不在战场上,行止也还端庄。她母亲早逝,自小随她父亲在风浪里来去,皮肤黝黑,人称"黑牡丹"。

父皇做海盗时,梁札就是得力干将;正式起事后,任将军,一直担任先锋,不幸在攻打汉口时遭炮击而亡,被追封为淮南侯。之前在攻打南京时,他就将独女托付给了父皇。红玉当时随父冲锋,归来后,父皇便将她许配于我,封为太子妃。

我当时刚十六岁,而她,已二十岁了。她也确实是个好女人,虽然一直随我们流窜于湖泽江河、崇山峻岭,但七年间还是齐刷刷为我生了五个儿子,也就是"皇门五虎"。只可惜在1892年,也就是我们最小的儿子李绍谋七岁时,父皇率新唐残部自巴东偷渡长江,准备向老君山隐遁时,被清军发现,为掩护父皇,她力战受伤,不幸被清军千总方怀超抓获。她被押解到宜昌,砍头处死,头颅被悬于城头达半年之久,直到风干,变成骷髅。我得知后,悲愤不已,曾多次想潜入宜昌,盗回人头,但都被父皇阻止。无奈,我只得与父皇率领残部逃进老君山,隐入神农顶。

景芳姓林,原本是个在川东鄂西一带跟班唱川戏的旦角。方怀超因捕获新唐太子妃有功,升为守备,驻防兴山。一次请戏班到军营去唱川剧,见景芳长得动人,强纳为小妾,带在营中。我一直想报杀妻之仇,1895年初夏,侦知他带着景芳在"花满楼"喝酒,将其刺杀。景芳当时吓得花容失色,求我这个壮士饶命,我念其无辜,又见她长得着实美貌,哪还可能伤害她?把她作为俘虏,带回了营地。

景芳到了新唐军里,自然就是新唐人氏。她原本随戏班四处漂泊,倒也适应这种游击生活。我其实一见她,就喜欢上她了,不然,我是不会把她带回来的。但我没想到的是,她却不愿接受我的爱,而对年老的父皇产生了情意,这无疑令我痛苦万分!

　　此前,我是太子,也是将军,在没有遁入大山之前,多在前线指挥与清军的作战,或前锋,或后卫,加之膝下本有五子,红玉殉国之后,很少想过女人的事。是景芳,让我的情感重新复活。

　　父皇当时想得最多的是怎么保存下新唐这一星随时可能被官兵扑灭的火种,因此,我擅自做主刺杀方怀超一事令他震怒。我返回营地后,他立马组织我们向更深的老林转移。

　　这也好,至少我每天都可以看见景芳。我看见她有时也会回过头来,用一种怜惜的、感动的,还混了别的东西的复杂眼光看我。每次,我的目光与她的目光相遇,都会有一种温暖而又忧伤的感觉。

　　我觉得她的眼神深处有一种和我母亲一样的、能打动人心的东西。"她是个心思细腻的女人。"我在心里说。

　　到了宿营地,我忍了忍,又忍了忍,还是忍不住,突然低声唤道:"景芳……"我想说的话却没有说出来,我,这个新唐国的太子、无数次出生入死的战将,在她面前,变成了一个追花逐月的公子哥儿,竟丢人现眼地流下了两行泪水来。

　　我的眼泪使她有些慌乱。"太子,你这是怎么啦?"景芳觉得我有些怪,"你要说什么,就说给我听。"

　　"我是有话要说。我要告诉你,有个人喜欢你都喜欢到骨头里、喜欢到命里去了,你难道真忍心不理他?你没有看见他几乎每天都徘徊在你身边?"

　　"是哪个啊?难道还有这样的疯子?你说说看是哪个?"景芳听

了我的话，故意那样说。

"我说的都是真话。"

"可人家是堂堂新唐太子，而我只是个卑贱的戏子，又被方怀超霸占过，怎么配得上人家呢！"

"什么太子！那都是虚的，而他爱你，却是实实在在的。"

她便不再说什么，只低头盯着自己的脚尖。

篝火把她的脸烤得红扑扑的。

我疲惫地靠在一棵松树上，看着呼呼燃烧的篝火。我发现，火不能细看，不然就会觉得神秘、诡异。看着那些围着火堆、满脸愁苦的人，看着因为寒冷而显得格外蓝的夜空和格外大而圆的月亮，特别是看到置身其间的景芳，我内心又莫名其妙地伤感起来。

天其实还没有亮，看时辰才五更，队伍就出发了。

天上的雪还在往下落，这个时候行军，雪可以迅速抹掉我们留下的踪迹。

父皇走在最前面，景芳紧跟着他。我们中间隔着我的长子李绍文——他早已被父皇封为东王——其余三子李绍武、李绍智、李绍勇则分别为南王、西王、北王，可惜均已战死。幼子翼王李绍谋刚满十岁，父皇已多次带他作战。他的意思很明确：我一旦驾崩，东王如有不测，翼王就要继为太子。

虽然景芳紧跟着父皇，我还是喜欢紧跟在她身后，我心中的愿望在经历了这些征途后，愈见分明。我的心被一种情愫冲击着，胁迫我去靠近那种古老的、无处不在的东西。

在我以及很多人的心目中，父皇并没有老，他永不会老去——世上也没有一个帝王会衰老，还有谁比帝王更能承受人世的一切而显得青春永驻呢？除了这个，他的骨头里还透着另一种稀有的、像光一样的东西,令很多人一见就真心折服。

景芳对父皇的每一句赞美,我都很敏感。她说,父皇发怒的时候,江山战栗;父皇笑的时候,生活在他疆域里每一个角落的人都能感受得到。她一点也不含蓄,也没有什么顾忌——可能还没有学会。她这样做,父皇倒是喜欢得很。父皇说,他从景芳那里晓得了,亘古以来,就有一种东西一直存在着,使人世变得美好,使衰老的人年轻,使年轻的人成熟,使成熟的人智慧。

我看着她斜背着从清军手上缴获的温彻斯特十三连发后膛卡宾枪,腰挎郑志成"千字号"剑铺铸造的龙泉剑,英姿飒爽。她的一颦一笑,都足够我用余生去爱。我虽然也读书,但常年打仗,严格地说,更多的是一介武夫。但有一次我很抒情地跟她说:"我觉得你什么都好,我一看到你,心里就快乐,满是三月的阳光和花朵,我不晓得它是多久发芽的,也不知道它是多久长成一望无际的三月的原野的。因为你,我心里有一个只有我自己能看得见的春天。"

这样的话我现在讲述都起了鸡皮疙瘩,当时却觉得很自然,她也觉得很中听:"这些话多么动听啊!我从来没有听到过。"

我说:"这样的话,我之前也从来没有跟任何人说过。"

"为什么呢?"

"可能是没有遇到这样一个人。现在遇到了,其实也要很大的勇气才能说出口。"

"那又是为什么呢?"

"因为我即使非常想说,也不愿说出来,而是愿意把它一辈子埋在心里头。"

她说:"你的话让我觉得自己一下像个仙女了。"

我说:"你就是仙女。"

她高兴而羞涩地笑了。

她说："我其实是个胆小的人，经常做噩梦。老是梦见那个被杀掉的方守备。你跟他交过手，晓得他是个壮实粗野的男人，他老在我梦里对我笑，有时候只有一个被砍下来的方脑壳，有时是一个没有脑壳的肥肉堆成的身子——但我还是能从他身上看出来，他在对我笑。"

"所以，你要找个能在你梦里镇住他的人。"

"是啊，每次我只要在梦里想着圣上快来救我，他都会提刀赶来。他一入梦，那个方守备就会灰飞烟灭。有时，你也会主动出现，他一看见你，就是仇人相见，分外眼红，会拿起刀与你在我梦里对砍。"

"我知道你喜欢父皇。"

"是的，我更喜欢他。一个十九岁的小女子不去爱和自己般配的人，却爱上了一个高祖辈的老皇帝，我自己都觉得不可思议。我问过圣上怎么看这个事情，他想了想，慈祥地说，说句实在话，一个人在咽下最后一口气之前，还是会觉得，只有爱情才是人世间最美好的东西，还愿意去追求一把。他这么说，我就放心了，我的生命不再被人生的空虚和苦闷所笼罩，我感到充实，时时都有一种幸福的眩晕感。"

她这么说，我总是感到绝望和悲伤。

她接着告诉我，有一次，她让父皇拉她上一个陡坎。当她的手被父皇抓住时，她的心跳一下加快了，身体也顿时紧张起来，脸烧得像被火烤着一样。父皇的手虽然握过笔、握过枪和长刀，也种过庄稼，捕过鱼，但手掌并不宽大，带着尚未褪尽的书生气，依然有力。她当时产生了每个少女都有的想法，就是想让父皇一直拉着她。但当她上了那个坎，父皇的手就松开了。一时间，她感到自己的那只手像一个漂荡在外的游子,好不容易寻到了家,又被驱赶了出来,茫然不知该去何处。忧郁的风一阵阵刮过她的心田,她突然觉得眼睛有些潮湿,身体也变得沉重起来,两只脚像是支撑不起它了。

她倒是什么都对我讲,把我当成了她的兄长。接着,她说:"我要跟他在一起,即使让我为他陪葬,我也愿意。我一定要告诉他,一定要跟他说,要不然,我这一辈子也不会快活,一生也不会圆满。他的确是高寿了,但那又怎样?反正我一定要告诉他,一定要快些告诉他。"

她说出来的每个字,其实都像一把尖刀,扎着我的心。但我有什么办法呢?我只能在心中一遍又一遍地说:"我不会放弃我的爱,无论如何,我都不会放弃!"

她对父皇的过去特别感兴趣——她听很多人讲过父皇的传说。她特别在意他早年的爱情往事——娶了仇人家的女儿为妻,成了天下传说的爱情传奇。他的往事《乐坝志》中虽有记载,但她喜欢听人传说——她觉得,传说的东西比整理成历史的东西要真实得多,精彩得多。

陆云珠：
血让海水变得更蓝

虽然走了一整天，但很多人跟我一样，都没有睡着，我听见了每个人内心深处的叹息声，看到了每个表情里隐藏得很好的迷茫、无助。只有我的悲伤是分明的。

听说，我的丈夫、东王李绍文在五个多月前的一次作战中被德国野炮炸死了，他的骨肉被炸得四处都是，皇祖父只带回了他的半根肋骨。我听到那个消息，伤心欲绝。他还不知道，时隔三年后，我又怀上了他的骨肉。我后悔当时没有告诉他。我记得，那次临出征之际的早晨，我让他摸过我的肚子，让他猜里面是什么。他说是心肝，我说心肝肯定有。他说肠肠肚肚，我说这不用你猜。他说猜不出来了，我说等他回来就知道了。

可能是考虑到我身怀六甲，所以皇祖父没有告诉我。但我还是感觉到了。女人就是这样，有些事情凭感觉就能知道。

我把因有身孕而已显笨拙的身体支撑起来，披上补了好几个补丁的皮袄，心怀绝望地走回到篝火边。有人看着我，探寻我脸上的表情，他们什么也看不出来。火光映照着我满是忧戚的脸，孕育使我一度变老，但现在又变得年轻起来了，像因干旱而枯萎的花朵逢雨后重又鲜活起来——我原已满是愁苦的脸舒展开来，连那满头干枯的头发也显得异常光亮。我和李绍文自有寥儿之后再无动静，就在我们经历了三年对香火近于焦灼的渴求,以为我和他不可能再有一男半女而陷入绝望之时,奇迹却突然降临,那突然降临的幸福使我不禁有些惶惑。我一直在想,送子观音何以在他走向战场时,才赐给我这宝贵的礼物?现在腹中的孩子作为他留下来的血脉,无疑更珍贵、更有意义了。

我曾经觉得自己应该去感谢命运的眷顾。可现在,我已感到,人世并没有宽待我,它赐予我的这份礼物,是要以牺牲为代价的。

我也知道了,人世不会宽待每一个人——爱要用痛苦来换;生,要到死亡中去取;希望,要从绝望中获得。

我一边这么想着,一边走在来时的路口,站定了。我想看到他跟来了没有。那是我们刚走过的路,因只有我们这些人走过,加之任何痕迹都不能留给官兵,所以此时已看不出痕迹。这些地方,我们这次走过后,可能很多年都不会再有人走了。这样说,它也算不上路,只算完全陌生的荒地。没有留下踪迹,他能找到我们吗?我们已穿过上千重青山,涉过数百条从没见过的河流,然后在这个黄昏降临的时候,走到了这里。从海上的新唐远征时,谁也没想过会走到这里来。走过的路是多么漫长啊!漫长得都不敢回想我们是怎么走过来的了。

是啊,怎么走过来的呢?我们是踩着新唐子民的尸骨走到这里来的。血已顺大江流逝,归入东海,归入我们曾经的水上家园——血一定会让海水变得更蓝。

在即将到来的暮色里,我看到了这片长满鸢尾——我们叫它扁舟叶——的森林,队伍在这里停留下来,准备宿营。

每次宿营,我都会到刚走过的路口去望一眼他。

我恍然看见路边林子里的鸢尾开了花,紫白相间的花朵铺满林间。有一只黑鸟蹲在一丛鸢尾后面歇息,在鸢尾的衬托下,显得孤苦伶仃的。

我们要逃亡的目的地是皇祖父确定的,一直都只有一个大致的方向,那就是向西,一直走向成都,如果走不通,就向东北,走到集州与梁州之间的青色群山里,然后在那里开创新唐新的基业——这是皇祖父对我们一次次满怀希望地强调过的。

我在等一个人。有时候我觉得是在等他,有时候又觉得不是。所以,我等的是谁,有时候我自己也不太清楚。我等的那个人在梦里见过。他在梦里对我说,他要走很远的路来见我。梦里的那个人很像我的夫君东王,但又不能确定。他有着包公那样的黑脸膛,夫君的脸膛却是关公那么红的。那脸膛上像蒙着一层白色的蜘蛛网,总也看不清。我问那人,你究竟是谁?那人只是说他现在不想告诉我,说等见了面,自然就晓得了。说完就回转身,向雾蒙蒙的远处走去,留给我的,只有一个高大而又模糊的、背着长枪的背影。

远远地,我看见那个人走来了,我看见他不是行走在大地上,而是像神仙一样走在空中,像那空中还有一条我看不见的路。他离我越来越近,我甚至可以看见他行走着的穿着满耳子草鞋的一双大脚。他走得那么急,但那段并不长的路程,他走了很久。他踉踉跄跄的,看起来很累。我抬起头,望着他所在的那个方向。而他显然也看见了我,开始奔跑起来。可他还是用了至少两袋烟的工夫才跑到我跟前。即使面对面,我仍然看不清他的脸。但我已知道他是我的男人。他身上始终有一股血的腥味,但自从成为新唐的东王,后又成为将军,他身上就多了一股硝烟味,这使他身上的味儿好闻了些。他用像血染成的朱红头巾扎着披散的长头,那杆来复枪背在身后,腰间系着水牛皮皮带,皮带上挂着那把充满寒气的长刀,还别着一根长长的、亮闪闪的、长达三尺的铜烟锅——他说，在战场上，那玩意儿也可当武器来用。

"你还真在这里等我啊？我还以为你没有收到我投给你的梦呢。"他用那种久别重逢的口气说。

"我收到你投的梦了，梦里分不清是不是你，你也不把蒙在脸上的蜘蛛网抹掉，我怎么也看不清你的脸。"我埋怨道。

他迟疑了一阵，说："等一会儿你就能看到了，我不想让你看见，可又觉得，你还是该看一眼，看了后，你不能哭，更不能伤心，那样，对你不好，对孩子也不好。我们好不容易才有了这个孩子，他对我父王、我皇祖父很重要，你要养好他。"

"你说话老是神神道道的，你又怎么啦？"

"我……我没怎么，好好的呀，我就是想来看你一眼。"

"可是，你脸上流着血，你的身上也是。"

"打仗嘛，你也参加过的，肯定要流血。就是自己不流血，别人的血也会溅到身上来。"

"这血是从你脸上流下来的，你没事吧？"

"你这么问，我也就不瞒你了……"他顿了顿，低声说，"我先上路了。"

我不太明白，以为自己听错了："你说什么？"

"我们等些年头就会见面的，我不会急着去投胎转世，我会等你。这些年，我对你不好，我这人野得很，因为怀孩子的事我不该一次又一次地冷落你，你要谅解。我的时间不多，即使不在人世了，也还得受管束，所以我得尽快赶回去。"

"你回哪里去啊？"我恍然如梦。

"回我该回的地方去。"

"你……你怎么能这样？我和孩子怎么办？"

"我没有办法——一旦这样，谁也没有办法，我得先走了。"他一副急急慌慌的样子，好像有世界上最重要的事在等着他去做。

他说完，就转过身去要走，我看见了他被鲜血染红的后脑勺，血正从他的后颈窝流下来，染红了脊背。我看见他背上的长枪的枪口还冒着淡淡的蓝色硝烟。我看见有几只黑色的蛾子飞在他的头上，那只原来蹲在鸢尾后面的黑鸟已安静地栖息在他的肩头。

我哭喊着，想去追他，却迈不动脚步，只能眼睁睁地看着他血红色的背影渐渐消失在了苍凉迷蒙的丛林深处。

我在心里已隐隐感知他不会再回来了。一种难言的伤痛顿时弥漫在我的心头。我像一枚初冬的树叶，轻飘飘地跌落在地，无声无息。我觉得，蓝色的鸢尾花——带着白色斑点——正一朵一朵地随着他的脚步开放，如水一般向远方漫延，将他的行踪淹没……

即使是梦里的鸢尾花，也有一种悲伤的重量，让我喘不过气来。

我不禁心生恐惧，眼睛不由得望向天空，我看到的，满眼都是把天空蹂躏得破碎不堪、密密匝匝的枝叶。

我觉得脸上有两股凉意，自己不知何时流了那么多眼泪。黑暗很快就降临了。死亡和杀戮是属于黑夜的。自从征战开始，我们就成了黑夜的一部分，成了黑夜的儿女。我一开始就觉得黑暗中充满了不祥的东西。即使到了白天，我自己的心里也没有多少光亮，堆积的全是又厚又重的阴冷之物，里面流淌的全是冰冷刺骨的江水。

我看着火堆里的枯木，多想自己也是其中一截，在火里燃烧，化作光热，化作烟尘。我又想到，自己，还有这一个又一个人，又比那烟尘重了多少呢？他们又何尝不是时时在人世的烈火中，经受着没有止境的焚烧呢？

我这么想的时候,大地和大地上的万物都可怕地沉默着。

我用木棍拨了拨柴头,火星飞升、熄灭,火大了些,照亮了更大的一片地方。然后,我拥着衣服坐在那里,像一堆朽木一样枯槁,我那颗悲伤笼罩的心被火光映照了出来——也正是火光为我晦暗的身影涂上了一层温暖的色调。

孟金榜：
饥饿和死亡威胁着我们

那是我很少遭遇的一场大雪，没有一片雪花是飘下的，而是成团地从天上砸下来。它把我们这些新唐的帝王和子民分隔开了，彼此失去了联系。

篝火在一片新的雪地上燃烧起来，火光映照着神像静穆的面孔。枯瘦的老人须发枯槁，像一窝冬天里的衰草。他们的身体瑟瑟发抖，残留的生机像要随时被饥寒带走。

我从火焰里看到，人们相拥而坐，一些人嚼着野草、树叶，吃着积雪。稍远处，摆着几具亡者的尸体，饥饿使他们在不该亡故的时候离开了人世。亡者的脸发灰，没有火纸，只能采了树叶遮着他们的脸。从白色的雪光中看过去，篝火在那碧莹莹的叶子上跳动，像是亡魂在舞蹈。

老人总是睡不着，他们一直坐在火堆边。他们不知道狙击敌人的亲人们现在何处，不知道他们为何这么久了还没有一点消息；不知道他们会不会落在追击的官兵手里？敌人会不会明天就追来，把我们全部杀掉？每个醒着的人都在想着这些问题，每个人都把眼睛投向永远只有一个表情的神像。

按照圣上的说法，如果神像早一天在他的肩膀上变得沉重起来，我们就会早一天摆脱这苦难的长旅，找到新的栖居地，开创一片新的乐土。而现在,每个人都只能祈求神能赐给我们食物,保佑那些没有回到身边来的人早些回来。

失去了亲人的人即使在睡梦中也垂着悲伤的泪水,在梦里也呼喊着亲人的名字,听着着实让人揪心。

森林里的雪光是惨白的,连那火光也像死人的脸。

孩子因饥饿啼哭起来,哭声传得很远,使本来很美的森林充满了苦涩、凄凉的味道,雪夜也因此而变得暗淡无光了。母亲哄着他们,把枯萎、干瘪了的乳房一次次塞进孩子嘴里。她们每听到一声孩子徒劳的吮咂声,心就疼痛一次。孩子重又啼哭起来。这时,母亲们早已泪流满面,有些人甚至呜咽起来,整个世界变得更苦了。

"他们现在怎么样呢?"我想圣上可能带着自己的武装,掩埋了战死者的尸体,带着牺牲者的一截骨头,怀着急迫的心情,正在追赶我们。他们一定会在某个清晨、正午或黄昏找到我们精心设置的指路标记。

我隐隐听到了某种召唤。凭着我颠沛流离的人生所经历的一切,也凭着本能,我很快就分辨出那召唤是什么,只是现在,我无暇去想,我只想他们能尽快地回到我们身边来。

已经到了别人该入睡的时候,这时,我像之前的很多个夜晚一样,头脑会变得异常清醒,本该隐藏在黑暗中的东西,本不该被我肉眼所见的世界,都会越来越清晰地呈现在眼前。我不会去管它们,只是盘腿坐下,专注地仰望夜空。

夜空因没有星月而显得如此近,像是在火光的边缘就可以触摸到。黑夜统一了一切,只有这叛逆的火将它焚穿出一个小小的孔洞。

我并不知道这夜里还有醒着的人。我只专注于对黑夜的凝视。我在黑夜中看到了一双眼睛,似云珠的,还看到了死亡和血——二者显现于同一片夜空已经很久了。幸与不幸,痛苦和欢悦,总是同时存在的。它们显现着人世生活的本来面貌。生活的本身无非是做一件事;无非是尽一生之力把一件事做完;无非是在苦难中守住那微弱的希望之光,支撑自己轻如烟尘的生命走到各自苦难的尽头。我其实不是一个悲观的人,但我当时就是这么想的。

当我把目光从夜空里收回来,我隐隐可以看见云珠的脸。这使周边的一切显出恬静之美。我的心变得宁静。我摸出自己的烟锅,填了一锅烟叶,深深地吸了一口,然后又把烟从肺里悠然地吐出来。烟叶里有呛人的味道。蓝色的烟随着我的气息飘在火光中,然后无声地融入无边的黑夜。

再过几天就是大寒了,清晨再次下起了大雪,雪越下越大,铺天盖地,密不透风。

二十一天前,圣上把这不多的人马分成了两部分,有战斗力的男女随他去狙击追兵。他们声东击西,在森林里打游击,与追击之敌周旋,掩护着由我和陆云珠带领的老弱病残转移。

云珠身怀六甲,我从没带过队伍,这让我很操心,特别是下雪后,寻找食物变得尤其困难。森林被雪覆盖着,呈现出崭新的美,但那种美的下面,笼罩着死亡的气息。

第二天,我带着几个身体稍微强壮些的男人和年轻些的妇女到林莽里去狩猎,其他人则由李绍谋率领,在神像的指引下,继续相互搀扶着,冒雪前行,一切都由成大旺肩扛的神像决定。所以,每个人其实都很绝望。

翼王李绍谋已经是个小伙子了。他说他愿意跟着长嫂——东王妃陆云珠。但云珠认为当时食物比什么都重要,所以决定跟着我一起去狩猎。能跟她在一起,我当然高兴。

大雪缠裹着我们,到第二天下午,我们才发现了一头野猪。那头野猪毛色金黄,瘦得只剩下了一副骨架,它显然已经老了,硕大沉重的头背着风吹来的方向,哆哆嗦嗦地立在一株高大的青冈树后,躲避着寒冷。

我一下高兴起来,似乎已经闻到了猪肉的香味。大家小心地在雪地上匍匐前进,以使猎物离我们尽可能近些。到了只有半个射程的距离后,将枪口瞄准了它。

我看到那头瘦骨嶙峋的野猪脊背上落着一层雪,头低垂着,像靠自己的体力已支撑不起自己的身体了;我还看到它那曾经凶悍的眼睛已经暗淡;看见它用长嘴喘息着,呼出的热气断断续续的。我扣动扳机的手迟疑了,我突然希望它逃开。我晓得其他人的枪也都对准了它。我把枪口朝空中抬了抬。枪响了,接着,其他的几杆枪也响了,那头野猪没有哼叫一声,就倒了下去,树上的雪团被枪声震落下来,扑簌簌地落了很久。

大家抬着野猪,提着拾到的一些橡果和挖的葛根、山药,去寻找队伍。因为打死了这头野猪,大家感到这是好几天来运气最好的一天。野猪虽然又老又瘦,但足有两百多斤重。大家大多时候靠野果野菜充饥,早已病心寡肠,面黄肌瘦,现在终于可以见到油星,闻到肉味了。

雪光使昼夜的界限变得模糊,我们不知道天是多久暗下来的。雪没有停。今天,大家都走得很快,不知不觉中走了很多路,但直到天黑,还没有看见宿营地的火光。

"他们在等着我们的食物呢。在这样的风雪中,饥饿将显得更加狰狞。"我心里非常着急。

但我们没有找到他们留下的路引,雪掩盖了他们走过的路和一切痕迹，使森林成了一个模样。那本是迷宫般的森林如今更加幽深莫测。当天光显露，我们不但没有看到宿营地的影子，连自己身处何处也不知道了。

大家又冷又饿。我招呼大家到了一处岩石下，生了一堆火，烧些橡果、板栗，烤些山药，用来充饥。

云珠怀着孩子，显得更加疲惫，但她咬牙坚持着。她很少说话，只是不时看看大家。好久，她才问我："我们现在该怎么办？"

"先歇歇，吃点东西，然后再去找他们，总能找到的，我们昨天离他们最远不过二十里地。"

"但我担心我们方向错了，并且，他们在继续往前走。如果是背道而行，我们彼此会离得越来越远。"云珠说。

"是啊，最怕走错了方向。待雪停了，我们就能看清楚了，就能找到方向了。"我安慰她。

大家听了我的话，认为也只有那样了。肚子里填了些吃的，身体暖和了一些。

但好几天过去了，我们仍没有找到队伍，大家不禁担心起来。

这其实都是我的无能造成的，我特别沮丧。

我们轮流抬着那头野猪，疲惫、艰难地穿行在森林里。因为劳累和焦急，我好像一夜间老了许多，似乎都直不起腰来了。森林是个迷宫，似乎到处都是路，但哪条路都没能把我们带到要去的地方。我已经意识到那些人所面临的是什么。这也使我知道，我们的迷路肯定会让他们经受饥饿和死亡的威胁。

当又一天来临，我们这行人已显得慌乱、紧张，心里已晓得自己完全迷失在这茫茫林海中了，但我们抬着那头早已僵硬的猎物，仍在苦苦寻找。

我坚持要把这猎物抬回到宿营地去,我可以想象那些人看到猎物时高兴的样子。

　　可现在,他们又在哪里呢?自己又在哪里呢?被风雪围困的那些老弱病残的处境该是多么艰难!

陆云珠：
死去的孩子仍被母亲抱在怀里

我们队伍里的张屠户死了——他试图去寻找食物,但死在了路上,被我们找到时,只剩下了一副残缺不全的骨架。我们用袍子包了,把他抬了回来。

活着的人已没有气力前行,他们坐在火堆旁,分着很少的一点橡果,嚼着野草和树皮,绝望地等待着一步步迫近的不可预知的未来。

我可以猜想,以老弱病残为主的那支队伍死去的人会更多,死人肯定已摆在雪地上,都被雪盖住了。虽然每个人都已习惯了死亡,但悲伤的气息无论如何也掩盖不住。

死亡笼罩在我们头上。我的身体已经浮肿起来,为了孩子,我用力咀嚼着苦涩的树叶,大口吞咽着冰冷的积雪。

我已衰弱不堪,但我一定要活下去,一定要把孩子生下来。只有我活着,我的孩子才会活着。我在心里对自己说。

寒冷凝固了死亡的气息,但鸦群仍寻踪而至。它们像一片聒噪的黑云,笼罩在我们头上,给周围惨白的积雪镀上了一层死亡的颜色。它们的聒噪把那本就很残缺的人世撕扯得更加破碎了。到处都可闻到死亡的腥臊之气。偶尔有那被死亡涂抹得油亮发光的乌鸦羽毛飘落下来,像撒下的阴曹地府的请柬。它们贪婪地冲向张屠户的尸体,冲向我们猎获的那头野猪——不到万不得已,我们还是想把它抬回去,与他们共享。

此时,只有火能护卫活着的人。我们挣扎着去拾来柴火,挣扎着用枝丫去把已经死去的张屠户掩盖起来。鸦群一次次俯冲下来,又一次次飞升到树上。它们越来越多,像能升降的黑色云团。

它们的利爪总想拨开盖在张屠户脸上的树叶,有些活人的脸和手都被它们抓伤了。

我用燃着的柴火去对付它们,其他人也跟我学,都挥舞着柴火去驱赶乌鸦。那些柴火有的冒着烟,有的有余火。鸦群暂时退却了。但人鸦之间的对峙仍然紧张,而饥饿使人类明显处于劣势——我们连挥舞柴火的力气都没有了。

现在,我们要吃点带劲的,才有气力掩埋张屠户。孟金榜这才舍得把那头僵硬的野猪剖开,拾掇出来,烧烤了一些还能吃的内脏,填充着肚子。其余的,把猪毛燎干净后,在火上烤了——这样,要带着走也轻便了很多。大家都埋怨孟金榜之前不让大家这么做。孟金榜说,野猪一卸开,恐怕早就吃得连骨头渣都没有了。

填饱了肚子后,人世又变得美好起来,一些人踏实地睡着了,一些没有睡着的人,也心满意足地在火堆边坐着。

然后,我们把后来捕获的一些别的猎物:一头小野猪、两只鹿、三只獐子、十四只野鸡都收拾出来,也在火上烤着。

夜幕降临,不管人世是处在幸福还是苦难之中,黑夜总是如期而至,没有比它更准时的了。而光明呢,光明不过是黑暗的一点恩惠罢了。

火像是要安慰我们这些绝望的人,呼呼燃烧着,它让我从中看到了自己曾经有过的生命状态。这难免让人悲泪横溢,我们从没有想过自己的生命会陷入这样的泥淖,连对过去的回忆和对前景的向往都承担不起,更不用说去承受面临的苦难。

黑夜稍微安静了一些。鸦群与黑暗融为一体,除了它们在高处转动着的鬼气十足的眼睛——它们能清清楚楚地看见死亡,其余的部分——包括它们的灵魂都成了黑夜的一部分。它们不时发出一声声干哑的、幸灾乐祸的、梦呓般的聒噪。

在无边无际的黑夜里,在令人恐怖的林莽深处,幸好还有火守护我们。但柴火越来越少。我们知道,没有了火,我们就会陷入危险和绝望的境地。

陆老三起身去弄柴火。他离开火堆,手里拿着一截有火的柴头。这个新唐老兵已六十八岁,他的两个儿子都已战死,一个死于攻打南京,一个死于洞庭湖水战,他的三个孙子也已战死沙场。当他在战场上幸存下来,其余的亲人已不知被乱世的洪流卷到了何处。饥饿使他每迈动一步都异常艰难,积雪让他的脚步更为沉重。人们没有说话,只从暗淡无光的目光里挤出一份祈愿,默默地目送他,直到柴火上的火星和他的脚步声一起被黑夜吞没。我在火星和脚步被吞没后,还在谛听着,我希望听到他的声息,但我只听到了——

云豹的叫声。

孩子的啼哭,老人的呻吟。

积雪压折树枝后树木发出的尖锐的嘶喊。

一只不知名的野物从近旁飞奔而过。

老人的呻吟,孩子的啼哭。

我听到了一只积雪覆盖着的大地下冬眠的虫子发出的匀净的呼吸。

啼哭和呻吟。

火苗无力地舔着黑夜。

几声乌鸦的聒噪,像在唱死亡的歌。

死亡君临夜空,黑沉沉地压在头顶。那个时候,我的听力格外好。

那星火光没有回来,脚步声也没再响起,陆老三倒在了离宿营地三百多步远的一株云杉树下。

火光想撑开黑夜。

鸦群齐声聒噪,声音欢快。

呻吟和啼哭像光明一样越来越远。

赵有明的三个儿子和一个女儿为新唐捐躯。他用一根木棍支撑起身体,拿了有火星的木柴,离开了人群,向黑暗中走去。赵陆氏一见,也站起来,跟着他。那一点火星使黑夜有了一线舞动的火的光彩。

我们眼里蓄着泪,满含期待地目送他们,在心里祈祷神灵能让他们带着柴火,从黑夜中返回。

我们的目光再也不敢离开他们所去的方向,生怕目光一旦离开,他们立马被黑夜吞没。

隐隐有一声云豹的叫声穿透寒冷的黑夜,从远处的山崖上传来。

我们不知道,趁着黑夜来参加死亡盛典的乌鸦越来越多,鸦群的规模也越来越大。

惨叫。一只猴子被云豹捕获后发出的惨叫。喉管被咬住,撕开,最后是越来越无力的呻吟……

越来越微弱的火苗无力地舔着黑夜的肌肤。

无边的死寂让整个人世面临着随时被毁灭的危险。

我看见微弱的火光蔓延开去,林间、天上、崖畔都燃烧着一堆堆熊熊的大火，人世不再寒冷，到处充满温暖。

我看着那些虚幻的火光，高兴得脸上热泪直流。在火光里，我看见神像肃穆的表情时隐时现。我隔着火堆望着神像，我想祈求它，但我已不敢肯定他是否真能拯救我们。我担心在这样的困境里去求神灵是给神灵出难题。我摸了摸自己隆起的肚子，不觉又变得伤心起来。

火星在黑暗中晃动了一下，接着是双脚吃力地从积雪里拔出来的声音，然后是三个人的喘息声。

是的，是三个！

——陆老三、赵有明、赵陆氏拖着柴火回来了！陆老三是赵陆氏的三哥，她的大哥陆老大、二哥陆老二还有弟弟陆老四早在海上与清军作战时就战死了。她的表情里已没有悲伤，她可能已经麻木，更多的原因则是：她既没了心力，也没有体力来伤悲了。

看到他们，我对自己说："你一定要坚强些。"

我感到肚子里的孩子就要降生了。

"你个小冤孽，在肚子里终于待不住了……可是，你现在出来……可不是时候，我哪有力气生你啊……还有，我可不想让你一出来，就看到这惨烈的场面……到处都是乌鸦的味道、乌鸦的叫声、乌鸦的羽毛，还有被它们啄食过的死人……"我在心里对他说。

我连感觉疼痛的力气都没有。我不知道自己能不能把孩子生下来。为了让我积攒一点力气，孟金榜割了一块野猪肉，在火上烤了递给我，我囫囵着咽进了肚子里。

我吃力地侧躺到地上，然后又仰躺着。高耸的肚子正对着火堆，并越过火堆，对着无边林莽。我感到下半身要热和些了。"孩子啊，你最好先不要出来了，娘的肚子里还有余热，这外面到处都冷……

真冷啊……"我在心里大声对孩子说。我觉得心离孩子最近,孩子肯定能听到我说的话。

除了孟金榜,其他人都睡着了。我不愿惊动他们。这是我人生第二次怀孕、生产,我是东王妃,我能够自己忍受这一切。即使痛死,我也要一个人享用。

时光缓慢而又沉重地流动着,像风推移的荒山。大家已无力去管那个亡者的尸体了,因为鸦群已经轻易地击败了我们,与其眼睁睁地看着鸦群啄食尸体,不如让眼睛逃离开那惨烈的景象。男人把目光朝向鸦群起落的那一边,然后又转向另一边;几个年轻一点的妇女感觉到了我的异常,充满期待和担忧地爬过来,围坐在我身旁。

虚汗打湿了我贴身的衣裳。我侧过脸去,望了一眼神像,心想,要是神能给我一点力气就好了。

但我的孩子像是在较着劲儿不出来。我已经被折腾得面色如纸,好几次不省人事。

我在心里祈祷着,我从来没有那么虔诚过。然后,我感到黑夜中有什么东西在无声地飞翔,我看清了,不是乌鸦,是浑身长着白色羽毛的灵鸟——神像的化身,它开始只是一点光,像一颗星星,明灭不定;然后那颗星星越来越大,越来越明亮、耀眼,然后像一朵花,含苞待放,很快礼花一样绽放在深邃的夜空里,华彩熠熠,振羽、展翅,飞翔而来,浑身笼罩着祥瑞之光。它把人们都唤醒了。

除了孟金榜,在场的每个人都看到了它。孟金榜总说他看不见灵鸟,我也不知道他说的是不是真话。他们抬起头,跪了下去,双手合十,仰望着灵鸟变得越来越大,它的羽翼覆盖了好大一片夜空。孟金榜有些蒙,迟疑了一下,也跪了下去。鸦群不知什么时候消失得干干净净,连一根羽毛也没有留下;每一棵树从枝丫的末端到枝干、根须,都变得透明了,呈现五彩。寒意消散,天地间弥漫着檀香的气息,连那具被鸦群破坏的亡者的遗体也变得完好如初。我因分娩而变得痛苦的表情也变得安详了。我终于有力气来感受生孩子时把身体劈成两半一样的疼痛。

灵鸟是来守护这个即将诞生的孩子的。虽然神属于所有的人,但只有神真正现身来护佑某个人的时候,神才不是传说。

我顿时泪如泉涌,想挣扎起来跪拜,但我哪起得了身?就把双手合在胸前。我的心变得宁静,原本撕心裂肺的疼痛也开始减缓,然后消失。我觉得自己的身体像花朵一样开放,变得轻盈,像五彩的落英一样在天空飘飞着。

我的身体变得和那些树一样透明了。

“啊——”我忍不住嘶哑地大叫了一声。但这不是因为痛苦,而是因为一种极度的幸福。

灵鸟那似乎无限广阔的羽翼因此抖动了一下。

灵鸟抬起头,我也抬了抬头。我看见灵鸟的眼珠发出了宝石一样的光芒。

当天色放亮,当我意识到刚才所见可能是幻影,差点又昏迷过去了。

晨光遍洒,把光平分给世上的万物。

我知道昨夜所见皆为幻象,但我愿意沉溺其中。身下的产血浸入落叶,渗到了泥土中,很快凝固。伴着死亡和鲜血的生产使这个时刻和昨夜的幻象一样神圣,像是在死亡的荒漠上开放的珍贵花朵,呈现出灿烂的光彩。它让人们在痛苦、绝望的尽头,终于看到了希望的光芒。

伴随着晨辉,森林中已隐隐透出了一线春光。

孟金榜：
我知道了什么叫少水鱼

云珠生下了王子，我们都很高兴。我自然知道自己责任重大。我们找了一处岩洞，砍了些树枝，扎成墙壁，将王妃母子暂时安顿在里面。我知道，我们得到的食物已没有再保留下去的必要，因为，我们可能永远也找不到那些人了；现在，我们该做的，就是保证王妃母子和我们自己活命。

我们在岩洞里待了半个月，云珠就待不住了。因为她知道，我们每停留一天，就会离他们更远。

当我们重新穿行在茫茫林海里，已如野人一般。

寒冷的时光一天天过去，只有树，只有一棵挨一棵、大大小小、或高或矮的树组成的海洋和迷宫。四十天过去了，我们连一个人影也没有找到。我们虽然怀着迫切、焦急的心情想找到他们，但冥冥中似乎有一个邪恶的东西把我们引到了另一个方向，使我们只能背着、扛着越来越少的猎物在和时光一样寒冷的森林里艰难跋涉。

只有我知道，那个邪恶的东西是什么。

因为我已绝望，我知道我们已被森林吞没，永远也走不出这暗绿色的迷宫了。但我也一次次地对自己说，那个邪恶的东西我只是想想而已，没有什么能动摇我们寻找圣上的决心。

我看了看天空，断定今晚有雪，不能歇在露天，便在天黑透前找到了一处岩洞,点了一堆火,开始歇息。每个人都很累,大家烤了些肉,囫囵着吞咽下去,裹着兽皮,躺下便睡,没过多久,呼噜声就响成了一片。

我想见到白鸟。只有我睁着眼睛,一直守望着黑夜,我已是个完全没有了睡眠的人,或许,我是在走路时睡觉的。有人说,我的确可以一边走路,一边呼呼大睡。人们问起,我总是笑着说:"你们瞎说,哪个人能一边走路一边睡觉呢?"不过,我白天总是迷迷糊糊的,夜幕一旦降临,便会变得格外清醒。

开始还有月光,照得四处一片空蒙。我注视着静穆的月夜,隐隐觉得有什么东西从迷蒙而遥远的地方向我缓缓飞来。

"那一定是白鸟……"我的心因为激动,不由一阵狂跳。随即涌起一股神圣的情感,双眼不禁有些潮湿。

"白……白……鸟……"我嗫嚅地呼唤了一声,声音里充满了虔诚之意和膜拜之情,泪水不由得涌了出来。

它的飞翔之姿那么柔缓,羽翼轻轻地拂着无声的夜气,显得神秘、庄严而又高贵。

我不由得屏住了呼吸,把手按在了自己的胸膛上。

但它不是鸟,而是一只巨蝶,一只五彩、鲜艳的蝴蝶,循着火光而来。我甚至看见了它银色的触须和金色的身体,看见了它飞动时飘散在身后的蝶彩,四周弥漫着一种我熟悉的清香——是好几种野花混合而成的香气。我感到自己为蝶的姿态所惑,被它的香气所迷,肉体顿时变得轻盈、慵懒。然后,我感到身体中似有万千精灵在复活,像经历漫漫长冬后在春天苏醒过来的大地万物。

有个声音在呼唤我,那声音是陌生的,又是熟悉的,格外真切,却无法分辨。

有一种东西自我出生时就在伤害我,它是不能回味的,但在某些时候——比如现在——就会涌上心头。那其实不是别的,而是我内心深处的爱。它当时正转化成带着苦涩味道的如泉热泪。我满脸是泪。我让泪水流淌着。痛哭对于我,似乎是很久以前的事了——上一次痛哭还是在乱世断了我功名之路时,那突然降临的打击,让我哭得晕厥了过去。但那次的痛哭与这次完全不一样,这次的泪来自灵魂深处,是我生命的重要组成部分。

林风从已经变得很遥远的南方带来了初春的花香,是还没有开败的冬梅的,是迎春的、杜鹃的、瑞香的、山茶的、玉兰的……花香。

彩蝶越飞越近,离我近了,反而模糊不清,然后,月色像被万物吸尽,最终消融无痕,化作带着寒意的绵绵细雨。

火光明灭不定。有零星的雪飘进岩洞,寒意也随之袭来。我看见云珠把孩子裹在衣袍里,让孩子叼着她的奶头,在火堆边躺着。劳累使她睡着了,孩子含着她的奶头,也睡着了。

我往火堆里加了柴,为了让柴火燃烧得久一些,我在大家入睡后,在柴火上压了石块,火被压抑着,火苗被风吹得像草一样倒伏向一边,风一止息,它又会猛地蹿起。

我虽然心事重重,但一躺下去,也就睡着了。

这时,我梦见自己坐在一块白石头上,仰望着夜空。我想看见白鸟,却看见了云珠的脸铺满了整个天空,虽然如此辽阔,却无处不美。看着她的脸,特别是湖水一般清澈的眼眸,我莫名其妙地哭起来。我哭得像孩子般恣肆。

我看见有一只手伸过来,替我拭着脸上的泪,很轻柔,像怕惊跑了这细密的雪粒,像怕惊了这酣睡着的山野的梦。

是她,是云珠。

她在陪我落泪。在梦里，她总是这样。

一股清泪从湖水里流泻出来，冲击着我。

我听到了她比雪花落地还要轻微的抽泣声。这使我有些慌乱，不知所措，我想找些话来安慰她。但我半句话也说不出来，我从没面临过这样的时刻。

最后，我抓住了那只拭泪的手。那只手湿漉漉的，像刚从雨水中收回来。我紧紧地握着。她又用另一只手去拭我的泪。我便将她揽入怀里。

我觉得蝶和怀里的云珠像云与雾一样，正成为一体。我闻到了从她脖颈里溢出的兰草花的香气。

在沙沙的落雪声里，在同行者的鼾声里，在篝火的光亮中，我们紧紧相拥，细听彼此生命如水流逝的声音。

人世在那个时候变得那么小，只余下了这半爿岩洞，小得只能容下我们两个人了。

我在云珠耳边轻声说："我走了那么远的路，我走到了，我想我现在肯定是走到了，我没想到我会走得到，我离你这么近，我没想到我真的走到了。而你晓得，这爱的世界是那么辽阔，无边无际，我原以为，我永远也不会走到呢。"

她也把嘴挨到我的耳边，梦呓似的说："你喷在我耳朵里的气息让我的身体酥软，从耳朵传递到我心里，把我整个点燃了……啊，一滴水，又一滴水，像封闭的泉眼被冲开了，泉水喷涌出来，要把我自己淹没，让我窒息。我感受到了流水如何涌出，由一滴而成大海。你那么紧地抱着我，像要把我全部填入你自己的身体，连一根头发也不剩……"

我们两个人都不能呼吸，好像空气不够，但那个时刻，我觉得就是把整个世界的空气拿来供养我们，也还是不够。

云珠拭泪的那只手在轻轻地摩挲着我的脸。一遍遍地，像要让自己的手永远熟悉它，不再远离它，忘记它。

我听到我们两个人的喘息一声粗，一声细，都很急促。那声音对于我是陌生的，而她，我知道，肯定经历过。但这又有什么关系呢？那是生命中说不清的、抑制不了的东西——它是某种亘古的激情，既美好，又痛苦。现在，我不能不去呼应她。她动了动身子，把手伸进我的衣服里。她的手冰凉，像蛇一样在我的胸膛上温柔地游走。

我的胸膛有些文弱，并不坚实，但我的心跳动得很有力。

我用一只手紧紧地拥着她，另一只手也腾了出来，盲目地伸向空中。我晓得自己想要做什么，也知道那只手该放到哪里去。但因为羞涩，我有些不知所措。我感觉到了自己的拙笨，却又无可奈何。我像旱地里的鱼那样张着嘴，感觉马上就要窒息，我需要水，水却在一滴一滴地变少。我觉得自己这口气如果上不来，就要死了。我第一次知道了，什么叫少水鱼——我当时的境况，就是一尾少水鱼。

我看了一眼那些人，他们睡得和岩石一样沉。我没有那么窘迫了，但那只手像不是我的，不受我的控制，仍只慌乱地伸在空气中。

女人天生敏感，即使在梦里也是。云珠的手本来停在我的心口处，但她把手拿了出来——她的手已有了暖意，她把我的手牵进她的衣服里，一直引到她胸前。我的手像一块冰，我和她不由得同时哆嗦了一下，但她似乎喜欢那种可以穿透身体的凉意，她把我的手放在了她左边的乳房上。

一股温暖的激情顿时冲击了我，身体立马变热。像是刚从冰窖里爬出来，浑身颤抖，那种感觉从头到脚，一波一波地掠过我的身体。那是第一次触及女人肉体时带给我的，是手所感知到的温润带给我的,是刻骨铭心的爱带给我的。我的手掌里是温热柔软的一团,它在融化,如云一般——它就是云;在聚合,又像金沙一样——它就是金沙。我不敢动,有那么一会儿,两个人都如雕塑一般。因为自己的手给她带去寒意,她的身体变得冰凉,我有些抱歉,想把她抱得更紧,但自己浑身酥软,已没有一点力气。

我第一次知道了,当两个人相爱,彼此都会变成仙境。

云珠站起来,牵着我向岩洞深处走去。我们急迫地想要远离火堆和火堆边的人。

我们栖身的岩洞像一张大张的嘴,有一边的嘴角扯得远些,连火光也照不到。我们像一对野人,像一个连体人,笨拙地挪到那里,才停下来。

我们成了黑夜的一部分。一只鸟儿被惊动,从栖息的岩壁飞进雪夜。

云珠和我分开了。她把自己身上的皮袍脱下来,铺在地上,然后把我身上的皮袍也脱下来,拿在手里,对我轻声说:"来,躺下。"

她像个母亲在照顾孩子,让我先躺好,把我的皮袍给我盖上,然后,她才躺到我的身边,把我紧紧拥在怀里。

"冷吗?"她在我耳边悄声问。

我喜欢她的气息挠得我的耳腔和心房酥痒难耐。我在她耳边悄声说:"不冷,很热,热得很……"

"那就把衣服解开。"

我乖顺地让她把我的上衣褪去了。

时间呼啸而过,我们却感受不到,只觉得一切都停滞下来了,每一秒钟似乎都无限漫长,而这缓慢的时间正是为了让我们体验这无边无际的爱。

云珠用另一只手解开了自己的衣裳。两颗心的跳动彼此呼应。我可以感受到她身体散发出的小麦一样的光。

我看到那只蝴蝶闪耀着迷人的光芒，照亮了被雪缝制的夜晚，带着浑身的雨露，飞向我们，五彩光芒的蝶羽时而猛烈、时而轻柔地拍打着她和我。那条通往生命深处的道路，在我眼中终于变得清晰起来。带雨的蝶停在我们身上，好像我们是两朵刚开放的花，花蕊里正源源不断地分泌着花蜜。

李娥儿：
我们靠消化自己的意志活了下来

　　那段日子，森林里到处都是乌鸦，使那片森林看上去都成黑色的了，像被泡在了墨水里。远处还有乌鸦在急着往这里飞，来赶这场饕餮盛宴。它们遮蔽了天光，使森林一片阴森。它们黑色的身影甚至渗进了植物、泥土和岩石里。它们的聒噪淹没了世上所有声音——包括冰雪融化的声音，春风的声音，植物萌芽、拔节的声音，花朵含苞待放的声音，蛰伏一冬的昆虫重新来到地面的声音，溪水再次叮叮咚咚流淌的声音……它们迟滞了春天到来的脚步。

　　柴火被放进火堆里，火又呼呼燃烧起来。当火光把四周照得分明，我们才发现怀抱神像的老人成大旺已经去世，同时被发现死去的，还有两个孩子——一个六岁，一个出生才四个月。两个孩子死前都哭过，但每个人都已习惯了这种啼哭。老人死得无声无息的，没有惊动任何人。他坐在火堆的另一边，跟活着时的姿态一模一样。他背靠一棵柏树，盘腿而坐，不知是什么时候闭上双眼的，死后两手仍紧抱着神像，神态跟生前一样庄严。但他的身体已经僵硬，人们认为他昨晚天黑时就已经断气了。

　　事后才知孟金榜一行也遭遇了鸦群的侵扰，我不知道这些乌鸦是从孟金榜那里飞来的，还是我们这里的乌鸦飞到了他那里。我们这里的乌鸦肯定更多，我从未遇到过那么多乌鸦，它们从树林上空飞过,拉的屎把树木上的雪敲下来,然后再用自己的屎把枝枝叶叶都染白。但两个孩子死后,它们也沉默了。悲凉的风从远处的森林深处经过一棵又一棵树徐徐吹来,像是大地在默哀,森林在鸣咽。

有几个人想把老人的遗体摆放好,但他僵硬的、盘腿而坐的姿势使他的身体难以躺平,最后只能让他依旧盘腿坐着。当人们去看他,就见他端坐在雪地上,苍老的头颅向前微微低垂,像在思考一些永远想不明白的人间的凡俗事,像是要在沉思之后抬起头来,告诉人们一些无聊的道理;又像是在为自己没能将神像扛到新的目的地而自责。但无论怎样,大家都觉得他并没有死去,而是如一座花岗石雕像,依然活着。

他不能像其他死者那样躺下,看上去就像一个正在打坐的修行人。死了就得安静地躺着,规规矩矩、平平展展地躺在棺木里,然后随着棺木躺到地下去。但他依然盘腿而坐。每当人们去看他,心里都会一惊,他不是已经走了吗?怎么还坐在那里?那里可是摆放死人的地方啊。他孤独地坐在死人旁边,看上去像个一边守灵、一边在超度亡灵的人。雪落在他的身上,他很快就变成白色的了。大家于心不忍,又把他移到火堆边来,让他和大家坐在一起。老人就像活着时一样,微低了头,看着那用力燃烧着的柴火。

神像传续到成大旺的堂侄成文昌手里。神像一般都由皇祖父亲自扛着,只有在参加战斗的时候,他才会指定可靠之人代替他。因为皇曾祖、皇祖父都改姓过"成",所以指定的人必须是成姓人氏。这是最为神圣的差事,所以,已六十三岁、平时没个正形、总是嘻嘻哈哈的成文昌,一接过神像,就变得一本正经起来,神情肃穆,佝偻的腰身也一下挺直了,一副凛然不可侵犯的样子。

那两个死去的孩子仍被他们的母亲抱在怀里。母亲都没有流泪,因为她们的泪水早已流干了。她们的身体已成为沙漠。孩子在母亲心中永远都不可能死去。她们把孩子抱得那么紧,像还在无声地与死神争夺、搏斗。她们悲伤的脸依偎着孩子那已没了生命光泽的冰冷小脸,像是要用自己那已衰竭的生命之光去照耀他们,召唤回那已经逝去的生机。

不知过了多久,雪光变得明亮了不少,这时,奸诈的鸦群像是密谋好的,从树梢处铺天盖地而下,扑向了那些死者。

遗体被乌鸦啄烂了,活着的人感觉他们的灵魂也被它们的贪婪撕碎了。

我们想扑上去把乌鸦赶走,但我们已没有一点力气,只能用低哑的声音吆喝着,扬起无力的手臂,徒劳地驱赶着,我们只能眼睁睁地看着鸦群肆无忌惮地糟蹋着那些亡者的遗体。

人世在我们的感觉中本已充满了令人恐惧的死亡气息。现在,鸦群让人世变得更为阴冷、沉重。它们寄附着无数亡灵的羽毛因争夺尸肉而被同伴撕扯掉,纷纷从空中飘落下来,掉在火中,"嗞嗞"地燃烧,发出难闻的气味。它们充满腥臊之气的叫声震耳欲聋,每一声啼叫都像一记闷棍,重重捶打在我们头上,让人头痛。

人,显得多么脆弱、渺小。

火又要熄灭了,趁着天亮,男人们赶紧相搀着去弄柴火,女人们则去找吃的。

摆在那里的死者都只剩下了骨架,乌鸦连骨缝里的肉都剔得一干二净。它们肥噜噜的,心满意足地踞在高枝上,满足地缩着脖子,晨光也镀在了它们身上。成大旺的遗体因和我们在一起,那两个死了的孩子因被母亲抱着,遗体才得以保全。但那些鸦群并没有离去,仍旧贪婪地从上面死盯着我们。

死亡是如此具体、形象,唯有生是未知的,面目不清。但生死之间仅隔着一层薄雾样的东西,彼此均可见,只是看不大清楚罢了。似乎只需一个念头就可以彼此相通。生死一张纸,实际上,生命比纸还要轻薄、脆弱,所以,它该是一星扬尘,一粒飞灰。

李绍谋很担心云珠。她是他的长嫂,但他从不那样叫她,也不喜欢叫她王妃,只喜欢叫她的名字。

我不知云珠现在何处,我也很担心她,她就要生孩子了,李绍谋让她跟我们在一起,她说没事,他们下午就会回来。没想到,他们一出去就没了音信,这么长时间了,踪迹全无。我们都害怕他们遭遇追剿的官兵,那样,他们就不会有活路了。我们没想到他们会迷路,因为这样的情况很少发生。

皇祖父找到我们时,那里只有我、李绍谋、成文昌、张王氏、张王氏出生不久的儿子以及其他十四个人还残存着一丝生气。幸存者女人居多,她们是靠消化自己的意志活下来的。这次由于敌众我寡,新唐军损失惨重,二百三十六人的队伍,回到这里的只有一百四十九人。

皇祖父和父王都一下老了许多,不像父子,而像一对老兄弟。他们一看这里也死了这么多人,加之孟金榜和云珠他们可能凶多吉少,都半天没有说话。当他们再次抬起头来,已两眼含泪。皇祖父让官兵把剩下的吃食全部拿出来,分给大家。

张王氏的孩子才几月大,母子俩都已经饿昏过去,闻到吃食的味儿,张王氏睁开了视力模糊的眼睛,把四周的人一个一个地打量了一遍。然后,她试着站起来,但她摇晃了几下,又跌坐在了地上。我和景芳忙去扶她。她由我们搀扶着,把那些人又一个接一个地看了一遍。她的眼神顿时空荡荡的,整个人像残秋中的原野,刚有的一线生机很快又消失了。痛苦笼罩了她。她说:"你们……回来……就

115

好了。"

皇祖父走到她面前："你先吃点东西。"

张王氏像木偶似的把肉干塞进嘴里，用力嚼着。她要吃点东西，才有力气伤悲。

皇祖父沉痛地说："我晓得你想看到他，但是……他是个男人，是条汉子。"

张王氏点点头，她想哭，但忍着。因要忍受那巨大的悲痛，她的脸都变形了，身体都扭曲了。

景芳跟随在皇祖父身边，形影不离；父王紧跟着她，形影不离。景芳把孩子抱过去，小心地抱在怀里。张王氏被搀扶着坐了起来。她哭不出来，好久，才发出了一声撕心裂肺的、母狼般的嗥叫，然后，她晕倒在了地上，孩子也随之大声啼哭起来。

其实，没能走到这里的很多人，家人都已全部牺牲，幸存下来的每一个人，也有家人战死。见到这个场景，在场的人无不悲从中来。

这是个死亡之地，却并没有让我们因为难以承受而尽早离开，相反，我们要在这里住上一段时间，安埋亲人，悼念亡者，以此来征服这块蛮荒之地。这至少需要七天时间。我们要让这被鸦粪染白的一切，恢复本来的色彩；要在这里重新燃起熊熊篝火，让篝火的烟云驱赶走死亡的阴影。当然，还有个最重要的原因，就是得等那些迷路的人、掉队的人赶来会合。

我们重新搭了窝棚，垒了灶台，看上去像一个部落的样子了。然后，皇祖父让一部分人去狩猎，一部分人挖掘墓坑，会木工的则赶制棺木，他负责超度亡灵。

火重新燃烧起来，炊烟重新升上了蓝色的天穹，烧烤野味的香气再次飘散在晚光里。赶制棺木的声音回响在树林间，被鸦群驱赶走了的鸟儿重又归来,在树上飞翔,歌唱。

待棺材全部做好,森林里冰雪消融,枝头冒出了新绿,鸟儿的叫声又开始多了,春天的脚步已近。那些尸骨用兽皮裹着,放进了棺材里。

到处弥漫着木材和柴火的香气,使这块充满死亡气息的无名之地温暖了许多。

我躺在那棵能开白花的野樱桃树上。

那棵野樱桃树长得如此高大,的确令我吃惊。我想看得远些,想看到故园和那一大片桂花林——一入秋,香气入骨入魂,百里之外都可闻到。而我最想看到的,是一条白色的路和白色的路上走着的那个人。

我想,他一定也在想我,会一直走到那个在三个月前被烧得只剩下土墙、屋基和残砖断瓦的老乐坝——我们一路待得久些的地方都会叫这个名字——去找我,然后一定会从那里出发,沿着我们留下的路引——像无意掉落、其实是精心放置在地上的锦鸡羽毛——来找我。"除了这个路引,你一定要看路边的大树,每隔五百步,我都会在树上用弯刀刻一个箭头图案,箭头所指,就是我们行走的方向。"

这个路引是我私自留给他的。为此,在去年九月初五那天,还差点引来了官兵。官兵发现这个路引后,追踪而来,幸好我在大树上远远望见,皇祖父才得以带着我们转移,不然就被一锅端了。从那以后,我不敢再做这样的傻事。但那些已经留下的标记会跟着树一起生长,永不会消失。

"没有我为你留下的箭头图案,也会有锦鸡羽毛做的路引。你是个聪明人,一定会注意到。你快来吧,我不晓得为你哭了多少次了。

也许我明天清早醒来，你就会站在宿营地近处那棵最大的树下，望着我醒来。我醒来看见你的时候，那棵树定会绿叶满树，果实满枝，附在树上的乌鸦粪也会被风雪冲刷干净。我们一开始定然只会远远地彼此打望，不知该干什么，像一个陌生人盯着另一个陌生人。然后我像猴子一样从树上跳跃而下，走到你面前，说很多的话——我总有很多的话想要跟你说，什么话都想跟你说。现在的话更多，以后会越来越多。你的孩子已在我肚子里成长，像一个瓜，越长越大。我不知道该怎么办，我害怕人家看出来。不过，现在还可遮掩着，但他如果还要长，我就遮不住了。那时候，我怎么向人说呢？我恐怕只能一辈子待在树上不下来了。"

我像一只母豹一样斜躺在野樱桃树的一根枝丫上思念他。我从上路第三天开始，就只睡树上了。记得那是进入群山之后的第三天傍晚，队伍停下来，准备宿营时，我对自己悄悄说，我要到高一点的地方去看看他来了没有。于是就爬到了一棵长在悬崖边的香樟树上。那棵树很高很直，棕褐色的树皮看上去很粗糙，那是我长大后第一次爬那么高的树，但我很轻松地爬了上去。

其实看不见什么路，即使有，也只存在于我的心里；即使有，路上也定然人烟寥落。我没有望见他。我在树上伤心地哭了一场，然后就在上面睡着了。从此以后，我就有了这种新的本事，再高的树我都能爬上去。只要地上没什么事做，我就会找一棵大树，母豹一样爬上去，待在上面。如果在一个地方待的时间短，我就找一根粗壮些的枝丫，抱着睡上一夜；如果时间在三天以上，我就会像鸟儿一样，在树上架一个窝，这样，可遮风雨，待得也安心。总有人担心我掉下来把自己摔死，但我一旦上树，就成了树的一部分，即使再大的风也不能把我刮下来。如果是成片的树林，我还能从一棵树飞跃到另一棵树上,跟猴子一样敏捷。我喜欢待在树上,如果不需要下地,我就会一直待在树上,我喜欢在树上吃,在树上睡,在树上与人相爱,甚至与人云雨。

我觉得,人在树上待着,位于天地之间,又干净,又安全,还清净;觉得那个世界,甚至虚空里的一切都是自己的。

这段日子里,我的心思都在肚子里的孩子身上——而这个孩子在我心中,就是另一个他,只不过把他变成了一团血肉,被我重新孕育。

我每天都爬到宿营地最高的树上望他,但连他的影子也没有看到。我越来越不安,这种不安使我不知所措。

我希望有一个人能和我一起分享和承担这一切。一个人怀着另一个人是件幸福而又沉重的事。可除了他,无人有这资格被我怀在肚子里。我最终怨恨起他来,忍不住咒骂他了:"你这个砍脑壳的,遭雷劈的,遭水淹的,遭天杀的,挨千刀的,你死到哪里去了啊……"

我咒骂他,却又心痛他。咒骂完了,又会心痛得落泪,又会满是悔意地对自己说:"这全是又大又深的老林,路那么远,豺狼虎豹又多,又有官兵追捕,可谓危险重重,我怎么能咒骂他呢?我真是该死!"

风从林子深处吹来,冷飕飕的,发出一阵阵悲伤的叹息。

远处传来一声萧瑟的鸟鸣。

我往下看去,葬礼已经开始。

再也没人失声哀哭,有泪的,男人往心里流,女人蓄在灵魂里。

白鸟其实一直在向我们昭示:人之为人,是因为他能感知世上绵绵不断的悲苦,忍受它,坚持活下去,并不断繁衍生息,把一代代儿女留在世上,继续去承受悲苦。

虽然身处颠沛流离之中,皇祖父还是看了风水。一些人希望将逝者头朝东方故乡的方向,皇祖父没有同意,他说,我们既然要向西走,就要义无反顾,头应该朝着要去的西方。他这么说了,自然也就没人再敢说什么。

陵园呈等腰三角形,坟墓根据辈分、年龄、德望排列,辈分最高、年龄最长、德高望重的葬在最前面,然后据此往后排,未满寿的依据性别、年龄排在最后两排——最后一排是夭亡的孩子。按说,未满寿的人是不能葬在这样一个正式的陵园里的,应该在距此较远、最好有一条河流阻隔的地方随便找一个地方掩埋;而夭亡的孩子更不能埋葬在陵园里,只应用布裹了,扔在岩洞里,或挂在树上。但皇祖父慈悲,设计了这样一个陵园,使他们死后能待在一起。

男人们挖着墓坑,新鲜的泥土冒着淡蓝色的水汽,像一个人心情平静时呼出的气息。柏木棺材整齐地码在那里。一副、两副、三副……似乎比活着的、掩埋他们的人还多。

按说,做棺木的木材都要挑至少得两人合抱、端正、笔直、树尖没有折断过的柏木——这样,儿孙才会正直,才能直上青云,然后砍伐,放干,才能用来做棺椁,做好后,还得用土漆染成暗红色或黑色,要多次漆染,直到光亮照人。但在这样的颠沛路上,木材虽然不缺,但柏树不一定有,树也是刚砍伐的,更不可能漆染,总之,一切都只能将就。

因为要埋葬的人多,男人们从昨天就开始清理墓坑,到今天清早,才全部清理好了,一共四十七眼,第一排一眼,第二排两眼,第三排三眼……第八排八眼,第九排十一眼。

孟金榜不在,皇祖父只能亲自担任入殓师,他钉上棺盖,抬棺的人把棺材按顺序放进墓坑里,随后有人跟上去掩埋。土坷垃击打在棺木上,发出"嘭嘭"的声响。

可能还没有人在高处俯瞰过死亡和葬礼,我觉得自己像总位于高处的白鸟,人间的一切都在我的眼目之下。我满怀悲悯地想,我展开的翅膀要是能把人世所有的悲伤和不幸都覆盖住就好了……我望了一眼漫天朝霞,他们多像土豆,被切成块,白森森的,种在了泥土里,不久,他们就会发芽,到四五月份,会长出一兜兜土豆来。

我这么想着,嘴角不禁有了笑意。再低下头,透过树梢,我已看不见好多人的棺木,它们已被泥土掩埋,垒起了坟堆。泥土新鲜湿润,有些发红,像被血浸染过。

唉,土地里不知埋了多少人啊! 但千百年来,土地还是那个样子,该出产啥还出产啥,荒芜的地方依然荒芜,贫瘠的地方依旧贫瘠,而肥沃的地方还是肥沃的,不会因为被血水染过、被泪水浸泡过,不会因为埋葬了那么多人,就有所改变。山河依旧,不悲不喜,不卑不亢!

皇祖父捧着神像,神情肃然,嘴里念念有词。他往我栖身的树上望了一眼,枝叶浓密,他看不见我。从上往下看,哀伤像一层因寒冷凝结而成的迷蒙薄雾,呈美丽的弧形,笼罩着距地面九尺以内的万物。"原来是这样的啊,悲喜欢忧原来都只有九尺的高度……难怪我的感受不明显,甚至感受不到。难怪我没有见到过飞在高处的鸟儿的悲伤,这可能就是做一只鸟儿的好处吧。来生,我一定要做一只鸟儿,一有悲伤就往高处飞。"

除了掩埋棺木的人,其余的都跪在墓坑前面。

大哀无声,连一声悲泣也没有,只有微风无声地掠过高处的树梢,发出轻微的哀叹。

"现在,他们都在泥土里了。死亡已被掩埋,那已是另一个世界的事。一个人是否死亡并不在于你是否还有那口气,而在于再也没有一个人想起你。死没什么可怕的,就是看不见人世,看不见太阳、庄稼和树罢了。你如果再不来,我也只有死了。她在我的身体里会越长越大,我的心跳一下,她就长一点。再过些时日,在我没法遮掩的时候,也就没脸见人了,到时我只能一死了之。可我死了,她也得死。那我们就都死了算了,一起死,一起变成鸟儿,一起飞……"想到这里,我心里舒坦了许多。但我还是想往远方望。望了一会儿,我便决心把她生下来。"我要看见她的脸,要知道她每长一天是什么样子。我要生下她,不管你来不来,不管别人怎么说,我都要生下她……"

这么想的时候,我爬到了树的更高处,我想望得更远一些。我看到一条路曲折蜿蜒,时隐时现,如一根白线。我想看那条路上是不是走着一个行色匆匆的人。可我什么也没有看见。也许,那并不是一条路,而是一条河。

过了一会儿,皇祖父诵念悼词的声音从地面传了上来——

亲人此刻赴仙乡,
阴阳两隔痛断肠。
白云去兮空杳杳,
黄鹤归来冀茫茫。
夜月鸦啼心哀伤,
晨光湍流泪湿裳。
欲随云路同趋步,
除非南柯梦一场。
…………

皇祖父声音沙哑、苍老,闻之神伤,听之心碎。我虽然身居九尺之上,悲伤还是超出了九尺的高度,弥漫开来,使我忍不住落下了泪水。

"皇祖父说过,行善积德之人死后可入极乐世界。但那又怎样,死后快乐逍遥像神仙,可活着咋就很少有快乐的时候呢?即使有一点,快乐后也会是成千上万倍的悲苦。"我又想起了那个人,我后悔当时连他的名字都没有问。我也想过问他,但很快就意乱情迷,把什么都忘了。"如果你不来,我想了想,我还是只有和她一起死去。这不是我狠心,是我实在没有办法。你想啊,我还是个黄花大闺女,却生了个孩子,又说不出孩子是谁的,我不死咋办?"

已在撒五谷了。皇祖父披着一件野麻做的麻衣,手里拿着一些沙土和珍贵的五谷——那是我们在进入森林前搜罗的种子,神情庄严地一边撒着,一边在口里高声吟唱:

> 大地山河坦坦平,
> 白鹤仙人到此境。
> 早不早,晚不迟,
> 正是判官撒土时,
> 十方佛,一切佛,
> 众位齐雅静,
> 听我白鹤仙人说吉利。
> 山明水秀如仙境,
> 真龙穴地好安栖。
> 左青龙,右白虎,
> 马前喝道贵人来,

儿孙代代做高官。

前朱雀,后玄武,

三台华盖冲云宵,

重重福禄自然来。

福地绵延,亿万万年。

福人葬此,天增良缘,

存亡居利,生死均沾。

孝子贤孙,两耳听见。

听我一言,价值无限。

这时,只听皇祖父问道:"孝家要富要贵?"

众人齐答:"富贵都要!"

皇祖父便接着吟唱:

说富,必然金银满库,

说贵,必然科甲延绵,状元及第,

说福,福禄光辉,

说山,山要添人丁,

说水,水要出金银。

自古说起金沙土,代代儿孙斗量金。

人无土呀无栽培,树无土哟无依靠。

玄奘昔日去取经,随带金沙土三升,

一升拿来坐佛像,两升拿来掩丘坟。

皇祖父吟唱至此,跪着的人都站了起来,把背朝向他,弓起上

124

身,牵起衣服后摆,准备接福。

他把长袍前襟中和了五谷的泥土朝空中一边撒去,一边继续
吟唱:

> 土撒上,山山水水年年旺;
>
> 土撒下,亡人此去无惊怕;
>
> 土撒东,青龙踊跃喜重重;
>
> 土撒南,朱雀送福非等闲;
>
> 土撒西,百虎呈祥与天齐;
>
> 土撒北,代代都是皇门客;
>
> 土撒中央管五方,荣华富贵万年长。

我还是第一次看见皇祖父那副悲悯庄严的面孔,觉得有些
陌生。

坟慢慢垒了起来,新添的坟茔让这片森林显得颇不协调,但死
亡气息因为泥土的掩盖已经淡去了。

逝者入土为安,其实最主要的是让活着的人内心得到安慰,获
得安宁。后来我晓得,我们之所以要在这里待这么多天,有一个主要
的目的,就是用悲伤来医治悲伤。

孟金榜：
我为什么不可以登基

能与云珠同行，我觉得命运是值得感激的。人的一生不能奢望太多，有一件这样的事就足够了。

我看着云珠的背影——我永远也看不够，即使在她身怀六甲，即使在她抱着孩子吃力行走的时候。有了这个孩子，她似乎快乐了一些，不时不经意间就流露出了只有少女才有的举止。这虽让人感到与她已身为人母的身份不相宜，但我深感欣慰。"生活如能使一个人变得年轻和快乐……那就足够了。"我现在想为她做些事，想与她说些话，但现在这些事又不宜做，因为我们只在梦里亲昵过——虽然那么真实，那么美好，那么令人神魂颠倒。自从梦见与她神魂交融，颠鸾倒凤，我就沉浸梦境，不愿醒来，一遍遍回味，那些梦里的情景竟镀着一层黄金，泛着辉煌的光芒，在记忆的苍穹里无数次再现。

对她的迷恋和爱，我一直没有勇气向她亲口表达，但我用行动表达了，我希望她能感受到。

天气已在逐渐变暖，冰消雪融，春天在小跑着到来，那时的人世充满勃勃生机，将会使人心里重新充满希望。

但我没有想到，这片森林会如此广袤，我们如同进了大海的、迷失了方向的鱼，在这无垠的海水里，要找到另一小群鱼，似乎已变得不太可能。所以，初临的春光并没有冲淡我们的担忧。但我们希望在天气变暖前找到他们,和他们团聚。

我们寻找他们,本该离得越来越近的,彼此间却越来越远。这一定是某一步迈错了,可能是本该往前迈的,但迈向右前方或者左前方去了,就那小半步,整个方向就错了。想到这里,我就不想了,轻叹了一声。肩上的腊肉挺沉的,路又不好走,我想歇一口气,换一下肩。

我一停下来,云珠就回过了头,满是担忧地轻声问:"没事吧?我也歇一口气。"

"不用的,我换一下肩就可以了。"

我说完,站起身又往前走。

爱使人变得多么警觉,比蛇还警觉呢。她走在前面,怎么知道我停下脚步了呢?像脑后长着双眼睛似的。难道她知道了我们在梦里情深意浓的情态了?难道她也像我爱她一样爱我吗?是不是人相爱了,两颗心就成一颗心了呢?我在心里想着,朝她好看的背影笑了一下。她又感觉到了,回过头来,也对我一笑,脸上浮现出几丝羞红,回过头来看我的神情有一种难言的再为人母的美。我想,难怪有"回眸一笑百媚生"的说法呢。

我走在她身后,觉得自己也不再是那么文弱了——的确,这一路走下来,我已变成了一个壮实的读书人。走在她的身后,我觉得自己可以跟着她,一直走下去,永远也不会累。

在那个时刻,我突然萌生了一个想法:一旦回到圣上身边,云珠可能就不属于我了,那我为什么非要回去呢?我为什么不能带着这些人,自己找个地方安顿下来过日子呢?说不定,待过些年头,人丁增长,我也可以创建一个王国,我孟家不也可登基称帝了?

这个邪恶的念头一旦产生,就如鬼迷心窍,难以更改。我看了一眼丛林上面破碎的天空,辨别了一下方位,决定背离本应前往的方向,朝另一个方向走去。

夜幕再次降临,我们找到了一棵高大的枫树,那棵树枝繁叶茂,树下干爽,铺满落叶,没有积雪,便准备在树下过夜。

我们把各自扛的东西挂在树上,然后拾来干柴,燃起篝火。我忙着为大家烧水,把肉在火上烤着。

地上有一层厚厚的枯枝败叶,大家都累了,男人们四仰八叉地在落叶上躺下来。

有人突然问我:"找不到圣上,我们到底该怎么办啊?"

"你们说呢?我也不知道。"

大家埋着沉重的头颅,火光闪烁,照在他们疲惫不堪的脸上。

"无论如何也要找到圣上。"

"恐怕找到,尸骨都化成土了。"

"就是变成白骨也要找到。"

"不知圣上他们怎么样了。"

"他们要跟那么多敌人周旋,肯定艰难,他们是在用命掩护我们,我们却连路都走错了。"我一边拨着柴火,一边很沮丧地自责。

姚黑子问:"冬天过去,就是春天了,吃的东西不会再缺,这些剩下的腊肉还要一直背着吗?"

"你这个人就是怕费气力,这些肉当然得背着,要度过春荒再说。万一找到他们了,还可以让他们打打牙祭。他们都是老弱病残,如果圣上不能和他们会合,他们能到哪里弄点儿油腥去?这些猎物已被我们熏成了腊肉,再热的天,也不会坏,已经背了这么远的路,所剩其实也不多,就再用点气力吧。"

"他们肯定还活着,肯定的……"说这话的人声音有些哽咽。大家的心情一下沉入到了深不见底的寒意里。每个人都变得沉默,不再言语了,只听得见柴火呼呼燃烧的声音。但那火舌,似乎吞噬的不是夜,而是每个人的心。

黑夜沉重,像一块冰冷、巨大的锈铁坯,压迫得大家呼吸艰难。我觉得只有自己来打破这难以承受的沉默了。"我掐指算过,他们都不一定活着了,圣上已不可能和他们会合。"我想了想,又接着说,"我觉得,我们还得请一尊神像,让他引领我们走前面的路,下一步怎么走,我们都听他的旨意。不然,这么瞎走下去,就是走到死,也不一定能走到我们该去的地方。"

大家望着火,好久没人说话。半天,有人才说了一句:"我们的神只有一尊,那就是圣上扛在肩上的那一尊。"

"我没有别的意思,我这么说,只是为了找到他们,只有找到他们,我们才有希望。"

"只有圣上有资格请一尊神。"

"我们可以试一下,如果神像请到了,扛不动,就说明我们忤逆了;如果扛得动,就说明神是默许的。"

"可雕神像得寻到上好的柏木才行,这么大的林子,到哪里去找呢?"

"柏木肯定能找到。"

"这林子太大了,比我们原先在大海上来往还容易迷失方向,我们不能再在里面瞎窜了,不然,我们可能永远也走不出去,也永远找不到他们。"

"那我们明天就一边走一边留意,看能否找到一棵上好的柏树。"

"柏木雕的神像最为灵验。"

人们没再反对。我得到这个结果,长舒了一口气,觉得前面的世界已经变得清晰起来。

次日,行至近午。我透过森林树木间的空隙往天上望去,看见刚从冬日云团里挣扎出来的太阳又大又圆,略有些鹅黄,泛着圣洁的光辉。我收回目光,透过森林往前看去,不觉一惊,不由得停下了脚步。只见右前方的山崖边有一棵孤立的枯树,被一束阳光照耀着,如妖怪般赫然耸立。那是一棵老死的崖柏!

"真是天助我也!"我顿时变得兴奋起来,踉跄着朝那棵树跑去。

大家也跟着我,加快了脚步。

那一架陡岩的植被稀疏低矮,那棵枯死的崖柏的每一根枝丫都显得格外耀眼。

崖柏长在岩石间,并不高大,枝干如铁,如龙似虬般盘旋在悬崖上,它已经枯朽,似乎是受了我走近时脚步的震动,所有次干旁枝不断掉落,只余主干兀立,喜得我后退了好几步,差点跌倒。

我用长刀磕了磕主干,朽烂的树皮和表面的木质便掉落下去。陈年柏木的香味顿时弥漫开来,入鼻腔,进肺腑,沁人心脾,跟在我身后的人一见,也停下了脚步——因为他们看见,那棵崖柏残留的部分,太像一尊神了!

他们忍不住深吸了几口弥漫着殊异芳香的空气,然后找个能跪下的地方,磕头膜拜起来。

我退后几步,也恭敬地向那尊树桩三叩九拜,然后走近,把附着其上的枯朽部分清理掉,露出了红铜色的、纹理清晰细腻的木质,最后,那棵树余下的、朽烂不掉的部分,呈现出一个完美的、约有三尺高的人形来,其身形宛然、五官俱备,和圣上怀抱的神像竟然一模一样。

我走过去,小心地把它抱在怀里,用力往上一提,那个人形的树桩就到了我的怀中。它散发着令人神清气爽的柏木香味，仿佛天然雕成，往石头上一放，就立定了。

我用衣袖把神像从头到脚擦拭了一遍。木质颜色暗红，泛着古铜色的光泽，神像神采奕奕，既有男性的庄严，又略带女性的温婉。他头部圆满，面容秀丽英俊，身形丰润，敦厚温和，栩栩如生，目光锐利，下视尘世，嘴角微翘，露出一丝高深莫测的微笑，慈中含威，不怒自威。

大家一见，再次齐刷刷跪下顶礼。

我再次跪拜的时候，便觉得，有了神像，我就有了未来的指引和王国的根基。

我要建立一个什么样的王国呢？孟国？这个国名最适合我，但难免有点小气。那么，他称新唐，我是不是可叫新汉？但汉室毕竟久远了些，要扯上关系也难。我孟氏祖先不是曾建立过后蜀，在成都称过帝吗？我倒可跟它扯上关系，宣称自己是孟昶之后，那不如就叫新蜀吧，到时也可定都成都。这个目标可能最易实现。不管我建立的是个什么王国，云珠肯定都是我的皇后，这可比她做个寡居的东王妃强。我这么想着，不禁满意地咧嘴一笑。这个时候，我才发现，登基称帝这种事只是想一想，也令人热血沸腾、无限神往。

李娥儿:
三朵梅花开在我的鬓角

皇祖父后来才知道孟金榜找到神像的事，也是后来才晓得，他和孟金榜是在同一天、同一时辰扛着神像，带着人们出发的——那是正月二十八日清晨、第一缕晨曦刚从东边露出来的时候。这说明孟金榜已经有了些道行，那么多夜晚的修行终于结了果，在皇祖父看来，孟金榜是迫不及待地想要叛逆新唐、另有妄图了。

皇祖父带着人们向亡者告别，新鲜的泥土在清晨升起袅袅白气，好像埋在泥土里的人还在呼吸。

"这是个风水宝地，你们在这里好生安息！也保佑新唐早日名副其实，早日实现国富民强的目标，保佑朕和全体臣民前路顺利，等我们安定下来，再回来祭拜你们。"皇祖父对亡者说，像在跟他们私语。其他人听他说完，或站着躬身问询，或下跪磕头。我们像是在向家人告别，心中虽有隐痛，但已无昨日悲伤。

鸟儿在森林里飞翔鸣唱，乌鸦已去了别的地方。

大家把火用泥土掩灭，白烟在树林里很快消散无痕。虽然那天的朝霞有些黯淡，但因是寒意凛冽的清晨，还是显出了一丝带着甜味的明媚感。

皇祖父带着我们，重又满怀希望地踏上了新的征途。

我走在最后，心事重重，像没有信心再往前走。旅途已使我感到厌倦,一说要出发,我就想呕吐。我觉得路上的很多地方都适合停下,搭一间茅棚,开一片荒地,然后住下来,过完余生。但我一看见皇祖父的背影,又有些不忍。他如此高龄,还执意前行,我怎能离开他?

朱征远感觉到了我的心思,回过身来对我说:"娥儿,走快点啊,你怎么啦?"

"我好着呢,你自己走吧。我跟你说过,叫我姐,要么就叫我公主殿下。"

"不叫。"他跑回来,"你得跟紧大家,你落得这么远,后面有野物呢。"他说着,走到了我后面。

"官军我都不怕,还怕什么野物!"

"知道你啥都不怕。"

"我们在这林莽里,自己人都找不见自己人了,官军哪还能找到我们? 所以我想,我们是不是应该在这里停下来。"

"官军的鼻子比狗还灵,他们早晚会找到这里来的。"

"照你这样说,这世上就没有藏身的地方了? 他们来了,大不了一拼了事!"

"要拼命好办,早拼死早超脱,这一路下来,精壮小伙子差不多都拼死了。现在,圣上的意思是要我们尽量活着。"他觉得自己的语气有点生硬,就放缓了语调,补充道,"圣上的想法是对的,没有人,就什么都没有了。"

"你这口气像个大人似的。"

"我本来就是个大人了。"

"可你实际上还是个小娃娃。"

"你怎么能这样看我?"他顿时满脸通红,生气地冲到我前面,气哼哼地往前走。

我笑了,故意气他:"小屁娃儿!"

"挂在树上的小母猴子!"

"小屁孩儿,我就是个母猴子,我就喜欢挂在树上。"

他生气,往前冲了二十来步,又站定了,没有回头,假装看树上飞过的一只戴胜,其实是在等我。

我觉得还是要安慰他一下,就跟他说:"我看你的确长高了,有了起起武夫的身形。扛着鸟枪的肩膀也变宽了,挎着长刀的腰虽没有武将的粗壮,但看上去就很有劲儿,你是多久长成这个样子的?"我说这些话的时候,俨然一副大姐的口气。

他一下高兴得很,说:"我自己也是这么觉得的。怎么长成这个样子的,我哪能觉察到?反正每天长一点,就变成这个样子了。"

看他心情一下好起来,我又说:"虽然这样,但我总觉得你还是个小娃娃。"

他又不高兴起来。

其实,他虽然才十五岁多一点,但这几场仗和这漫漫长路的确使他一下长大了,也可能是枪和长刀使他显得高大了些。战斗和征途的确能催人成熟,更何况,他已和刘秀芬成家了呢。当然,对于这门他父母强迫的婚事,他是不答应的。自从新婚之夜后,就不再理刘秀芬了,两人如陌路人一般。他愿意缠着我,愿意和我形影不离,我说他,疏远他,但他仍像狗皮膏药一样贴着我,我也没有办法。

他在前面站着,站在刚踩出来的、连路的影子也算不上的路边。刘秀芬就在前面走着,他也不理。

"还是你走前面吧。"

"你走,我是你姐,该护着你。"

"我再说一遍,我是男人了!"他把"男人"两个字咬得很重。

"是吗？我看你胎毛还没脱完呢。"我总想故意气他。

"你！我跟你说吧，我已杀了好几个官兵。"

"就你？别吹了，看见官兵还不吓得往我皇祖父背后躲？"

他气得猛地跺了一下脚。"谁往你皇祖父，不，是圣上背后躲了？你问问他们去，我如果临阵后退过半步，我不是人！"

"好了，连逗你的话都听不出来。"

他舒了一口气，孩子似的笑了，像狗一样把鼻子往空中嗅了嗅，深吸了一口气，说出一句莫名其妙的话来："你身上有桂花的香气。"他喜欢闻我身上的香气。这也没什么，但令人尴尬的是，他一闻到就会自言自语地说出来。他起初这样做的时候，叫我公主，年龄又小，我也没有说什么，没想后来就成了他的一个不良习惯——一挨近我，就总想闻我身上的味儿。

他从我身边走过。我看见他深深地吸了一口混了我体香的空气，像要把我浪费在空气里的香气全都吸进肺腑里，然后咂吧了几下嘴——好像那香气是能品尝的，自语道："不仅有桂花的香味，还有柏树林的味儿，还有几棵枫香树的味道。"

我脚步轻盈，像梅花鹿走过开满鲜花的草地，到了他前面。他向前跨了几大步，跟了上来。

"没想杀人还挺过瘾的。"他还想说自己是多么无畏，又提起了战场上的话题。

"打一次仗就能上瘾，那你以后没有官兵杀了怎么办？"

"还可以杀野物。"

"没有哪个女人喜欢打仗，更没有哪个女人喜欢杀来杀去。

"我没想这些，我只想让你晓得我也是个能打仗的男人了，是个连死也不怕的男人了。"

"什么也不怕？"我停下脚步,回过头去问他。

"你身上的香味儿停在了这里,显得浓了些。"他自言自语般说完,深吸了一口气,有些自豪地说,"是的,什么也不怕。"

"真正的战士是会动脑子想问题的人,不会这样做的战士只是屠夫,那样的人只是杀戮工具。说自己长大了,连这都不知道。"我一边说着这些话,一边一直往前走。

他想着我的话,显然没有完全想明白,一时不晓得该怎么回答,却说了句莫名其妙的话:"你身上的香气像小鹿那样跳跃着,随风飘散。"

我没有接他的话茬:"打仗的目的是为了不打仗。"

"可怎么才能不打仗？"

"有了安宁,就不用打仗了。"

"你说得也对,可安宁必须通过打仗才能得到。但其实呢,人们打的很多仗并不是为了求得安宁。"

"这就是人的悲哀。我只想告诉你,真正的战士,不仅要不怕死,还要有头脑。"

"你从没说过这么深奥的话,但我愿意听。对于打仗,我还是个新兵。我晓得,不怕死容易,但有头脑难。"

"是很难。但我们做每一件事,都要去想想为什么要做,为什么要那么做,这样,到你二十来岁的时候,就是个有头脑的战士了。"

他使劲点了点头,把我跟得更紧了。"你身上的香气变浓了……有香樟味儿……"他呼吸着,鼻翼一鼓一鼓的,鼻孔张得溜圆。

阳光从东边斜射进森林里,风吹林梢,光线摇曳,光斑随之在林间跃动。我想起了母亲小时候用铜镜把阳光反射到我跟前,我追着那或圆或椭圆的光影跑,想抓住它,却怎么也抓不住。想起那个美好的时刻,我咧嘴笑了。

"我想我娘了,但不晓得她现在在哪里,也不知她是不是还活着。"他满怀忧虑地说。

"不要担心,他们好多人在一起,还带了枪。他们只是迷了路,暂时找不到我们了。"

"我本以为一打完仗就可以见到她了。"

"说不定她和那些人就走在离我们不远的地方,或是已发现了我们的踪迹,正往我们这里赶。"

"你不要宽慰我。可以肯定,他们遇到了麻烦。"他言语里不由带了哭音。

"一想到娘就哭兮兮的,我就说你还是个小娃娃嘛!"我把话说出口后,又赶紧安慰他,"我觉得你娘不会有事,一定会平平安安的。"然后想把他的思绪引开,便指着不远处一棵很老的梅树,故作惊喜地大声说,"快看,那一树春梅开得多美!"

那棵春梅长在一处苍岩边,枝干虬曲,粉红色的花开满枝头,如一片落霞。他跑过去,折了一枝,递给我。

我动作有些夸张地接过来,张开胳膊,对着一束似乎一夜间已变得柔和、有了初春味道和颜色的阳光,端详了一阵——那枝花的确被那束阳光赋予了异彩,已非世间物,焕发出了熠熠光芒——然后,才拿到鼻子跟前,细细地嗅了嗅,对他说:"有一股幽香,我还是第一次看见这么大一树梅花呢,这也是我今年看见的第一树花。"

"这棵树可能有两三百年了,一年一年,独自开放。即使无一人看见,无一人欣赏,它也不管,只管开放,你看,它多特别!"

"花就是这样,人,其实也差不多。"

"是啊,我觉得你就像这树梅花。仙女都不如你漂亮,可就是没有神仙晓得。"

"我要神仙晓得做什么?世界上最悲惨的女人就是仙女了,我可不去做。"

"为什么?"

"你见过仙女?"

他摇摇头。

"就是嘛,都没人见得到,做仙女干什么!"

他笑了:"我其实也不想你去做仙女。"

"为什么啊?"

"我是凡夫,你做了仙女,我就见不到你了。"

"你现在会说话了,会对女人说好听的了。"

"我才不对其他女人说好听的话呢,我只对你说。"

"我和其他女人不都一样吗?"

"那可不一样。"

"有什么不一样的?"

"你是仙女一样的女人。"

我咯咯咯地笑了。

他从梅树枝头上折下一小枝,我接过来,插在鬓角上,那三朵梅花像刚在我的鬓角开放。

他朝我身边的空气嗅了嗅,张大嘴呼吸了一口,自语般地说:"我闻到了你身上梅花的幽香。"

"你不是折了一枝送我吗?"

"是从你身体里散发出来的。你身体里一定有个大花园,有很多花,不时就会开一树。"

他总是这样神神道道的,我没有回他的话。

林景芳：
整个森林缓慢地倒伏下去

世上没有比逃亡更长的路。

不知何处来的狼群,如令人恐惧的幻影,紧紧地盯上了我们这支小小的远征队伍。在南方,很少见到群狼,虽然林莽遮掩,不清楚究竟有多少匹,但可以肯定,那是一群丛林狼。

在这漫长的逃亡路上,我们本就显得弱小,狼群的嗥叫使这种感觉更加明显。我们感觉自己随时会被一片林莽淹没,会被这些狼群袭击、撕扯。

那是我们重新踏上长路的第七天——也许是第八天夜里,凄厉的狼嗥忽然从宿营地周围的林莽里传来。狼的嗥叫使冬夜顿时寒风劲吹,白雪飞扬,夜空变成了恐怖的暗绿色,连篝火也飘忽着,胆战心惊起来。

狼嗥开始只有一声,接着是两三声,最后是群狼齐嗥。圣上警觉地坐起来,抓紧了身边的长刀,其他人也都围坐到了他的周围,女人们使劲往火堆里添柴,想把火烧得更旺些。

狼在周围徘徊,它们的眼睛像明灭闪烁的磷火。它们离宿营地很近,像随时都能咬断我们的脖颈,血腥的喘息声、锋利的狼牙的磕碰声都可以听到。

"人世间的狼怕是都聚集到这里来了。"圣上盯着黑夜对我说。

它们是在吃了前次战斗后没人掩埋的死尸，熟悉了人肉的味道，然后循着残留在我们身上的血腥味跟踪而来的。它们在丛林里奔突，嗥叫，相互撕咬，带着一股股腥臊之气。寒风一阵阵从林莽间掠过。如果不是那堆篝火，它们会像那阵狂风一样，把我们掠走。

那难以忍受的凄厉嗥叫撕扯着我们的心魄，它们试图用那种嗥叫声摧毁我们这群人的意志。

当黎明来临，它们聚集得更近了些。也许，在狼的眼睛里，火光在黎明时显得黯淡了，火的威力也就小了。

当朝霞浸染天空，它们停止了嗥叫，却在偷偷向我们逼近，谁也不相信会有那么多狼，四周都是灰褐色的一片。

"怎么办？"有人问圣上。

"点燃火把往前走！"怕枪声把敌人引来，圣上只能把手中的长刀用力地挥舞了几下。

刀的寒光划破了森林的寂静，使人与狼之间的紧张气氛松弛了一点。

"女人和娃娃走在中间，男人们带上火把，一路上多剐些柏皮，劈些松明，拾些柴火，狼群再围上来，实在不行，就把柴火点燃！"这种情况完全在圣上的预料之外，这样的险境似乎比官军还难对付。他有些恼火，这将延误行程，有可能使敌人寻迹追击上来。

圣上让我不要称他圣上，但我必须这么称呼。这样称呼，会使他有一种至高无上的神圣感，我与他之间也会有一种凡人与圣者之间的距离，让他能抑制住想要亲近我的冲动。作为女人，我明白，他对我的情感非同一般。但他表现在众人面前的，只是长辈对晚辈的关爱，但我能分辨出来那关爱中隐藏的深情。

在新唐，他的地位是至高无上的。只有他能与神相通，能获得神的旨意并转达给我们;战斗中缴获、搜罗来的珍宝财物要献给他,由他处置;甚至俘虏、抓获的有点姿色的女人也要他过目,有他中意的,都要先陪他过夜;他感觉好的,会陪他很长时间;感觉不好的,过一夜或几夜就会赐予其他男人。我被俘获回来后,他盯着我——他的眼目里有慈爱之光,但更多的是能看透五脏六腑,甚至看透我灵魂、看透我前世今生的锐利光芒。我记得我当时哆嗦了一下。但他身上又有一股特别的魅力,那就是当你看他第三眼的时候,就会动心,就会爱上他。说得直白点,就是能轻易勾起一个女人内心深处的欲望——与他云雨,为他生育。后来我知道,这是很多女人的感觉。但他没有让我陪他过夜,好像我是一个老丑妇人。但所有人都说,我的姿色和才情是唯一能跟古雪夫人相提并论的,他却没有临幸我。这让所有人惊讶。

他嫌弃我也就罢了,但他也没有把我赏赐给太子——我是太子俘获回来的,按他定下的旨意,应该优先赏赐给俘获之人。自从太子妃逝去后,太子一直孤身未娶,把我赐给他更在情理之中。更要命的是,太子本就对我一见钟情。这害得已近中年、本可轻易拥有我的堂堂太子殿下不得不小心翼翼地一面假装不知道圣上对我有意,一面想方设法讨我欢心,按爱一个女人的方式来苦苦追求我。这让他很累,也很绝望。

在太子殿下追求我的时候,圣上又当着众人下了旨意,说他年纪大了,要我随时随地跟着他,照顾他。这让太子殿下一时不知道自己的父皇究竟是什么意思了,在我面前,总是瞻前顾后、畏手畏脚,满腔爱意怎么也施展不开。

听说,圣上虽然年事已高,但除了容颜看上去是个老人,其他方面仍跟小伙子一样。在云雨之欢上,更是了得。后来我晓得,凡被他临幸过的女人,对此无不留恋,念念不忘,成为自己一生最愿追忆的美妙经历。这可能也是我愿意紧随他的原因。太子对此痛苦万分。当然,我的所作所为,也让臣民侧目,但他们也只能侧目,谁也不敢说什么。

但我是爱太子殿下的,我也被他的爱深深打动,以致有了愧疚之意,这使我承受的煎熬一点也不比他少。

溃散的狼群重又跟了上来,和我们保持着四五丈远的距离。它们嗥叫着,让人感觉更加恐怖。

我觉得每一声狼嗥都在撕扯我,我身心颤抖,双腿发软,越来越不听使唤,只得像个胆小的小女孩儿,不管不顾地拉着圣上的衣襟。

太子带着最壮实的小伙子护卫在队伍后面,他们一只手挥舞着火把,另一只手紧握着长刀。

圣上也要到队伍后面去,我劝阻他说:"您扛着神像,只管在前面走,后面有太子殿下和那些年轻人呢。"

他很听我的话。我这样一说,他就不再说什么了。

狼群不敢靠近,也不离开,一直紧随在后。它们跟得越久,就越饥饿;越饥饿,就越凶残;越凶残,情势就越险恶。

每有狼群扑上来,大家就挥舞手里的火把驱赶,过了几天,它们也不再害怕火了。遇到这种情况,男人们就把老弱病幼护在中间,用刀对付它们,这使大家体力消耗很大,最后,狼群一旦发起进攻,大家就把柴火放在一起,马上点燃,依靠大火的威力,来把狼群挡住。

一到晚上,我们就得准备更多的柴火,烧成一圈,人在圈内,才敢入睡。这种情况,也有一个好处,那就是再也不用出去打猎,因为猎物就在身边。但杀死的狼,必须挥舞着火把飞快地冲上去,尽快抢出来,稍微慢点,死狼便会被狼群撕扯,很快就只剩几节骨头和一摊狼血了。

太子持刀坐在火堆边，一边扎着白天用以驱狼的柏皮火把，一边睁着警惕的双眼，用一只眼睛盯着狼群的动向，用另一只眼睛温柔地看着我躺下的地方。狼群现在已习惯了火，已敢在火堆边徘徊了。只要那火不烧到它们身上，它们就不会退缩，即使火燎到了狼毛，它们依然会往上扑，所以火势不能弱，一弱，它们就会乘虚奔突而入，所以，太子还得不断往火堆里面添加柴火。

男人们都得在晚上轮流值夜，以防篝火熄灭，今晚下半夜刚好是太子。我晓得，即使不值夜，他也经常失眠。不跟我在一起的时候，他的心时刻在我这里；跟我在一起的时候，他的目光和心时刻在我这里。他没有想到，他把我充满爱意地俘虏回来，却给自己带回了如此多的痛苦，以致让他最终不知所终。

我当然也因为他，睡意全无。

火光映照着一张张满是污渍的、熟睡的脸。

白天的行程和紧张使人劳累。他们挤在篝火边，睡得酣畅淋漓，女人和孩子仍然睡在中间，男人抱着枪和长刀，围着他们躺着。他们的呼噜声此起彼伏，应和着饿狼的嗥叫。张王氏的孩子已习惯了这种紧张的气氛，习惯了夜晚，习惯了火，习惯了狼嗥，他含着母亲的乳头，不哭不叫，乖乖地睡在母亲怀里，狼嗥已成了他的催眠曲。只有刘秀芬没有睡着。她双手抱在胸前，盯几眼火堆，又盯几眼火光照不到的黑暗，也会抬头看几眼李娥儿栖身的高树，心事重重。我没有看见她的小丈夫朱征远。他肯定又粘在李娥儿身边。

狼嗥最终也成了我的催眠曲，我望了一眼圣上的行宫——一顶帆布帐篷，深情地看了太子一眼，很快就睡着了。但没过多久，又突然被惊醒过来。我坐起来，对着熊熊燃烧的篝火呆坐了好一阵，慢慢变得有些伤感。

那伤感不是因为火，而是因为逐渐清晰的梦。我觉得自己丢失了一样东西，我一时没有想起丢失的究竟是什么，也不晓得那东西丢在何处，只晓得那件东西异常珍贵，我因而变得焦躁起来。

直到我的目光触及暗红色的火焰，才猛然想起自己刚才差点丢掉的东西是梦。我这一觉虽然睡得短暂，但一开始睡得很踏实，可没过多久，我就梦见圣上坐在龙椅上，我和太子在他身边，四周都是火焰，火焰是刚开放的映山红的颜色，摇曳不定。火炙烤着我们，烧掉了裹在我们身上的衣袍。我没有梦见我和太子是怎样进入火焰中的。我做梦时，我和太子就被火焰困住了。我们并没有因身处火中而害怕，因为我们知道，那火虽烧尽了尘世的衣袍，却是液态的，像温热的流水，不会伤害我们的身体，只会令我们感到安全、舒适，如母亲子宫里的羊水。

圣上没有在火里，他龙袍鲜艳，神情庄严，端坐在我们中间。我和太子赤裸着身体，像被孕育的双胞胎，蜷曲着，我的脚对着他的脸，他的脸对着我的脚，如一副阴阳太极图。起初，我们很安静。然后，彼此都不安分起来，我调过头去，彼此的目光对视了一瞬，然后都害羞地回避开了。我们的肉体光滑、鲜嫩，裹着一层粘液。我们不好意思去看彼此的身体。我们只看着自己面前那一小块地方，看着彼此的赤脚。但身体里有一种东西不会允许我们一直害羞下去。有一种呼唤冲击着我们，我不得不去应答，那是不能逃避也不容充耳不闻的——那是对生命的渴望，谁又能抵挡得住！

我看着他的身体，我看见他婴儿般粉嫩的皮肤渐渐变得苍老，化成了圣上的——他的确是苍老的，但有一种东西——应该是爱，还包括我对他的爱——是的，是爱——却依然年轻。他的身体虽然苍老,但一点也不丑陋,我看到,在火光的映照下,他脖颈的血管里还隐隐可见他拥有的爱与欲望——那正是生命的活力啊!

——那个时候,那一切,的确太像一个梦了。

梦境中没有战争,没有逃亡,没有荆棘满途,也没有狼嗥——人世里的险恶没有浸入一丁点。

温暖的火光笼罩着我们,世界和平、安宁。

想起梦境,我满含深情地望了太子一眼,情不自禁地想站起来,靠近他,紧挨着他坐下。

这时,下起了雪。雪如白色樱花一样从空中飘落,先是零零星星的,落在我们身上,随即融化。我伸出舌尖,接住一朵,舌尖有一点轻微的寒意,缓缓渗开,直抵心尖,让我的身体微微一颤。那粒雪带有一股淡淡的盛开在天堂里的梅花、迎春花和桂花混合而成的香气,让我越来越深地沉迷到那种奇妙的感觉里。

我一次次伸出舌头,想接住更多的雪。

我的眼睛只能看见自己的舌尖,火光照得它透明,鲜红,像一瓣玫瑰。

雪花愈来愈密,我舌尖接到的雪花也愈来愈多。雪花对舌尖的轻触让我的心尖一阵阵战栗。

太子看着我,宽厚地笑了。我却一下害羞起来,赶紧缩回舌头,闭上嘴,背过身去,但马上又被无形的力控制,转过身,深情地面向他。

舌尖在嘴里又凉又麻。我觉得自己似乎还在梦里——梦里的火愈来愈热,炙烤着我。

太子的目光让我感动,使我忍不住站起身来。

我像女妖一样飘到了他身后,我不知道自己是怎样越过其他熟睡的人到他身后去的。我丝毫没有惊动他们,甚至觉得连圣上也没有被惊动——我想,圣上如果没有睡着,那就一定是在想明天的行程,想该往哪里去,想以后在哪里扎根,扎下根后该怎么办?恐怕偌大一个清朝的皇帝也没有他操心的事情多。

狼嗥声把这林莽之夜衬托得格外安静,安静得让人感到阴森。在睡梦中,我感到安全,安全到可以有那么复杂、美好的梦境,不想,醒来后,除了太子,就我一人醒着,我不禁有些害怕。我想他可能跟我一样,只不过他作为男人,要硬撑出一副无所畏惧的样子。

现在,我站在他身后了,只要挨近他,我就能面对人世的一切恐惧。在那个时刻,我分明感觉到,我是多么爱这个出生入死、一脸沧桑的男人啊!

我看着他被火光映照得微红的脸庞,下意识地看了一眼燃烧的篝火。我想在火焰里找到些梦的痕迹。但现实的火焰具有焚毁一切的力量,那里一丝梦痕也没有留下,我心里不禁涌起一阵淡淡的忧伤。我望着火,怔了半晌,然后蹲下身子,默默地挨着太子坐下来。

他停了手里的活儿,看看坐在身边的我,愣了一下,然后问:"小姑娘,怎么不睡觉呢?"

我一听他叫我"小姑娘",就有些不高兴;因为不高兴,就有些恼火;一恼火,声音就重了些:"谁是小姑娘?不能以为自己年龄大,就谁都是小娃娃、小姑娘!"

太子笑了:"你本来就是小姑娘嘛!难道非得喊你老女人才行?"

"就得喊老女人。"

他的目光回避着我——平时也是如此。是啊,仅我的身份就让他难堪——他肯定知道到了圣上对我有意;而他,正是因为对我一见钟情,才把我从敌营俘获回来的。我应该成为的,是太子妃,而不

146

是皇妃,或者皇后。

他看着别处说:"老女人也太难听了，我以后还是叫你大姑娘吧。"

"叫老女人也没事。"说完这句话,我挨他坐得近了些,"我想告诉你,我刚才做了个梦,惊醒了,睡不着,就想过来跟你说说话。"

"应该是个美梦吧。"

"不是太美,我梦到火在烧我们。"

他看着那火,又看了看在火堆外奔突的狼群,说:"火本来就在烧我们,至少每天都在烧着我。"

我听后,认真地说:"其实每天也在烧着我。"说完这句话,我不管不顾地抓住了他的右手,开始垂泪。我突然想哭,一副楚楚可怜的样子。

他有些慌乱——像个初次遭遇爱情的少年那样不知所措。他在我耳边悄声说:"莫哭,免得把别人弄醒了。"

我把哭声压得低了些,抽泣着说:"一路上你都该看出来的,可你装作什么也没看见。"

"我当然能看见,即使眼睛没看见,我的心也能感觉得到。我的眼睛会闭上,会有看不到你的时候,但我的心一刻也没有离开过你。"他在我耳边说。沉默了一会儿,他接着说:"我无数次死里逃生,受过无数次伤,我都觉得没有什么。但如果你不爱我,那肯定是我此生遭受的最大的伤害。"

"我从没想到你贵为太子,会这么喜欢我。"

"什么太子! 不要这么叫我。我就是一个为了爱你,可以不顾一切的人。"

他把这句话说出来,我就无语了。我看到他潮湿的双眼里各有

147

一团燃烧的火焰在跳跃。

我,这个他身边的女人有些潮湿,人世很快就变得湿漉漉的了。

我为自己能走出这一步,深感自豪——一个大胆而又无所顾忌的女人,在篝火的照耀下,在长旅者疲惫的鼾声和饿狼凄厉的嗥叫声中,我搂住他的脖子,吻了吻他胡子里的嘴唇。然后,我把他引到柴堆后面,在他面前,展露了自己虽不贞洁但风情四溢、青春靓丽的身体。

那是带着寒意的初春的夜晚,即使世间所有的狼都在嗥叫,都在磨着嗜血的獠牙,也改变不了丝毫——

季节坚不可摧,没有什么灾难和凶险的环境可以改变伟大的季节,就像海枯石烂也不能改变人间的爱情。

我一丝不挂地站在他面前,像是在自己的闺房里。他在我面前像一面镜子,使我看到了我披散的乌发、富有轮廓却又不失柔美的脸庞、挺拔的乳房、平坦的腹部、结实的阴阜、流畅的脊背曲线、圆实的双臀、修长的两腿……我的胴体抹着野火的光彩,泛着处女一样的光泽。我一只手掩着自己的胸,神态羞涩,却又有着要不顾一切地献身于爱情的勇敢、从容和坦荡。

我感到他有些害怕。我想,他不是畏惧于爱情,而是畏惧于自己的伤痕,畏惧于另一种无形的力量。他说出了一句很无力的话:“景芳,不要那样。”但正当我心生绝望的时候,他却把手里还没有捆扎好的柏皮火把放了下来,把自己的袍子脱掉,扔在了地上。而我,则像附生植物,趁势把根须紧紧地吸附在了他强健有力的身体上。

在那个时刻,他的身体摇晃了几下,但随即挺直了。我听见他身体里发出了一声轰然巨响,那巨响是从遥远之地发出来的,引起了海啸、山崩和地裂。随之,他泪水纵横——那是实实在在的生命的热泪。事后,他告诉我,他觉得自己本是棵即将枯朽的树,不想春光照耀,重获生机,又萌发出满树新绿来了。那个时刻——

人们的鼾声环护着我们。

嗥叫的狼群环护着我们。

熊熊的篝火环护着我们。

无边的林莽环护着我们。

连圣上无边的权威也在环护着我们。

整个世界都小心翼翼地把我们捧在手心里。

你看,那个时刻,有恐怖,也有欢愉;有死亡,也有孕育,人世,显得多么圆满啊!

那个时候,我只想和他融为一体,飞升的灵魂使我想舞蹈——我觉得,事后,我是那么想舞蹈——那个时刻,只有舞蹈能表达我内心的欢愉。

火焰分割着我的肉体,也分割着我的舞姿。其他人仍在酣睡,这舞蹈是舞给他一个人看的。我如林妖一般妖媚,他穿在我身上的衣服随着舞姿飞快旋转,褴褛的衣衫因我的舞姿而变得华美起来,最后,那件袍子从我身上剥落,只能看见我舞动的形体,我的形体在幻化,幻化为狐仙,幻化为妖蛇,幻化为飞天……

他被我的舞姿感染,也随我不由自主地舞蹈起来。我的满头乌发散开了,他的满头黑发散开了,一个青春靓丽,一个历经沧桑,彼此都激情四射。

接下来,我们随着篝火的明灭,时而分开,时而合体,时而缠绕纠结……

火愈烧愈旺。我们听到了彼此的呼吸,我们无法逃避,无处可逃,最后,我们都在无声地呼救,但没人来救我们,我们只有自救。

整个森林都随着我们的倒伏而缓慢地倒伏了下去,包括火焰呼呼燃烧的声音,包括狼嗥的声音。

天地间的万物都在静听我们的喘息,那粗重的喘息声顿时淹没了世上其他一切声响,包括掠过森林的风声,群狼的嗥叫,人们的鼾声,火焰升腾的声音……

当狼嗥声重新回荡在森林里,当所有的声音重新响起,他已仰面朝天地躺在地上,我则像一个英姿飒爽的骑手,大张着嘴,大张着修长的双腿,一副英勇无敌的样子。

朱征远：
我的欢喜成了……

　　我们在路上走着，而神像还是那么轻，按皇上的说法，只有神像变得沉重起来，我们才能停下，才算找到了新的家园，在那里开荒垦地，繁衍生息，创建新唐的新基业。如果神像一直那样轻，我们就会一直走下去，直至死，直至新生。

　　路越来越长，娥儿却觉得跟我们在一起的日子越来越短。如果注意看，就能看出她的腰身变胖了。她为此很是焦虑。我听到有妇人说，她怀上谁的孩子了，都快显怀了。我听到这样的话痛苦死了，我心如刀割，却又无可奈何。

　　她有次跟我说，有一天，她会离开我们，去独自生活。看她那个样子，她像是已经决定了，她作为公主，看重脸面，一旦到了真的显怀不能再遮人眼目的时候，她就有可能逃跑。

　　随着春天悄然来临，春色浸染大地，厚重的衣袍已不能再穿，单薄的衣衫要遮住什么就越来越难。我知道，她如果逃离开我们，一个人在人世间活着，那不等于死了吗？但她又必须躲到某个地方去，把孩子生下来。但真这样做了，孩子跟着她，也是活受罪啊。她成天被这个事折磨，恍兮惚兮的，神思都散了。

　　我已经想好了，她如果离开队伍，我不会跟其他人说，但我会跟随她。无论如何，我都要跟她在一起。我虽然还是个刚醒事的少年，但我看出来了。她反常的样子，其实早就引起了我的注意。我只是假装不晓得。我随时随地跟着她，除了迷恋她，这也是个最重要的原因。

我和她并无血缘关系，但似乎是在共用一颗心，谁心里有了什么事，彼此都晓得。我和刘秀芬就没有这种感觉。我们的心属于各自。我和她就是被父母死拉硬扯到一起的两个人。在这之前，她跟我只说过四句话，我跟她说的话也只有那么多。她父亲和我父亲是结拜兄弟，我和刘秀芬是他们指腹为婚的。她父亲作战受伤，感知自己不久人世，便把女儿托于我父亲，父亲当天就当着他的面，为我们举行了婚礼。我和刘秀芬就这样，糊里糊涂地被关进了战地一间破房子里，成了夫妻。

但我和刘秀芬是两个人。我们的心不可能合成一颗。不像我和娥儿，一直就是一个人，一颗心。两个月前，我就感觉到了娥儿的忡忡忧心。我就问过她："娥儿，你有啥心事啊？看你整天不高兴。"她说："你个小伙子，管我这个大姑娘的心事做什么？"她这么一说，我就不好再问什么了。过了几天，我们歇下来扎营过夜，每到这个时候，她就会挑一棵大树，爬上去歇息。我发现，她往树上爬时，不再像猴子那般敏捷，显得有些笨拙了。爬上树后，她也不像之前那样，赶紧搭个窝，而是骑在一根枝丫上，很快睡着了，直到夜色将她吞没都没动一下。晚上吃饭的时候，她也没有从树上下来，害得我老往那棵树上望。最后，我挑了一块烤肉，打了一竹筒热水，决定给她送上去。

这次，我像猎豹一样轻巧地爬上了树——为了她，我的爬树技巧似乎越来越好了，但我没有想到，我最先听到的是她的抽泣声。

我跨骑在另一根枝干上，直到她不哭了，才小声问道："娥儿，你怎么啦？"

娥儿一听到我的声音,忙抬起手臂拭泪,然后装作什么事也没有地说:"没什么,就是想我爹了。"

"不要想了,就是想,也没有办法让一个战死的人复活,要见,只有在梦里。你晓得的,每家每户都有人死去,好多家都死绝了,还有好几家只余一两口人了。圣上说过,活着,就要好好活,千万不能为亡人伤了身体。那样,亡人的魂也会不安的,亡人希望的,莫过于能活着的人都好好活着,重新兴家立业,养儿育女,壮大新唐。"我一边安慰她,一边把烤肉和水递给她。

她接过了,却没有吃,也没有喝。

在这样的时刻,因为没人关心她,她正觉着冷清、孤独,希望有人能跟她说点什么,听了我的话,得了安慰,泪也更多地涌了出来,她哽咽着,脱口而出:"我其实不是想我爹,我是想到阴间去见他……那个遭天杀遭雷劈遭水淹的,不晓得死到哪里去了……"

她说不下去了,只是更伤心地抽泣着。我坐到她那根枝丫上,拉住了她的手。树下的火光映射上来,她脸上的泪水在闪烁。我真心地对她说:"娥儿,我不晓得你说的那个人是谁,有什么事,你信我,就告诉我,我一定帮你!"

"你帮不了的……这事……谁也……帮不了……"她哭得更伤心了。

"你说出来,我听听再说,哭有啥用?"

"你……你真没看……出来?我……我……怀了人家的孩……孩子,可那个……遭天杀的却……却没有来……我再……再也没……没有见过他……我……我怀了孩子却不能跟人说……我……我哪还……有脸活……在人世上啊……"

虽然之前有所听闻,也猜测过,但一旦证实,还是暗自一惊,心

153

随之一阵刺痛,像有人用刀把我的心尖尖削去了,痛得我差点从树上摔下去。但我还是尽力安慰她:"我看你跟原来还是一个样子,也没有其他人看出来,不然,他们会说东说西的。"我尽量用平常的口气说完,然后小心地问道:"你说,那人是谁? 他去了哪里呢? 难道他不是这路上的人吗?"

她摇摇头,又点点头,摔落几行泪雨,有两滴飞到了我的脸上,开始还是温热的,很快就变凉了。那两滴泪化作两把利刃,双双扎在了我的心上,使我忍不住痛苦地低声呻吟了一声。我赶紧干咳两声,想掩饰过去,但她还是听出来了,抹了一把泪,轻声问道:"你怎么了?"

"没怎么。"

"那你呻唤什么?"

"没事,手上扎了一根刺,刚才碰到了。"

"我等会儿帮你挑出来。"

"不用的,我自己能挑。"我把腹腔深处的一口气吐出来,忍住夺眶而出的眼泪,小心问道,"那……你说,那个人在哪里呢?"

"我也不知道。那时的新唐军有好几支,我不知道他的名字,不知道他是哪支队伍里的,我当时没有在意。"

"你?"我觉得不可思议,"你觉得他还活着吗?"

"我不知道。"

"你连他是死是活都不知道,还天天爬到那么高的树上去望,你望什么呢?"

"只要还没确定他已离开人世,我就要望他,我就可能望见他。"

"这么说来,你非常爱他?"

"那是自然,正是因为爱他,我们才……在一起了,我相信,他也如我爱他那般爱我。"

"你们认识很久了吗？"

"也许。他见过我，然后堵在了那个路口。但我之前从没见过他，连他的影子都没见过。"

"可你说你爱他。"

"是的，我爱他，这可能就是一见钟情吧，就一眼，却好像之前生生世世都在相爱，不知道怎么会有那么奇妙的感觉……"她好像又回到了那种感觉里，良久不语。

有一种万箭穿心的痛猛然深入我的骨髓。

她低声说："那种爱太令人悲伤，我这一生，要么因它而新生，要么因它而被毁灭。"

"那么，你属于前者？"我小心问道。

"我既因它而新生，也因它而毁灭。"

我能听出她声音里的绝望。我心如刀割，疼得我喘不上那口气来，我用拳头顶着胸口，过了好半天，才指着她的肚子，小心地问："我能不能……就说……他……是我的？"

她抬起泪脸，看着我。

"刘秀芬还怀着你的孩子呢。"

"那又怎样？也真是，就新婚一夜，她竟然怀上了。"她没有说话。

"反正好多人知道我们经常在一起。"

"多谢你。"

我看到天上的月光和地上的火光透过枝叶，淡淡地抹在她的脸上，月光沉静，火光闪烁，使她的面容看上去格外生动、好看。

她把头撞进我的怀里，像孩子一样，哭得更响，几近于号啕，她的泪水很快就把我的前衣襟湿透了。

我用手抚拍着她的脊背，温柔地说："娥儿，别哭了，我们就这样说定了。"

"我主要是觉得……让你跟我一起丢脸了。"

"你做母亲，我做父亲，有什么丢脸的？"

"可我……还是个姑娘，没有成亲，怀了孩子，多丢脸！而你已是刘秀芬的男人，怎能……让你……凭空背了这个名声？"

"这没什么，我乐意的。"

"你如果没有跟刘秀芬，我倒真想跟你了。"她突然说。

我愣了一下，急了："我可以离开她啊！"

她听了，没有说话，却破涕笑了，她所有的忧虑和感伤似乎都被那笑带走了。

我长舒了一口气，把她抱在怀里，说了句没头没脑的话："我的欢喜，成了……"

李娥儿:
她从有很多花的地方跑来

　　我们在丛林里艰难行进。虽然有神灵在冥冥之中指引,我们依然漫无目的。

　　长路使人变老。我有些心痛起他来。朱征远在男人中看上去最是年少,但大多数时候,他扛的猎物最多,只要睡一觉,第二天早上起来后,又满血复活,有了用不完的气力。也许那的确是爱情给予他的力量。在这几个人中,只有他对前路满怀信心。在他心中,他以为获得了我的爱情,无论往哪里去,哪里都可栖居,哪里都有爱的温情,哪里都有美满幸福的生活。爱就是他心中的故乡。对于他来说,他已找到故乡了。他对我心怀深情,那种深情来自他灵魂深处。他说,是我使他获得了生命的意义。当然,他也同样让我获取了生命的价值。生命的意义往往只能在爱中彰显。

　　我已有三天没有想起那个人了。那天猛然间又想起他,心中依然和之前一样难过,觉得有一万支利箭正穿透我的心。没经历过刻骨铭心的爱的人,不会知道那是一种怎样的痛。我当时感到眼前的一切都剧烈摇晃起来,然后天旋地转。我想扶住一棵树,但已来不及,眼前一黑,倒了下去。

　　我先是听到了自己的一声悲吟,然后听到了自己倒地的声音。我想晕死过去,却依然清醒。

朱征远几乎是扑过来的,他本想在我即将倒地的那个瞬间扶住我。但他慢了半步。他把我抱在了怀里,先是温柔地唤我的名字,然后大声呼喊着:"娥儿!娥儿!"人们也围拢了过来。

我过了一会儿才看清了大家的脸,但那些脸很快就旋转起来了,我想答应,却无能为力。

我知道我在流泪。我并不想哭,但我没有办法止住泪水。世界旋转着,变成了无声的,显得异常安静。

一定是朱征远在为我擦拭泪水。

"她可能太累了。"景芳说。

另一个人已在地上铺了树叶和兽皮,让朱征远把我放在上面,皇祖父说:"让她歇一会儿就会好起来的。"

但朱征远依然把我抱在怀里。远方隐隐的林涛声从摇曳的阳光中传来,像摇篮曲般轻柔——

> 你是森林的孩子,
>
> 森林是你的摇床,
>
> 风摇着你,
>
> 把你摇到大地的梦乡。
>
> 你是大地的孩子,
>
> 大地是你的摇床,
>
> 森林怀抱着你,
>
> 把你摇到森林的梦乡。

朱征远一定又听见了大自然的歌吟。据说他有这种超乎常人的能力:能听懂鸟言兽语,甚至草木的诉说。

　　我不禁有些伤感地想,大地护佑着她的孩子,可谁来护佑大地呢? 只有大地免受伤害,我们才能永享安宁。想到这里,我不禁更想紧贴大地。

　　我明白人的归宿是死亡, 但不愿意相信大地的归宿也是死亡。在我心中,大地永远年轻,充满着青春的朝气。我觉得她就是一位永恒的年轻母亲,而不是欲望和污秽的载体。但这大地承受了多少灾害、多少苦难、多少悲伤;承受了多少战火、多少杀戮、多少纷乱;浇灌了多少人的鲜血,埋葬了多少人的尸骨,有多少人在这大地上悲号,又有多少骨肉在这大地上分离! 但大地从未号啕悲泣,她只是默默忍受。人类数万次地把人世毁灭,她又数万次地把人世修复,以致她看上去一直是那个样子。

　　这么想着,我内心慢慢平静下来。

　　因为我,队伍只能停下来,有些人一靠着大树,很快就睡着了。刘秀芬背对众人,坐在一截木头上,无依无靠,显得孤单。朱征远对我的好,她没有一点办法,只能默默忍受。我对她满怀愧意,却不想拒绝她丈夫对我的爱。

　　新鲜的阳光照在森林上面,透进森林里的光束五彩缤纷,不停地有鸟儿从光束里飞过,留下一串鸟鸣。

　　朱征远抱着我,轻轻抚拍着我的背,如抚拍婴儿。

　　他的爱让我再一次感受到了自己并非孤独无依,再次觉得方向明确,完全没了不知往何处去的茫然。

　　那个时候,我的头脑其实一直是清醒的,只是身体无力,像睡着了一般。朱征远那么轻柔地拍着我,我真的睡着了。

　　然后,我做了一个梦。我梦见他提着长刀,浑身流着血,面带微笑地向我走来。他的背后是广阔的原野。他脚下的路上开满了各种野花。他踏着野花而来。更远处，站着朱征远。

朱征远站在一处翠绿的山冈上，一动不动，像一尊雕像。头上是霞光闪耀的蔚蓝天空。天空下站着另一个我。我因为身在远处而显得很小，小得只是一个黑点。但我确定那就是我。我有些奇怪怎么还有另一个自己。

我在等待他向我走来，另一个自己却在承受着朱征远对我的眺望。我能感受到，朱征远是那么深情，我也是含情脉脉的，难掩内心潮水一样涌动的情欲。朱征远走过来了，紧紧地拥抱着我。我惊异地看着他俩。我觉得他们都是我深爱的人，我所做的一切都源自生命深处的渴望；但又觉得按祖辈所遵循的自古就有的伦理，我那么做肯定是不被人所容的。我有些慌乱，然后有些绝望，以致我突然想死，想以死来了结这一切，但我又不知道该死在谁的怀抱里……

他已慢慢走近，身上桂花的香气已能闻到。我惊恐地看着他。我看见他的脸上蒙着一张火纸，浑身伤痕累累，血一边凝结，一边滴滴答答地往下滴落。

"你！你啊！"我挣脱了朱征远的怀抱，向他跑去。可我接近不了他，我跟他之间总有那么一点距离。我大声地哭喊起来，在心里祈求："神啊，你让我离他近点吧！"朱征远惊愕地看着我们。但他只看了我几眼，就不管不顾地径直朝另一个方向走去，他走过的地方，野花盛开，其中野菊花尤其多，尤其恣肆、好看。

我奔跑着，想追上他。我想知道他怎么成了那个样子。他身上的每一道伤口都像是我自己身上的，他淌下的每一滴血都像是从我心里流出的。可我依然离他一步之遥。我踩踏坏了脚下的野花，一次又一次地扑倒在地，又压坏了好多。

我哭喊着,声音都嘶哑了。

最后,我累倒在地,大口大口地吐起血来。我再也爬不起来了。吐完血后,我的身体变得透明,从我身体的一侧可以看见另一侧的花朵在摇摆。

我抬起干涩的双眼,环顾四野,我没有看见他,桂花的香气也消失了;也没有看见朱征远。他们都已走远,不见踪影。

原本美丽的大地一片荒凉,野花凋谢,飞鸟无踪,只见砾石衰草一直连着暮云残阳。

遥远的地方,传来悲伤的泣哭。最后,那泣哭声也消失了。难道世界……死了吗?我想。

那种没有一点声息的凄凉使我万分紧张。恐惧使我坚持站立起来,我想要逃跑,逃离那个寂静而凄凉的世界。我跑得踉踉跄跄,最后越跑越快。我第一次知道,凄凉原来如此令人恐惧。

我希望自己变得轻盈,能如鸟儿一般飞翔,这么想着,一蹬脚,就真的飞了起来,飞翔比狂奔要轻松许多,我能看见的世界也更为辽阔。我没有看见一个人,没有看见任何生命。我想自己一定是奔逃在世界的末日里,成了末日世界中的最后一个人,我只能独自承受末日的景象。我没想到自己那么不幸,我感到寒冷,浑身颤抖、无力,最后一头从天上栽下来,重重地砸在了坚硬的砾石地面上。

朱征远一定感知到了我在梦境里的境地,抚拍着我的脊背,把我抱得更紧。

我惊醒了过来,醒后觉知是梦,终于放心,不禁长吁了一口气。我的脸上满是虚汗,嘴里在咕哝着什么。朱征远眼里满是怜爱,为我轻拭着汗水。

"你是怎么了?"

"没怎么,就是有点累,有点困。"我故作轻松。

"是不是觉得冷?"

"这么热的天,怎么会冷呢?"

"可你在发抖。"

"那是做的梦让人发冷,现在醒过来就没事了。"

他一听,又把我更紧地抱在了怀里。

"你把我抱这么紧,我都没法呼吸了。"

他放松了手臂:"肯定是噩梦。"

"也不完全是。"

他的怀抱使我的身体很快暖和起来。但我想脱离开他的怀抱。我非常脆弱,像刚刚萌发的胚芽,还不能承受任何风雨和霜寒。那个闯入我脑子里的梦使我的心灵和肉体都受到了伤害。我隐隐对遥远而渺茫的未来有了不祥的预感。我蠕动了一下身体,像要对无可逃避的未来进行抗议。

他温柔地抚拍太容易让人入睡。但我想醒着,因为我觉得我一旦重入梦乡,刚才的梦就会继续下去。

我再次睡着了。虽然想抗拒梦境,但我还是深陷其中。我继续在荒野里奔逃。世上只余下伤害我的东西,只余下末日里的绝望。但就在绝望要把我击溃之际,突然看见迷蒙的远方走着一个小孩。我开始以为那个孩子是在向远处走去,仔细看,才发现她是在朝我走来。我惊喜得像重新看到了希望——那的确是我全部的希望啊!因为那是一个新的生命,也是一个新的世界。我心里顿时充满了母爱的暖意,感动得无论怎样也止不住眼里的泪水。我甚至欣喜地哭出了声。我一边哭泣着,一边迎向那个孩子。

孩子的身后是无边的不知名的植物,开着蓝色的花。那开着蓝色花朵的植物像涌动的潮水,正把荒凉的大地覆盖。

孩子明显是朝我走来的,却离我越来越远。我听见她在歌唱,只是听不清她唱的是什么,歌声美妙,略带伤感。清澈的童稚之音离我越来越近。

虽然相隔很远,但我还是能看清孩子的模样。她是刚降生不久的婴儿,身上还残留着母亲分娩时的血迹,身高就一尺多点儿,小脸胖嘟嘟的,却已沾染了人世的风尘。她黑亮的眼睛扑闪着,急切地看着前方。她一定在寻找什么。我觉得她已看见了我,因为我看见她再次回过身,朝我跑来。她一边跑着,一边仍唱着那首听不清歌词的歌儿。

朱征远事后告诉我,在我做那个梦时,他看见我把手伸出来,向上举起,像要去迎接什么。他看见我的脸上既有担忧,又有欢喜。

自从看见她,我便忘记了我身处的令人绝望的世界。我心里只有一个念头,尽快跑到她跟前,把她抱在自己怀里。

我在很远的地方就闻到了一股血脉的香气,从那香气里,我闻出她竟然是我自己的孩子!

"乖宝贝!"我急切地呼唤起来。

"娘——"孩子张开小手臂,也喊着我。

"难道她真是我的孩子吗?"我在心里哭着问自己,"是的,她是,当然是……"我很肯定。我见过很多小孩儿,但从没像这次那么激动。

在梦里,我觉得她就是人世间最后一个孩子。而这最后一个孩子是我的。

孩子身上什么也没有穿,肉嘟嘟的,稚嫩的肌肤已被太阳晒得黝黑,散发着淡淡的日光的香甜。闻到这种气息,我一下就醉了,跑上去,把她紧紧抱在怀里。

"乖宝贝,你上哪儿去了?"

"娘,我没上哪儿去。"

"那你是从哪个地方跑来的?"

"我从开着很多花的地方跑来的。"

"你是怎么过了那条河的?那条河那么宽。"

"有个和你一样漂亮的女人把我一直送到了河这边。"

"她是送子观音吧?那里到这里好远啊,没想到你竟然跑来了。"

"我不知道她是谁,我见到她很欢喜。我没有觉得远。"

"那么多的娘亲,你随便投奔一个,也比到我这里强。娘是个命苦的人,无依无着,漂泊不定,连一个窝都没有。"

"那个和你一样漂亮的女人说了,每个孩子的母亲都是无法选择的。"

"是的,孩子,一切都是命定。也许人间的一切都是如此,都得按自身的规律诞生、成长和死亡。只有这样,大地才会是美好的,也才会永世长存。"

"那个和你一样漂亮的女人对我说,是我们这些人的愚昧和无穷尽的欲望,破坏了这一切,我们现在所遭受的一切都是我们自己造成的。"

"是的,孩子,她说得对,没想你都记住了。"

"那个和你一样漂亮的女人对我说,我现在能晓得很多事,但当我再生,我又会变成一个愚蠢的人,所以我不愿再生,我不想变得愚蠢。"

"你是说,你要离开我?"

"是的,娘。"

"那你的选择是对的,如果说人住的地方是上界、鬼住的地方为下界、未投胎的童男童女住的地方为仙界,上界正在被人毁掉,下界恐怖,令人惧怕。你回你的仙界去吧,免受这可怕的上界的凄凉。娘送你到那河边,到了那里,他们会把你接回去的。"

孩子看上去那么成熟,似乎比一个历经沧桑的人经历的还要多。她听我把话说完,看着我,说:"娘,不需要你送我,我能自己来,就能自己离开。"说完,她朝我磕了三个头,转眼就不见了,像是化作了一阵风。

过了好一会儿,她的声音才从很远的地方传过来,她说:"娘,记住我的名字,我叫李嫦,我随你姓,到时皇曾祖会同意的。"

"李嫦?这名字多好听!娘记住了。"听着她美妙的童稚之音,我悲喜交集,哽咽着大声说,"孩子,想回来了,你就回来,要乖,要听话!"

我在朱征远的怀里抽泣起来,像是在说胡话:"我晓得了,我怀的是个女孩儿,但她……她走了,难道她不愿……不愿到我这里来?"

我很伤心。朱征远想把我摇醒,但我仍然昏睡着。

"娘——"

当我低头哭泣时,李嫦不知何时又站到了我面前。

我有些难以置信,以为自己是在梦里。我哭得稀里哗啦的,颤抖着伸出双手,颤着声叫她:"嫦……儿……"

"娘。"

"你怎么又回来了?"

"那个和你一样漂亮的女人说,我既已到了人世,就再不能返回仙界了。我必须投到你的胎里,请娘一定要接纳我。不然,我就只能在这虚空里流浪、漂泊。"

我赶紧把她拥到怀里,激动地说:"娘高兴你来。"说完,就不停地亲她。

"我带给娘的将是痛苦。"

"娘愿承受。娘的一生就是来承受痛苦的。宝贝,你要记住,生命的境界只有两种,一是不幸,一是大不幸,除此之外,没有别的。"

"娘,孩儿记住了。"

我还想继续跟孩子说说话,但怀抱中的孩子不见了,只听得肚子里有个声音说:"娘,我已投胎了,我已经是你的孩子了。"

我听后,激动地说:"宝贝,那太好了!太好了!"一高兴,猛地醒了。

朱征远见我睁开了眼睛,吁了一口气,说:"你终于醒了,我这颗悬着的心可是落地了。"

我满是歉意地笑笑,从他怀里挣脱出来,说:"我不知怎的就昏睡过去了,真不好意思。"

李嫦：
那个人又来到了母亲梦里

　　我只能随着年轻的母亲流浪，正如她说，这是命中注定。母亲不知道，她日思夜想的那个人没有死，他化为乞丐，隐姓埋名，在另一条路上无望地走着，从他的目光里可以看出他对母亲的思念。他一直在寻找她。他一边走着，一边在念叨着他给母亲取的名字，桂。他不知道母亲的名字，正如母亲不知道他的名字一样。他一定是为了怀念他和母亲在桂花树林里的浓情蜜意才起的那个名字。他坚信母亲是桂，桂便是母亲。

　　所以，母亲就有了两个名字，娥和桂。这两个名字背后的女人现在都被人爱着。

　　扛神像的白胡子老头儿腰间的长刀雪亮，刀光被锁在刀鞘里。我喜欢刀发出的白光。他无疑是我的长辈，但辈分太高，我还不知道该怎么叫他。是该叫皇曾祖吗？我搞不清楚。那就还是叫白胡子老头儿吧。但不管叫什么，都得加个"皇"字。在所有的历史中，这样称呼似乎才不会被杀头。他身边的年轻女人同所有走在长路上的人一样，脸色已变得红黑。她的脸看上去很秀美，眼睫毛很长，扑闪着，眼睛像梅花鹿的，机警而多情，嘴唇的厚薄恰到好处，黑发绾起之后，她的脖颈显得又柔美又修长。她丰乳肥臀，却是蜂腰，两腿有力，却很修长。她是个不一样的美人。她是王妃？还是皇后？我搞不清楚，

167

她和母亲一样年轻,但辈分肯定比母亲高。她那么年轻,却有那么高的辈分,让我感觉有些奇怪。但她没有任何特殊的待遇,只有一种东西多于其他人,那便是幸福。她替白胡子老头儿扛着枪,一直不离左右。白胡子老头儿则因有她陪伴而显得年轻了许多,他的胡子里含着笑,正是她使他的胡子一夜间由白转黑,这真是匪夷所思的奇迹。

因为在春天里长征,所有人都很快乐。除了朱征远,没人知道母亲的痛苦。这些人中,他最爱母亲。他现在正为获得了母亲的爱和为分得了母亲的一份痛苦而欣慰。他紧跟在母亲的身后,他和母亲间只隔着一个人。而我知道母亲只是感激他,虽然喜欢他,但还是不爱他——她在心里还是把他当作弟弟一样看待。我和母亲的想法一样,更多的是感谢他。因为他在母亲绝望时给了她安慰,并承担起了本不属于他的责任——做我名义上的父亲,他也因此救了我,成了我的救命恩人。

母亲高兴,我就高兴;母亲伤心,我也伤心;母亲不想活,我也活不成;母亲活着,我就要好好活。我在长路上孕育,在她的子宫里成长,我像一棵小树,把根牢牢地扎进她的血脉里,任她颠沛,也不动摇。我现在可以看到自己的样子了——我已有了"人"的形状。我知道,再过两天,可能就是后天,我就能到母亲的梦中去游玩了。我要在她的梦里给她快乐,宽慰她的心,我要让她在梦里笑出声来,让她从此整天沉浸在欢乐里,忘却人世带给她的伤悲。

人的命运是在某一个瞬间被决定了的,虽然一瞬在时光长河里连一个微澜都不是。母亲和他如在相遇的那一个瞬间战胜了诱惑,就不会从此陷入痛苦之中,当然,我也就不会成为她的孩子。但那是爱,有什么办法呢?那诱惑来自灵魂深处,强大无比,加之自身命运的推动,没有谁能轻易战胜。

母亲落了泪,然后偷偷地擦拭了。她总是莫名地落泪,我想,这一切都是因为他,因为我。

他又走到了母亲身后,中间隔了一个人。他有时傻乎乎的,没觉出母亲在偷偷哭泣,竟唱起情歌来:

> 太阳西坠落下坎,
> 两人分别好伤惨。
> 怀中掏出尖刀子,
> 心肝割在妹跟前。

他这个头一起,有人就接着唱起来了:

> 太阳落坡郎莫慌,
> 打把金钩钩太阳。
> 金钩钩在太阳上,
> 郎心挂在妹心上。

接下来,人们就一首接一首地唱,一路都是欢歌笑语。这让母亲更加想念他。我听见,她在心里也唱了一首:

> 桂花香透桂花林,
> 桂花林里月儿明。
> 当你从我林中过,
> 哪用穿针引线人。
> 只要郎心合妹意,

妹作天空郎作地。

…………

母亲唱这首歌的时候,追忆起了并不久远的往事,心里全是蜜意柔情,嘴角也是笑意盈盈的。但女人啊,总是很难说清楚,笑意还没收回去,眼泪已经滑下来。那泪水里就既有笑,也有泪的味道,包含的滋味复杂得很,难说清楚。但我清楚的是,她的泪不仅仅是为我而流的。

"他会来找我的,我已有了他的孩子,我一定要等他。他也该知道,我会有他的孩子,因为我们当时那么相爱,难分难舍,如同一人。为了我和孩子,他一定会找来,一定会的……"母亲在心里想着,不知道这样想了多少遍了,我觉得她的心中好久以来第一次闪烁着希望的光芒。我希望那光芒能越来越亮,最后如太阳一样光明,照耀她心灵的天空。只是,她的这个想法把跟在她身后的他隔远了。因为母亲要成为母亲了,她已变得勇敢起来,她决定,一切都由自己来承担,不拖累任何人。

她深情地看了一眼朱征远,坚定地说:"这是我自己的事,是我和那个人的事,我已把一切都给了那个人,怎么能让你平白地来承担呢?"

这是母亲在一瞬间突然产生的想法,没想她会终生恪守。最终,连我也没有想到,他会一生寻她不见,而她会一直等待下去——没想他们会在寻找和等待中终其一生。我当时只隐约感觉到了一种伤痛——一种因亲人被伤害而带来的伤痛。这使我还没有出生就已变得忧郁、多愁善感。

"我要等他找来,他会找来的。因为我们毕竟留下了脚印,那些脚印会被尘土掩盖,会被雨水冲刷,以致敌人看不见,但在爱人的眼里,那些脚印会发光,他如果爱我,就一定认得,就一定会沿着那些踪迹来找到我。无论神让我们走多远,我们一旦寻到新的家园就会停下来,所以他一定能赶上我们,在我们新的王国停下脚步后,一眼就能认出我和我们可爱的心肝宝贝。"

母亲这么想着,浑身都有光芒。那光芒使她显得更年轻、更漂亮——好像不是十九岁,而是十五岁——甚至更诱人,像一枚被露水滋润、被阳光照耀的果实。

"娘……姆……"我忍不住想喊她。

我能感觉到他,他仍走在远处,隔着无数重山、无数条河和数不清的树。他几乎和母亲一样疲惫。苦苦寻找的长路耗尽了他的力气,使他变得又黑又瘦。作为一个逃亡的战士,一个被朝廷通缉的叛贼,他当时装扮成了云水僧。

因为想找到他的踪迹,我看到了很多被战火焚毁的家园,瓦砾成堆、野草丛生,成了黄鼠狼的栖息地和老鼠成群的地方。但任凭风吹雨打,仍有断墙兀立。是啊,朝廷一直在打仗,战争就一直没有停止,山河破碎,良田荒芜,白骨遗于荒野,鲜血让土地变得泥泞,生灵涂炭,民不聊生,天昏地暗啊。这让我心碎,孕于乱世,我也不禁为自己的未来担忧起来。

他应该朝着我们逃亡的方向走,但不知为何他朝着有枪声的地方去了。他肯定以为,有枪声的地方,就是白胡子老头儿的队伍和朝廷军队的战场。这使我担心。好在他也在往西北方向行进,但我们是向西北偏北,他却是向西北偏南,所以,我们还是会相距越来越远。我很着急,但也没有办法。我多想引导他——我的父亲——回到爱情的路上来,回到我和母亲身边来啊。但我没有办法,只能眼巴巴地望着他远离我们的背影。我只能祈求神灵保佑他。

队伍停了下来，停在一片柏树林里。树下开满了零星的金梅花，到处都是柏树的香味，肥嘟嘟的锦鸡不时被我们惊吓得一边鸣叫、一边从草丛里笨拙地飞起来；松鼠从一棵树轻捷地飞蹿到另一棵树上；柏籽被风摇落，无声地掉在地上；还有好多鸟儿看不见，只能听到它们动人的合唱。

——这些声音是我透过母亲的喘息声听到的。她显然很疲惫，喘息声常常把那些声音淹没。

今天白胡子老头儿决定提前宿营。队伍要在这柏树林里过夜。

篝火燃烧起来，几个男人打猎去了。不久，我就闻到了他们打来的野鸡烤熟的香气，那香气与柏树的香气混在一起，格外醉人。我想，那一定是最美好、最令人沉醉的人间气息，引得我忍不住想在母亲温暖的羊水里翻个跟头。

朱征远坐在那里，中间隔着一个人。他不时偷偷地、微笑地打望母亲一眼，他眼里闪烁着好看的火光，红黑的脸庞也被火光映照得发亮。母亲还是习惯性地离开人群，在柏树林里找到一棵枫香树，爬了上去。那棵树高过所有的柏树，她一直爬到了最高的地方。

朱征远原本想撕下一只野鸡腿递给母亲，却看见母亲站起来，朝那棵满树嫩绿的枫香树走去了。他的目光追随着母亲的背影。母亲的背影结实，身材依然修长，令人心动，仅仅是这个背影，就很容易让人心生爱慕之情。他拿着鸡腿，跟在母亲身后，看到她虽然怀着我，还是沿着光滑、灰白、要两个人才能合抱的枫香树干，猿猴一般"嗖嗖"蹿进了那团参天新绿里。他嘀咕了一句："你前世可能真是只母猴子啊！"然后，他抬头望着树干，扯着嗓子高声喊道："爬那么高，注意着点！"他说完，也想爬上去。但因为他一只手拿着鸡腿，加之前次打仗时腿上的旧伤还没有好利索,爬了不到两丈高,就滑了下来。

他抬头望了望那棵直插云端的枫香树,只好把鸡腿含在嘴里,再次往上爬。他从小就恐高,原来是不善爬树的,但自从我母亲喜欢像鸟一样在树上栖息,他也就会像猩猩那样爬树了。但他还是不能像母亲那样,在上面吃,在上面睡。他还是习惯睡在地上。

朱征远爬到有枝干的地方,再往上爬就轻松了。他爬上一个又一个枝干,也没有看到母亲,便嘀咕道:"莫非她真像猴子一样跳走了?"听他这么说,我忍不住笑了。

树尖顶着一朵涂了夕阳的白云,那朵云有两床棉絮那么大,松软得人一望见,就想瞌睡。母亲就在离云朵不远的树巅。微风吹过,树巅就会摇来摆去。她爬那么高,就是想体验那种感觉。我有些害怕,但也异常兴奋。

他终于看到了母亲的鞋底,接着是她坐在一根只有酒杯口粗细的树枝上的浑圆屁股,然后是抱着主干的双手。她坐在上面,随风摇摆,像是睡着了。

朱征远往上望了一眼,知道自己如果也爬到她那么高,树尖就承受不了他们的重量。他在她屁股下停下来,望着她装饰了花布条的草鞋,看到了她裹着裹脚布的脚。他把鸡腿重新拿到手上,伸出另一只手,用手指戳了戳她的鞋底:"你怎么爬这么高?"

"你看,多美!"她在上面回应道。

他看到枫香树高出柏树林里最高的那棵柏树至少有四丈多,墨绿的柏枝上,顶着一层嫩绿色的新枝和雾蒙蒙的柏烟,柏树林之外,是莽莽青山。因为换了春装,表面像夕阳照耀的平静海面,招人亲近,没有行走林间所感觉到的那么深幽可怖。再远处,有一列仿佛涂抹了玫瑰色胭脂的青山,青山之上,是玫瑰色的天空和五朵玫瑰色的云。这是个蛮荒世界,没有人踪,还依然是鸟兽的天堂。

"是很好看。"

"可惜看不到路,看不到路上的人。"她叹息了一声说。

"要是看得到人,就不是大林莽了。"

母亲又在树上叹息了一声。这声叹息她自己并没有意识到——唉声叹气已不知多久变成了她的习惯。

朱征远欲言又止。他又伸出手,戳了一下她的鞋底。

"你先吃了这个野鸡腿。"

母亲弯了腰,伸手接住。

"我是把它叼在嘴里爬上来的。"

母亲没在意,咬了一口。有一滴油滴落在了朱征远的衣服上,但他没有发觉。他搂抱着树干,有些困,但他不敢在树上睡觉,只能不停地打着哈欠,想把睡意压下去。

起风了,树大的确招风,摇晃得很厉害,像随时都要被风折断。

"娥儿,我们下去吧。"

"你先下,我随后。"

"一起下。"

"好吧。"

他在前面顺着树干往下溜。对于他来说,下树比上树难多了。他看不见地面,额头上渗出了汗水。

母亲现在从树上下来有点吃力了, 她怕树干顶着她肚子里的我。但她还是比朱征远自如多了,我想,我一生下来后,会不会就像只猴子一样,吊在她的脖子上,在悬崖和树木间飞跃来去呢?

他俩从树上下来,人们都注意到了,他有些不好意思,却又想让所有人知道他和母亲刚才一起在树上待着。

她坐在朱征远身后，火光只能模模糊糊地照见她的小半边脸。这很好地掩盖了她脸上的忧伤。

肥硕的野鸡烤在火上，烤出的油不断滴入火中，油滴使火苗随之"呼"地升腾起来，发出阵阵"嗞嗞啦啦"的诱人炸响，烤鸡肉的香味弥漫在柏树林里。

那个叫景芳的女人紧挨着白胡子老头儿，如神仙和仙女。她因为疲惫，已靠在他肩膀上睡着了，每个人都向白胡子老头儿投去了复杂的眼神。

太子抱着枪，靠着远离火堆的一棵树，好像睡着了。夜里看不清他靠着的那棵树是什么树——柏树林里并非只长柏树。因为离得远而显得暗淡的火光照着他身体的一侧，能看见的也只有被火光照亮的部分，他另一半脸和另一部分身子陷在黑暗里，让人觉得那一部分是被人撕扯走了。不知是火光在跃动，还是他身体在颤抖，他像是在抽动着身子伤心地哭泣。

朱征远觉察到了太子的忧伤，他站起来，走过去——这样，我的母亲就被火光照到了，她有些不自在，侧过了身体。朱征远看见太子把长刀放在一侧，手袖着，他看见太子脸上有两行泪。太子没有觉察到朱征远走到自己身边来，想掩饰，抬起手臂擦了一把脸，把脸上的泪抹干净了。

"太子殿下，你看夜露起来了，容易着凉受寒，你还是坐到火边去吧。"

太子把脸转向黑暗的一侧："没什么，我喜欢露水爬到我身上，我想起那些战死的人了，所以感伤。我不晓得他们现在魂在何处，我真担心他们跟不上我们。"

朱征远沉默半晌,安慰他说:"太子殿下真是慈悲! 他们为了新唐,浴血奋战、出生入死,经历了多少事啊,就因为一次没有闯过来而牺牲了,的确让人感到可惜。但人死不能复生,太子殿下挂念他们,他们就还活着。他们的灵魂会跟着我们,他们比我们走起来安全、轻快,一定会紧跟我们的。"

太子没再说什么,把头靠在树干上,很快睡着了,显然,长路和令他痛苦的爱情已让他困乏至极。朱征远想把他推醒,让他坐到火堆边去,但又不忍心。

这时,母亲给他们送来了半只烤熟的野鸡,递给朱征远:"你们两个先趁热吃了。"说完,转身走了。

朱征远把那块肉撕成两份,把太子推醒,把带着后腿的那一份递给他,说:"快趁热吃了。"

太子睁开眼睛,把鸡腿接过,睡眼蒙眬中,看见了母亲的背影,说:"娥儿好久都不说话了,她好像有好多心事。"

朱征远说:"太子殿下,你也有好多天不说话了。"

"我不想说。"

"可你本来是个话痨。"

"现在没啥好说的。"

太子还想说什么,一个声音传了过来:"你们躲在这里干啥呢?"

赵小媚人未到,声音先到了——我现在还不知道该怎么称呼她,因为她虽然是我母亲的母亲,但太子并没有娶她,所以她可以既跟太子好,也跟其他好几个人好——对于女人,只能在她们最终决定成为谁的女人之后,你才能确定是叫她嫂子,还是叫她婶或者叫她祖母——火光照透了她破旧的绸裙,把她结实的长腿从大腿根处一直勾勒了出来,隐约可见,像两根大藕。这个和男人一起参加战斗、一起狩猎的母豹一般的女人,总有无穷无尽的精力和欲望。话音落地,她已到了他们跟前,牵了太子的手要走。太子朝景芳所在的方向望了一眼,顺势站起来,对朱征远说:"我过去一下。"很快就隐进了林莽里。

整个森林沉浸在了瑰丽的火光中。

朱征远愣了一阵,才回过神来,然后微笑了一下,回过头,假装什么也没有看见。他没滋没味地一边嚼着烤得很香的野鸡肉,一边望着我母亲,右腿上那个打仗时留下的伤疤又隐隐疼痛起来,痛得他的额头冒出了冷汗。

景芳已经醒来。我和好些人一样,都还不知该怎么称呼她,所以私下里只能叫她的名字,至于原因,我这个晚辈就不好说了。她醒后就忙着为太子和朱征远捣草药,很专注地在一个木碗里捣着。神像靠在白胡子老头儿的肩膀上。他坐在那里,他的须发最近几乎全黑了,被景芳梳理得齐整光亮,都可以映出火光来。但他的神色和神像的一样,显得神圣不可侵犯。他的思绪似乎飞得很远。他严肃的神色里有憧憬,但更多的是忧虑。

景芳已把草药捣好,有几味药是她用嘴嚼烂的。她四下里望了望,没有看到太子——只看到朱征远坐在一棵大树跟前。景芳从白胡子老头儿身边站起来,向那棵树走过去。她的脚步很轻,像仙女一般,脚下踩的好像不是泥土和落叶,而是祥云,让朱征远觉得她像一缕风,吹到了他面前。

她手里拿着木碗和两块洗净的布。火光照映着她窈窕的身影,把她的身影扩大了好几倍,朱征远完全被她的影子遮住了,好像他进了她的身影里,再也看不见。

她往四下里望了望,没有看到太子,便在朱征远跟前蹲下来:

"来,把药换了。"

朱征远很拘谨,他望了一眼我母亲,又看了一眼景芳,低声说:"我自己来。"

"还是我来。"景芳的声音甜美清澈,总是不高不低。朱征远的耳朵像被清泉洗涤过,很享受地眯起了眼睛,伸出了受伤的右腿,把裤腿挽起来。

景芳一边为他换药,一边问:"太子殿下呢?"

他不知该怎么回答她,迟疑了一会儿,说:"刚才还在,可能……可能是打猎去了吧。"

景芳笑了:"打猎?你说的倒是实话。"

朱征远很羞愧地低下了头,把腿缩了回去。"我……的确不知道该怎么说……"他的声音很轻,断断续续的,只有一部分能听清,像是被夜吞没了一部分。

我没有听见景芳的声音。

"药还……没有换完呢……"景芳说这句话时,向朱征远靠得更近了一些。

太子和赵小媚在林子深处耳鬓厮磨了好一阵,他们快乐的呻吟声和欢叫声被林涛淹没了。他们有很多个夜晚都是在远离人群的地方度过的。

今天晚上,太子完事后就回来了,阴沉着脸,径直走到火堆边坐下来。景芳一见,又站起来,走到他跟前。

"殿下,猎物呢?"景芳问。

"什么猎物?"

"你不是打猎去了吗?"

"一无所获。"

"你手臂和背上的伤都还没好,最好还是先好好养伤。来,把药换了。"

"我自己可以换。"

"你怎么这么固执?"景芳的声音突然变高,像没有被火烘烤到的森林的夜一样冰凉。

几个还没睡着的人都望向了他们。

"你昨天就没有换药了,今天再不换,我只好告诉圣上了。"景芳说着,便去拉太子的手。

太子的身子像被火灼烧了一下,敏捷地躲闪开了。景芳看见了他眼里突然涌出的泪水。那泪水在火光中是淡红色的。她有些慌乱,一下跌坐在了地上。

这使太子的脸露了出来, 他的脸被突然蹿高的火光映红了,像初冬的柿子。他的头在景芳发髻上面。我看不清他的表情,他的表情被一层火光笼罩着。当景芳要再次为他换药时,他很听景芳的话,像个乖顺的小孩子。

景芳专心地替太子换起药来。

他背上的伤像是疼痛得很,身体颤抖得很厉害,景芳的手也不由自主地抖起来。布带老是缠不上,等到好不容易缠上了,她却语无伦次地说了句:"你这脊背冰冷……像刚从冰水里出来,火那么大,快去火边烤烤。"说完,就忙忙慌慌地走开了。我看见她迎着火光的丰满的胸脯不停地起伏着,她好看的脸却埋得很低。

她像逃避什么后,终于寻找到了庇护所似的回到了白胡子老头儿身边,重新挨着他坐了下来。

太子绝望地望了靠着白胡子老头儿端坐的景芳一眼,把头很低地垂了下来。然后,他提着长刀,毅然决然地又向森林深处走去了。

当时,好多人已入睡,除了我,谁也没有察觉。我担心地看着他的背影被森林和夜色一点一点地吞没。

母亲也爬到一棵树上,忧伤地睡着了。她显得孤独,无依无靠。她的背有些凉,但没人替她披上件衣裳。

母亲的睡眠很浅,因为那个人又进到了她的梦里。

她梦见晚光把他和那片桂花树林浸得血红。他像是从一片星光里走出来的,身上带着桂花的香气。他远远地站着,对她微笑。从桂花林的深处传来呜咽的二胡声,那乐声总是催人泪下。很多鸟欢快地鸣叫着,向各自的窝飞去。一只孤鸦栖在远处的枯枝上,不动,也不叫。她向他走去,当她快要走近,他张开了手臂。但那其实不是手臂,而是黑亮的双翼。母亲入他怀时,那翼很快把她裹住了。再也看不见母亲,只听见了她的笑声,却不是从他的怀里,而是从林子深处传来的。他随即如烟如岚般消散无痕,只留下了孤独的母亲,茫然无措地徘徊在桂花林里……

而他拿着一根打狗棒,还在远处孤独地走着,还没有找到栖身的地方。那里的夜色越来越紧地裹着他。黑夜里的路坎坷不平,他有好几次摔倒在了地上。

母亲惊了一下,差点醒了过来。森林的夜格外黑。火弱了些,梦伤了母亲的心。我听到了她梦吃般的叹息。

太子还没有回来。赵小媚不知是多久回到火堆边的,像什么事也没有发生,隔着火堆坐了一会儿,就躺在自己那块兽皮上,心满意足地睡着了。她并不怎么关心自己的女儿。

朱征远没有睡着,他不时往我母亲栖身的树冠望一眼,然后终于站起来,越过隔着他的那几个人,悄没声息地、小心翼翼地把母亲滑落下来的衣衫替她披盖上,然后溜下树往火里加了柴。火很快又燃烧起来。夜又热火了。

　　直到天色微明,太子才回来。他肩上扛着一头剖去了内脏的死熊。那熊显然是被他杀死的。他身上结着血痂,有一股很浓的熊的腥臭气,有些血还顺着他的衣襟在往下滴答着。他把熊扔到地上,故作轻松地对大家说:"这两天只能吃熊肉了。"

李方吾：
我不知杀的是熊还是父皇

我竟扛了一头熊回来，那熊至少有两百多斤重。把熊剖了，抛掉了肠肠肚肚，也有一百四五十斤吧，而我竟然把它扛回来了。猎熊归来后，我的心情似乎舒畅了许多。我脸上有一种男人逞强后忍不住的、得意的微笑。

我估计没人晓得我去猎熊了。我脊背和手臂上的伤都还没有好，我也不知道自己是怎么用一只手杀了那头熊的。我像是喝醉了，记不住当时的任何细节。

景芳当然知道我是因为她才去猎熊的，就像我是因为她才不断地和赵小媚去厮混一样。

她过来看了我的旧伤，心疼地说："昨晚换好的药都没有了，伤口又挣裂了！还有这些被熊抓的新伤……"

"没事。"

"怎么会没事？！我得再去捣些草药，给你敷上。"她说完，快步走开，采药去了。

我要趁熊还没有僵硬把熊皮剥掉，有两个人过来帮忙，刀刃游走在皮肉之间，皮肉分离时的"滋滋"声即使在清晨的鸟鸣声中也能听见。剥好了皮，我走到景芳和父皇面前，指着那张摊开的熊皮说："父皇，这熊皮就归您了，有了它，您在夜里睡觉时就不会冷了。"

父皇很高兴,说:"剩下的活儿让他们去做吧,你去歇一会儿。对了,你怎么想着在这么黑的夜里去捕熊的?"

"我睡不着,就去了。父皇,我这就去躺一会儿。"我说完,拿了自己的兽皮,走到昨夜的那棵树下,把它往身上一裹,躺了下去。我和父皇说话时,始终没有看景芳一眼,好像她不存在一样。我是故意那样做的。

我的身材比父皇还要高大敦实,躺下去后,我疲惫地伸展了几下身子,觉得身子似乎变得更长了。

清晨的森林很美,朝阳的光芒斜着从林子的缝隙里漏进来,使四处都变得暖融融的。数不清的鸟儿在林子里飞来飞去,争着鸣叫,像在争着讲述自己昨夜的美梦。空气中有浓郁的柏树林的香气,呼吸着,使人如饮了美酒般沉醉。这样的清晨使每个人都容光焕发。这样的清晨,我怎么也睡不着。

景芳捣好药,披着一身晨光走过来,给我的伤口重新敷上药。她让我做什么,我就做什么。我没有和她说一句话。敷完药,她又回到父皇身边去了。

熊肉已烤在火上,肉香弥漫开来。没过多久,有人就把烤熟的肉块先传递给老人和小孩儿。所有人都开始吃起熊肉来。

我看着景芳很文雅地吃着熊肉,觉得她从来没有把自己的肚子填饱过。她只吃了一小块就站起来,去挑了一大块熊肉,在火上烤着。我知道,她是为我烤的,她以为我睡着了,要把肉烤熟后等我醒来吃。

父皇吃完,去溪水边洗了手,漱了口,接着把神像立好,供奉了一块熊肉,然后跪拜,祷告神灵保佑我们接下来的征程平安、顺利。

填饱肚子后,女人们开始收拾日常物件,男人背起重物,准备出发。父皇用水浇灭火,然后把灰烬和柴火掩埋——这件事每次都是他做,只有这样,他才放心。做完这件事,他就带着大家出发了。

好像所有人都把我忘掉了,只有她记得这棵树下还躺着一个人。她拿着那块烤熟的熊肉走过来叫醒我。她蹲到我跟前时,我裹着狼皮,假装睡得正香,使她好几次伸出手想推醒我都不忍心。我身上还有熊的臭气。她看了我一会儿,露出真的欠了我很贵重的东西却已不能归还的愧疚表情。

我的心情突然变得烦乱起来。

我脸上有昨夜被荆棘划伤和与熊搏斗时留下的伤痕,她伸出手来,想要抚摸,但手在离那伤痕很近的地方停住了。她隔着狼皮推了推我,我仍假装打着呼噜。她又用了力推,我翻了一下身,仍装作没睡醒。她只好用双手来摇我,我醒过来了。她说:“他们已经走了。”

我坐起来,看着她,像没有把她认出来,待迷糊过了,我觉得自己眼里有火在燃烧。我就用这样的眼睛盯着她看,看得她心烦意乱。她说:“快起来,走……”我听见她的声音是颤抖的。

她的话还没说完,我已猛地抱紧了她,她身上有熊肉的味儿,还有另一种只有她才有的甜美的味道。我把她抱得那么紧,以致她说不出话来,我当时想说很多话,却不知该怎么说,只觉得自己的眼泪像河流,马上就要冲开堤坝——好像只有眼泪才是我当时唯一的话语。但我很快就把堤坝重新筑牢了,没有让一滴眼泪流出来。

我听见自己说:“我……我……”再没有说出半个字。她的泪滴落在了我脸上,很快由温热变得冰凉。

我松开了她,她胡乱地抹了脸上的泪水,站起身,抱着自己的东西,慌乱地抓起长刀,说了声:“赶紧走!”

我翻身爬起,把自己的东西往肩上一搭,迈开脚步,越过她,大步朝前走去。她小跑着，显然想跟上我。

刚才的情景宛如一个短暂的梦。

她跟不上我，她叫了我的名字，让我慢点。这里本没什么路，密匝匝的枝叶常常挡住我们，她走起来显得更加吃力。我的步子反而迈得更大了。她已落后了我好几丈远。

春日被一团厚重的云遮住了，森林变得黑黢黢的，我不禁有些害怕，觉得整个森林都变得恐怖起来，变成了一只绿色的怪兽，牢牢地控制了我。我出生入死，杀敌无数，从不畏惧，没想竟对这片森林产生了惧怕之心。这是从未有过的。她肯定突然也有了那种感觉，因为她又在喊我等等她——声音里带着乞求的味道。我只好停住了，但当她刚走近，我又往前走了。

好在没过多久，我看见了他们，我获救似的跑上去，跑到了他们中间，那种恐惧感才慢慢减弱。她也跟了上来，紧跟在至高无上的父皇的身后。

我越过所有人，走到了最前面，带着发泄和怨恨，挥舞着长刀，砍开荆棘，替他们开路。

我一边砍那些杂树、荆棘、茅草、藤蔓，一边像个泼妇似的在心里嘀咕着："这些破树，这些烂草，这个破森林，早晚有一天，我要把你们砍光！就是狼把我咬伤了，也不能阻止我砍光你们，一切阻挡我前行的东西，我都得砍掉！"

发泄了一会儿，昨夜的情景慢慢变得清晰起来——

我记得，我在那棵树下再也坐不住了。那里的一切，都使我伤心。我承受不住那些火光，我的心无法平静，甚至后来眼泪想流都流不出来了。我就那样在那棵树下坐着，我听到了树根吸取的水分往树干、往枝叶上流动的声音，像河流一样。我身体里好像有一种东西要爆炸,要把自己炸得粉碎。我必须离开,不为人知地走到远离他们的森林里去。我想用跟赵小媚一起纵欲来缓解这种想法,但没有用。我看了他们一眼。他们有的裹着兽皮仰躺着,有的侧躺在火边,坐着的也抱着枪,勾头睡着了。我看见那个婴儿一边吃奶,一边挥动着小手,火光照在张王氏重新饱满丰硕了的乳房上和孩子挥动着的小手上。除了景芳和这个孩子醒着,其余的人好像都睡着了。他们都很幸福和快乐,只有我感到悲伤和痛苦。

夜空其实是碧蓝的,但在有火光的地方,这种蓝变淡了。月亮像被放在了蓝色的湖水里。它被枝叶切成了好多块,透过森林的空隙,可以看见它零零碎碎的,像碎裂开来的白玉盘。

像是没有什么能够阻止我在森林中穿行。森林也不再像是森林,而像是大海;我也不再像是穿行在荆棘丛生的林莽间,而像鱼一样游弋在无尽的海水里。

我在森林里奔跑着,不知道究竟是被绝望的爱还是被别的东西驱赶着,奔跑使我的心暂时得到了安慰。

我的脚步一旦放慢,就能听见其他生灵奔跑的声音——我只是那些生灵中的一个。我是他们的兄弟、他们的伙伴,我没有想到会去伤害其中任何一个。后来,我却杀了熊。我真的杀了它。我和它狭路相逢。这之前,我漫无目的地狂奔时,它也许正安静地走着它的夜路。我的突然出现使它变得恼怒,它吼叫了一声,随即站立起来,看上去至少有九尺高,像一座突然立起的黑塔。紧接着,扑向我的是一股很浓烈的腥风。我当时没有想到要伤害它,只是觉得自己要玩儿完了。我身体僵硬,一下愣在了那里。它已轰然压过来。我本能地举起了长刀,想转身逃开,但不由自主地往旁边一闪。它扑空了,我听见一阵树木被它扑倒折断的声音。我逃向一边,刚才一用力,背上的伤口挣裂了,剧烈的疼痛使我咧开了嘴。但它回过头,追了上来。就在那一刻,我觉得,追我的不是熊,而是……父皇。我猛然立住,靠在一根枯树干上,将手中的长刀向它猛地刺去。我刺中了它的头,它狂怒起来,吼叫着,熊掌凶狠地向我挥打过来,树木在黑夜中被它打断,它又痛苦地吼叫了一声,极不情愿地倒了下去。我手臂上的伤口也裂开了,但我心中有了一股难言的快意,嘴里不知怎地喊叫出:"杀死你个老不死的,杀死你个老不死的!"我灵敏地躲闪着它笨拙的进攻,在躲闪中寻机攻击它。我因为发泄的快活而发出声声尖啸。我的尖啸声和它的吼叫声震荡着月夜里的森林和森林之上隐隐可见的天空,其他动物都被吓得四处逃窜。

我原本是要不顾一切把它砍翻、杀死的,但我迟疑了,因为我觉得它肯定比我幸福,而毁掉幸福的生命肯定是有罪的。我不能把一个幸福的生命毁灭掉,那样,会让人觉得我是在嫉妒它。但它无论多么幸福,毕竟是个兽类,我怎么可能嫉妒它呢?被毁掉的应该是我——让幸福的生命毁掉像我这样不幸的生命,那叫成全。但它慢慢倒了下去,它的喘息声中已传达出了死亡的气息。也就是在那个时刻,我再次感觉到了我的伤口带来的撕心裂肺般的疼痛。好在它彻底倒下了——它倒下时压倒了好几棵树。我走上去,轻轻地叫了一声"父皇"。它一动不动,已没有任何声息。我又叫了一声"父皇",忍不住失声痛哭起来。

过了好一阵子,我上去摸了摸它,确定我杀的是熊。

我去扛它,没有扛动,我只有把它的内脏去了。那时森林很静,像在为它的死亡默哀。

这头去了内脏的熊依然很重,但我扛起了它。扛着它,又觉得扛着的是父皇,我不禁流下泪来。可能正是因为我觉得自己扛的不是

187

熊,我才不顾一切地要把它扛回营地。

追忆至此,我回头看了一眼身后的人。父皇扛着神像,仍矫健地向前走着。她紧跟在父皇身后,貌美如花。父皇安然无恙,我长舒了一口气,心中的罪恶感总算减轻了一些。

的确,景芳像林中的母鹿那样敏捷而美丽。每看她的身影一眼,就会触痛一次我的心——她纷乱的长发让我心痛,用来束那长发的布条让我心痛,她细柔的腰和腰上扎着的草绳让我心痛,草绳上别着的父皇的长刀让我心痛,那年轻女人结实的臀部和长腿更让我心痛;我看见了她的脸和手,她脸上的尘土和汗水也让我心痛;我在心里情不自禁地叫了一声"景芳",她好像听见了,往前望了我一眼,眼看我们的目光就要相遇,不想被一棵槭树挡住了,这让我更加心痛。

我看她时,也看见娥儿无精打采地走在最后面,她的头没有抬起来,谁也不知道她是怎么一回事。我感觉她肯定遇到了什么麻烦,但我没法去帮她。她的额头汗津津的,我发现她越来越胖了。她的腰原是那么细,现在已变粗了。她一路上总是忧忧戚戚的,像怀揣着人世最重的心事。

然后,我又看到了父皇。父皇,真对不住您,当我扛着熊往宿营地走时,我一直觉得它是您,我还想着,我之所以要坚决扛着它,而不弃之林莽,正是觉得它是您,我甚至想过:如果死亡的是您,我是不是要想办法把您送回江南安葬?

是的,您一定会认为,官家逼着我们走上了艰辛的长旅——我们已没有故乡了,我们的故乡早已毁于战火,然后被别人占据。但它其实仍然在林莽外的远方,隔着数不清的山河——那里的平原一望无际,湖泊星罗棋布。但是,父皇,我的心中和我生活着的每一个时刻都不能没有故乡,故乡在我们足迹所至的地方不断诞生着,如春天里随着和风次第开放的花朵。所以啊,我坚信:我们走到哪里,哪里就是我们的故乡。

我没有觉得您有多重——对了,不是您,是熊。森林里很静。只有我的脚步声,我恍然听见谁的声音透过一千重林莽传了过来,进入了我心里。是景芳的声音吗?我停下脚步,仔细倾听,可那声音没再传来,它像是有意地飘散了,又像是被这森林吞没了。

我又忍不住要回头去看景芳的身影,她正好拐到一棵树后,那棵树把她和父皇遮住了。

当我感到悲伤的时候,我觉得熊变得沉重起来。

森林骚动,我听见了百兽的喧嚣。我吃力地扛着它,努力在黑暗的森林里寻找着回营地的路。

我看见前面有一轮五彩的光环,离我不远不近,正不紧不慢地前移,像是有神在引导着。我仔细去看时,看见有一个背影在那光环里,那不是梁红玉的背影吗?

我擦了擦双眼,想看得更清楚些,可那背影一直是模糊的,它像是被一层神秘的薄雾遮挡着。

那是她灵魂的显化吗?一定是的,一定是她的灵魂在指引我回去的路。那光环引着我走,一直靠近了宿营地才瞬间消失。她不但为我引路,还为我分担着熊的重量,使我觉得肩上的熊如一只兔子一样轻。

营地已一片忙乱。我看见景芳正在晨光里准备着上路的行装。她在晨光里像一个剪影,晨光使她看上去微微有些透明。我忧伤地想,如果她是红玉,那该多好!

我不知道该怎么办,也许我应该远离他们,独自到一个地方去活命。没有爱,也没有忧伤。我不知道爱与忧伤何以挨得那么近,让人觉得爱和忧伤是一回事。但是她——也许是神偏偏要把我带回来——难道引我回来就是要让我无时不受这情爱的煎熬吗？这么想着，我开始后悔昨夜我杀了熊后再扛着熊回来。我该一直往前走，走向另一个方向——因为，谁都知道，我只有远离她，才能摆脱爱情带给我的无尽痛苦和悲伤。

这么想着，我的内心越来越不安，但我不能确知这不安是因为什么，又来自何处。我像是欠了谁的东西，却又记不起那人是谁了。我回过头去，看了看身后的人，我总想越过父皇的身影往后看。我一会儿不看到景芳都不行。我总觉得她不是紧跟在父皇身后，而是紧随着我。

很多时候我都走在最前面，为他们开路，心意难平，疲惫不堪。我发现景芳也老是在往前看我，我的目光老是撞上她的目光。所以每次往后看，我都想把目光回避开。

自从把景芳俘虏回来，她就使我不安，使我像是欠了那永也还不了的债。她其实是属于我的。在这之前，除了梁红玉，我的心没属于过任何人。我以为她的一切都已属于我了，她却愿意紧随父皇。即使这样，我还是希望，来世，生生世世，她也是属于我的。她肯定知道，我是多么爱她——但她似乎只把身子给了我，心却在父皇那里。

我满怀敌意地看了父皇一眼，他神情庄重地走着，肩上的神像压进了他的肩膀。我希望他肩上的神像早日变得沉重起来，让所有人尽快结束这漫长的苦旅。

我们行进的方向离故乡越来越远，离景芳的故乡倒是越来越近。她的故乡在成都西北部的崇宁县，可能很多人并不熟悉这个地名，但一说都江堰和青城山就都知道了。

新唐的人都认为自己是从世界中心，是从盛唐时代繁衍下来的子民,有一种天然的自豪感。他们并不把景芳视作同类——但后来更多的人认为她可能是仙女——这也是他们没有反对她紧随父皇的原因。

正走着,娥儿停了下来,她把手撑在一棵树上,然后按着胸口,蹲了下去,开始干呕。她压抑着那种呕吐的声音。景芳赶到她身边,把她扶住。我也不在前面开路了,几步走到她的跟前。我看见她脸色发白,额头上全是往外渗的汗水。

景芳问:"娥儿,你怎么啦?是早上吃了熊肉不舒服吗?"

她摇摇头,又点点头,说:"我不喜欢吃熊肉,早上吃完那东西,肚子就不舒服。"

她要站起来,我看见她的腿在发抖,忙搀扶着她,问道:"你肚子痛?"她没有回答。人们都转过头,关切地往后看。

朱征远跑过来,说:"娥儿,来,我背你。"

她没有拒绝,顺从地让朱征远把她背在背上。她在朱征远背上哭了,眼泪汪汪的。

朱征远安慰她说:"娥儿,我们不久就到宿营地了,我相信,我们很快就会找到落脚的地方,安顿下来。这往后的路,你走不动的话,我都背着你,我有的是力气,我就是天天背着你也没事。"

没想,朱征远这么说,娥儿却哭得更伤心了。我看到她的泪水流在朱征远的肩膀上,把他的肩膀打湿了。

第三章　水

张王氏：
不做那事还有啥事可做

　　终于有人闻到了穿过森林隐约飘来的乡土气息。那种气息是我们十分敏感的,就像敏感自己家族的血脉一样。然后,越来越多的人闻到了。人们因为这种气息而变得骚动起来。

　　圣上自然也感知到了。他说他肩上的神像正变得越来越沉。他转过身,把变沉的神像从肩膀上取下来,立起,如擎一杆大旗一般,掩饰着脸上的喜悦,高兴地对大家说:"可能,我们快要停下来了！"

　　大家听了,望着他,好半天说不出话,就那么静默了好一阵子——异常静,连树叶飘落下来的声音都能听到,连泥土里的水顺着树干流向每一片叶子、每一颗果实的声音都能听到。然后,大家都像约好了似的,齐声大哭起来。

　　娥公主蜷缩在一棵野核桃树的树杈上,核桃满树,呈青白色。她裹着那块已有五个破洞的印花被单。她的腰身最近变得更粗了,她想用床单遮掩住。腰粗一点其实没啥,但年轻姑娘可能很在意。我真的没有想到她怀孕了。首先,人家是公主,我不能胡乱猜测;其次,我看她确实也有公主的高傲,这个队伍里的人,没有一个是她看得上的。即使朱征远跟前跟后,百般殷勤、尽心呵护,她也不像喜欢上了他。反正这个姑娘与众不同,喜欢在树上生活,走路也走在最后面,要么就走在队伍旁,总之不怎么愿意跟我们凑在一起。一到宿营地,她就找棵大树爬上去,一晚上也难见到她下来。最近好些天,她很少跟我们一起吃东西,夏秋之间有很多野果子可以吃了,她在路上会采摘一些填肚子。反正,我看她好像是尽可能置身于这个队伍之外。

我看她总是满脸忧愁——我不知道一个小姑娘有啥忧愁的。有人在背后说,朱征远跟她的关系非同一般,他们两个已在树上做过那种事。我说,这有啥呢?男女在一起,不做那个事,还有啥事可做?

可能是逃亡路上时时要面临生死的原因,大家对男女之事都很宽容。新唐近十万余众,如今余下的,也就一两百号人了。圣上说了,每个人都是新唐的火种、新唐的希望,所以,他对我的儿子特别好,赐名张长路。后来,得知我家张屠户死了,圣上又追封他为武陵侯,让长路继承封号。我当然是感恩不尽,觉得老头子总算没有白死。鉴于圣上给予我张家的恩德,我对他们全家自然十分关注,所以,看到娥公主那个样子,我当然心急火燎的,却没有任何办法。

好在朱征远喜欢她喜欢到骨头里去了,他小心而又殷勤地照顾着她,常常说一些宽她心的话,虽然用处很小,但总比没人关心要好得多。

在朱征远面前,娥公主有时候会变得任性。两人经常吵嘴。很多老妇人都有一个特异功能,那就是在某个年龄段,听力会特别敏锐,如果想听,就总能听到一些人的私房话。我关注娥公主,自然就能听到。我有一次听到她对朱征远说,那是她自己的事,和他一点关系也没有,无论怎样,都只会自己来承受。朱征远说,他爱她,她所有的事都是他的事。这些话我听得没头没脑的,也不明白是什么意思。年轻人的事,琢磨不透,也懒得琢磨。

我有一次还听朱征远说,娥公主的样子令他心碎。恐怕除了朱征远,谁也不知道她身上到底发生了什么事。我不知道,圣上不知道,太子不知道,景芳也不知道。

　　还有一次,朱征远问娥公主为啥要走在队伍一边,她气呼呼地说,她不想跟人群一起没完没了地走下去了,她要逃得远远的,逃到一个谁也不知道、谁也找不到她的地方去。

　　娥公主不是一个寡言少语的人,但最近很少说话。对于即将寻到落脚处,也没有丝毫高兴的样子。

　　太子殿下也没有多高兴。我看他倒是真的想离开我们。他之所以没有离开,好些人以为他是太子,是新唐皇位继承人,要顾全大局,其实我看出来了,他还是舍不得景芳。虽然除了收获爱的痛苦,他什么也得不到,但他还是愿意守着她。因为他知道,自己一旦离开了她,活着就没有什么意义了。虽然这样的相守是一种痛苦,但他觉得有一份痛苦总比什么都没有要好。他那时已明白自己那天晚上为何本想逃离开,却又扛着熊回来,就是因为他离不开景芳。走过长路、经历过生死的人都晓得,爱是一种疼痛,一种深入内心、直达天灵盖的疼痛;所谓爱的幸福,其实是虚幻的,永远只是一种期望,一种梦想。

　　景芳跟圣上在说话。他们的脸上洋溢着无尽的喜悦。

　　越来越重的神像让圣上行进起来越来越吃力, 但他精神矍铄,看不出丝毫疲惫。

　　因为即将到达新的家乡,每个人重新挺直了腰板,抖擞了精神。圣上黑色的长须一会儿被风拂到身体的左边,一会儿又被风拂到身体的右边,使人觉得他是一位刚下凡的天神。

　　赵小媚是个喜鹊一样闹喳喳的女人,管不住自己,在男女那个事情上有些随便。所以,她虽然为太子生有娥公主,却不被圣上看重,没能进入皇室。现在,她更闲不住了,脸上飞扬着喜色,叽叽喳喳,跑前窜后的,使整个队伍活跃起来了,好像家乡已经真的展现在了每个人面前。

找到了家乡,就预示着长路已经走完,大家不用再像浮萍一样漂泊不定,苦难的历程也算结束了。但圣上说,这长旅的结束只是身体的,而不是心灵的,心灵的苦难因人而异,可能会一直存在,伴随我们一生。不单我们是这样,整个世间的人都是如此。人类在心灵的长路上苦苦探寻,永无终点,这就是人类的命运,只不过肉体的安栖稍可慰藉漂泊的灵魂罢了。

听圣上说这些话时,我正在给儿子喂奶。话有些深奥,但我大致还能明白。

前些日子,我梦见丈夫死了,我梦见他很瘦,一副饿痨鬼样子。我梦见他被一种我不知名的猛兽扑倒了,猛兽咬断他的喉咙,吮吸他的鲜血,撕扯他的肉,咀嚼他的骨……我浑身是汗地醒来,就晓得他真的死了,再也看不到自己的儿子了。

我好长时间都在流泪。别人说,就是梦见而已,哪能真信?我不信佛,不信神,不信鬼,但我信自己的梦。

我当时就穿上了丧服。有人说,从我的每一根毛发里都能看到悲苦。悲苦使我的头发全白了,脸上堆满了皱纹。孩子显然也受了我的影响,虽已牙牙学语,但在我的记忆里,他从没笑过。圣上说他郁气沉沉的,像个被诗歌所苦的诗人。一个婴儿的老成总让人担心和害怕。景芳说,孩子之所以这个样子,肯定跟他天天吮吸我那饱含悲苦成分的乳汁有关。

我之所以那样悲伤,是因为我觉得丈夫没能见到他的独生子,甚至有可能不知道他还有一个儿子。能有一脉香火,是他一生都在期盼的。别人说,孩子他爸的在天之灵肯定知道自己已经有后,他会瞑目了。可除了梦,我不相信人有灵魂。我生下孩子后,曾想梦见他,把这个消息告诉他,把孩子抱给他看,但他再也不到我的梦里来了。

有一次,一大早,我刚睡醒,娥公主也刚从树上下来,我就跟她讲,我梦见自己在一片树林里丢了魂似的张望。娥公主说:"你都不相信自己有灵魂,怎么还会丢了魂呢?"我说我只是打个比方。我接着用悲伤的声音对她说,有一群人过来,他们都是新唐的亡人,都是陆陆续续战死的人,他们都很匆忙,经过我身边时,每个人身上都带了一阵阴凉的风。我看到有个背影有些熟悉,便想赶上去,但那个背影被那些人紧紧地簇拥着,我怎么也挤不到人群里去,只能用力呼喊——我的声音很大,用尽了气力,他肯定能听见的,但他没有回应一声,连头也没有回。我没有办法,只能追着他们跑,但他们走得越来越快——其实也不是在走,而是在飘——后来就消失在一团浓雾里了。

那是我生下他的遗腹子后唯一一次梦见他——我的丈夫——却又不能肯定是我的丈夫。仅凭一个背影,我无法断定那是他。从那以后,每晚临睡前,我都会一边给孩子喂奶,一边在心里乞求他到我的梦里来,但我再也没有梦见过他。

我的眼睛因为哭得太多,已快瞎了,但没有谁能劝住我、安慰我。我一直把自己的生命放逐在悲伤的河流里。我和张屠户的情感像所有俗世里的平凡夫妻一样普通、世俗、肤浅、卑微,但在我的心目中,它又是不凡、伟大和崇高的,因此值得我用余生来追念。

我命如尘埃,一直希望自己默默承受所有悲苦,不为人所知。我不希望自己的悲苦给别人带去哪怕一丁点的不悦和担忧。但要完全掩盖住,还是很难,似乎我的孩子都有所觉察。

孩子亮闪闪的眼睛跟泉水一样清亮,但他的眼神是忧郁的,他的眼神里已隐含了对人世的迷茫。他的牙牙之语音调沉郁，像在用自己的语言断断续续地述说一件永远也说不完的伤感往事。

娥公主把孩子从我怀里抱了过去，孩子把脸搁在她的肩膀上，忧郁地看着我。我忍不住伸过头去亲了亲他的脸蛋，然后把自己的脸贴在他的脸上。我想对孩子笑，泪水却掉落了下来。我肯定不想让孩子看见自己的眼泪，更不想让自己的眼泪落在孩子身上，就赶紧抬起衣袖，把泪擦掉了。

娥公主抱着我的孩子，我不知道她肚子里还怀着自己的宝贝。怀里空空，这使我又想起了我的丈夫，想起了我们年轻时在海上捕鱼的日子、做海盗的日子；海上虽有大风大浪，但也有逍遥自在的时光。那个时候，我们也曾相好过，我们的新婚之夜就在飘摇的船上度过的，我想起了那天傍晚他那颗涂着玫瑰色晚光、随着船的颠簸而不断摇晃的、充满诱惑的脑袋。一种渴望浑身被抚摸的欲望产生得那么突然，使我既害羞又感动。那种渴求带动了我生命里的全部欲望，如同一把火投入了干柴里。那个时刻，我知道自己已无法左右生命，它已被另一种强大的东西驱使着，征服着，不得不去投靠那种永远古老而又永远新鲜的激情。

想起了我们在摇晃的船上的美好时光，想起了初夜那天傍晚他那颗涂着玫瑰色晚光的充满诱惑的头，我倒真的希望有灵魂，永不消失。那样，即使他人已死去，但灵魂还会跟着我。

我这么想的时候，娥公主怀里的孩子又嘀咕了一句什么——他几乎不哭，即使偶尔哭几声，也没有眼泪。

我把他抱过来，他又呀呀说了句什么，然后望向空中，还用小手指了指。我顺着他手指的方向望去，只有被树梢遮蔽的无垠夜空——夜空里有几颗特别明亮的星星在不停地闪烁。

难道其中一颗是他吗？如果是,那倒好了,他即使死了,也会挂在天上,随时俯瞰我们。

这么说来,除了梦,我倒是要信一点别的什么了。

李娥儿：
我相信爱能给你启示

我自己的肚子越来越凸出了，羞耻笼罩着我，使我不知所措。

我不好意思与他们为伍，我想离开。我一直有那样一个想法——自己找个地方，搭一间窝棚，开二亩荒地，生下自己的孩子，把他养大，然后让他出去找自己的祖先和亲人，我自己守在那里，孤独终老。

有好几次，我逃离的脚步都迈开了。但每次都有一种神奇的力量把我拉回来。每当那个时刻，我就知道生命中有一种不可抗拒的力量在阻碍我去实现自己的愿望。

我的整个生命都曾经属于他、属于爱，最后却被爱放逐，让生命连一个停泊的地方都没有了。

我现在连他是否还记得我都不知道了，连他是否还记得桂花林里的一切都不敢确认了。但他肯定不知道自己会留下孩子，不知道自己将为人父，肯定不知道我在困苦、窘迫、羞耻中对他深深的思念……

我希望这一切只是一个梦——这一切也的确与梦相似。但它不是梦，不是！这么长时间过去后，我都不能确定这究竟是不是梦了。这让我更加伤心、难过。它粉碎了我对现实的信任和期望。

从他那把镔铁宝剑我可确认，他是一名新唐战士。我知道，有不少新唐将士因受伤或来不及撤退,被遗弃在了路上。他也许是其中的一个。如果他得以幸存,就一定会沿着我们走过的路寻觅而来。从被战火烧毁的桂花园出发,越过张家山,沿着赵家河,抵达林家寨,然后朝西,到达李家坪,过王家庄,经过窦家关、吴家场,沿岳家河一直走到河源处,再翻彭家岭、梁家山、黄家梁,涉游家河,越沈家山、杨家山、贾家山、蒋家山、闵家山、欧家山、郑家山、宋家山,攀爬陆家坡、苟家梁,翻越闵家山垭口,过了鲍家溪,看到一条叫万家河的大河,在田家渡口上船——如果那里还有人撑船的话,逆流而行,沿人烟稀少的河岸走三十四里路,到达中游和上游交界的凌家滩,拐向蒲家沟,顺沟走四十七里,到毛家渡过河,在河的右岸行约三十五里,翻过焦家山,入死人谷,进黑熊沟,在野人洞住一宿,走鹿儿梁,爬猴子岩,过野猪坪,到野牛砭,越豹子岭、老虎峰,即入大森林。因为要防止官军追杀,我们在焦家岭伏击了官兵之后,皇祖父就在死人沟摆了迷魂阵,在四面八方设置了我们撤退的线路,让官军不知道我们究竟是沿着哪个方向逃跑的,其中向南、向东、向西南和向西的路线稍微明显,诱使官军向那些方向追击。我们真正逃跑的方向是向西,然后向西北。这条路荒芜之极,从未有人行走,出乎意料,所以也最安全。这正是官军没能再追上我们的原因。我们在他们的捷报中,肯定是"全军覆灭、无一逃脱"。你久走四外,应该能猜出我们逃亡的方向。如果走错半步,就是南辕北辙了。

我更相信爱能给你启示,使你找到正确的方向。但愿你早日过迷魂阵,以免我们留在森林里的足迹被疯长的荆棘和野草毁掉,被频繁的雨水抹去——你能识别只有我们新唐将士才能认识的路引——比如挂在某株树上的苔藓、一节看似随意倒下的枯木、三个放在一起的松果,不同的鸟儿羽毛所表示的意思——斑鸠毛表示由此直行,老鹰毛表示前面要过河,野鸡毛朝上挂在松树上表示翻过这座山后要向东走,朝下挂在柏树上表示要沿着前面的河流逆行……总之,一路上都会留下路引。只不过你要快点,久了,就什么也没有了。

唉,我其实知道,没有神的引导,你和他们一样,可能永远也找不到我们了。即使你进入森林,恐怕也永远难以走出去。那样,你只有被森林吞没,只能葬身林海深处,就像一个人葬身大海一样,尸骨难寻。但愿神灵能保佑你吧,我不知名字的男人啊!

泪落在了自己手上。

张王氏的孩子又嘀咕了一句什么。他嘴含母亲的乳头,眼睛从母亲的胳肢窝下看过来,眼神还是那么忧郁。我忍不住把脸靠过去。他伸出小手,在我的脸上轻轻抚摸了一下,又抚摸了一下,像在鼓励我,像是在说:"你一定要等他来,养好他的娃娃,自己也要过好,要活得高兴些,精彩些,要为他和娃娃留着你好看的笑容。"

我点点头,在心里说:"等他到了我身边,我就会笑着把娃娃抱给他,说,你可找到我们了,你看,这是你的娃娃!如过了好些年他才找到我们,我就领着孩子一起飞跑到他面前,说,你可找到我们了,你看,这是你的千金,你看,她都长这么高了!我也可能根本不知道该说什么,也许只会惊讶地看着他,一句话都说不出来。"

走到中午,皇祖父累得歇下了,大家都歇下了。唯有张王氏仍紧抱着孩子,匆匆地往前走。她走得慢,只要没有什么危险,她每次都会往前赶一段路才会歇息。

我挂了一根锦鸡羽毛在一棵松树上,我是在告诉他,前面不远的地方就是家了。我想他看到这根朝前挂着的羽毛,一定会长舒一口气,高兴地大喊一声:我终于找到你们了——

我那么专注地沉浸在对未来某个日子的遐想中,以致忘记了周围的世界。

刘秀芬嬉笑着捋了一下我的头发,说:"姐,你在想什么呢?好像我们是空气,根本不存在似的!"

我猛地醒过来,掩饰地一笑,说:"没想什么……哦……其实也想了,我在想啊,我们马上就会停下来的那个地方会是什么样子。"

刘秀芬快十六岁了,个子不高,长得乖巧,但身条儿结实,有一对水汪汪的眼睛,脸上总带着由衷的浅笑,少言寡语的,很是安静,但小嘴很甜,是人见人爱的那类女孩儿。她与朱征远在战地结了婚,现在骄傲地挺着肚子。想起朱征远对我的好,我面对她时总是心情复杂。

即将结束远征,她现在也高兴了,主动来跟我说话。

"神示的地方,肯定是又安全又漂亮的。"

"不知道是不是新唐起事的地方,如果是,我们就已经到了集州地界。"

刘秀芬说:"公主殿下,你还是赶紧挑个中意的小伙子吧,马上要定居下来了,该成家的就要成家了。"

我没好气地说:"我已经挑中了一个, 只可惜他被人家抢走了。你放心,等到了新地方,我会挑一个好男人来做驸马的。"

刘秀芬笑了:"我要是没成亲,会天天留意着,挑一个最好的男人。"

我说:"朱征远就是最好的男人,你要稀罕他!"

刘秀芬脸蛋红了,害羞地微低了头,接着说:"我当然稀罕他,但他不稀罕我。"

"你就没有办法了?"

205

"那能有什么办法!但不管怎么说,他是我的男人!"她伤心地说。

她后面那句话显然是对我说的。我被那句话噎住了,什么话也说不出来。

张王氏听了,看了刘秀芬一眼,又看了我一眼,颇有意味地笑了笑。

刘秀芬看我盯着张王氏的娃娃看,接着说:"你肯定早就梦着抱胖娃吧,但要抱娃娃,得先当新客才行。"

我的脸一下发烫了,扬了一下手,生气地说:"本公主就是不做新客抱了胖娃,有人也只能干瞪眼!"

刘秀芬没再跟我说啥,一转身跑开了,像个巫婆似的跑到皇祖父身边,挨着他坐下来,还回过头来朝我做了个鬼脸。

我心里很生气,不想理她。我的身体虽已变得笨重,但我还是爬到了树上。我不敢往高处爬了,我靠着那棵树的枝丫坐下来。我觉得自己的腰身粗得连坐下来都有些吃力了。

我目光朝下,忍不住去看张王氏的孩子,没想他也在看我。我朝他做鬼脸,想让他笑,但孩子的小脸还是和成年人一样严肃。当孩子的目光停留在我的脸上,我有些心虚。我觉得孩子的目光能洞察人世的一切,包括被涂改了的过去、满含隐忧的现在以及难以预知的未来……我浑身有些发凉,慌乱转过身,躲在了树的另一侧。但我还是觉得孩子的目光穿透了树,穿透了我的肌肤,看到了我肚子里的孩子,看到了我慌乱不安的心,看到了我灵魂想逃离这臭皮囊时所做的挣扎。

我不得不伸出手,扯过一根枝丫,把自己遮起来。

我把脸贴在温暖的树干上。树的气息使我的心得了安慰。我的内心猛然升起一种欲望。那欲望因沾带着悲苦而变得格外强烈。我用手捂住了自己的乳房。它们因已饱含乳汁而变得更为丰硕、挺拔、饱满。我解开了自己的衣衫,低头看着它们。乳沟下是凸出的肚子,它已呈优美的弧形,更凸出的肚脐像花朵凋落后的瓜蒂。乳头原如一粒豌豆,现在像紫红的桑葚,挺着,已为孩子吮吸它做好了准备;柔和的淡蓝色血脉在我眼前幻化成了一条条纵横交错的生命的江河;那江河汇向我的肚腹,我的子宫,汇向我孕育着的生命,养育着我的宝贝成长。我用手托住它们,我的手感到了它们从未有过的沉实。我的心慢慢变得温柔、平静。那是作为母亲的安宁。渐渐地,这一切似乎只是为了让欲望的火焰燃烧得更旺一些。那难以抑止的渴求使我不知该怎么办才好了。

"就让火烧掉我吧,把我烧成灰,然后让风刮得无踪无影。"我喃喃自语道。

朱征远不知何时已待在不远处的另一棵柏树下。他显然是不放心我,才跟了过来。他显然看到了——那一团炫目的、洁白的光让他害羞,也让他沉醉。他想逃开,却被一种神奇的力量定在了那里。他不知怎么就发出了那声呻吟。那是在沉醉中情不自禁发出的。我听到了,眼前顿时幻化出绚烂的光彩,我像着魔了,被它吸引。我没有躲开,没有逃避,而是想让他看得更清楚。

我袒着胸,用左手托着双乳,用右手招他到树上来。我要报复刘秀芬这个小婆娘。

那个时刻,我的眼里含着泪,觉到自己如一团浮云。

他爬上了树,把我抱得那么紧,使我担心我的孩子喘不过气来。但我也拥住了他。我们拥抱着,我觉得我拥抱的不是某个人,而是一个完美的人世。

朱征远吻着我,先是脸,然后是唇,再是脖颈,再是胸……我把他的头紧紧抱在自己胸前，觉得自己的双乳如展开翅膀的鸟儿，正向高远的神居之地飞去。

我听见了自己急促的呻吟声。

时光凝止，万物静默，只有生命的喘息，只有生命之河的喧嚣……

最后，朱征远为我理好头发，扣好衣衫，说："走吧，我们下去。"

我摇摇头："你先下，我想在树上再待一会儿。"

他溜下树，向他们所在的地方走了七步，就被树遮住了。我再也看不见他，只听见他踩踏落叶的脚步声越来越远。

我仍待在那棵树上。风摇晃着它的枝叶。风摇晃着所有树的枝叶。我突然意识到与朱征远所做的一切只因我生刘秀芬的气，最多也只因生命的虚无，只是命运没有着落和内心无所皈依时的一种举动，只是一种单纯的发泄，一种沦落时对生命的挥霍，一种对瞬间安慰的渴求，一种对爱的短暂遗忘和对肉体的轻易放逐。

这使我心绪复杂，既想沉迷其中，不想自拔，又愧悔交加，深感羞耻。

朱征远可能担心我，又返回来了，站在约两丈开外的地方向上望着。他的下半身被一丛马桑树遮挡住了，让我觉得他在躲避什么。他朝树上喊道："娥儿，我们准备上路了。"

我觉得自己的头有些晕，身子又困又乏，靠在树上，一点也不想动弹。我没有回答他，过了一会儿，才小心地从树上下来，往那边走去。

每个人都已做好准备，大家都迫不及待地想踏上余下的征途。

李宗羲：
肩上的神像重如山

朕有些扛不动您啦，神啊，您可不要让朕这把老骨头出丑，您不能把朕压得喘气儿都吃力。您知道朕只要不去打仗，就不能把您交给别人来扛，这是因为您的威严和朕的尊严。所以您现在就是沉得像一座山，把朕这把老骨头压碎了，朕也要扛起你，继续往前走。

前面是一条大河。过了那条河就是新的安栖之地，就是新的王国了。看河的那边，是一片青翠的原野。它隔着河水的喧嚣静静地躺卧在那里，古老，却又充满了青春的朝气。从那边吹来的风，掠过河流，带来了乡土所特有的腥味和杂草的香甜。朕大口呼吸着，想把它们全部吸进肺腑里，朕觉得自己像喝了很多酒似的，醉了。

太阳刚刚偏西，时辰还早。我们虽迫切地想过河去，无奈大河阻隔，队伍只能在河边宿营。

好久以来，我们一直听着林涛声和野兽的吼叫声入睡，现在我们将卧在大河岸边，听着流水声入眠了。

朕把神像立好，祭拜完毕，特地来到张王氏跟前，对她的孩子说："小长路，我们到家了。"

张王氏激动地点点头："谢吾皇隆恩！云珠王妃到时肯定会带回我丈夫的一节遗骨，他的灵魂肯定已跟着我们来到这里，到时吾皇给他安置一个风水好的地方，让他保佑我们大家都家兴业兴，兴旺发达,让他这棵独苗能传承张家香火。只要这孩子成了人,这么多路我就算没有白走,我这辈子就算没有白活。"

"你看那里的地形背靠青山,面临河流,左有青龙,从主脉延伸下来,渐渐降低,直到河岸,如龙得水;右有白虎,一列低冈,形如凤凰上山,那里本就是一块风水宝地,足以成就新唐基业。张屠户若真的如你所梦,已经去世,那也是为新唐而死。他又是朕的有功之臣,朕一定给他找个好地方安葬。我们到达后的第一件事,就是建神庙,修褒忠祠。新生活就要开始了,你不能老是悲悲切切、哭哭啼啼的,这样下去,万一有个三长两短,孩子咋办?你这个样子,让谁放心得下?"

"吾皇万岁,我只要不想起他,心里就好过些,可他好像随时都在我身边,我没有办法不想他啊!"

"那是他不放心走嘛,他看到你这个样子,心里也定然悲切,哪能放心上路?你再这样下去,迟早会毁了自己的身子。孩子没了爹,不能再没了娘。"

"吾皇万岁,这些我自己都知道的,待安顿下来,把他的遗骨安置好了,我的心情就会好起来的。"

"不管怎样,你再也不能这样下去了。"

这些话朕在路上跟她讲过好几次,但她还是放不下。这次看她点了头,总算放心了些,就去指挥其他人造木筏,准备渡河。

朕让他们先好好歇一晚,明天再说,但没有一个人愿意等,都恨不得马上过河去。

男人在伐木,一些女人在割扎木筏的葛藤、搓棕绳,另一些开始煮饭、梳洗、缝补,迫不及待地做出了一副准备过日子的架势。

景芳也活跃在造筏子的男人中,朕一看到这个女子就开心,就觉得自己还是个大小伙子。她看上去那么健康,似乎永远乐观、充满朝气。她应该是那个样子的。有朝一日,我希望她成为我的皇后,那样的话,她要给所有人做出表率,担负起母仪天下的责任。但太子喜欢她,她又老是愿意待在朕的身边,这当然有些不成体统,但朕又希望这样。说白了,朕喜欢这个女子,朕是不想她成为儿媳的;而谁都可以看出来,这个女子也喜欢朕,这是朕没有想到的。这无疑让朕痛苦,也让太子痛苦,而她的心里,自然也是痛苦的。这种男女间的情感之事,本就说不清楚,只能顺其自然。这个,朕所继承的前朝大唐就很开化,值得学习。太宗驾崩,他的才人又成了其子高宗的皇后;玄宗则娶了其子寿王李瑁的王妃杨玉环。这些个传统自然该继承。到时如有必要,朕大不了下一道圣旨,也封景芳一个女官,住南宫,赐个道号,让人进言景芳"姿质天挺,宜充掖廷",便可召入后宫。这么想着,朕又忍不住满含深情地看了景芳几眼。

娥儿正在生火烧水。她已身怀六甲,不久即将分娩。我虽没有过问,但还是晓得——好些人其实都晓得了,只是因为朕暗下圣旨,不让人点破。

炊烟先是直直地升到涂抹了晚霞的绚烂天空中,然后才散开,像洁白的云一样在空中飘着。天真蓝啊,像我们曾经很熟悉的、现已远离的大海;山和对岸的原野一片青绿,河流很深,但水是那么晶莹,天地间的空气都是透明的,似乎可以一眼望见凌霄宝殿,一切都散发着一股沁人心脾的清香。

当火燃烧起来,做筷子时传来的劈木头的声音就响起来了,女人的说话声、男人的吆喝声、孩子的嬉闹啼哭声、鸟儿归林时的嘈杂声、河水的流动声,如合奏曲般美妙无比,形成了人世祥和、安宁而又富有生机的天籁。它让绝望的人重新产生了希望,让死寂之地重新复活,生机益然。

——而这一切,是作为龙兴之地,作为新故乡所必备的。

朕眼前已出现了神庙、祠堂、林舍、田园、炊烟,听见了鸡鸣、狗吠、牛叫、马嘶;朕看见男人们牵着牲口,扛着农具往田里去;看见女人们抱着孩子,挎着菜篮从地头回来;朕听见了男人们出坡时的吆喝声,听见了女人们让儿女回家的呼唤声;地里庄稼长势喜人,到处飘荡着禾苗的甜香。四周的森林庇护着我们。它们一直延伸到遥远的地方,阻隔着外界的喧嚣和随时都会存在的动荡与战乱、伤害与杀戮。

朕也有些厌倦刺杀、射击、讨伐、逃亡了,但朕建立新唐的雄心依然,即使朕死了,子子孙孙也会奋斗不止!所以,朕现在首先要做的是先稳住阵脚,待休养生息之后,再展宏图大业。

朕很久没有在河边坐了。长路已使朕记忆中的河流变得遥远,战争则使它变得血腥。如今,在西斜的阳光里,坐在这条不知名的大河河岸,朕如见故人。朕在内心里尊重世上的一切,但对河流更敬重一分。因为只要有流水,它就会从无止息地奔流,在这个过程中让大地苏醒,生命繁衍。朕觉得它更接近生命的样态。

朕看见了河里的鱼。它们随水游动。它们在碧水中像一个个梦,无端地生出,又无端地消失。

斜阳的光辉更为瑰丽,遍洒人间,给群山涂上了辉煌的光芒;那光辉也洒在河面上,随波涌动,如不断绽放的花,浩浩荡荡,奔腾向前,永不消失。

朕现在还不知道这河的源头,它也许起始于日落的地方,也许起始于某个人的故乡,但可以肯定的是,无论这条河流多么浩荡,无疑都起源于一滴水。朕也不知道这河的终点,它可能终结于日出之地,可能归入从前的湖泽,再奔涌向前,汇入大海——它也许源自黎明,终于黄昏。

听着河流声,朕最希望的是,沿着这条河流,进入它汇入大河的地方,沿着大河而下,入长江,一直东行,到河湖密布之地,拐入某个河汊,就能回到曾经的出生地,从那里沿江入海,就可到朕当年创建的海上王国的遗址。但愿安顿下来后,朕能早日一统天下,沿着这条线路做一番巡游。

赵小媚和几个人在河汊里捕鱼。这个女人永远嘻嘻哈哈的,怎么说也没用,怎么教也改不过来。这可能就是人的本性吧,江山易改本性难移就是这个意思。我看她虽不检点,但如能改些性子,多些教养,景芳一旦成为朕的皇后,她倒真可以充任太子妃。

河里的鱼很多,可能是因为从来没有被人捕捞过,所以很容易抓住。他们捕获的鱼都是一两尺长的,鱼抓到后,便用水麻柳皮从鱼鳃穿进,从鱼口拉出,一条条串起来,两袋烟工夫,已抓了五六十条。刘秀芬已采了鱼香草,架好锅,准备煮鲜鱼汤了。

景芳过来了,她在我身边那株倒伏的枯树上坐下,对我说:"圣上,扎木筏的木料、棕绳和葛藤就快备齐了,明天一早扎好,最迟中午就可以过河。"

朕点点头。

"圣上,你在想什么呢?"

"什么都在想,又什么都没想。"

"这一路圣上太累,太操心,现在可以休息一下了。"

"一无所有,事情还多着呢。"

"也是啊,但圣上也要保重龙体。"景芳说完,拿出随身携带的木碗,舀了一碗开水来,恭敬地递给朕,"圣上喝碗热水,尝尝这水的味道怎么样。我们从此以后就要生生世世喝这里的水了。"

"妇人之见,再好的水也阻挡不了我一统天下的宏伟大业!"说完,朕又温柔地对她说,"你在朕面前可随意些,不必那么拘礼。"

"谢圣上隆恩!但该要的礼节还是不可少的。"

朕听着,心里自然舒坦,端着木碗,对着开水吹了几口,小心地喝了一小口,像品尝刚炒制出来的春茶一样,在嘴里品味着,让它慢慢滋润朕的舌尖、舌根和口腔,然后缓缓咽进去,浸润朕的喉咙,直到滑入胃里,朕还能感觉到它的甘洌。

"好水!"

"水好,山好,风景好,土地好,那就是好地方。"

"这里可能就是我新唐的龙兴之地了,还有些人世世代代都要生活在这里,你看,对面那块地,方圆至少有五十来里,足够养活我们了。"

她顺着朕手指的方向望去,脸带微笑,满眼憧憬:"臣民都得感谢圣上才是!以后人丁多了,这沿河两岸,还有很多可以开垦的土地,大家可以沿河而居。"

"感谢神吧,是他把我们带到这个好地方的。看来朕带领臣民走那么多路,遭那么多罪,是值得的。"

"那是自然,这里应该就是人们梦想中的桃花源吧。希望这个地方永远不被发现,这样,朝廷的更替、战乱、瘟疫、灾荒,就永远被隔绝在外面了。"

"还是妇人之见。就算这里真是桃花源,也不能泯灭我重振新唐的雄心!当然,能世代安享这里的安宁自然是好,但这很难。因为我不能忘记有一统天下的初心!"

她一听朕这样说,有些担忧。

朕想安慰她,就说:"那可能是很多年以后的事了。反正这是神赐之所,是我们苦苦寻找的地方,是我们的新故乡。朕至少三次梦到过这里,它与朕梦里所见完全一样。记得最后一次,朕做完梦后,第二天一早上路时,曾对你说过。现在,它已经由梦境变成了现实,它已隔河可望,明天,只要能平安地渡过这条河,我们就到家了。"

"这条河阻挡不了我们,在长路上,圣上带着臣民渡过了多少条河,越过了多少重山啊!"

"这是一条真正的大河。大河都有自己的脾性。"

"但大河也有宽容的时候,也有母亲般的慈爱之心。"

"那倒也是。"

之后,朕和她望着河,不再说话。黄昏时的河流平静了许多,浪涛声也轻柔了不少。不时有鱼跃出水面,有翠鸟精灵般一闪,像匕首一样杀入水里。

"圣上,我觉得娥儿似有心事,一路上……还有太子,他们都跟变了个人似的。我有时真担心,却又不知道该怎么办。"景芳提起这事时,有些小心翼翼的。

"娥儿有了身孕,我早就看出来了。不知道孩子是谁的,应该跟这路上的人没有关系。这一路上,我非常担心她,她本是个开朗的女娃子,因为怀了孩子,变得内向、羞涩、心事重重的了。我怕她放不下自己的脸面,会往其他方面想,所以一直在暗地里关注她。至于李方吾,那是因为爱你,你虽然有心于他,心里却藏了另一个人。"

景芳愣住了:"圣上真是明察秋毫,原来您都知道!"

"那另一个人是谁,你能告诉朕吗?"朕微笑着问她。

她羞涩地笑了:"圣上明知故问。"

朕也笑了:"太子还算坚强,希望到了新家园后,这个桃花源能治愈他所受的创伤。"

"您不责备我？"

"历经了这么多生死，朕认识到，其实人才是最重要的，生命才是最重要的。也就是说，我的内心变得更广阔了，可以容纳许多之前不能容纳的东西了，包括那些过去的规矩、伦理、道德。既然到了新的地方，要过新的生活，那就先按新的方式过吧。"朕说完，抬头望了一眼神像，"当然，这是神的旨意，朕可没有这么开化的想法。"

"感谢神明！"景芳赶紧在额前合掌致敬。

这时，娥儿给朕端来了一碗鱼汤，双手递上。

朕说："孩子，你先吃，朕自己去端。"

"皇祖父，我已经吃过了，好香好鲜的。"她说完，执意要递给朕。

朕接过来，让她在身边坐下。景芳端自己的鱼汤去了。朕说："孩子，你祖父什么都知道。对一个女人来说，生育是人世间最大的事，也是很自然的事，对新唐所有臣民来说，是天大的喜事。"

她听朕点明，羞得满脸通红，把头埋得很低。"皇祖父……我给您丢人了，让祖先蒙羞了。"

"孩子，你要记住，世上没有令人羞耻的生育，在我新唐，就更没有了。朕自从看出你身子的变化，就一直在为你要做母亲而高兴，就在让神保佑你平安无事！"

"皇祖父，您能接受我们？您不会把她活埋？不会在我身上捆上石头将我沉入大河？"

"你的孩子，是朕的重孙，朕当然接受。活埋、沉河都是过去那个世界的规矩，这里是新唐，那些旧规矩跟我新唐有什么关系？如果还有关系，那么，那些牺牲的人就白牺牲了，那么多罪我们就白受了。"

她望了朕一眼，有一种获得了大赦的感觉，泪花在她眼眶里转着——朕从小就喜欢这孩子的眼睛,明亮、干净,没有一丝阴影——而现在,那双眼眸已变成了布满阴云的天空。

朕继续安慰她:"朕很快就可以逗重孙了,你说朕高兴不? 朕本想让这喜悦在心里多埋一阵子,可面对即将到达的新故乡,面对这条新故乡的大河,朕忍不住想跟你说这些话,朕是掩不住心里的高兴啊,所以,你要注意自己的身子。朕到了这里,可能就真正地老了,正好抱着重孙,逗着他安度余生。"

娥儿把头埋在朕的怀里,泣不成声。朕喝着鱼汤,让她尽情地哭。朕知道,她哭了这一场,心情就会变得轻松,心中的结也就打开了。朕慢慢地、小口地品味着鱼汤。她的哭声越来越弱,最后抽泣起来,不久就睡着了。一路上,她要走路,还要为孩子担忧,她太累了。好在她的呼吸已经顺畅,让朕轻轻地舒了一口气。

一碗鱼汤喝完了,朕咂吧了几下嘴,忍不住赞叹道:"这可是朕喝过的最鲜美的鱼汤了! "朕向景芳招手,示意她再给朕来一碗。

景芳这次给朕端了一碗鱼肉来。鱼肉也同样鲜嫩。朕小声对她说:"这鱼一吃,就知道是赵小媚做的。"

她点点头,也低声赞叹说:"她可是个天才的女厨子! "

今天的晚饭大家吃得很高兴。每个人都放轻松了,脸色都变得红润起来,像喝了酒一样。他们在离朕五尺远的地方架起干柴,以便让朕不用挪一下身子就能烤火。一年四季,只要我们停下来,就会烧起篝火——它是我们的依靠,冬季取暖,夏日驱虫,还可以保护我们不受野兽的伤害。

篝火燃烧起来,火光映在河面上,随着河水流动起来。火光也映照着天空,映照着我们走过的森林——森林在火光的映照下,显得黑沉沉的。之前走在里面,恐惧的感觉并不明显,现在回头去看,才觉得它跟地狱一般阴森恐怖。

火星随着木头燃烧的噼啪声猛地升起,大家在讨论着过河以后的生活。有人说房子要怎么修,他家要修多少间房;有人在说他家要开多少地,水田多少亩,旱地多少亩;还有人说要再生几个娃。嘻嘻哈哈的,说的都是让人高兴的事。

每个人都故意不提他们——那些已经死去的和还在森林里没有走出来的人,都怕一提他们就破坏了这美好的氛围。

是啊,当初在海上与官军作战时,朕可有十万之众啊!而现在,来到这里的,只有一百三十九人,加上在森林里没有走出来的十七人,一共才一百五十六人。那些战死的烈士,的确让朕悲伤。

景芳拿来了一张兽皮,铺在地上,供朕晚上坐卧。她怕惊醒了娥儿,走路很轻,像怕惊醒了好不容易才哄睡着的小孩。这个喜欢在树上栖息的孙女儿,即使即将生孩子了,还是喜欢在树上待着。很久以来,这是我第一次见她在地面睡觉。

朕感激地看了景芳一眼,她朝朕迷人地一笑,回到了火堆边。朕一直看着她重新坐下去,伸出手,火光把她的手照得红亮亮的。她的手形很雅致、好看,可惜劳作让它们变得粗糙了。

河流不知是多久以后平静的,它也像是在渐渐入睡。它其实还是那么喧嚣,只不过在安静之夜的抚慰下,显得平静了一些。这使朕能听见河对面原野里鹿、麂子、野猪、老鼠、夜食鹰、知了、青蛙的叫声,它们像是在向朕转达原野的问候。

朕聆听着,内心感到格外安宁。

朕不禁再次想起了那些牺牲的人,朕希望他们的灵魂能跟随朕来到这里。

河水的流动声安慰着朕——这舒缓的流水声能抚慰所有受伤

的心灵。温暖的火光照在身上,像被母亲抚摸着,倦意袭来,朕就那样坐着,打起了呼噜。

他们在一个朕有些熟悉的地方站着,面对着一条绿莹莹的、深不可测的大河,那条河朕似曾见过。河水很急,翻卷着绿浪,可见墨绿色的漩涡,感觉不到水里有鱼或别的生命。他们头上的天空阴沉,难以辨别是清晨、傍晚还是正午。他们的脸朝向河的对岸。朕从下游向他们走去,朕只能看见少数人的侧脸,像石头一样凉,一样坚硬。朕听见了他们焦急的叹息声,很整齐,像合唱,像排练过。他们丝毫没有感觉朕的到来,朕闻到了他们身上散发出的特殊的灵魂的气味,带着花香,又有一点腥味——朕使劲嗅着,想辨别那是什么花的香,却没有辨别出来。那不是人世的香味。一个最靠近下游方向的人转过头来,一见是朕,赶紧跪下了,他的脸在跪下时一闪,我依然没有看清。其他人也次第转过身来,纷纷跪下。他们跪下时没有一点声音。朕没看清任何人的脸——那么多的面孔,都只在朕眼前闪现了一下。朕知道他们是那些已经死去的人,但没有丝毫死亡气息,每个人都像是来走亲戚的,穿戴整齐。

他们是那么无助,正为能否渡过这条湍急的河流而焦急。

本来,凶死的人要葬在隔着河的异地,以避免他的灵魂回到故乡给家人或乡邻带来不宁。只有河水能隔阻这样的灵魂。这些人中有战死的,还有被狼吃了的,还有饿死和累死的,因为都属于凶死,所以不能回到故乡。但战死的人应该属于烈士。无论怎么说,他们都会跟着朕、沿着神的指引来到这里。他们应该回到这个新故乡。一片故土如果没有烈士的灵魂安息,那个地方便不会有任何生机;若没有掩埋的亲人的遗骨,若没有在夜里游走飘荡的灵魂,那也不能算作故乡。

朕看着这些向朕求助的魂,心里隐隐有些发痛。他们忠诚地跟随朕,走过漫长、艰辛的征途,已经望见故乡了,却被这条大河阻隔,朕一定要帮助他们。

朕不知古雪是多久站在朕身边的。她神色忧郁,沉默地望着朕。朕感到对不起她。因为有好些子孙要么战死了,要么下落不明。而朕又这么能活,简直有些不知羞耻地活着,使她在另一个世界孤苦伶仃,没人陪伴;更让人惭愧的是,朕不知她是何时站在身边的,朕没有闻到她的气息,而那气息原是深入了朕和她共度的时光的,是深入了我的骨髓、我的灵魂的。朕对那气息应当十分敏感。朕不禁有些悲伤。对她,朕从没想过会淡忘,但其实还是淡忘了。

她一定知道朕的境况,也一定知道子孙们的境况。她比朕知道得清楚。她保佑着子孙们,为他们的快乐而高兴,也为他们的不幸而悲伤。但他们的命运都得被新唐左右,她也无能为力。她无疑感到悲哀,所以,她不说,也不问。她只是紧挨朕站着。朕已很久没有见到她。她知道朕的一切,而朕对她已一无所知。

"古雪,你在那边,还好吧?"

她依然满头黑亮的乌发,面容也是朕第一次见她时那么年轻。她不置可否地一笑,那笑有些苦涩。然后,她怕朕担心,就故作轻松地说:"好着呢。"

"待朕把他们送到了新地方,安置好了,就来陪你。"

"说啥傻话啊,人各有命,人各有寿。我看你活得活蹦乱跳的,要来陪我,还早着呢。"

朕笑了:"这长寿是让人受罪。"

"能长寿是你前世积了福德,还有那么年轻的女人爱你,愿意嫁给你,你不能负了人家。"

"唉,朕有什么福德啊!杀人放火,攻城略地,死了那么多人,造了多少孽啊!"

"那也没有办法,有新唐那个因,就必定有人为它死。"

"那么多人死去的确都是为了新唐。"朕叹息道。

"那是当然。"她接着嫣然一笑,"谢谢你一直带着我的骨头,这么远的路,可把你拖累得够呛。"

"二百零四块,一块不少。开始有十六七斤,可能是你怕累着我,后来变得越来越轻,现在怕是只有十一二斤了。"

"你到了河对岸,不要再留它,赶紧找个地方埋了,免得让景芳看了心里不好受。"

"她没什么的,路上还帮朕背你呢。等到了河对岸,把他们安置好,朕就找个地方,和你躺在一起。"

"有景芳照顾你,我省心不少。但你年纪毕竟这么大了,不要还当自己是个小伙子。"

"你放心吧!"

"我得过去了。"

"你要到哪里去?"

"去我该去的地方。"

"哦,知道了,很急吗?"

"当然不急,一旦成为亡魂,就没什么可急的了。一觉可睡一千年,对一个人的一次念想也可几百年。也怪你啊,我本来在那里躺得好好的,你又派人回到岛上,把我刨出来,背着我走了这么远的路,经历了这么多事,一刻也没安定过。所以啊,我想找个地方躺好,尽快安顿下来。"

"朕总不可能把你一个人丢在那里。朕说了,我们要永远在一

221

起,说了的话,就得算数。"

"你还是先把我埋了吧,入土为安嘛,我也想安心地睡一觉了,我一边睡着,一边等你。"

"那也行,等过了河,我就去找个你喜欢的地方。"

她听了这句话,转过了身。她的背影看上去和景芳一样年轻。她一直走入他们之中,回头看了我一眼,身影就模糊了,像墨汁化入水中,又像一团慢慢变浓的雾笼罩着她。然后他们都朦胧起来,化成了一团有轮廓的雾。

朕努力想看清她,但她越来越模糊,最后连个影子都没有了,朕一着急,醒了过来。梦见了她,和她在梦里说了那么多话,既令朕高兴,又令朕感伤。

朕朝河岸望去,朕没有看见他们,只看见了被火光照亮的地方和围着火堆睡熟的人。但朕知道,他们一直和我们在一起,从未分离。

朕不知道娥儿是什么时候醒过来的。她仍躺在朕的怀里。她一定又记起了那个人。朕不知该怎么安慰她,只好仍假装睡着,让她哭完。只有她自己的泪能慰藉自己受伤的心,能排解自己的不幸。

李方吾没有睡。他在河边徘徊。虽然他徘徊的地段一片漆黑,但通过他的痛苦,朕看见了他。那痛苦使他在黑暗里发着荧光,显得格外分明,以致朕可以看见他脸上的每一丝表情。

赵小媚不在火堆边,不知她又把谁带走了。他们一定躺在远离人群的隐蔽的林子里干着自己喜欢的事。

因为娥儿躺在朕的怀里,景芳只能离我远一些。她睡在火堆边,蜷着身子,翻来覆去的,显然没睡着。

她应该知道她给太子带去的痛苦。她也许应该一心服侍已不年轻的太子。朕其实劝过她，但她什么也不说，只对朕好看地一笑。我一见她迷人的笑，就知道朕所有的话都白说了，只能相信人们通常所说的"缘分天定"。

娥儿抽泣着又睡着了。朕不知道自己的皇子皇孙何以一个接一个地遇到不幸。一想，又觉得很正常，这人世上的人，又有谁一生都是幸福的呢？人，其实更像一个不幸的集合体。

朕今夜不知为何没有睡意，头脑清醒得出奇。朕等待着天亮，等待着乘筏向对岸驶去的时刻到来。

河流声又变得响了些。那声音似在催促夜晚快些离开，黎明快些到来。河流是知道朕心思的。朕在心里对河流说："让他们都过河去吧，到我们新的家园去。河流，你知道，有人住的地方，就得有灵魂安栖。求你不要阻挡他们，朕知道你的宽厚和仁慈。他们都是新唐的子民，自然也是你的孩子。你的恩德，我们世世代代都会感激和铭怀！"

朕聆听着河流的应答，朕仔细听，没有听见。朕就半开玩笑地说："你不答应，朕就不给你取好听的名字，随便叫你个烂沟河、黑水江什么的。"

河流一听，激动起来，流水哗哗的，浪花飞溅。河流说："为了等有人来给我取名，你晓得我等了多少年？可以说是地老天荒啊！你敢给我取那么个烂名字，我每年至少把你在河边的那个坝子淹三次。看来，你还挺无赖的，听我的其他江河兄弟说，你就是以类似方式胁迫他们，让这些灵魂随你过了一条又一条江河。"

朕笑了："谁知道你们有这样那样的把柄为朕所知呢？比如说用洪水淹没田园，把船沉到河底，朕不这样，你们就只知道讲你们的规矩，他们就不可能跟着朕来到这里。"

河流也笑了一声："我新得跟开天辟地时一个样,我可没有任何能成为你把柄的东西,我本想好好为难为难你,没想你来了这一手,你可真是无赖!"

朕看着河面上的波涛,对着河流故作高深地笑了笑。

河流说："你莫要那个样子,我答应你的请求。"

朕收回目光,说："这就对了。"

"那你一定要给我取一个好名字。"

"没问题,朕把他们接过河后就告诉你。"

"我知道你心里已经有了我的名字——几水,这名字我喜欢。"

"但朕不对着天地宣布就没用。"

河流"哗哗"地拍击了几下石头河岸,像在拍打朕的肋骨,有一种格外舒服的感觉。

东边的天空已泛出了亮光,一条巨大的银带在渐渐显现,新的一天的光辉正徐徐降临。

河流又变得喧嚣起来,像一个睡醒的人在急切地讲述昨夜的梦。朝霞洒在河面上,使河流看上去又像一个因做了春梦而羞红了脸的小女人。

不用朕指挥,男人们已经开始造筏子了。刀斧劈削木头的声音响起来,非常好听。朕喜欢听这样的声音。

李方吾：
这是一条江，不是一条河

昨夜，我没有睡觉，我在江岸上徘徊。我不知道江与河的区别在哪里，但我更希望这是一条江——叫什么江呢？这得父皇来决定。但不管她叫什么名字，我认定她是一条江而不是一条河。黑色的江涛声不断拍击着我的心，使我这颗本已破碎的心更加疼痛。我想，江中应该有一道门，让我进去，把我永久地关在里面，直到江水把那道门锈蚀掉，再让我新生。那时，我一定是另外一个人，以前的一切都与我无关。即使还有痛苦，也是新的，我能够承受。

江水中有一种东西在诱惑我，它并不狰狞，而是如景芳一样迷人。我凝望着江流，感到有一张妖媚的女人的脸浮在水面上，像是景芳的脸，只是格外妖娆了些。我听见河水的声音变成了"咯咯咯"的娇笑声。那笑让人心颤，让人沉醉，让人迷乱，让人情不自禁地想扑过去。

爱情容易让人原形毕露，容易让人变得狭隘、自私，失去自尊，容易让人变得疯狂。在爱情面前，江山算个屁！这对任何人都是如此。

江水打湿了我的脚，像她的手在轻轻抚摸着我的脚踝。我被这种柔情惊醒，我怀疑自己已身处黑色的江水中。当我再去看那江面，除了黑色的粼粼波光，什么也没有；当我仔细去听，甜美的娇笑声没有了,只有汹涌的江水拍击江岸的声音。

泪水再也没能忍住,顺着脸颊无声地流淌。有一滴泪落在水里,没一点声息。是啊,它虽然饱含着生命的忧苦,却无足轻重,如生命本身一样轻微。

我努力忍着,不让自己哭出声。

我置身黑色的江水里,不知该继续朝前往水深处走去,进入那道江水中的门里;还是退回到岸上,退回到人世的悲苦中去。黑色的鱼用嘴吻着我的脚——有很多黑色的生命在亲吻我。这给我的内心带来了一线光亮,一丝温暖。我一动不动,享受着那份慰藉。

还是她让我回到岸上的。但我觉得江岸对我来说仅仅是一个让生命能暂时留驻的地方。这想法含着忧伤,却有种让人轻松的感觉。

我看了她一眼。她在火的另一边。透过火堆看过去,她像是在火中燃烧着。她是那样安静地置身火中,一动不动,浑身泛着火的颜色,却又被蓝色的火焰笼罩着,那幅图景被蓝色的火焰衬托得格外分明,整个世界除了黑色,便只有那幅景象,神圣,肃穆,又带着绝世悲凉。

"圣洁、慈悲的神灵啊,整个世界的黑暗和悲苦都等着你去慰藉啊!"我合掌于额前,向神像顶礼。

我坐下来,江岸湿润,露水很快渗透了我的肌肤。黑色的浪从身边涌过,一阵阵黑色的潮湿的风,带着大江黑色的甜味,拂着我的脸。我看着在火中燃烧的她,她已被大火烧焦,逐渐变成黑色,即将化成灰烬。看着她血肉消亡,灵魂升天,我心如刀割。我抬头朝夜空望去,看到她仙女一样飘至天穹,停靠在一朵祥云上等我,而我要……做什么呢?反正我把……有件事……做完后,就马上上路。你等不了多久的。上路,我已很多次想过要上路了……

226

我不禁想起了亲人们,他们的坟茔如珍珠般串在征途上。在那些人烟稀少的荒野,在那些败落的村镇边,他们简单的坟茔上早已荒草萋萋,没人添土,没人上香,没人烧纸。

他们才是我们逃亡之路的路引,才是我们顽强、坚韧的内心的标识。是的,我一直认为我们是在逃亡,现在我知道其实不是,与之相反,我们是在迎接——迎接新生活、新生命。

通过水,我肯定可以看见新的人世。

我不想天亮,我希望看见她在火中燃烧。我要她在火中上路,带着火的热度,然后走向水。但黎明在逼近,像洪水即将来临。它将使一切恢复本来面目,恢复俗常和纷杂的样貌,从而失去只有在想象中才会产生的诗意。

水!水!水啊!它将我淹没,送到另一个地方,轻柔而激越。然后把我安置在一个河湾里。水轻柔地拂过我的肉体、我的灵魂,绵延不绝,像景芳的美。

水的确漫进了我的灵魂里,把它充满了。我自己也化成了水,我成了水中的一滴,只是不是甘洌的,而是苦涩的。这大江就该是一个又一个像我这样的人化成的。也许,正因为有很多像我这样的人,才有了一条又一条奔流不息的江河吧?

我觉得江水似在上涨,像是正在往江岸上漫溢,像要一直漫过火堆,将它熄灭。

她在躺着的熊皮上翻了一个身,像是终于不能继续承受火的焚烧而倒在了火里。她面对火,身体蜷缩着,使她看上去像在火的子宫里孕育的婴儿,即将诞生,已不安静。

父皇坐在离火堆稍远的江边。他如同这条江一样清醒。他一直在思考着什么,他一停下来,就在思考,一直都是这样。我只能看见他的一个轮廓。他有些像一具雕像。他是个不可征服的男人。他在太平天国担任军师时就给自己备好了棺木。那是用一根溜直的柏木做的，他自己带人去砍了那棵树，按需要截成六尺长，请人抬回来，待木头放干后，请了最好的木匠。那具棺木他没有用上，最后，他的长子、我同父异母的大哥战死后用了他的那具棺木，埋葬在陌生之地的一棵柏树下。然后，他又为自己准备了第二副棺木，他还是没有用上，他的次子、我同父异母的二哥战死后用了那具棺木。他八十岁的时候，也曾老得弯腰驼背，两眼昏花，为了新唐皇位，为了统帅职务的移交，也为了新唐军的前途，他曾立下过四十九次遗嘱。他每年过年的时候都会说："我怎么又活了一年？我活的时间太长了，明年一定不能再活下去了。"就这样，他活到了九十岁。他在战场上过完九十一岁生日后，身上发生了奇妙的变化。他的背不驼了，腰重新挺直起来，脸上的皱纹逐渐褪去，活力在他体内重新生长。时间对他似乎没了办法，开始倒流。许多女人爱上了他——只因为她们大多先后战死了，才让景芳暂时成了胜利者。其实我还是少年的时候就知道，女人是肯定要爱上他的，所以我要到水里去，到水里去，通过水而新生。

是的，我要到水里去……我是一条鱼，只能到水里去，不然，在岸上，我就是少水鱼，会因缺水而死去。

我相信水能拯救我。

我站起身来，我在内心强烈渴望自己的整个身体都沉浸水中，化成那透明的、纯洁的一滴。

当我的脚没入浅处温热的流水时，我的心因激动而颤抖着。一种兴奋——一种无可言喻的兴奋使我热泪长流。我像是找到了归宿，回到了久已渴望的家。我回来了。我早该回到这里来。只是我从前不知道,现在我终于知道了,我……回……来了,我要……永远……留在……这里,再也不……不离开了……

我突然感到了一种疲惫、无助。我老了。老得我只要入了水的部分就会融化,如长冬里的一块坚冰在春光里融化一样。我的脚已化成了水,然后是小腿、膝盖、大腿,然后是腹部,是胸膛……"都化掉,都化掉吧!"我兴奋地在心里大声说。但我不能把心化掉,这心是用来爱她的;还有眼睛,这眼睛是用来看她的;还有双臂,这双手臂是用来拥抱她的。你看,我还想留下一部分自己,留下整个自己,这说明我还没有完全绝望。

黑色的江水变得透明,它在暗中使劲,要把我推倒。

这时,我看见她困倦地站了起来。她醒了。她往四周看了看,然后朝父皇所在的方向看了好久。火光已变暗,已不能把她罩住,使她看上去不像是被火焚烧过,而是被火孕育着。火,原来是她的母亲。现在,她新生了。

看她醒来,我忍不住回到了岸上。我不知为什么要回到岸上来。难道是因为她的新生吗?只有这种可能。如果她晚些诞生,我一定不会离开那水的。我会让水完全淹没我,让自己完全消失,只把对她的爱留在水里,让爱像鱼一样在水中为她而活,为她而死。

她在黎明的天光里看见了我。可恶的黎明终于来了。她走过来,吃惊地盯着我,然后飞快地跑开,像一阵风似的拿来一张兽皮,飞快地披在我的身上。

"你掉到河里去了?怎么不小心一点呢?你怎么不睡觉啊?你晚上跑到河边去干什么?"她连珠炮似的问,竟然用的是长辈的口气。

我没有回答她,只在心里说:"我不是掉到了江里,我本来就在江里。"

她为我披兽皮时，我闻到了她身上江水的气息，我还听到了她身体里有江水拍打江岸的声音。

"你是一条江。"我不知怎么说出了口。

"你说什么？"她大声问，这么重要的话，她却没有听清楚，"我刚才问你晚上跑到河边去干什么？"

我大声说："这不是河，是江。你是一条江。"

"说胡话呢。我就是我，我哪能成一条江。你不会掉到河水里，受了寒，脑子发烧了吧？"

她这样说话使我有些气恼。我再次纠正道："这是一条江，不是一条河！"

"江与河不都一样嘛。"

"那肯定不一样。不然，黄河为什么不叫黄江，长江为什么不叫长河？如果把淮河叫作淮江，把嘉陵江叫作嘉陵河，你觉得对劲吗？"

"那的确不一样。"她说后，笑了，洁白的牙齿一闪，"这就是你在河边彻夜思考的问题的答案？"

"我只想到你是一条江。"

她这次像是明白了我这句话的意思，把头低下来了。她那没有束住的头发也随之从头上披散下来，像一匹黑色的锦缎。我从她的头发里闻到了江水的气息。然后，她为了掩饰自己的表情，俯身去系草鞋的鞋带，我从她俯身时敞开的领口里看到了白玉般的水——那一定是江的源头，一定是永不枯竭的生命之河的源头——有时亮丽，有时忧郁，但不会停止流动。它既哺育别人，也哺育自己。它在我眼前虽只一闪，但我看到了它的圣洁，看到了一种圣水的波光。这令我有些不知所措，便说了句没头没脑的话："哦，原来天已经亮了！"

她说:"今天是个大晴天,我们正好过河⋯⋯哦,是过江⋯⋯不,是渡江。"

　　我说:"不定要下雨呢。"

　　她说:"那也有可能,是天晴还是下雨,还不得看天老爷的心情?"

　　人们已陆续醒来,一些人到树林里去出恭,还有些人到江边去洗脸。她让我到火堆边把衣裳烤干,我摇了摇头,说:"等会儿它自己就干了。"

　　她没再说什么,先过去了。我看着她好看的背影。她的背影有江水在流泻,她的腰间有江水在流动。

　　我周围依然全是江水的气息。

　　水！水啊,淹没我淹没我淹没我淹没我吧⋯⋯

　　水啊,你这要命的水⋯⋯

李寥:
她的热泪落在我们头上

晨光抹在河面上,好几种鸟儿在河面上飞来飞去。鱼不时跃出水面,几只红蜻蜓在离我不远处的芦苇上飞着。鸟鸣声格外悦耳。人们大声说着话,有人情不自禁地唱起了歌。男人们在造木筏,几个女人在河边洗衣服的时候不忘用手把头发抹湿,用梳子认真梳理;虽然秋水已经变凉,但还是有人躲在人们看不到的河湾处洗澡。马上就要到家了,她们要把征尘洗干净,把自己打扮得漂亮些。

我看着日头,看见红色的水从日头里流出来,初始是缓慢的,然后越来越急,上涨着,汹涌着,天地间全是红色的水。我在水中显得快乐,如鱼一般。我成了一尾鱼,一尾长着红鳞的鱼。木筏则在水中沉浮,所有人都在水中沉浮,口中发出惊恐的喊叫。我听出了他们呼叫声中的绝望,我心中涌起一股莫名的快意。除了我与她,没人能变成鱼。她正从远处向我游来。细鳃白鳞,水波生辉。

男人们喊着号子,把扎好的木筏往河里推。

祖父李方吾太子殿下劝阻他们先不要着急。他说:"水自己会把筏子送到水里。"这句话听上去不容易明白,所以没人在意。大家正在兴头上,以为他在开玩笑。他又说了三遍,仍没一个人听。他无可奈何,只能看着筏子被他们推入河水里。

筏子浮在河边,像一枚巨大的树叶。有人兴奋地在筏子上蹦跳着,像孩子一样。

我问祖父:"爷爷,你为什么不让他们现在过河?"

"我看见江水正变得混浊,一副凶巴巴的样子。"

他说话总是没头没脑的,像端公一样。我望了一眼眼前的河:"它跟昨天没什么不同啊!"

"这个常识你难道都不晓得?江流每个时刻都是不同的,这条江每一个时刻都不是同一条江。"他望了一眼河面,侧过脸来,很严肃地对我说,"这是江,不是河!"

"江与河有什么区别吗?"

"我看你们都是一样的人!"他气哼哼地说。

"和谁?"

"你和她,和他们!"

看他那个样子,我不敢再问了。

他接着像在对自己说:"我今天一定要阻止你们过江!"

但因为大家急迫地想过河去,三架木筏一大早就扎好了,然后急吼吼地推进了河里,看它们在河岸边一颠一簸地漂浮着,才肯去吃早饭。

太阳已经出来了,祖父一直守在河岸边,没有到火堆前来吃饭,我端了一碗鱼肉给他,他也没吃。他说:"我不能吃自己。"

他的话我听出了一身鸡皮疙瘩,我说:"爷爷,我端给你的是鱼。"

"我就是鱼,鱼就是我。"

我在心里埋怨了一句:"神神道道的。"

"怎么早上还吃鱼?"

"这一路不都是有啥吃啥嘛,原来的早饭不是还吃过你弄回来的熊肉嘛。"

"不吃！"他用力挥了一下手，生气地说。

看他那个样子，我不敢再说什么，把鱼又端了回去。

每个人都迫不及待地想到对岸去。

吃完早饭，大家决定让妇女和孩子先上木筏。

祖父望了一眼河的对岸，拉了拉我的袖子说："人们对彼岸是那么向往，对此岸却如此厌倦，恨不得立马抛弃掉。但他们不知道，此岸就是彼岸，彼岸就是此岸。"

"按你这么说，你就是我，我就是你了。"

"也可以这样说吧，我是所有人，所有人也是我。所以，你要和我一起，阻拦他们渡江。"他说完，便拉我一起站到了河边。

"爷爷，现在天气这么好，为什么要阻拦他们过河？"

"我跟你说过了，这是江，不是河！是渡江，不是过河！江跟河不一样！"因为生气，他纠正我的时候声音很大，"反正，我们现在不能渡江，绝对不能！"

他是太子殿下，是我的祖父，我连忙说："我记住了，是江，不是河；是渡江，不是渡河。"我觉得自从猎熊回来，他的神志好像就出了问题，当晚辈的，还是顺着他吧。

但没人听他的，连皇曾祖也不听。皇曾祖说："如果对岸不是我们的归宿，神像就会变轻；但我知道，神像还是那么沉重。如果到对岸去有什么问题，神灵也会预示。这是神灵做的事，而不是我和你。"我第一次听见皇曾祖把"朕"说成了"我"。

男人们开始把妇女和孩子往木筏上送。三条筏子原本是用棕绳分系在岸边一棵紫花泡桐、一棵喜树和一棵阴香树上的。祖父解开了一架筏子的缆绳，拿在手里，大声威胁说："你们敢过来，我就松手，让筏子漂走。"

大家不敢上前了。

皇曾祖走上前来,很是生气地问道:"你身为太子,为什么在这个时候捣乱,不让我们过河?"

"父皇,这是江,不是河!"

"那你为什么不让我们过江?"

"再过一袋烟的工夫,您就知道了。"

有人便抱怨说:"我看太子殿下是疯掉了!"

"就是,你看这青天白日的,睁着眼睛说瞎话!"

"猎了熊后,就没人敢惹他了。"

"是啊,从那以后,我就觉得他怪兮兮的。"

皇曾祖听他们说完,看着他们,用威严的语调说:"你们要记住,他是太子殿下!"

所有人顿时低垂了头,不敢说话了。

双方僵持着。

在众人面前,皇曾祖第一次感到了尴尬。我们知道,他肯定已跟这条河流沟通过,他带着自己的子民过河是没有问题的。按说,他应该龙颜震怒,但他忍住了,他说:"既然这样,大家不要急,我们也不在乎这一时半会儿,就是再等他一袋烟工夫,我们也能在对面吃午饭!"

祖父听皇曾祖这么说,神情放松了一些。他对我说:"李寥,你赶紧再去找三根更粗的缆绳来!不然,这筏子等会儿就可能真要被冲走了!"

我望了望天空,从穹顶一直望向天幕和四围群山相接的地方,除了西北方有点阴沉,其余的天空很蓝,白云点缀。但他是太子,是我祖父,我不敢违抗,便去扯了三根缆绳来。

祖父把三架筏子分别重新系在三棵粗壮的麻柳树上。在我的协助下，又给每条筏子加了一根缆绳，分别系在另外三棵喜树上。

我看了看皇曾祖的旱烟袋，还剩下小半锅。他有意吸得很慢。其他几个人已经吸完了，然后不顾阻拦，冲到了筏子上。

这时，祖父大叫道："洪水就要来了，大家快从筏子上下来！"那些人望了望晴朗的天，用奇怪的目光盯着他，好像他真是个疯子。

祖父接着喊叫道："你们再不上岸，我就跳到江里去！"

可那几个人只是轻蔑地微笑着，以为他在装怪，没有理他。

他真的跳进了河里，随着一团溅起的白水，转眼沉入了阴暗的河水深处。

皇曾祖一下急了，大喊道："赶紧救人！"

新唐还有好几个幸存的老兵，之前都做过海盗，熟悉水性，他们见太子落水，都纷纷扎进河里。

那几个上了筏子的人一听，也赶紧从木筏上跳到了岸上。

祖父被水送出水面，随即又沉了下去。他从小在海里长大，水性很好，但他有意不浮起来。我一看，也赶紧跳下去救他。我耳朵里全是河水的声音。我看到他并没有沉入河底，赶紧抓住他，把他拖到了岸上。

也就在这时，我听到了洪水的声音。接着我听到皇曾祖在高声叫喊："山洪来了，快跟我跑！"嘴里喊完，肩膀已扛起了神像。其他人也飞快地拿起各自的东西，跟在他的身后。

真的是洪水的咆哮声。开始听起来似乎有点远，却很恐怖。然后可以看到荆棘草木开始发抖，像是被惊吓的。鸟儿不安地从树丛中飞起，几只麂子和野猪原本隐藏在河边林子里，现在也都惊慌地跑了出来。不过，天空还是那个样子，像在为这场不知从哪里来的洪水打掩护。

河水几乎是突然变色的,随着轰隆隆的滚地惊雷声,洪峰把木筏猛地抛起,再也没有落下来。河水暴涨,水位抬高了至少六尺,河一下变宽了三四倍,河水撵着我和祖父的脚后跟,最后没过了我们的大腿。

我们跑进林子里——这里有一道低冈,看到我们昨晚露宿的营地已无踪影,连大多数树木都被淹没了,只剩下最高的五棵树的半个树冠。对岸——我们梦想中的家园——已是泽国一片。洪水漫到那么高的位置,简直不可思议,眼前所见,不再是一条河,而是一个湖泊,一片泽国。

水势看上去似乎缓了一些,但水面仍可见树木、枯枝,没来得及跑掉、已被淹死的野兽飞快地随波逐流,被席卷而去。乌鸦随流追逐死物,有几只甚至站在了死物上,开始啄食。天空看上去还是那个样子,依然有白云、艳阳,只有西边天空的阴暗面扩大了一些,但不仔细看,根本看不出来。

好像回到了以前生活的大海。人们有些兴奋,说这条河看来比想象的要大,上游比想象的要长,源头比想象的要遥远,以后可以靠捕鱼为生;也有人充满了担忧,说对岸那块平坝看来是不能开垦成田地了,要开垦出来,就得修一道拦水坝;有人便接话说,这场洪水可能百年不遇,在平坝里开垦田地一点问题没有,但人至少要住到现在的水位线以上;有人表示赞同,说原来在江南的老家不也每隔几年就被淹一次嘛,还不照样活得好好的?还不忘补充说,还有啊,土地每被洪水淹一次,肥力就会增加一成。

自从到了那道低冈上,皇曾祖就再也没有说话。神像傍在他身边一棵高大的柏树上,仍立得很端正。按说这一切都应该由神来昭示,然后由他来预言,最后做出安排的。以前一直是这样。这次,却由太子预言成功了。

但他还是站起来,合掌在额前顶礼后,把神像擎于双手之上,面露欣慰之色,用庄重的声音大声对大家说:"各位臣民,现在朕面对神圣的神像跟你们说,我们有幸了! 大家都看到了,从昨天到今天,朕有意没有做任何预示。神让天气如此晴好,刚才也是丽日高照,但太子李方吾成功预言了洪水的来临,并舍得用生命阻止大家渡河,英勇无畏,经受住了神的考验,不愧为朕新唐的继承者!"

皇曾祖说完后,人们像没有回过神来,像石头一样沉默着。只有洪水的声音。我听到自己的心跳到第十一声的时候,人们才一起欢呼起来。

祖父站在离皇曾祖一丈开外的地方,树桩一样没有动。

皇曾祖转过头,大声对他说:"你,跟大家说说,接下来我们该干什么?"

祖父呆呆地站着,有人推了他一下,他才说:"哦……哦,这个……父皇……江水还会……还会上涨……"他结结巴巴地说到这里,望了一眼天空,"大家赶快找避雨的地方,得搭建结实一些的窝棚,这场暴雨马上就会降下来,要三天三夜后才会停止。"

听他说完,人们一齐透过树木的空隙去望天空,然后一起嚷起来,都是一个意思——这么好的天气,哪有可能下雨!

"暴雨正在往这里赶,最多一个时辰就到了。"

还是没有一个人相信。

皇曾祖说:"听太子的,赶快搭棚子吧!"

人们不再说什么,各自去砍树、割茅草、剔树枝。这种窝棚临时住一下,搭建起来很简单,找一块平地,先用两根碗口粗细、丈五左右长的树干呈三角形支撑起来，用葛藤把树干最上端捆绑在一起，再搭同样一个三角形支架，相距丈余，在两个支架之间绑一根木头，连在一起，再在四围绑些细树干，覆盖上树枝、茅草即可，就像除去了四壁的茅屋屋顶。这样的窝棚可以住十来人，也有的就用三根撑开的树干，把上头绑扎在一起，然后覆盖上树叶、茅草，这种窝棚一般只能住五六人。还有人砍两根树干，斜绑在一棵树上，盖些树叶、茅草，就成了一个遮风避雨的棚子，这种棚子一般只能住一两人。大概半个多时辰的工夫，十几种样子各异的窝棚就搭好了，看上去像一个原始部落。

因为怕雨水灌进棚子里，大家又在窝棚里离地两尺左右高处搭上架子，在上面铺上树枝、枯叶，再铺上兽皮，隔离潮气，方便坐卧。

几个年轻人自己搭建了一个棚子，比较宽大，仅次于皇曾祖那个——这是不能僭越的。

皇曾祖的棚子既是他的行宫，也是中军帐，大家齐力先把他的棚子搭好，再搭建各自的。

赵小媚搭建了一个小棚子，外面的装饰每次都做得很用心，她会采一些野花插在棚子的外面和入口，看起来很美；掺和了各种树叶的香气之后，闻起来也很香，适合于在里面做梦和跟人欢爱。

李娥儿喜欢把棚子搭在树上，每次都像黑熊搭窝一样，把一些枝丫拉拢来，绑扎在一起，再折些枝叶盖在上面就成了。但最近可能是长胖的原因，她很少上到大树的高处去了，而是选那种大树主干在离地不高处就分叉的位置搭窝。她原来栖息在高处，不畏野兽袭击，离群索居，现在搭的窝离地近，虽仍有距离，但离大家不会太远。

忙着搭建窝棚的那段时间，大家都无暇去看天空。没人注意到天上的白云是什么时候跑开的，天空是什么时候被乌云侵占的，反正云朵漫成浅灰色的云层后，太阳就迫不及待地躲进去了。直到一道闪电猛地把天地劈开，直到一声惊雷猛地把大地炸裂，人们才抬起头来，透过森林的空隙往天上望去——他们才意识到日光已经隐遁，天地已经昏暗。知道真的要下暴雨了，一些人又往窝棚上加盖了一些树枝和茅草，一些人等待着暴雨的来临，还有些人已钻进了窝棚里。

闪电不断把长空和大地撕裂，阵阵惊雷从北往南碾压着天上的凌霄宝殿，蹂躏着大神小神的仙境。狂风骤起，把整个森林从东向西一次次碾压得趴下来，大树嘎嘎作响，不时有树枝折断，有大树轰然倒下，大雨在闪电惊雷的助威下狂泻而下。暴雨是从那条河的上游地区一路碾压而来的，洪水涨得更高，河岸上的树冠已全部没入水中。洪水的怒吼声滚滚而来，在电闪雷鸣和狂风骤雨中如十万头暴怒的雄狮飞奔而来，狂奔而去。筏子在洪水的拍击下，早已四散，没了踪影。森林里很快就有了大大小小的洪流，平地起水，陡坡飞流，从窝棚底下流泻而过。人们很少见到这么狂暴的豪雨，躲在窝棚里瑟瑟发抖。

祖父没有去赵小媚的窝棚，她虽然一再跟他示意。

"你要是让我沉入江中该多好啊！你不该救我起来。这洪水就是来带我走的，它要把我带到一个遥远的地方，一直带到海上。我还是喜欢大海，这陆地太坚硬了。你不知道我多么向往海上的家。"他看着窝棚外的雨幕，听着不远处洪水的声音，掩饰着内心止不住的激动向我抱怨。

透过雨声，我听到皇曾祖在高声祈祷。他的声音似乎必须超过雨声和洪水的混响，神才能听见，他的祈祷才有效果。神像在大雨中立着，更加肃穆，但从他向下的眉目间，可以感觉他对人世的一切都怀着悲悯。按照皇曾祖的说法，一切灾祸悲喜都出自神灵神圣的意志。他的意志只有在人们虔诚的祈祷声中才能得以改变。

人们因洪水的陡涨和暴雨的骤至而满怀忧虑——而最主要的是，神灵和皇曾祖对此都没有做出任何预示，预示这一切的是大家公认已被爱情折磨得神经兮兮的太子殿下。加之这又是他们前所未见的暴雨，他们似乎感到了某种不祥的预示，觉得有不祥的东西正随着大雨在冥冥之中降临。祖父第一次预言就如此准确，大家对前景产生了动摇。河对岸的平坝显然不再是最适合的新的家园，临近家园前遇到的困境让大家心里有了阴影。应该把这当作神灵或命运对我们的考验，但没有一个人这么去想。

"你不相信，这暴雨其实真的只与我有关，而与你们没有任何关系。"祖父继续对我说。而我不想再听。雨使人困倦，洪水的声音和雨的声音就像催眠曲，我躺在兽皮上，没多久就睡着了。

待我醒来，大雨还在倾泻，依然电闪雷鸣。我发现同窝棚的几个人都睡着了。我没有看见祖父。我往外望去，看到他立在一小块空地上。空地上长着因阳光不足而显得柔弱的野草，还有几朵或红或白的花——它们都被暴雨击打得紧贴在了地面上，但野草依然碧绿，花瓣和花蕊依然倔强地朝向天空，勇敢地迎接暴雨的垂直击打。祖父像是久已渴望暴雨的冲洗，微闭着双眼，双手从额前插入散乱的黑发。落在头顶的雨水四溅开去。他的单衣早已湿透，紧贴在他身上。雨幕笼罩着他，朦胧不清。他是那么健壮，却又那么喜欢水。我听见了一种不同于雨水和洪水的另一种水的声音，我看见了一种不同于闪电的亮光一阵阵从他站立的地方划向天空。

他是在迎接那闪电的瞬间光芒吗？

暴雨从天上浇下来，万物都呼吸维艰，但他即使仰面朝天，也能呼吸自如。

他像个诗人似的在那里说——不,是在吟唱,像皇曾祖诵念神咒一样:"我呼唤闪电,闪电,请你像撕裂天空一样撕裂我!我呼唤雷霆,雷霆,请你像劈开大地一样劈裂我;大风,你踩躏我吧;暴雨,你让我窒息!是的,我渴望粉身碎骨,渴望毁灭,渴望自己的灵魂飘散四方……"

雨水用力击打在他脸上。

"我觉得很多条江河正从我这里发源。我要到水里去!景芳啊,让我到水里去吧……"

远处的山崩塌了,地表被撕扯开来,一道血红的伤口出现在那里。那个时刻,我没有听见雨声和洪水的声音,却听见了岩石滚动的声音;天地之间是一个竖立的湖,连眼前的雨水都看不清,但我看见了那道预示毁灭——不,预示新生——的血红的大地的伤口。

"大树被埋葬,但杂草会在雨后萌生,小树三年后就会长到人高。大地生生不息啊,我却只想到水里去,水,水啊,是我永恒的归宿……"

暴雨整整下了三天;六天后,洪水开始消退,两岸一片狼藉;九天后,天地重新明净;再九天,大河重新变得清澈。

那些天,我们是靠被洪水裹挟而下冲到岸边的几头死野猪的肉果腹的。

雨一停,大家就开始扎新的筏子,现在,他们用了更大的木头、更粗的棕绳,捆扎得更加结实,筏子也扎得更为宽大。

应该是公鸡叫完最后一遍的最后一声,嘴刚刚闭上的时候,皇曾祖开始向神像祷告,当第一缕朝阳从东边的群山后像一道光柱猛地射向清晨的碧空时,仪式结束。他吃力地把神像扛到肩上,走在最

242

前面。这几天下来,神像变得更沉了,他扛得更为吃力。

到了水边,皇曾祖把神像立在面前,双手擎住,又念念有词地祷告了一番,便第一个踏上木筏,坐在了筏子的前头。景芳紧跟着他,但没有坐在他身边,而是坐在了他身后。水从木筏下平静地流过,显得如此温柔,让人根本想不起前几日曾有过的暴烈。女人和孩子都上了木筏,然后是撑筏子的男人。

景芳在木筏离岸的瞬间,又像羚羊一样跳回到岸上。她对他们说:"我下一轮再过去。"

木筏离了岸,阳光照着人们满脸的笑。

景芳站在祖父左边,看着吃力向对岸划去的木筏,舒了一口气。我站在祖父右边,皇曾祖叮嘱我跟紧他。

"我闻到了水的气息,甚至闻到了水中鱼的腥味。鱼在水中一群群游过,像鸟儿一群一群地从天空飞过,但是鸟儿的味道好闻,有一股天空的香味。鱼,我也不嫌弃它们,它们要稳住江水,帮着用力。"

祖父的话神神道道的,我听着却有些沉醉。

景芳突然侧过头来,对祖父说:"殿下,下一轮我们一起过河。"她说完,伸出手,把他头发上的草屑拣了下来。

他说:"是过江,不是过河。"

"下一轮我们一起过江。"

"你先过去,我最后过。"

"那,我也最后过。"然后,她就站在那里,和祖父一起望着江水。

望了一会儿,祖父先叹息了一声,接着说:"你的眼睛里有很多水,跟这江水一样多。"

祖父的话我听得一清二楚,她却像没有听见一样。

"我到林子里去一下,你等会儿来叫我。"景芳对祖父小声说。

祖父点了点头。

她看了一眼河中间的木筏,转身走开了。

筏子快要靠向对岸,景芳还没从林子里走出来,祖父便有些担心,转身朝那片吞噬掉她的林子走去。我听见他在焦急地呼喊着她的名字。

第一个在对岸落脚的是皇曾祖,我看到他右脚先踏上对岸的土地,接着,那些人从筏子上跳了下去,然后,大家与皇曾祖一起站在河岸上,看着木筏从那边撑回来。我回头往树林里看了一眼。他们还没有从林子里出来,我有些着急,我怕木筏到后他们还没回来,便往森林里走去,想找到他们。我走近了,听到她像在对所有草木说:"你过来。"那声音是从一棵至少要六个人才能合围的香樟树后传出来的。

空气中弥漫着香樟树的香味。

我以为她在叫我,便朝那声音走去。我看见了祖父的背影,他呆立在那里,看着前方,就像一根树桩。我想,他那么专注,在看什么呢?我又向前走了七步,然后,我也变成了一根树桩。只见景芳赤裸着身子,正面对着他——当然,也对着我了。她东侧的身体——包括脸、修长的脖子、圆润的肩膀、莲藕似的手臂、挺立的乳房、凹下的腰部、凸出的胯、修长结实的腿——被阳光照着,显得明亮。她美得像森林中的林妖。在那个瞬间,我大脑里的东西突然被抽空了,连空气都没有了;我看见黑夜降临,明月高悬,雾气渐渐弥漫开来;我看见霞光初现,朝阳渐露;我听见了来自丛林深处的流水声,听见了无数大河在脑海里流淌的声音,听见那流水声来自天河——

河水漫过天空和大地,漫过一切不幸和苦难。

她也看见我了,但又像没有看见一样。她仍只看着祖父,走向他,踩过自己的衣裙、枯叶。

"景芳……"我听见祖父发出了梦幻般的呼唤声。

她没有应他,只往前走着。她赤脚走在枯叶上,脚下发出"簌簌"的声响,声音很轻,像某种私语。

"景……芳……"

她只管向他走去。非礼勿视,我想逃离开,但我这根树桩根系发达、鲜活,根须还在往泥土的更深处扎,丝纹也不能动。

祖父已感知到了我的存在,但没有转过头来看我,他声音里梦幻的颜色在逐渐淡去。"景芳,快穿上衣裳,筏子快……要返回了,你要过江,我也要过江。"

他弯下腰,把她的衣裳捡起来,递给她。她站在不远的地方,死死地看着他。那眼睛……那嘴唇……那乳房……他手上的衣服滑落,掉到了地上。那一刻,我觉得我和祖父已合二为一,他所有的感觉就是我的感觉。

我觉得我的手已不属于我,我的心、我的灵魂都已不属于我,它们逃走了,与祖父的合为一体。

我和祖父跪下去,用双手紧紧地抱住她饱满结实的小腹,无声地哭泣起来。

她的热泪落在了我们头上。

我们听到了她腹中有无数条大河喧嚣的水声,我们听见了天上的天河的水声,河水漫过我们生命中最幸福、最痛苦的地方,淹没生命,然后让一切新生。

"水,水,水啊!淹没……我们吧!"我听到我和祖父齐声发出了梦幻般的乞求声。

我希望我所有的根都能立马朽烂,只有那样,我才能离开这里。

我用尽了所有的心力挣扎着,终于把那些扎在泥土里、岩石间的根系硬生生地拔了出来,拔不出、挣不脱的,只有把它撕裂、扯断。然后,我转过身,带着伤、带着泥,拖着这庞大的根系,异常吃力地奋力往河边挪去。

林景芳：
爱情是人世唯一的光

不知是谁的喘息声从下面传递到了我心里。那种让人战栗的温热，像是从大地最深处传来的，像是从天宇和仙居之所传来的，集中于我的心尖尖，让我享尽了生命的欢悦。

这世上一切均可拒斥，唯有真爱不能。爱情是人世唯一的光，来自我们的灵魂，是神灵对人类的怜悯与恩赐。

"方吾……"我紧咬着牙，一次次喊他的名字，"方吾，你说我是江，其实你才是，载水的江，载负情感的大江……源源不断……"

这香味来自哪里呢？来自大地深处的暗河？是的，一定是，只有那里有激情和生命的香味。

我想抓住恩赐的一切，让它完全融入我的身体。

"不能……不能，景芳……我知道……你的心在哪里……"他在我怀抱里说。他那么强壮，在我的怀里，却像一个我刚生下来的婴儿，那么无助，那么娇弱。

我猛然间回到了人世里。我感到羞耻。我用衣裳遮住身体。我坐在潮湿的落叶上，勾着头，两只手使劲绞在一起。我的手因为沮丧而显出苍白的光，像在黑暗中开放的梨花。

我疲惫不堪地回到了岸边，觉得身后就是一个偌大的背景，一旦跨进去一步，就会远离现实，就会被梦境所伤。这使我害怕，连头也不敢回一下了。

他还没有从梦境中回来,我没有回头去看他。我看见李寥望着江水,一脸羞涩。他始终没有转过头来看我。

我在梦中的心情比在现实中的更加痛苦。因为我已知道,我在现实中不能拥有的东西,在梦境里同样不能拥有。

筏子正向对岸划去,越来越小,我害怕它成为一个点,消失在江水中。

圣上擎着神像肃立在对岸,阳光把神像照得明亮。

未过江的人随着木筏离对岸越来越近,变得越来越激动,忍不住吼叫、跳跃起来。有些人为了看清木筏是怎么过去的,爬到了树上。每个人都为即将结束颠沛流离的生活,到达新的家园而高兴。只有我和他依然被痛苦折磨。

唉,我真不该那样!这既对不起已扛着神像过江的圣上,也使殿下陷入更深的伤痛之中——我真担心他有朝一日会被情感的洪水彻底冲垮。我只有祈求神灵能保佑他尽早从爱的痛苦中摆脱出来。

木筏正从对岸撑回来,我发现圣上手擎神像,站在木筏上,如神一般威严。他已过了江,却又回来了。我赶紧到水边去接他。

我一边伸出手去扶他,一边问:"圣上,江流汹涌,渡江危险,您好不容易过去了,怎么又回来了呢?"

"江上好像有风了,朕擎着神像,就能保佑这大江风平浪静,保佑最后一拨人平安到达对岸。"

"神会保佑我们的。"

"但有罪的人就不一定了。"

"神的胸怀比天空还要辽阔。"

"但有时也像针尖一样狭小。"

"我知道了。"我小心地回答。

他不再说话。

我用目光寻找李方吾，但我没有看见他的踪影。

我对圣上说："太子可能到林子里去了，还没出来，我去叫他。"

他说："让他快点！"

我转身朝林子里跑去。

我到了刚才和他相处的地方，但没有看见他。我大声叫他的名字，却只有鸟儿的鸣叫声和山谷的回音。

我大声喊，我一定要把他喊回来，声音穿过一棵又一棵树，传得很远。他一定还没有走远，一定能听见。我喊叫的声音越来越大，当我喊到第十声的时候，已带了哭音。

我就知道会是这样，我刚才就是想让他跟我们一起过江才那样做的，但我没有做到……我知道他不会过江了，我忍不住哭了起来。

我近乎疯狂地哭喊起来："方吾——李方吾——"

我颓然坐在刚才那棵樟树下，那种迷人的芳香一直弥漫在那里，我从枝丫间漏下的阳光里看得见那种芳香尘埃样飘浮在空气中。我的嗓子被撕痛了，满脸都是自己的泪。

他们也朝这里跑来。有人在呼喊他，也有人在呼喊我，但我的嗓子已经哑了，即使答应，也没有声音了。我只在心中说："你们走吧，不要管我。找不见他，我不会到对岸去的，决计不会！"

"太子殿下呢？"他们都来问我。

我只能摇头。

他们一边呼喊他，一边在林子里寻找。

圣上擎着神像急匆匆地走来了，脚步很沉，踩在落叶上都可以看到脚印。他看上去异常疲惫，露出了老态。我的心不禁疼痛起来。

他站在我的对面。他的胡须突然变白了,胡须上还沾着过江时溅上的江水。我第一次发现,由于常年扛着神像,他的右肩有些歪斜。我伸出手去,把他胡须上的水轻轻抹掉。他抓住我的手,看着我,说:"你啊,他是在用整条命爱你,如果陷入绝望,他会用爱情之火把自己毁掉。你知道,那火一旦燃烧,就难以扑灭……就像用油去扑灭火一样……"

"圣上,但我只想……陪您,这是真的。我知道他正在毁灭自己,也许是爱……在毁灭他……我想哄他过江,我心痛死了。我想救他,但不知该怎样救……我没法爱两个人,我不可能嫁给两个人……"

"唉——"他的叹息声很长,"真是造孽!"

我不知道还能说什么。寻找他的人已进到林子深处去了,他们的呼喊声也越来越远。

他扛着神像,要继续往前走。

我说:"圣上,神像那么重,您扛着神像,就不要去找他了,让我们去找吧。"

"也许在神的引导下还能把他找到。"他一边说着,一边朝林子里走去。他转眼之间就被林子吞没了。

我担忧地叫了一声"圣上",但没有听见他答应。

我沿着圣上的足迹跟着他,一直走到了那处悬崖顶端。我看见圣上站在那里,距圣上不远处是李方吾。李方吾站在悬崖边,像一个没了肉体也没了灵魂的影子,口里像疯子一样咕哝着谁也听不明白的话。待我细看他时,他的黑发已白,形容已然苍老。两个白发人,他们不像父子,更像兄弟。我不敢相信自己的眼睛。我跑过去,跪在李方吾面前。他无动于衷,苍老的目光呆滞地看着远方的虚空,像是根本没有感觉到。

我哽咽着说:"太子殿下,跟我们走,跟我们回到大江那边去。"

他没有应答,一动不动,像是雕像。我去拉他,他像纸做的人儿,飘飞了起来;我想去搀扶他,他却像个影子,没有一点重量。

找他的人都汇聚到悬崖下面了,他们从悬崖下往上望着。圣上对他们说:"都到江边去吧!"他们便听话地散开了,转回身,往江边走去。

圣上扛着神像,也转过身去,无声地走了。我发现他的步履变得蹒跚起来,背也突然驼了。

我转身跟着圣上,李方吾不远不近地跟着我。

快走出森林时,圣上吃力地转过身来,对我说:"你留下来吧,你和他就留在江这边,七个月后的今天,无论你们是否还愿意过江,朕都会派一架木筏过江来接你们,会一直从清早等到天黑。"

"不。"

"因为他现在还不是……彼岸的人,他一旦过去,就会……死掉,所以,这是在救他。"他看着远处,落下两行老泪来,"只有你能救他。你要记住,如果你爱他,就真心去爱;如果你想回到我身边来,也要爱他。这也是……神的旨意。"

我听了,吃惊地看着他,大声说:"不,不行,我不能这样!你知道的,我做不到。"

"但你知道,他是朕唯一的儿子,朕想让那个孽畜活着,只有你能做到。"他说完,健步朝江边走去。

我颓然地靠在一棵树上,感到森林重新变得沉重起来。

这时,李方吾经过我的身边,沉默地直往前走,畅行无阻,似乎树木和荆棘都自动给他让开了路。圣上感觉到了,回过头,看到了大步流星往江边走去的太子。他突然大声喊叫道:"快,拉住他,拉住他！不要让他到江边去，千万不要让他沾上江水！"

人们纷纷跑过去，但没能把他拉住。他的脚刚踏进水里，江水就不安地骚动起来。他径直朝江水中走去，江水很快没过了他的头顶。

我看见圣上一边呼唤着太子的名字，一边朝江水扑去，但被人拉回到了岸上。其他水性好的人纷纷跳入水中，试图寻找太子，但没人发现他的踪影。

我说了声："你真绝情啊！"也一头扎入水中。

越往下潜，江水越冷，暗流不断撞击我，要把我带走。我睁开眼睛想看见他，我在心里不断呼喊他。但只有黑色的江水和江底的石头。我的泪水从眼睛里滑了出来，成为江水中的一滴、两滴、三滴……

我突然也不想再回到岸上去了。当我这么想的时候，江水托举着我，轻松，自在，江水灌入我的口腔、喉咙、肠胃，我自己变成了江流的一部分。我变成了一滴泪，一滴水。我的身体变得像磷虾一样透明，像水草一般轻盈。

有人拉住了我的衣襟，我感觉自己在漂向温暖的水面，看见了射入水里的光，一缕一缕地随水漂流。我看到了水淋淋的蓝色天空，我呼吸到了充满河流味道和森林气息的空气。我的身体和脑子里都是水，令我窒息。但我知道自己从水里出来了，感觉到了阳光一层一层地落在我的身上，也感觉到了风。然后，江水从我的口腔里涌出来，我似乎把整条江的江水都装到了自己肚子里，江水汹涌，怎么也流不尽。我感觉身体空空如也，像泄干净了的湖泊，开始龟裂，变得干燥，尘土飞扬。

我躺在一张羊皮上，一双手在轻抚我的额头。两行泪水从我眼里滑落，然后，我的身体被悲伤填满。我长吁了一口气，睁开了眼睛。

是他的手,苍老,有力,充满爱意。我侧过脸去看他,发现神像被他放置在一边,他抱着我颓然地坐在岸边的江水里,任凭江水冲击,任凭老泪纵横,眼睛仍死死地盯着江面。

"圣……上……啊……"我觉得自己的声音很遥远,遥远得像从另一个世界传过来的。

他叹息了一声,回过头来,看了我一眼,想说什么,却没有说出来,像个孩子似的呜咽起来。他不管不顾,泪雨滂沱。我想安慰他,但没有一点气力。我想去握住他的手,手却抬不起来,我只能陪着他落泪。

娥儿扶我坐起来。我脑子里的水比整条江还要多,哗哗地向我的胃部汇集,让龟裂的土地变得泥泞。我呕吐起来,我吐出了所有的水,连我自己身体里的。身体变得更加干枯,好不容易积蓄的一点气力,又用光了。我的身体软弱得就像一坨稀泥,从娥儿的怀里流淌到了地上。李寥给我送来了吃的,但我吃不进去。我呼吸着空气,想用它来重新积攒气力。我需要气力,我要尽快坐起来,我要安慰他。

碧波在我眼前起伏。江对岸的人还不知道发生了什么事,他们显得很小,像用泥巴捏的假人,不断被江水遮住,又不断从江水中冒出。没有渡江的人和来回撑木筏的人都默立在江边。江水喧嚣,我满脑子都是江水的声音。因为大口呼吸香甜、哀伤的空气,我有力气看到这一切了。

圣上江水淋漓地站立起来。他走向神像,把神像擎在手里,他有些趔趄,蹒跚,他把身体靠在神像上——只有那样,他才站得稳。他对着江水站了很久。他一次又一次往江面和两岸望,他肯定想看到那个强壮的男人突然跃出水面,向他游来。但江面上只偶尔有野燕掠过。他耸动着苍老的身体,抽泣起来,引得其他人也跟着落泪。过了好久，他才把泪忍住，颤声吟唱道——

江之婴兮，

流水之灵，

流水之婴兮，

水中永生；

静若处子兮，

佑我万民，

流水之婴兮，

水中永生！

他声音苍凉，在他历经的沧桑里又陡增了几十倍的沧桑。

人们采来树叶和花朵，随着他的祈祷声纷纷投进江水里。

我多想化作一朵被采下的花，随波逐流，随他远去。

江水呜咽着，泛着白亮的光。

圣上祈祷完毕后，大声对着江水说："你既不是江，也不是河，你就是一条水，你就叫几水吧！"说完，所有人重新登上了木筏。没有一个人说话。他擎着神像，站在船头。我坐在他的脚边，不时有冰凉的水溅到我的脸上。

明亮的云彩不知是何时暗淡下来的，阳光无力地洒在天地间，温暖的风无声地掠过水面。

身后的一切已是梦境，被哀伤笼罩。每往对岸靠近一步，伤感就浓重一分，像要把我逼到它的最深处。

我不想回头，但有一股强大无比的力量逼我把头向后转去。我回过头去，竟看见了他的背影！他刚好从水中出来，走到岸边！我不知哪里来的力气,猛地站立起来。

我看见他背对大江,向森林的方向大步走去。我捂住自己的胸口,怕自己的心因为激动而蹦跳出来。我想喊大家快回头看,但我没有喊出声,我的声音被灌进体内的水稀释得一点都不剩了。我用手碰了碰他,终于说:"圣上……快……看,太子殿下在那里……他从水里……出来了!"但我说出的这些话被江水的声音淹没了。当我再次喊出声来,有人听见了,顺着我手指的方向望去,但除了已显得模糊的江岸,他们什么也没有看到。

他们回过头来的时候,以为我出现了幻觉,看我一眼,满怀怜悯地叹息了一声。

但我相信,太子已经走到森林里去了,他还活着。我固执地求圣上把木筏撑回去,接上他和我们一起到对岸。圣上只低头看了我一眼,并没有理我。

他的眼里,有无尽的哀伤。

第四章　土

孟金榜：
我想做个靠唱丧歌为生的人

　　我之前是个读书人，本想中个举，考个进士——这是老孟家十几辈人都在做的梦，但一辈又一辈人去了，没有一辈人把这个梦变成现实，只好一辈接一辈地寄托下来，最后重任就落到了我的肩上。

　　那梦想经过那么多代人的承传，到我肩上已十分沉重。这是我从小就感觉到的。我寒窗苦读，十七岁开始去赶考，考了多年，还是一名烂秀才。后来，父亲卖掉自己的寿材，备了盘缠，再次送我到州府参加秋闱。才走到离家不远的江边，准备渡江，却传来消息，说州府被新唐攻占了；还有人传说，朝廷要垮了，皇帝要退位了，还求什么功名？我自小深居清寒书斋之中，还未曾听说过有什么新唐，也不知道新唐是个什么样子，开始还以为是一个叫新唐的人，就不停地诅咒新唐可恶。朝廷如果没了，谁来考我呢？梦想的破灭使我心灰意冷，我一屁股坐在码头上，忍不住号啕大哭。想起祖先的期望、父母的辛劳、自己二十余年的苦读，我更是伤心，直哭得声嘶力竭，有气无力，悲叹一声，便一头扎进江水里。但我那因寒窗苦读而单薄的身子如枯木般沉不进水中，只能漂浮江面，被江水冲到了岸边。

　　我从江水里爬出来，在江边盯着奔腾喧嚣的流水，又枯坐了两天，终于被赶来的父亲劝了回去。父亲对我说："你遇到乱世，有什么办法呢？只能自认倒霉。但这个朝廷真的没了，你倒不用害怕，还有下个朝廷呢，哪个朝廷不要举人进士？"他劝我回家继续苦读，说只要肯下功夫，肯定有金榜题名的时候。

跟着父亲回到家，我又一头扎进书房，一边头悬梁锥刺股，一边随时准备去赶考。可那两年间，只有朝廷与不断起义的军队之间的战争。这股义军刚打垮，另一股义军又起来了；东边要称帝的叛逆刚荡平，西边想登基的人又冒了出来。就这样，不停地折腾，我两次满怀信心，准备好缠盘，要去赶考，可到了码头，又只好返回。二老在两年间先后去世，如此下来，我终于灰了心。

在一个星稀月明的晚上，我决定寻找新的出路，在床上怔了一会儿，很快就下定了决心——我要去投奔新唐。我背上那个原为赶考准备的行囊，挂着一根竹棍，踏上了远行的不归路。

我这个很少离开寒窗的老书生，出门后才晓得世界变化之巨大。大道小径上，到处都是被战火和饥荒驱赶的人，他们被迫背井离乡，在被战争和饥荒弄得昏沉沉的天空下流亡，没有一点前景，没有任何希望；到处可见受伤的士兵和倒毙的无人收敛的流民尸骨；不缺尸肉的乌鸦肥硕无比，不时像一团团黑云掠过天空，留下刺耳的聒噪；靠死尸活命的野狗睁着血红的眼睛，狂吠着到处乱窜，一见人就龇牙咧嘴——在它们眼里，人世里只有两种人：躺着不动的死尸和还能行动的走肉。但我从小待在书房里，并不晓得原来的世界是什么样子，以为世界本就是这个样子的。

那一幕幕悲惨的景象令人揪心，心里堆砌了万千块垒，如不抒发，就要窒息。人间尽是悲伤！在这片大地上，有多少死人需要哀悼，又有多少活人需要安慰啊！所以我一路上见着亡人就唱几句悼念他们的歌，见到生者就说些安慰他们的话。后来，那些悲歌就成了流传下来的丧歌。

在兵荒马乱的年代出门远行是一件危险而刺激的事。记得我出门第九天的傍晚，正蹲在一丛荒草后大解，不巧被几名散兵游勇看见，他们提着枪，嘻嘻哈哈地走了过来。我感到不妙，把包裹紧紧抱在怀中，又觉得不行，就把仅有的三枚银圆塞进自己的魄门里。一名士兵见我抱着包裹，把枪一举，一粒子弹从我两腿间、擦着我文吊吊的肾囊飞了过去。吓得我把三枚银圆当即屙了出来，掉进了自己那堆秽物中，眼前一黑，吓昏过去了。醒来后，包裹没有了。我坐在自己的秽物里，呆傻了半天，才爬起来，把三枚银圆从秽物里扒出，到附近的小河沟里，一边洗着魄门和银圆，一边悲叹着自己斯文扫地，感觉肾囊有些刺痛，低头把肾囊摸了摸，它竟被那粒子弹擦去了一层皮。这次惊吓使我第一次对前行有了犹豫，我想回家了。

我把沾了秽物的裤子和衣服洗干净后搭在岸边的杂树上，等着晾干。为了遮羞，我只能蹲在水里。我赤裸的身体感受着水的流动，心里一直在想是回家去还是继续往前走。这选择使我很费神。整整一个中午，我一边任河水洗涤着自己，一边想着，拿不定主意。

天气很热，衣服很快就晒干了，我回到岸上，朝自己闻了闻，觉得身上仍有秽臭，便又下到河沟里，冲洗了一番，但那味儿仍然没有散去。我很难受，心想，一个读书人，身上从此秽臭相伴，怎么回去见人呢？没有办法，只能带着那股味儿往前走。

路上已很难找到食物，能吃的东西只有靠吃死人活命的乌鸦和野狗。野狗我抓不住，抓住了也不知道怎么弄死。但不少乌鸦过于肥硕，已很难飞起来，倒是容易捕捉。一路上乌鸦肉就成了我的主食。我抓住它们后，先把它们敲死，拔了毛，去了内脏，烧一堆火，然后用火烧烤着吃。那乌鸦在火上流着油，散发着尸臭味。但饥饿使我顾不得那么多，只能强忍着往肚里咽。

有一天,我遇到了一位端公,姓李,名易知,自称"赛钟馗",长旅无人,我倍感孤独,感觉与他言语投机,便和他同行。彼此熟悉了,我就问他:"先生,我身上是否有秽臭味?"他不解地问:"什么是秽臭味?""就是……就是……"作为一个读书人,我说不出那个词。他在我身上闻了闻:"你说的是不是屎臭?"我连连点头。他叹息一声,说:"哎,真是迂腐!屎臭有什么说不出口的?我们把吃的粮食变成屎尿,又用屎尿浇灌粮食,粮食又被我们吃进肚子里,不就是如此循环往复吗?我们不就是靠屎尿维持人生的嘛!"他说到这里,又凑近一闻,说:"屎臭味倒是没闻到,尸臭味倒是有一股。"见我面露畏惧之色,就安慰我:"你闻到没?我身上也有,只是两个人臭味相同,彼此反而闻不出来了。"原来那端公和我一样,也天天靠吃乌鸦肉为生。

那天傍晚,我们走到一个已没有人迹的、破败不堪的村子里,我烧了一堆火,端公负责宰杀乌鸦。他喜欢吃乌鸦的内脏,尤其喜欢生吃乌鸦心和公乌鸦的肾。他说前者可以使他更有思想,并感知阴阳两界的不同;后者可以使他阳气充足,从而得以长生不老。但每次看到他把乌鸦的心、肾嚼得咯吱咯吱响,吃得满嘴都是乌鸦血,我就发怵,恶心不已。

端公吃乌鸦心、肾的手法熟练而残忍,他用左手把乌鸦的两翅攥住,右手的食指和中指从乌鸦的翅膀下插进去,用力一剜,随着乌鸦的半声惨叫,一颗还在跳动的鲜红心脏已被他拿捏在手中,随即送进嘴里;紧接着,那两根手指再次插进乌鸦的腹腔,肾已被他摘下,转眼也被他放进了嘴里。按他的说法,两个脏器都还是热乎的,还可以感觉到它们在跳动。那是他要的效果——必须是活生生的、热乎乎的、在跳动的。

他细嚼慢咽地品味着,突然问我:"你是个唱丧歌的人,敢不敢生吃乌鸦眼？"

对了,他还喜欢吃乌鸦眼。但乌鸦眼他会烤一烤再吃。每次放进嘴里,他都会发出"噗"的一声爆响,他说他喜欢水灵灵的乌鸦眼被他咬爆时的感觉。

"我从没吃过,也不敢吃,每次我都把乌鸦头揪下来扔掉。"回答他这个问题的时候,我心里还发了几下抖。

"那太可惜了,真是暴殄天物。你可以尝一尝。它不但好吃,还有别的功效。"

"什么功效？"

"吃了就能开天眼。"

他这么说倒是很吸引人,我就说:"如果是烤熟了的,蘸点盐,我倒可以尝尝。"

"烤熟的乌鸦眼功效差些,不过,你可以先吃两只。"端公微笑着,把两只乌鸦眼扎在木签上,在火上烤得吱吱响,然后用血淋淋的右手递给我。乌鸦眼冒着一缕热气,我用两根手指捻了几粒盐,撒在上面,送到嘴边,但还是反胃,不敢送进嘴里。我说:"还得烤熟一点才行。"

"五成熟最好,我给你烤的就是五成熟。你第一次吃,几成熟你自己定。但无论如何,不要把眼珠烤爆了,眼珠一爆,就只是一小块儿肉,其他功效就没了。"

听他这么说,我把那两颗乌鸦眼在火上稍微烤了烤,逞强地一闭眼,送进嘴里,囫囵吞进了肚子里。

下咽的同时,除了隐隐有点恶心,并没有其他感觉,我看到的人世也还是原先的那个鸟人世。

"莫尿得啥功效嘛。"

263

"嘴里都说尿了，咋还莫功效呢？"

"说尿就是功效啊？"我用嘲讽的口气问他。

"你是个读书人，从我遇到你，就从没听你说过半句污言秽语，这难道还不是功效？"李端公扯着嘴，笑了笑。

"你这么说也是，可是我要这个卵功效有个尿用啊！"

"怎么没有卵用呢？这说明你的身份已在改变了。"他望了望西边快速下沉的夕阳，递给我一只烤熟的乌鸦，"先把这个吃了，等太阳完全沉下去，那个功效就会显现出来，到时你就晓得厉害了。"

可能是恶心的原因，那只乌鸦虽然烤得颇为焦酥，但我半只乌鸦没有吃完就觉得饱了。我眨巴着眼睛四下里瞅着，天地无甚异常，只有夕阳的最后一束金色光芒从两株柏树后面斜斜地刺过来，格外夺目。那是我见过最美的一束夕阳，我对它有些痴迷，目光分秒也舍不得离开。但那束光还是难以挽留，一点一点地消失了。我心里不由得涌起一股悲伤，眼目便有些潮湿。我正想抹泪，突然看见四周到处都是人影。

"怎么有那么多人影？"

"你再看看，那是人影吗？"

"不是人影，难道是鬼影？"

"你说对了。"

听他这么说，我心里一寒，周身冰冷，如罩寒冰。我以为是我眼里出现了幻影，他只是在吓唬我，揉了揉眼再睁开，发现那的确不是人影，而是鬼影。四周鬼影憧憧，我一时僵直，四肢和身上器官无一能动，连眼珠也不能转动了。

端公咧嘴而笑，甚是得意："孟夫子，这个效果如何？"

我依然僵直不能言。

端公嘴里呜里咕噜念了几句什么,鬼影隐退,眼前的一切很快恢复,树一棵一棵凸显出来,人世的暖意一丝一丝地重回我的躯体。我打了个冷战,像从一个寒冰世界挣脱出来了,大喘了一口气,浑身依然发抖,说不出话。

端公见我那样,用手掌在我头顶拍了拍。我才说出一句话来:"太……太他妈的……可怕了……"

端公得意忘形,呵呵笑着,说:"你现在能看到阴阳两个世界,可不同于常人了。"

"太……太可怕了!"我的舌头僵直,声音依然发抖。

端公深沉地一笑:"难道阳世就不可怕吗?"

我仔细回味了一下:"好像没有多少异同。"

"就是嘛,差屎不多。"

从此,我就有了能在夜晚看到鬼魂的能力。

可能是长期吃乌鸦肉的缘故,我的身体变得比以前强壮了一些,但身上也留下了乌鸦的酸涩味道。这使我数年后,想与女人幽会时,不得不一遍又一遍地把香樟叶捣成泥,擦洗身子。平时要想使这种味儿淡一些,就得在嘴里含一片香樟叶,或摘几片揉搓后带在身上。这种驱除体味的方法是我自己想出来的。

告别李端公,我又走了三个月零四天,在那年深秋的一个傍晚,终于走到了大江右岸一个破败的地方。那里刚被一场战争摧毁,全村只剩下了一位年迈的老太婆在对着残垣断壁流泪。老太婆枯瘦的身子在深秋的冷风中如一枚破败的枯叶,随时要从人世这个枝头凋落。不知是哪个短命的士兵用长刀挑破了她枯黄的脸。血从她脸上流出来,顺着脖子流进了污黑的衣领里,变干,变黑,凝结。

我默默地走过去,对着村庄,对着被杀死的和被残垣断壁埋了的死人,唱起了丧歌——

呜呼横祸兮飞临无辜,

生而为英,死而为灵。

吾漂泊兮不止,

无茶无酒为祭。

一把清泪兮,

请登瀛洲。

前堂兮请勿久留,

田园兮莫期共耕。

今朝辞别兮,

驾鹤早登仙境……

老太婆回过头来。可以看出,她混浊的泪眼中充满了对我的感激,但那丧歌也勾起了她的悲情。她悲泣起来,一头栽倒在地上,昏了过去。我慌忙跑过去,找了些枯叶和一些残破的门框、木窗,点了火,把她抱在怀里。老太婆在温暖的火中慢慢醒来。她指了指被火烧掉了屋顶只余四面焦黑泥墙的屋子,恳求我:"等会儿……也为我……唱几句……"

可能是怕我不同意,喘了几口气,她又接着说:"我屋里头……还有点吃的……"

我感到这可能就是老太婆的遗言了,她即将走到生命的尽头。想到这个村庄的最后一个人即将死去,我不禁悲从中来,先是忍不住热泪长流,然后不禁大放悲声。

老太婆呼吸渐弱,但过了一会儿,又清醒过来,慈祥地看着我,声音清晰地问道:"你要到哪里去呀?"

"我找新唐,我听说很多年前,有一帮人自称大唐后裔,创建了新唐,我就决心找到那些人,但我现在连他们的踪影都没有见到。"

老太婆听后,眼中有了一点光亮,她说:"这里……就曾是……新唐的根据地,叫乐坝,那条江……叫明水,他们……和官军在这里……打过仗,他们打败了,七天前……往西走了,你也可去……"她没有说完,吐出最后一口气,眼里的光便暗淡下去了。

这个村庄——这个生活在我梦中的人们刚刚战斗过的地方的最后一个人,像一星火,熄灭了。

我给老太婆合上未瞑目的眼睛,埋了她,在她的坟前,把那首丧歌又唱了一遍。我唱丧歌时,游荡的鬼魂从四面八方赶来聆听。我看着他们,一点也不害怕了。他们和人世里的人一样,就像一个在镜子外,一个在镜子里。好鬼跟世上的好人一样多,恶鬼也不比世上的恶人少。

吃了老太婆剩下的一点野菜,还有一坨疑似人肉熏成的腊肉,我按照她的指引,继续西行。

在前行路上,我总能见到有因伤残留下或从新唐军中逃跑出来的人,他们停下后就隐姓埋名,开荒修屋,定居下来。他们虽没有一直跟新唐皇帝走,但回忆起自己的经历来,仍充满一种自豪感。但他们都认为新唐皇帝毫不停留地走下去,最后肯定会消亡在前行的路上——因为他要去的地方既遥远,又未知。

从老乐坝开始,一路都有新唐留下的更明显的踪迹:伤残兵士、战斗遗址、死人坑、新唐皇帝的传说——他们都称他"疯举人"——白须飘飘却英勇如天神一般,更重要的还有,那些流散在沿途的孤魂野鬼——我当时已能和他们做简单的交流,他们为我指引前行的方向。后来，人烟越来越稀少，最终连路都没有了，跟新唐有关的野鬼孤魂很难碰到，找个打听的人愈发困难。我只能摸索着前进。这也给了我一种错觉，一行进在林莽里，就觉得自己已远离了苦难和死亡，以为这里的世界已比我所经历的世界要平安、祥和。

在森林里的旅程，我再没遇到万人坑和凶恶的鬼魂。

时光被我无情地抛在了身后，我像林莽困兽，漫无目的地在那片辽阔的原始森林里游荡了整整两个半月，最后终于看到了群山四围的森林深处的那个营地。那袅袅炊烟中的营地上飘扬着一面已经被风撕破了的、绣着"新唐"二字的龙旗。我激动得不能自已，抱住一棵树禁不住大哭起来。

我被暗哨带到圣上面前，我一见圣上，便倒头跪拜，眼含热泪地说："吾皇万岁万岁万万岁！您的样子与我梦见的一模一样！"

圣上端坐在一株风倒木上，精神矍铄，声音洪亮，眼睛里放射出富有活力的光芒，听我这么说，便微笑着叫我平身，恩准我站着说话。他接着问了我的姓名、年龄、来自哪里，之前靠什么维生，得知我是读书人，又问我考取过什么功名，之后很详细地问了外面的情况。我禀告圣上，我在进森林之际，听说跟朝廷闹事的还有两个人，一个姓改名良；一个姓革，名命。圣上很关注这个情况，问了详情后，忧虑重重，长叹了一声，说："看来他们比我闹得还要欢实啊，我们也因此多了两个竞争对手。"我接着向圣上讲述了一路上的见闻。得知战乱频仍，山河更加破碎，圣上好久没有说话，连连长叹，痛心疾首："朕的大好河山，没想被糟蹋成这个样子了！"

作为一个读书人，我那个时候异常激动，我语无伦次地说："草民希望新唐早日取而代之，一统天下。我听说，那个大清早晚要亡。我最最希望的，就是天下太平，海晏河清，开科取士，到时，我第一个就去应试。"

"你原本就中过秀才,到了我新唐,何需再去应试? 我赐你个状元就是!"

我一听,立马拜倒,磕头如捣蒜:"谢吾皇隆恩!"

圣上一摆手:"平身吧,你现在就是我新唐第一个状元了,好生为我朝效劳!"

我又呼了万岁,待站起来,已是满面春风,满脸泪水,两眼通红。

当晚,圣上用远征以来最丰盛的宴席招待了我,第二天,又封我为祠部郎中,掌祠祀、享祭、天文、漏刻、国祭、卜祝、医药及僧尼簿籍之政,同时负责新唐史志的编修。

就这样,我刚来新唐,就成了状元,成了新唐国正儿八经的五品官员。

李绍谋：
她依然跟我做着相同的梦

我是皇祖父的幺皇孙，在随皇祖父踏上征途的过程中，我被他封为翼王，当时才十四岁。强渡黑河后，我已十六岁，长得高大健壮，俨然是个已经成人的大小伙子了，心里已装得下整个人世。原本纯净得像早晨一小片天空的心已经容纳得下乌云、闪电、惊雷和狂风暴雨了。

当时，我的二哥李绍武、三哥李绍智、小哥李绍勇均已先后战死。大哥、东王李绍文率军阻击官兵时没有躲过德国野炮的轰炸，壮烈牺牲。四个哥哥中，只有大哥成了家，与大嫂陆云珠育有李寐。大哥殉国前，云珠嫂子却再次怀了大哥的孩子，只是她跟着孟金榜狩猎后，再未归来，现不知身在何处，是否安好——这是我日夜牵挂的事。我还有一个妹妹李娥儿，是父王与赵小媚所生。母亲遇难后，父王便与赵小媚好在一起，却一直不愿娶她。也因为这个原因，李娥儿从来不认她是自己的母亲。俘回林景芳后，父王更不会娶她了，两个人在一起的时候更少，只有父王要让林景芳难受的时候，才会与赵小媚厮磨一阵。而赵小媚也不示弱，为了气父王，跟不少男人有染。

也是我被封为翼王那一年，皇祖父带着新唐将士逆长江不断攻伐。我也开始跟着父王参加战斗，到十六岁时，已是新唐一名优秀的战士，到最后，竟嗜杀成瘾，几天不见血就心如猫抓。我成天握着一把被我磨得雪亮的长刀,在林莽中乱窜,专找那些猛兽搏斗,我猎杀过三只金钱豹、五只云豹、四头熊、十五头野猪。其中一头野猪高达七尺、至少有三百斤重。人们对森林中野兽的凶猛程度有一个说法,即"一猪二熊三老虎",也就是说,森林中的猛兽,最凶猛的其实是野猪,其次是熊,第三才是老虎——我和那头据说是野猪之王的巨兽较量了两天三夜,才将其杀死,伤痕累累、浑身是血,但大呼过瘾。人们都想着我杀了这么大个家伙,该消停些时日了,不想三天过后,也就是我身上的伤疤还没有结痂的那天中午,我又带上长刀,兴致勃勃地朝深山老林出发了。

我要去寻找的,是一尊我头天晚上梦见过的熊。

那尊熊立起来足有一丈五高,碗口粗的松树一掌就能打断,能把一只麋鹿一掌拍得稀烂。它奔跑起来,如同一股棕色旋风。它咆哮着,一直在追我,而我只能没命逃窜。这使我狼狈不堪,而我从来没有这么狼狈过。

这尊熊是我午饭后躺在一棵风倒木上睡觉时梦到的。梦一醒,我就兴奋起来。我决心要找到这尊熊,降服它。

皇祖父对我的举动难以理解。他怀疑我中了森林中的邪魔,在我第一次独自寻熊无果而归后,就禁止我离开他,不想七天之后,我便面容憔悴,无精打采,吓得他只好收回圣谕。

我喜好杀戮,非我本性如此,其原因只有我自己知道。

那是我十六岁那年夏天,队伍在大江右岸的荒径上行进着。那里人烟稀少,大家露宿荒野。刚跟官兵打过一仗,死了三百七十八人,每个人都处在悲痛之中,人世寂然无声,显得格外沉重,连星星和月亮也难以承受,躲进了厚厚的云层里。

云珠十六岁嫁给大哥成为东王妃时,我十二岁,正准备醒事。之前一直和她玩耍,觉得她还是个小姑娘。我正想着等我长大去保护她呢,她却嫁人了。我当时已知道伤心。心还伤着,她的肚子已挺起来,第二年就生下了我的侄儿李寥,成了一名母亲。这是我很难接受的。我心里痛苦,却无可奈何。

记得有天晚上——当时云珠的父亲、中州侯陆腾以及她的母亲陆文氏还没有战死,她的哥哥陆云豹还跟在身边,而她,则抱着自己的儿子,躺在我大哥身边。当时没敢烧篝火,大家都睡在露天的一个场坝里,地上铺着稻草,露水打湿了征衣,暗哨在远处潜伏,近处的哨兵则像木桩样移动着。皇帝、臣民和将士混杂一处,因刚逃脱官兵的追捕而异常疲乏,几乎一挨地就睡着了。我无论如何也睡不着。我看着云珠给孩子喂了米糊,把孩子哄睡,然后抱着孩子紧挨着我大哥侧躺下来。夜色镀在她的身影上,把她优美的侧影勾勒出来了。她的胯骨已变得高而圆润,腰部显得更为细柔。她的整个身体都因做了母亲而起了神奇的变化,从原来的清丽可人变成了现在的沉静端庄,举止言行里还带了另一种我道不明的光芒。

我虽然早早躺下了,但一直在默默关注着她——可以说时时刻刻如此,无论如何也睡不着。直到她一动不动,想她已经入睡,我才闭上了眼睛。

月亮和星星隐遁后,夜变得漆黑。在那黑暗中,按说什么都看不见,我却看见黑暗中有一朵花在闪烁,这使我不得不屏住了呼吸,我想把它采来,送给云珠。虽然仍是黑夜,但我什么都能看见。我看见了她,我把花递到她面前。花散发着暗香,我闻到了那种令人喜悦的香气。她把花接过去,在鼻子前闻着,深深地吸了一口气,像要把那朵花散发的香气全部吸进肺腑里。然后,她看着我,说:"我第一次闻到这样的花香,你也闻闻。"我说我闻到了,她还是把花递到我的鼻子前,她的手触到了我的脸,我的脸顿时变得热烘烘的。我哆嗦了一下。我拉住了她的另一只手。她让我拉着,像小时候她牵着我。我把她拉到了一蓬杂树后面。我们并排坐着。她说:"还是我拉着你吧,像小时候那样。"我说:"我是男人了,哪能让你一直拉着?"她就顺从地让我一直拉着她的手。

"我看你下午也采了花,你给谁采的呢?"

"除了你,还能采给谁啊!"

"你采的都是好漂亮的花。"

我听了,心甜得像吃过蜜饯一样。"因为……因为你跟花一样漂亮,我想只有漂亮的花才能配得上你。"我的心跳得咚咚直响,"我喜欢像你这么漂亮的花。"

她用手肘轻轻触了一下我的腰,笑着说:"你这么小,就会甜言蜜语了。"

"我说的是实话。"

说完,我们就那样坐着。夜晚黑暗,我们眼前却是一个开满鲜花的、仙境一样美好的明亮世界。这使月亮都不好意思再躲藏起来,星星也一颗一颗地出现在了天幕上。

露水,把我的梦境浸洇得更湿润了。

我怕云珠冷,把她拉向我的怀抱。她不像我浑身硬邦邦的,劲儿直往外冒,她浑身柔软,充满温情。我听见了自己的心跳,如被擂响的战鼓。

我悄声对她说:"如果你困了,就在我怀里睡。"

她看了一眼空旷的夜晚,温柔地"嗯"了一声。

我的另一只不知该放在哪里的手刚好有了用场,轻轻地拍着她,像父亲抚拍自己刚生下不久的女儿。

她在我的怀里睡着了，我的怀里第一次容纳了一个女人的睡眠。追随她的睡眠，我也昏然入睡。

我突然看见她挣脱我的怀抱，站了起来。月光有些凄恻，我感到清冷。不知是因为月光的凄恻使我的内心显得凄恻，还是因为我内心的凄恻使月光显得凄恻了，反正，那个夜晚的世界令人伤感。我像一个伤感的梦，被切割着、粉碎着。她站在远处，露出揪心的样子。看着她那一对洁白的胳膊精灵样在夜色中时隐时现，我呼吸维艰，只想哭。我说不清楚自己何以那个样子。我一下醒了，情不自禁地呼唤她的名字："云……珠……云……珠……"我的声音那样低，那样轻柔，连我自己也没有听清楚，但她还是醒了。

虽有月光，但夜晚让我不再羞涩——从那以后，我就知道了人类的情爱之事多发生在夜晚的原因。她说："你呼喊我的声音令人心醉。但是，我记起了，我是你的长嫂。"我说："那又怎样？你现在是我的了。"我那个样子，像要一口吃掉她。我的胆子真大。我把她的衣服扯了下来，又扯下了自己的衣服。即使在夜晚，我也能看清她的身体——像在镜子里看到自己一样。我也能更清晰地看见她的表情——有些妖媚，一看就不是个好女人——那个时候，谁也做不了一个人们所说的好女人——即使云珠能做到，我也不愿她去做。我第一次在夜晚这面明镜里看清并打量了她的身体：她身材苗条，有些修长，虽然是个女人了，但看上去还有些青涩，还是少女的身姿；黑发披散下来，衬托着她修长的脖颈，肩膀有点宽，但肩头浑圆，像经过了精雕细琢；她的乳房并不丰满，虽经过哺育，但依然精致，像还没有完全长成，像我们攻入江左第一富豪家缴获的精致的、倒扣在胸脯上的小玉碗，晶莹剔透，隐隐发光；腰肢收紧，线条随着苹果似的臀部放开后，到大腿外侧又略微收紧，流畅而下，直到脚踝。我

274

羞涩地看着,根本不知道该用什么词语来形容,只能在心里一遍又一遍地自语:"多么完美啊,太完美了!"

我浑身热烘烘的,血液像江水一样奔涌,血液流动的声音比大江中的浪涛声还要响。我发现自己不知何时发出了牛马一样的喘息声,那种难听的声音从我的嗓子里发出来,使我有点害怕。但没想到的是,她也发出了那种声音。我不由得恨起自己来,羞愧淹没了我,像要窒息,我变成了一条少水鱼。只有拥有她,我才能重新进入水里,获得新生。

我和她拥抱、缠绕,既慌乱又新奇,相互吞噬着对方,身体里像有一个盛满爱的湖泊,平时是风平浪静的,那时则爱潮涌动,决堤般涌出,让我浑身湿透,如在由爱汇集的新的大海里游弋。

一切都是前所未有的崭新的体验。

无边无际的激情使我醒了过来,醒后我的身体还在战栗。这让我既害怕又尴尬。我赶紧摸了摸身上,好在我并非一丝不挂。还好的是,她把头放在我身上,依然沉睡未醒。我想让她多睡一会儿,我没有动。听着自己混乱而有力的呼吸,我觉得自己是一只猛兽,拥抱在怀的,是一只安静的小母兽。

有那么一会儿,她也变得躁动起来,身体战栗着,竟轻声"啊"了一声。"难道她也跟我一样,也做了那样的梦?"我这样想着,便问道:"你怎么了?"

"什么?你说什么?我……我……"她还迷糊着,还沉浸在自己的梦境里。

"你做噩梦了。"

"是……其实也不是噩……梦。"

我想知道她做的梦:"那跟我讲讲。"

275

她有些不自在,摸了摸自己身上:"我梦见……梦见自己……"

"光溜溜的?"我有意逗她。

她一下坐直了:"你……你怎么知道?"

"我就在你梦里。"

"你真的在我梦里!可是,你……你……是怎么知道你在我梦里的?"她很紧张。

"你在梦里欺负我。"我故意用很委屈的声音说。

"我……是的,我对不住,对不住……可是,我……我……你知道,没人能管得住梦。"

我故意耍横:"你自己的梦,怎么能管不住?"

"可是整个过程,你那么粗野,你先说,你……你竟然要我和你……那样,就那样了,梦里自然而然地发生,没有……那个什么……吧?"

看她吞吞吐吐的样子,我忍不住暗自发笑,但故作认真地问道:"'没有那个什么'是什么意思?"

"就是那个……什么……我也说不清楚。"

"不说清楚可不行。"

"我不晓得……该怎么说。"

我假装难过:"你可真坏,自己都说不出口,肯定对我做了什么见不得人的事。"

"可是……可是……"她语气里都是愧意,接着又想辩解,"那是梦,那些事都是在梦里做的,我管不住自己。"

"日有所思,才夜有所梦,你肯定白天那么想了,那样的事才会在梦里做出来。"

她想和解:"那怎么办?"

276

"你要把你的梦原原本本地告诉我,不准有一点隐瞒。"

"有些地方真的讲不出口。"

"讲不出口的地方更要讲。你隐瞒了什么我是晓得的,因为我就在你梦里头。"

她犹豫了一会儿,开始讲起来,有些地方讲得很流畅,有些地方说得疙里疙瘩、吞吞吐吐的,但有一点可以确认,那就是她做的梦几乎和我做的一样。我从未想到,我们两个人几乎会同时做同一个梦,这令我觉得很不可思议。

而更令我觉得不可思议的是,我现在才从梦里醒来。

从那以后,我的心便一直紧随云珠。但我一见她就脸红,不敢靠近,有意与她保持距离。非得跟她说话的时候,都是低着头。我从此变得沉默寡言,脸上总带着诗人要作别离诗时的那种表情。我也不再像一个懵懂少年似的闹腾,而是常常一个人孤独地走在一边,要么就是一个人面对河流、溪水、群山、森林、月亮、星空,不言不语,或独对一棵大树、一朵小花、一只蚂蚁、一只鸟,喃喃自话。我心事重重,像一个久经风霜的老人,有无穷的往事需要追忆,需要述说。

也就是从那天晚上起,我老梦见自己变成蛇——白色的蛇、翠绿的蛇、金黄的蛇、花花绿绿的蛇,它们总在盲目、惊慌地乱窜,像被火一样的东西追逐着,像是在逃窜,又像是在寻找,但终究不知道为何逃窜,也不晓得到底要寻找什么。我总是疲惫不堪,由于一直像被什么东西鞭挞着,总觉得自己伤痕累累。

但我不知道,云珠是否也跟我一样。单从她的表情和行为中我不确定她是否真的跟我做过相同的梦。

李宗羲：
这个地方新得连名字都没有

　　我们这支队伍除了不断死去的人，已经很久没有增加新人了。那个叫孟金榜的书生长途跋涉，历经艰辛，来归顺新唐，令朕很是感动，当即便给了他功名官爵；他的到来，也让其他臣民深受鼓舞。朕下旨好生保护，特意让他跟着老弱妇孺的队伍走。这些人由怀有身孕的东王妃带领，想他毕竟是个男人，便让他予以协助，没想他们最后陷入茫茫林莽，音信杳无。希望他们只是迷了路，而不是遭遇了官兵或其他不幸。朕派人出去搜寻无果后，已无能为力，只能抛下他们，继续前行。

　　那尊决定行止的神像自朕扛在肩头已有五年零六个月，它开始颇重，后来就如朕背负的古雪的遗骨，越来越轻。但就在前几天，神像又突然变得沉重起来。

　　当神像变得沉重时，我们正好转过第九十七个山嘴。转过那个山嘴，展现在我们眼前的是一个令我们难以置信的地方——被神灵无意遗忘在那里的仙境。

　　那的确是一片净土。朕闻到了来自大地深处的泥土的香气。这种朕热爱的香气使朕决定把这里作为新唐新的龙兴之地。一切都是崭新的：那飘逸在林间的潮湿的薄雾，那每一株树、每一朵花，那深蓝的、永不停息地歌唱着的流淌的河溪，那蓝宝石一样深远的天空以及天上洁白的云朵和明净的太阳,那飞翔的鸟、五彩的雉鸡、在草间出没的鹿麋、在高大的樟树上隐伏的云豹,那带着森林和山野芳醇气息的空气,那沿河岸延伸到高高山梁脚下的覆盖着翠绿野柳的平地,以及那山腰处奇迹般的水青冈林……这块土地虽是亘古就有的,此时,对于我们来说,却是一个刚刚临世的孩子。它新得连名字都还没有啊!

渡过几水后,走了无数长路的人舒了一口气,心终于安定下来。这时,我们的家还没有踪影。我们用长刀砍了树木,割来葛藤,搭了架子,再割来青草晒干,搭起了简易的窝棚。我们住进了这简易的家,内心深感欣慰,这住处虽然简易、粗陋,但毕竟可以遮雨挡风了。连续不断的跋涉使大家觉得一间窝棚比豪宅大院还要富丽堂皇。

我们躺在垫着很厚的干草又铺了兽皮的简单的床上,听着一阵阵由远而近的林涛涌动声,听着那绿色之浪的拍击声,以及那些野兽的追逐声,还有河水的流动声,闻着窝棚和床铺散发出的木头气味和干草的醉人的甜味、河水的气味、林莽的气味、腐烂的树叶的气味、干净的阳光的气味、从林莽深处吹来的风的气味,恍然如梦,那一切是多么新鲜啊!

我们当时必须靠打猎和采摘野果度日。打猎是男人的事,后者则自然是妇女们干的活儿了。这里走兽成群,飞禽如云,加之已进入秋天,到处是野果满枝头,大自然为迎接我们,早已准备好了一切。

朕把神像立在路口,过一些时日,我们将在这里修筑白鸟堂。然后,朕想着该给这里取一个什么名字,朕一定要取一个不辜负这方土地的名字。朕年轻时所读的书现在像栖居过的地方一样陌生了,被朕人生中那些血腥的征战和大海上孤独的漂泊以及那些暗杀行侠的时光抛得远远的。朕现在想返回去,找出深刻完美的字词来给这个地方命名。

在朕的一生中,这是第二次这样费尽心思。第一次是朕在新唐岛上为古雪生的第一个孩子取名。孩子以他稚嫩的声音啼哭着,朕抱着他,激动得双手发抖。朕像入魔的人一样,在脑海中翻寻着读过的篇章,琢磨着每一个词、每一个字。七天过去了,朕才找到了一个"吾"字,给孩子取名"方吾"。其实,想了半天,还是化用了之前给长子的名——方我,用来纪念在太平军战死的朕的儿子李方我、李方汝和为新唐帝业殉难的所有亲人。

给这个地方取名,在朕看来,比给自己孩子取名重要得多。很多名字被朕否定了。时间一天天过去,这里还是个没有名字的地方,这使朕变得越来越焦躁,以致寝食不宁。似乎没有一个词能够代表这方山水。朕是太热爱这片跋涉了这么多年才找到的地方了。如果能够把它捧在手里、含在口中,朕会毫不犹豫地那样做。

朕最后只得集思广益,让大家都来为这个地方想地名。

月亮悬在天上,风从河谷里舒缓地吹过。篝火燃烧着,大火上烤着的野味流着油,散发着诱人的香味。那油滴在炭火上,不断发出扑哧扑哧的响声,那火会升腾起一丛蓝色的火焰,把光亮猛然间投得很远,把一些偏僻的角落都照亮了。新鲜的野果放在木盆里,火光把它们映照得像珍珠玛瑙一般晶莹剔透。大家亲密地围火而坐,因讲究长幼之分,那亲密中自然有几分威严的成分。

几千年来,取名一直是尊长者的事情,尊长者赐名,那是荣幸。大家想了半天,也没想出一个,还是习惯性地把目光投向朕——他们那时还不知道,朕的寿命之长会完全超出他们的想象。朕可能是世界上最长寿的皇帝。

虽然在过去的土地上,祖辈总给人留下活了很长岁月的印象,但那只是岁月给人的错觉。长者的威望也就往往不是来自他本身，而是来自岁月给予他的馈赠。朕在漫长岁月中积累下来的经验和朕对人世的认识，足以使朕成为一方土地的尊者和权威了。

大家都期待着朕开口，都用孝敬的、恭顺的表情望着朕。

"你们都想一想，如果朕能够想出来，就不会把大家召集在一起了。这么好的山水，我们一定要给它起一个配得上它的名字。"朕用洪亮的声音说。

朕给予的这种荣耀让大家受宠若惊。

过了大约一袋烟的工夫，有人终于小声说："我觉得可以把这条河叫华水。"

"华水？这名字——"有人显然不同意。

"那就叫夏水，我原来住的村子就叫夏水村。"

"下水，是猪下水，还是牛下水？"成文昌认真地问。

大家都笑起来。

"我说的是华夏的夏，就你随时忘不了牲口的下水。"

"圣上，还是您定吧，您随便取个名字也比我们想十天十夜强。"年轻人坐不住了，大声嚷嚷。

朕看了看月色，说："大家都再想一想，我也再想想，今天晚上就到此为止吧。"

月色几乎是透明的。

朕坐在篝火前，沉醉在月色里，再也不想动弹。朕把身子靠在木头上，迷迷糊糊地睡着了。

朕做了一个梦，梦见自己正在森林中急匆匆地走路。林莽很深，深得发黑，丝丝缕缕的雾气飘荡在大树之间，很难见到的一束阳光像雪亮的剑，从很高的树冠上刺下来。不时可见一群群的梅花鹿像风一样从眼前掠过。朕正走着,忽然看见一个与自己差不多岁数的老人迎面向朕走来,像早就认识朕,与朕热情地打着招呼。

两人在一棵因老朽而倒地的大树树干上坐下来,聊了很久的天,然后那老人问朕:"你是不是在为一个新地方的地名犯愁啊?"

"正是。"

"我不揣冒昧地帮你取个名字如何?"

"好啊,求之不得!"

那老人手捻银须,沉吟良久,说:"我看这江就叫几水,这平坝就叫乐坝吧。"

"几水正是我给这条河取的名,当时在气头上,没想您认可了。乐坝?好像父皇跟我说过,是旧名称!但很适合这里。"

朕高兴起来。再去看那老人,老人已没了踪影。朕纳闷了半晌,就从梦里醒来了。

"就这名字了,只有这名字能够说出这一方山水的神韵,这可是天然的好名字啊!"朕这样想着,就把大家都叫醒了,当即宣布。

每个人都睡得迷迷糊糊的,也没有去体会那两个玄奥地名的含义,只想再回到睡梦里去,就连声说:"好名字,真是好名字!"

朕一高兴,又把自己梦中如何得到这个名字的经过详细地讲述了一番。

这个地方的名字定下来后,臣民开始建设自己的新家园。

河岸边的树木被伐去了。那些木头堆在村子周围,预备着修房造屋用。到处都是木头醉人的香气。之后,大家在那片要开垦成田地的荒林和其他的森林之间砍开了一道宽达数丈的隔离带,那片荒林被点燃了,杂草、荆棘、堆积在地上已不知多少年的枯枝败叶燃烧起来。熊熊的大火直向天上烧去,天地一片通红。

几天过后,火熄了,只有火星还像星星一样不时往天上飘,只有木炭还没有熄灭。那块荒林已变成覆盖着厚厚草木灰的土地。火已使它变成了一块熟地、一片热土。待那土地冷却后,朕带着大家祭了土地,祭了几水,又祭了天上的神,然后开始垦荒播种。

土地散发出热腾腾的气息,那些一路搜集来的种子,现在终于被撒在了泥土里。这些珍贵的种子,闪着黄金才有的光,当人们把它们撒入那已变成黑色的土地时,大家的心情是复杂的,既有欢乐和希望,也有担心和忧虑。他们不知道这些种子能否萌芽,能否顺利地生长,能否给他们带来收获。他们像是在孕育自己的孩子。每一粒种子落向土地的时候,无不闪耀着走向新生的微光。它们或掉在土坷之中,或袒露于阳光之下。当然,它们最后要被人用简单的农具掩上,进入湿润的、温暖的泥土里。

我们这些靠狩猎度日的人希望看到粮食。但这些秋天撒下去的种子要等到来年春末夏初才会有收获,这需要耐心。孩子们守护着庄稼,不让鸟和野兽来践踏;妇女们仍去采摘野果,并把它们制成干果,以备冬天充饥;男人们一部分垦荒,其余的仍去打猎,把多余的肉制成腌肉或腊肉。动物一点也不比人类笨,它们在人类的攻击下,逃得越来越远,打猎也越来越困难,常常要翻越好几座大山才能找到它们的踪迹。垦荒的男人要把那些树桩和树根挖掉,把石头弄到一边,加固河岸,防止河水冲毁田地。挨着河岸的土地被开成了水田,以备明年初夏栽种水稻。他们还要负责盖房子——住窝棚毕竟是暂时之计,到了冬天,窝棚是抵挡不住寒冷的。

到处一片繁忙,虽然又苦又累,但因为是在创造新生活,人们把那苦累早就忘记了,到处都是人们的吆喝声和欢笑声。

是的,这里原只有荒野的气息,现在已有了田地的芳香,有了木头房子,有了饭食在飘香,有了炊烟在飘荡,人们觉得自己也是新生的,这里有着他们无穷无尽的新的命运和希望。

陆云珠:

神就是孟先生,孟先生就是神

　　我们栖息的岩洞前面有一棵树,树上有一个鸟窝,但没有鸟。有几枚风干了的果子挂在枝头。孟金榜看了我一眼,我也就看了他一眼。他抬起手,把我乱糟糟的头发上的一截枯枝拿下来,随手扔在野草中,又像看不够我似的,看了好几眼。然后伸出手,想握住我的右手,但中途又迟疑了,像是没了勇气,又把手缩了回去,低垂了眼睑,掩饰地问:"我们找不到他们已经多久了? 在这又大又密的林子里,都不知道时日了。"

　　"我也不知道到底过了多少天,反正是有好久了。"

　　"现在该怎么办? 我们总不能这样一直走下去吧? "

　　"我们不可能停下来,我们一定要找到他们。"

　　"可我觉得我们离他们一天比一天远。"他停顿了一下,又说,"现在谁也搞不清楚他们的方向,这林子把我们吞没了。"

　　"你不是有神像的指引吗? "

　　"这神像本来只该有一尊,它只能被圣上扛着,才会灵验。在我的肩上,我觉得……"

　　"那也得继续走。"

　　"我是说,我们是不是应该……"

　　"我们一定要找到他们,找到圣上。"

"你是东王妃，我听你的。"

"那就出发吧。"

孟金榜便带着我们这十来个人，又开始前行。神像扛在他的肩上，他照例走在最前头。我背着孩子，紧跟在他的身后。

这些日子，我很爱往天上望。我望了望天上的日头，总觉得不对劲。我们是要往西北偏北的方向走，肩扛神像的孟金榜却带着我们走向了西北偏南的方向。这种差异一般人看不出来，但我作为东王妃，作为新唐经历过沙场的女将，看着日头，看着星辰，根据植物和植被的分布大致能够判断，所以有所察觉。我说："这不是神指引的方向。"

他看着我，满眼的深情，用不缓不急的、有些像圣上的口吻说："我是听从你的懿旨，在按照神的旨意走。"

我看了一眼他肩上的神像，说："按太阳指引的方向，我们该走向西北偏北的方向。"

他的脸朝前，没有理我。我只好让大家停下来，我对他们说："我一直觉得不对，我觉得我们的方向可能是错的。迄今，我们没有找到任何一丝圣上留给我们的路引，却每天都在闷头往前走。"

他只好停下来，肃立在我身旁，一脸庄重，还是用圣上的那种口吻说："我们既然有了神，就按神的旨意办。我们……其实可以停下来，不用再在这林子里乱窜了。"

朱永富马上就说："可是，我们连圣上都还没有找到！怎么能停下来呢？"

吴老四疑惑道："是啊，难道就我们这帮人在一起过？不管圣上他们了？这样，能行吗？"

孟金榜用颇为小心的语气说："按神的旨意，可能是这样的。虽然我和圣上各扛着一尊神,但神的旨意是一样的。也许,待我们停下来,圣上扛着的神就会把他们带到我们这里来。"

"你确定?"

"我确定不了,我确定不了任何东西,我只是转达神的旨意。"他的口气依然严肃。

"是你的旨意,还是神的旨意?"我这么问,其他人都惊呆了。我转向他,平视着他的眼睛,接着说,"如果是神的旨意,应该把我们带往正确的方向。"

他眼珠快速地转动了一下,脸上掠过一丝痛苦的表情,然后有些结巴地说:"当然……当然是……是神的旨意。"

"我不相信!"

我这么说,下面的人吓得一下跪下了,鸡啄米似的给神像磕起头来,心里默念着请神宽恕的话。

我把嘴巴附在他耳边,悄声说:"是爱的旨意吧?你为了我,不惜把所有人领上歧途。你怎能这样?"

他的耳腔发痒,他抬起手,捅了捅耳朵,借以掩饰他突然变得发白的脸。然后,他也把头偏过来,在我耳边低声道:"云珠,为了爱,我就是要走另一条路。我们为什么非要跟他们一起走?我们有自己的神像,它会带着我们找到自己的家园。最后,我们也可以建立一个自己的王朝,我也可以登基,那样的话,你就不再是守寡的王妃,而是朕的皇后。"

我一听,一下明白了,忍不住大声说:"你疯了!"

其他人一听,都停止磕头,抬起头来,望着我。

我说:"我们走了这么久,但连一个路引都没有发现。我们的路肯定走错了。孟先生带着我们,肯定走错了方向。你们说,我们现在该怎么办？"

这一群人在这林莽里瞎窜，早已如同林中鬼魅，头发成股，凌乱肮脏；面色发绿，如蒙青苔；衣衫褴褛，已难遮休；浑身散发的都是颓废和绝望的臭气。他们双目空洞、无神，眼巴巴地望着我。可能是这个问题太突然，他们一时不晓得该怎么回答，没有一个人说出一句话来。

过了好一会儿，陈有财才小声说："我们听神的。"

我看了一眼孟金榜，对陈有财说："神就是孟先生，孟先生就是神。"

吴老四说："神应该就是神，孟先生怎么能是神呢？"

我说："因为现在，神扛在孟先生肩上。"

孟金榜已不敢说什么，只有些尴尬地看着我。

"在他肩膀上他也不是神，他最多是通神的人。"

"但这个通神的人带着我们这么久了，离我们该去的地方越来越远了。"

"你是东王妃，你说我们该怎么办？"

"我领着你们走。"

"你？可你是个女人。"

"女人怎么了？女人一定能带你们找到该去的地方。你们晓得，我跟着东王带过兵，打过仗，出生入死过。"

"你能保证？"

"当然。"

"你需要孟先生把神像交给你吗？"

"我不需要神像，神像还是由孟先生扛着。"

"你不扛神像，能知道我们该去的地方？"

"能。天上还有其他神指引我们。白天有日神，夜晚有月神。"我一边说，一边看了看天空。

吴老四迟疑了一会儿，说："那我跟东王妃走。"

"孟先生是个读书人，读之乎者也肯定没问题，但要领我们去找圣上，肯定不行。我也跟东王妃走。"陈有财说。

"是啊，孟先生如果行，早就带我们找到他们了。我还急着见我儿子儿媳呢。"朱永富接了话茬。

其他人都答应跟我走。

朱永富说："我们得赶紧找到圣上。其他一切没有都没关系，但没有圣上，那是万万不行的。我们在这林子里窜来窜去，早就没了方向。东王妃，你说你能带我们找到圣上，你说你怎么找？"

我看了一眼孟金榜。他的脸色发青，我心有不忍，觉得还是要给他留一条退路，就说："其实也不能怪孟先生，这林莽如大海，很容易迷失方向。大的方向孟先生其实没有走错，我们和圣上都是一直在朝西走。只不过我们起始第一步出现了偏差，我们本应面朝西方，先迈右脚，右脚脚尖向着西偏西北的方向一直走，就没有问题，但孟先生的心被迷惑，先迈了左脚，左脚脚尖向着西偏西南的方向了，就这一点差异，使我们远离了圣上的队伍。现在要找到他们，其实也不难，我们面朝北方，先直接北上，找到圣上走过的路，然后沿着他们留下的路引，就一定能找到他们。"

孟金榜听后，脸上的青苔像被阳光照射过，颜色没有那么绿了。但他还是庄严地擎着神像，用颇为庄严的声调说："百无一用是书生，我的确不是领兵的材料，就这几个人，我也没有带好，让大家迷路了，受苦了。新唐的神只有一尊，只有圣上才有资格扛，虽然我们去请一尊神像是大家同意了的，但这还是大逆不道的行为。"

陈有财就说:"新唐的神像只有一尊,我们请的肯定不灵,就当是你扛着耍。"

"这我知道。我当时已带着大家走了那么久,还在这黑森林里瞎转,所以就想了这个办法。其实我哪有资格与神相通?我主要就是想给大家一点希望。"

吴老四说:"你一个读书人一直领着我们,也不易了。现在,我们就跟着东王妃走吧。"

这件事就这么定下来了。

我们开始北上。

此后,孟金榜很少说话,他扛着神像,紧跟着我。不知道为什么,我的心离他远了,无论他对我多好,我都不能被打动了。我也很难过,却没有任何办法。

之前,只要其他人一睡着,我们就会像野人一样靠在一起。因为我们相爱,我喜欢跟他那样。爱,可以让我为他做任何事情,可一旦不爱,我的一根汗毛也不愿意让他触碰,一根掉在地上的头发也不愿意让他捡到。以前,我们是一个人,就是八头牛生拉硬拽,也扯不开;现在,就是盛唐李家的先祖李元霸来,想把我们捏在一起,也不可能了。

所以,他很痛苦。有天半夜,我在火堆边躺着,已经入睡,迷迷糊糊醒来,见他把那尊神像扛在肩上,用手扶着,坐在我的身边,睁着眼睛,望着夜空。他绝望的表情被火光照得一清二楚,确实把我吓了一跳。

我坐起来说:"你怎么还没有睡?"

"睡不着。我只要看着夜空,就不需要睡眠了。"他依然望着天,用悲伤的语调问我,"你怎么突然如此待我?"

我心里很难受，不知道该怎么回答他。过了好一会儿，我才说："其实，也没有具体的原因，就是我的心突然觉得，我们彼此远了，并且越来越远。"

"就是因为那个事吗？"

"当然！你带着我们乱窜也就罢了，你还想着登基！你以为谁都是天子的料，是个人就能当皇帝吗？"我一说这个就气大。

"你以为他们就真的是什么天子吗？你多久见上天生下个人来的？朱元璋一个要饭的都能当皇帝，我好歹也是个读书人，是个正儿八经的秀才，怎么就不行？"

"如此大逆不道，你的书都读到狗肚子里去了！"

"我这也是因为爱你，我其实并不想做那等大逆不道之事，我只想跟你在一起。我只是想，我要是成了皇帝，谁也不能把你从我身边夺走了，我要让你成为全天下最尊贵的女人，而人世间，最尊贵的女人不就是皇后吗？所以……"

他还没有说完，我就打断了他的话："荒唐！你根本就不知道女人想要的是什么，你根本就不知道什么是爱！"

他垂下了头，火光舔着他的脸。半天，他声音低沉地说："我不想扛着那尊神像了。"

"我还以为你真要把它扛到圣上跟前呢。"

"我就是在想这个问题该怎么办。不扛着，怕对神不敬；扛着去见圣上，显然是大逆不道。"

"你认为一根朽木桩子真的就是神？"

"这个木桩不是神，但神附在上面。"

"你给我。"

他站起来，有些迟疑，恭敬地把神像递给了我。

我看了一眼熟睡的孩子,站起来,接过那尊神像,原以为很轻,不想那么沉。"不就是一截朽木桩子吗?"我说着,把它放进了火堆里,火星顿时飞溅而起。

"你怎么能……"他惊惶失色,扑向它,还想把它从火里抢出来。

我说:"它还没烧着,你要把它再捡起来,还来得及。"

他伸出的手又缩了回去,但十根手指还张着。

"你一个读书人,成天扛着这么沉的破木头桩子,难道不累?"

"可是……你!"

"你这下轻松了。"

神像已慢慢燃烧起来,陈年崖柏的香味弥漫开,把其他人都熏醒了。他们一看在火堆里燃烧的神像,吓得睡意全无,全都"嗖"地爬起,几乎异口同声地问道:"神像怎么在火里? 神像怎么在火里?"

我说:"这其实不是神像,就是一根枯树桩。之前之所以那么说,是因为我们迷路了,我和孟状元怕大家担心,所以才想了那个办法给大家鼓劲,不然,我们恐怕早就绝望死了。现在,我们已找到了前进的方向,开始北上,这个木头桩子就没有什么用,只能当柴烧了。"

大家听我这么说,舒了一口气,又躺下了。

我虽然那么说,看着燃烧的神像,心里还是忐忑。自从圣上梦见那只白鸟后,它便一直飞翔在新唐的上空,飞翔在每个新唐人的梦境、思想和语言里,它给新唐子民带来了精神的依托,忠诚地守护着新唐这个孤独的、从没被承认的、漂泊在征途上的王朝。

孟金榜怀疑,白鸟可能还充任王朝史的记录者。传说白鸟记录的王朝史是写在樟木书简上的, 只有圣上和未来的人才能看明白。我不知道这个传说是否真实。

到第二天早上,神像只剩下了白灰和木炭。我们咽下早上的吃

292

食,继续往北走。

我烧掉孟金榜扛着的柏木神像的时候，我们其实已离开湘省，过了鄂境而入四川，从大宁到了梁山县境。至此后,孟金榜原欲继续西行,直指成都,在那里寻机起事,创建孟氏王朝,登基称帝,封我为后;实在不行,他认为川西平原也是富庶之地,一旦落脚可无忧衣食,他也没有辜负众人。可惜我提出了异议,使他的美梦瞬间破碎。

我没想到我会成为带着大家往前走的人，多少觉得有些悲壮。我只知道孟金榜带着我们所走的路是错误的,但我也不知道自己是不是走在正确的路上。我只能根据日月星辰和草木岩石来辨别方位。

我跟着父母远征时还是个年仅十三岁的少女,但有比我大两岁的哥哥陆云豹与我相伴。

我的父亲、中州侯陆腾是在横渡那条有九十九尺宽的黑河时死在墨绿色的河水里的。当时我已是东王妃。据当地人说,那墨绿色的浪涛在那条河诞生之时就汹涌不停,激流撞击着累累乱石,飞腾起丈高的白浪,岸边的石头呈冰冷的黑铁色。跟随圣上起事,溃逃到这里的人原有六千四百人众。

后有官兵追击,前有官兵堵截,圣上只能带着队伍强渡黑河。男人们乘坐木筏,把盾牌、门板顶在头上,把像我母亲这样的妇女和孩子护在门板下,冒着如雨的枪弹和利箭,突向对岸。即使参与堵截的官兵还没有全部赶到, 过了河的大唐将士为了突围也得反复拼杀。待强渡这条河流之后,河水变红,死尸堵塞河道,形成了一道死人筑成的堤坝,幸存者不足七百人。父亲撑着木筏,多次来回,去接应要渡河的人。待他最后从对岸返回时,木筏撞到了河水中的乱石瞬间散架,木头飞散开去,筏子上的人被抛起来,落入激流中,再无踪影。

当时，我和哥哥也在战斗，与其他人一起肃清了河这边的敌人。侥幸过河的母亲埋伏在河边，望着父亲在河上来回，见父亲落水，她便一边哭着，一边沿着河岸飞奔着去追。

母亲自然一无所获，她不停地哭泣，最后声音哭没了，嗓子冒血，泪水也流干了。她不愿离开父亲的牺牲之地。河里的尸体已开始肿胀、发白，变大了至少三倍，把身上的衣服都撑破了。尸臭熏天，绿头苍蝇如能嘤嘤叫的黑绿色云团，在河流上不断升起、落下。

母亲发出一声撕心裂肺的哭喊，不顾一切地向水中扑去，我和哥哥想拉住她，但没来得及。河水翻起一个白浪，听得"哗啦"一声水响，就把我母亲带走了。

奇怪的是，父亲的遗体原本浮在回水湾里，母亲沉入河水中后，他在回水湾里打了几个转，像是挣脱了流水的控制，随流而去了。我和哥哥用尽全力去追，但河岸都是岩石、杂树和荆棘，根本没法前行。最后，只在回水湾看见了漂浮着的母亲的一双草鞋。哥哥捞起那双草鞋，提在手上，和我站在岸边，对着河水痛哭了一场。

渡过了河的人不能停留，一直撤退到远离河岸的丛林深处，才开始隐蔽、休整。当他们看到我们兄妹俩提着草鞋走回来时，就知道我的母亲也已随父亲而去了。

圣上带领我们继续行军。他继封哥哥中州侯，但哥哥高兴不起来，又跟着走了几天，在一个又要上路的清晨，他突然对我说："妹妹，我得回去，回到父母离开这个世界的地方去，在岸边盖一间房子，守着他们，这样没日没夜、没完没了地走，肯定会离他们越来越远。"

我说："父母不会离开我们的，圣上说了，所有的祖先和亡者的灵魂都会跟着我们，他会带着他们一直走到新的地方去。圣上还说了,我们现在虽然只有这么一点人马,但他实际上还有一支看不见的、成千上万的亡魂大军。"

"可我还是放心不下,每往前走一步,我的心都会往后退两步。"

"可那里荒无人烟,河里还有那么多死人,我一想起来就害怕。"

"我去了,不就有人烟了吗? 我一旦住下来,就会有其他人跟着住下来。至于死人,我们自从生下来,哪一天没有见到死人?"

"可父母随着河水,不晓得去了哪里,也许流水最终会把他们带回大海,我们到哪个地方陪他们去呢?"

"我觉得,在那个回水湾附近就可以。"

"我是东王妃,我肯定回不去了。父母一直都无条件地听从圣上的旨意,他们的灵魂会跟着他,绝对不会跟我们回到黑河边去。到最后,他们到了新家园,却没有一个亲人陪他们,他们怎么办? 从这个角度讲,我是要往前走的,我不可能走回头路。"

"但我觉得父母的灵魂飘得太远了,他们跟不上我们的,即使能够跟上,他们也不一定会跟着圣上,所以,我才要到母亲留下草鞋的地方安顿下来,在那里陪他们。"哥哥很认真地说。

"我觉得父母肯定会跟着走,你如果回去,你让他们是跟着圣上继续往前走,还是回头跟着你? 这不让他们为难吗?"我显出少有的固执。

哥哥想了想,说:"我知道你之所以死心塌地地跟圣上走,就是因为你是东王妃,是王子李寥的母亲。我不管你的事,反正我不走了,母亲遗留的这双草鞋,我们各带一只,留个念想。"他说着,就把母亲的草鞋分给了我一只。

我接过草鞋,就哭了。我说:"哥,我会记着这条路,以后我会顺着这条路来看你。"我越哭越伤心,最后连话都说不出来了。

他用袖子帮我擦了眼泪："没什么好哭的。你以后想我了,可以沿河而下,到那个回水湾边来找我,记住,我会住在回水湾的左岸,我会在自己的屋前栽两株柏树。"他说完,没有向任何人告别,转身走了。

哥哥的背影很快消失在绿色的荆棘后面。我知道,从此以后,自己便是孤身一人了。

多年来,新唐的孩子都是在征途上出生和长大的。我也如此。那长路如同季节一般,把我催成熟了,我由少女变成了一位母亲。

哥哥说得没错,我是东王妃,我当时已有了东王的骨血李寥。东王很爱我。我最先也觉得他身上有一种奇异的光亮,一旦照到我,就令我晕眩。从那时起,我就知道,我的灵魂是属于他的。但东王也花心,心思从来不可能在某一个女人身上,所以后来,我的爱也就破碎了,也就不可能完整地属于某个人了。比如,它有一部分给了李绍谋,后来给了孟金榜——他们都把我当成了世界上唯一的珍宝。

我在路上想起了哥哥,我不知道他过得怎样。我也不知道圣上的队伍是否平安,是否还有官兵追击。我忧心忡忡,带着大家沿铜锣山北上,遁入巴山后,好在的确找到了圣上所率人马留下的路引。沿着路引,我们来到了那条江边,看到了江对岸的窝棚营地。

在我们开始北上时,圣上所带人马早已从鄂川交界处的乌云顶沿当阳、下堡、土城、城口、白沙一线西行,飘忽于川陕边境一带,最后依照神的旨意,来到了那个叫乐坝的地方。

我们的回归令圣上惊喜万分,圣上特意置办了御宴,烧了篝火,让新唐君民一起欢乐了一夜。

次日,孟金榜就私扛柏木神像一事去向圣上请罪。圣上听完,宣我来问话,我轻描淡写地禀报说,孟状元并无其他意思,只是想鼓励大家继续寻找圣上。圣上听后，虽然斥责孟金榜的行为有大逆不道之嫌，好在用心是为鼓舞士气，也没有给予具体的惩罚。但我也知道，在新唐王朝，他已很难被重用，也只能作些丧歌，吟唱给亡者听了。所以，这就是他虽是新唐状元，却没能被封侯的原因。

人们动手帮孟金榜在村西口修建房子，用了不到十天时间，三间草木结构的房子就建成了。他的住处离新修的白鸟堂和褒忠祠不远。他深信白鸟的确引导了这些君臣子民，并保佑他们来到了这里；包括我能带着他找到这里来，也是受了白鸟冥冥之中的保佑。

他也看到了褒忠祠里的英魂。他认为自己既然能看到他们，也一定能看到白鸟，所以每天初更时分就沐浴更衣，坐在屋侧那块他曾经梦见过的圆润的白石头上，盯着越来越深的黑夜，期待白鸟显形。自来到这里的第十九天，他就开始独自默默地、偷偷地做着这件事，除了我，没有一个人知道。

但非常悲哀的是，他坐在白石头上，风雨无阻，经历了无数夜晚的修炼，从来没有看见过神圣的白鸟。而人世这维空间里所有有形无形的东西，包括其他空间里的部分事物，他都能看见——洞悉人的所思、所想、所感、所梦更是轻而易举——这本属别人的隐私，这样一来，也就成了他的了。

他把自己看不见白鸟归罪于自己的僭越。他觉得自己罪莫大焉。从此以后，他一到晚上，就睁着双眼，虔诚地守护着每一个夜晚，死盯着黑夜，想看到白鸟的踪迹，但他的眼睛都快盯瞎了，连白鸟的影子也没有看见过。

李绍谋：
梦是能杀人的

　　无论安顿与否，都会做梦，但梦是能杀人的。它每天晚上都试图把我杀死一次。但我想活，不想死。猎杀是我活下去的唯一办法。我要生，必有死，可能就是这样。我心里有愧，但这是生存的需要，谁也没有办法。自从我有了这个需求后，他们就可以少去狩猎，队伍的部分肉食就由我解决了。他们说我嗜杀，其实我不是那样的人。我依然像第一次参加战斗前一样心慈手软。第一次战斗我只砍伤过一名八旗兵，但即使那样，我还是心痛了好久。如果说我的心曾经变硬、变冷过，那也是被打仗逼出来的。我不杀他，他就杀我；你不勇猛杀人，他们就勇猛杀你，有什么办法？但每次战斗一结束，我的心又会柔软下来，每一个被我杀掉甚至砍伤的人的面孔都会一次次在我眼前浮现，那个时候，我都会合掌向神忏悔、祈祷。

　　梦是能杀人的。我只要一睡着，它就想杀死我。我的身体有那么多孔洞，各种样子、各种颜色的蛇把我钻得千疮百孔。修补的方式就是去猎杀。他们说这片森林里真有一尊熊，按他们的描述，跟我梦见过的一样。其实很少有人见过它，但好几个人，包括我，听过它的吼叫，那声音让树木摇晃、岩石崩落、百兽逃窜、鸟儿惊飞。我知道，那是个大家伙。可能是不满我们占据了它的地盘，它非常狂暴地在这个正在开垦的新家园附近来回奔突，威慑我们，想把我们赶走，搞得人人惧怕，提心吊胆。

自从听到它的第一声吼叫，我就兴奋得坐立不安，辗转难眠，一心想去杀掉它。我成天在林莽里乱窜，寻找它的踪迹。每天清晨，天还没有亮，我就带上肉干，背上长刀出发了。新鲜的粪便、熊尿的臊味、被它拍断的树、撕裂开的树皮、蹭落的熊毛——踪迹随处可见，但我一直没能和它遭遇。它好像知道我不是个善茬，有意躲着我，我在东，它就在西；我在南，它就在北；有时候它动静很大，有时候又潜伏不动，像是要故意激怒我，这使我变得越来越狂躁。

有一天，我在它可能要路过的北山垭口潜伏了一夜，它却在西山垭口吼叫，这使我恼怒万分。露水打湿了我身披的兽皮，待我披着早上太阳的暖意，疲惫不堪地走回到朝东的路口，忽然看见有个人站在那里。她梦一样的身影像个幻影。我站住了，等着那影子在晨光中消融，没想那影子却越来越清晰、实在，最后，晨光把她和一丛树雕刻成了一幅很好看的剪影，我才惊喜地发现她是云珠。

我们在这里停留下来后，皇祖父担心官兵会跟踪而至，从东方和南方来袭击我们，所以一边垦荒一边派出游动哨，到十里外的地方潜伏；三个月后，没有发现任何人的踪迹，才放下心来，知道他们在朝廷那里"已被悉数剿灭"，便开始大兴土木，修建白鸟堂、褒忠祠和皇宫。其均为木结构，上盖茅草，黄泥抹墙。白鸟堂位于朝东的高冈上，为塔式建筑，九层，飞檐；褒忠祠在西侧一低丘上，三进，为宫殿式建筑；皇宫是临时的，但修得仍很高大，正房五间，两边转角各五间，是个三合院，共有十五间房。因为乐坝可能此前从未有人居住，所以这应是自古以来最宏伟的三大建筑，由所有臣民先行修建。竣工之后，每家每户才去修建各自的房屋。

皇祖父在褒忠祠西面安葬了皇祖母燕古雪皇后的遗骨。历来征战中凡有名姓者,计六万九千四百七十三人,均有追封,树立牌位,予以供奉。

云珠归来后,皇祖父为她在路上生的孩子赐名李廓,安排他们母子三人住在西厢房;李娥儿则住东厢房。

云珠回来,我自然高兴,我已继东王位,本可住西侧正房;但我住在了东厢与她相对应的那间屋子里。这样,我几乎可以天天看见她,但她仅把我当成弟弟,这让我每天都感到痛苦和绝望。这可能正是我经常梦见那尊熊的原因。

我们虽身处同一个屋檐下,却很少说话。我们变得陌生了,好像刚刚认识。我没想到她会到路口来。

东边的阳光从身后照射着她。她在期待着什么,又像在等待一个已分别了数千年的人。

我感动不已,浑身的气力瞬间消失殆尽,像一个遭受了瓢泼大雨的泥人,马上就要瘫软下去,流淌开来,只有那颗伤感的心在有力地跳动,随时要从身体里蹦出来。

我不知道自己该不该走上前去。我想躲开,但又有一股神奇的力量在拉扯着我。我不晓得自己为什么不避猛兽,却要躲她。我站在那里,迎面而来的阳光像温暖的河水,不断地拍击着我湿漉漉的面孔。在那个瞬间,我突然明白了,她身上有一种比猛兽更勇猛的力量。自从在梦里看见她身体的那个晚上,我就被她弄伤了,现在,早已变得伤痕累累。

没有什么能阻止我走向云珠,即使我真变成了一摊稀泥,我也要向她缓慢地流淌去,哪怕最终会变得干枯,变成尘土、飞灰,也要让风把我吹落到她的身上。

我就那样,带着浑身的苦涩味道,走到了她的跟前。

"你可是回来了。"她的声音里有我熟悉、喜欢的韵味。从这句话里,我就晓得她在这里已经等了很久。

"哦,嗯……我……还是没有碰到……"我一见她,说话就哆嗦起来,像刚在冰窟窿里待了一晚上后钻出来的。

"你还要去找那尊熊吗?"

"我一定要找到它。"

"真有那么一尊熊吗?"

"我也不晓得,反正我和好多人都听到过它的吼叫,难道你没有听见?"

"没有,从来没有。"

"他们呢?"

"他们其实和你一样,也只在梦里听到过。"

"我看到过它按倒的树、撒的尿、拉的屎、蹭落的毛,最主要的是,我和他们一样,梦见过它,所以它肯定在那里,但它是否真的存在,对我来说并不重要。"

"我也打过猎,对森林里的事情知道得不比你少,我觉得那尊熊是不存在的,如果真有,你也恐怕很难打败它。"

"为什么?"

"世界上有些东西是永远战胜不了的,以后你就会晓得了。"

"我现在就知道了,比如梦。"

"那就好好生活着,不要让人担忧。"

"我做不到。"说到这里,我看了她一眼。她脸上有一层薄薄的露水,我晓得她真的在这里待了很久。"你这么早到这里来做什么?"

"到这里来……嗯……来看看……"

"到这里看什么呢?人都还在睡觉。"

"看你……看不见的东西。"她的声音充满绝望,"也就是想看看早上的太阳……你看,那太阳多圆,多大。"她说完,回过头,望了几眼在东边一跳一跳往上蹿的太阳。

太阳从背后照着她,使她看上去身披万丈光芒,有些耀眼、炫目,我不得不眯了眯眼睛。我不晓得该说什么。我们有好长时间没有说话。

清晨的风穿过林莽,发出海浪一样的林涛声。

晨风把云珠的头发弄乱了,头发又把她的容颜弄乱了,她的容颜又把我的心弄乱了。我们就那样彼此沉默、有些尴尬地站着。鸟儿在身边飞来飞去,无数鸟鸣随风而逝。太阳爬升得特别快,转眼已有一杆高,看上去像是终于升到了她的头顶。她的面容变得清晰起来。我看了一眼她裹在麻衣里的身体,看到了她乳沟的起处,就不由得想起了梦见过的倒扣在她胸脯上的白瓷碗一样的乳房。我觉得自己又要化成一摊稀泥了,情不自禁地发出了一声赞叹。那声音很低,却格外响亮,盖过了林涛的巨响。

我是多么想跑上去抱住她啊——死死地、紧紧地把她拥抱住,一直拥抱着,直到地老天荒。

我的身体又怕冷似的颤抖起来,仿佛世界上的一切痛苦都在熬煎着我。有一种力量促使我突然猛地转过身,向森林狂奔起来。"我得跑!"我在心里说。我一边跑,一边挥舞着长刀。我很快又重新深陷绿色的林莽中了。我确定她没有跟上来后,靠在一棵树上,瘫坐下去。我向来路望去,只有褐色的树干组成的墙,但我还是恍然看见云珠一直望着我藏身的林莽,望了很久,然后低着头,像一阵风一样向乐坝飘去了。

那天我什么也没有做,直到太阳西坠,才像丢了魂魄一样向家里走去。

一匹灰狼一直在一丛茅草后贪婪地盯着我。我意识到了它的存在，但我没有理它。见我要起身，它也跟了上来，它灰色的身影令我很不舒服，我气愤地突然回转身，向它冲去。狼正沉浸在对我这块美食的想象里，还没回过神来，狼头就被我劈下来了。狼血喷了我一身，我感觉到了那种猎杀的快感，也不去擦它，任狼血在自己脸上和身上淋漓着。

这种快感是短暂的。老是梦见蛇使我对夜晚有一种恐怖，所以我厌恶黑夜，害怕睡觉，这使我每次从森林里归来时都感到格外痛苦。

来到村口，才看见有几粒星星闪烁在天空中，给大地投来一层稀薄的光。我正低着头往前走时，突然被人拦住了。

"我是云珠。"因为紧张，她的声音有些变调。

"我知道你是云珠。你又来干什么？"

"我看见那尊大熊了，跟我来。"她说完，不由分说地引着我往前跑。

她在前面跑着，她的呼吸很急促，像是从很远的地方跑来的。她口里喷出的野梨子的气息弥漫在空气里，有一种让人迷醉的淡淡的酒味。

我有些迷醉，那种气息使我迷醉。如果那尊熊突然出现在我面前，在这种气息的熏陶下，我不会杀它，只会心甘情愿地把自己送到它的利爪下，任它撕扯。

云珠停了下来。云珠一步步向我靠近。最后她不顾一切地扑过来，吊在了我的脖子上。我听到右手里的长刀"噹"的一声掉在了一块石头上，我把她拥抱住，但左手还紧紧地攥着狼头。

露水在阳光里滴落的声音、鸟鸣声、溪流的声音、松涛声——所有的声音都向远处潮水一样退去,只有我和她发出的喘息声——一头发情的公牛和一头发情的母牛发出的那种喘息声——在四周萦绕、回荡。

她则像个孩子似的紧紧地依附在我身上,像我身体刚生长出来的一个器官,生动、鲜活,温热的气息不断喷在我的脖子上。就那么过了好一会儿,我才像猛然醒悟过来似的,用颤抖的声音问道:"熊……你说的大熊……它……在哪里?"

她搂紧我脖颈的手慢慢松开了。"跟我来,我晓得。"她说完,要牵我的手跟她走,不想碰到了我左手上的狼头,沾了一手的血,惊得像被蛇咬了一口,猛地把手缩了回去:"你手里拿的是什么?"

"狼头。"

"甩了!"

我就甩了,然后弯腰把掉在地上的长刀捡起来。云珠像个小母亲似的牵着我的手往前走去。我像个孩子似的跟着她,像没有睡醒,脑子里只有蒙蒙水汽。最后,云珠在一棵丛生的水青冈树下停下来。我闻到了水青冈树的清香。头顶是它的浓荫,地下是厚实的落叶。

"熊呢?"我握紧了长刀,迫不及待地问。

"在这里。"云珠的声音有些飘忽。

"哪里?"

云珠抓住我的手:"我就是那尊熊。"

"你?"

"是的,我就是。"

"可是……"

"来吧……"

304

"我……"

"你来啊!"

"不,不……"我转身跑了。

我跑得那么快,好像身后真有一尊大熊在追我。

到了家门口,我并没有回屋。我坐在屋跟前的木头上喘气。木头的气味与天上的月亮相互呼应。一切宁静而又安详。只有我的心仍像大风中的森林,起伏着,发出大海一样的轰鸣。我觉得自己承受不了,躺在原木上,不知为什么,很想哭一场。我讨厌自己哭哭啼啼的样子,但我还是忍不住哭了。哭了一会儿,我开始担心起云珠来。她一个孤弱的女子,独自待在林莽里,那是很危险的。想到这里,我又翻身爬起,飞一样朝水青冈林跑去。

猴子在悬崖上叫,野猫的叫声从林莽中传过来,鸟儿突然被惊飞。无边的林涛被各种动物的嘶鸣和吼叫衬托得更为神秘、恐怖。她一定被吓死了。我一边跑,一边喊她的名字。我可以感觉到自己跑得很快。但我没有听到她的应答。

我越发担心,在林子里风一样乱窜,但我连云珠的影子也没有看见。林间的落叶被我沉重有力的脚步踩得直响,从脚下飞扬起来。我后悔自己刚才独自跑开。我呼唤她的声音变得越来越沮丧,我回到了那丛水青冈树前,后悔得不时用手掌猛击着水青冈树的树干。但树屹然不动,只是微微晃动了几下。我颓然坐在落叶上,嘴里念叨着:"云珠,你该不会被狼拖走了吧? 云珠,你可不要吓我,你可是我心里唯一的人啊! 你不晓得,我所做的这一切都是为了你。但我……是的,你就是那尊大熊,那尊大熊就是你……"

我没想到,云珠就躲在那丛水青冈树中最粗的一棵上,我说的话她都听见了。我那么着急地飞跑回来,充满担忧地呼喊她,她就知

305

道她真在我的心里头了。她故意不做声,听了我的话,高兴得忍不住偷偷笑了起来。

"云珠啊,你不晓得,我是多么爱你!你是我的心,我的肝,我的魂,我的命啊!但除了梦见你,我不晓得该怎么向你说。爱你可是真要命啊!我从没想过爱会如此要命!我心里的话不能当着你的面说出来,就只能憋在心里,随时都要把自己憋爆炸了,所以,我要去狩猎,每猎杀一次,就像对你说了很多爱你的话,我就会变得轻松些。"

她在树上听见了我说的话,感动得有一颗硕大的泪珠掉落在了我的头上,我感觉到了,摸了一下头发,以为是露水。她悄悄地从树上往下溜,溜到距我丈余高的地方,叫了一声"你——",就从树上直接滚落下来了。

"云珠。"我听见她的声音,高兴得正要叫出来,她已直接掉落到了我的怀里。我吓了一跳,好在及时摊开手臂,接住了她。可能是因为太激动,我这个即使在最黑的黑夜里也能在林莽中穿行自如的猎人,竟吓得傻站在那里,不知所措。谁能想到,这个朝思暮想的女人,竟活生生地从天而降,被我抱在了怀里。她身上栀子花的香气扑鼻而来。

我往树上望了望,又看了看怀里的人。

"原来你在树上躲着!我喊了那么多声,还说了那么多话,你为什么不吭声啊!"

她撒起娇来:"你转身就跑了,把我丢在这老林里,也不怕豺狼虎豹把我吃了,我理你干什么!"

"让你害怕了。"

"今天早上,我来路口等你的时候,并不感到害怕。刚才跟你一起往这里走,也不害怕,但你跑开后,我就不敢动了。我才晓得自

306

己的胆子原来那么小，我只好爬到这棵树上。我决定在树上一直等你。"

"假如我不来呢？"

"你不来，我就不回去。"

"我肯定会来的。"我一边说着，一边又坐了下来，"我喊你，你不应，我真是担心死了。"

"我想逗逗你。"

"我怕你被那尊熊扛走了。"

"我又不是你什么了不得的人，扛走就扛走呗。"

我的脸发起烫来，不好意思地"嘿嘿"笑了笑，把她紧紧地抱着。

云珠在我怀里温柔得一动不动。当她嘴里野梨酒般的气息喷到我的脸上，我发现自己也变得柔情似水了。

我轻轻地抚摸她，她把嘴唇凑了上来。嘴唇与嘴唇开始很小心地触碰着，然后很快就彼此吞食起对方来。我倒在了水青冈树的枯叶上，她伏在我身上，我的手扶着她的腰，她的手捧我的脸。我们的嘴一刻也没有分离，像彼此在温柔地撕咬，好像亲吻能使人癫狂。那种疯狂的举动我们彼此都意识到了，都想变得轻柔一些。她做到了。抚摸和亲吻都变得温柔起来。我感到自己的魂魄正从每个毛孔往外飘散。我不知道接下来该做什么，只觉得自己该去一个地方，那个地方却像大海中的一座孤岛，要去到那里必先穿过波涛汹涌的大海，而那个时刻，我迷航在了大海之中。

"这真是一尊可怕的熊啊！它征服了我，我不再属于自己了，我没有了，消散了，最后连那个孤岛的影子也看不到了，它会在哪里呢？"我在心里说。

"来呀！"她说，声音飘得很远，听起来却十分清晰。

她逼得那么紧,根本不给我喘息的机会。那个时候,她自己就是海航图、就是船长,引导我一直进入波涛汹涌的大海深处……

我和云珠从那以后便常到水青冈林里去。我们有时也在窝棚里,在荒野的草丛里,在石岩下,在溪流边——到处都有我们的爱床,几乎能容我们身体躺下的地方,都留下了我们欢爱的影子。有几次我们甚至想跑到林莽深处,在那里狂欢几天再回到村子里。但因为李廓,只能作罢。我们厮磨在一起,把这一方新的土地当成了爱情的乐土。

我已忘记了寻找熊的事,我的长刀已好久没有磨过了,锈迹斑斑,光芒全无。

到达乐坝后,皇祖父就下旨,让张王氏、赵小媚充任宫官,并闲时打理皇宫杂事。张王氏是李廓的奶妈,平时都由她来照顾,所以云珠养尊处优,没有多少事做。每天晚上,我们像一对发情期的野兽,不是她到我的房间来,就是我到她的房间去;有时想狂野一些,干脆出去,游荡在几水之滨,出没于或黑暗或有稀疏星光的荒山野岭之间。这种情形一直持续了四个月之久。

四个月后的那天晚上,月光有些明亮。我们在水青冈树林厚厚的落叶上颠鸾倒凤之后,云珠一边抚摸着我的身体,一边激动地、悄悄地对我说:"跟你说一个事,你不要太高兴。"

"那肯定是喜事了,你说。"我有些急迫。

"我有喜啦!"

"什么叫有喜啊?"

"真蠢啊,连有喜是啥意思都不知道。"

"那你跟我说。"

"有喜就是我怀上你的孩子了。"

我一下呆住了,半天才问:"是真的吗?"

她把头钻进我的怀里,轻轻地"嗯"了一声。

我开始还是比较平静的,我在想那个"喜"究竟是个什么东西,如果是个男人,他会是什么样子?他会跟我一样吗?有如此多的幸福,又有如此多的绝望吗?如果是个女人,她又会是什么样子?会像她吗?那么温柔、贤淑,又那么狂野、放荡?我这么想着,突然就有了一种异样的感觉,这种感觉越来越强烈,令我越来越难过。最后,我突然推开她,焦躁不安地坐了起来,生气地说:"你怎么能有喜呢?这就是你说的喜啊?有了喜,你叫我怎么办?"

"我们在一起,就会有喜;你在我身体里播了种,就会有喜,我看人家有了喜都挺高兴的,以为你也是,所以才想着把它作为一个喜事告诉你,没想到你会这样!早知如此,就不跟你说了。"

"不是我不喜欢,但我只想和你在一起,像野人一样。"

云珠听我这么说,伤心地好半天没有说话,然后抽泣起来。她这样,我更是烦躁不安。我站起来,披上麻衣,卷起兽皮,转身要走。

云珠哭得更伤心了。她的哭声里充满了不安,感到自己就要失去我了。她爬过来,她丰硕挺拔的双乳更加饱满,似乎已在储存乳汁,沾了落叶的臀部变得更加坚实,皮肤如丝绸一般,泛着微光。她被欲望激发的身体是多么美,那么富有生机!

她抱着我的腰,抬起脸,望着我。淡薄的月光抹在她的脸上,她脸上的泪珠晶莹剔透。她就那样望着自己的爱人,像一个孤苦伶仃的孩子望着即将离家远行的父亲。

我系着腰带,慌乱地系着,像总是系不上。但我的脸朝向了前方,朝向了愈来愈深远的林莽。

我最后看了一眼她的脸,她即使满脸伤心泪,还是一副娇媚的样子,就像即将凋谢的带雨梨花一样,让人一见便愿意为她付出一切。然后,我便只看着前方那愈来愈深远的林莽了。我一拔腿,直往前走。我向前迈进的腿把云珠拖了几尺远,使她扑倒在了地上。

李宗羲：
朕遭遇了那尊熊

李绍谋没有回家,遁入了黑夜一样的林莽。从此以后的二十多天时间里,我们再也没有见过他。

李方吾沉入凡水后,我本欲立李绍谋为太子,但他那个样子,令朕生气,让他继太子之位显然已不可能,我便把心思放在了李绍文的长子李寥身上。

有人说,有几个夜晚,他们曾看见一个人在荒草间,在水青冈树林里,在凡水边,野人似的出没,像在寻找什么,像一个野鬼在寻找自己丢失了的魂魄。当人们试图走近他时,他却像受惊的鹿一样,飞快地奔逃进森林里去了。很多人认为他可能是李绍谋。

朕曾令所有臣民出去寻找,但连他的一根毛发也没有找到。朕自是伤心不已,但为了新唐人心的稳定,朕又不能表现得过于难过。

朕知道云珠和李绍谋的关系,也有意睁一只眼闭一只眼。

李绍谋离开后,云珠独自一人,在那丛水青冈树下待了好几天。可怜的女人以为那个没良心的东西会回心转意。她回到皇宫里已经没有个人样了。

她像个女鬼一样回到皇宫,来见了朕。她一见朕就哭起来,把自己哭得像个泪人。

"你怎么了?这几天没有看到你,也没有看到李绍谋。"

"再也见不到他了。"她哭兮兮地说。

"他怎么了？"

"跑了。都怪我。我们相互喜欢,我怀上他的孩子了。但我不该把这件事告诉他。我以为这是个大喜事,但他一点也不喜欢,听我说完,不管不顾地,就跑进森林里去了。"她非常伤心,又很是害羞。

"哦,原来是这样! 这个没用的东西! 还充英雄,还杀熊呢,这点事都承担不了! 既是这样没用的家伙,要走就走吧,想滚多远就滚多远,你莫要难过。"朕很少骂人,在晚辈面前更少那样做。看到她那个样子,朕很是担心,就宽慰她说,"好了,云珠,你既怀了李绍谋的孩子,就是皇室的大功臣。我相信他跑一段时间就会回来。绍文已经殉国,你一个人过也是艰难;李绍谋也老大不小了,男大当婚,你也该再嫁了,你们既然彼此喜欢,我就做主,把你们的婚事办了。明天朕就会当众向所有臣民宣布,你们正式成为夫妻。"

她跪下,给朕磕了三个头。景芳赶紧把她扶了起来。

第二天早上,吃过早饭,景芳带着几个女人把云珠打扮一番,把她从西厢房迎到了东厢房里。

那天中午,朕置了御宴,召集所有臣民到皇宫,在院坝里摆了十多桌,让云珠出来见了众人,然后,朕站起来,大声说:"各位臣民,朕孙媳云珠,自嫁长孙绍文,上得战场,下得厨房,恪守妇道,为绍文育有李寥、李廓二子,痛哉绍文战死,遗孤儿寡母在世,颠沛于征途,幸得孽障绍谋照顾。小叔敬嫂,由敬生爱,可谓美谈,彼此有情,致云珠有孕,可谓喜事。没想绍谋孽障,玩心太重,只顾猎熊,多日不归,真是皇室不幸,让各位臣民见笑。"

各位一听,都说皇室添丁,是天大的好事,值得举国欢庆,大贺特贺。

朕说："我们这一路损失人口众多,来乐坝第一件大事,就是设法兴旺人丁,所以破除了之前诸多规矩。云珠本是王妃,既再次有了皇家血脉,便是皇室功臣。今天,我就正式下旨,宣告她与绍谋结为夫妻!我们刚到此地,尚在开荒拓地,生活艰苦,也不操办,请全体臣民相聚于此,吃顿便饭,以祝他们百年好合!"

朕说完,大家都附和,高高兴兴地吃了一场。

云珠就这样成了新的王妃。因为朕说了话,也没人敢对她有别的说法,因她是来这里后第一个怀孕的女人,人们反而对她刮目相看起来。

表面上看,云珠也是满足的,在人前,她的脸上总带着平易而又高贵的笑;背地里,却会因为想念李绍谋而独自落泪。此前,她与李绍谋疯惯了,现在一人独守空房,那份寂寞和痛苦可以想象。

随着日子一天天流逝,李绍谋依然音信杳无,云珠自然越发思念。曾经有好多次,她跑到之前曾与李绍谋待过的地方,不忍离去。但那些地方已被新的落叶、新的植物覆盖,除了偶尔一声虫鸣、几声鸟叫,什么都被抹去了。她越发感到日子难熬。

朕是在第十一次听说云珠为了李绍谋常常在野外徘徊后,决定亲自去找回李绍谋的。

朕没有告诉任何人就出发了。朕顶着满头银发,在林莽中披荆斩棘,艰难行进,不时用苍老的声音无望地呼唤着李绍谋的名字。

在森林里走到第七天临近黄昏时,朕正埋头前行,希望能找到李绍谋留下的蛛丝马迹,突然觉得自己眼前猛地立起来一大团黑影。

朕遭遇了那尊李绍谋梦中的熊,它立起后足有一丈八尺高。当熊裹挟着一阵浓郁的腥风向朕扑来,朕躲闪开了,同时挥刀向它砍去，刀锋掠过熊的前腿，朕看到了翻开的皮肉。就在差不多同一瞬间，熊的前掌带着风声，从朕眼前掠过。朕猛一转身，熊的利爪扎进了朕的背部，然后划拉下来。朕觉得自己的后背被它剖开了。朕倒在地上，赶紧滚到一边，钻进一个树洞里。熊嘴里的白沫不断喷到朕的脸上。它狂暴地拍打着那棵大树，好在那棵树很粗壮，它一时拿树没有办法，算是躲过了一劫。

朕想起随身带着驱赶猛兽的鞭炮，赶紧用火镰点燃，扔到它跟前。听到鞭炮炸响，熊吓得吼叫一声，跛着受伤的前腿逃走了。

朕忍着伤痛，自己撕扯了衣服，摸索着包扎好伤口，沿着来时留下的记号，蹒跚着往回走。

伤口在化脓，朕在发烧，迷迷糊糊的，胡话连篇。好在就在朕去寻找李绍谋的第三天，景芳和那些忠诚的臣民们发现朕不在皇宫，当即开始四处寻找。朕从与熊搏斗之地往回走，走到第三天，他们找到了朕，把朕抬了回来，如果不是这样，朕肯定已暴尸林莽。

长年的征战已使朕对治疗这种外伤有了丰富的经验。但朕身为新唐国君，给自己疗伤总觉有失体面，便命景芳做了朕的临时御医。她像缝制绸衣一样小心地缝合了朕的伤口，然后精心护理，一个半月后，伤口愈合。在这段时间里，朕也真的变老了。在那之前，虽然朕已近百岁高龄，但谁也没认为朕已经老去。烧荒垦地、修房造屋、狩猎捕鱼，无论什么活儿朕都可以和年轻人比着干。现在，朕的头发不断变白，牙齿日渐松动，手脚渐渐木然，神情时常呆滞。最后，连朕的孙女李娥儿也差点认不得朕了。

朕有时候什么都记不住。景芳把御膳递给朕说这是御膳，但转眼之间朕就不知道那是什么东西了。朕已没有记忆，过去已成空白，像被淘洗过千百次。朕问得最多的几句话就是"我是哪个？""你是哪个？""他是哪个？""这是哪里？""这是什么？""他们从哪个地方来？"
"他们要到哪个地方去啊？"……朕像个白痴。因为弄丢了过去，朕不
知道自己现在何处。朕怀疑现在，因为朕不晓得自己是不是在现在
的某个时刻中。一个一无所知的白痴却有很多不值得回答的问题要
问，没有一个人不烦。朕为此常常像小孩一样，一把鼻涕一把泪地哭
喊，往往一哭就是半天。朕说话的能力也快丧失了。很多时候朕的嘴
只能像被抛到旱地上的少水鱼那样一张一合，却发不出声音。但非
常奇怪的是，关于灵鸟的梦朕清楚地记着，并可以一遍又一遍地讲
给臣民听——

　　在梦里，朕发现自己不知为什么没了腿，但多了一对黑色的翅
膀。朕可以飞。朕的翅膀和朕这个人一样老了，飞的时候显得很吃
力。就是在飞的时候，朕也在想，朕要飞到哪里去呢？朕看看脚下属
于自己的彩色的江山，又看看远处同样属于自己的翻卷的黑云，心
里一片茫然。但朕没了腿，朕得飞下去，朕不能着地。朕正想着，除了
死，这盲目的飞翔恐怕是没有尽头了。但谁也不想死。朕累极了，很
想找个地方歇一歇。这时，恍然觉得有什么东西在托着朕，朕的翅膀
不用动，也能飞得很远。朕觉得奇怪。朕穿过了不知多少个白天和黑
夜——时间失去了它固有的形式，朕只知道日月星辰依然在那里，
但某种东西在无情地流逝。

　　不知是多少天后的一个清晨，朕的腿又从身下长了出来，先是
两条小鸟腿，然后慢慢蜕变成青蛙的、猴子的，最后才蜕变成人腿。

　　朕下到地面，在一个被紫雾笼罩着的青山前，看到了一个白面
小生，他让朕跟他走。朕问他往哪里走，他说往朕来的地方走。朕不
解，以为他是让朕回去呢，正要转身，那小生拦住朕说："小生带你走
吧，不然，你会迷路的。"朕道了谢，问那小生是哪里人。他说他是罗

子国的人。朕说朕没听说过。他说:"你是没听说过,那是五千年前的一个小王国,早已湮没无闻。"听他这么说,知道它是个寂寂无名的蕞尔小国,朕也没兴趣管它了。

朕与那小生走了一条又一条林间小路,好像永远也走不完。紫雾缭绕,山深林密,日头在枝叶间不断变幻出各种色彩,成千上万种美丽的鸟儿在林中跳跃、飞翔、鸣叫,到处是鸟窝,到处可见各种颜色的鸟蛋。朕有些疑惑,便问那小生:"这是朕回去的路吗?"

小生点点头。

"这路怎么这么复杂呢?"

"你说哪一条路又不复杂呢?"

朕无言以对。

朕在林中又走了好几个白天和黑夜,但朕总觉得到最后又回到了朕初遇小生的地方。

"这样没完没了地走,究竟是往哪里去呢?"朕开始埋怨起来。

"这正是到你来的地方去。你从哪里来,就到哪里去。"

"可朕总觉得是走在原来的路上。"

"谁都只能走在原来的路上。"

听他这么说,朕只有强忍着怨气,跟着他继续走。

终于,朕看到了一处茅舍,心里激动不已。看见了茅舍,就该有人烟啦——当时朕只想见人,哪怕不是一群,只有一个也好——朕并不想见到一尊神。

朕看见一位老人坐在五彩羽毛扎成的蒲团上,鹤发童颜,神情端肃,头扎白布方巾,身穿一袭白衣,左右肩上各立着黑白两只鸟。黑鸟似鸦,白鸟像鸽。老人虽然微合双目,但朕仍感觉到了他犀利的目光。朕垂手而立,不知该做什么。

小生示意朕跪下，朕想自己虽贵为帝王之身，但人家是个仙家，犹豫了一下，也就跪了，向老人磕了三个响头。然后听见老人声如洪钟般鸣响，震动朕的耳膜，他说："文斋公啊，你早该来看看老夫了。"

朕一听，很是愕然，忙问："俗人并不识仙家，不知此话怎讲？"

老人并未回答朕，站立起来，说："好在你终于来了，现在我带你去一个地方。"

他的话音刚落，朕就觉得自己被一道白光包裹着，和老人一起回到了一条大河边。脚一沾大河的泥土，老人递给我一尊木像，我刚接过木像，它随即幻化成一只白鸟，当时，大地萧然，林莽静穆，流水无声。那只白鸟就那样诞生了。老者把自己的神性附在了那尊木像上。那尊木像就是白鸟的化身，鸟首人身，双翅强劲。朕这才知道，那位老人原来就是新唐的守护神。

朕每次讲完这个梦，都觉得很累，只想昏睡过去，停止所有的思绪，以残延自己的老命。

景芳几乎寸步不离地守在朕身边，想尽办法在我面前装作啥事也没有的样子，尽量像以前那样微笑，那样轻言细语，但朕知道，她心里充满了担忧。

在那期间，云珠也曾带着长刀、鞭炮，背着朕到森林里去寻找过她深爱的人，但依然踪迹杳然。

但朕不断听到有关那尊熊的消息，它还在那片林莽里，有两次甚至出现在了几水边。朕知道，只要那尊熊还在那里，李绍谋就不会走远。但朕百思不得其解的是，他为何一听自己有了后，就要逃走。

陆云珠:
这日子越来越难熬了

当他像野人一样出现在距离乐坝半里路的地方时,两个潜伏在附近的新唐哨兵突然窜出来,抓住了他。人们睁大了眼睛。莫不是李娥儿日思夜想的人终于找来了?——大家都认为是他找来了,因为他们以为除他之外,再也没有人会找到这里来;但也有人一开始就认为,是李绍谋浪子回头,终于晓得回来了!

我听到这个消息,觉得自己的心都快要跳出来了。

李娥儿则以为来人是她望眼欲穿的那个人, 她虽然已快分娩,但还是不顾一切地向他跑去。

我没有想到他会回来,所以有些迟疑地跟在李娥儿身后。我看见李娥儿用包帕包着头,左手托着肚子,用右手捂着似乎很痛的胸口,疯了般朝那人跑过去。

那人站在那里,两个哨兵站在他的身后,把刀架在他的脖子上,不让他动。那人有些莫名其妙,他的目光越过李娥儿,向后张望着。

我虽然怀孕时间不长,但我不敢像李娥儿那样奔跑。

李娥儿头上的帕子跑散了,绾着的头发散开后,在风中像墨一样泼开来。她扑过去,直接扑进了他的怀里。但那人把她推开了,像是在朝我喊着。他们在说着什么,风没有向我这个方向吹,我一句也没有听见。然后,李娥儿又扑进了他的怀里,看那个样子,像在哭着。

我看到那个情景，便绝望地想，肯定不是那个挨千刀的了。

我终于听到李娥儿的声音了："你终于找到这里来了。"

"妹妹，你一定是认错人了吧。"他声音沙哑地说。

李娥儿抹了一把泪："你个该死的，一别这么长时间，我以为你把我早忘了呢，以为你真的就不来找我了呢……"她说到这里，再也说不下去，忍不住又伤心起来。

"我……妹妹，我是你小哥李绍谋，我晓得你把我当谁了，但我……不是他……"

李娥儿听他这么说，还是不相信，又抹了一把泪："你个没良心的，还要冒充我小哥诳我！"

"我没有诳你。"

我看到她连着用衣袖抹了几把泪，定定地把他看了很久，然后跳到水沟里，水流冲得她的身子晃了几晃，他赶紧伸出手去扶了她一把。

"你还想诳我！"她把他拉到水沟里，把他的头压低，用水沟里的水把他的脸洗干净，仔细端详了一番，又两下解开他破烂不堪的衣扣，在他胸前看了看——她没有找到那个她熟悉的紫色伤疤。她曾跟我说过，在那个意乱情迷的时刻，她躺在他的身下，在夜色里唯一分明记住的，就是那个疤痕，她抚摸过它的形状，凭她包扎过的新唐受伤官兵的伤口当即就判断出，他的伤疤是被箭射中后留下的。

她没有说话，浑身发抖，面部木然，可以感觉到无边的绝望正笼罩着她。她失魂落魄地想站稳，但流水冲击得她的身体又连着晃了好几下，她不得不用手抓住沟边的茅草。她的手被茅草割伤了，血从手掌里渗了出来。

她用听起来有些飘浮的声音说："你……你……的确……不是

他……小哥,你……你回来了？"

"回来了。"

"你回来了……也好,猎着……熊没？"

"猎着了,杀不死它。"

"为什么呢？"

"因为,云珠跟我说过,她就是……那尊熊,我现在知道了,那尊熊……有可能是她,有可能是我自己。"

可能是看到妹妹被极度的绝望无情击打的样子，于心不忍,他便吞吞吐吐地说:"他……他可能很快就会找到这里来了……"

李娥儿那个时候变得异常冷静,言辞清晰地说:"我知道,他不可能找到这里来了。"

他还想安慰她:"我相信,他会的。他可能已快到了。"

她没有再说什么,从水沟里往外爬。她腆着肚子,行动已很吃力,仿佛那不是一条水沟,而是一条大河。他抱起她,有个看热闹的人拉了她一把,把她从水沟里拉了上来。她腰以下的衣裙全被打湿了,把她的腿和臀部勾勒了出来。她吃力地弯下腰,想把裙子抖开,但马上又贴到了身上;她左脚上的那只草鞋不知被水冲走多久了,只能光着,这多么令人难堪！她只得离开,脚步变得踉踉跄跄的,像个已走不稳路的老年人。她从我身边经过,往回皇宫去的路上走了三丈远,又回过头来,不甘心地看了他一眼,然后装作什么事也没有似的,尽量提高已有些沙哑的嗓音说:"对了,小哥,我回去给你做好吃的,你赶紧回来。"

她的脸上,什么也看不出来,但我能感受到那种彻骨的悲伤,我也感受到了,何谓绝望。

我站在路边，心想:"要是站在水渠里的那个野人不是李绍谋,而真是那个人,那该多好啊!"

我知道回来的人的确是李绍谋了。我离他只有二十来步的距离。但我还是跑动起来,我的乳房像两只可爱的小野兽,上下颠簸着,像要蹿出紧裹它们的衣裳。他盯着我,眼睛直愣愣的。

我可以看清他了,只见他满脸胡须,头发披散,衣不遮体,上身赤裸,剩下的褴褛衣衫围在腰部,用来遮羞。水渠里的水没过了他的膝盖,俨然一个野人。不知为何,他声音沙哑,虽在用力喊我,我却听不明白。看清他了,却不敢确定他究竟是谁。我感觉自己浑身在发抖。我头上的包帕不知是多久散开的,头发披散开来。我跳入水渠里,感觉自己扑进他怀里时已用尽所有的力气,我是那么柔弱,仿佛树叶一样,要随水漂走。我满眼是泪,口里含混不清地咒骂道:"你个挨千刀的,还晓得回来呢;你个遭雷劈的,还晓得回来呢;你个砍脑壳的,我以为你早被熊撕成一千块,变成熊屎了呢……"

他也颤抖起来,我听到他喉咙里连着发出了几声叹息。他后来告诉我,他当时在心里不由得赞美起我带着几分狂野的美来,说在包帕散开,头发随之飞散开来的那个瞬间,他那颗漂泊的心再一次被深深打动,发誓再也不离开我。

我像个少女似的满脸羞红,泪眼婆娑,呜呜哭着,我的哭声使整个乐坝和那无边的林莽都安静了下来。

他像个傻子似的站在那里,任凭我紧紧地拥抱着他,任凭我的眼泪把他的胸膛浇湿。我不顾一切,而他不知所措。他一定在想:这是我的婆娘吗?她这是怎么啦?见那么多人看着他,他便想挣脱出来,但我的手把他的腰箍得那么紧,我和他像连体人一样,分不开了。但他一用力,把我的手解开了,自己一个趔趄,跌坐在了齐腰深的流水里。

321

他像个野鬼！我闻到了他身上野兽的味道，那是我熟悉的味儿，我没有在意，还觉得很好闻。但这显然让他感到自卑，他坐在渠水里不动，像要让渠水把身上的味道冲洗干净。

我看着他，他望着我，一副茫然无措的样子。

我的泪水在脸上横流。见了他，我是如此伤心，像是世上所有的委屈和不幸都让我承受着，而现在终于有了向他倾泻的时机，所以我的悲苦像暴发的山洪，汹涌而来。乌黑、纷乱的头发遮住了泪眼，也割碎了我的容颜。他后来跟我说，我悲伤的容颜重新打动了他的心。他说，他还从来没有看见过我如此娇媚的样子！我身上的每一部分，即使悲伤的抽泣引起的身体的每一次抽动，都令他心碎。

我在水渠边蹲下身子，伸出右手去拉他。我的头发因为身子的倾斜全部流泻到了我的胸前，发梢触到了他的脸，使他肮脏的面孔因酥痒而颤抖起来。他的头一歪，避开了，我仍伸着手。看上去，我那双因劳作而显得有些粗糙的手是唯一和我的身体不般配的，但在阳光的照射下还是有些透明。他伸出手来，那只手依然修长、干净、苍白，我没想到他会有那样一双手。当我看见他的手，我的心禁不住颤抖起来。我突然有了想唱情歌的冲动。我觉得只有用动情的歌声才能排解那些突然涌进心里的那么多美好而又纷乱的情绪。我多想把自己的手交到他的手里啊。但他是谁呢？难道真的是他吗？我有些怀疑。我把跟他相处的情景和曾经的梦境搜索了一番，都没有结论。——自他逃离，我每晚都会梦见他。梦境几乎一样：他的面容从来都是模糊的，罩着颇厚的一层夜色。因为无数次想起以前的梦，梦的每一个细节都变得清晰、立体起来，都有了轮廓，但梦境里似乎并没有眼前这个人，我害怕承认这一点。我觉得他的手是一个独立的生命体，是一个稀有的精灵，稍有惊动便会逃遁或消失，所以我的手刚伸出去一点，便僵住了。

我用泪眼看着他，目光中有哀求；我的手就那么伸着，努力地想要抓住什么，像一个沉浮在大海惊涛骇浪中的濒死之人想要抓住那根救命的浮木。

其实，自从看到他被哨兵押着，像个野人似的出现在那个荒芜的路口，我数月来积压在心中的怨恨就被满腔柔情替代了。那已陈旧的和他共处的时光又一一清晰地出现在了我的记忆里——拂去岁月的尘埃，它依然那么新鲜。这使我的心不由得一阵阵疼痛。所以，我当时只想抓住他，不让他再次从我眼前逃走。

"你……还好意思回来啊？"

他咧嘴"呵呵"傻笑了两声。胡子遮住了他的嘴唇，只能看见他的门牙。

"你猎的熊呢？"

"刚才娥儿就问过了，你也问。"

"我当然要问。"

"就在我面前站着。"

"我才不愿作熊。"

我本想告诉他，他梦里的熊是真实存在的，皇祖父因为他梦里的熊差点驾崩。但我不想让他一见面就难过，所以憋着没有说。

他看到我，显然高兴得很，就着沟渠里的水又洗了一把脸，从水里站了起来。

好多人都赶了过来，问他一些闲话，诸如去了哪里、早上什么时辰出发的、从哪个地方出发的、路上还荒不荒……他都一一回答。

大家终于见到了一个从外面回来的人，虽然他是从这里跑掉的，但依然很高兴，拥着他到了皇宫，去见皇祖父。

所有人都围过来看热闹。

他见了皇祖父,看到皇祖父弯着腰,苍老得不成样子,不禁心疼不已, 边倒头叩拜,一边忏悔赔罪。

皇祖父说:"能知道回来就好。你不在的时候,我已举办了你与云珠的婚礼。她现在是你的王妃,你有愧于她,以后就好好待她,好好待她腹中的孩子吧! "

李绍谋一听,痛哭流涕,最后终于忍不住号啕大哭起来。

李娥儿：
我们的身体比铁还硬

这日子越来越难熬了，它那么沉重，像一座长满了树的大山，湿漉漉地压在了我的身上。

我在路口迎到的不是那个人，而是鬼一样的小哥李绍谋，我的心比冰块还要冷。我飘飘忽忽回到自己的屋子里，摸了摸自己的肚子，找了那根准备在月子里用来包头的白布帕子，就想往那片水青冈树林里走。

我怀上那个人的孩子后，发誓要守身如玉地等他归来，为此，我独自挨过了一个又一个孤独的长夜。我和皇祖父都相信他一定会回来。我每隔几天都会到水青冈树林去，爬上最高的那棵树，往远处望；我在那棵树上搭了一个窝，每当烦闷的时候，就在里面待着。我甚至独自爬上过山巅上一棵很高的松树，向更远的地方张望过。我希望能够望见他，我甚至妄想，他可能就在那附近，看我在树上望他，就会穿过丛林，一边喊着我的名字，一边向我跑来。但我连他的影子也没看到过，他像是自从离开我，就从这人世消失了。

那次我们被敌人追击，皇祖父带着我们，九天后，又回师到了我与他邂逅的桂花村，我突然记起他为了我丢掉的那把宝剑——那曾是个令我感动的细节——一个在刀口舐血的人，一个随时准备为新唐拼杀的战士，因为我，把心爱的、视若生命的镔铁宝剑丢在那里后,再也没有去捡起来,这说明至少在那个时刻,他心里只有我。我记得,当我们紧紧相拥,他手中的宝剑"哐"地掉在地上时,他一点也没有分心。

桂花村的战斗那么紧张,但我还是偷偷地、迫不及待地跑进了那片桂花林。我记得那个位置。我想把那把宝剑找到。

那天的每个细节又回到了脑子里。我们自从相见、相拥,就沉醉在那种神秘的、让人欲生欲死的欲望里。整整一天,我觉得我们彼此都在燃烧——温度很高,可以融化铁,可我们的身体比铁还硬。开始,他只用左手拥抱我,即使抚摸我的头发、脸、脖颈,把手伸进我的衣裳里,把我的身体抚遍,也用右手紧握着宝剑。但到后来,他感到仅凭一只手,仅凭嘴唇和舌头,已经不够用了。他恨不得能多长出几只手、几张嘴来。金黄色的烈火焚烧着我们。他不得不松开了握剑的右手。他没再想起那把剑。他说,我就是他的利剑、他的土地,就是整个森林,就是所有的功勋,就是整个江山。

我找到了那把埋在厚厚枯叶中的宝剑。那把镔铁长剑很沉,已经生锈。我拿着它,重新回到了队伍里。

三天后,我们终于摆脱了敌人的追击,来到了休整之地的一条河边。我小心地磨去铁锈,宝剑的剑身又变成了钢蓝色,刀口又变得雪亮了,我把它贴到自己脸上,我感到了镔铁的冰凉。我用拇指试了试剑刃,感受到了它的锋利。它既亲切又危险。就在那个时刻,我似乎又感觉到了他右手留在剑柄上的余温。

我把剑抱在怀里,直到刀刃变得温热,不再冰凉,然后,把剑系在腰上。他离开我的时候是没有带剑的,而这把剑就是他的生命。我想,他即使为了这把宝剑,也一定会来找我的。

从那以后,我就很少在地面上睡过觉了,而是爬上树,睡在树上。有人说我是为了安全，其实我是想，他一旦出现，我老远就能望见他。

我总觉得，我虽身为公主，但命运并不待见我。身世不明不白的，爱情又如此不幸，连乐坝第一个母亲的荣耀也归了刘秀芬——我的孩子比刘秀芬的孩子先怀上，没想降生时却比她的孩子晚了半个时辰。

我怀胎十月，刘秀芬的孩子只怀了九个月时间。生早生晚我并不在乎。乐坝的第一个母亲和第二个母亲对我来说，都是一样的。我对怀孕和生育的事一点也不懂。一开始，我不知道自己的肚子何以一天天大起来。后来，我变得丑陋、笨拙，脸上还长出了难看的褐色斑点。这使我以为那个人不愿意跟着我的踪迹而至是因为我变得难看了。我有些怨恨肚子里的孩子。我觉得身体实在是个奇妙的东西，它只带给了我瞬间的欢愉，却要让我承受漫长的痛苦和忧愁。这些东西像被狂风搅动的湖水，使我的心情难以平静。

但真到了临产前一个多月，我又觉得自己饱满的身体很好看，像秋天成熟的果实，有时自己都觉得它闪耀着稻谷、小麦一样的金色光芒。那个时候，我总会万分思念他，很希望他能看到我现在的样子。我的内心被慈爱充满，那种爱似乎比男女之爱更令我迷醉。我觉得这种爱不但来自心底，来自全身所有的地方，还来自灵魂深处，来自祖先居住之地，甚至来自整个人世。这一度冲淡了我对他的怨恨。我专心而又小心地呵护着腹中的生命。即使身体有时不适、难受，我也无比甜蜜。我的内心充满了一种从未有过的希望。我每时每刻都在祈祷神灵，一定要保佑我心爱的宝贝。

到孩子即将临产的前几天，我才有些害怕起来，我突然十分渴望他能在我的身边。孩子是我们相爱的结果，是两条河流相向奔流相会后融汇的结果,这宝贝属于我们两个人,是我的心,他的肝,当我们都爱她,宝贝才叫宝贝。我想,要是现在他能轻轻地抚摸我的肚子,把耳朵贴在我的肚子上听听孩子的心跳,看到宝贝在我的肚子里蹬啊踹的,我会感到多么幸福啊。但我现在,就像一个经历了风吹雨打终于成熟了的硕果,孤零零地挂在枝头,没人赞美,也没人采摘。你说,我能不感到孤单和失落吗?

记得皇祖父曾说过,对于生命来说,其诞生的方式与这尘世,与一个民族、一个王朝、一个州府、一片平原、一条河流、一脉大山、一个村庄是一样的。我不是完全能理解他的话,但我知道,每个生命都无比金贵。

农历七月十四日夜——那是阎王给他的子民放假的夜晚,在阴间生活的魑魅魍魉在当晚可以自由自在地到阳间走走,看看自己在人间的乡土和亲人,领受亲人的供养和祭祀。每条路上都车水马龙、鬼来鬼往。燃烧的火纸和香烛星星点点,呼应着天上的明月星辰。鬼节的夜晚可谓星光灿烂,月色明媚,并不见恐怖和阴森。那块新平整出来的晒坝中间的篝火还没有熄灭。皇祖父亲临的祭祖仪式已在这里举行过了,唱了祭歌的人们都已各自回家安睡。只有赵小媚和一个人刚从远处的草堆里钻出来,身后拖着各自的影子。他们在火堆边坐下,重又相拥,残余的火光映照着他们的脸。

突然,他们像是感觉到了什么,很不情愿地分开了。

那个人说:"回吧。"

赵小媚说:"要得。"

人们也相继醒了,他们拿着松明,举着火把,有的人还一边走一边扣着衣裳。

"朱永富家的儿媳妇刘秀芬要生了。"有个男人说。

"永富家媳妇还没有怀够时辰,现在生,那不就是早产嘛。"有个女人边走边说。

"该不会有什么危险吧?"

"神灵会保佑的!"

人们相互传递着这个消息,声音都压得很低,像怕惊扰了即将出世的孩子。

朱永富住在村子东头。他的儿子朱征远一直喜欢我,但我执意要等那个人,他没有办法,来到这里后,只能和刘秀芬一起过日子,刘秀芬也就成了朱刘氏——但我们同辈的人还是叫她刘秀芬。虽然如此,朱征远的心思依然完全在我这里,这种情感常常折磨得他失魂落魄。我见了心痛,但没有任何办法。

他坐在堂屋里,漠然地看着身为泰安侯的年老的父亲应酬着一个个前来探望的人。他是正在熟睡时被他父亲叫醒的,因此显得极不情愿,拉着一张脸,见到来人,也只木头似的把头点一下。每当这个时候,他父亲就会用食指敲一下他的头;如果睡着了,他母亲就会用湿帕抹一把他的脸,让他清醒一会儿。

对于即将出生的孩子——他的儿子或女儿,朱征远似乎浑然不觉,他现在最渴望的,就是回到床上继续睡觉。

人们站在屋外,等候着孩子生下来。男人们闲扯着,吸着烟,女人们说着闲话,纳着鞋底。只听见一片吸烟的吧嗒声,拉麻绳的哧哧声。林莽无声无息,显得和铺在地上的月光一样安静。

所有的松明和火把都燃烧着。虽是月半节,夏夜热气熏人,但朱永富还是抱了干柴,在院坝里燃了一堆火——这是不断远征,长期露宿荒野养成的习惯——差不多已成了新唐的一种风俗。朱征远的母亲——同样年老的朱赵氏和另外几个妇女守在产妇刘秀芬的床前。那个小产妇躺在木床的竹席上，汗水把竹席打湿了。她显然比自己的男人懂事，尽管自己的身体像被大卸八块一般疼痛，但她忍着，没有哭，也没有喊。她已多次听过其他女人经常挂在嘴边的诸如"儿奔生，娘奔死，生死只隔一张纸""母子同闯鬼门关"之类的话，隐隐感觉到了自己面临的危险。她也感到恐惧，但更多的是即将成为母亲的一种自豪，一种从未有过的荣光。

朱赵氏一边不停地擦着儿媳脸上的汗，一边对她说："女儿啊，你痛的话，就大声喊，大声叫，喊出来，叫出来，就不痛了。"

但刘秀芬只是狠劲儿地咬着牙关，咬得牙齿"咯咯"响，汗淋淋的脸都变形了，就是不喊不叫。

皇祖父也来了。他被景芳扶着。可能是李绍谋的归来令他高兴，他又变得精神起来。人们都跪下来向他磕头。他慈祥地对人们点点头，示意大家平身。大家又坐下来。朱永富把备好的藤椅搬过来请他坐。他在火堆边坐下来，说："永富啊，大喜事，恭喜你啊！你去忙你的，不要管朕。"

朱永富连忙跪下："谢主隆恩！"

空气中充满了担忧和希望。

皇祖父让朱永富备了火纸、刀头和敬酒，把孟金榜叫到跟前，对他说："你莫要只在那里坐着，赶紧去跟那些无形说说，让他们不要到这里来捣乱。"

孟金榜领了旨，到路边把刀头祭酒摆好，烧了纸，然后用庄重的声音吟唱似的说："各个姓氏的列祖列宗，历朝历代、四面八方的家魂家鬼，祈请你们保佑朱家母子平平安安，并阻止各路孤魂野鬼、魑魅魍魉前来惊扰，若有妄图不轨者，文说不听，我就要动武，到时候可不要怪我不客气哟！"说罢，用手中的短剑往一只彩色公鸡的脖子

330

一抹,公鸡发出一声哀鸣,血便喷将出来。孟金榜提了那流血的鸡,绕屋走了七圈,回来后,又在房门上贴了沾有鸡血的符,然后很有信心地走到皇祖父跟前,说:"启禀圣上,诸事俱已处理妥帖!"

"跟他们都讲好了?"皇祖父有些不放心。

"圣上勿虑,您没听到?我那咒语一念,成千上万的鬼便像潮水般哗啦啦退走了。这里多为旧鬼,都是千百年前在这里死掉后变成的,早已无害;跟我们有关的那些恶鬼、饿鬼大多留在各自原来生活的地方,跟过来的很少,什么吊死鬼、栽岩鬼、水鬼、产后鬼等恶鬼更是跟不过来,所以,这个新地方干净着呢。"

皇祖父听后,放心地点了点头,静待孩子降生。

朱征远的女人痛晕过去了。她躺在竹席上,光着下半个身子,身子下已垫了厚棉垫、破衣裳。她的身体还是少女的,那么年轻,阴阜上只有几根细软的体毛。而现在,她正在为成为母亲而挣扎。血不断流出来,像是止不住。几个女人惊慌起来,这惊慌又很快传递到了屋外。坐着的人们都站了起来,只听见柴火燃烧的噼啪声、火焰升腾而起的呼呼声,和人们咚咚的心跳声。

皇祖父也紧张起来,跟着站起。他看了一眼孟金榜,说:"看来你没有收拾住啊。"

孟金榜赶紧跪下,很是惭愧地谢了罪。

皇祖父伸出手,孟金榜会意,马上又去捉了一只公鸡来,双手递给皇祖父。皇祖父用他长长的指甲在鸡脖子上一划,鸡血便喷了出来。皇祖父把还在挣扎的公鸡递给孟金榜,孟金榜提了鸡,嘴里再次哼起驱鬼的咒,绕屋转了七圈。

朱赵氏呜呜哭了,哭声从屋里传出来,每个人都担忧得很。我感到揪心,一股寒意像刀一样从头顶直刺脚跟,牵连得腹中的孩子也害怕起来,我感到孩子蜷缩成一团,在瑟瑟发抖。

一阵风低徊着来来去去,吹得柴烟弥漫。朱永富听到女人的哭声,晃了两晃,一头栽倒在地,发出枯枝从朽老大树上折断后砸到地上摔断时的那种声响,听起来格外惊心。人们赶紧上前,把他趴着的身体翻过来,想扶起他,但他已站不稳,大睁着一双灰白的眼睛,啃了一嘴黄土,说不出一句话来。有人擦去了他额头上沾着的一坨鸡屎,把他嘴里的黄泥掏干净,忙着掐他的人中。但他的身体越来越沉、直往下坠。

"你个老家伙怎么啦?啊?怎么突然这样了?你马上要抱孙子了,你一定要挺住啊!"张王氏说着,差点哭了。

孟金榜走过去,用满是鸡屎味的、沾着鸡血的手试了试他的鼻息,摇了摇头,说:"他已仙去。"人们都不相信。他们不相信这个苦了一辈子、从新唐在海上重新建立时就跟着皇祖父战斗的老将,会在这个时候断了气。

他的身体溜到地上,躺平了,慢慢变得僵冷,好像他已死了好一阵子,只是等着在这一时刻倒下去。

皇祖父的脸上也笼罩着悲伤,但他示意大家不要作声,不要让屋里的人知道屋外发生的事。他说:"朱永富走了,他孙子就平安了。"说完,让人叫醒了朱征远——他不知什么时候趴在桌子上又睡着了。

朱征远刚迷迷糊糊醒来,大家就听见"哇"的一声啼哭声震屋宇地从里屋传出来。里屋朱赵氏的担忧声被惊喜替代,她高兴地大声嚷嚷道:"生啦!生啦!哈哈哈,有小雀雀啊,是个儿子!是个儿子!我有孙子啦!"

屋外的每个人都想长舒一口气,但看着躺在地上的朱永富,那口气又换成了长长的一声叹息。皇祖父示意两个小伙子找来一块木板，把朱永富摊在上面。

朱征远走出来，看到父亲，一下呆住了，过了好久，才破着嗓子叫了一声爹，哭天抢地地号啕起来。

也就在月已西沉、星光暗淡、曙色初露、刘秀芬生下孩子后不久，我也生下了自己的孩子。

我没想到自己会在那个节骨眼儿上生产。我原来还想去抱抱朱征远的孩子呢。但皇祖父对我说："你赶紧回家去，老老实实待着。"他对我还没一点要生产的迹象且将晚于朱家女人分娩而感到失望。我也明了这一点，不再自讨没趣，悻悻然退回到自己的屋子里去了。

我感到莫名的气馁。躺回床上，怎么也睡不着。慢慢地，内心产生了一种欲望。我把衣服一件件脱去，裸了自己的身子，在屋里走来走去。我感到有火在身体里蹿，烧得我肉体泛红。我当时是那么孤独。我想起了朱永富死亡的面孔，突然害怕起来，赶紧把衣服披上。夜晚寂静，好像只能听见鬼魂在属于他们的这个节日里到处乱走闲逛的脚步声。他们脚步轻快、密集，如细雨落竹林。我的身体却是如此笨重，我只能看见自己的乳房和高高隆起的肚子，乳房摞在肚子上，因饱满而高高地翘了起来，以致我的脚如果不往前伸，都看不见了。

我看着已经明显凸起、已从粉红变成紫红的乳头，忍不住骂了起来："你个不得好死的杂种！你个遭天杀的杂种！你个遭水淹的杂种！你个遭火烧的杂种！你个挨冷刀子的杂种！你个遭雷劈的杂种！"骂完了，解了气，但也觉得格外累，只好躺在床上，看着黑黢黢的屋顶嘤嘤地哭泣。也就在那个时刻，泪流满面的我决定，待生下肚子里的孩子,我就会把自己的身体给每个愿意要我的男人。

有了这个想法,我感到内心平静了一些,便睡着了。但睡着不久,就被腹痛痛醒了。我觉得肚子里像有一把剪刀在绞动,痛得我喘不过气来。不久,我的腿间便涌出了血。我看着水一样涌出的热血,心想,自己肯定要死了。我想呼喊他——他是我在这个世界上唯一可以呼唤、可以依靠的人,但我不知道他的名字——我只能唤他"夫君"。我用所有的柔情呼喊,却叫不应他。我撕了一块麻布,想把血堵住。我哭喊着,很快就没了力气,只木然地叉开两腿,任血流淌。最后,我觉得自己的身子被血劈开,劈成了两半,朝两个方向飞走了。

当时,我想起了朱家媳妇被松明和柏皮火把照耀的院子,想到自己孤零零的一个人,感到格外伤心。血已浸湿了床褥,自己也已躺在血泊之中。但我没有闻到血腥味,只闻到了一股桂花的芳香从血泊中散发出来。那香气起始是淡淡的,像从幽远之地飘来,慢慢地便浓郁起来,笼罩了我。在我的感觉里,那香气是青绿色的,像儿水的水流一样波动着。我的眼前出现了小小的桂花,像飘扬的初雪,每一朵都闪耀着小小的金色光芒,如暗夜里的星辰。

我生产的痛苦被浓郁的桂花香气迷醉了,也就在那水波样波动的青绿色的桂花香气里,我恍然看见一个粉嘟嘟的婴儿,甜甜地咧嘴笑着,擎着一枝莲花,踩着一小团白云,向我飘飞而来。

孟金榜：
有生有死，天道如此

　　我进屋为新生的孩子驱邪。看着那个新生婴孩，我和众人一样，高兴得很。但想起躺在木板上的朱永富，我的心又变得沉重起来。我对朱赵氏说："我得给你的这个能干的儿媳妇贺喜，生下了乐坝的第一个孩子，成了乐坝的第一个母亲。"

　　朱赵氏把皱巴巴的婴儿小心翼翼地抱在怀里，乐呵呵地道了谢，便往外走。"这个老东西，孙子出世了，也不来看看，还得让我把小孙孙抱给他。"

　　我不晓得该怎么跟她说，我第一次感到嘴拙，只好说："孩子刚生出来，还是不要往外抱。"

　　"大热天的，不碍事，抱给他看一眼就抱回来。"她一边喜滋滋地往外走，一边不忘感谢我，"得多谢你把那些不干净的东西赶走了，才有我这小孙孙的平安出世。"

　　"有些东西我能管住，但属于命的东西我就没办法了。"

　　"我晓得，那是天老爷管的事。"她一边说，一边笑着继续往外走。

　　眼看她要跨过木门槛，我只能一步跨到她面前，先夸了几句小娃娃长得乖，然后说："人世就是这样的，有喜就有悲呢；人世有一样东西是永远也改不了的，那就是生死。自古有生就有死。生其实就是

335

为了死,死也是为了生。"

我说的话朱赵氏听得莫名其妙的,她一心想让朱永富看到小孙孙,只应付地点着头,几步走到了屋外面。

院坝里闪耀的火光把月光稀释了,月光比白水还淡。大家见她出来,原先坐着的——包括圣上——都站了起来。

没有一个人说话。

"你们这些人,咋不说话呢?"她面带喜色地问。

有人本能地往放着朱永富的地方靠,想用身体遮住他,不想这反而引起了她的注意。

"这个老东西睡得好啊,还四仰八叉地睡呢。"她精精神神地走过去,才看清朱永富睡得过于端正,脸上盖着一张草纸,清冷的月光铺了一身。

"这老东西咋了?"她几步走到他跟前,着急地问。

我赶紧跟上去,说:"老嫂子,这就是命。大家都看到了,他原本好好的,突然就走了。"

"你是说,就这么一会儿工夫,老东西已扔下我们走掉了?"她一点也不相信。

圣上这时也走过来安慰她:"他走得这么急,定是奔着投这个胎呢,他这边一走,朕就说,那边母子肯定平安了,你看,就这么一会儿,把一个大胖小子顺顺利利生出来了,所以你一定要节哀,带好自己的小孙子。"说完,他又转身对朱征远说,"你现在可是这个家的顶梁柱了,不要成天睡不醒。"

朱赵氏呆傻地站着,就那么过了好一会儿,才突然扯开嗓门,撕心裂肺地哭起来,吓得怀里的孩子也"哇哇"地哭。赵小媚赶紧上去,把孩子抱走,送到屋里去了。

朱赵氏哭得一把鼻涕一把泪的,妇女们都去劝她,好半天,她的哭声才变小了,哀哀地说:"大家劝的话我都明了,这就是命啊!可是,他就不能多挺半个时辰,看一眼孙孙再走吗?你们说他的命多苦!他四十五岁才有了征远,一天天盼着征远长大,好见孙子,没想孙子来了,他却不管不顾地走了……"她抽抽搭搭地说完,忍不住又痛哭起来。

妇女们便接着劝慰,但没有一点用。

我很深沉地望了一眼天空,说:"他还没有走呢,他看到自己的小孙孙了,他其实很高兴的。老嫂子,我就实话跟你说了吧,这个月半节,朱老哥、你儿媳妇、你儿媳妇肚子里的娃娃,三个人中总归要走一个,这是命中注定的事!我也没有一点办法。朱老哥走了,保了母子两个。他是个好人,他能这么做,阎王爷也高兴,所以让他转身就来投了这个胎,这不还是你屋里的人吗?"

她听了我的话,就不哭了。她揭开朱永富脸上的草纸,想再见他一面,看他眼睛还没有完全合上,又悲从中来,说:"老头儿一定是想看一眼小孙子吧。"

我赶紧说:"他其实也能看见的,莫要折腾小娃娃了。"

但朱赵氏还是不放心。我只好叫朱征远去把孩子抱出来。

圣上示意我:"孟状元,你跟朱征远一块儿进去。"

我明白圣上的意思,赶紧跟着朱征远往屋里走。

刘秀芬躺卧在床上,孩子躺在一侧,她正在给孩子喂奶。我只隐约地看到了一小片白,便被她用衣服遮住了。我走近后,看到她还是一副疲惫不堪的样子,额头上依然流着汗水,原本稚气的脸上已有了做母亲的坚韧神情。她抱着孩子,挣扎着从床上坐起来,担忧地问:"爹怎么啦?"

337

我赶紧抢过话头："没什么事。就是知道自己有了孙子，高兴得很，年龄大了，晕过去了。"

"哦，难怪我娘哭哭啼啼的，爹没什么事吧？"

"没事，现在已经醒过来了，想看看小孙子。不过，今天晚上是月半节，不能老把娃娃往外抱，我得有个仪式。"

"道谢了。"

我摸了孩子的头，又把手按在刘秀芬的额头上——不知为何，当我的手一触及她的额头，心里顿时有一种异样的感觉。我赶紧驱逐杂念，念了咒，然后说："现在没啥事了。"

她把孩子递给自己的男人，说："看你那副睡不醒的样子，快把宝宝抱到爹跟前，让他看一眼。"

朱征远像刚睡醒似的走到自己的女人面前，好像明白了自己的身份，但对自己已身为人父还是有些蒙。他看着那个小小的、身上的皮肤已舒展开来、小脸变得红扑扑的嫩娃娃，有些不知所措。孩子用纯洁无比的清亮眼睛看了自己的父亲一眼，用世上最稚嫩的声音"啊啊呀呀"地问候他，没想吓得他把伸出的手又缩了回来。

刘秀芬看他那个样子，忍不住笑了。她笑的时候很是动人。"娃娃在跟你打招呼呢，看把你吓得。"

朱征远羞涩地笑了笑，他的心瞬间被融化了，这是他从未有过的感觉。他再次伸出手——感觉自己的手也被融化了，但他还是小心翼翼地把嫩娃娃接了过来。他捧着自己的孩子，像端着一盆开水似的。

我怕他把孩子掉到地上，教他把孩子抱在怀里。孩子不哭不闹，好奇地打量着这个陌生的世界：夜色、月光、点缀在夜空天幕上的星星、月色里的那些树、飘起来的柴烟、山影、屋影、人影、父亲不苟言

338

笑的脸,然后是躺着的这个人——死亡的面孔,以及只有童稚之眼才能见到的另一个世界里形形色色的景象。

朱征远走到他爹跟前,说:"爹,这是您还没有名字的孙子,您看看他,算是见了最后一面,见了他,您就放心地走吧,我以后还会让我婆娘为您生更多的孙子孙女。"

说来也是奇怪,朱永富听了儿子的话,就把眼睛慢慢闭上了,好像这之前他并未死去。我也的确看到他青烟似的魂笑呵呵地、异常轻快地飘到了柏树梢上,然后袅袅升入了碧空。

孩子重新抱回母亲怀里。

我再次给朱永富的脸盖上草纸。那个时刻,我知道,新生的喜悦已被死亡的悲伤淹没了。

朱永富是个勤快、能干、勇敢的人,据圣上事后说,他抢劫时是个好海盗,为新唐作战时出生入死,冲杀在前,五年前,因为军功卓著,圣上封他为泰安侯;到这里后,又成了持家的能人。他已开垦了十亩地,修了三间草房,坐北朝南,中间那间是堂屋兼灶屋,西边的一间是他和朱赵氏住的歇房屋,东边的那间由儿子和儿媳居住。一个月前,他已备好木料,割了梭茅草,准备再盖一间灶屋。

人们把他抬进堂屋。朱征远在我的指导下,给自己的父亲净了身,我给他剃了胡须、理了发,把两件稍好的衣服给他换上,设了灵堂,看了吉日——三年后七月十四日鸡叫最后一遍时下葬,然后安排人做棺木,找墓地。大家都在为亡者忙碌,朱家顿时呈现出一副热气腾腾的景象,反把生了孩子的刘秀芬冷落了。

有亲邻帮忙,朱家人除了守灵、祭拜,比起旁人,反而要清闲一些。朱征远突然想知道儿子有多重,便去找了一杆秤,称起自己的孩子来。一看,有四斤三两,便对他娘讲了。他娘的脸上闪过一丝笑意,但这丝笑意像是遥远天际的一束微弱的闪光，就那么一闪便消失了。

刘秀芬已知道发生了什么，但她刚生产，还只能躺在床上，一时也没人管她。母亲刘陈氏觉得自己的女儿受了冷落，心里窝火，霉着脸抱怨道："那么大一把年纪死了，是寿终，有啥好哭天哀地的，丢下活的不管，都去管死人！究竟是活人重要还是死人重要？真是！"便自己去给女儿煮醪糟，水开后，打了十个鸡蛋，舀了一海碗，给女儿端过来。

刘秀芬的确饿了，端着碗，啥也没说，两口一个，先把鸡蛋吃完，又喝了醪糟。屋子里留下了一股醪糟和煮鸡蛋的味儿。那个时刻，她觉得自己的肚子能装下所有好吃的东西。刘陈氏也知道那些鸡蛋只够她解解馋，就又去取了一根熏野猪腿，洗净了，要给女儿炖了吃。

朱家闹哄哄的，可以说是真正的悲喜交加。忙完了朱家的事，我这才注意到，好久没有看见李娥儿的身影了。我有些担心，就朝她住的皇宫走去。

各个朝代的鬼穿着各个朝代的衣服，在路上来来往往，每个鬼都沉浸在节日的喜悦里，喜气洋洋，且歌且舞，闹腾喧哗。但人世间夏夜的清风依然，月色如故。我的影子被月光扯得很长，在前面引着我，我的头先伸进那座简陋皇宫的暗影里，然后被它一点一点吃掉。有一眼木格窗透出暗黄的桐油灯光，四周一片清冷。一走近那座房子，我就闻到了一股桂花的清香味儿。

李娥儿住在西边转角最外边的那间房屋里，也只有那间房屋有桐油灯光。我走到窗前，看到她挺着肚子，衣衫不整，独自躺在床上，两个乳房显得更加饱满突兀，像两座金灿灿的浑圆的谷堆。她显得很是无助，一双好看的眼睛无神地看着"人"字形屋顶。

人家是个女人,我来到这里,显然不能进去;但她孤身一人,即将分娩,我又不能离开。我站在窗前,像个偷窥贼。我从未如此仔细地观察过一个即将分娩的女人,当然,也想看到孩子是怎么生产出来的。我感到好奇,也带着些微的邪念。

李娥儿裸露在外的身体汗津津的,每一颗汗水里都有闪烁不定的桐油灯光,使她的肉体看上去像一大片明明灭灭的星河。她咬紧牙关,扭动了一阵身体,突然发出了撕心裂肺的惨叫。真是有罪,那种呻吟声竟让我身体里的热血涌动起来,裆间的家伙昂然而起,硬如铁矛。我面对的是一个女人,但那个时刻,更多的是一个母亲啊,我赶紧忏悔。但我不能听见她的呻吟声。我垂下目光,想离开,但双脚却像生了根,移动不得。当我再次抬眼,看见她的肚子已经坍塌下去,两腿间一团血糊糊的东西在蠕动着,像一只小动物。

她摊在床上,显然已无丝毫力气。松弛的肚皮皱皱巴巴,好像不是她身上的。她强撑着坐了起来,浑身大汗使她看上去像刚从水里爬出来的。她看了一眼腿间那个肉嘟嘟的孩子,像是有些害怕。她迟疑地抱起她,剥了胎衣,咬断脐带,用衣服把孩子擦干,小心地放进怀里,孩子这才啼哭起来。她用稚嫩的小手摸着她的乳房,她把乳头喂到孩子嘴里。孩子发出一声欢快的婴儿的笑声,贪婪地吮吸起来,我看到孩子吸第一口奶水的时候,她的全身都在发抖。

我赶紧轻手轻脚地退回到院坝里,装作刚走到这里的样子,大声武气地问了句:"哪个在屋里?"

我听到了李娥儿很是虚弱的声音:"我。"

"是公主殿下啊,你怎么一个人在家呢? 我能进来不? "

"你得稍等一下。"

我看到窗户里的灯光乱了。她一定是在整理衣衫——用旧衣服擦去产血,用被子把自己遮好。灯光凌乱了一会儿后,她用有些嘶哑的声音说:"麻烦你到灶屋里给我舀一碗水,我渴得很,我想喝水。"

我答应了,赶紧进到灶屋里,却只有冷水。冷水肯定不能给产妇喝,我赶紧爨火烧水。水烧开后晾着,又赶紧加水,找出十个鸡蛋,直接放进水里煮着。

我先把水端给她。走到她的歇房屋门口,我问:"水烧好了,可以端给你了吗?"

"道谢了,可以进来了。"

门没有闩,我一推就"吱呀"开了,跟我一起从门外闯进的风让灯光闪了几闪,差点熄灭。她盖着被单,像一个已做过好多次母亲的女人,把身子很端庄地靠在床头。孩子显然正吃着奶,不哭不闹。

"你生了?"我明知故问。

"生了个公主。"她声音虚弱。

"你自己就把孩子生了?"我故作惊讶。

"我不自己生,难道还有人帮我生啊!"

"真了不起!"

"你怎么来了?"

"我们都知道你的预产期就在这两天,我忙完朱家的事,没有看见你,担心你是不是也要生了,如果真生了,今天是月半节,我怕他们骚扰你,所以就赶了过来,没想这么及时。"

"多谢你还惦记着我们母女。"

"这是我该做的事。"

"是啊,也只有你能招呼得了他们。"

我把开水递给她:"水有点烫。"

她接过去,迫不及待地拿到嘴边,用嘴吹着。她吹水的时候,噘在一起的嘴唇有点苍白,但那个样子很好看。

我一边念驱鬼咒,一边抚摸孩子和她的额头。当我的手挨着她的头发时,我竟想起了云珠。凑过来的鬼们悻悻离去,有几个产后鬼临离开时还指了指我的手,嘻嘻哈哈地笑起来。我只能瞪她们几眼,示意她们赶紧走开。

仪式的时间很短,结束时我却浑身是汗。我想起了她刚才还裸露的部分身体,想起了她金色谷仓似的白皙乳房……在这样一个时刻,我满脑子都是那些乱七八糟的想法。为掩饰自己的慌乱,我说:"我还帮你煮了鸡蛋。十个,够不?朱家那个女人一次就吃了十个。"

"太感谢你了。"

"举手之劳。"

"帮我再煮五个。"

"好的,我把煮熟的鸡蛋先给你端过来。"我殷勤得像在伺候自家的女人。

在我临转身向外走的时候,听到她长长地叹了一口气。我想,那声叹息的意思一定是对着怀抱里的女儿的,她是想说:要是你爸爸回来了,那该多好啊!

我回过头去,看到孩子望着她笑了一下,她的笑新得连一星俗尘也不沾带。她亲了亲孩子稚嫩得像鲜花一样的脸蛋儿,忍不住落下泪来。

我把鸡蛋捞起来,又往沸水里放了五个,然后把煮熟的鸡蛋给她端过去。当她把十个鸡蛋吃完,脸上的气色好了点。她说:"太感谢你了,现在,我有气力躺一会儿了。"

"你休息吧,我在院坝里等圣上回来。"

我把那五个鸡蛋端给她,她也全部吃掉了。我从屋里走出来,月亮已向西边的山脊倾斜了一些。屋外凉爽了不少。我怕蚊虫叮她,烧了一堆柏枝,然后把烟扇开。蚊虫被柏烟熏走了。

　　我找了一个木墩子,坐在火堆边,正要迷迷糊糊地睡去,看到圣上、景芳皇后、李绍谋和云珠披着一身月色,一起走了回来。他们显然老远就闻到了那股桂花的香气。

　　"夏天怎么会有桂花香呢?"圣上问景芳皇后。

　　"是啊,的确是桂花的香气,这么香,香得扑鼻,难道屋侧那株桂花树提前开花了?"

　　"不可能的,除非季节错乱了。"

　　他们的声音驱走了我的睡意。为了不让我的存在使他们感到突兀,我赶忙从火堆边站起来,迎上去,对着皇帝跪拜道:"圣上,你们终于回来了。"

　　圣上还是愣了一下,应道:"是孟爱卿啊?吓朕一跳,你什么时候跑到这里来了?"

　　"臣刚到一会儿。臣想起娥儿公主这几天也该生小孩了,臣得来把他们赶走。"

　　"你看,我们只顾忙朱家的事,看朱家的热闹,把自家这件大事忘得一干二净了。娥儿生了吗?"圣上满含愧意地问。

　　"臣一个男人也不方便,正想去找人来帮她,公主自己在屋里生了,刚生没多久。"

　　"谢谢你惦记着这件事。"景芳皇后谢了我,接着对圣上说,"我先进去收拾一下。"她说着,小跑着进了屋里。

　　圣上满脸喜气,腰身直挺挺的,像个小伙子。这块土地又有人出生,他当然高兴。

云珠见我在那里,什么也没说,独自回屋里去了。

这时,从李娥儿的房间里传来了孩子的哭声。"可怜的孩子!"圣上一边说着,一边激动地加快脚步,朝李娥儿的房间走去。他闻到有一股桂花的浓香扑面而来。

李娥儿躺在床上。地上是一堆被景芳清理出来的、产血浸染过的衣裳和被褥。我跟在圣上身后,感到他有些踉跄,觉得有种东西把他用力地撞击了一下。

他满含愧意地问自己的孙女:"娃呀,你生了?"

"皇祖父,生了。"

"生了个啥?"

"女。"

"女?"

"女……"

"哦……公主好,公主好。"

"生多久啦?"

"没多久。"她的目光落在我身上,"多亏了孟先生及时赶来,让这里清清静静的,还帮我烧了开水,煮了鸡蛋,燃了柏烟。"

圣上和皇后又是一阵道谢。

皇后问她:"你想吃点什么? 我去给你炖肉。"

"我只想吃碗稀饭。"

"我这就去煮。"皇后说完,转身出去了。

"这么大的事,也没个人在家,委屈你了。"

李娥儿再也忍不住自己的眼泪,她什么也没有说,只任泪水在脸上流淌。

圣上又说了一些劝慰她的话,见她的泪水少了,便抱过孩子,闻

345

了闻:"我说是哪儿来的桂花香呢,原来是这孩儿身上自带的。"

我也赞叹说:"我在屋外就闻到了,这娃娃自带花香,也是天下少有的奇事啊!"

圣上更高兴了,叫我去灶屋给景芳皇后帮忙,炒两个菜,煮点好吃的给李娥儿。

我到了灶屋,景芳皇后已把稀饭煮在锅里,正在洗肉。我说:"皇后,圣上让我来帮你。"

"你帮我爨火就行。"

一眼灶用来煮稀饭,我又把另一眼灶里的火也烧起来,用来炖肉。灶屋里很快就有了米粥和肉的香味。

稀饭煮好后,我舀了一大碗,给李娥儿端过去。

圣上坐在床边,用充满慈爱的目光看着自己的孙女和重孙女。我把稀饭端给他,再由他递给李娥儿。她还非常虚弱,她端着饭碗,喉咙里像哽着什么,一口也吃不下去。

我望着李娥儿略显苍白的脸,说:"公主殿下,这是白米稀饭,你一定要吃点。"

李娥儿说:"多谢你了……"

她吃了那碗稀饭,我拿着空碗出来时,听见谁家的公鸡叫二遍了,树上的鸟儿也睡醒了,开始合唱。月光洒在绿色的树叶上,每片树叶都泛着碧玉一样的微光。

孟金榜：
娥儿想自杀

太子李方吾遁入几水，已被视为亡人，圣上到乐坝不久，便正式立林景芳为后。李绍谋既已归来，又本是东王，被立为太子，这两个后人带给他的伤痛已得到了慰藉。李娥儿女儿的诞生，使他又做了皇曾祖。孩子自带桂花香气，长得像仙童，看一眼就能把心融化，他视若明珠。

几水有了两个生命的诞生，这无疑使圣上获得了新生。他又身板挺直、耳聪目明了。有一天，他甚至参加了围猎，用火枪打死了一匹灰狼，臣民无不惊奇。

两个孩子的名字都是圣上亲赐的。朱征远的儿子乳名小驹，姓朱，名成栋；李娥儿的女儿小名乐乐，因其父难定，也不知姓甚名谁，恩准她随母姓李，赐名嫦。自此以后，新唐几乎每隔几个月就会有一两个孩子降生。

数月后，太子妃云珠也诞下了一个男孩，让李绍谋成了父亲。皇室添丁，圣上更是高兴，为孩子赐名宏。这样，云珠就为皇室生了三个王子，即为李绍文所生的李寥、李廓，为李绍谋所生的李宏。圣上封三位王子分别为蜀王、楚王、秦王，恩准全体臣民歌舞宴饮，欢庆三日。

在不到两年时间里，每家每户都盖了茅屋，开垦的田地在逐日增多,这个叫乐坝的皇城——实际叫乐坝村更合适——已有了些规模。圣上永远是人们心中令人敬重的、德高望重的天子,这个小小的王国在他的治理下显得和平、安宁。全体臣民友好、和睦、互帮互助,乐坝越来越像一个世外桃源。

时光荏苒,李嫱和朱成栋转眼已满周岁。两家都办了酒席。李嫱生于帝王之家,庆祝的规模自然不一样,圣上办了御宴,举国庆贺;朱征远被恩准继承父亲封赐,为泰安侯——凡抵达这里的幸存者,圣上均有分封,但如果不能一统华夏全域,那些封地就属于虚幻缥缈之地,很多人还是平民百姓。朱家虽也算王侯之家,但是不能僭越,庆祝的规模怎可去跟皇家相比?加之朱永富死亡时间特殊,当时我推算出适宜他入土为安的黑道之日是三年以后,所以遗体还只能暂放"仙宫"——一处有着钟乳和暗泉、很是阴凉的地下洞穴,所以朱家也不能大操大办,只简单置了两席,请了长者和沾亲带故的人去吃了个饭。

我没有去朱家赴宴。但圣上的御宴我是赴了的,并吃了酒,还趁着酒兴对云珠说了不少混账话,引得圣上很是不悦。

我原想等金榜题名后再行婚娶,所以一直孤身。归顺新唐,我爱上的唯一的女人就是陆云珠。东王殉国,云珠守寡,怀有李廓,远征途中,自是艰难,我悉心看顾,全心爱她,也曾彼此有情,不想终被自己的妄想破坏,从此她视我为陌路人一般。但我对她的爱依然如故,甚至更为炽烈。她不知道,自从来到这里,我每个夜晚,无论夜黑风高,打雷下雨,都会到她的窗外守望。我知道李绍谋爱她,但他最终逃离,我以为自己有了新的机会,不想他又回来了,现在已是太子,云珠也成了太子妃,我更无希望。但爱意难消,我也没有办法不像之前那样爱她。

我爱云珠不得,但万万没有想到的是,我最后跟泰安侯朱征远的妻子刘秀芬苟且上了。

我一心功名的时候,甚少去想男女之事,也不完全明白男女之事是什么,直到经过了那次长旅,遇到云珠后,才醒了点事。毕竟读了那么多年圣贤书,既然再难让云珠回心转意,我就只能在夜晚默默守望她,我想用这个很纯粹的行为来淡化对她的深情。

但要淡化爱,就像去淡化盐的咸度、糖的甜蜜一样难。那天李绍谋回来时云珠的出迎,使我感到了一种从未有过的失落。我多希望那个人不是李绍谋,而是李娥儿一直在等待的那个人。当李娥儿失望地转身离去,我也感到了一种从未有过的痛苦——那比我得知朝廷已垮,无人考我,以为从此再也无缘功名的痛苦更甚,感觉自己顿时跌进了寒冰地狱。

从此以后,我就想把云珠从心里驱赶出去,可越是这样做,越是刻骨铭心。她像一棵树,在我心里疯长,当我想拔掉它时,它已长成参天大树,根系早已遍布我心中的每一寸土壤,并且一直在往泥土深处和岩石裂缝里扎。我有时甚至能在夜晚看见云珠那健美、曼妙、一丝不挂的身体布满夜空,引得我如痴如醉,浮想联翩。我因此认为,我之所以难以见到白鸟,就是因为自己心灵不洁、情意深重。

云珠每时每刻都在我心里,我每时每刻都在想念她,我每天都想看到她,她的一丁点消息、一举一动、一颦一笑、一言一行都会引起我的关注。我原来的心思都在圣贤书上,现在则都在她身上了。我没有心思做其他任何事,不想开垦田地,不想去森林里捡拾山货——比如蘑菇、药材、野果、野菜、鸟蛋,甚至抓小猪、捉野鸡回来驯养,也不收拾那两间草屋——野草疯长也不去拔。人们见了我,无不侧目。但知道我是状元,不会去做山民、农人之事,也就只是侧目而已；何况，圣上已经给他们下过旨意，说我是个读书人，有更重要的事要我来做，那就是以后乐坝的娃娃都由我来教育，所以，大家见我还是很客气。反正乐坝也不缺吃的，谁家有了好吃的，都会端一碗来；收获了粮食，都会送几碗，甚至一两升；打了猎，也会分肉给我——这样的供养，之前只有圣上享受。我不用劳动也能填饱肚子，心里自然感到荣幸。所以闲暇之时，我也会教臣民识字、算数、学写各自的名字，讲古给大家听。

我无所事事，很长时间里，唯一愿意做的事就是怀着痛苦而绝望的爱情，浑浑噩噩地度日。

有人——甚至景芳皇后也暗示我去追求李娥儿——他们这样做自然是用心良苦——那就是希望有一个男人能把公主殿下从那种人人看来都无比虚无的爱情中拯救出来——对一个连名姓都不晓得的人，空付情感，相思成疾，每个人都觉得不值得。我也曾动过心——我渴望有个家，但更多时候也只是想想而已。我的情爱都赋予云珠了，我没有多余的爱给其他任何人。而李娥儿也是如此。

到了乐坝后，李娥儿虽贵为公主，但还是经常住在树上。生了孩子，还没有满月，她就抱着孩子住到树上去了，圣上担心自己后代的安危，没有办法，只得命朱征远带人在树上架了一间屋。

据说，李娥儿之所以守在那里，是她觉得那个人其实一直像个影子似的跟在队伍后面，并且到了这里，只是不愿露面，所以她把从桂花村拾回的镔铁宝剑故意放在树下，有意露出了剑柄，然后一直守在那里，吃喝都在树上。就这样过了七天，都没有任何人动过那把剑。第八天中午，她被一种莫名的失望情绪左右，忍不住哭泣起来。圣上虽每天派人提供饭食，但还是担心她和孩子，就派人叫她回去。她只好离开那棵树，抱着孩子往皇宫走。回到皇宫，她心慌意乱，怎么也待不住，也就吃了一顿热饭，又回到了那棵树下。但就在那不到一个时辰的工夫里，那把宝剑被人取走了。通过留在附近的脚印，她认定是那个人。她因此知道了，那个人真的跟了过来，就出没在附近，并趁她离开时拿走了自己的宝剑。她没想到那个人会如此绝情，回到圣上身边，就很少出门，也很少说话了。

那天晚上，我照例没有睡着，我先去云珠的窗外守了两个时辰，然后回到茅屋——我的状元府邸，和衣躺在简陋的木床上，眯了没有半个时辰，心乱如麻，只得翻身爬起，洗漱罢，坐到了茅屋右侧那块白石上，盘腿而坐，屏息静气，凝望夜空，期待看到神圣的白鸟。

一日之中，天地间总有个最安静的时刻，准确的时间应该是五更对半时，那时黎明将至，万物未醒，万籁俱寂，我的心与灵能与天地相融一体，露水滴落、草木生长、蚯蚓歌唱的声音我都能听见。我喜欢听那样的声音。那天，我却听到了一个人的脚步声，还听见白布帕子被拖着时发出的"唰唰"声。声音越来越刺耳，像一把不停拉扯木头的大锯，又像一条尾随着人、随时想把人整个儿吞咽到它肚子里去的巨蟒。我听着那种声音，感到自己越来越烦躁，整个身子一会儿变轻，像芦苇，在漫无目的地随风飘飞；一会儿变重，像生铁，在飞速往海底坠落。我想，那肯定是我心有挂碍的原因。我调整了呼吸，想重新回到安宁的境界，但已不可能。

我向乐坝那条布满夏日尘土的土路望去，看见李娥儿在路上走着。一看就打扮过，一副很整洁的样子。她一从阴影里走出来，就披了一身晨光，看上去有些耀眼，因为拖着那条白布帕子，她显得更是惹眼。她不是把帕子包在头上，也不是拿在手里，而是拖着它，她这是要去干什么呢？我有些疑惑地盯着她，眼珠都没有转动一下。

那条灰白的土路离我打坐的地方只有三丈远，她走近后，我看到她有几分轻快,几分喜悦——当然也有几分因某种不舍而透露出的隐隐伤悲。她神色平静,像无风时的湖蓝色天空,带着与她那个年龄颇不相称的成熟与安详。但我还是看到了不一样的东西——她的目光过于坚定。

当时,雄鸡高唱,与林子里的锦鸡像诗人一般相互唱和;其他鸟儿也在为它们伴奏;炊烟是母乳的颜色,白中带些微黄,袅袅升到林梢之上,融入青蓝色的清晨的天幕;朝晖浸染天空和大地;朝阳从那列青山后冉冉升起,铺在万物之上——有一种毛茸茸的感觉,让我的心随即沉入一种静穆、庄严的美好感觉之中。

她脚下有微尘腾起,白帕也不时带起尘土来。我想,她肯定只是清晨出来走走。但看着她的背影,我又自问:"她这究竟是要去干什么呢?"这么想着,我站起身来,跟了上去。我离她大概有半里多路的距离,作为一个跟踪者,我很多时候都行走在树林里,以尽量不让她发现。

进入森林后,有茂密树木的遮挡,我可以离她近一些了。我看清她面带悲色,心里顿生不祥之感。她到水青冈树林后,在那棵丛生的水青冈树下坐了一会儿,像走累了在歇息。然后往那棵树上望了望,看了一眼自己栖身过的树屋,搬了一块石头来,站上去,把那条白布帕子往上面的枝丫上一搭,挽了个结,就把脖子往里套。

我一看,她这不是要上吊吗?念头一闪,便已冲了出去。她刚把脚下的石头蹬开,吊在那里。我看不清她的面容,只见她的脖子变长,身子在空中打旋。我大喊一声:"你这是在干什么?"一把抱住她,把她救了下来。

"你晓不晓得自己在干什么?"我大声质问道。

她的喉咙处有一道红色的勒痕,咳了几声,也不看我一眼,用因

352

被勒过而变得有些沙哑的声音抱怨道："真倒霉,这个时候在这个鬼地方碰到你。"

"活得好好的,有什么想不开的呢?"

"我就是想得太开了,才想这样做的。"她挣扎了一下,"你把我抱得太紧了,我出不来气,你不让我吊死,是想把我在你怀里搂死啊!"

我这才意识到她被我紧紧抱在怀里,觉得有些难堪,脸唰地滚烫,紧张地一松手,把她丢在了地上。

"你不能轻一点啊,把我摔着了!"

"啊……这个……对不住……"

地上的落叶其实至少有一尺厚。

"你一个读书人,为什么跟着我?"

"你从我门前的路上经过时,我看见你了……"

"看见我,你就跟踪我?"

"我是感觉你不对劲才跟上来的,你不能这么做!"

她叹息了一声:"我觉得活着没有什么意思了。"

"活着就是意思啊。何况,你还有亲人,还有孩子,还有把你放在心上的人!"

"那个我认为会把我放在心上的人,一转身就走了,最后拿走了剑,也不愿见我。我还不如一把破剑呢,还有哪个会把我放在心上?"

"我相信肯定有。你要想开些,我相信,他如果真没露面,肯定有其他原因。他如能来找你,肯定会来。但你也不要一条道走到黑,其实,每个人面前都有很多条路可供选择。"

她坐在落叶上,低垂着头,没有说话。

我接着说:"即使他转身就走了,也还有其他人把你放在心上,我相信,爱你的人依然爱着你。"

"多谢你!"她站起来,拍掉屁股上的落叶,"帮我把树上的帕子取下来吧。"

白布帕子上沾了尘土,变成黄色的了。我取下来,一边递给她,一边说:"你要保证……"

"你看,我现在连一截白布帕子都舍不得丢,还想着回去洗干净了继续包头呢,又怎么舍得下自己的命呢?"

我笑了。我一直咧嘴笑着,看着她往森林外走去,身影很快消失在绿荫里。

我跟出来,看到她走在来时的那条土路上,顶着日头,正往家里走。那个时候,我相信,她是在这片森林重新诞生过的人了。

从那以后,李娥儿就很少露面了,听人说,她在屋里一心一意地一边养孩子,一边纺线织布。

朱征远：
我是丢了魂魄的人

　　虽然我已和刘秀芬成家并有了孩子，但我的心思全在李娥儿身上。刘秀芬其实是个不错的女人，但我不爱她，我们虽同在一个屋檐下，睡一张床，但迄今我觉得她还是个陌生人。你就会问："你们不是都有孩子了吗？"是的，但这又能说明什么？应该说是她人小鬼大，就那一次，竟然怀上了我的儿子。我们就只有那一次，我没有必要骗你。

　　主要的原因，就是我爱李娥儿——我一直叫她娥儿。我心里除了她，再也装不下其他任何东西，所以很多人都觉得我是丢了魂魄的人。

　　当她要住到那棵水青冈树上，当圣上派我带人去给她加固树上的窝，以免她的孩子有危险时，我就晓得她是鬼迷心窍了。我怀疑，她曾对我讲过的、她朝朝暮暮望眼欲穿期盼的那个人，真的存在吗？是不是她从那个时候心智就出现了问题，产生了幻觉？即使真如她说，有那么一个她一见钟情、情难自已，以致以身相许的人，也可能已经战死——因为当时新唐的军队就在桂花村与清军激战——不然，他不会不再次去赴约，也不会从此杳无音信；即使他逃离了战场，还侥幸活着，与她也不过一场露水情缘，怎能确保人家会跟她一样痴情，以致不顾生死，吃尽苦头，一定要来找她？

但所有的劝解都没有用。我只能在树上给她搭建了一个长八尺、宽五尺的树屋，在东边和南边开了窗，以方便她眺望远方。为方便她上下，还为她做了一架绳梯，可以放下来，也可以收上去。她很满意，但只对我说了两个字："谢谢。"

我知道她不想说一句话，但我还是忍不住问道："你已经望了一路，你还要望多久？"

"望到他来。"

"你怎么就觉得他一定会来？"

"我相信他。"

"你相信一个素昧平生的浑蛋，却不相信其他人？"

"他不是浑蛋！"

"他把你害成这样，怎么不是浑蛋？"

"他没有害我。即使害我，我也愿意。"

"不可理喻！"

"不用你管！"

我气得发抖，气冲冲地转身走了。

但我哪放得下心？总会偷偷去看望她。然后，我发现了她特意放置的那把宝剑，也明白了她的意思，所以，我利用她被圣上召回的那个空当，取了那把剑，把它扔进了几水，想断了她的念想。

她发现那把剑不在后，就以为是那个人取走了，伤心不已，抱着孩子回到皇宫，深居简出。

我知道那个人已让她寒心。我也知道，可能也只有用这种方式，才能让她从迷思里走出来，获得新生。

对于她闭门不出，其他人，包括圣上，都不知是何原因。但她愿意住在屋里，不让人担忧，总归是件好事。

乐坝还是个很小的地方,每个人都抬头不见低头见。娥儿在家里纺线养娃很少出户后,我就难得见到她了。但对她的爱,使我一天不看见她都不行。有一次,为了能见到她,我只能借故去向圣上请教天道鬼神是否存在的问题,以便进入皇宫,并期望着与她邂逅,一睹芳容。

圣上以为我是真的去求学问,很是高兴,说自从西征以来,就没有和人探讨过这类问题了,特意叫娥儿烧水泡茶。

我终于看见了她。她略显病态,头上包着那条土黄色的布帕子,穿着她自己纺织的蓝布衣裤,身上有一股桂花和皂角的香味儿。我一见就在心中暗暗称奇,感觉这个有些病态的女人似乎更美了,更让人心动了。她像一个美丽的女巫,浑身散发着神秘的气息。更让人觉得奇怪的是,听说她前次一大早去了森林里,回来后就和她的孩子一样,身上也能散发桂花香气了。其实,她身上一直有那种香气,我是闻到过的,只是没有现在那么浓郁。我闻到那种香,就想尽可能地靠近她,那种香气一入我心,就令人心旌动荡,难以自抑。我希望她能看我一眼,即使瞟我一眼也行,但她像圣女一样,低敛了眼眉,显出在外人面前应有的端庄和羞涩来。

她这个样子,也令我喜悦,似乎整个乐坝都处在这种喜悦的氛围里。

娥儿来给我续茶,在她递给我茶碗时,我伸出那只原握战刀、现已变得苍白的手,触碰到了她的手指。我曾拥抱过她,但这一次轻轻的触碰,胜过了以往的拥抱。

圣上给我讲为什么要"敬鬼神而远之",我心里想的却只有娥儿,应对得勉勉强强的,不想这更激起了圣上传道解惑的兴致,子曰诗云,之乎者也,侃侃而谈,转眼半个下午已经过去。娥儿只得再次进来添茶。

圣上兴致仍浓："这茶淡了，给我们泡杯新的。"说完，他起身去茅厕入恭，准备回来跟我继续长谈。

屋里只有我和娥儿，我莫名其妙地变得紧张起来。她仍不看我。我却被她身上散发出的香味迷醉。她弯下腰去提水壶时，我看到她的双臀满月似的在我面前升起，我像被色鬼驱使，不由自主地伸出手去，把手轻轻地放了上去。

娥儿的身体一下不动了，成了雕像。过了好一会儿，她用一只手提壶，另一只手很快伸过来，拍了一下我的手，然后悠然回头，看着我。她一定看到了我痴迷、羞涩而又万分紧张的、像被发现的偷牛贼一样的神情。我的手停在那里，像是僵住了，我想把手收回来，才发现自己的整个身体都僵住了。

她的手又拂了一下我的手，像要把一只苍蝇拂走。我似乎是用尽了平生之力，才将自己的手极不情愿地收回来。我尴尬、可笑的神情使她忍不住笑了。但她像要安慰我，忍住没有笑出声，转过头，像一位母亲对一个做错了事的调皮孩子一样，又宽容地微笑了一下。

我没想到自己会那么做，顿时面红耳赤，无地自容。我摊开什么都没有的手，掩饰道："一只虫子，我怕它蜇你。"

"虫子呢？"她说话了。

"是啊，虫……虫子呢？看来没有拍上。"

"你下手太轻，没有拍死，飞了。"她说。

我嘿嘿笑了。

她没有再多看我半眼，这无疑使我伤心。待圣上回来，我借故身体不适，说下次再来聆听他的教诲，悻悻离开，心事重重地往家走。

回到家里，虽然母亲、老婆和儿子都在，但我觉得家既荒凉又孤独。在屋前的木墩上坐下，我觉得自己的那只手发烫，没有一点知觉，像一截在火里燃烧过的木头。我有三天吃不下一口饭，一见吃的东西，就像见到了正在腐烂的死老鼠。那三天我像一个得了重病的人，孤独地躺在床上。我第一次知道，女人原来是一门非常深奥的学问，可能比孟状元以前读过的所有圣贤书还要深奥百倍；我也第一次知道，女人是一个像这无边丛林一样陌生的世界。我的心乃至整个身体在那三天里一下变得异常敏感，总觉得有一种悲戚的、忧伤的情绪在侵蚀自己的心灵。

三天后，我就憔悴得如一片深秋的枯叶。

到了第四天晚上，我像被什么东西诱惑着，影子似的飘出了家门。我看见孟金榜果然如传言的那样，坐到他家屋侧那块白石头上，看变幻不定的夜空；而我，不由自主地、梦游般来到了娥儿房屋的后窗前。

我站在秋天的黑夜里，望着那间亮着松明的屋子。那个美艳的巫婆就住在里面。我隐隐听见了她哄孩子的满含倦意的声音和孩子的啼哭声。她的身影在蒙了土纸的木格窗前晃动。我听任秋寒凉着自己的身骨，专心地听着她哄孩子的声音，我觉得她的声音是那么动听，像酒一样醉人。

孩子的啼哭声渐渐小了，她的声音也愈见轻微，最后终于安静下来。

屋里的桐油灯灭了。她和孩子已经入睡。

我望着那没有灯光的屋子，觉得脸上有两行冰凉的东西在蠕动，摸一摸，是泪。

秋夜里一片寂静，慢慢地，整个乐坝都安睡了。夜晚的空气里飘荡着庄稼等待收割的苦涩气息。而收割之后，土地又会期待人们给它重新播种,它就以这种方式显示着自己永不枯竭的活力和生机。

我满怀忧伤地转过身去,孤魂样飘向田间地头。我就那样漫无目的地度过了那个夜晚。

好在,我只在情难自己时才这样做,没有像孟状元那样,把它变成每晚必不可少的人生功课。也正是我差点与守候在太子妃云珠窗外的孟金榜撞怀,我夜晚才不到娥儿的窗前去守候了——因为,我不能用别人正在使用的方式去爱自己心爱的人。

孟金榜：

她说刀要慢慢磨

秋收不知不觉就到了，从圣上到臣民都忙起来。大忙季节，我也不能闲着。心里有了要忙的事，人反而轻松些，因为这分散了我对爱情的渴念。

我对云珠的感情虽然总想掩饰，但旁人都看出来了，只是碍于我是新唐唯一的状元，而云珠是地位尊贵的太子妃，不说破罢了。

凡跟随圣上到达这里的男人都被封了王侯，王的女人自然都是王妃，侯的女人都是夫人，所以，现在的新唐，除了我，男人不是王就是侯，不是将就是相；女人不是公主、郡主，就是王妃、夫人。王侯们都有封地，那些封地现在还被大清管辖着，面积大小、富庶程度、子民众寡还是要根据各家各户自跟随圣上起事、远征以来的功勋大小而定。我虽被封了官，但因为没有战功，加之曾有叛逆之嫌，所以没能封侯，就只是一个官，所以，乐坝其实是没几个人看得起我的。朱征远尤其看不起我，说我把他父亲的安葬日期定在三年后是故意收拾他——老人家只能待在山洞里，现在棺木上都长了木耳。

他找我问过，看能否让老人提前入土为安。我说如果想些办法，也不是不可以，但马上要秋收，只有等冬天闲时再说。

无论什么时候，秋收都饱含着人们厚重如山的期望，因此要举行隆重的开镰仪式。

白鸟是新唐的保护神，仪式自然要在白鸟堂举行。仪式举行前三天，举国臣民就开始吃素，开始用樟叶加春夏积攒的一百种野花泡水净身。等到举行仪式的那一天，人们披了麻衣，脸上抹了泥土，头上插着羽毛，在圣上的带领下，抬着供品，聚集在白鸟堂前。到了堂前，九名精壮的男人排成一排，放了八十一响火铳，然后唱着颂神的歌，舞之蹈之。鸟首人身的神像已被请到神龛上。圣上代表臣民献祭，焚香，化纸，全体臣民三叩九拜之后，两面漆成红色的牛皮大鼓就擂响了，竹笛、唢呐也随即演奏起来。颂神的歌再次唱起，娱神的舞蹈跳得越来越疯狂。

白鸟堂前，篝火熊熊，袅袅升高的白烟，及时把人们的祈愿传递给了翱翔于九天之上的神灵。

那天有秋日的金色阳光，也就在那金色的阳光里，圣上看见了白鸟，然后，所有人都说，他们也都看到了——

只见太阳之上，白鸟银色的翅膀遮住了天空，太阳像是它下的一个蛋。人们欢呼起来。白鸟俯瞰人间，羽翼温暖着所有的人。过了大约半个时辰，它才慢慢隐去。但人们仍然朝着天空欢呼着。因为他们亲眼看到，从而印证了乐坝，或者说新唐的确是一个有着神灵护佑的王国。

我大睁着双眼，虔诚地仰望着天空，却只看见了青蓝的天幕，只看见了高悬中天的秋日和几朵缓缓飘过的秋日白云，当然，还有一群从天空飞过的麻雀、斑鸠，最炫目的就是那只突然被惊飞的、光彩夺目的锦鸡了，其余的，我什么也没有看见。我收回目光，低下发酸的脖颈，一回头，却看见了云珠。

云珠也站在那里仰望着天空，她的一只手搭在额头上，另一只手撑着自己的腰。她那完成了三次哺育重任、曾经充满乳汁的乳房，更加挺拔地突兀出来,紧紧地撑着她穿在身上的麻布衣裳。她的腰也完全显露出来了,因为怀过孕、生育过,她的腰身变得更加结实、动人。

"你多像一匹母豹子啊!"我在心里说。

显圣的白鸟使人们如狂如痴,他们叫喊着,舞蹈着,到太阳西沉的时候,两面大鼓都被擂烂了。

然后,所有人从白鸟堂转到了那块可以打二十背谷子、面积最大的稻田边。天还没有黑,但人们已点起了又粗又长、裹了松明的柏皮火把,绕田而行。

我跟在云珠身后,云珠跟在李娥儿身后,李娥儿前面隔着三个人就是朱征远。

所有人都跟在圣上身后。

刚来的时候,我们所带的种子不多,开垦的土地大都闲置着,现在,好多田地已被人们侍弄过好几遍,都是熟田熟地,只等来年播种了。

这块稻田是我们来到这里后开垦的第一块水田,最初只有一亩三分——后来扩垦成了足有五亩多的大田——它有个名字叫"皇田",一听就晓得,它属于圣上。第一季水稻就长势喜人,获得了丰收。第一次在乐坝种下的,除了皇田里的水稻、十亩红薯、约七分地的黄豆和小豆、二亩玉米、半亩高粱,还有各种同样不多的瓜果蔬菜。这些种子都是作为最珍贵的东西带到这里来的——秋粮收下来,大部分作为种子保存好,第二年就可以种更多田地了。春粮的种子也会这样获得。也就是说,我们第一年生产的粮食,大多要留为种子,只有少量可用来食用——而这能食用的粮食,自然要先供给皇室,其他人还得靠吃野菜、野果、野味活命。

但无论多么艰难，每个人都心怀希望，相信这里不久就会人丁兴旺，会有遍野的庄稼，会有吃不完的粮食，我们肯定能让这里成为神圣新唐的龙兴之地。

稻谷泛着成熟的光。火光吞没了月色。圣上带着臣民再次祭了地上的神和天上的神。

第二天，当朝霞浸染东天，红日刚露出一线，圣上在公鸡的啼鸣声中，率臣民在皇田边又一次祭拜天地神灵之后，拿出一把崭新的镰刀，割破中指，把血洒向稻田，然后弯下腰，割下了第一镰粒大穗重的稻谷。

人们也都弯腰开镰，新的收获之季到来了。

秋粮收割后，遍野的野果也已成熟，这些都得尽可能多地采摘，所有臣民无不早出晚归。狩猎则暂停了，因为禽兽在山里，随时可以猎取，而这些果实到时不采摘，就会从枝头掉落、腐烂。

接下来种上包菜、萝卜，再播种油菜、小麦、胡豆、豌豆，天气就寒凉下来，一入冬，日渐冷了，种完土豆，所有人都闲了。妇女们种菜、割麻、纺线、织衣，在家带孩子，为男人们酿野果酒，用兽皮缝制皮袄和靴子。男人们则磨着长刀，擦着火枪，做着进山打猎的准备。

圣上执意要去打猎，人们想拦也拦不住。我虽然从没摸过刀枪，但也很兴奋地磨着长刀。

刘秀芬看见我挽着袖子磨刀，直勾勾地盯着我那双手看，我的手的确过于文气、白净，看得我竟不好意思了。她意识到后，脸也红了。但她还是走过来，把我身边的皮袄拿过去，帮我补着腋窝处的一个窟窿。我连忙道了谢。她说："你得赶紧找个夫人啊，不然，衣服都没人给你补。"

"我一无所有，用什么去找？"

"在新唐，你凭心去找就能找到。"

"凭心？我有心，人家没心；我有情，人家无意。"

她露齿嘻嘻一笑。"那是你自己没有找对人。"她拿起刀鞘，说，"找对了的两个人，就跟刀和刀鞘一样，相配、相合。如果你是一把剑，能插入这个刀鞘里吗？"

"剑有剑鞘。"

"就是嘛。"

"那你是刀，为何老想往剑鞘里插呢？"

我看了她一眼，无语了。

"不过，两不相配，虽同床，却异梦，也是人世常态。"

我没想到她能说出这样的话来，又看了她一眼，然后专心磨刀，刀刃在松明的光照里透着冰雪一样的寒光。

她补好衣服，又给我端来了磨刀水。

每次出征、打仗时，新唐的男人准备刀剑枪支，女人准备干粮，缝补征衣，不分亲疏，一直都是这样。但我从未征战，遇到这样的时候也少，她来帮我，我自然感动。

我望了她一眼，试了试刀锋，不太满意，又磨了起来。她蹲在我对面，看着我的手。见我额头冒汗，她很自然地掏出自己的汗巾，为我擦拭。有一股温暖的东西通过我的额头进入我的心里，使我不敢抬起自己的目光。我低垂着眼睑，感觉自己的心跳得咚咚响。我仍低头磨刀。磨刀声愈来愈急，我也愈来愈用力。

"刀要慢慢磨。"刘秀芬说。

我听后，低头笑了笑。当她站起来，要离开时，我才抬起头，看了一眼她的背影——她已从一个少女变成一个少妇了。

圣上在擦枪。云珠来到他跟前，说："皇祖父啊，您还是不去的好,山高林密的。"

"你是说朕老了,在森林里跑不动了?"

"您毕竟是那么高寿的人了。"

"可朕是个高寿的小伙子。"圣上笑着说。

他白发银须,面色红润,显得生气勃勃。云珠看着他,很美地笑了笑,似乎放心了许多。"您要去,自己要多留意一些,可不要在年轻人面前逞强。"

圣上抹了一把银白的胡须:"不会有事的,何况有景芳陪着呢,你一个人在家,一定要照看好孩子。"他一边说着,一边把枪举起来,朝天上一只飞着的雀子做了个瞄准的动作,又很满意地吹了吹枪管,接着对云珠说:"你去把嫦和宏都抱来,让朕看看,朕明天走得早,这一走,好多天才能回来。"

云珠一边答应着,一边回屋里去抱孩子,她又经过了我的身边。

圣上右手抱着嫦,左手抱着宏,呵呵笑着,逗他们,两个孩子也欢快地笑着,声音甜得像蜜糖。

景芳帮圣上备好了进山带的干粮和酒。

刘秀芬也给我备了一些。我坐在屋角,她装作不经意地放在了我身边。

我看了刘秀芬一眼,发现她也在看我,我们彼此都觉得对方眼睛里的东西是一生也看不透的。我突然冲动起来,用沾满石浆的手猛地抓住了她的手。刘秀芬的脸一下就红得像桃花一样了,嘴里发出了一声低低的呻吟,好像再也站不住,不由自主地蹲了下去。

我以为我的这个动作让她身体不舒服了,忙伸出手去拉她。她突然变得格外沉重,我用尽了好大的气力,才让她站起来。我手上散发着腥甜气息的石浆沾了她一手。她没有洗,转过身,直接走到云珠身边去了。

我看着刘秀芬的背影，突然意识到，也许她这样的女人，才是我一辈子该守着的，但她已和朱征远凑成了一对。我想起了她刚才说的那些话，忍不住伤感地叹了一口气，又拿出刀，磨起来。

大家的刀都磨好了，我还霍霍磨着，雪亮的刀刃不断地来回闪着寒光。

"孟状元啊，你怎么磨个没完啊？"圣上问道。

"他那个样子，不像个状元了，倒像个……要去杀人的……武士。"有人说。

我说："我只是想让刀更锋利些。"

对这次我参加的人生第一场人兽之战，我已做好充分的准备。不想临行之际，圣上却说："孟状元一介书生，连鸡都没有杀过，就不去打猎了。王国没有一个男人也不行，还是让他留守，照管王国的老弱妇孺比较合适。"

我马上说："圣上，我自己走了那么远的路，找到您，归顺您，也不是个纯粹的书生了，我能行的。"

但圣上态度坚决："这是去打猎，不是干别的。一是有危险，二是不能拖累人。明年一开春，我新唐打算修两间学堂，你可以想一想了，学堂修在哪里？你留下来，闲着没事，可以把村里的孩子集中起来，在你那个房子里教他们读书。"

听圣上这么说，我不敢再说什么，只好答应下来。

朱征远听了圣上的旨意，对我似乎有些不放心，临行之际，半开玩笑地、故意放高了声音对自己的女人说："秀芬啊，家里就你和小驹子，晚上要把门闩紧啊！"

刘秀芬听后，脸一下红润起来，像被春风吹拂过的桃花："我看你这话是给另一个女人说的吧,滚去打猎吧,屁话多!"

李娥儿从屋里走出来,从圣上怀里抱过孩子,就回自己房间里去了。第二天早上,我没有看到她来送圣上、景芳皇后以及太子李绍谋,也没有来送任何人。

陆云珠：
两个女人在一起，真好

男人们进山后，乐坝一下清静下来了，到处显得懒懒散散的，我随便吃了点自己做的早饭，已是午后，本想和李娥儿一起带孩子到儿水边耍，但她一直没有开门，我不好叫她，又没什么事做，就坐在屋前晒了一会儿太阳，觉得无聊，便去找刘秀芬摆闲话。

在丰都侯成老七家的柴堆边，我碰到了孟金榜在柴堆边小便。他见我来，还没尿完，赶紧憋回去，把裤子提起，袍子放下，装作没事似的。我装作什么也没看见，抱着孩子往前走。到了孟金榜跟前，才像迎头碰上他似的。他难掩一脸尴尬，红着脸，不知所措，也不知怎么搞的，嘴里冒出了几句没头没尾的话来："云珠妹子，你……你不应该这样对我……"他一边嘟囔着，一边急着要离开。

我见他急着要走，想把剩下的半泡尿找个地方撒完，就想继续戏弄他，故意和他搭话："孟大哥孟状元，看你说的什么话啊，嘟嘟囔囔的，没头没尾不说，我一句也没听明白。"

孟金榜听我这样说，更不知该怎么说话了。"我……我是说那个什么……嗯，那个……就是登基那件事……"没有说出句囫囵话来，转身又要走。

我见他那样，就索性站在他跟前，没话找话说："我知道你想说啥了，都是陈谷子烂芝麻的事，提它干什么。听说状元要教孩子识字,识字有啥好处啊?"

"能认字可就是读书人啦!"孟金榜一下站直了,"古人曰'万般皆下品,唯有读书高',也就是说,读书入仕之人是最尊贵的。"他一说到这个,立马眉飞色舞起来。他可能还在暗想,要不是自己憋着尿,那该多好,那就可以给我细细讲解一番了。给人讲读书的事他肯定是最在行的,何况这样近地和我说话,也是他时常都在想的事。

"什么书都可以读吗?"

"不是,必须读圣贤书。"

"谁的书是圣贤书?"

"首先是孔夫子的。"

"孔夫子?孔夫子是谁啊?他在冬天也要出去打猎吗?"我假装不懂,故意一本正经地问他。

"孔……孔夫子……孔夫子就是孔子,他可是……最最……伟大的……圣人……"他话还没有说完,终于没有憋住,裤裆里淋漓而下了,他"啊"了一声,赶忙蹲下,要掩饰自己的难堪。

我忍住笑,明知故问:"状元,你怎么啦?"

"没事儿,没事儿,忽地有些腹疼。"

我扑哧一笑,说:"状元,怎么一说孔夫子,你就腹痛呢?"

"不是因为夫子,是因为……"

"难道是因为我?我又不是母老虎,你怎地跟我说了这几句话,就腹痛了?"

"哪里的话!云珠啊,我……我真是……肚子痛了。"他面红耳赤,蹲在那里,尴尬极了。

我没再管他,心里乐着,朝刘秀芬家走去。

我走到她屋前时,她正袒着胸在太阳下奶孩子。那女人正值芳龄,虽已生养了孩子,两个乳房还没熟透呢,结结实实地挺在那里,像刚出锅的没有发好酵的馒头,乳头也像樱桃一般红。我看着,突然心跳急促起来,恨不得上前,把它们抓捏在手里。因奶水不足,正有些着急。我盯着她的乳房说:"小驹子一岁多了,你怎么还没有给他断奶啊?"

"太子妃,我奶少,总觉得亏欠他,所以就想多喂些时日。"

她掩了胸,和我相视一笑。我和她一起婆长媳短地说了些闲话,不觉日头就偏西了。

临走时,我不知怎么就说出了这样的话:"妹儿,我一个人住,晚上有些害怕,你可以过来陪陪我吗?"

刘秀芬羞涩地低头想了想,说:"那有什么不可以的呢? 我收拾收拾就过去。"

"你娘允许吗?"

"有什么不允许的,我又不是去陪哪个野男人。"

"那我还是去和你娘说一声的好。"

刘秀芬说:"那自然更好。"

云珠就去把意思对朱赵氏说了。朱赵氏自然没话说,只说让秀芬不要贪睡,早点起,早点回,家里要做野梨酒,需她帮忙。老人的话刘秀芬也听见了,一副很高兴的样子,说等会儿就过来。

我抱着孩子往家里走,太阳一落山,就有些萧瑟。我穿过一座又一座粗陋的茅草房子,觉得那路一下变长了,这皇城也一下变大了,感觉走了好久才回到那个简陋的皇宫。

我去看了娥儿,然后回到自己屋里。不知怎的,我有些坐卧不宁,抱着孩子在屋里走了一圈又一圈,孩子开始还在我怀里咿咿呀呀地说着话,然后就睡着了,我把孩子放到床上。

傍晚有些寒。一只猫头鹰从深蓝的夜空飞过，它的叫声是冬月的形状，冰凉，像冬天的溪水。月亮正从锯齿一样的山后露出脸，月光照射过来，照着丰都侯成老七的侯府、泰安侯朱征远的侯府、孟金榜的状元府邸以及明晃晃的水田、在夜里使着劲儿蓄养露水的土地，掠过所有的庄稼、杂草和树。满地清晖，明如白日。

我从屋子里走出来，又往泰安侯府望了望，嘴里不由说了句脏话："刘秀芬这个小婆娘，还没个影儿，也不晓得被啥绊住了，还没有扯脱！"

望了三眼都还没有看见她的身影，我就去抱了柏木劈柴，烧起火，又加了柏枝，烟散开来，乳白色的柏烟带着柏树的香味，我像置身薄雾之中。

我虽然有意克制自己，但忍不住又往刘秀芬所居住的泰安侯府望了一眼。水田倒映着碧蓝的夜空和夜空里的白云，风从树间吹过，月光在树叶表面银币一样闪烁，连接皇宫到刘秀芬家那条灰白的土路，现在在月光的照耀下闪着灰白色的光。

我看着那条路，直到那个娇美的人儿抱着自己的孩子出现在那条闪光的路上。她披着月光向我走近的时候，我的心跳一下加快了，我迫不及待地起身向她迎了过去。

我看到她的头发梳得光光的，在脑后绾了一个髻，月光在她头发上都能泛出光来；衣裳也换了，是新洗了的，看上去整整齐齐，皂角的味道直扑进我的鼻孔里。

"又不是来会哪个野男人，还把自己打扮得这么妖艳。"我一边接过她怀里的孩子，一边说。

她很好看地笑着说："穿身补丁衣裳也能妖艳，那要穿身新衣裳来，不就成狐狸精了？"

"我看你穿什么都妖艳呢。"

她说话语速很快，跟连珠炮似的："这样的话用在你身上才合适。你看你那身段儿，站在那里都风摆柳似的，一走路啊，那个屁股左甩右甩的，没有哪个男人受得了！你要不是太子妃，还不晓得有多少人打你的主意呢。"

我听她这么说，忍不住笑了，拍了一下她的肩："你个小婆娘，看得倒是仔细，说得倒是形象！"

"我穿的衣裳本来就该洗了，所以就换了。虽说到你这里来不是会野男人，但这是皇宫，进的是太子妃的寝宫，原来那身衣裳又是尘又是土的，总不能埋汰了你家床铺。"

"什么太子妃寝宫！我那床铺不也是几根方木拼凑个架子，然后垫层稻草、铺张篾席？既不是绣榻，也没有锦被。"

刘秀芬嘻嘻笑了："哪怕你睡的是草窝，也跟我们不一样。"

"莫说这些废话了。"我把她带到火塘边，随手往火塘里添了两根干柴，"你先烤火，我去给我们两个做饭吃。"

"赵小媚伺候圣上去了，你只能自己下厨了。你坐着，等我把娃娃哄睡了，我来伺候你。"

"没有她难道我还饿死不成？我什么都能做。前段时间，程老七给皇宫供奉了一个大木盆，可以洗澡的，待吃了饭，我们一起洗个澡。"

"那可是享受了。"

朱成栋吃了奶，在热烘烘的火塘边一会儿就睡着了。刘秀芬把孩子放到被子里，然后走出来对我说："你用小锅煮饭，我用大锅来烧洗澡水。"

我对她说："我忙灶上，你爨火就行。"

她就坐到了灶门前。

　　灶门里的火在她脸上一闪一闪的,像一朵花在不停地开。我想了想,就问她:"妹子,你男人待你可好?"

　　"你晓得的,怎么能好。"

　　"哎,反正都是阴差阳错。没事的,他总有一天会回心转意的。"

　　"我不指望他。说来你可能不信,我们成亲这么久,我跟他就有过一次。"

　　"你说的是那个事?"

　　"除了那个事,还有哪个事?"

　　我觉得不可思议:"你们不是有儿子了吗?"

　　"就那一次胡整,没想我怀上了。"

　　"我还以为你偷人了呢!"我跟她开玩笑。

　　"我倒是想偷啊,就是没那个胆,也不晓得哪个愿让我偷。"

　　"有了喜欢的人,胆子自然就有了。你跟我说说,你是怎么胡整的?"

　　"我们起先啥都不晓得。"

　　"他也不晓得?"

　　"他跟娥儿公主不清不白的,应该晓得一些,但他睡着了。跟我成亲,他不情不愿的,故意喝得烂醉。"

　　"你娘也不跟你说说。"

　　"我娘跟我说过,但我还是整不明白。新婚那天晚上,他死活不跟我睡。他爹哄他,劝他,他不听,他爹就揍了他。他还是不进新房来,他爹就叫人把他拖进来,然后锁了门。"

　　"后来呢?"

　　"后来他就蹲在屋角里,呜呜哭,像牲口在叫。我等着他来揭盖

374

头,他只是蹲在那里哭。我又不能自己揭,就等他,他的哭声渐渐小了,后来就没声了。我以为他不哭了,就会到床这边来,可还是没声响。夜静得很,这样的时候,外面有人听床呢。他们竖着耳朵,屏息静气的。我却听见了他的鼾声,说酒话的声音。他说他喜欢娥儿公主,说他只爱她一个。我很生气,也感到孤单,感到害怕。当时还在行军,是临时找的农户的破房子作为新房,那屋子我第一次住,有一股又阴又湿的味道。我只好自己揭了盖头,过去把他弄醒。他半醒不醒的,还醉着,也没认清我,以为我是娥儿公主,就叫了声公主,扑到我怀里,又睡着了。我扶起他。他沉得像一头死猪,我是第一次扶那么沉的一个人,我用了全部的劲,才把他弄到床上,给他脱了鞋。"

"后来呢?"

"我也很累,不想给他脱衣服了,心想,说是大喜的日子呢,他心里惦记的、嘴里呼唤的却是另一个人,我很伤心,就说:'你就穿着衣服睡吧,我才不伺候你呢。'"

"那你们那天晚上在一起都干什么了?"

"什么也没干,我太累,和衣躺在床的另一头。他呢,也和衣躺着,睡得像头死猪一样。"

"这就是你的新婚第一夜啊?"

"还没说完呢。"

"我不知怎的,很困,却死活睡不着,怎么也睡不着。说句实在话,虽然是双方父母定下的亲事,但我还是喜欢他的。当时心里像有一群鹿在跑,一触他身子,无论哪里,都有股奇怪的感觉。我便忍不住又起床,给他把衣服脱了,脱得光光的,他还是像头死猪一样,仍醉着没醒。我过后跟他说,贼把他偷去卖了,他都不晓得。"

"你个死小婆娘人不大,心里知道的事情倒是不少呢。"

"唉,谁也会好奇的。我后来实在忍不住,就爬到了他身上,那真是……但我又怕弄醒他——我娘跟我说过,男为天,女为地,女人不能为天的。"

"你那时还管得了什么天呀地的。"

"但那是第一次,谁不顾忌呢?我最后把它弄到了我自己的身体里。"

"算了算了,说到这里就行啦,你个小婆娘一张嘴就管不住,啥都往外倒,一点遮拦都没有。"

"我只跟你说,当时我心里正好着呢,他突然叫了一声'娥儿',天啊,哈哈哈哈……把老娘的魂都吓飞了,赶忙下了他的身。他抱着我,嘴里一边咕哝着'娥儿',一边把脸往我怀里蹭,用嘴含了我的奶头,像个小娃娃似的咂吧起来,我感到浑身痒痒的,都忍不住笑起来了。"

"后来呢?"

"你不是不让我说了吗?"

我哈哈哈地笑了一阵,说:"你个小婆娘,说,说吧,都说出来。"

"他咂吧了一阵,觉得不对,一下醒了,揉了揉眼睛,坐起来,又看看我。我装作睡着了。他摇我,我装着醒过来。他问:'你是哪个?'我说:'我是你女人。'他说:'我女人?我没有女人,我的女人是娥儿公主。'我说:'今天你们朱家娶我来,你就有女人了,那女人就是我。'他还没有醒:'噢,娥儿公主呢?'他用眼睛在屋里到处找。'我咋知道?''娥儿呢?'他又问。'我咋知道。'他就光着个尻子,下了床。我问他:'你要到哪里去?'他说:'我要找娥儿公主。'我有些生气,就说:'那你自己去找吧。'他就去开门,不想门从外面扣上了。他就叫爹喊娘。但没人理他。我说:'你到床上来吧,光着个身子要着凉的。'他傻傻地待了一阵,就到床边来了。一看自己光着身子,就一下蹲下来,不好意思地看了我一眼,满脸通红地说:'我……我怎么……怎么没穿裤子?'哈哈哈,哎呀,把我笑得,我说:'没事儿。'他却死活不站起来。我就把他的裤子扔给他,他接了,背过身——那个蠢猪还背过身——哈哈哈,穿了裤子,怎么也不上床。从那以后,他虽然跟我住在一起,但我们各睡一头,他从来都不动我。"

刘秀芬那张小嘴樱桃似的好看,可就是说话没个遮拦,一开腔,噼里啪啦啥都往外倒。我是第一次听女人说这样的事,觉得自己的脸都发起烧来。我在心里说,真看不出来,这个小女人平时不吭不哈的,原来日子是这个样子的。

"哦,我不说了,你看,这一说就收不住嘴,灶里不要火了吧?"

"不要了。"

我把炒土豆丝、清炒山药和山蘑炖野鸡肉端上桌,给她舀了一碗白米饭,倒了一碗野果酒,请她上桌来吃。

刘秀芬连说丰盛,待吃的时候,又夸我做的饭菜好吃,说酒喝着也香甜。我听了,就跟她开玩笑说:"你个小婆娘就会夸人,谁不晓得你是新唐第一厨?你既然这么喜欢吃我做的饭菜,就天天过来,我天天做给你吃。"

"那我可是享福了!"

说罢,我们便相互敬酒,高高兴兴地吃喝起来。

"喝了几口酒,还有些担心他们了。"

"虽不是过去打仗的时候,但动刀动枪的,担心也是自然。我也担心太子呢。"

"你看你多好,太子那么爱你。"

"他也是着了魔。"

"能遇到对自己着魔的男人，该是每个女人的梦吧。"

"有自己着魔的也行。"

"就像他们？一个人死等着那个感觉并不存在的人回来；一个人期望那个为别人着魔的人回心转意，而把自己明媒正娶的女人弃在一边，视同破衣烂衫？"

"是的。他们都有值得自己爱的人，并且都是有情人、痴情汉。"

刘秀芬低着头，半天没有吭声。过了好一会儿，她一下抬起头来，泪水盈眶，大声问道："云珠姐，那我呢？那个遭天杀的，他这么能这样对我？！"

"妹儿，我知道你不容易，不晓得你是咋熬过来的。"

她听我这么说，更是伤心，泪水直往下滚。我一见，连说自己话说得不当，满是怜爱地一边为她拭泪，一边劝她。她抬起袖子，把泪抹尽，说："我晓得怎么活了！"说完，一口把碗里的酒喝完，又倒了一碗。我一见，也把酒仰头干了，给自己斟上，然后和她你一口我一口地喝起来。

我俩开始是隔桌对饮，最后不知怎么就坐到了同一条板凳上，勾肩搭背的，都喝得忘乎所以，晕晕乎乎，两个人都醉醺醺的。刘秀芬更是眼眸流转，面如桃花。

她搂着我的脖子，说："你以后就叫我小婆娘吧，老娘从此就做你的小婆娘。"

我也说着酒话："你就是我的小婆娘。来，小婆娘，喝酒！"

我们把酒碗倒满，各喝了一大口，然后我问："你是我的小婆娘，那我是你的啥人呢？"

"你嘛，你是我的臭男人！"她说完，就哈哈哈地开心笑起来，她的笑声爽脆、动听。

"你个小婆娘,本王妃臭吗?"

"我说的臭就是香嘛……你这么漂亮、这么骚、这么香的人要真是个男人,不把天下的女人都迷死啊!"

"老娘要真是个男人,就只勾引你这个小婆娘,把其他的婆娘都嫉妒死!"我看了她一眼,她也盯着我在看,脸上溢出万种风情来。我盯着她脸上的两团红晕,说:"你看你个小婆娘,喝点儿酒,真跟个妖精似的。"

"你还说我呢,你看你那个样子,我要是个男人,非得一口把你吞了,连骨头渣都不剩!我现在是个女人,都恨不得咬你两口!"

"你来咬吧!"

没想她真的上来,一口咬住了我的脸。一边咬住,还一边说:"真香真香真香!"

她虽然咬着我的脸,其实并不疼,我却故意大声喊道:"哎哟,痛死我了,痛死我了!"

她松了口,赶紧噘起小嘴,吹我被她咬过的脸蛋,嘴里还说:"哦,把我的臭男人咬痛了,来,我吹吹,吹吹就不疼了,啊,心肝的脸蛋肉好香啊!好香啊!"她说完,站起来,搂住我的脖子,缠住我,用嘴在我脸上又咬又啃起来。

"你个小骚婆娘!"我回过头,伸手去咯吱她。咯吱得她笑成一团,花枝乱颤,连连求饶。我看她眼泪都笑出来了,才收了手。她赶紧逃到对面的凳子上坐好,把碗里的米饭吃干净,笑眯眯地说:"臭男人,我吃好了,水已烧热了,我去把水舀进木盆里,等会儿和你的小骚婆娘一起洗澡吧。"

"你看你那个骚样儿。"

"我就是你的小骚人儿。"她说完,就推门往灶屋走。

"你看你,平时一本正经,现在可是原形毕露了。木盆在哪里你看得见不？里屋黑,你慢一点。"

"我摸着木盆了。我们在哪里洗澡呢？"

"当然在歇房屋里,洗了,热热和和的,直接钻被窝里,多好！"

"那是美得很。"

她把木盆洗干净后放进屋里,把热水一桶一桶地提进去。我则收拾碗筷,把灶膛里的柴头放进火盆里,加了木炭,烧了一盆火端进屋里,免得夜里冷。

她用手试了水温:"水挺烫的。"

"都是快开的水了,又不是烫猪,要加些凉水。"

"要得。"

关了门,月光从那高宽各三尺的木框窗照进来,雪一样白亮,跟火盆里炭火散发的光交融在一起,格外温馨;孩子在床上安睡,木盆里的水冒着热气,炭火的热气散发开来,让整间简陋的屋子充满了融融暖意。

"你先洗吧,今天你是客。"

"还是一起洗吧,这木盆大,两个人正好。"

她开始脱衣服。

"你把衣服放在板凳上。"

她把自己脱光了——虽然分娩让她的小腹起了褶皱,但她还是一个迷人的、光溜溜的娇小人儿。

她跨过盆沿,进到水里,招呼我:"臭男人,来,来啊,啊——真安逸。"她蹲进水里,"快来,啊——这个时节泡个热水澡,真是太享受了。"

我也脱了衣服。她坐在水盆里仰头看我,让我竟不好意思起来。

我忙用手遮着小腹。

她嘻嘻笑着，说："你看你还不好意思了！"

"谁让你个小婆娘就那样直勾勾地仰头看我。"

"我是看你太美了，你生了三个孩子了，身子却一点变化也没有。你看你的身材——我没想到会这么美，我都馋得恨不能把你一口一口地吃掉。"

"你又不是饿痨鬼，怎么老想着要吃我。"

"我就是个饿痨鬼啊，色中饿痨鬼，我就是个专门要吃你这种臭男人的饿痨鬼。"

我跨入木盆里："你的臭男人来了，我看你个小婆娘怎么吃我。"

"你站一会儿，我还没有看够呢。"她仍仰着脸，"你看你的腿多么长，屁股又圆又翘，腰多么细，胸脯挺得多高，小肚肚看起来多么有劲。哎呀，你看你的皮肤多么细腻、光滑，连一个小疤疤都没得，啧啧，简直是，不晓得该咋形容了。"

她的双手已紧紧地搂住了我的脖颈，我的手也不知什么时候揽住了她的腰。她又咬住了我的上嘴唇。有那么一会儿，我们都像放置在水里的玉雕，一动不动。我闻到了她变得急促的鼻息和从身体深处呼出的气息，那气息混合着晚饭和糯米酒的香气，令人迷醉。本就带了几分醉意，现在在这热烘烘的水里面，我感觉醉意更深。她像是意识到了什么，松了口，在她嘴唇要离开我的那个瞬间，我又情不自禁地把双唇凑了上去。我和她像我和太子曾经做过的那样——但似乎比跟他还要深情，还要无所顾忌。

我们不知是多久停止亲吻的。我们的下巴搁在彼此的肩膀上。她在我耳边轻声说："真好，真好！我原来不晓得，我们……也可以相亲……相爱……"

381

那个时刻,我有很多话想在她耳边说,却不知从何说起。过了好一会儿,我才回应道:"是的,真好啊……真好……"

我俩虽身处水中,却像野火一般在熊熊燃烧……

她的脸蛋儿红扑扑的,我让她转过身去,为她搓了背,然后说:"水温降了,我们赶紧洗了,好钻被窝。"

她也帮我搓了背,然后抹干身上的水,也不穿衣服,光溜溜的,直接钻进了被窝里。

"两个小家伙儿睡得好香。来,睡拢些,挤热和。"

"你真把我当你的臭男人啦,抱这么紧,老娘气都喘不上来了。"

"你本来就是我的臭男人……"

"我可不愿意……"

"嘻嘻……"

"笑啥?"

"两个女人在一起,真好,看来不要男人也行啊。应该这样,女人只应该让男人撒个种,然后女人就跟女人一起过,把男人全踢开,那样,他们就知道女人的好了。"

林景芳：
云豹悠然地闪到了另一棵树上

　　我们沿着野兽踩出来的羊肠小道向林莽深处进发。走在队伍最前面的还是圣上，他的步伐又矫健起来了。走在身后的我看着他的背影，心想，这老祖宗恐怕真会长生不老呢。

　　尚未落尽的树叶经过初冬的洗礼，如晚霞一般东一堆、西一堆地燃烧着。不时有一群锦鸡从树林中飞起，像一片能发出"嘎嘎"叫声的彩云，一直飞向初冬高远的天空。这时，如果在射程之内，用装满铁砂的火枪对着它们开一枪，就可能掉下好几只。不时有獐子、野猪、麂子从眼前飞快地窜走。这里离乐坝还很近，大家并不会在这里打猎。圣上说了，兔子不吃窝边草，要大家往林莽深处进发，说那里的禽兽会更多。

　　"得多打野猪，现在的野猪被橡果喂得正肥，膘厚油多。"太子说。

　　圣上说："再过两架山，就是野猪梁，那几道梁上全是橡树，野猪肯定少不了。"

　　"说不定还有老虎呢。"

　　"还没人见到过那家伙，豹子肯定有。"

　　"会有的，成老七那次撵麂子，说是听到了虎叫。"

　　"他吹牛，就是看到了，看见的也是老虎变成的鬼。"

大家都笑了，赞同这个说法。丰都侯成老七红了脸，说："我是听到过，当时吓得我头发都竖起来了，麂子也不敢追了，赶紧往回跑。"

　　"说不定还隔几架山呢，你就吓得那样，你以前做过端公，是捉鬼的，老虎总没鬼可怕吧？"有人调侃他。

　　"是啊，鬼都不怕，老虎有甚可怕的？"有人用耻笑的口气说。

　　"就是，你能驱走那些无形的鬼，难道还怕一只有形的老虎不成？"

　　"嘿嘿，那是两码事，不能混为一谈的。无形的东西好弄，有形的东西就难说了。"成老七很认真地说。

　　朱征远说："老虎吃人，谁见过鬼吃人了？"

　　成老七辩解道："我不是打虎的武松，而是捉鬼的钟馗。就像我能抓阴间的恶鬼，却对阳世的恶人没有办法一样。"

　　"那是因为现世的恶人都是有形的，而阴间的恶鬼却没几个人见过。"

　　有人维护成老七："你也莫要这么说，老虎吃人可以看到；但鬼吃人的时候，你看得见吗？阴间的事有时候比阳间的事还要大呢，难道你以后遇到这样的事就不找人家了？"

　　那人不说话了。

　　"就是嘛，整个乐坝就一个成老七，你不找他找谁？"

　　"成老七，你捉了那么多鬼，你说你真的见过鬼吗？"有人岔开了话题。

　　"唉，你怎么能对这些根子上的问题产生怀疑呢？"

　　"反正我是从来没有看到过。"

　　成老七还想说什么，却看见了一只云豹，便指着一棵树，喊了声："你们快看！"

　　人们顺着他手指的方向望去，只见一匹云豹正从一棵树上跃起,它华贵皮毛上的云形斑纹闪耀着炫目的光芒,在空中划出一道优美的弧线,然后停在一株松树上,好奇而又警惕地回看了我们一眼。有人举起了火枪,另一个人赶紧制止,说:"这样的灵物,可不能随意乱打。"

云豹悠然地闪到了另一棵树上,然后隐进了绿浪之中。

大家继续往前走。森林越来越密,最后都很难看见天空了,我们又走了一天,才停下来,用长刀砍出一块平地,盖了一些茅棚,搭好了狩猎营地。

燃起篝火时,夕阳西下,已是黄昏,太子、朱征远和另外两个人到附近的森林里去转了一趟,不一会儿就扛了两只麂子回来。这就是大家今天的晚餐了。

成老七见有一只母麂子,便说:"你们不应该打母的,现在正是麂子发情坐胎的时节,不定怀有小麂子呢。"

朱征远说:"林子里太暗,黑乎乎的,哪分得清公母?"

我看了一眼那只垂死的母麂子,感到难受,就说:"成老七说得对,下次尽量当心点。"

母麂子不停挣扎着,喉咙里发出"咕咕咕"的响声,伤口处的血一阵阵涌出来,在火光中显得格外红。公麂子的皮已经剥完,肠肚已收拾干净,母麂子还没死。它大睁着湿润的、像是满含了泪的眼睛,因痛苦而吃力地发出低哑的鸣叫。

朱征远看到它的伤口一直喷着鲜血,就埋头在伤口处吮吸起来。成老七看了难受,踢了他一脚,把刀扔给他,说:"积点德,一刀了结了它吧。"

朱征远抬起一张满是血的脸,用袖子抹了一把,抄起刀,从麂子的脖子刺了进去,麂子蹬蹬腿,终于不动了。

385

圣上在旁边看着，说："你个娃儿心倒是硬得铁石一般，下手那么准，那么狠。"

朱征远还以为圣上在夸他呢，有些得意地说："臣只是随便给了它一刀。"

他的话刚说完，就引起了大家的一阵哄笑。朱征远看了看那一张张被火光映得通红的脸，不好意思地笑了。

成老七把麂子头摆好，点上随身带来的香和火纸，然后请圣上主奠山神。这是猎人狩猎前必须举行的仪式。山神主管山中的草木清泉和飞禽走兽，据说是位美丽的女神，骑着赤豹，带着文狸，坐着辛夷木做的香车，身上披戴着芳香的石兰花。

圣上用山泉净了手脸，对着山神跪拜之后，用苍老的声音吟唱着颂词①——

> 有美人兮山之阿，
> 被石兰兮带杜衡。
> 乘赤豹兮从文狸；
> 辛夷车兮带杜衡。
> 杳莫莫兮羌昼晦，
> 东风飘兮神灵雨。
> 山之神兮芳杜若，
> 饮石泉兮阴松柏，
> 掌佳木兮菁草随，
> 握百兽兮禽鸟从，

---

① 据屈原《九歌·山鬼》改编。

山之神兮芳杜若，

赐禽兽兮布恩泽。

会鼓传芭兮代舞，

长无绝兮终古。

圣上吟诵完后，三叩九拜，众人随之。然后，他猛然跃起，挥着长刀，割下麂子肉，用刀挑着在火上烤。众人又一起围着篝火，一边齐声吟诵颂词，一边挥舞着长刀和火枪舞蹈。

才是月初，天上无星无月，辽阔的林莽被裹在浓重的黑暗里，猎人和那火成了世界上唯一能看见的东西。他们吃着烤熟的大块儿麂子肉，喝着芳香的野果酒，唱着祭神的歌，跳着粗犷豪放的娱神之舞，长刀闪耀，烤肉飘香，歌声伴随着从森林里传来的野兽的叫声，舞蹈应和着阵阵林涛。酒足肉饱，每个人都有些醺醺然，圣上一高兴，索性脱了身上的皮袄和衣服，裸了上身，也跳起舞来。只见他白发飘扬，舞姿刚健，跳得自由豪放，无拘无束。人们也纷纷随他再次起舞。

我们就是这样来与山神亲近，欢娱神灵，祈求她多多恩赐猎物，保佑猎人们不被野兽伤害。

世界猛然间变得那么简单、纯粹。

美丽的山神出现在林间，被灵光笼罩，她因高兴而微笑着，她说："我自由可爱的猎人们，我亲爱的儿女，你们所祈祷的一切，我都会赐予你们。"

到深夜，那首祭神的歌已唱了七七四十九遍，那舞也跳了七七四十九回，大家才停歇下来，往火中添了些干柴，钻到茅草棚里睡觉去了。

涤荡一切的山风安静了，那如同海啸的林涛声也随之平息，那飞奔在黑夜中的猛兽躺卧下来，大地慢慢进入了梦乡。

第二天清晨,狩猎开始。这里大概亘古以来就是大森林,到处都是枝丫探入云端的高大的漆树、松树、柏树、香樟树、橡树以及那虬结的、粗大的葛藤和杂树荆棘,它们组成了一个阴暗的、高深莫测的、无法穿透的深渊。要在这样的地方捕获猎物本就很难,加之圣上不允许使套索、设陷阱、下毒药,所以更难。圣上认为,人不能对动物要阴谋,因为动物从没有对人这样做过。

大家只好前往橡树梁去捕猎野猪。现在确实是捕猎它们的好时节,再过些时候,它们的膘就会随着冬天的来临而消减。还有,橡树林的杂草荆棘入冬后稀疏了很多,冬日又都落了叶,很容易找到猎物。

到了橡树梁,果然看见了成群的野猪在慢悠悠地拣着橡果吃,看到猎人后,它们警觉地抬起了头,把长着獠牙的嘴向前伸着,分辨着这些陌生的气味。这时,大家的火枪总会一齐对准它们。当它们感到厄运来临而要奔逃时,枪声齐鸣。野猪的皮又硬又厚,又常常撕破松树皮、柏树皮,让松油、柏油一层层裹住自己,所以一般的火枪只能伤及它的皮毛,捕获它们时必须对着它们的要害射击或砍杀。有时,如果没有致命,它们一旦被激怒,反扑过来,会比平时更加凶猛和残忍,那是相当危险的。

这片大森林中响起狩猎的枪声还是第一次,听上去陌生而又尖厉,新得像刚刚锻打出来的一把刀。群兽百鸟远远地听见了,感到很新奇,并不知道这与它们的命运有什么关系。

枪响之后,有两头野猪倒在地上挣扎着,其他野猪愣了一下,"嗷嗷"叫着,狂奔而去。只见树摇叶飞,哗哗直响。一会儿,一些受伤的野猪便掉了队,大家挥着长刀,一哄而上,把它们砍倒。

狩猎还算顺利,一开始就猎到了六头野猪,除两头一百多斤外,其余四头都是两百多斤重的大家伙。

被惊吓的野猪逃得更远，猎人们直到中午才寻到了新的一群。它们像已知道那陌生的声音和气味的可怕，远远地就奔逃开去。太子李绍谋和成老七带着另外三个人从很远的一个山头飞奔着穿插下去，在野猪群的前面开了几枪。跑在最前面的一头野猪栽倒在地，发出一声尖厉的惨叫，其余的猪群吓得又转身往回跑。圣上和其余的人早把枪口对准了它们，太子和成老七也从前面逼过来，前后夹击。野猪群很快就昏了头，又有几头栽倒了。这群野猪大约有六七十头之多。橡树梁两边是悬崖，它们见前后左右都没了路，都挺着长牙，向猎人们冲了过来。这时，再往鸟铳里填火药已来不及了。圣上叫大家赶紧散开。他握紧长刀，靠着一棵橡树，和一头向他冲过来的野猪搏斗起来。那是头肥壮的大家伙，嘴喷白沫，獠牙锋利。它冲向圣上，圣上依靠那棵树，一边腾挪躲闪，一边伺机用长刀去砍杀，开头几刀都没砍中，好不容易砍中两刀，也只伤了它的皮毛，那野兽被激怒，愈见凶猛。

那头野猪似乎也想到了办法，它退到稍远处，朝紧靠着橡树的圣上再次冲过来。只见它脚下枯叶乱飞，獠牙闪着寒光，恨不得一击将对手置于死地。圣上也先是面对它，靠着大树，故意不动，待野猪冲得近了，才猛地闪开身，那野猪仍只顾奋力向前，最后一头撞在树上，栽倒了，震得那粗壮的橡树落下无数枯枝败叶来，圣上趁机一刀刺进了它的脖子，总算把它杀死了。

朱征远被一头野猪撞翻在地，幸好他比较机敏，滚到了旁边的土坎下，虽然摆脱了危险，却弄得浑身腥臊。

大多数野猪最后逃走了，但林间已摆着七八头，收获很大。有几个人受了轻伤，大家稍事休息，把野猪抬回宿营地，然后在那里把猎物去毛剖膛，砍成条块，把板油卷成筒，把肠肠肚肚都收拾干净，抹上带来的盐,在火上熏着,制成腊肉。这样的肉可以存放很久,又香,往回运时也省力不少。

忙完了这些,已到半夜,大家议论起当天狩猎的得失来。

圣上说:"得力于山神的保佑,今天总体平安。"

成老七说:"朱征远把野猪逼得太急了,才使好几个人受了伤。"

圣上说:"野猪千万不能逼得太急,要留退路给它们,不然它们会没命地向人发起攻击。"

朱征远不服气地说:"你看你们,又没谁伤了筋,动了骨,破了点皮就嘟嘟囔囔的。"

大家都很累,也不和他争辩,受了伤的糊了些草药,饿了的人吃了些干粮,啃了些野味,就睡了。

我和圣上的行宫隔着火堆。我刚有了些睡意,就蒙蒙眬眬地觉得有一种粉红的色彩笼罩着我,我越来越分明地感觉到了李方吾的那张脸,皮肤细腻,格外俊美。那张脸蹭着我的脸,并用湿漉漉的舌头舔我。随后,他的整个身体都覆盖上来了,我们彼此一丝不挂,我体验到了只有我跟圣上在鱼水之欢时才有的那种快感,但更强烈一些。我呻吟了一声——担心圣上听见,惊醒了,发现身下一片黏湿。怎么会有这样的梦境?我怎么会梦见他呢?我看着圣上,听到了他的鼾声,确定他没有听见我的呻吟,放下心来,但觉得这依然是对圣上的背叛,不禁有些懊丧,心情忽地变得忧郁起来。

林涛声低啸着一浪浪涌去,直至那无比遥远之地。丛林深处传来一声野鸟的叫声,显得孤寂,带有苦涩的味道。随后,除了林涛和人们的鼾声,就再也没有别的声响了。

这时,我突然听到对面窝棚里的朱征远狠狠地、梦呓似的说了一句没头没尾的话:"真不该,真不该把那个杂种留在女人堆里!"

孟金榜：
她已铭刻在我的骨头上

　　我昨晚没睡，我就蹲在云珠的窗户前，她们说的话我都听见了，她们所做的事我也晓得。她们抱在一起入睡的时候，我听见了猫头鹰的叫声，这种鸟的叫声里有死亡的味道。它为亡魂引路。它后面跟着影子一样的无形，一脸凶相。但当我向月夜里望去，却恍然看见一树惨白的梨花在轻轻晃动，散发着泉水一样的甜味。

　　我是第一次听到两个女人在一起时说出的那样动情的话，很是惊讶。我的心情很是复杂，头脑里总是出现她们赤身裸体在一起缠绵的画面。这对我这个一心只读圣贤书的人来说，的确太不可思议了。我没有感到冷，也没有感到困。直到闻到了早饭的香味儿，我这才记起自己连昨天的晚饭都没有吃。我的肚子咕咕叫了起来。我一边咽着唾沫，一边忧伤地想：唉，我这一辈子要是能吃上一顿她为我做的饭，就心满意足、死而无憾了。

　　我看看黎明将至，正想离开，突然听到孩子的哭声，两个女人醒了，一个在给孩子把尿。云珠说："天快亮了，我不睡了。"刘秀芬问："我也得回去了，你今天干什么？"云珠说："我没什么事可干，给宏儿缝件衣裳。"刘秀芬说："今天孟夫子的学堂要开课，你不去看热闹？"听到这里，我多希望她能去啊，可云珠说："教娃娃读书识字有啥好看的？要看你自己看去，我不去。"刘秀芬说："老娘就想看他那双白手，没想到一个男人的手会那么白。"云珠说："你个小婆娘，我看你是想他用那双白白净净的手摸你呢！"刘秀芬嘻嘻笑了："听你那语气，你不会吃醋吧？"云珠语带笑意："我才不会呢，你愿怎么看怎么看去！"

听到两个女人说自己，我感觉很别扭。我不能再待下去，便从窗外溜走了，脚踏云团似的回了家，剪了胡须，洗了头发，梳得光光顺顺的，把那件青蓝色的长衫找出来，抖伸展，又穿上黑布鞋，就是一副读书人的样子了。那衣服和鞋子原都是我备着上京赶考时穿的，失去机会后，一直没再舍得穿。长衫直到脚背，肘上虽补了两个补丁，但是很干净。穿上这身衣服后，我觉得自己的确像换了个人。

那七个孩子被家人带到了我屋里，我就开始教他们。乐坝第一次传来了"人之初，性本善；性相近，习相远"的稚嫩的童音。这把留在村子里的人一个一个地吸引了过来。

刘秀芬真的站在人群里。

我抑扬顿挫地教孩子们诵读，听着格外悦耳。他们围在外面看，说我的声音跟女人唱歌一样好听。这让我很是气恼。我虽做出一本正经的样子，但眼睛的余光还是忍不住不断往人群里瞟，我还是希望云珠能来看看我今天的样子。这是很多年以来我穿得最体面的一次。留在村里的人都在，但就是没有她，我很是失落。我看见了盯着我看的刘秀芬，她有些痴，抱着孩子，站在最前面。她那样看着我，好像我是神一样。她的目光一直追随着我的手——看来她是真的喜欢它们。我不禁有些感动起来。这个女人虽被生育催得成熟了一些，浑身有了一点女人味，但还是个少女的样子，神情纯洁，目光清亮。她那么专注，嘴就那么微张着，一直没闭上，眼里好像只有我。

我白天教书，晚上的日子都是这样安排的：一更到二更会弄点吃食填填肚子，在床上和衣卧一阵；三更会去云珠窗外守望；四更在屋侧白石上打坐,守望白鸟,直到五更天;如果还有时间,会再眯一会儿,吃了早饭,待辰时开课。

无论如何,守着云珠和守望白鸟是我必做的功课。我知道,那段时间刘秀芬每晚都陪着她。如果没有这个讨厌的小女人,我说不定也会闯进她屋里再次向她表明衷肠,或者向她忏悔。说不定也是云珠为了防我,有意叫那个小女人去陪她的。想到这里,我不免有些伤心。天天想着这件事,有一天就把"性相近,习相远"教成了"性相近,身相远"。孩子们已跟着我学了好多遍,有个认真的孩子就纠正说:"先生,先生,您教错了。"我还是没有觉察到,就问那学生错在哪里了。那学生就一本正经地说:"您原来教的是'性相近,习相远',可您刚才说成了'性相近,身相远'。"其他孩子也跟着嚷嚷起来。这搞得我有些尴尬,为了不丢面子,赶忙一拍戒尺,威严地说:"不准叽叽喳喳的,跟歇林的雀子差不多,成何体统! 我本就是故意教错,要试试你们专心没有,看看有没有能记得的。看来,大家很用功,学得不错。"我特意表扬了那个娃娃,然后我让孩子们背诵了一遍。孩子们齐声背诵,看热闹的人便感叹,说先生的本事真是了不得,就这么几天的工夫,孩子们就能背诵那么深奥的文章了。

孩子们放了学,看热闹的人都回去了。我坐在凳子上,埋着头,觉得一切都没有意思。又想起那天竟在云珠面前尿了裆,更是懊丧,觉得自己斯文扫地,窝囊透了。

正在这时,我感到有人站在门口。抬起头,看见是刘秀芬。她的脸还是那样红彤彤的,跟挂在枝头的柿子一样。她低着头,让人感觉她很害羞。她的头发刚用蘸了水的梳子梳过,脸也洗过了,还有水的气息,刚才套在棉衣外面的那件黑布衣裳也换成了一件有四成新的抄襟印花衣裳。她怀里已没有孩子,由此可知,她是把孩子抱回家后赶紧打扮了后赶过来的。

"妹子,你有事啊?"

"我……有……嗯,没事没事,我就是想来……想来看看先生……教书……"

"我看你每天都来。教得不好,让你见笑了。现在已经放学,放学后就不再教了,只能明天再来看了。"

"哎呀,你教得太好了,全村人都在夸你,说你几天就让孩子们认识了那么多的字。我都活了快二十年了,到现在连自己的名字还不认识呢。"说完这些话,她不再像原先那样羞涩,看了一眼我的白手,盯着我说,"我到你屋里坐坐,你教教我'刘秀芬'这三个字怎么写的,行吗?"

这个要求显然让我有些不知所措,便有些慌张地说:"哦,行行,行的行的,妹子你请。"

"会教学真好,你这身衣掌一穿,真是文气呢。你就是个先生,哪适合弄刀耍枪? 所以,你那把刀磨得再快,圣上也不会让你去。"

她这么说,我又想起了那天的情形,心里涌起一股暖意。我看着她羞红的脸蛋儿透着粉气,心便动了一下。但一想起云珠,心又冷了。我想让这个小女人快些离开。

"怎么啦? 看你那个样子,嘴上答应了,心里还是不情愿让我进屋坐呢。"

"哦,不是不是,只是……你看,我孤身一人……何况,何况……"

刘秀芬一听,反而妩媚地一笑,问我:"孤人一个怎么啦? 怕我吃了你?"

"你知道,何况那个什么……男女授受不亲……"

刘秀芬仍然很妩媚地笑着,看着我,玩笑道:"授受不亲? 我还没有说要跟你成亲呢。"

我听她这么说,脸一下红到了耳朵坡,低了眉眼,赶紧说:"授受不亲不是成亲的意思。"

"是不亲啊,我就是到你屋里坐坐,难道男女在一起坐一坐就亲了不成?"

我看她很认真地在说,便以为她真不懂那句话的意思,也觉得她很可爱,知道跟她也解释不清楚,便道:"没啥,没啥,你请屋里坐。"

刘秀芬进屋后,随手关了门,笑着说:"孟先生在用功地读书,还没吃饭吧?"

"关了门,屋里暗得很。"我回过身,把门又开了一人宽的一道缝,说,"饭还没有做,等会儿随便吃点。"

"你得注意身子,我见你一天比一天瘦。今儿特意带了点肉给你,你又不会打猎,难得吃荤。"

"哎呀,不行不行,我怎能劳烦妹子呢。"

"没啥劳烦的,这肉是煮熟了的,又是腊肉,可放着,随时吃的。"她说完,把那用芭蕉叶包了的一大块腊肉放在桌子上,肉香立即弥漫开来,引得我满口涎水,我尽量轻声地把涎水慢慢咽下去,以不发出声响,肚子却不争气地咕咕叫了起来。

"快吃吧,你肚子可是不哄人。"

"那就多谢妹子啦。"

"没事,我走了。"刘秀芬站起来。

我怕人见了说闲话,也怕她独自来我这寒舍的事传到云珠那里,就说:"妹子你走好,多谢你的肉……"

不想刘秀芬似乎看出了我的心思,索性转过身来,说:"我看看先生——哦,屋里都有些啥?对了,我不能走,你还没有教我写我的名字呢。"她一边说着，一边就往里屋走。

我只好跟过来，连说："寒酸寒酸，让妹子见笑！"

走到里屋门口，刘秀芬突然折回身，扑在我怀里，激动地说："我的先生，你这是何苦呢？苦着自己，为的什么？我见过你晚上在田地里头转，望着云珠的窗户发痴。"

被她知晓了这个秘密，我有些难为情："你……你是怎么……知晓的？"

"前几天有月亮，你的影子会从窗外晃到云珠房间里来，我从里面看出去，发现是你，但我没有跟任何人说。你是在守我，还是守云珠呢？"

"我……我当然……"

她接过话茬："当然是守护我。我感动死了，所以今天就单独来找你了。"

她这么说，我就不晓得该说什么话了。我让她抱着，没有动。她的头顶着我的下巴，我闻到了她头发里皂角的香味。我感觉我的身子在颤抖，她肯定也是。我用手轻抚着她的背。她一动不动，像是醉了。

天地间好像只有我们两个人，只有那一屋。人世没有了，宇宙洪荒都不存在了，人和万物消失，连神仙也去了神居之地。那一刻感觉特别漫长，它是静止的，又是飞速流逝的。终于，无数个世纪过去后，她挣出了娇小的身子，去关了屋门，然后用右手牵了我的手，在前面引着我往里屋走。我是恍惚的，陶醉的，像个小孩似的跟着她。一进里屋的门，她就回过身来，又一次紧紧地搂住了我的腰，我也抱着她。就那个样子，我们好像过了好几个世纪。

然后，她在我胸前颤颤地叫了一声"先生"，我应了一声，双眼顿时潮湿。我用手捧着她的脸，她娇小的脸蛋发烫，泪水流了出来，我说:"你莫哭。"她说:"我想哭。""为啥?""不为啥,就是心里想。"她说完,用左手把我的左手拿到她的鼻子前闻着,深深地吸了好几口气。

"闻到了啥?"

"墨和书的香气。"

我笑了:"你能闻到墨和书的香气,看来你是个可教之才呢,你若读书,定能考上状元。"

"那你就教我,我肯定能好生学习。"

"那好啊,可就是怕人笑话。"

"我不怕。"

"可我怕呢。"

她有些陶醉:"我都不怕,你怕啥!"

我嘿嘿笑着。

她抬起头,仰着脸,低声说:"你好好的一个人,为什么要孤身过日子啊?"

"我原来老是想着功名,书中自有颜如玉嘛,没想到,天下乱糟糟的,那个功名无处去求,年龄也大了。后来,你肯定也晓得,我爱上了云珠,不能自拔。"

"我晓得,所以我来帮你。我还晓得,有了功名,就能做官,升官发财是连在一起的,然后就是荣华富贵了。"

"我原来是把功名作为自己的目标,升官倒不一定能发财,但要发财可能的确要当官才行。"

"你现在不是有功名了吗?你可是新唐的状元郎。"

我苦涩一笑:"这得感谢圣上的恩赐,只可惜这新唐太小了,这状元,包括王侯将相,和百姓有何区别?"

"这么说来,你读了那么多书,最终都白费了。"

"也不完全白费,终归还是明白了一些圣贤之道。"

"男女之道都不明白,咋能明白圣贤之道?"

我没想到她会说出这么句话,一时语塞。

"不知你读了多少圣贤书?"

"应是大多读了。"

"可有一本书你一定没有读过。"

我想她目不识丁,哪知道什么圣贤书,又哪知道我没有读过的圣贤书,便问:"我没有读过的圣贤书可是不多,你说是哪一部,哪一册?谁著的?"

"肯定有一册,但你要先说你想不想读?"

"如没读过,当然想读。"我又接着补充道,"你那里如有,可否借我一睹为快?"

"你可敢确定?"

"看书有何不敢的?当然敢确定。"

"这书可不一般,它是既好读,又不好读。"

"那就是天下奇书了,更是稀罕,难道你有?"

"当然有。"她嘻嘻笑着,"你转过身去,我让你转回身,你才能转过来,不然……"

"不然会怎样?"我真有些好奇,便道,"没想到你祖上也是读书人,你也出身书香门第,难道你随身带着?"

"既是圣贤书,当然要随身带着啊,先生莫要啰唆,快转过身去。"

我真以为她有一本书,便转过了身。

过了一小会儿,我听到她悄声说:"书已经摆出来了,先生转过来……"

我迫切地转过身去,没想看到的竟是她赤裸裸的身体——那么冷,却一丝不挂,挨近小窗的半边身子白亮亮的,很是分明;另半边身子要暗淡一点,是另一种光。我看到了她脸上的羞红,一双清亮的眼睛却脉脉含情地、勇敢地看着我。

我见她那样,一下就慌了神,忙低了头,背过身来,说:"妹子,你……你怎可这样! 你当我是……哎,天气这么冷,你赶快穿上衣裳,莫让身子受了寒!"

"你们读书人,就是说法多。我就是那本圣贤书! 我可没那么多讲究,我只晓得我喜欢你,就可以为你做任何事。"她说着,往前走了一步,站到了我面前。

我连忙转过身去,拿起她的衣裳,要给她披上:"妹子,这样不好,你有男人有儿子了,征远对我很好,我不能……何况……何况,你也晓得,我已有自己中意的人……"

刘秀芬听了我的话,脸上的红晕一下消失了,像一朵盛开的花突然凋零;她热腾腾的身子一下冰凉,像一盆冷水泼到了一团燃烧的炭火上。她伤心地大声说:"我当然晓得你中意谁! 谁个说的,你中意她,就不能中意我了? 你不是个读书人吗? 你难道只读一本书?"她说完,麻利地穿好衣裳,气哼哼地留下一句话:"我不会这么轻易放过你! 我这本书,你读了就晓得有多好!"说完,低着头,就转身往外走。

我还想说什么,但那女人用力推开门,飞快地走了。我无力地靠在门框上,眼看着那女人风一样消失在了一丛摇曳的棕树后面。

我叹了口气,感到非常惭愧。我觉得对不起刘秀芬的一片真情,后悔让她到屋子里来,也觉得对不起云珠,认为自己差点背叛了对她的爱。我也知道了,女人这本圣贤书,比我读过的所有圣贤书都要难读、难懂。

我虽然感到饿，却吃不进东西，就洗了手和脸，呆坐在那张用柏木板临时拼凑的书案前，磨了墨，拿起毛笔，写了自己此生对爱情的第一问："问世间，情为何物，直教生死相许？"然后就一遍遍书写，直到天黑下来才作罢。

我觉得自己格外虚弱，本想钻进被窝，枕着寒意、枕着孤独，度过这难挨的一夜，但我依然忍不住像个鬼魂似的，飘荡到了云珠的窗前。而那天晚上，刘秀芬没有去云珠家，她家的桐油灯一直亮到很晚才熄灭。

我感到慌乱，无所适从。这个时候，我只有坐到那块白石上，心才会安宁。

天上撒满了星辰，我看见一颗星划着一道闪亮的星迹，然后消逝在了蓝色的夜空里；又一颗星以同样的方式坠落在同一片天空中，坠落的星辰越来越多，谁也不知道它们为什么离开天空。

伴月星让我最为感动，我觉得它有点像自己。月亮到哪里，它就随到哪里，但我从没有见它挨近过月亮。看着星月入了神，就觉那夜空在波动，地上的月光也在波动，像在狂风中翻卷的林海。渐渐地，眼前便幻化出无数只白鸟来，它们在那波涛里穿行、飞翔，发出悦耳动听的鸣叫声，圣洁的白色羽毛闪着光……有些像月光下的刘秀芬秀挺的乳房。眼前的白鸟便幻化成无数对秀挺的乳房，它们像长着翅膀的鸟儿，在天空里闪烁，替代了所有的星星……

所见的幻象让我长叹了一声，不觉恼恨起自己来。因为我知道我长期这么做是想看到神圣的白鸟，而我所见却尽是女人的乳房，白鸟怎么可能在我眼前显现呢？

我想使自己的心变得专一，使它能重新专注于夜空，使眼前重现夜单纯的色彩，但我怎么也没有做到。我的心无疑更加慌乱。

最后，我只能站起身，索性向云珠的窗前走去，但我觉得脚下铺满月光的土地怎么也踩不实，自己像是悬在空中。

霜在月光里显得更加白。田地里浅浅的麦苗在霜冻中停止了生长。我看见云珠窗户里的灯光早就熄灭了。我看见天地间只有霜色和月光。

一连几天，我屋里都残留着刘秀芬身上皂角和野果酒的香味，屋子里也似乎一直有流水的气息。

因为害怕碰到刘秀芬，我现在除了教书，很少在乐坝走动。自刘秀芬来访后的第九天晚上，我突然不去云珠的窗前了，好像自己已经不配。因为我发现，我那天虽然无情地拒绝了刘秀芬，心里却有了她的位置。我承认自己对她充满了愧疚、思念和欲望。云珠是我心中的天仙。我希望像之前那样，对她保持纯洁的情感。但我可以肯定自己对刘秀芬的身体和气息是着迷的，特别是每到黄昏来临的时候，我觉得她的身体和气息就会有一种特殊的光芒，让我的肉体充满激情，以致最终困倦不已。每到这个时候，我就会想，现在该是我和刘秀芬在一起的时候了。这种不可思议的感觉使我觉得是对云珠的亵渎。所以，我晚上只在屋侧的白石上打坐。

但我一直没有看到白鸟的身影。我自己也搞不明白自己这一生是否还有缘看到它。那天祭神，也就是白鸟显灵的那天，人们都看到了，就我无论如何也看不见。这一点，我没有向任何人说。我害怕自己被新唐这唯一的守护神抛弃。

夜晚那么冷，我一直像个入定的僧侣那样坐着。我的双眼专注于夜空，专注于天上的星辰，当星辰隐退，我则专注于那厚重的黑暗和黑夜过后必将到来的黎明。

我虽然找不到自己那样做的确切原因，但我觉得自己需要那样做。这种需求来自灵魂和内心的争斗。这争斗使我产生了虐待和摧残自己的欲望，我觉得自己只有用这种方式才能获得内心的安宁，用这种安宁来浇灭心里的激情。

如果说我以前一直面对寒窗，专心读书，以期有一天能金榜题名的话，现在我的主要精力则专注于夜空。久而久之，我感觉自己浑身已被夜浸透了。但白鸟有意让众人见而唯独不让我见，一直是我难以解答的谜。我猜测白鸟这样做的原因就是想把我变成一个夜的守望者和谛听者。如果某一天夜里，我能够听见一星扬尘的哀叹，一朵花的凋零，就能听见白鸟在高空飞翔时羽毛拂动的声音。到那时，我就是夜的阐释者了，不但能见到夜里的一切，还能洞悉夜的本质。

我每晚直到辰时才收回自己注视夜空的目光，然后直接回到屋里，但有时还是忍不住会在云珠窗户所对的田野上徘徊大约一两个时辰，再怀着忧郁的心情回到那张冰冷的床上，睡到日出，然后随便吃点什么，再开始上课。

但即使这样，我还是会不时想起刘秀芬。我开始一遍遍地追忆那天我看到的她身体的每一个部位——而这，总能勾起我的情欲。

一晃又过去了七天，那天傍晚，刘秀芬在村子东边的那条小路上堵住了我，她对我说："我知道你心里有云珠。但我不知道云珠心里是不是还有你，我要去找云珠试探一下，你今天晚上可到她的窗下听她怎么说。"她说完就扭头走了。

我开始决定不去听墙根，但还是不由得关注起她俩的动静来。天刚黑下来，我就看见她抱着孩子到云珠屋里去了。鬼使神差，我马上顺着几道田埂，小跑着到了云珠家的窗下，生怕听漏了一句。

我听到两个人说了些闲话后，刘秀芬就装作突然想起什么事来似的，对云珠说："哦，对了，我的臭男人，我听说、也见过你和孟先生也曾爱得要死要活的。"

云珠听了,就说:"你个小婆娘什么意思啊?那个书呆子,哎——"她长叹了一声。

"我一直留意着姓孟的,你也看见了,他有一双比女人还要细嫩的白手呢。"

"他是有一双书生的手,但我不喜欢,我喜欢那种能握刀剑、一掌能把熊拍晕的手。"

"我晓得你是喜欢赵子龙那种有英雄气的男人,但我看那个孟先生是真的爱你,爱你爱得失魂落魄的。"

"我和他也曾彼此有意,但我现在已经不可能喜欢他了。我们缘分早尽,我现在是太子妃,更不可能跟他谈什么情啊爱的!"

"哦,我明白了。"

"你个小婆娘以后不要再提他了,我们睡吧,来,挨紧一点,这样热和多了。"

"好的,挤在一起才热和。"

这些话我都听到了。我其实不怕寒夜里的冷,但云珠的话令我如置身冰窖。我不能再听下去。我如同一块朽木,转身朝家里走去。

因为孤寂和清冷,我觉得自己那两间简陋的茅屋常常在寒夜里瑟瑟发抖。

我回到床上,躺了一会儿,怎么也睡不着,又爬了起来,裹着一张兽皮,坐到了那块白石上。虽然云珠说了那么绝情的话,但我脑子里依然全是她的影子——这个女人已铭刻在我骨头里了。

我心潮汹涌,难以平静,所以很少往夜空里望。不知不觉中,天就快亮了,我用手拍了拍身上的白霜,站起来,移动脚步,转身蹒跚着往屋里走去。

刘秀芬：
我要给他一个意想不到的欢喜

　　当从墙缝里透进来的那束月光消失后，我躺在被自己泪水打湿的枕头上慢慢睡着了。但很快醒了过来，再也睡不着。云珠心里没有孟金榜使我安心了许多，但这也使我更加想念他。我不知道他听到那些话后有何感想，绝望、难受是肯定的。我不想让他难过，可我又要让他知道他在云珠心里的位置，他不难过又不行。

　　真是萝卜青菜各有所爱，云珠就真不喜欢他的白手——我不知道她对他为何如此绝情。而我脑子里全是他，全是他白手的样子。我一想起他抑扬顿挫教孩子读书的声音就激动——那的确比唱歌还好听。我一边听着他的声音，一边看着他那只拿着两尺长戒尺的白手，像被人突然灌了很多酒，醉得像要倒下去。我会情不自禁地在心里赞叹它，恍恍惚惚地想，如果他用那双手抚摸我，我一定会快活得像神仙。每当我这样想着，就能觉到自己的脸烧得像火塘里的炭火。他的手啊，像两只白鸽子，在我眼前乱飞，迷乱我的眼睛，也迷乱我的心。

　　我自长这么大还从来没有这么想过一个人。我觉得自己的心在破碎，可以听见它发出的陶罐破碎时那种嗞嗞的声音。我知道自己第一次爱上了一个男人。这也与云珠跟我说的话有关——有令自己着魔的也行——我就对孟先生着魔了。

那天第一次单独去他茅屋见他,我是用了凭生的勇气的。

去看孟先生教书的人,开始还可以看很久,后来有事要忙的,就会先后散去。我总是最后一个离开,那天也是。我背着小驹子往回走,脚像踩在云上,一点也不踏实,心里莫名地忧伤。走着走着,就想折回身去,往学堂走。走回家的路显得很长。回到家,我把小驹子交给娘,说太子妃叫我帮忙,我从后门出去,免得孩子撵路。她答应了,在院坝里逗着孩子耍。我自己进了屋,把头发用梳子梳好,又洗了脸,换上抄襟印花衣裳,把一块熟腊肉用芭蕉叶包了,从后门出来,绕进一片竹林;等孟先生放学,看孩子们散去,在水沟里湿了手,把头发抹光,把衣服扯展,便向他走去。

孟金榜房子的木门半掩着,我站在门侧,看见他坐在一个凳子上,摇头晃脑地背诵着除了圣上谁也听不懂的古诗——

帝子降兮北渚,目眇眇兮愁予。
嫋嫋兮秋风,洞庭波兮木叶下。
登白薠兮骋望,与佳期兮夕张。
⋯⋯⋯⋯⋯

他的声音我一听就醉,但终是听不懂。站在门侧怕人看见,便站在了门口。

孟金榜停了吟诵,用手揩了吟诵诗词时流出的泪水,转过身来。见是我,他有些惊讶,但还是把我让进了屋里。我就这样正式地告诉了他,我是他的人了!

但早知道爱一个人心会这么疼,我宁愿不爱。我说不出自己心里的滋味,只想当着他的面把自己撕碎。从云珠嘴里套了话晓得她不可能爱孟先生,我放心了。我直到半夜才迷迷糊糊地睡着。但我睡得一点也不好。梦里尽是我和孟先生的事,可没有一件是我觉得高兴的。开头是孟先生在前面飞,我在后面飞,两个人相距并不远。他飞得很慢,但我无论如何也追不上。然后不知怎么又转到我洗澡了,就在清亮的几水边,我故意当着孟先生的面脱去衣裳,想让他看见自己好看的身子,但他眼里好像根本没有我,连眼角也不瞟我一眼。我梦见自己故意把水弄得很响,甚至还有意唱了一首酸曲儿①:

> 小小姑娘才十六,
> 爱上个谁的事儿从没有。
> 叫一声情郎啊,
> 你可将就就多将就。
> 你将就奴
> 年轻幼小身子瘦,
> 你可轻轻地搁上慢慢儿揉。
> 云雨后,
> 身子有彀心无彀,
> 奴害羞,
> 牙齿咬定郎衣袖。

但孟先生好像没有听见。我既伤心又生气,泪水混进了河水里。我就赌气地一直洗,河里的水开始是温热的,然后渐渐变凉,最后结了冰,冻得我浑身青紫,骨头生疼,不停地哆嗦,流的泪都结成了冰

---

① 据清代华广生编《白雪遗音·马头调》之《小尼姑》改编。

珠儿,但他好像还是没有看见……

最后,我伤心得醒了过来,醒了好半天,一动也不想动,只瞪眼看着黑暗的屋顶,觉得自己仍然在梦里。摸摸自己的眼睛,才知道自己在梦里真的哭了——即使醒后仍然在哭着。

我盯着那几缕从西面的墙缝里透进屋里的月光,觉得那光格外的冷,像他那天磨的刀一样锋利,月光每往前移动一点,就把我的心割一刀。直到鸡叫三遍,到了寅时,我还没有睡着,盼着天快亮。但冬天天亮得晚,窗外仍一片漆黑。我把眼里的泪擦净,坐了起来。小驹子还睡着,云珠抱着宏儿睡在里侧。但我一坐起,她就醒了。

她睡意蒙眬地问:"你要给孩子把尿?"

"也该把了。你睡着莫动,免得冷着。"

"你对我真好。"

给两个孩子把了尿,我对云珠说:"我得起床了,我娘还要酿酒,我得回去帮她,小驹子你先帮着照顾一下,我忙完了就回来抱他。"

她睡得正香,迷迷糊糊地说了声好吧,又睡过去了。

我像是丢了魂,急匆匆地往外走,把路上的霜踩得唰唰响,那声音听上去很刺耳。我快到孟金榜家门口了,又赶紧转过身,朝另一个方向走去。

乐坝没有一个人,田野分布在皇城周围,四周都是很深的林莽,黑黢黢的,里面像是潜藏着豺狼虎豹和妖魔鬼怪。我第一次感到这个地方令我害怕。不知道是被什么东西牵引着,我又一次来到了孟金榜的房门前。他家的门总是半掩着……我的心啊,好像早已跳出来了。

世界没有一点声音,寂静得使我的头发像要竖立起来。我敲了敲门,很小心,很轻,但那声音在我听来,却响若惊雷,好像有一种神奇的力量要让所有人都听到。我吓得赶紧躲进了门里。我捂着自己的胸口，气也不敢出，动也不敢动。屋里没有一丁点声响，过了好一会儿，我才听见一只老鼠"吱吱"叫着，从黑暗中窜回鼠洞里去了。

我深深地吸了一口屋里寒冷而寂寞的空气，不禁有些陶醉，内心的紧张也舒缓了一些。我把门闩严了——我要不顾一切地爱他——心里觉得踏实了许多，然后敲了敲里屋的门。里屋一点动静也没有。我把门推开了。里屋仍没有人。我摸了摸床上，也是空的，被子凌乱地堆成一团。屋子里只有一股单身男人的味道。我觉得奇怪，他到哪里去了呢？难道他还在云珠窗外守着？我一边想着，一边望了望窗外。窗外只有越来越清晰的天色，但整个乐坝依然在安睡。

"你总会回来的，我要给你一个意想不到的欢喜。"我一边这么想着，一边朝床边摸去。正要上床，想起门还闩着，就去开了门，仍将它虚掩，然后躺到了他的床上，钻进了他冰凉的、散发着浓郁孤寂气息的被窝里。

躺好后，我暗自发誓，我要让这里，让这张床，从此充满我们的爱和欢喜。

过了至少半个时辰，天光从寒窗外透进来，我都差点快迷糊了的时候，我听到了他的脚步声。门被他推开，吱呀叫了一声，然后被他闩上了。

我的心一下狂跳起来，我把头蒙住，牙齿死死咬着被角。

孟先生像个没了魂的人，影子一样飘进了屋里。他的脚步轻而疲惫，像是赶了好多天的长路。他叹息了一声，打了个哈欠，朝床边走来，在床沿坐好，脱了外衣，又长叹一声，在床上躺了下来。他拉过被子——他肯定想要和衣迷糊一阵，忽然觉得有些异样，那只白手在黎明的天光里一闪，停止了，也就在那时，我低低地叫了一声——

"先生——"

他吓了一跳,一下坐起,往屋里扫了一眼,除了清冷的四壁,什么也没有。

"是谁?"他问了一句,又自语道,"会有谁?肯定是自己的耳朵出了问题。"他晃了晃脑袋,苦笑一声,重新躺下。

"先——生——"我提高了声音。

这次他显然听清楚了:"哪个? 是人是鬼? "

在他又要起身时,我用双手揽住了他的腰:"是我……当然是人,是你的人。"

他低头看了一眼抱着他腰的手臂,感到非常惊讶,回过头来:"啊? 是你? "

"不是我这个傻婆娘,还能是谁? 我说过,我不会轻易放手的。"

"你怎么就……到我……床上了? "

"你这被窝冷得像冰窖一样,我要给你暖着。"

他没有说话,过了好一阵,才有些哽咽地说:"小时候,除了我娘,这么久了,还是第一次有人为我暖好了被窝等着我……"他显然很感动,又情不自禁地叫了声,"哎,秀芬啊! 你可真是……傻啊……"

听他这么说,听他这样称呼我,我就知道他至少不会像上次那样赶我走了。我身体里顿时涌出了一种亲近他的力量,把他的腰抱得更紧了。

"我可是第一次喜欢一个人,我一辈子也只会喜欢你这个人,所以我愿意傻。"

"你的话让我这被冬夜弄得冰凉的心一下变热了。"

"被窝里更热呢,快进来吧,莫要受寒了。"

"我身体里像有火在烧呢。"

"那也得到我身边来。"

他像个老人似的躺了下来，动作很慢，很小心，身体僵硬，像很冷似的发着抖。我紧紧地抱着他，他的双手却放在被子外面，不知道该干什么。

"暖和不？"

"暖……和……"

"那你还冷得直发抖。"

"不是……冷的，不知道为什么会这样，控制不住。"

他虽然穿着衣裳，虽然他的衣裳上有霜，冷得像冰一样，但我还是紧紧地拥抱着他。我想用我的身体把他焐热，让他僵硬的身体变软，最后融化为水——有整条几水的水波在我身体里荡漾——让水与火在我们的身体里同生共长。但他还是紧张，躺在床上一动也不敢动，过了好久，才终于想起了一句话，问我："你来多久了？"

我想知道他干什么去了，是从哪里回来的，就撒了个谎，说："我老早就过来了，可你不在，我在这里一直等你，也不知你干吗去了。"

"让你久等了。我先去听了你跟云珠的对话，听完我就回来了。我本来一到晚上就睡不着，听了你们的话，还怎么可能入睡呢？所以就坐在了屋旁那块白石上——我想看见白鸟，所以我每天晚上都会在那里打坐，有时会很久。"

"哦，我还从来不知道你在做这个功课，我刚才只顾往你门前走，都没留意到。"

"我在那里栽了一丛紫竹，刚好能把我遮住。我不想让人看到我坐在那里。"

我放心了，故意问道："你这次不会赶我走了吧？我告诉你，你就是赶我，我也不会走的。"

410

"还赖上我了,可你为啥要这样做呢?"

"不到你这里来,我就会死。"说完,我深深地吸了一口他身上还没有消散的冬夜的寒气。

听我这么说,他用放在被子外的手摸了摸我的头发:"我也有过这样的感受。"他轻轻地接着说,"你比我胆大,我太胆小了,圣贤书读多了,顾忌太多。"

"我晓得你什么时候会有那种感受。你的感受虽然不是对我的,但你至少能了解我的感受。"我说完,把他的一只手拉进了被子里。

他没有说话。他的手还是冰凉的。但一触到他的手,我就陶醉了。我醉意朦胧地说:"难道……你就这样一直……躺着吗? 我现在是你的……人,我觉得我一辈子都会是……你的人。你把那一只手也放进来吧,这里面暖和。"

听我这么说,他把那只手也放进了被窝里。

"被窝里有好多个春天呢。"

"无论多少个,它们都只属于你。"

他冰凉的手使我不由得缩了缩身子。但我依然抱住了他,生怕他从自己身边像夜色一样消失了。

"我喜欢你都喜欢到骨头里去了,所以我什么也不顾了。"我把他的手放到它该放的地方,钻进他的怀里说。

他还是不知道该说什么,好像所有的话在那时都是多余的。他也用了力气,把我抱紧了。

我觉得呼吸有些不顺畅了,但我愿意被他这样抱着。我让他抱了很久,然后说:"你身上的衣服又冰又凉,还是脱了吧,何况,你这腰上好像还拴着草绳呢。"

孟先生终于意识到了,满含愧疚地说:"真是对不住,我自己睡觉,都是和衣而眠,早就习惯了。我记起了,刚才只脱了外面的兽皮袍子,其他衣服都还穿着呢。你看这衣服上结了霜,钻进被窝里一暖,都变潮了。晚上太冷,我为了暖和一些,就在腰上系了根草绳,没想自己就这样让你抱着,真是过意不去。"

但先生就是先生,他没有当着我的面脱衣服。他下了床,跑到外面那间屋里,把草绳解了,脱了外面的棉衣,穿着单衣又进来了。我看着他的样子,甜蜜地笑了。我看不清他的脸,如果能看见,一定比东面山上冒出来的太阳还要红。他站在床前,不知所措。

我说:"快上床来,不要冻坏了。"

他搓着手,上了床,小心地在我身边躺好,连大气也不敢出。我拿过他的手,在自己手里握着。

我只要一接触他的手,心就会战栗、融化,直至燃烧起来——然后是身体,是这床,是这房子,是这乐坝,是几水,是整个无边无际的森林……所有的一切似乎都要和我一起化作烟,化作灰。

我的嘴凑上了他的嘴唇,一靠近,发现他的嘴唇马上哆嗦起来,带动得我的嘴唇就像被闪电击中一样——又跟电击不同,遭到电击时人会本能地马上脱离,但我们彼此相吸,舍不得分离不说,反而黏得更紧,像要把那种美妙的感觉无限延长,直至地老天荒。

当屋子里充满亮光,有一块更亮的光从窗外跌落在屋子中央。乐坝虽然已经有了各种声音,但我们什么也没有听见。

这时,门"呀——啊——"响了一声,像是被谁推开了。我和他都吓了一跳。他一下从床上坐起来,披上衣服,把我用被子一蒙,跳下了床,一边问是哪个,一边从里屋跑出去,一看,并没有人,是风在推门。他把门抵紧了,回到里屋。我从窗孔看了看外面的天,太阳应出来了,孩子们马上就要来上学了。他回过头,一边穿衣服,一边对我微笑。

"看你笑的，你笑啥呀？"

"还是你这本圣贤书读起来有意思。"

"那你就好好读，读一辈子。"我想起了他刚才被吓得跳下床的样子，"你刚才……看把你吓的，哈哈哈哈……你的动作比兔子还要快！"

他也笑了。"孩子们快来上学了，我怕哪个孩子进来看到了，有失体统。"

"我晓得的，所以我也要走了。我还得赶紧回去，我的小驹子可能早醒了。"

他就去开了门，往门外望了几眼，说："那你快去吧。"

"什么时候我再来？"

"随时。"他说。

我听了，就喜滋滋地往外走，走到门口，又回过身来，在他脸上轻轻咬了一口。我走到一棵冬青树后，回过头去，看见他抻着脖子，踮起脚，还在望着我。

我望了望天上的太阳，觉得自己好像做了一场春梦。

李绍谋:
我朝自己来了一枪

当皇祖父发动的建国之战最终失败,新唐军只余下不多的残兵败将、家眷遗孤之后,要推翻清朝、建立新唐的宏伟目标不得不变成如何保留新唐"火种"的远征——实际是似无尽头的逃亡之旅。这些战斗和逃亡,我们这些孩子仍然满心好奇。我们比成年人更高兴在路上走,更高兴去新的地方,更高兴过四处转战的日子。虽然刚到成年——比如十三四岁(包括部分女孩子)——就要加入战斗,不少人一战而亡,再没见到,但很多孩子的脑海里依然是童话的色彩。当然,有时也可能因整个队伍陷入困境使我们跟着大人一块儿发愁、担心,但事过之后,那一切便会烟消云散。

在那漫长的征途上,我是皇孙,自然也就是孩子王。我领着大大小小的孩子,打着一杆破布做的旗,唱着大人们唱的战歌,走在队伍中间。

那时,我就喜欢云珠,她那时就是我封的王妃。一路上,她总爱牵着我的手。小时候,她钻我的被窝,我钻她的被窝,常常在一起睡,一起吃,算是青梅竹马。后来,当我们渐渐长大,就再也不能在一起野了。

那是深秋的一天,我之所以记得,是因为那天之后的第三天,战死了十九个人,其中有我的二嫂、南王王妃宁世英,所以印象格外

414

深刻。

那天,我又钻到了云珠的被窝里。不想她把我推开了,很认真地对我说:"我妈不要我钻你的被窝,也不准你再钻我的被窝了。"

"为什么呢?"

"我妈说我们是大人了。"

"可我才十一岁,你才十五岁,哪就成大人了?就是成了大人,跟我们在一起玩耍有什么关系?"

"反正我妈说你长大了,不再是小弟弟,我们不能在一起了。我问了别人,说长成大人的男女要在一起也可以,那就是你娶了我。"

"可以啊,我其实是娶了你的,每次过家家都是我娶你,你一直都是我的王妃。"

"过家家是游戏,不算的。你要娶我,是我们都成了大人以后才能说的事。现在,我已经是大人了,但你还不是。"

"按照你妈妈的说法,我们不是已经成大人了吗?"

"我问我妈你可不可以娶我,她说我不知羞,说女娃娃不能问这样的问题。她接下来说,我虽然是大人了,但你还不是,你至少也要十五六岁才能说婚嫁这样的事。"

我觉得很难受,仍想留下来,就问:"我陪你最后一次不行吗?"

"那你得问我妈。"

"问就问。"

我找到正在舀水的云珠的妈妈,问:"婶婶,我和云珠原来可以在一起睡瞌睡,今天她说,你说我们长大了就不能那样了,我求她说睡最后一晚上行不行,她让我来问你。婶婶,你就答应我再和她睡一晚上吧,我保证是最后一晚上。"

她妈妈一听就笑了:"一个小伙子就晓得钻女娃的被窝,长大了定是个没出息的货,去吧,不过,这是最后一次了,你们明天就都是大人了,以后再不准的。对了,把脚洗干净,若再是双掏火棍　样的脚,我非得把你踢下床不可。"

我高兴地说了一声"要得",屁颠屁颠地跑到河边洗了脚,回到云珠身边,告诉了云珠她妈妈的意思。

"可是真的?你莫哄我哈。"

"哄你是野狗。"

"那就到被窝里来吧。"

我就挤到了云珠身边。

"你妈妈说我们明天才长大的。"

"看来长大一点也不好。"

"就是。"

我不久就睡着了。当天晚上,我做了一个梦,梦见我和云珠长大了,但又长得过于高大,成了巨人,头发像森林,眼睛像湖泊,鼻孔像山洞,把二十个官兵放进嘴巴里,可以像嚼炒黄豆一样。云朵飘在我们的耳边,雄鹰只能飞到我们胸前,我们一步可以跨过三座山。我背过身尿尿,尿水竟然形成了一条新的江河。我和云珠都很心焦:我们这么巨大,要修多大的房子才能住下啊?愁得不行,最后竟愁醒了。醒来后,我发现自己并不是那样子的,才终于放下心来。我再也没有睡着,宿营地已不安静,伙房已开始做饭,哨兵在不停游动。我摸了摸云珠,她也没有变大,还是那么娇小,蜷成一团,睡得正香。

第二天一早,我们又上路了。从那以后,我再也没有和云珠睡到一起过。再以后,我一晃成了十四岁的小伙子,被编入正式的新唐军队,再见到云珠时,她已是东王妃。

我分明感到,自己真的长大了;而她,自然一夜之间像变了个人似的,出落得比所有的花还要好看,但已是我大哥的女人。有一次,我出去参加战斗,一去就是四十三天,待我回来,都快认不出她来了。她当时也是新唐女将,只不过因为已怀有身孕,待在后方。她不再野,不再蹦蹦跳跳,话也少了,跟年轻男人一说话就脸红。她的笑也与原来不同,笑得很轻,但很耐看。

往事的每一个细节现在都回到了我的记忆里。虽然现在品味起来有些苦涩,但我愿意品味一生一世。我不相信云珠已忘了那一切——但我也不能保证,因为我想,如果她也像我一样珍视那些日子,就不会与东王有任何瓜葛。

那次征战回来我就已知道,很多义军官兵都喜欢云珠,有人杀敌时,甚至高喊着她的名字冲杀;受伤的战士只要喊着她的名字,就是需要刮骨疗伤,也只会皱皱眉头;有人在睡梦中呼唤她的名字,也有人在弥留之际念着她。好像她就是他们灵魂要归属的极乐世界。只要她在,将士们就会士气高涨,杀敌也格外英勇。

关于云珠的一切,我会像敏感的猎狗一样,马上嗅出来。包括后来孟金榜对云珠的痴情,我早有觉察。这世上还有一个和我一样对云珠痴情的男人,这无疑使我痛苦万分,也使我对自己的爱产生了一种前所未有的危机感。但我仍坚信自己最爱她,我认为她后来与孟金榜之间并非惊天动地的爱情,甚至连刻骨铭心的爱情也算不上,不然,她最终不会对孟金榜那么冷淡。两个相爱的人最痛苦的就是那种冷淡带来的忧伤。

我看着那堆自扎营以来就燃烧着的篝火,恍然看见孟金榜和自己都因云珠而在火中挣扎。我们都一丝不挂,扭动着被烈火焚烧着的肉体。我甚至听见了云珠的呼喊声,紧随呼喊声响起的,是一只鸟因寒冷而发出的瑟瑟啼鸣。

火使人困倦。我不知自己是什么时候睡着的。这短暂的睡眠似乎不是为了休息，而仅仅是为了做一个不该做的梦。

还是欲睡未睡时，我就感觉有个女子从远处向我走来，我以为是云珠，待走近了，才发现是景芳。她不说话，走近后就站在那里不动了，只用勾魂的眉目看着我。我顿时心潮涌动，一踮脚，跃然飞起，降落到她跟前。她多么美艳啊，难怪太子殿下、我的父亲要为她殉情。我蹭了蹭她的脸，然后开始亲她。随后，她躺倒在地，我也随她倾倒。我们不着丝缕，我体验到了比我跟云珠在胶漆相投时还要强烈的快感，我忍不住呻吟了一声——担心其他人听见，顿时惊醒，发现自己竟然梦遗了。我看了一眼四周，听到的是一片鼾声。景芳和皇祖父躺在火堆对面最大的那个窝棚里，早已安睡。

接连几天晚上，我都会做近乎相同的梦。

梦就是这样，既好又不好，有甜蜜有悲伤，有爱有恨也有怨，但梦如同太阳的起落，不受人控制，总会如期而至。每一次梦境都令我心醉神迷，事后又懊丧羞愧；至少在梦里，景芳已成了我的命，我的魂——但她是皇后，是皇祖母啊。从那个时刻开始，我就被放在了伦常这口沸腾的大锅里煎熬着，我无地自容，羞愧不已。

林涛声低啸着一浪浪涌去，直至那无比遥远之地。丛林深处传来一声野鸟的叫声，显得孤寂，竟有苦涩的味道。随后，除了林涛和人们的鼾声，就再也没有别的声响了。从那以后，即使白天狩猎再累，我也不敢入睡。其他人倒头就睡，鼾声四起时，我却只能盯着篝火，努力睁着双眼；实在困得不行，就用手掐自己的大腿，把头埋进冷水里，用燃着的柴火烫自己的手脚，用头撞树，扇自己的耳光，用小木棍把眼皮撑起来……

就这样过了六个漫长而痛苦的夜晚，第七天晚上，我实在受不了，一坐下就合眼睡着了。令我绝望的是，我又做了那样的梦——并且更加过分，我四次强暴了她；而她，却非常享受，娇喘着不停大喊过瘾。我是用尽平生之力才从梦境中挣脱出来的。我浑身冒虚汗，兀然而起，飞快地跑出了窝棚，把盛在那里做饭用的一木盆水向篝火猛地泼去，那火挣扎了几下，熄灭了。

我看着熄灭的火，看着完全陷入黑暗中的大地和森林，颓然坐下。夜间奔跑的野兽的声音传来了。唰唰踩过荒草和劈啪踏折树木荆棘的声音像一阵阵风，从或远或近的丛林中传过来，并伴有各种动物的呜咽和啸吼。我突然有些厌恶，厌恶这人世上的一切。因为世上的一切都是不圆满的，都被抹上了悲伤的色彩。我突然想到，父亲已遁入几水，不知所终；有一天，皇祖父会驾崩，自己会死去，云珠会香消玉殒，这些树会死去，这夜也会死去。那时，所有人，无论是痛苦的还是幸福的，都不会留下……这些人却熟睡着，对此一无所知，我深感悲哀。

没有了火的守护，那些食肉的猛兽——虎豹和豺狼，就会循着人味儿而来，撕碎我们。我似乎已听到了它们的喘息声，不由得摸起了火枪。我扣动扳机，却不是因为畏惧兽类，或者想把它们赶跑，而是畏惧这黑夜，觉得这个夜晚太漫长了。我想用手中的火枪击破这坚固无比的夜，让光亮从那破损处泄漏到森林里来。

"砰——"的一声，枪响了。大地没有动，森林重归死寂。人们被惊醒了。他们在黑暗中问："啊，谁在打枪？"

"怎么，来熊啦？"

"是不是谁疯啦？"

"火呢？火什么时候熄灭的？"

"难怪这么冷，原来火早就熄灭了。"

419

有人摸出火镰,点燃了柏树皮火把。

我当时还能看到,我看见他们看我时的神情——每个人都被我的样子吓住了。

我倒在熄灭了的火堆边,身体痛苦地抽搐着。血腥气和火药味儿飘荡在空气里。几十只原先蹲在树上的猫头鹰被惊得扇动着阴郁的翅膀,在空中忽高忽低地飞来飞去。一只接一只的林鸟也像炸了窝似的,鸣叫着,乱飞了好久,才停在了附近的树枝上。

我因痛苦而把身体蜷成了一团,但我没有呻吟。有两个人把我抱起来,抬到窝棚里。我想去摸那把刀,被成老七发现后,夺了下来。

皇祖父脸上的表情看不见,但能感觉到他的脸很冷。我听见他低低地、非常气愤和痛心地骂了句:"没出息的东西!"然后拿起一杆火枪,对准了我,"现在,朕痛痛快快地让你往阎王那里滚!"

有人把他手中的枪夺了,大家七嘴八舌地劝他。他当然不会真的给我一枪。他坐在木头绑成的床上,人们又一次看到他老泪纵横,听见了他低哑的哽咽。

我本想用火枪击破黑夜,但我也不知道自己为什么突然改变了主意,想用这种方式击碎自己。为此,我很冷静地做了精心的布置,我原想用火枪直接对着自己的嘴,然后用脚趾去扣扳机,但火枪太长,很不方便操作,我只能站着来做,不想火枪一滑,里面的铁砂子打了我一身,却未能毙命。

大家重新烧起了篝火,点燃了更多的火把,以便让景芳把我身上的铁砂子尽可能多地弄出来。景芳满头是汗,直到清晨才结束清理。一些人去采了山榕叶,熬成水,洗了伤口,又将生扯拢、接骨金粟兰、迷马桩、毛针子草、山荷叶捣成泥,糊在伤口上。

他们说我的脸又灰又白,二目无神。我的举动太突然了,没有任何前兆,也没人看出我有什么过不去的坎儿。人们都散去后,皇祖父和景芳留在我身边,景芳的脸上有风霜袭过的痕迹,她一夜之间憔悴了不少。她问我:"你想不想吃点什么,我去给你做?"

我摇摇头。

皇祖父非常伤心:"你好好的,为什么要那样做?"

我没有说话。

他的老泪一直没停。天亮后,大家看到皇祖父因为伤心又衰老了许多,胡子已经发灰了,皱纹则多得像是堆在了脸上,一把就能抓下一大堆来。

当天,皇祖父安排成文昌和成老七做了滑竿,要把我抬回乐坝养伤。大家也劝皇祖父移驾回去,他没答应。他说他如果死了,就死在这森林里。他让抬我回去的人把我交给云珠,让她精心照料。

我听着,哭了,我对皇祖父说:"我养好伤后就好好跟她过日子,不再让您伤心了。"皇祖父没有说话,只是站在那里,一动不动。

陆云珠：
丛林会要了他的命

刘秀芬好久没有到我这里来了。她原先是每天晚上都要来陪我的，却突然不来了，我不知道是为什么。有次遇到，我就问她，她说她娘身体不安泰，需要服侍。我说："你个小婆娘不来，我的房子顿时空荡荡的，一到晚上就清冷得要命。"

我知道孟金榜原先每天晚上都会在屋子外面徘徊和守望，这些天也没了他的影子。我想，这大概是因为他已经在教书，没了空闲吧。真看不到他的身影，我当然会感到失落。

我和他在丛林迷路时，也经历过欲生欲死的爱情，但回到圣上身边，我对他的欢喜再也没有什么回应，即使李绍谋逃离我那段时间也是如此。我宁愿让生命之泉干枯，也不愿去接受他的爱。我有时候仅仅是需要一个男人；当然，更多时候，我需要的是一个满心喜欢我的男人；一见到我的身子就发酥的男人；一挨到我身子就绷紧的男人；一见不到我就失魂落魄的男人；一没有我就活不下去的男人；更重要的，他还要是个内心没有阴影的男人。但这样的男人，我从未遇到过。

虽然我知道，李绍谋心里可能有别人，可能会为某个女人动心，但我依然认为，他差不多是这样的人。我不知道他现在怎么样，我准备过两天就去丛林里找他。我无论如何要去，不然，丛林会要了他的命。

我头天晚上想了很多事，一点也没睡好，我老是心慌，总觉得要出什么事，所以我早早地就起床了，扛了一把锄头，想把屋角那块地的土豆种上。刚走到路口，就看见成文昌和成老七抬着一个人，飞快地往乐坝跑来。

难道是打猎的人出事了？难怪我心里不好受呢。我一边想着，一边小跑着迎上去。

"怎么了，谁受伤了？"我还没有跑到跟前，就大声问。

"太子妃殿下，太子，是太子……"走在前面的成文昌一边大口喘着气，一边说。

"怎么是他呀？他怎么了？伤到哪里啦？没事儿吧？"我不停地问。

成文昌只顾得上喘气，顾不上回答我。成老七说："太子妃殿下，你来了刚好，圣上让我把他交给你。我们把他抬回去，你再问他吧。"

我看见李绍谋脸色苍白，没有血色的嘴唇紧闭着，身上血迹斑斑。我心如刀割，眼泪唰地流了下来。我哭着问："你怎么把自己弄成这个样子了？"

他看见我时，眼睛里闪现出一线像冬夜月光那样清冷而又明亮的光。"枪……枪走火了，没什么，能回到家里，我觉得身上的伤一点也不痛了。"

我跟着担架小跑。

他望着我，微笑着说："我啥事没有，你不用担心。"

成文昌和成老七把李绍谋放到了我的床上。成文昌说："太子妃殿下，我们得回家睡一觉了，两天两夜都没合眼。明儿歇一日，后天一早还得赶回山里去，太子就交给你了。他的伤不是太重，伤口弄些草药糊上，过不了多久就会好的。"

"多谢你们，多谢你们！我马上做饭，很快就能做好，你们吃饱了，再回去好生睡一觉吧。"

他们没有吃饭，恭敬地道了谢，就各回各家了。

他们一走，我立马来到李绍谋跟前："你怎么把自己伤成这样了啊？看，到处都是伤。让我看看吧。"

李绍谋不让我看。"我是自己伤的。"

"你说什么？你是自己把自己伤成这样的？"

"是的。我想把自己打死，就用嘴含住枪管，用脚趾去扣扳机时，枪往下一滑，没有把自己打死，打成这样了，真够窝囊。"他的口气十分平静，像在讲述早已过去的、属于别人的事情。

"为什么啊？你为什么要这样做啊？"

"什么也不为，就是突然想给自己来一枪。"他叹了一口气，眼睛里填满了无尽的寒意，"哎，我觉得那黑夜无边无际，厚重得让人喘不过气来。我一直想朝那黑夜开枪，但黑夜是打不透的，所以我只有打自己。我自己也是黑夜。"他神神道道的。

"我看你是撞到鬼了！你这个样子，叫圣上怎么活啊？"我说着，不禁伤心起来。

"也可以说是撞到鬼了吧。如果你在身边，如果能看见你，我可能就不会那么做。"他望着我，又悲伤地说，"当时我像是被什么东西迷住了，迷到一个非常黑暗的地方去了，怎么也出不来。"

"我知道迷住你的东西是什么。"我没敢去看他的眼睛，低着头，小声说，"我也知道那黑暗是什么样子的，你只有自己往回走。"

他很绝望："要走出来太难了。"

"你出生入死那么多次，什么没遇到过？你是一个顶天立地的男人，既然不能再前行，就只能往回走。回头是岸，要回头，脚后跟往后一转即可，有什么难的？"

"可能只有你能让我做到，我会按你说的去做。"

我很是感动，顿时满腔柔情。可能女人就是这样，只要心被打动，就会温情泛滥。我望着远处说："这里，只有我和你，你现在就可以回过头来。我可以告诉你，我到乐坝后，心里就只有你了。"

李绍谋听了我的话，猛地抓住了我的手，他紧紧抓着，好像一松手，我就会像云一样飘走。他抓得我的手生痛。

我把头埋在他的胸口，我听见了他战鼓一样擂响的心跳。然后，我听到他的心跳声慢慢平缓下来。他睡着了。

我起身，去做了早饭，给他端到床头，把他叫醒，看着他吃了。李娥儿也带着乐乐过来了，她对自己哥哥怎么受的伤、伤情怎么样一句也没问，只对他笑了笑，然后抱着孩子，坐在床边，守着他。我让她帮我看着廓儿，自己背着宏儿，赶紧出去为他采草药。

一出门，我就看见了孟金榜。他站在远处一棵苦楝树下望着我，望着我走在被黑霜冻结的路上，然后一直望我到了地里，在坡坎上寻着草药。

他梦游般向我走来，但走着走着，又返回到了那棵树下，望了一阵，才转过身，往自己的房子走去。

我没有理他，也没看他怎么进屋的。我一边寻着草药，一边给背上的宏儿唱起了小时候和李绍谋一起唱过的儿歌——

扯新草，垫新床，
新姑娘儿配新郎。

新谷草,尖对尖,

抱着哥哥撒个欢。

青篾席儿万字格;

哥姐二人都活得。

一对枕头扎得好,

我与哥哥同到老。

大红铺盖五团花,

抱个宝宝回娘家。

…………

　　我不想知道李绍谋那样做的真实原因——参加过战斗的人,一旦没仗可打,反而会做出各种稀奇古怪的事。他这次出去狩猎,我还担心他可能再次逃离呢。他只要在身边,我心里就踏实。有了这种感觉,顿觉心里有股蜜一样的东西在涌动。他总归是再次回到我身边来了,这当然让我欣慰。

　　我拨开雪,找到草药的茎叶,然后挖出它们的根。

　　宏儿在背上哭起来,他可能是饿了。我把他解下来,抱在怀里。我逗他,想把他逗笑。他却只是撇着嘴想哭。我又对着他唱起来:"扯新草,垫新床,新姑娘儿配新郎……"唱着唱着,突然想起了自己的哥哥,顿觉有些心酸,眼里的泪没忍住,滚出一串来,掉在了宏儿的脸上。他抬起清亮的眼睛——他的眼睛像冬日几水一样纯净——望着我,不再是一副想哭的样子。我把宏儿抱紧了,把落在他脸上的泪轻轻地用嘴亲掉。

　　泪水是自己的,其中滋味只有自己能尝出来。

　　我采了草药回来,把孩子背在背上,把草药捣成泥,给李绍谋换了,又把口服的药煎好,让他喝下去。

没多久,人们都知道太子受了伤被抬了回来,纷纷提了酒肉来看他。我自然得不停招呼、迎送、道谢。刘秀芬也提了一条熏鹿腿来。她向太子殿下请了安,说:"殿下,你好好养伤。要想开些,再大的事莫放心上,不久就会好了。"

李绍谋一本正经地道了谢。

屋里很闹,冬天本没有什么正经活路要做,闲得发慌的女人们都堆在李绍谋的床跟前,或坐或站,东家长西家短地聊着闲话。

刘秀芬像怀揣了秘密似的,见了这些平日里熟透了的人也有些害羞。她跟每个人都很有礼貌地打了招呼,然后来到灶屋,问我:"太子殿下伤得重吗?"

"不太重。"

她压低了声音:"我听说他是自己开枪打自己的,你说,他是不是中邪了?

我应付道:"谁都知道,森林邪乎得很。"

"进山之前不能碰女人的,你肯定碰人家了。"

"我碰他?我两个孩子都照顾不过来。"

"那就是森林里的女妖让他中邪了。"

"可能是吧。"

每个来看望李绍谋的人都会偷偷问我太子殿下为什么要那么做,我不知道怎么回答。我只能按刘秀芬的说法回复,黑黢黢的林莽就是一个阎罗殿,太子是在里面中邪了。

有一个女人听了,就说:"可能是他把山神得罪了。"

另一个女人说:"太子殿下还没有从林莽的魔障中走出来,上次要去杀梦里的熊,这次又做了这样邪乎的事。"

还有个女人说:"山神是个女的,她不喜欢哪个男人进山之前碰女人,所以他那样可能还是跟碰了女人有关。"

"他碰你了?"

"老娘倒是想让他碰。"

刘秀芬笑了:"我看你还想入宫当娘娘呢。"

"老娘若是年轻十岁,倒是想去试试。"

众女人都嘻嘻哈哈地笑。

"听说,朱征远怕山神忌讳,老早就不让你刘秀芬碰他了。"

"是老娘不让他碰。"

"难怪朱征远一走,你就成了骚婆娘。"

"这乐坝,老娘现在想骚,也只能跟自己骚了。我看你一说起这个就带劲,你才是真骚。"

"我是想骚啊,可那破事,有时候烦得要死,有时又想得不行。我烦时,他却雄赳赳地想要;我想要的时候,他又常常不让老娘近身。不合拍,一点意思也没有。"

众人又都笑。

我说:"你们这些婆娘在一起,嘴巴就没得遮拦了。"

"有啥好遮拦的,哪两口子不是这样?"

一帮女人东拉西扯,开着玩笑,直到近午,才先后散了,唯有刘秀芬留了下来。她嘻嘻笑了几声,媚着眼,接着问我:"听说太子殿下的大腿、肚子、胸口上都进了铁砂子?"

我老老实实地回答说:"像筛子眼似的。"

"那一时好不了呢。"

"大概得个把月。"

"那你要好好照顾他,你给他换药的时候,需不需要我来做个帮手啊？"她说完，爽朗地大笑起来。

"人家两手好好的，自己能换药；换不了，还有老娘呢！你就不要想那美事了。"

"还舍不得，我不就是想帮你忙嘛。"

"你来帮忙，我求之不得呢。"

"我们两个关系这么好，我该帮忙的时候还是要帮忙哈。"她挤了挤眉眼，对我嬉皮笑脸的，"反正，现在你有男人陪了，而且还是太子殿下，我们只有垂涎三尺的份了。"说完，又是一阵笑。

"我看你可没有消停。你不是说要来陪我吗？你个没良心的，这些天为啥没有来？"说完，我又压低了声音，笑着问刘秀芬，"你个骚婆娘，你个狐狸精，是不是迷上别人了？"

"村里有点用的男人都走了，我就是发个骚，也只能跟你了，就是狐狸精，也只能迷你呀。"她嘴上这么说，脸上却灿烂得很。

"不是还有白手吗？味儿不错的吧？"我虽是玩笑，语气里却真有几分醋意。

"不要瞎说，人家读书人重名声。我真的是家里头有事，上有老，下有小，忙得很。我心里头装的可是你，听人说，那白手每天夜里都会守在你家窗外，然后在田地里像没头苍蝇似的瞎转。"

"你看你迷上了别人却往我头上栽，你再胡说八道，谨防我撕烂你的臭嘴。"

"好了好了，就当我们都在胡说八道吧，我走了。"刚要出门，又回过头来对我说，"你现在肯定忙，我反正要带小驹子，宏儿我也帮你带着。"

"多谢了，还是小婆娘好！"

我进里屋把宏儿抱出来，递给刘秀芬，她抱着孩子，转身走了。

李娥儿看着她的背影,对我说:"刘秀芬这些日子,变化可是很大。"

我说:"她男客不在,她就活了。"

李娥儿听了,莫名其妙地说了句:"这样也好。"

"她跟变了个人似的。我晚上一个人,怕黑,她来陪我,跟我说了很多。"

"我晓得她来陪你。"

"朱征远对她不好,好在她还小,也不在意。"我有意说谎,想安慰李娥儿。

"我感觉出来了,但也没有办法。她没有怪我吧?"

"一点也没。她不怪你,她晓得你心里只有……嫦儿的……爹。"

"情为何物? 古往今来,没人晓得答案。"

"所以,我们才如飞蛾扑火。"我说完,拿着草药,放在碓窝里捣着。

"飞蛾扑火……是的……飞蛾扑火……"她重复道,陷入沉思。

又有三个女人来看望太子,见我在捣药,就大声对李绍谋说:"哎呀,殿下啊,你看太子妃对你多好啊!"

"就是啊,你可真是享福!"

三个女人开头还好好说话,聊了没多久,就和李绍谋开起玩笑来。

其中一个说:"太子殿下,太子妃这么累,既要照顾你,还要看顾两个娃,你就不心疼?"

"肯定心疼。"李绍谋倒是真的惭愧。

"那就让我们来帮着照顾你吧。"接下来一个说。

另一个说:"太子殿下是大腿根根受了伤,怎么会让你来照顾?"

三个女人都笑起来。

李绍谋也想笑,但一笑伤口就痛,只好无力地说了一句:"看你们这些婆娘!"

"太子殿下,你伤得可真不是地方啊,不会把李家传宗接代的家伙报废了吧?"

"报废就报废吧,反正太子妃已经为他生了宏儿。"

"你这个婆娘,心眼儿咋这么坏呢?他报废了,太子妃咋办?"

她们嘻嘻哈哈的,直到我拿了捣好的草药进到屋里,她们才住了嘴。我把草药放到李绍谋床前,说:"如果不方便自己抹药,就让这三个婆娘帮你。"

他一听我的话,虽然手也受了伤,行动不便,还是赶紧说:"她们三个啊?我可不敢用,我还是自己来吧。"

一人就说:"我们三个咋啦?"

"怕我们把你吃了?"

"太子殿下要给自己裆里上药了,我们得回避了。"

"太子殿下的东西,也是圣物,我们无福享用,瞻仰一下总是可以的吧?"

李绍谋只得说:"想得美,快滚出去!把门给我关上!"

她们嬉笑着到了门外。

我绕到灶屋里,把肉炖上。直到日头升起丈多高,外头变得暖和了,那些女人才离开。

我进屋去打扫她们留下的瓜子壳、板栗壳、核桃壳。他看我忙碌着,就没话找话说:"药草好找不?"

"在雪里埋着,霜土里冻着。"

"那劳累你了。"

"屁话！有这些婆娘，你是不是开心了些？"

"唉，我真是丢死人了。"

我没开腔。他也不晓得该说什么话了，屋子里一下安静下来，气氛有些尴尬。我也只好找出话来问他："你的伤口现在还痛吧？"

"痛得很，但还能忍住。"

我叹了一口气。

"你怎么啦？"

"没事。"

"我拖累你了。"

"只是心累。"

"人生最苦的就是心累。"

"应该是吧。殿下，你心里不会还有其他人吧？"

"其他人？哪个？"

"你喜欢的人。"

"我只喜欢一个人，这你是晓得的。"

"唉，这可能就是命吧。"

"可能是，但也不全是。"

我没有接他的话。

"云珠……"

"嗯。"

"想什么呢？"

"什么都想，又什么都没想。"

"你还记得吗？小时我们……可说是青梅竹马。"

"这就是命。"

"那时多好。"

“是好。”

“把手给我。”

我把手递给他。

“你的手有些冷。”

“你的手这么烫。”

“有时我想起我和你能有这个结果，想到我能守你一辈子，我就觉得值了。”

“我给你换药吧。”我心里暖烘烘的。

李绍谋却像跟我刚认识似的，难为情得脸都红了。

我笑了："看你，我们是两口子，你却害羞得像个没出嫁的小女子一样。"

我一边说着，一边把被子掀起来，我的手和心也在奇怪地发抖。我把他的裤子褪了下来。我觉得自己的脸烫得像烙铁一样，心跳得咚咚直响。我低了眉眼，怕碰上他的目光。我看见他的胸膛、肚子和大腿都被铁砂子打得烂糟糟的。我小心地把药换下来，先用放了盐的温开水洗了伤口，再把新的药抹上，用干净的布包扎起来。

正午正在临近，冬日的天光从屋隙透进来。乐坝传来了妇女呼儿唤女回家吃晌午饭的声音。

我的手慢慢松开了。我抬起头，看着他，四目相对，我们彼此羞涩一笑。然后，我小心地把衣裤重新给他穿好。

“我去请成老七和成文昌过来吃饭。”

“娥儿呢？”

“她在灶房里忙。”

我走到冬日的阳光下，抬头看了看天空，发现天空过于蓝，过于明净。

李绍谋:
她无比强大、坚韧,可以无限、无垠

在云珠的精心护理下,我的枪伤不到一个月就痊愈了。我的这颗心和她的那颗心在这些日子里变得跟一颗似的。在那之前,至少有那么一段时间,我们之间隔着一层说不清道不明的东西,使各自的心有了裂痕。现在,它们已经愈合,完好如初。

农历冬月十五那天晚上,月亮很圆很亮,照得外面跟白天一样,月光在地上如水银流淌。

云珠天一擦黑就在忙碌,在铁罐里炖了熏得红亮的野猪腿,屋子里弥漫着腊肉的香味。肉快炖烂时,她还温了酒。

火塘里的火燃得很旺,她关了门。夜晚全被她关在外面了,只有从窗户和房屋缝隙里漏进来的月光属于外面的夜;桐油灯光与火塘里的火光一起闪烁着,使屋里显得温暖了许多。

她把小木桌搬到火塘边,把碗筷摆好,舀了一大碗肉,倒了两碗酒,递给我一碗。

"你的伤好了,还是要祝贺一下。"

"没有你,我哪能好这么快。这二十多天,你天天给我做好吃的,你看,我都吃胖了。"

"倒是养得白白净净的了。来,碰一下。"她和我的碗碰在了一起,"从此以后,我们都好好活着吧!"

"多谢你！"我喝了一大口,"不好好活着,那就辜负你了……"

"晓得这个就好。"

她一杯,我一杯,最后,那条腊猪腿肉被我们吃得一点没剩,一壶酒也被喝光了。

醉意弥漫在我们之间。我不知道是什么时候和她相拥着坐到一起的,有好一阵子,我们彼此无言,只一边喝酒,一边看那火苗不停舞蹈。酒和火光使她的脸变得通红,像一朵含苞待放的红花。

可能是醉了,我们坐在一起的时候,竟像小时候一样自然。在我们喝完最后一碗酒的时候,她转过头来,望向我,说:"我可是第一次喝这么多酒。"

"我也是。"

"我醉了。"

"我也醉了,腾云驾雾似的。"

"成神仙了。"她说着,要站起来,"走……"

我赶紧扶着她:"到哪里去?"

"像……小时候那样,钻被窝,挤热和！"

"来,我背你。"我弯了腰,把背朝向她。

她却嘟着嘴,撒娇说:"不要你背,我要你抱。"

"我喜欢抱你。"我把她猛地抱了起来。

她用双手搂住我的脖子:"我……喜欢你……抱,你要……一辈子这样抱着我……"

"我当然想。"

我把她抱到床上,轻轻放好,然后把火塘里还在燃烧的柴火用火钳夹出来,将柴炭用热灰掩上,吹了桐油灯,也钻进被窝里,两个人都迫不及待地搂抱在了一起。

一大束方形的月光成扩散状,照在床上。我感到有些羞涩,一动也不敢动。

过了一会儿,云珠说:"我们还是像小时候那样,比赛看谁先把衣服脱完,先脱完的睡床里侧,后脱完的睡床外侧。"

"好啊,开始!你肯定要睡床外面喂狼外婆。"

云珠咯咯笑着,坐了起来,麻利地解着自己的衣裳:外衣、皮袄、内衣,整个上身露了出来,被屋里的暗衬得很白,发着光,跟月光一样,酥酥地在月光里闪耀着。

我盯着那片光,闻着她散发出来的体香,觉得更醉了。

她不好意思起来,两手抱在胸前,问:"你怎么不脱了?你那样看着我,像个傻子似的。"

我却依然那样,像是没有听见她的话。她已变得丰满的、白瓷般的乳房虽被她自己抱着,但还是像水一样溢出来,我感到有些晕眩。

我不知道自己的身子是什么时候赤裸了的。一丝不挂的身子跑得很远,当它从远处跑回来,我感受到了从未有过的幸福和满足。我的身体是透明的,床上是好闻的草药的气息和云珠散发的体香。她枕着我的臂膀,把身子全都朝着我,把整个身体都为我敞开着,像一面蓝色的大海,我一次次想沉入湖底,但它深不可测;想游到岸边,但它无边无际。

夜早已静了下来,夜风不时从屋顶刮过。云珠的呼吸慢慢匀净,她呼出的气息喷在我的胸膛上,一片潮热。李廓和宏儿睡在隔壁屋里,宏儿在睡梦里喊了两声"娘",又睡着了。

月光忽明忽暗。屋里弥漫着冬天的气息。我第一次感受到了爱是如此美好,也感受到了一种仅属于我自己的富足。

半夜,云珠醒了,她披上棉衣,去了一趟屋外的茅厕,给孩子把了尿,重新钻回被窝里。她哆嗦着,身子被冻得冰凉,紧紧地抱着我:"哎呀,冷死了!"

我把她抱在怀里,突然发现她是那么娇小、柔弱,好像能融入我的身体里,让人无限爱怜;而她又无比强大、坚韧,可以无限、无垠。

天亮了,好像是我们彼此都难以满足的欲求把白天逼来的——不然,它就只能看到我们无休无止地纠缠,最后成为伏羲女娲,结为一体。

我推开门,迎着清晨的寒意,觉得浑身透明、宁静。我望了一眼从前方一直绵延开去的无边森林,觉得它即使是在冬天也生机勃勃,一点也不萧瑟。是的,春天正是冬天孕育的,就像夏天是由春天、秋天是由夏天、冬天是由秋天孕育的一样。

我望着门外,说:"云珠,我今天就得返回森林里去。"

正抻着床铺的云珠以为自己听错了:"你说什么?"

"我说我今天得返回森林里去。"

她半天没有说话。我回过头去,见她僵在床前,一只手还提着床单,像木头雕成的。

"你怎么啦?"

她像被惊了一下,清醒了过来。"没什么,我只觉得你的伤刚好,应该再养一养。"

"狩猎应该快结束了,肯定有很多猎物要往回运,正需要人手。"我说完,突然意识到,我这么说,她心里一定难受极了,就安慰道,"云珠,我很快就会回来的。"

"你不回来也没事,即使像娥儿的那个男人,从女人身上下来,转身走出林子,再没个踪影也没事。"

我听出她真的伤心了,忙走过去,亲了她的脸,扶着她,说:"我听你的,在家里再养三天伤。"

她平静了语气:"你自己定吧,女人在你们男人眼里,本来就算不了什么。"

我第一次见她那么小气,赶紧用言语去劝慰她,劝慰到最后,劝出满脸泪来。她泪眼婆娑,伤心抽泣,让我不知所措。但到第二天大清早,她已为我备好了进森林要穿的衣袍、干粮和火镰。

我返回大森林后,枪声已经稀了。宿营地那一排排木架上全是熏肉,滴着油,发出红亮的光。每个人都从内心感激森林的馈赠。一个狩猎季还没完,所获已足够人们一年食用。

我到的第三天,皇祖父决定停止狩猎,开始安排把这些肉食运回乐坝。

往返一趟要六天时间,一共得来回四趟,才能把收获的肉食全部运走。

一个半月下来,奔跑在大森林里的男人们被野味和酒、被林风和霜雪锻打得强壮起来。皇祖父虽遭受了我自杀行为的打击,但看到我无论身体还是精神都恢复得很好,重新回去狩猎后完全像变了一个人,就恢复了活力。

他可能已经感知到我与云珠的情感融洽如初,并且感知到了李家血脉在这个冬季里又得到了延续。我想,他送我回去,就是为了让我和云珠朝夕相处。他无论如何也不能再失去我了。但他对我是否适合做太子已产生了动摇。按说,李寥已经长大,皇祖父本来也可以立他的,我又做出了这个举动,无疑令他失望透顶。

我原来对太子之位并无奢望,现在,想到云珠,一旦废了我,我只能再去做王,她就由太子妃降为王妃了,感到对不起她。所以,我听到废太子的传言,还是有些紧张。看皇祖父的样子,他至少要先观察我的表现再说。他现在满脸喜悦,白须又开始变黑,腰身挺直,看上去一副身强力壮的样子。他和李寥走在前面。他年纪最大,李寥不过一个多月下来已长得壮实了许多,再不是原来的孩子样,大家也不再把他当孩子看了。

第三天傍晚,当我们出现在村口的大路上时,留守在村里的妇女和孩子都欢呼着,飞跑着来迎接。当他们看见每个人背上扛的熏好的、红亮的野味,看着一个个变得彪悍强壮的男人,都欢喜得不得了。云珠也来了,她从皇祖父手里接过了火枪和长刀,皇祖父则放下挑着的熏野猪肉,抱过宏儿,高兴地笑着,逗着他,孩子也高兴地笑个不停。孟金榜自然不会像女人一样叽叽喳喳的,他脸上带笑,以君臣之礼拜见了皇祖父。

女人奔向自己的丈夫,孩子叫嚷着"爹爹"。

李娥儿鼻子有些发酸,她看到了朱征远,但也只是多看了两眼而已,而朱征远老远就只望着她。她转过身,抹了泪,再转过脸来时,脸上已带了笑。皇祖父见了,神情也有些黯然,一眶老泪差点涌出来,把嫦儿接过来,抱在怀里,亲了孩子的脸蛋。李廓也嚷着要皇曾祖抱,他只得把嫦儿还给娥儿。

娥儿重新把孩子抱到自己怀里。回到家,进了门,我便听到了她呜呜的哭声。我这才知道,她心里还只有那个人,她还是梦想那些打猎归来的男人中有他。

皇祖父在院坝里按人头把这一批肉食分配给每户人。我看到那些猎物时,心里很不是滋味。别人在大森林里狩猎时,自己却躺在家里养伤,而这伤又是自己造成的。我感到羞愧。最后,我又安慰自己:我伤害自己并不是其他任何原因,更不是想逃避狩猎,而是一种来自命运深处的东西逼我那样做的,它强大无比,与狩猎那点苦累比起来,就像毫发比之森林。我这样想着,心里也就坦然了一些。

我想去安慰娥儿。我敲了敲门。

她问:"哪个?"

"我。"

我便听到了她的脚步声,她把门开了一道缝,脸上的泪还挂着。

"妹,莫要难过,你老这样对身子不好。"

她没有说话,抹了一把泪,然后点点头,扑在我怀里,无声地抽泣起来。我让她尽情地哭,过了好久,待她终于平静下来,我才对她说:"你要好好的,我去帮皇祖父了。"

"去吧,我等会儿也出来。"

刘秀芬现在才赶过来,也不知道她干什么去了。她把朱征远左看右看,上看下看,好像他不是自己的男人了。她看得朱征远都不自在起来,说:"怎么现在才来啊?你个女人,看啥呢?不认得你家男人了?"

她没有回答前面的问题,只说:"哎呀,你甭说,我还真不敢认了。你看你一个多月长得这么壮实了,像个真男人了!"刘秀芬说完,在他厚实的胸脯上捶了一拳。

"你咋说话呢!好像我以前不是个真男人似的,老子可从来都是一个真男人。"

其他同辈人听了,难免又要开一些粗野的玩笑。

有人说:"你婆娘的意思,你没有把她喂饱,她对你不满意得很。"

有人接着说:"人家是说你跟个只长了绒毛的小仔鸡一样,没有让人家觉出你是个有大红鸡冠的大公鸡。"

有人接着对刘秀芬说:"你男客在外头一个多月,已经由小仔鸡变成大公鸡了,不信的话,你赶紧回去,把他拉上床,试上一番。"

刘秀芬反倒不好意思起来，不过她也不害羞了，回怼说："老娘的男客老娘自己晓得，他毛儿还没长齐的时候就是个真男人，不信让你婆娘来跟他试试！"

其他人听了，难免又要对他两口子调笑。大家嘻嘻哈哈，每个人都听得脸上放光，兴味盎然。

事情过后，刘秀芬假装埋怨朱征远："你看，夸你一句吧，你就不知道自己是谁了，引得那帮牲口把老娘一番戏耍。"

"嘿嘿，老子看你也越来越像个女人啦，我走这些日子，没有去偷人吧？"

"偷了，反正我也是守活寡，不偷白不偷。"

"你个小婆娘本事大了。"

"你个牲口竟说得出这样的话，老娘倒是想偷，可村里有哪个可偷的？"刘秀芬装着很生气的样子。

"跟你说个笑话呢，看你这张利嘴，把我骂完了，还噘得那么高，跟鸡屁股似的，都可以挂一把油壶了。走走走，快些回家吧，我不让你守活寡了。"

"嘻嘻，你是终于想通了。看你那猴急的样子，这还青天白日的呢，再想也得待天黑了再说。何况，我一点也不想，我就不回家，我憋死你。"刘秀芬嘴上虽这么说，脸还是绯红，像个新娘子。

孟金榜是过了好一会儿才来领自己那份肉食的，他的腰现在挺直了，走路的时候，脚上有了重量，脸也不再那么苍白，挂上了很有书生气的微笑。现在，大家见了他之后，都是尊敬有加地叫他先生。他虽是孤人，但皇祖父给他分的肉食跟皇室成员一样，也是双份。

分配完毕，女人帮男人推着车，男人们抱着或牵着自己的孩子，或搀着老爹老娘,喜气洋洋地往各自家里走。

那种欢喜的气氛是经年经月也散不了的。有了这些猎获的肉食,在这一年的大多数日子里,乐坝便会飘着馋人的肉香味,就会有欢声笑语,就会有和美的日子了。

第五章　火

李寥:
我从林海城带回了梅枝

当年我们从东边来,所以每个人对那个方向都有一种特殊的情感。我们没有砍过那个方向的林木,也没有打过那个方向的一只飞鸟。直到七年后,皇曾祖才决定带领人们去征服那片森林。当时,还有另外一个原因,那就是在南、西、北三个方向的林莽中,猎物已经变少了,它们肯定躲进了东边的森林里。

而我有自己的想法,就是想找到那尊曾伤害过皇曾祖的黑熊。皇曾祖那次与它遭遇后,我们再也没有见到过它。我猜测它可能躲进了东边的林莽里,我从十四岁开始就离开了乐坝去寻找它。

我们家族算是跟这尊熊干上了。但叔父李绍谋太子殿下早已把它忘了,他自从上次猎熊归来,特别是与母亲你侬我侬之后,就再没提起过那尊他梦见过的熊。我一直认为,他如果没梦见那尊熊,那尊熊可能就不会存在。我觉得那尊熊就是从他梦里来到丛林中的。

叔父保住了太子之位,已从一介武夫变成一个柔情男儿——特别是皇曾祖钦点孟金榜为太子侍读,他读了些之乎者也之后,也不时咬文嚼字起来,已有了一副读书人的样子。他最喜欢在母亲跟前诵读的是一个古人写的《我侬词》——

你侬我侬,忒煞情多,情多处,热如火。把一块泥,捻一个你，塑一个我。将咱两个，一齐打破，用水调和。再捻一个你，再塑一个我。我泥中有你，你泥中有我。与你生同一个衾，死同一个椁。

说句实在话，我每次听他诵读都觉得肉麻，但他深情款款，母亲感动不已，我也乐见他那么做。母亲又为他生了两个儿子一个女儿，分别是：李阔、李辽和李娴。

皇曾祖只有在雨天即临，旧伤引起他背部的肌肉酸痛之时，才会骂一句："那个该死的野兽！"我多次见到他被这种痛苦折磨。十四岁那年，我先后与皇曾祖、皇曾祖母、母亲、叔父和孟先生顶嘴，便起了要去杀死那尊熊的心思。

于是，在皇曾祖让我背诵《帝范》，我背不出来，被母亲责骂之后，我就带上一杆鸟铳、一把长刀，像影子一样遁入森林里，开始寻找那尊熊，发誓要杀了它。

据说，皇曾祖常常想起我，每每想起我就心如刀割。他一直认为，那尊熊是新唐的敌人，是它诱惑走了他的重孙。

皇曾祖的确很老了，以致一辈辈人都不知该怎样称呼他，都一概叫他"圣上"，或者叫他"皇高祖"。但他的身体依然不错，新唐臣民衣食丰足，人丁兴旺，使他深感欣慰。所以，在这个冬天来临之际，他似乎又年轻了一些。这也是他要亲自带领人们去征服东边那片林莽的原因。

现在，乐坝已由当年的百余人发展成一个有三百多人的小小王国。其中，娃娃居多，跟随皇曾祖去狩猎的队伍并没有壮大多少。当猎手们在高冈上回首自己的家园，每个人都不得不发出由衷的赞叹，那是个多美的地方啊！乐坝被轻烟和晨雾笼罩着，乳白色的烟雾点缀着几团白莲样的积雪。窝棚早成了记忆,黑瓦木墙的居所隐在翠绿的竹林里、果林间,露出一堵墙壁或半截屋脊。明澈的几水缎带样从家园一侧滑过,玫瑰色的水面上反射着清晨的阳光,好像一河红玉在流淌。肥沃的田野上,冬季的作物长势喜人,已覆盖住了土地的颜色。狗的吠叫、鸡的啼鸣、牛羊的叫唤、村妇的歌声、孩子的童谣随着袅袅炊烟舒缓地飘起来,直达深邃的晨空。

我看着这一切,又看了一眼皇曾祖,却隐隐有些不安。因为乐坝的人不知道,向东一百多里的地方,已有了村镇,还有了一座城市。

我那次从乐坝出走,在森林里并没有游荡多久。很多时候,林海是我的落脚点。我之所以很长时间没有回乐坝来,是我不能回来——因为我遇到了那个叫梅枝的女人。我很爱她。直到一年前,她同意嫁给我,我才带着她回到乐坝的。

我和她约好了,不能告诉乐坝的任何人外面的世界是什么样子的;不能告诉他们,外面那个世界正在向乐坝步步进逼,越来越近。当人们问我梅枝来自哪里,我总是半开玩笑地应付说,她来自西边的森林深处,那里有几户猎户;或者直接说她是个被贬到凡尘的仙女,被我遇到了。

我刚发现林海时,它还是个集镇。从那以后,我就常去那里闲逛。那个集镇在我的感觉里像是突然长出来的。从乐坝出走是在冬天,当我独自一人在林莽里东行,没有遇到那尊熊,所狩猎物也不多,便披荆斩棘,继续往前走,森林愈见稀疏,禽兽也更是少见。然后,我发现了被开垦的田地和零星的农居,最后,我看见了那个粗糙的集镇。田地显然是刚开垦出来,集镇也刚搭建不久,到处都是初创时的痕迹。但这个地方显然比乐坝大许多,热闹得很,有店铺、饭馆、旅店、戏楼,还有什么都不做只在楼上坐着看往来行人或让人看的花枝招展的年轻女人；有不用摇橹会自己在水面行驶的铁壳船；还有从更远的地方开来的窄轨火车，把山外稀奇古怪的日常百货拉进来，再从这里运走木材和矿石。那像蜈蚣一样的名为火车的东西发出的吼声有些像驴叫。我起初不知那是什么东西，见它冒着白气，吭哧吭哧开过来，不禁有些恐惧，一下握紧了手里的长刀，又觉得当用火枪，便又举起了火枪。待近了，见了从火车里走下的人，才晓得那并不是什么怪物。

我感到那个奇妙的集镇里定有乐坝没有的新奇东西，便小心翼翼地走了进去。

我穿着我娘织的粗麻布衣裳，头上戴着狼皮帽子，裹着熊皮短袄，脚上穿着一双豹皮做的皮窝子，腰挎长刀，扛着的火枪上挑着猎物，好像是从另外一个世界来的人。人们见了我，都好奇地围过来。我看见了很多采矿和伐木的工人，这些多为男人，看上去就很辛苦；我也看见了一些让我心动的女人，她们似乎从不劳动，只在街沿上来回走；还有些只坐在屋里，临着窗户看外面的风景。后来，我认识了一个在门前拉住我的女人。她很热情，好像我们从小就认识。她请我到屋里去坐，我当时正有些累，就说好啊，便进去了。

屋里有些乱，还有另一个女人，打扮得像个妖精。她躺在床上，见了我，就从床上撑起上半截身子，露出了肉和奶。我羞得满面通红，赶快往外走。拉我的女人拦住了我，说："没事的，没事的，有啥不好意思的。"接着，又对床上的女人嬉笑道，"还是个鸡雏呢，没打过鸣的。"两个女人就嘻嘻哈哈地笑。

"跟女人睡过没？"床上的女人把身体又从被窝里往外露了一截。我看见了她鱼肚一样白的肚皮和桑葚一样的黑紫色奶头。我只看了一眼，就赶快低下了头，说："睡过。"

"睡过？"床上的女人笑着问。

我点点头。

"跟谁睡过？"我身边的女人问。

"我娘。"

她们嘻嘻哈哈地笑弯了腰，身边的女人笑得把头伏到了那床大红花面子的铺盖上。床上的女人笑得声音都没了，身体一抽一抽的。我又看见了她鱼肚白的腰和黑紫色的奶头。

过了好久，她们终于止住了笑，床上的女人一边擦拭着笑出的眼泪，一边问："你想不想和除你娘之外的女人睡觉？"

我说："想。"

"想和谁呢？"

"和景芳。"我不知道怎么说出了这个名字，但说的是内心话。

"景芳？景芳是谁？"

"景芳是我们新唐最美的女人。"

"怎么还没睡呢？"

"因为我不可能跟她成亲。"

"那肯定是你跟人家不般配嘛，有不用成亲就可以睡的女人你愿意睡吗？"

我说："哪有那样的好事！"

"有的，不过得要钱。"

"钱？钱是什么东西？"

"你没见过钱？"

我摇摇头："我们新唐不用钱，我们那里没有钱，我们都用东西交换东西。"

"那你可愿意用你的这些野物交换？"

"用这就可以和女人睡？"

"当然。"

"能睡多久？"

"你能睡多久？"

"没有试过。我要先看女人在哪里。"

"就床上那个。不过，我得看你的玩意儿长成了没。"她说着，就把手嗖地伸进了我的裤裆里。她的手那么快，像蛇一样咬住了我的命根子。我吓得惊叫了一声，猛一跳，才挣脱了。

她把一双细嫩、白净的手拍了拍，好像有羽毛粘到了她的手上。"不错，是到了睡女人的年龄了。"

我有些害怕地看着她们。我看见床上的女人故意露出了两条很白的大腿。她说："来，过来。"

我不敢动。

身边的女人把我往前推了一把，我扑到了床上。床上的女人顺势搂住我的脖颈，说："把鞋子脱了，躺到床上来。"

我迷迷糊糊地上了床。

另一个女人也到了床上。两个人像熟练的剥熊皮的猎人，很快就把我剥光了。我虽然长得高大，但还属懵懂少年，对男女之事啥都不懂。我被她们像耍泥团一样揉来揉去，弄得你泥中有我，我泥中有你了。我老想叫唤。她们也哼唧着。我浑身是汗，后来感到了一种死，一种揪心；再后来，我就四仰八叉地瘫在那里，睡着了。

我后来知道她们叫妓女，是被人嫌弃、却被不少男人喜欢的那种女人。但我还是去，有瘾，几天不去，就会心慌。每次，我都会带些野物给她们，还有我割的野蜂蜜，采的蘑菇、灵芝、药材，捡的鸟蛋，所有的东西我都愿意给她们。

每次去镇上,那两个女人对我都很好,我也只会在她们那里落脚。她们有时候分别伺候我,有时候会一起让我快乐。那里是我的温柔乡,快乐宫,她们教给了我许多关于男女的东西和床上对付她们、使她们欲仙欲死的办法。每次我都恋恋不舍,不想离开,但她们会根据我带的猎物的价值,决定我在那里流连的时间。有次,我扛去一头半大的熊,她们让我待了两夜;还有一次,我扛去一只云豹,却让我待了三晚。在跟她们相处时间长短这一点上,她们决不肯通融,即使你磕头求她们多留一袋烟的工夫都不行。她们说,行有行规,她们这一行的规矩就是那样。

自从遇到她们,我就没回过乐坝。我离开她们后,就会飞奔回森林里去打猎,风餐露宿,打到猎物后又迫不及待地回到她们身边去。我只要一到她们身边,就觉得自己像久旱逢雨的庄稼,马上有了生气。

这是我的秘密,乐坝没有任何人知道。他们也无从知道这里的一切。

冬天镇上的人会少一些,特别是春节前后的那一个月时间,很多工棚都空着。她们也闲下来,跟我戏耍的时间也多了些。我那时也知道了,我带给她们的猎物,大部分她们转手就会用高出好几倍的价格卖出;诸如野鸡、野兔、斑鸠、竹骝那些小野物,她们就自己留下来,打打牙祭。我万分思念乐坝的时候,也曾回去看过。但每次回到那个朝东的路口,就会心生绝望,然后转身离开。我突然对那个地方厌恶起来。

皇曾祖已经太老了,除了孟状元晓得他的诞辰,其他人都已记不清楚。因为他愈来愈高寿,也愈见德高望重,新唐臣民也愈见敬重他。但也有人私下里骂他老不死的,特别是那些已很老但又老不过他而又想在残生里成为新唐长者的人。我从小就见惯了他们暗地里对皇曾祖的诅咒和厌恶。听人说,我小姑生了李嫦后,王国里有不少人其实是异常愤慨的,因我小姑作为皇家的公主,没有男人却生了孩子,有失体统。但皇曾祖很高兴,说:"在新唐,朕就是体统!朕的体统就是,怀了孩子,就得生下来。"他这么说,明里也就没人敢吭声了。

父王殉国后,我就听说过母亲和孟先生的传言,到了乐坝,有好多次起夜,我都看见孟先生穿着长衣,在对着母亲窗户的田野里像个影子样飘来飘去。有人说我弟弟李阔是孟先生的儿子。但皇曾祖对这些事都很宽容。

有人说,朱成柳其实是孟先生的女儿。朱成柳长得文气,有一双好看的白手,并且很能读书,那些古人的书她看两遍就能背下来,再也不会忘记。在孟先生读书的学生里,他最喜欢她,说新唐一旦开科取士,她一定能考个女状元。但孟先生明里不承认朱成柳是他女儿,可朱成柳越长越像他,他也不好再抵赖。我还知道,朱成柳的二弟和四弟也是孟先生的骨血。朱成柳小时候对我说过,有那么两三年,到了夜晚,只要她爹朱征远不在家,她就会看见孟先生到她家来,和她娘睡在一起。他们睡在她爹做的宽大的、雕着鸳鸯、牡丹和并蒂莲的木床上,她和哥哥驹子睡在另一张较小的木床上。她的哥哥一上床就睡得死猪一样,她在晚上却很难睡着——这一点倒和孟先生一样,所以,她母亲和孟先生的事她看到过。朱征远经常为此揍刘秀芬,最后干脆把官司打到皇曾祖那里。皇曾祖没有办法,只得处理,剥夺了孟金榜的功名,也就是说,他不再是状元了。

算来,我也是个醒世得早的人,大人的那点破事我很小就明白。记得我父王战死前那年秋末的一个深夜,我和母亲睡在一个简易的窝棚里,半夜,尿把我憋醒了,想要母亲陪我去尿尿,却听到了一阵奇怪的声响,窝棚里的木架子嘎吱嘎吱地叫着,伴随着压抑着的喘息声。我侧身看去,从窝棚空隙透进的一块月光很亮,我看见娘和另一个人就挨着我,正动作着。月光把他们精光的身子分成一格一格的。那一格一格的身体就在我眼前耸动。我既吃惊,又害怕,我朦朦胧胧地感觉到,娘在做一件非常羞人的事。我感到又羞又气。就在那时,我听见了我熟悉的声音,是父王!是他的声音!我听到那声音,愣了一下,然后故意大声地咳嗽。我的声音那么大。世界一下安静了。

第二天起床,娘和父王还睡在我对面,他们没有醒,我看着,有些不相信,总以为昨夜只是做了个不好的梦。

然后,娘生了一个跟父王一模一样的弟弟,就是李廓。皇曾祖当然高兴,白发再一次变黑,衰老的容颜又一次舒展开来了——只要他新增一个后人,他就会变年轻一次。他有一次高兴,问我:"你多少岁了?""回皇曾祖,十三。""都十三了!得给你赶紧找个女人了!你皇曾祖能不能五世同堂,就看你的了。"我笑着说:"皇曾祖,女人不用您操心,我自己能找,至于五世同堂,那还不是小事一桩?"皇曾祖一下高兴起来:"你有看上的了?"我摇了摇头,说:"要找,就会有的。"他高兴得哈哈大笑起来。

跟两个妓女相处了那么久,缠绵了那么多次,但我并不知道她们的名字。认识的时候,她们虽然比我年长,但一个让我叫小妹、一个让我叫幺妹。我就一直这么叫着,一直没有想着去问她们的尊姓大名。想起那次对皇曾祖说的话,我产生了一个大胆的想法,就是把其中的一个娶回乐坝去。

但当时,我得先想办法打些野物,然后在矿工那里卖了换成

453

钱——我已学会做买卖了——再把钱给她们,这样,她们会更高兴。我想不通纸片、银元会比实在的东西值钱,看她们高兴的样子,好像那纸片、银元可以顶饭吃。之前,那个奶头黑得像野葡萄样的幺妹说她愿意嫁给我,和我过一辈子。我看她不像在开玩笑,但这事我得慎重考虑。因为她把我给她的一个孩子弄丢了,这绝对是不行的。那孩子怀上后,她喝了药水,那孩子就随着她的尿液流走了。我为此打了她,我把她打得太狠了,从床上一拳打到了床下。她口里还吐了血。当然,她也用又狠又脏的话骂了我。我原以为她不会再理我了,没想到第二次去,她还是那么热情。这使我觉得很对不住她。她说她不知道那孩子是谁的,所以才那样做。我想想也是,就不怨她了。

我在山上跑了一天,只打了三只野鸡、一只老麂子、两只兔子,这都不值钱,我这次本想多打些,多卖些钱,好让她们高兴,但往东的森林里野物已经太少了——对了,自从认识了小妹和幺妹,我就把猎熊的事忘掉了。

后来,我为了讨两个女人欢心,也曾到西边和南边的森林里狩过猎,但一个冬天下来,收获不多。我感到不可思议,那美丽的云豹、赤豹没了踪迹,连成群的野猪也不知逃到哪里去了。

我最后一次回镇里是在春上,森林开始绿了,大地重又潮湿起来,沉默了一冬的鸟儿开始争相啼叫。不少花儿在林间早早开放。在森林里停滞了一冬的烟障没了踪迹,林木间显得清新、明朗起来。闻着春天的气息,我的心被快乐和甜蜜充满了。我毫不犹豫地决定,我要跟那个女人成亲。我要让乐坝的人大吃一惊。

春天是适宜成亲的。我为自己的决定深感高兴。

"一个有着紫黑色奶头的女人……"我一想起她的样子,心里便涌起一股难言的温情。

开春之后，镇上的人又变多了，显得格外热闹。这个镇子每天都在膨胀，像一个变得越来越大的脓疮，我见到小妹、幺妹的第二年，林海镇就升格成了林海城。出了这个城，便是漫山遍野的罂粟，据他们说，在那种花朵里，能看到骷髅和黄金。我仔细盯着花朵看，只看到了艳丽的花瓣和迷人的花蕊。

我去敲她们的门时，带着一身的罂粟花粉，像一只刚从无数朵花的花蕊里飞出来的蜜蜂。幺妹来开了门，一见我，就冷淡地说："客满了，一直到入伏，都有人包养了。"

"我是……"

我还没有把话说完，她就砰地关了门。

我以为她睡迷糊了，没有把我认出来，便一边砸门，一边喊叫："嘿，幺妹，是我，是我呀！"

"我这里天天来来往往那么多人，老娘记得你是哪个？看你那个穷酸样子，总不会是这矿上的老总吧。"她把门打开了一道缝，对我嚷道。

"你……你不认识我了吗？我这还有给你和小妹打的野物呢。"我有些急，用额头抵着门，不让她关上。

"哪儿来的土包子，滚！"她说完，一用劲，砰地把门关上，从里面闩上了。

她不认识我了，这个小婊子！在我想向她求亲的时候，她竟然不认识我了！我不甘心，又去敲她们的门，没人理我。我把耳朵贴在木板门上，却听见了她们的嬉笑声，和一个男人低哑的说话声。

我像被谁当头砸了一棒。我扛着火枪，在那被春雨淋得泥泞的街上走着。一些人已认识我。他们问候道："打猎的，你回来啦？"我漠然地点点头。

在这里没人知道我的名字，也没人问过，他们都称我"打猎的"，他们只知道我来自另一个地方，而究竟是什么地方，没有一个人知道，也没人打听过，我也没有告诉过他们。

那场春雨刚下不久，泥泞都是新的。我在镇上走了一圈又一圈，我伤心得很。到晚上我找了个既有饭吃又可以住宿的旅馆，用猎获的野物抵了房钱和饭钱。我在这个小镇第一次感到，我被她们抛弃了。我喝了很多酒，倒头就睡。第二天醒后，我怀着受伤的心正要离开，四个大汉抓住了我。领头的是个耳朵下有颗黑痣的帅小伙儿，他叫了声"揍这个野杂种"，其他三个人便不由分说地揍起我来。

我开头在想他们是谁，有些蒙。我问他们为什么揍我，领头的说："没有原因，老子只是手痒了。"我一听，顿时怒从心头起，和他们搏斗起来。我是猎杀过野猪和熊的，他们全被我打趴下了。领头的想跑，我一个箭步冲上去，抓住了他，把长刀举了起来。他一见，立马跪下，求我饶命。

"饶命可以，但你们必须告诉我，我不认识你们，你们为什么要揍我？"

他说："爷，为了那个女人。"

"那个女人？哪个女人？"他的话没头没脑，我一时没有听明白。

"就是昨天给你开门，又把你挡在门外的那个女人。"

我一听就气不打一处来："原来是你在里面霸着她们啊？"

他点了点头。

我对他说："你晓得不？我昨天赶来，是想告诉她，我要娶她，不想碰到了你。"

"以后再也不敢了，你娶她，是娶回去做小？"

"做什么小哟？"我骄傲地摇摇头。

我看他的眼睛顿时瞪圆了。

我说:"你们走吧,我现在不想杀人。不过,我要是再在她们那里遇到你,就别怪我手里的长刀不认人了!"

他点着头,连说:"以后再也不敢了,再也不敢了。"说完,几个人相互搀扶着,逃跑了。

我去找了小妹和幺妹,两个女人一见我就连说对不住。

我对小妹说:"我知道你昨天为什么不让我进门了。"

"那个黑痣和他的兄弟在这里,他是刘大帅的表侄,这里的矿山都归他管,是林海一霸,没人敢惹他,所以昨天我只能假装不认识你,我怕他们找你的麻烦。"

"他带着几个人找到我了,但我把他们都打趴下了,那个脸上有黑痣的答应不再来找你们的麻烦了。"

幺妹一听,脸都吓白了:"完了,你闯大祸了!"

"怎么了?他保证了的。我还跟他说,我要娶你。"

"娶她?"小妹一听惊得张大了嘴。

"是的。"我肯定而平静地对幺妹说。

幺妹说:"你开什么玩笑!"

"我说的是真话,我这次来就是要跟你说这个事的。"

两个女人都盯着我,过了好一会儿,小妹才说:"我们都不晓得你住在哪里。"

"我出身于一个不缺吃、不缺穿、有房子住的贫苦皇帝家庭,那个地方叫乐坝,是个非常漂亮的地方,你去了就晓得了;我们家有很多人,皇曾祖已一百多岁,还依然健在;我娘很漂亮,我没有爹……"我恨不得一口气把什么都告诉她。

两个女人都笑了,小妹问:"你出身于贫苦皇帝家庭?你可真好笑！"

　　我知道,有些事情没有皇曾祖的同意,不能随便说,我便搪塞道:"反正别人都那么说。"

　　"你先祖是哪朝皇帝？不会是唐朝吧？"幺妹完全是开玩笑的口气。

　　"正是。"我笑着说。

　　小妹笑道:"你这么说,我姓刘,我也可以说我出身于汉朝皇帝家庭呢。"

　　大家又笑了一阵。然后我很认真地问幺妹:"我得知道你的名字。我都要娶你了,不能连你的名字都不晓得。"

　　"我叫梅枝,梅花的梅,树枝的枝。"

　　"梅枝,这名字好听。"

　　"你是真的要娶我？"

　　我用力点点头:"我从那么远的地方跑来, 就是跟你说这件事的。"

　　"你不嫌弃我？"

　　"嫌弃你？为什么？我只喜欢你,从来没有嫌弃过你。"

　　"喜欢我？有多喜欢？"她望着我,笑着问。

　　"是我一旦离开你,就没了魂的那种喜欢。"

　　她听完,坐在床沿上,像个小女孩儿似的哭了。

　　我一边揩着她脸上的泪,一边说:"这就是我为什么老往这里跑的原因。"

　　她扑到我怀里,哭得鼻涕口水的,我从没见过一个人像她那样哭。

　　小妹也哭了,说:"幺妹,就冲他那句话,你跟他走吧,要走就得赶快走,不然,被黑痣截住就麻烦了。"

梅枝在我怀里哭得更大声了。

小妹对我说:"我跟幺妹如亲姐妹,你要好好待她。我这就去给她收拾东西。"

梅枝又转过身,和小妹抱在一起哭。

哭了一会儿,小妹挣脱梅枝的拥抱,说:"去好好过,记起我了,就回来看我。"她很快就把梅枝的东西收拾好了,也就几身衣裳、一些银元,一个包袱就装下了。

就这样,我带着梅枝逃离了林海城。小妹把我们送了很远,后来,她站在一个开满罂粟花的山头上目送我们,直到我们快走进森林里了,回头去看,她仍像一朵罂粟花一样立在那里。

梅枝在床上的体力很好,走路却不行,因为脚小。穿过罂粟花地,她就走不动了。我只能背着她走。我把她背到背上,她老在哭,泪水打湿了我的脖子。她在我耳边说:"要是能早些遇到你,要是早晓得你是这么好的人,我就不去卖身了,就能把自己整个儿给你了。"

我说:"对我来说,你什么时候都是整个儿的。我也知足了,因为我也不是整个儿的,我还跟小妹做过那种事呢。"

她在我背上转哭为笑。她的笑里带着哭音,说:"傻猎人,小妹跟我是一个人。"她说完,就在我背上不老实起来。她用嘴咬我的脖子和耳朵,弄得我全身热烘烘的。

我说:"你不要那样,我受不了的。"

她哧哧地笑着说:"就是要让你受不了。"

我们当时已走在森林里,林子已经绿得不行了,鸟鸣稠密得像下阵雨,花也开得不行了。蝴蝶飞起来,又落下去,蜜蜂在一朵花与另一朵花之间忙碌,一切都令人动情。她弄得我越走身体越酥软,最后脚都迈不动了。我停下来,把她放下,顺势将她抱在怀里,说:"我抱着你坐一会儿吧。"

她说:"我想。"

"想啥?"

她就笑,说:"你装傻。在这绿茫茫的林子里,就我们两个人,多好。"

我一下明白她的意思了,两脚不由飘了起来,再也踩不实。我说:"那是再好不过了,你稍等。"

我把她放下,去折了很多树枝,铺在地上,她一见,也去采了各种的花撒在上面,那就成了一张世上从没有过的婚床。

临近中午的春阳暖融融的,从林隙间透进来,每一束光都被树染成了绿色。我们躺在床上,春天的树叶和花朵散发着令人沉醉的香味。我们躺在上面,翻滚着,她翻到了我的身上,我又翻到了她的身上,她想再翻到我身上来,但我像熊一样覆盖住了她,她在我身下扭动着。我第一次见她羞红了脸,一双手蒙住了自己的眼睛。我从没见过她那样动人的神态,我说:"我要把你剥光了。"

她抿着小嘴,羞答答地伸出手,说:"我先剥你。"她的手显得格外白,格外小。

当我们身上没了一丝穿戴时,站了起来,像两个新人,不知所措地站在那由绿叶和野花铺成的床上,打量着对方的身体。我都怀疑面前的女人是不是原来那个叫幺妹的女人了。因为我的爱,她饱受摧残的肉体正在蜕变,变成新的。我先抱住她,我们的身体挨在一起,倒了下去,带着烈火,再次纠缠到了一起。

整个森林都异常安静,像一个在春光里睡熟的丰硕的淑女,只能隐隐听见她匀称甜美的呼吸。她也惊异于森林的寂静,以致不敢

460

大声呼吸。我隐隐听见了她光滑如丝绸般的肉体唱出的歌,被林风徐徐吹送到我的耳朵里,那声音由细微而渐渐变得喧嚣、宏大。

我们舍不得离开那张床,直到第三天清晨,我才带着她——我的梅枝——往乐坝走,我左肩扛着火枪,火枪上挑着一只五彩锦鸡、两只野鸡、一串斑鸠——那是我顺手猎获的。

我右手牵着她。早上的太阳照在我们的背上,格外暖和。当我们一从林莽里走出来,就有人看见了我们。一会儿,几乎所有的人都到了路口。不用说,他们肯定会用万分惊奇的眼睛盯着我们,在心里说:这个家伙还真有两下子,竟带回来了一个不知来路的女人。他们也一定会想:我们已经很多年没有见过外人了,这个女人来自哪里?

我向他们走去,梅枝略低了自己的头,移动着一双风姿卓然的小脚,紧跟着我。

我和梅枝跪下来,叩拜了皇曾祖。我对他说:"皇曾祖,这是我的女人,我从很远的地方把她接回来了。"

皇曾祖过来摸了摸我的头:"你离开我们已经很久了,没有空着手回来,也好!那,她就是蜀王妃了。"

我一听,鼻子一酸,泪水差点从眼里涌出。我感觉他的慈爱之光从头皮渗入,很快渗透了我的全身。

皇曾祖让我和梅枝平身,然后准许我们站起来。面对那么多人,我和她羞得满脸通红。梅枝很是惊讶,她没有想到,我真的出身于一个皇帝家庭;她更没想到,自己一跃成了王妃。

我向人群望去,我看见了母亲笑得很开心,我还看见了我的弟弟妹妹们眼里像有泪花在转。

我又带梅枝拜了母亲。我能感觉到她的目光笼罩着我们两个,像太阳的光。

她说:"你还晓得回来啊?"

我说:"我早晚要回来的。"

"寻着那尊熊了吗?"

我摇了摇头。

"它不跟着你吗?"

我往身后看了看:"没有啊。"

"她不就在你身边吗?"

我明白了母亲的意思,看着梅枝,笑了。

"你小子真行呀,给我带回来了一个天仙一样的媳妇。"母亲欣慰地说。

李宗羲:
大熊驮朕朝回走

这一次,朕只有带着他们向东走,到东边的森林里去狩猎。我们是从东边的森林来到乐坝的, 它也是阻隔我们与外部世界的屏障,所以我们有意保护东边的森林和里面的一切。但其他三面森林里的猎物越来越少,我们只能到东边去碰碰运气。这也是一个迫不得已的决定。

李寥得知朕的决定后,就像有什么事要跟朕说,但好几次都没有说出口,只是一个劲儿地劝阻朕不要往那个方向去。但他吞吞吐吐的,说不出一个完整的理由,朕怎么会听他的?

临出发之际,朕也说了自己年事已高,这是朕最后一次狩猎,没想一语成谶。

东边的森林里猎物更少,像谁用篦子一次次篦过。李寥一次次劝我,既然东边的猎物少,还不如趁早转到南面的森林去。我问他是不是知道些什么。他把头摇得像拨浪鼓。这使我更想把这片广袤森林里猎物变得如此稀少的原因搞明白。

第九天上午,当我们坐在林子里休息时,忽然听见了砍伐树木的声音,听到了大树痛苦倒下时的声音,听到了锯子把树木锯断的声音;伴随这些,还有一种奇怪的、好多人聚集在一起时发出的那种嘈杂声。

朕立即警觉地站了起来,人们也都随我站立起来。我们显然有些不相信自己的耳朵。

朕用手指掏了掏耳朵,又侧耳听了听,问其他的人:"你们耳力好,仔细听一听,是什么奇怪的声音?"

"圣上,好像有很多人在拉锯、还有很多人用斧头砍树的声音。"一个人侧了耳朵仔细听后,对朕说。

"还有树倒下的声音、人喊号子的声音。"另一个人说。

大家一下紧张起来。

李寮对朕说:"皇曾祖,这就是我劝您不要到东边来狩猎的原因。东边已经没有猎物了,只有另一种东西。"

朕急了,急切地想知道还有什么,便大声说:"你快告诉朕,有什么东西?"

"您将会看到一个新的、也许不希望见到的世界;会看到伐木工人、开矿的矿工,成千上万的人、一座城市、木材加工厂,看到木头被扎成木筏,被几水运向远方;还会看到火车、汽车、铁甲船、拖拉机和漫山遍野的罂粟。"

"你说的都是什么东西?"有人问。

"反正我也说不清楚,你们马上就能看到了。"

朕听他那么说,扔了手里啃了一半的面饼,大步往山顶爬去,臣民都紧跟着朕。

到了山顶,朕惊呆了。只见一座座山上,横七竖八地堆满了伐好的木头,树桩像森然的白骨,遍野都是,木头沿着沟槽滑下山坡,堆在河边;远处的无数重大山的林木已被伐尽了,只残留着焦黄的枝丫和光秃秃的山脊,大地像患了癞皮癣一样难看;再远处就是垦荒的野火和人群,以及被开矿的工人炸得伤痕累累的山岭;更远处,是一座不小的城市,城市的周围分布着乱七八糟的、被罂粟包围的大小村落。人比蚂蚁还要多,都在不停地忙碌着。

每个人都惊呆了,大睁着双眼,惊讶得张开的嘴再也没有合上。

"啊,那个村子可真大啊,差不多要住上万人吧!"

李寥对自己的见多识广很是骄傲,对这些人的无知很是看不起,轻蔑地说:"那不是村子,那叫城,知道这个城叫什么名字吗?它叫林海城;那里面哪才只住上万人!那里面住的人多得说出来吓死你们!"

"那你说能住多少人?"这些人非常迫切地想知道。

"据说有十四万!"

"妈呀,十四万!你是说有十四个万?"

"是啊。"

"我不相信,如果有那么多人,你是咋知道的?"

"你们知道梅枝是哪里人吗?"

"你不是说她是山里猎户的女儿吗?"

"那是哄你们的,她就住在那城里。我也在那座城里跟梅枝一起住了不少时间。"

"妈呀,你把这城里的娘儿们能弄到我们那山里去,这差不多是把天宫里的仙女儿弄到凡尘来了,你可真有本事!"

"那我再问你们,你们晓得那像蟒蛇一样,头上冒着烟,呜呜叫着往前跑的东西是什么吗?"

人们都摇头。

"那叫火车。那家伙可厉害了,半座山的树只够它拉两趟!你看,那么多座大山上的树除了从河里放走的,剩下的都是它拉走的。"

有人已惊讶得不行:"它那么大的气力,恐怕得吃肉吧,它一天

465

要吃多少头猪啊？"

李寥一听，忍不住大笑起来，好不容易忍住笑，才说："你把我笑死了！它烧的是木炭——他们砍伐掉的不成材的树都烧成木炭了。反正那玩意儿是科学，具体的我也还没有搞懂；反正它不吃肉，也不吃粮食，更不吃草。"

"它一边呜呜叫着，一边趴着往前跑，你看它趴着跑起来都那么快，要是站起来跑，恐怕再快的猎狗都撵不上吧？"

李寥又是一阵哈哈大笑："哎呀，你把人笑死了，它是机器，不是什么动物，怎么能站起来！它只能趴着跑。你看见了吗？那里有两条亮闪闪的线，那是铁轨，火车就是沿着铁轨跑的，它不能离开铁轨，一旦离开，就翻掉了。"

人们仍然似懂非懂。李寥只好说："反正那是科学，具体的我也还没有完全搞明白。"

"看！那是个什么东西呀，就像螳螂一样，一次也能拉好多木头？"

"那是拖拉机！"

"它们应该是吃草的吧？"

李寥忍不住又笑了，说："它们也是机器。它们不吃草，它们喝油！"

"我的妈，那养一头更费事，哪有那么多的油喂它啊！"

"它吃的不是猪油，据说是什么柴油。那玩意儿难闻得很，也叫洋油，是洋人从地下抽出来的。我闻过，一闻就呕吐，人是不能吃的。"

人们真正到了一个奇妙的新世界，叽叽喳喳地问个没完。只有朕默默地站在一边。朕的手颓然地垂下来，手里的长刀当啷掉在地上，发出了一声钢铁的哀鸣。

466

人们的好奇心被满足后，看到这些被糟蹋了的森林和大地，又变得愤怒了。有人甚至把火枪瞄准了伐木的人，有人握紧了手里的长刀，要冲过去砍他们。

朕制止了大家。朕想弯腰拾起自己的长刀，但觉得自己的身体一下子变得僵硬了，弯不下去。朕原本红润的脸庞变得灰白，紫黑的双唇颤抖着，不时有须发掉落在地上，眼睛也一下变得干枯了。

李寥帮朕把长刀拾起来，然后又把朕的枪拿去自己扛上。

朕生硬地转过身，往回走。朕的脚步踉踉跄跄的，景芳连忙上来扶住朕。

人们悄没声息地跟在朕身后。

没有一个人说话。我们的脚步声在那片充满了苦难气息的森林里显得凌乱而又沉重。身后的每一阵伐木声都使我们感到伐的不是树，而是自己，那树倒下的声音就是自己被砍翻、倒地的声音。

原本充满生机的森林现在充满了濒死者绝望的气息。空气凝固，一切怆然不动。

身后不断传来大树倒下时的哀鸣。朕停住了脚步，沉着脸，慢慢转过身去，对着东方跪下，三叩九拜之后，站起身来。朕的身体摇晃了几下，差点没有站住。朕抱住一棵枞树，以使自己不倒下去。最后，朕终于忍不住失声痛哭起来。朕苍老的悲号使日头黯淡，黑云涌动；使大地同哀，万物共悲；随后，炸雷轰响天宇，闪电撕破长空。

那场大雨整整下了七天，暴雨如注，山洪汹涌。城市和村庄被淹没，农田和铁路被毁坏，那些堆积在河沟里的木材被山洪卷得不知去向，据说有两千多人丧生，数万人无家可归。奇怪的是，那雨只在山的那一边下，山的这一边——也就是靠近乐坝这边，除了天空飘着些阴沉的乌云，连个雨星也没有。好像森林是一面墙，把灾难都挡在了外面。

那是一场冬日暴雨,一场发生在冬天的洪灾,自盘古开天辟地以来,据说还是第一次。

森林里的神惩罚他们了。有人说。

朕带着大家往乐坝走。那原是七天的路,现在似乎变得更为漫长,我们走了五天,路还没有走到一半。

走到第六天,朕觉得自己像是病了。但朕没有吭声,没有告诉任何人。

不久,朕就看见了那尊熊。它用两腿支起自己庞大的棕黑色躯体,立在那里。

空气陡然紧张。远方的暴雨声更加清晰,每一注雨从天上灌注到大地上的声音都可以分辨出来。其中夹杂着滑坡和岩崩时天崩地裂般的轰鸣。

枪口一齐对准了那个庞然大物,长刀在手中也攥出了汗。但每个人都知道,如果不能一击致命,将会非常危险。而这些火枪只能伤及它的皮毛。

但那尊熊并没有动。见了人们,它匍匐下来,把两只巨大的前掌搭在地上,用充满悲悯的目光看着大家。它只是匍匐在那里,低垂着棕黑色的头。在枪口前,它显得很温顺,甚至把自己的下巴搁在了两个前掌上,像在表示对这群人的臣服。

朕说:"谁也不准开枪。"说完,像被无形之力差使,不由自主地向那尊熊走去。

人们呼喊朕快停下来,朕却没有丝毫反顾之意。朕的脚步虽有些疲惫、乏力,但仍然从容、稳健。

风吹掉落叶的声音似乎都能听见,似乎每一棵树的树皮都紧张得要绷裂开来,那些荆棘都害怕得要马上枯萎,远处闪电的光把树叶背面在某个瞬间照得一清二楚。不知道是熊的喘息还是远处山洪的咆哮,脚下的大地在隐隐发抖。

李寥不禁失声叫了声"皇曾祖"。但朕像没有听见,仍只往前走,好像是在走向一个多年未见的老朋友。

人们散开来,从不同的方向瞄准了那尊熊。朕听见了后面的动静,回过头来,说:"不要把枪口对准我们,枪口朝天,刀锋向下。"朕看见李绍谋和李寥都紧握长刀,要贴上前来护驾,朕平静地对他们说:"这就是你们要找的熊,但除了我,你们之前没有缘分见到它,今天见到了,也就没有遗憾了。"

熊仍趴在那里,像一座灰黑色的小山,但温顺得像家里养的狗。

朕的几绺白须从肩头向后飘去,朕离那尊熊越来越近了,大地惊悸般抖动得更厉害。

熊抬了抬自己的头,用眼睛看着走近它的人。朕看见它的皮毛肮脏、凌乱,它的眼神流露出与朕一样的疲惫、哀伤、忧愁和绝望。它像一个从远方漂泊归家的老游子,因为累得实在走不动了,不得不躺在路途中歇一口气。

朕远远地向它伸出手。

空气在炸裂。

那尊熊用前肢撑起上半个躯体,向前伸着自己的头。

整个世界都屏住了呼吸。

终于,熊把那长有镰刀一样爪子的巨大熊掌伸出来,触了触朕的手,像朋友之间握手一样。然后,它又用舌头舔了舔朕的皮袄,朕也用手摸了摸它的头。

绷得紧张的空气慢慢松弛下来。大家小心翼翼地、迟疑着向朕和熊靠拢来。

那熊朝着东方吼叫了三声,眼中竟滚出泪来,它像一个失去了家园的男人,无声地哭泣着。

朕也忍不住落了泪,所有人的眼睛都潮湿了。

当我们继续往乐坝走时,那尊熊跟着我们。走了不久,它走到朕身边,屈下自己的腿。开始,朕没有明白它的意思,它第三次这样做,朕才明白了:它要驮着朕往回走。朕没有迟疑,跨骑到了它的背上。它就驮着朕,往几水走去。

孟金榜:
我仍在渴望爱情

　　是的,它的确就是那尊曾伤害过圣上的熊。它惹祸之后,来到了东边的丛林里,从那以后,就一直在那里生活。几年前,当远方来的人群砍伐大森林时,它奔突于丛林之中,心神不宁,那伐木的声音和烧荒的野火使它噩梦不断。是的,在那之前,它曾躺在芝兰草间,在明澈的月光下,听着月夜中森林的合唱,做过一个梦——那梦虽有些凌乱,但醒后还是可以组合成一个完整的熊的梦境。

　　它走在山野里,突然,它看见树一棵接一棵地掉叶子,然后树干变白,腐烂。一个人,手里举着火把,把森林点燃了。森林一下烧红了。那火一直烧上了天。它在火中狂奔乱窜,身上的皮毛烧得吱吱直响。很快,森林没有了,只有烧秃了的山,山上积着厚厚的黑灰。天地间一片凄凉。它一边叫,一边哭,走在荒凉的天地间。走着走着,就死了。它倒在地上时,把地上的草木灰砸得飞扬起来。那灰尘很快就迷蒙了整个天空,再也没有散去。

　　没想到,两年后,那梦就变成了现实。

　　它走投无路了。

　　有很多人正在伐木,突然,它狂怒地冲向了他们,像一团棕黑色的旋风,转眼之间,就有十几个人被它的利爪所伤,倒在了地上。它一直冲向工头的帐篷,把帐篷撕得粉碎,把工头像猫叼老鼠一样叼

471

着,飞快地消失在丛林里,那工头再也没能回去。然后,一个接一个工头就这样遭了殃。

有好长一段时间,没有人再敢到林海包工。刘大帅非常着急,他从全国请来了猎熊高手,安了无数机关、挖了无数陷阱,想尽各种办法要杀死大熊,都没有成功。它依然神出鬼没,令伐木者心惊胆战,让开矿者噩梦不断,伐木和开矿的进度不得不慢下来。有人认为大熊是山神的化身,是大森林的守护神,为它修了庙祭祀它,但都没用。连刘大帅都不得不承认,要不是这头大熊的阻挠,东方森林的砍伐速度会更快,矿物的产量会翻番,开垦的荒地会更多,罂粟的种植面积会更广,鸦片带来的财富会像流水一样多,他刘家军的队伍会扩充得更快。

大熊一次次袭击他们,它自己也一次次受伤,但它的力量最终没能阻止那些人砍伐森林的步伐。它有些绝望了。当它悲哀地准备迁徙时,遇到了圣上和他的狩猎队伍,它嗅出了他们身上大森林的味道,闻到了他们身上受伤者的气息,它认出了那个与它搏斗过的老者,它决心和他们在一起。

走到村口,它停了下来,用头蹭了蹭每个人,然后一摇一摆地隐进了北边的森林里。人们目送它,直到看不见它的踪影。从那以后,它就经常回乐坝来。这些情况,也是我和它交流所知。

我没有看到白鸟,但我坐在白石上的苦修也有了其他收获,那就是我能够听懂兽语鸟言了。我跟那尊熊成了朋友,它愿意把它的故事讲给我听。

自从圣上从东边的森林狩猎归来,乐坝的欢乐气氛就没有了。那个冬季人们再也没有出去狩猎。男人们窝在乐坝,忧虑重重地吸着旱烟,来回走着,盲目地从一家窜到另一家,沉闷地喝酒、吃肉。妇女见男人这样,都不禁担心起来。孩子们见了大人脸上冷峻的表情,也都学得乖乖的,不敢闹腾。

乐坝显得格外沉闷。冬天的风冷冷地刮着,发出呜呜的哀叹声。这个冬天格外冷,格外漫长。

我已无心教孩子们识字,孩子们也无心读书。我自认为还年轻,却因为对云珠的爱没有结果而显得格外苍老。我依然夜夜守望白鸟,依然去那子夜的窗外守望。现在,我又喜欢上了与鸟兽交谈,和鬼魅吹牛。我喜欢上了箫声,一有空,就带着自制的竹箫到几水之滨,对着几水吹奏。

云珠在我的爱恋中变老,她不停歇地为李绍谋生着儿女。这并没有改变我对她的爱。

我感到一种非常古老的东西在胸中蠢蠢欲动,我对黑暗和夜间出没的白鸟的敬畏中涌出一股强烈的类似爱欲的东西。那是一种古老的野性,它在我胸中往复飞奔,使我又小心又机警。

我的隔壁就住着李寥和梅枝。那是一对疯狂的夫妻。每天夜里,他们沉湎于自己的爱欲,没完没了,毫无顾忌地把他们的欢爱声、撕打声传播到黑夜里。如果那夜色中浮现出一层瑰丽的桃色来,我就知道,那是他们的欢爱染成的。那些瑰丽的夜色曾使人着迷,但我开始并不知道那种瑰丽因何而生。

最早发现那种色彩的自然是我。我坚持自己在夜里所做的事已成为一种支撑我生命的习惯。它与结果所得的多少,甚至有无收获,都毫无关系。

那天夜里,当我照例满怀期待地坐到那块白石头上——那块石头已被我坐得油光发亮,又无不失望地从石头上溜下来,站起身,满怀忧伤、不由自主地往云珠的窗外走去时,我内心总有些迷醉,像喝多了烧酒的人，身体有些摇晃起来。

我希望能与白鸟相通，希望能感知它的预示。我觉得自己的心和它一样，被一种夜晚里才会充盈这个人世的东西感动，像百鸟一样要飞起来，慢慢地，有种东西会充满全身，身体会轻得像一片羽毛，被夜风吹送，漫无边际地飘飞。

每当我那样想，都会闭了眼，沉醉其中，无声抽泣。

就在那个时刻，我睁开眼睛，看见夜色黑得不再那么纯粹了，有了一种玫瑰花一样的红。我惊异于夜色的变化，却一直不知原因。从那以后，我对夜更加沉迷。我认为那是自己在夜中所做的一切感动了白鸟，白鸟给予我的恩惠——让我看到了更深一层的夜色，从而发现了夜的秘密。我在内心珍藏着这一发现，舍不得对任何人说起。但到后来，越来越多的人说起了夜色的变化，我才知道，那一切，神并非昭示给我一个人的。我有些难过，我安慰自己说，也许正是我虔诚的修炼，才让那么多人有了那种看到夜色的本领。

当李寥带回梅枝时，圣上承认了梅枝的王妃身份。他认为这个不声不响的后人那样做在他的预料之中。云珠后来对梅枝似乎不太满意，但也不好说什么。而我有些讨厌那个女人，总觉得她妖里妖气的，但这些不满也只能埋在心里。没有发现林海城之前，没人知道这个女人是李寥从哪里弄来的。在我们的印象里，那方圆几百里的地方依然没有人烟。他说她是猎户的女儿，我们都信了，竟没有一个人怀疑、深究。

臣民遵照圣上的旨意，为李寥新盖王府，紧挨着我那两间茅屋，而我睡觉的那间屋的隔壁就是他们的洞房。

王府盖好后，他们住进去的第十五天的那个晚上，我忽然梦到梅枝用手抚摸我的身体。在她的抚摸下，我闪亮的肉体在玫瑰色的火焰里不停地像蛇一样翻腾。最后,她也变成了蛇,缠绕着我。我们彼此缠绕,谁也舍不下谁,在河水里,在森林里,在火焰里,我们都没有分开。最后,从天空俯冲下来一只黑色的岩鹰,把我们抓到了空中,我挣扎着,从很高的空中摔下来,硬生生地被摔醒了。

我正要去回味那梦时,听到了李寥和梅枝那又似痛苦又似欢乐的叫声,我自然知道他们在做什么,因为,我当年和刘秀芬也有过那样的时刻。但我还是充满了好奇,当我从板壁的缝隙去窥视时,只见那间屋子浸浮在瑰丽的色彩里。两口子一丝不挂,像是沉浮在那种颜色的流水中,身体也是瑰丽的,微微有些透明,像交尾的萤火虫,带着一种特殊的光。梅枝像壁虎样贴在李寥身上,那叫声正是他们在那时发出的。看到别人相爱与自己和刘秀芬相爱是大不同的,我被那种神奇的东西吸引着,感到了一种从未有过的羞耻,这使我一次次收回目光,又一次次把眼睛贴在了墙缝上。

我感到梦里的梅枝正赤身裸体,满面羞涩地向我走过来,用滚烫的身体紧紧地拥抱住了我……

不知从什么时候起,汗水湿了我的衣衫。当我收回自己的目光,看见自己的屋里也有了一层瑰丽的颜色——那是从李寥的屋里溢出来的,再去看窗外,也已变得瑰丽,溢满了整个夜晚。

空气中充溢着一种生命的腥甜气息。从那以后,我每天晚上都忍不住偷看他们,直到色彩渐渐变得黯淡,直到夜色还原成本来的颜色。当他们身上的光熄灭,肉体消失在夜色里,我的心里总会产生一种深深的失落。

鼾声传来,那是一种对生活感到格外满足的鼾声,因而散发着生活的甜美味道。我的心里不由生出一股莫名的饥渴和无端的妒意。我流落在黑夜,感到异常疲惫,但脑子里的瑰丽色彩怎么也挥不去,它似乎成了我身体的颜色。泪水无缘无故地涌了出来,却不知为何流淌。

在无数次的窥视中,我爱上了梅枝这个姑娘。她是多么鲜活啊!从他们私密的交谈中,我知道她已经二十三岁,但直到十五岁月信才至,虽置身淤泥,还怀着一颗纯洁的少女之心。好多姐妹都羡慕她青春丰硕的身体,羡慕她本该进入初夏的身子却仍然停在新春。直到十七岁,她的胸部才突然丰满起来,窄窄的臀部一夜之间变宽,变得圆硕,这些,难免引我想入非非,我突然进入到人生中一个又一个骚动、痛苦而又隐隐有些欢乐的夜晚。

有很长一段时间,我期待夜晚的来临。我不再到白石上修炼,也不去云珠的窗外流连了。我醉心于窥视李寥与梅枝的交合。他们或温软或粗野的言语,或轻柔或狂荡的做爱,或短促或悠长的欢愉,或有或无的高潮,我都已熟悉。我常常彻夜难眠,如在梦里,白日则神思恍惚,如浮云上。但我的面色非但没有苍白,容颜非但没有憔悴,反而日渐年轻、英俊起来;我的身子如果是个女人的,一定会像一朵急于绽放的花朵,随时要开在某个清晨或夜晚。

就这样,不知过了多少个难眠而又富有激情的长夜。有一天,我突然感到羞愧。我扪心自问,我怎么能堕落到这步田地?我把那处墙缝用稀泥糊了起来。

我想,我只要逃离自己的屋子,就不会去把糊好的泥墙捅开。我又像以前那样,坐到白石上去了,又幽灵般游荡在云珠后窗所对的田野里了。

其实,乐坝的所有人都知道我对云珠的痴情,也听见过我轻声吟唱给她的情歌。有人说,我的歌声忧伤得近乎哀叹,已有丧歌的气息。这我晓得,我本来就是要爱着云珠直到进入坟墓,直到进入她的生生世世。有人望着我在夜晚日渐枯瘦的身体，很是感动。而云珠对我所做的一切似乎一无所知。

我有时也会看到李娥儿房间里的桐油灯彻夜亮着。她一直孤身一人，对于她心中的那个人，依然挂念如初，怨恨依旧。但他踪迹杳无，之前还偶尔会听到乐坝的人提起，估摸着他的一切，谈论着他仍在世上还是已离开了人世，后来就再也没人提起他了。

"我要像李娥儿那样，让她知道我有多爱她。"在一个有着月色的深夜里，我看着云珠黑黢黢的窗口，下决心似的对她、也对自己说。

由此知道，我仍在渴望爱情。

李嬗:
我愿在刀尖上碎裂

外面的第一拨人来到乐坝时,他们都穿着短褂,留着短发,不留长辫。皇曾祖对他们不请自来很不高兴。但人家都是青壮年,浩浩荡荡的,至少有一千多人,比乐坝的人口还多两三倍呢。他只能忍着。

皇曾祖贵为皇帝,不可能亲自去迎接,只派了孟金榜到皇宫门口迎候。

皇宫早已重建,不能说金碧辉煌,但在乐坝也算宏伟气派的建筑。其位于乐坝的主轴线上,中轴对称,四周筑了围墙,四面修了充作护城河的水渠,遵照皇宫定制,也是"前朝后寝""左祖右社"。当然,都是微缩版的。有人说,与其说它像座皇宫,不如说它像一座庙。

领头的年轻人坐着滑竿来到皇宫前,下来后,看到这样一个荒僻之地有这样一座建筑,还是被震了一下。我看到他站在护城河的木桥上,望着宫门前飘扬的"新唐"大旗,高深莫测地笑了笑。

他三十岁左右,身材修长,戴着一顶圆盘帽——后来知道那叫礼帽,穿着灰色的短衣——后来知道那叫中山装,脚上穿着一双黑皮鞋,双手戴着白手套,手里拿着一根拐棍——后来知道那叫文明棍,上唇留着两撇胡须,戴着圆形冰片——后来知道那叫眼镜,一副文质彬彬的样子。我一看到他,就在心里暗想:原来这世界上还有如此体面的人啊!——我原以为皇曾祖就是世界上最体面的人了,看

478

到他,觉得他比皇曾祖还要体面好几倍。他走近宫门后,我就希望他能注意到我。但他眼里是所有人,是整个乐坝,甚至更广阔的地方。

他来觐见皇曾祖,并没有带其他人——他带来的人都在几水岸边扎营。皇曾祖让我和李娴站在他左右两侧侍奉。他和景芳皇后今天都一身皇帝、皇后的穿戴——都是后来绣制的,坐在龙椅上;因为这是新唐自将乐坝作为龙兴之地以来第一次接受外人的觐见,文武官员、王子王孙们平时耕田种地、砍柴打猎、喂猪放羊、读书认字,今天也都换了光鲜的朝服,分列两班,看起来还真像个朝廷的样子。

孟金榜高声通报:"中华民国四川军政府川北大帅府汉洋商务开发事业部特使刘怀之觐见!"

皇曾祖准了。

刘特使进来,看到一众人等,有些愕然。

"我这是——到了何朝何代呀?"

孟金榜高声道:"来者休得无礼!赶紧跪拜我新唐开泰皇帝陛下!"

"清朝都灭了,没想这里还有这么个朝廷。"他站着,我看到他站得笔直。

"什么中华民国!我新唐承接大唐,才是中华正统!"孟金榜理直气壮地说。

那人没有理孟金榜,看了一眼皇曾祖,惊了一下,恭敬地问道:"请问您老高寿?"

"难道中华民国来的人连礼数都不懂吗?请跪下说话!"孟金榜呵斥道。

"我中华民国已废除这些封建礼数,但长者和父母高堂我是可以下跪的。我拜见尊长!"刘怀之说完,跪拜了皇曾祖。

孟金榜还要说什么,皇曾祖制止了他,让刘怀之平身,赐座,然后说:"朕虚长百余岁。"

"人之瑞者。那是神仙了。"

"虚度流年而已。"皇曾祖又打量了刘怀之两眼,说,"留头不留发,留发不留头,你头发这么短,朝廷不管?"

"你们不是也留发了吗?"

"朕自一八五三年追随太平天国,就留发了;一八七八年,为复兴新唐,与清廷更是势不两立,跟随朕的人,也都留发了。"

刘怀之更为吃惊,站起来,躬身道:"如此说来,您当是反清先驱,与晚辈也可谓同志了!"

"刘特使请坐!朕蛰伏于此,与世隔绝,孤陋寡闻,中华民国是怎么回事?"

"清朝已灭亡年余,其后建立的是中华民国。"

皇曾祖很是吃惊:"中华民国?这是个什么国?"

"是个什么国还没人能说清楚。"

"皇帝是哪个?"

"中华民国的统治者不叫皇帝,叫大总统,是一个叫孙文孙逸仙的担任,但没几天,又是袁世凯出任大总统了。"

"孙文朕未曾听说,袁世凯倒曾有耳闻。"皇曾祖叹息一声,他的情绪罕见地低落下来,问道,"没想天下已大变!刘特使可曾听说过朕之新唐?"

"曾经从老者那里听说过,但很多年前已被朝廷剿灭,没想还有幸存者,没想还能见到您!"

"你带人来,我们其实已经侦知,之所以没有阻拦,是看你们不是清军,也不像是来打仗的!"

"现在掌控这个辽阔地域的,是刘大川刘大帅。"

"刘大川?可是大小的大,山川的川?"

"正是。"

"他不是也起过事吗?曾经流窜于川东南和黔北一带。他姓刘,自称是刘备后裔,打了'南蜀'的旗号,也曾登基,没想现在用个大帅名号、占据个川北就把自己打发了。"皇曾祖颇是不屑。

"您说的应是他。三年前,他趁乱割据川北,自封大帅,成立了川北大帅府。"

"哦,还是自封的啊?"皇曾祖更是不屑了,"你是他的特使,你回去告诉他,让他归顺朕,朕封他左骁卫大元帅,让他来统领新唐所有兵马,那不比他自封个大帅强?"

刘怀之想笑,但马上收住了:"他挂了中华民国四川军政府的名,但一切都是他说了算,跟个土皇帝差不多。那个汉洋商务开发事业部是他与洋人合办的,主要经营木材、矿石、鸦片,挣了很多钱,养了不少兵,兵强马壮,四处扩张,其决心是要统一全川。"

"统一全川,而非统一天下,可见还是燕雀一只,非鸿鹄也!他起事之时,不是到处杀洋人吗?现在怎么又跟他们沆瀣一气了?"

"他现在拥有三个军九个师加一个近卫旅共计十万人马,又有洋人撑腰,在全国军阀中,实力都不可小觑呢。"

"那也不过一枭雄!"

皇曾祖与刘怀之谈了很多,我一直盯着他看。他也看了我好几眼。他看我的时候,我虽然害羞,但还是忍不住想对他微笑。

那些伐木工人就这样涌来了。在刘怀之带着人来的时候,皇曾祖就觉得不好办。主要是人家人多势众,又都是青壮年,新唐拿他们没有办法,只得忍让。他为此忧心忡忡,但我们很快就习惯了工人的

481

吆喝声、树木被伐倒的声音、修公路放炮的声音,觉得那些地方开垦成一坡坡的田地,种上鸦片也挺美。年轻人更是高兴,因为外来者都是陌生世界的来客,似乎他们每个人身上都带着神秘的气息,而那些英俊的青年也令我们这些新唐的姑娘动心。

自从他们进驻乐坝,我就觉得有一双眼睛一直在看着我。我知道那双眼睛是谁的,因为我也在偷偷地打量他。我虽然还没有跟他说过话,但凭我这颗芳龄少女的芳心仍可感觉到,我们不需要说话,只凭眼神的交流就已心心相印。

记得那天,我穿过母亲特意种植的那片桂树林,从一片冬麦地里除草回来,看见桂树林边站着一个人。我惊喜地发现,正是刘特使刘怀之。他远远地望着我,像在那里等了我好多年似的。他穿着我第一次在朝堂上见他时穿的那身衣服,但外面套了一件大衣。他左手拿着帽子,文明棍夹在左腋窝下,留着短发的头在下午的阳光里发着光。没有风,他大衣的下摆静静地下垂着,一动不动。

我在远处停下来,但仍能感到他灼热的目光。那时乐坝已一团糟,到处是新搭建起来的、乱糟糟的、像乱坟冈一样的帐篷,随时都有嘈杂的吆喝声。我当时却觉得万物都很有秩序,世界也异常安静。他站在那里,我觉得有些怪,他默默地站在碧绿的桂树林边那条土路中间,像尊木雕神像。我想避开他,走一条别的路,内心又想跟他相遇。他灼热的目光吸引着我,还有那颗在阳光里闪着光的头。

我心怀怯意地往前走了几步,又停了下来。

起了风,有些凉,风吹起了他大衣的一角,也使我的头发向衣服飘动的方面飞扬。有几绺头发遮住了我的眼睛,使我一下看不清眼前的一切了,我赶紧用手把它们拂向脑后。我使劲地看着他,生怕一眨眼,那人就会像梦一样遁去。

他还站在那里,像一尊木雕的神像。我舒了一口气。

我又向前走了几步,桂花的香气越来越浓,我深深地吸了一口,不得不停下来,因为我离他越来越近,我似乎能感到他呼出的气息已和桂花的香气一起,喷到了我的脸上。他的目光,似乎成了一支火把,烧到了我的胸口,火的热度逼得我往后退了好几步。

我偷偷地看了他一眼,然后想,我一定要从这条路走过去,这么长时间来,这条路一直只有我们乐坝的人在走,我还是第一次遇到一个陌生人站在那里。我这样想着,又往前走了两步,但最后,我还是因为害羞停了下来。在那一瞬间,我感到自己是那么为难,身体要避开那个人,心却强烈地想靠近他。我不知道自己的身体和心为什么会这样。吸引我的东西那么神秘,让人慌乱,却又莫名其妙。我第一次感到,自己身体里有一种东西是自己永远无法战胜的。

他应该让开、退缩,但他像一尊木雕的神,杵在那里,脚边是一丛正在开放的野菊花,金黄,泛着淡淡的菊香。还有一株桂花树的枝丫从他头上横斜过来,像要为他遮挡天空中并没有降下的雨雪。有几束阳光从那枝丫间漏下来,照在他的身上,使他身上有好看的云豹似的斑影。

我不知所措,先是绞着自己的手指,然后又拿起衣裳一角在手中绞起来。

我再次忍不住偷偷地看了他一眼,他像一个安置好的陷阱,只等着猎物进去。我已能看清他的脸、他浓黑的眉毛和有些圆的眼睛,还有他那因为高而显得有些钩的鼻子,甚至他稍显肥厚的嘴唇和嘴唇四周一圈儿短须也能够看见了。他的脸色已由白净变得红黑,泛着血气充足的微光。

"你过来。"

因为刚才周围过于安静,我只能听到自己的心跳声,那个外地人的话不容置疑。我感觉不出那声音是来自天上,还是来自泥土里,或是真的来自遥远的地方。我被吓了一跳,然后把神思全部集中在分辨是否真的有个声音传过来。当这一切一时不能确定,我还以为是自己幻听了。

我又看了他一眼,看见他身后的暮色从远方涌过来。在那暮色里,那些伐木工人的帐篷和窝棚更像坟包,它们包围着黄墙蓝瓦的乐坝。我看见他向我招了一下手,又说了一声:"嗨,公主,你怕什么呀?你过来啊!"

我这次听分明了。听到那声呼唤后,心尖尖不由一阵颤动,一股暖流随之从四肢涌向头脑。我头脑里顿时一片空白,只有蒙蒙热气。事后,我也曾后悔自己在那一瞬间没有逃走,或者咒骂他一顿,从他身边泼辣地走过去。

我像是受了蛊惑,只觉得有一股无形的力在驱使着我、推拥着我走向那个人。我当时心情复杂得意识不到自己的存在了,但我还是在向他走去——其实不是走,而是像被秋天的晚风吹送着的一片羽毛,不得不随风而往。我一直走到他面前,才停住了。我多想绕过他啊,但我走到他面前就再也迈不动脚步了,脚底像突然生了根。我害羞地低着头站在他面前,看见了他穿着皮鞋的双脚,和他裤腿上笔直的裤线。

那人从上面看着我,把我整个儿罩在他的目光里,看得我心里有些发毛。

"他怎么看我这么久?"我想着,身体不禁微微颤抖起来。我正想着,那人突然拥住了我。我想惊叫,却没有叫出声来,我闻到了他身上的气味——香皂味、烟草味、山野味、木材味和成熟男人的气息混合而成的味儿——它比桂花的香气还要迷人。我一闻到那味儿就喜欢上了,我想张开嘴,大口呼吸。当那气味深入肺腑,我觉得自己像喝多了酒,脚下有些漂浮,头有些眩晕。

那人紧紧地拥抱了我一会儿,我的整个身体也紧贴了他,希望他的身体能柔软得让我陷进去,融入他,成为他的一部分,成为他的灵,他的肉,他的骨——我只知道他的名字,不晓得他来自哪里,甚至他的面容,我都一直没有完全看清楚,我只闻到了他身上的气味,但我真的想和他成为一个,我为什么那样做,我一辈子也没有想明白。很多年以后,我也记得,当他要更紧地拥抱住我时,自己当时也曾说过一个"不"字,但他好像根本没有听见。他松开了臂膀,把大衣像老鹰展翅那样张开,然后敛翅,把我裹在了里面,一阵暖烘烘的气息顿时把我包裹。就在那个时刻,我决定什么也不管了,无论这个人是把我带上天堂,还是带往地狱的最底层,我都会毫不犹豫地随了他。

我的头顶顶着他的下巴,他下巴上的胡楂扎进了我的头发里。然后,他把头埋下来,嘴里的热气喷在我的额头上,我感到有些湿润,有些温热。他埋下头,他的嘴找着我的嘴。我闻到了他嘴里的气息,带着烟草和刚咬开的梨子混合而成的味道。我躲避着,把脸埋在他的胸膛上。我又闻到了他身体散发的、像刚剖开的新鲜柏木那样的气味。那个瞬间,我感觉他是一棵顶天立地的柏树。我恍然有些沉醉,好像喝了好多酒。

他只能用嘴巴吻着我头顶的头发,当他的嘴触碰到我的耳朵,我的耳朵像被闪电击中,嘴里不由发出一声长吟。我把头一甩,猛地躲开了。他也惊住不动。过了好一会儿,他才像醒悟过来,一下抱起我——但仍把我裹在他的大衣里。我像他包在襁褓中的小娃娃。他抱着我往前走去,我听见他的脚踩在厚厚的落叶上,发出了咕哧咕哧的声音。

他对我来说还是个陌生人,我却那么信任他,像信任把自己抱在怀里的母亲。我不想看见天光,宁愿闭了眼。

我从他脚踩在地上发出的声音知道,他是在往桂树林里走。我听得出人踩在桐木叶、香樟叶、竹叶、枫树叶上的声音,它们是各不相同的。

在我们对视的第一眼,就成了彼此的爱人,所以我任由他抱着我。他的心跳声我听得很分明,咚,咚,咚,像擂鼓。不时有一声鸟鸣会伴随他心跳的声音和脚踩落叶的声音。

最后,我被他抱到了桂林深处,那里真静,晚风被桂林挡在了外面。一直有桂花的香气,隐隐可以闻到,我感到有些熟悉,它是从很远很远的地方飘来的。我没有问他为什么把我抱到这里,这是要耍了我吗?我在那个时刻突然记起母亲说过,她是在桂树林里怀上我的,所以她和我身上都有桂花香气。而这片桂树林,也是母亲一来乐坝就执意栽下的,名义是要为皇曾祖酿桂花酒,实则为了纪念自己的桂树林之恋。这些树植下才十来年,还没有长大,但花已开了两三年。这让我感到有一双神奇的手在操纵我和万物的命运,让一些无论平凡还是伟大的事物都不得不从一个起点再回到另一个起点,如是循环往复,轮回颠沛,永无止境。

那人把我放下了,我朝天躺着,身下是垫着的大衣,大衣下是厚厚的枯叶。眼前是绿色的桂树叶和点缀其间的星星一样的桂花,可看到好几块蓝色的天空。从枝叶间漏下来的夕阳像轻柔的羽毛,拂着我的脸,让我微微有些酥痒。

那人在我脚前站了一会儿,看着我这个无疑要献身给他的少

486

女,有些庄重地走到我身边,把我的头放在他的左臂弯里,右手把我领口处的纽扣解开,温柔地伸进去,一直伸到了我的胸前。他的手虽是温热的,我的身体还是像怕冷似的蜷缩起来,但我没有挣扎,而是不由得把胸脯挺了挺,要去迎接它。我的身体很快热得像置身三伏天。他的手有些急迫起来,覆盖在了我的胸脯上,然后,那只手突然变得有些粗野,显得比我的整个胸脯还要宽大。过了好一会儿,才重新变得轻柔起来,先轻轻地抚摸我挨着心脏的乳房,然后又抚摸另一个。我知道,它们已长得很好看了。

那个时候,我反而清醒了不少,我想站起来,想逃开,但只是心里想想,身子沉得像一块石头,动也没法动。当他解开我剩下的衣扣,我略微有些紧张,心里却渴望他三五下就把自己剥得一丝不挂。

他喘着粗气,像干重活儿的人那样。

我身上已不着一缕,我是个怕冷的人,却没感到一丝寒意。他的手像春天的风从胸脯上的每一寸肌肤上拂过。我的头被他重新放到大衣上——他的手不够用了。我像一条从水里捞出来的鱼,雪亮的胸腹朝着天,嘴大张着,大口地喘着气,嘴里情不自禁地发出和梅枝夜里喊出的一样的声音——她的声音很多人都听到过。我讨厌那声音,想憋着不叫,却怎么也憋不住。我不知道自己为什么在快乐时会发出那么痛苦的叫喊声。他把自己覆盖在我身上,亲着我,从额头直到脚丫。他的舌头像一苗不熄的火,烧得我浑身滚烫,我不得不一次次想抱住他那颗留着短发的头。当我偶尔睁眼看他,觉得他像一匹公豹;而我,自然是一头并不温顺的母豹子。

多么美好啊!当我再次睁开眼时,我已看不清人世了,满眼只有春色,只有各种花朵在无边无际的原野上不断怒放,整个绚丽无比的原野变成了一匹豹子,覆盖在了我的身上。

我突然想问他老家在哪里，我想问他很多事，我也有很多话想跟他说。但我的嘴巴没有空闲，所以没有问，也没有说。那个时刻，说话做什么呢？我不想说，只想让身体在无数个奇妙的点上——在刀尖上碎裂，在火焰上燃烧。

他倒满是爱怜地问了我一句："我的小公主，冷不？"我摇了摇头，好像我稍一分神，刀尖就会折断，火焰就会熄灭，我从未拥有过的美妙时刻就会消失。我莫名其妙地呵斥了他一句"你闭嘴"，然后着急地抓住他的胸肌，喊叫说："快，快呀！"像是在叫一只猎狗去追逐一只受伤的猛兽。

我的身子绷得像一张拉满的弓，我只想哭，只想咬，只想喊。我有时飘浮于云端，有时又猛地跌入深渊。那多像生，又多像死啊！最后，我都不晓得那是生还是死了。我们的嘴里嗤嗤喷着热气，像两把烧开了的长嘴铁壶。我也会不由自主地骂他，骂出来的好多话又粗野又下流，在那之前我从没骂出口过。

当一切——天、地、初夜、森林、我们的肉体、心灵、魂魄都平静下来时，他很快穿上了自己的衣衫，然后把我扶起来，给我披上衣服，说了句："我亲爱的小公主，我今晚还有事，我先走了，记住，后天这个时刻，我还在这里等你。"说完，捡起地上的大衣，也没抖一下，往身上一披，头一低，转身走了。

脚踩枯叶的声音很快消失在了桂树林外。我呆坐了一会儿，当意识到自己已经孤身一人时，赶紧穿好衣服，追了出来。但只有四合的暮色，暮色里点缀着几只归林的鸦雀。

浑身的热气还没有消退，心却先冷起来。世界很安静，月光斜着从天边射过来，穿过桂树的枝叶和花朵，隐隐可以听见月光发出的清冷的声响。

我身体空明,从降生以来积攒的所有一切,都被他掏空了。我有些恍惚,觉得自己只是做了一个梦,一个过于真实的春梦。那梦美得使我回想起来都想落泪——那是种少有的、深切的、因美的消逝而生发出来的伤感。

　　我知道,那并不是梦——但一切都已了无痕迹。他在哪里呢?我沿着那条小路跑起来。我跑得跟跟跄跄、歪歪扭扭的,好几次差点摔倒。

　　我寻找他,我又转身沿着那条小路跑进桂树林。我想喊他的名字,张开嘴,才发现自己一下忘记了他的尊姓大名,只能“嗨——嗨——”地叫,最后就直接拖着声音喊:“你在吗? 你还在吗? ”

　　一个人影也没有,半句回音也没有。只有细小的桂花不时落下来,只有被我搅乱了的月光,只有偶尔一声鸟鸣。我在刚和他欢爱过的地方坐下来。四周已变得阴森森的,有些可怕。一只猫头鹰扇动着阴冷的翅膀,从一棵树的树梢飞到了另一棵树上,栖息在枝头上后,发出了两声瘆人的啼叫。

　　有人举着火把从村子里跑出来,喊着我的名字,有皇曾祖的声音、云珠的声音、母亲的声音、孟状元的声音,还有好多其他人的声音。我没有应答,我只想哭。

　　母亲找到了我,她走到我面前,看我满脸是泪,慌了,蹲下身问我怎么啦。我什么也没说,什么也说不出来,只是哭得更伤心,声音也变成了号啕的那种。我伏在她的怀里,泪水打湿了她衣裳的前襟。好半天,我才号出来一句:“我……我找不到……找不到他……他了! ”

　　母亲显然不知道我在说什么,其他闻声赶来的人则认为我是被什么东西魇住了,孟状元念念有词地开始为我驱鬼。

　　而我,唯一能够抓住的就是他临别之际说的那句话:“后天这个时刻,我还在这里等你。"还想起了他的名字——刘怀之。

过了一天,我早早地去了桂树林,我等到很晚,但连他的影了也没有看见。接下来几天,我都在桂树林里徘徊,但他像风,凭空消失了。我从桂树林里回来,见人就问:"刘特使呢,你晓得刘特使到哪里去了吗?"没人晓得,连他带来的那些工人都不晓得。他像一团林子里的雾,消失在那天的那个夜里了,也消失在了我的身体里。

我非常伤心、难过,有好长时间都不想出门,成天坐在二楼的窗前,盯着那条现在已延伸得很远很远的土路。家人问我怎么了,我说没什么事。问我是不是病了,我说没病。后来,我出门了,又是见人就问:"你见到刘特使没有?你知道刘特使到哪里去了吗?"我把来到乐坝的外地人都问了一遍。终于有个人悄悄告诉我,说刘特使是革命党,鼓动工人造反,被刘大帅派人从乐坝秘密抓回去,第三天就被处决了。

我计算了一下时间,他被抓走的那天,正是我们约定再见的日子。我悲痛欲绝,当时就栽倒在地,昏迷过去了。

梅枝：
来时的路已不能走

我们听见了几水的哀叹。日子变得凝重而又缓慢,到处弥漫着一种大难来临之际的平静。

乐坝一夜间苍老了许多。即使在又一个春天的阳光里,它也出现了衰老的迹象。新的风、新的雨、新的植物的苏醒已不能使它快乐;温暖的阳光、解冻的流水、婉转的鸟鸣、幼兽的奔逐,甚至婴儿的诞生,都不能让它显露一丝青春的朝气。它像一位突遭厄运打击的年轻母亲,它的肉体和心灵在一夜间全都衰老了。

一个冬天过后,伐木声已经越过乐坝,到了西边的群山里;开矿的炮声像不断响起的惊雷,震得大地胆战心惊,不停颤抖。很多人整天忧心忡忡,但除了李嫦,几乎所有年轻人都格外兴奋。他们第一次知道,除了乐坝这个依然很小的新唐,还确确实实有个更大的、崭新的世界在外面。他们现在最大的梦想,就是到离乐坝一百三十多里远的林海城去看稀奇。那里的一切都是新鲜的。至少有七个年轻人已经翻山越岭,徒步到过那里。其中有五个人去后就再也不想回来了,那个城市本身就是一个巨大的鸦片馆子,一旦接触就难以摆脱,每个人都甘愿身陷其中。他们中有一个人去当了矿工,有两人做了伐木工人,还有一人加入了筑路队,朱成栋则学会了放木筏。

明眼人一眼就能看出来,李嫦突然变成那个样子,是因为她爱上了那个刘特使。只有爱情能使一个原本开朗、天真的少女变成那个样子。但也有人认为她是在桂树林里撞到了鬼，孟状元就想尽各种办法来为她驱鬼。他们哪里知道，这情鬼是道行再高深的巫师也难以驱走的。

不久，刘特使被处决的消息就从朱成栋嘴里得到了证实。朱成栋生得威猛，又舍得用力，很快就成了小工头。大工头让他领着一伙人，回到乐坝，在几水放筏。他说那个刘怀之在日本留过学，参加过中国革命同盟会，到这里来是搞革命的，已发展了十七个领事的人，但被人告发，被秘密地一锅端了。刘大帅给他们判了绞刑，加上刘特使，一次吊死了十八个，吊死后，还示众了十五天，都流尸水长白蛆了，吓得林海城的人晚上都不敢出门，小孩子噩梦不断。

随之传回乐坝的，还有我的妓女身份。这个消息传回来的时候，我正准备分娩，为自己即将成为母亲而憧憬着美好的未来。乐坝的好几个人都说过，我人虽长得妖媚，小嘴儿却甜得像抹了蜂王浆，平时总是低眉顺眼的，孝敬老人，又不惹事，还勤快。所以没有一个人不喜欢我，都说我定是个从有很好家风的人家熏陶出来的贤良女子。但他们没想到我原来是个风尘女。他们开始一点也不相信，却忍不住用怪怪的眼光来看我。起初怎么也看不出我身上会有妓女的影子，但再贞洁的女人也禁不住众人这样来打量，他们看得久了，渐渐就看出了一些端倪，然后就越看越像了。所有人疏远了我，见我走过，都会远远地闪开去。

那些风言风语我起初就听到了，我一开始就看出了人们目光中隐含的东西。我有些难过，我感到人们在一层层地、缓慢地将我的衣裳剥去。但我不能让自己的伤心流露出来，只装作什么也没有听到，仍像原来那样，该叫祖的、婶的、哥的，该称王爷的、侯爷的，仍甜着嘴儿叫着。

但我最后还是无法忍受了。我觉得自己像是一丝不挂地在这里生活着,哪还有什么办法抬起头来? 一到晚上,当人们进入梦乡,我的泪水就会无声地流出来,淌过我的脸,从耳际浸入头发,然后流到我枕着的李寥的胳膊上。李寥那时已经睡熟,打着我早已熟悉的很响的呼噜。他对我还像以前那么好,好像那些流言蜚语他根本没有听到过。

我决心离开他,离开这里,去一个陌生的、人们再也看不到我的地方去生活。我不想让肚子里的孩子一出世就听到一耳朵跟母亲有关的污言秽语。

我要走了。要走很多的路。但我来时的路已不能走了,必须走一条新路。我不知道那路上会有什么,会遇到什么;不知道饿了是否会有人家供我乞讨,到了晚上是否有别人的屋檐供我歇息;一旦临产,会不会有一户好心的人家让我在他家里生下我的宝贝孩子⋯⋯但无论如何,我都决心要离开这里了。

在很远的地方,我还有一个喜欢赌博的父亲,他赌掉了家里的一切,最后,母亲被他逼得上吊自杀。他把母亲从上吊的头帕上救下后,卖给了一个牛贩子,这个牛贩子用不到一头母牛的价格买了母亲。我十岁那年,父亲又把我卖给了一个人贩子,几经倒手,最后被卖到了碧州的一家妓院。我当时才十二岁。后来我从碧州逃到了林海城,但还是只能干那个营生,不过没有了老鸨,有了些自由。我不知道父亲是不是还活着。他虽然禽兽不如,却是我唯一的亲人了。

我是不是该去看看他呢?这个念头一产生,我马上就打消了。算了吧,还是算了,他可能早就死了;如果没有死,他一看到我,也可能把我再卖一次。我和母亲在老家都是已经死了的人;而在这里,我也正在死去。我只能活在一个很远的、不知我过去的地方，一个对我来说陌生的、永远远离羞耻的地方。我相信，肯定有比乐坝更适宜我活下去的立锥之地……

狗在叫。不是鸡打鸣的时候，家里的那只母鸡却打起鸣来。自从伐木的声音和修路的炮声逼近这里，好多东西都乱了套：母鸡打鸣，猫头鹰大白天往屋里飞，到处都是乌鸦，狗老是哭个不停，母牛还没到发情的时节就开始发情，公牛和公驴的家伙却软得像煮熟的面条……

唉！死李寥就知道睡。他跟我说过，因为有我在他怀里，他才能睡得着。不知道我离开以后他该怎么办？想到这里，我离开的决心又动摇了。我应该留下来，人家天天说我，但他从没说过我有什么不是。何况，孩子以后咋能没爹呢？但是，我又不愿让我们的孩子生活在这又厚又沉的阴影里。

我想坐起来。李寥翻了一下身。我摸了摸他的头，他没有任何感觉，依然熟睡着。我擦了脸上的泪，决定选一个合适的日子再走，但我还是纠结得很："明天？后天？不，不行。再过些日子吧。一个月后？两个月后？就后天吧，就后天走……"

"你怎么还没睡呀，梅枝？"李寥翻了个身，突然睡意蒙眬地问我。

我吓了一跳，忙擦了脸上的泪："你咋醒了？"

"我感觉我的手臂空了，所以就醒了。我刚才做了一个梦，我梦见你从很远的地方往回走，你穿着很好看的衣裳，怀里抱着我们的娃娃。但我不知道你是什么时候离开我的。我觉得我们好像分开了很久的时间，我们见面时都在一个劲儿地流眼泪。"

"后来怎么啦？"

"后来？来，你先躺下，莫受凉了，你怀着我们的娃娃，现在可得时时注意身子。"

我温顺地把身体滑进被子里。

"看你身子凉得像冰块，挨拢些，暖和暖和。"

我紧贴了他。

他把我拥进怀里，把被子给我掖好。

我还想让他把刚才的梦讲完，就问道："你刚才的梦还没有说完呢，后来呢？"

"我梦见我们哭了很久，把身上的衣服都哭湿了——好像到处都是泪，没有一处干爽的地方。直到我们都哭够了，你才笑着说，你在很多年前出了一趟远门。我问你为什么要丢下我出门去呢？你说什么也不为，就是想离开这里，带着娃娃出去看一个人。我问那个人是谁啊？你说你也不认识，他当时还没有出生呢。我说你这人说话真是怪，没有出生怎么去看呢？你说我不懂。我说那该让我陪你一起去。你说不要。我说现在好了，你终于回来了。你说你还要出去。我一听就急了，问你多久能回来？你说也许一会儿，也许很久。说完，你就不见了。我到处找你，找啊找啊，怎么也找不见。我就喊你，我听见你答应的声音从很远的地方传来。我发疯似的向那声音跑去，以为你就在那声音发出的地方，但那里什么也没有。赤地千里，裸露的土地上看不见一棵绿色的草。我又喊，还是只听到了你的声音，当我赶过去，你又没了踪影。就这样，我一直喊着你，一直找着你，最后被惊醒了。刚醒时还迷迷糊糊的，见你没在身边，还以为那梦是真的呢。我觉得自己顿时浑身冰凉。你听见我喊你了吗？"

"我听见了。"

"那你怎么不把我弄醒？"

"我想听你喊我的名字。"

"你没有答应？"

"没有，我知道你在做梦呢。"

说完，我又在心里自语："傻瓜，你梦里喊我，我哪能听得见呢？"

他把我拥抱得更紧了。"你可不能走啊，你知道我离不开你。"我闻到了从他肺腑里呼出的夏秋两季阳光残留下来的好闻的气息。

"如果我走了呢？"

"我晓得你不会走的。"

"我可能……"我把后面两个字强咽进了肚子里。

"你可能什么？"他警觉起来，追问道。

"我想那个了。"我扯了个谎。

他信以为真："我也想，等娃娃生了，我们还像之前那样……"

我动情地抚摸着他的脸、脖子、后背和胸膛。

屋外的风摇晃着树，漏进屋里的月光闪闪烁烁，每一束光都是破碎的，像摔碎了的冰，不停地在黑夜里闪烁、幻灭、新生，好像黑夜马上就可以消退，重新涌来五颜六色的白日。夜的黑色一层层剥落之后，夜像是新生了，带着幼稚生命娇嫩而又新鲜的气味。

乐坝看起来多么平静啊，像一个被蒙蔽的孩子，安静地躺在自己的梦里；几水也是，河道里塞满了木头，日夜不停地向下游漂浮着，入嘉陵江后，再入长江，走运河，然后散布到长江和运河两岸的很多地方。我想，我是不是抱着一根木头，就可以到达人世的任何地方呢？

寒霜已镀满这里的房屋和田地。偶尔有被尿憋急了的孩子的哭声传来。夫妻们或者睡着了，或者仍在做他们的好事。牛反刍的声音传来，一只羊羔叫了一声，一只灰色的野兔在春天的麦田里跳跃着，白鸟的羽毛飘落在一片绿色的竹叶上，一只狗吠着天上那一轮被白云烘托着的、慢慢西沉的明月。

突然，一只老狗哭了。它坐在月光下，瘦弱的身影被月光拉得很长，一直延伸到了林莽的边缘。那身影里闪烁着死亡的磷火。它像是一个被末日遗弃在这个被毁灭了的人世上的唯一生命，它在为已经来临了的末世而哭，为已经消亡了的一切而哭，也为自己被死亡遗弃而哭。它的内心满含伤痛，它的眼里满是泪水，它沙哑、凄厉的哀嚎为世界镀上了一层恐怖的荧荧绿光——据说那是鬼魅世界的颜色。

正在交媾的男女停止了交媾，睡着的人也醒了过来。他们都屏住了呼吸，听着老狗的哀号一声声传来，浑身起满了鸡皮疙瘩。

大地似乎真的死亡了，突然陷入荒寂之中。只有老狗干涩的哀号声是活着的。

我们的心随着老狗的哀号渐渐变得荒芜起来，我们感觉这个世界在那声音里变得荒凉了，就连怀在肚子里的孩子也感受到了，他们在母亲的肚子里不安地蠕动着。

"谁该走了？"

"阴间在召唤谁了？"

"啊呜——呜呜——呵呜——呜呜——"老狗的叫声里全是死亡的预示。它是死亡的引路人。它后面跟着影子一样的黑白无常，看上去并不凶狠。一树惨白的梨花轻轻晃动，散发着泉水一样的甜味，但当它们从树下经过，梨花变黑，飘落一地。它们正向乐坝走来，它们手里的铁链在叮当作响。它们循着老狗的哭声，沿着它被月光拉得长长的身影——那身影的一端直抵阴间黑红色的大门，那身影将那大门撞击得哐哐直响。催命的黑白无常的脚步不紧不慢，它们的脚步声沙沙响着,像密密的雨滴落在荒凉的墓地上。

我和李寥披衣坐在床上。其他人仍然在门后或木格窗后看着那只狗或者望着那只狗所在的方向,都不敢打开自己的门,也不敢走出去。

"要出事啦。"我听见皇曾祖穿了衣服,走出家门,朝白鸟堂蹒跚而去。太子妃云珠忙让太子打了火把,跟着他;我们也都跟了上去。

外面,皇曾祖走在冰凉的、起满了鸡皮疙瘩的冬夜里。他是去白鸟堂向白鸟祈祷的。白鸟堂里有一股潮湿的霉味,当他们打开神堂门,一群黑蝙蝠夺门而出。皇曾祖活了这么多岁,还是第一次在冬天看见蝙蝠。他吃了一惊,额头上不禁冒出了冷汗。到了神位前,他先跪着禀告了乐坝发生的怪事,然后祈求神灵消灾免难,保佑乐坝所有人平安无事,保佑新唐大业早日完成。

那群蝙蝠飞临老狗哭号的上空,像黑色的闪电一样,不停地盘旋着。老狗仍在哭,声音已无力了许多。

人们的内心已由惧怕变为悲凉。他们再也难以入睡,穿好衣裳,拨燃火塘里的火,沉默地坐着。男人们一口接一口地吸着旱烟,女人们则茫然地梳理着各自的头发。

孟金榜：
圣上做了个砍头的手势

那只老狗的悲号是在鸡叫三遍时停止的。那老狗此后再也没人见过，不知死到哪里去了。人们找遍了乐坝的每一个角落，连那只狗的一根狗毛也没有找到。每个人都忧心忡忡。那些砍伐森林和开矿的人即使在春节也没停止。大树倒地时的声音清晰可闻，最后慢慢远去。乐坝已建立起一个伐木站，在这里居住的外来人越来越多，听说下一步还要建伐木场，几水边要修一个码头，木头可以从这里直接送走，从这里还可以坐船到林海城。

狗哭所预言的死亡并没有在乐坝出现。但这并不能使人感到安心，只能让我们担忧的时间更久。

外面已有很多人听说了圣上的高寿，纷纷前来拜访他，请教长寿的秘密。但自从乐坝有了外人，圣上就很少出门了。他从早到晚都坐在自己朝南的屋里，在木格窗后盘腿而坐，冥想虚空，要见到他越来越难。但越是这样，人们越想见他。林海城传言纷纷，说他已得道成仙，会长生不老，见过他的人都能延年增寿。

东方的森林已被伐尽，南边已是一片秃岭。

乐坝的人开始不愿往东边看，现在也不愿往南方看了。

一条公路正从那个方向延伸过来。根据大帅府汉洋商务开发事业部的规划，乐坝下一步甚至会成为一个不小的城镇，除了修建码头，还要修运送木材和矿石的铁路，建一个木材加工厂、煤场、鸦片生产厂，随之而来的自然会是林海城已有的商场、饭馆、旅店、妓院，然后以乐坝为基地，继续砍伐北边和西边的森林，砍掉了森林的土地将开垦成田地，建成西部最大的罂粟园，迁移更多的人口来耕种，获取更多的暴利，收取更多的税赋。

根据《乐坝志》的记载，在距今一百零九年前的四月十七日正午，圣上接见了前来拜访他的四川军政府川北大帅府林海城的市长。那官员名叫刘修德，字宁远，是刘大帅的叔父。他头戴考克礼帽，戴着墨镜，手持文明棍，穿着灰色的中山装，足蹬沾着几点乐坝红色泥土的黑皮鞋。

见面的具体内容《乐坝志·人物》有载，我记不住，翻开给你读一段吧：

> 宁远市长特来拜访圣上，问："公今年高寿？"答曰："朕虚长一百余岁。""有何长寿秘诀？""生而作死，向死而生。"宁远崇拜有加："难解也。""朕一生经历如是，知后即可解。"宁远一再询问，圣上均说确无秘诀。宁远甚失望。圣上问宁远："何以要伐木开矿，垦荒植毒？"答曰："刘大帅欲统一巴蜀，征讨清剿，耗费甚巨。而民众贫穷困苦，大帅爱民，不忍加税，只能如此。""大帅不忍加税？朕闻听其已收税至公元二〇二二年。"宁远讪笑："谣言也，不足信。""欲伐尽森林、开尽矿石乎？""此方圆万二千里均为大帅所有，自然要伐尽林木、开尽矿石、种满罂粟。""有人革命，均被大帅抓捕处决，朕为新唐皇帝，与大帅府水火不容，却不兴师讨伐，何也？"宁远大笑："新唐三四百老弱病残，封闭山野，形同野人，徒有名号，大帅从未放心上耳。"圣上闻之，勃

500

然欲怒,但强压怒火,端茶送客。此后一直面色凝重,郁郁不乐,遂病重。

刘市长离开乐坝不到七日,大帅府便宣布,乐坝设县,属林海城管辖,不得再有新唐称谓,否则属于逆反,一旦发现,即行剿灭。新唐臣民,包括圣上,虽然不满,但知道刘大帅势大,都不得不忍气吞声,静待时机。

第五天,从林海城派来的县长来到了乐坝。来人姓孙,名金满,原是刘大帅的一名护卫,深得信任,后升为团长。他是个很蛮实的人,骑着一匹黑马,带着一个排计四十九名全副武装的马弁,一到这里,就把所有人召集到晒坝里,大声武气地宣布,这里所有的一切,包括人畜鸟兽、花草树木、河流溪泉,甚至石头沙砾,均属大帅府所有。他对每家每户的土地进行了丈量、登记,要我们全部改种鸦片,按面积给大帅府纳税;偌大的森林跟大家再无关系,除每户分得一小片山林作为各家的柴山,其余的均属刘大帅所有;如果擅自入内伐木狩猎,一旦抓住,轻者受罚,重者坐牢;同时,不准大家信奉邪神,没收白鸟堂作为县衙。众人自是不干,誓死保护,孙县长就围了皇宫,说不破坏白鸟堂也可以,大清皇帝都没了,哪还有别的什么鸟皇帝? 皇宫充公,用作县衙,正好合适;如不答应,就是封建余孽、大逆不道,按律治罪,决不轻饶!

圣上当时还病着,新唐所有臣民也自是不答应。但我明显感觉,大家心已不齐,对圣上也不如之前忠诚了。圣上当然也有所觉察。他夸赞我最为忠心,乃新唐股肱之臣。他恢复了我的状元功名,将我升为散骑常侍,诸事均找我商议。他对我说:"朕已年衰,又逢匪兵紧逼,朕如不让步,新唐将溃,故只能以退为进。"

我说:"圣上经巨大牺牲,历千辛万苦,为新唐保留下火种,正待燎原,不期遇到刘氏匪类。其虽强悍,但属蝇营狗苟之徒,不足为虑。但我新唐如今兵不过百余人,势单力薄,如风中烛火,极易熄灭,加之臣民原均天真纯洁,近期受外来歪风邪气影响,已现离心之象,故当谋划长远,暂避锋芒,故圣上以退为进方略是伟大的、英明的。"

"知我者,爱卿也!皇宫,栖身之所而已,朕可让出。白鸟堂乃新唐最为神圣之所,岂容匪类玷污?朕将移驾那里暂住,其余家人,可到蜀王府栖身。"圣上把话说到这里,人也轻松了许多,连病也好了不少。

我赶紧说:"圣上为新唐大业着想,忍辱负重,微臣感动不已。"

"你去通知那个孙县长。"

因此,在孙县长的马弁围困皇宫的第三天下午,圣上拖着有病之躯,在景芳的搀扶下,由太子和我陪着,搬到了白鸟堂,伺候他的只有赵小媚一人;其余家人则全部挤到了蜀王府。

圣上和景芳从此深居简出,很少露面。景芳用爱供养着圣上,衰老得很快。有一天,我发现她竟然有了好多白发。而圣上身处逆境,与家人分离,则如婴儿般依赖景芳。据赵小媚说,圣上可能为舒缓压力,临幸景芳的时候反而多了,他也因此有了斗志,身体和精神都逐日好起来。这表明,圣上依然雄心勃勃。我作为臣子,心里自然高兴。

公路很快就通到了乐坝朝东那个路口,其中从几水河边到路口的五里路是新唐的臣民出力修通的——这是乐坝县衙的规定,即每个人每年必须服两个月零十天劳役。

随即,成百上千的人陆续开进乐坝。当时正值秋收,圣上——我们仍这样叫他——正举行开镰仪式。那些人涌进来后,不顾一切地抢占搭建帐篷和窝棚的地盘。一夜之间,乐坝的土地上就搭满了比原来更多的花花绿绿的帐篷和乱七八糟的窝棚。到处人声喧天,野火熊熊,乌烟瘴气。这个桃花源彻底变成了一个满目疮痍的破烂地,变成了一个脏乱无序的垃圾场。

因为来人的糟蹋,这年的十分收成只收回了四分,加上原来的储粮也只够熬过这个冬天,到青黄不接的二三月间,必定会有饥荒。圣上忧心忡忡,他知道这个冬天必须出猎,以便用这些猎获来的野味弥补粮食的不足,也可用野味换些充饥的粮食。虽然有县衙不准进山狩猎的告示,但大家心里还是没有那个观念,没人管它。

就在他们准备出发去打猎的那天上午,几十辆车头上缠着硕大红花,车身插满彩旗,样子妖娆怪气的汽车,号叫着,沿着新修的公路,一路颠簸,吭哧吭哧地驶进了乐坝。

孙金满的马弁马上大喊大叫起来:"刘大帅的洋顾问来了,刘大帅的洋顾问亲自到乐坝来视察了!"他们一边喊叫着,一边驱赶人群到路口敲锣打鼓地迎接。

汽车停下,车门在喧天锣鼓声中哐哐打开,两列荷枪实弹的西洋兵哗哗地鱼贯而出,他们把枪啪啪执于胸前,然后像木头人一样挺立着。他们一个个高鼻子、黄头发,脸白得像死人脸。孙金满示意锣鼓声停止。随即,几个干瘦的汉人陪着一个肥胖的洋人从一辆小车里挤了出来。洋人挤出车门后,像是一下膨胀了许多。看到他如此肥硕,大家几乎齐声"噫——"了一声,惊叹不已。洋人叫汉特·安德烈,穿着白色西装,戴着高筒礼帽,右手挂着黑色的文明棍,左手挽着一位身穿白色貂皮大衣、黑发碧眼、年轻貌美的洋女人。他们先在路口看了看四面的青山,发出一声听不懂的赞叹,然后朝人们挥着帽子,和蔼而又神气地咧嘴笑着。

没有一个新唐臣民拍手,也没有一个人笑。孙金满发现,圣上竟然没有来。

洋顾问是来举行通车典礼的。一行人在几水河边先行扎营,然后野炊。那里刚好位于几水的"几"字形大拐弯处,风景壮美。孙金满把一行人安排妥帖,正要喘口气,安德烈喝着葡萄酒,对他说:"我来之前就听说这里原属什么新唐国,有个自立为皇帝的人,他给自己建了一座皇宫,还建了白鸟堂。这几日我就不在河边住了,皇宫你作了衙门,你自己享受吧,我就住那个白鸟堂。"

孙金满笑了:"什么鸟新唐啊,总计就三四百号人,不如山外一个村子的人多,他算什么鸟皇帝?大帅听我汇报后,狂笑了半天,都不稀罕动一兵一卒来收拾他。我来这里后,他就没再敢提什么鸟新唐鸟皇帝!还有您说的那个皇宫,其实也跟民房差不多,倒是那个白鸟堂,颇为气派。"

"所以,我要住白鸟堂嘛。"安德烈说。

"那我这就去给您办理妥帖,等会儿就能住进去!"

孙金满说完,示意我跟着他,大踏步去找圣上。

乐坝空荡荡的,鸡被从没有过的喧嚣吓得躲进了鸡窝里,狗也躲得远远的,不敢出来。圣上坐在白鸟堂大门的门槛上,正擦拭着一支毛瑟枪。孙金满走到院门口,不由得谨小慎微地停住了脚步,他虽然当过兵,长得蛮横,但圣上身上那股无形的力量还是让他胆怯,一见就变得矮小、猥琐。看到擦着毛瑟枪的老人,他更是吓了一跳,不由得摸了摸腰间的柯尔特左轮手枪。

"老人家,洋大人来,您也不去欢迎。"

"朕这么大一把年纪,路都走不动了,就是天上的神仙来,朕也去不了,何况什么洋大人。"

"您老擦枪做甚?"

"好久没舍得用,生锈了,没事干,拿出来擦拭擦拭。"

"这种枪跟鸟铳差不多,现在没啥用了,我们都用更好的洋枪洋炮了,您还擦它做甚?"

"管他呢,枪是用来打野兽的,能打野兽就行。县长大人不去伺候你的洋大人,到这里来有何贵干?"圣上说完,进了白鸟堂,端坐在神像前。

"没……哎,嘿嘿,的确有事要找您老商量。"

"那,你说吧。"

孙金满小心翼翼地进了白鸟堂,看到了放在台阶上的那把磨得雪亮的长刀,不禁哆嗦了一下,手又摸向了腰间的柯尔特左轮手枪:"您老,还有这长刀啊,磨得真亮,闪人眼呢。"

"要开猎了。"

"哦……原来是准备打猎啊……"孙金满长舒了一口气,一颗悬着的心总算落了地。

"那你以为朕要做甚?"

"嘿嘿,我就是随便问问。您老要打猎的话,我会尽快去跟上峰通融。"

"来的人践踏了我们的粮食,不打猎,日子就过不下去,所以,不管你是否去通融,我们都要去打猎。"

孙金满不敢得罪圣上,讨好地说:"那我今年就假装不晓得,你们尽管去,不过,下不为例。"

"如此说来,朕还得谢你网开一面了?"

孙金满规劝道:"您老言重了!我现在只希望您的刀啊枪的不要让洋人看见了,免得惹麻烦,给自己招灾惹祸。"

圣上假装不经意地说:"朕一辈子都在招灾惹祸,也不怕这一回。说句实话，朕正想握着长刀、扛着洋枪到洋人跟前走一遭呢。"

孙金满一听就急了："老人家，这可不是闹……闹着玩儿的，洋人用的都是新式洋枪，一扣扳机，可砰砰砰连发几十响，每一响都可以打……打死一个人。他们原来就是靠了洋枪洋炮这些玩意儿才……才使朝廷屈了膝、下了跪，割地赔款的。从那以后，没人再敢惹他们，何况，他现在是大帅的高级顾问呢。"他说着，拔出腰间的柯尔特左轮手枪，"您看，我这么个小枪，一次就可以打死六个人，所以，您老还是……千万不要那么做，和他们和平相处，对彼此都好。"

"朕当年跟大清干的时候，就用过洋枪洋炮，也没啥了不起。朕这是和你开玩笑呢，朕怎么敢扛着这破枪到洋人跟前显摆呢？朕这么大年纪了，在人世吃不了几天干饭了，何苦来招惹你们？"

"您老德高望重，洋大人很敬重您，让我来找您，说要住您家来！这也是蓬荜生辉的大好事啊。"他喘了一口气，抹了一把额头上的汗水，"人家可是洋大人，要在之前，就是慈禧皇太后让他住皇宫里，人家还不一定去。"

"这个朕就难办了，皇宫已被你占作衙门，朕都被你赶到这里来了，难道还要把朕从这里赶走不成？"

"洋大人点明要住这里，我也是为难，不过，他也就是临时住住，至多三五日。"

"那朕住荒野里？"

"这乐坝是您老的天下，您想住哪家不都可以？"

圣上半天没有说话，但令我没有想到的是，他答应了。他语调平缓地说："行吧，无论什么时候也不能违逆尊贵无比的洋大人之意嘛。"

"那就麻烦您全家找个邻居家暂时挤一挤。我们到时候会给您老补偿。这样吧,五百斤谷子怎么样?"

"行啊。我马上就搬,房子怎么安排,你们自己定。"

当天晚上,在褒忠祠,几水的青壮年悄悄聚集在了圣上身边,原准备出猎的他们对着新唐所有英烈起了誓,要把大帅府的人当作猎物,赶出乐坝。

圣上虽然显得有些疲惫,但神情肃穆。他说:"我们这一片土地,包括这里的森林,都被刘大川占领了,而操控刘大川的,其实是这个姓安的洋人。我们没有了新唐,没有了土地,没有了森林,马上就会丧失自己的家园。这里马上就会种上把人引入鬼道、魔道的邪恶植物——鸦片,很多人都知道,那玩意儿一旦吸食,人就会丧魂失魄,成为行尸走肉。我们已沦为刘大川和洋人的奴隶。现在,连当年的土匪刘大川都可拥兵自重,割据一方,破坏江山,荼毒民众,天下之乱,可见一斑。如果我们此时重新打出新唐大旗,定会一呼百应,天下归心,指日即可一统天下,定都长安。今天,朕即兴兵,与诸位同承先烈遗志,继续战斗!届时,诸位均为开国元勋,定然或王或侯,或将或相,原有封地者,到时均可继承;自本日起兵起,凡有功者,根据功绩再次加封,世世代代可加官晋爵,永享荣华富贵!"

众人顿时热血沸腾,纷纷表示愿意跟随圣上同甘共苦、同生共死,为了新唐,英勇战斗。

圣上听完,抽出长刀,宰杀了一只五彩公鸡,把血滴在了一大缸酒里,再次祭拜了神灵和英烈,每人上前舀了一碗,仰头喝干,正式盟誓起兵。

当天晚上,他们先抓了醉醺醺的县长和他那四十九名马弁,缴了他们的武器,然后在半夜摸了洋人的岗哨,把其余钻在被窝里睡觉的西洋兵全部俘虏。洋大人和他的女人以及随从官员均被活捉。

一切进展得非常顺利,臣民们在夜里只听见了几阵狗叫。待旭日东升时,集合的锣鼓声响起,所有人都聚集到了白鸟堂前。洋大人和那些昨天还神气十足的官兵现在都被捆绑着,连成了一串,他们耷拉着脑袋,狼狈不堪地跪在地上。三面用蓝布做成、绣有"新唐"字样的旗帜在晨风中呼啦啦地飘扬着,乐坝的人们看见这些原准备进山打猎的男人都在头上扎了白头巾,系了白布腰带,一律肩背洋枪,手执长刀,成了威风凛凛的新唐武士。

圣上站在旗帜下,他已决定杀了洋人祭旗。

人们迫切等待着圣上的旨意。风吹得旗帜哗哗直响,偶尔因碰撞发出叮当之声的长刀,已准备好嗜血了。

孙金满也被捆绑着,他的脸涨得通红,问道:"您老是不是要杀了我们?"

圣上未置可否。

孙金满油光满面的脸立马变成了土色,求圣上饶命,其他人也跟着痛哭求情。

圣上说:"我会杀了洋人祭旗。"

"多谢您老不杀之恩!"谢过之后,他马上又说:"洋人的一根指头都动不得!动他一根汗毛都是不得了的事,会闯下弥天大祸,不光洋人不会放过您,刘大帅不会放过您,中华民国也不会放过您!他们必定会派兵来,那样的话,这乐坝的男女老少都会遭殃。这里会鸡犬不留,寸草不生啊!"

"你是说,放了他们就不会有事了?我们已经做好了战斗准备,我们会一直战斗下去,直到朕一统天下!"

孙金满还想劝圣上,但圣上挥手制止了他。

"你和这些洋人狼狈为奸,砍伐我们的森林,开采我们的矿山,在我们的土地上作威作福,在我们的庙堂里拉屎撒尿,还要我们做他的奴仆,这是办不到的!也许什么民国和你们刘大帅愿意,但我们不愿意!"

"可是,你们这么一点人,是斗不过刘大帅和洋人的。"

"人开始是很少,但会越来越多,何况,我们愿意为新唐战斗!我们愿意为新唐战斗至死!"

"看来,我说什么话都没有用了。"孙金满说完,绝望地垂下了头,然后对圣上说,"刘大帅的军队就驻在林海城,坐车两天就能赶到。"

"所有的工人都会被我们驱赶出去,公路和码头会被破坏,几水上的大桥会被炸毁,凡是敢过几水的人,都会被我们射杀。"

圣上再次发布了圣谕,把自己的武装命名为"新唐玄甲征讨军",自己兼任元帅。军士把这些人捆绑好,派人看守;工人在武力威逼下,用三天时间挖断了通往林海城的公路、炸毁了矿坑、烧毁了所有的汽车和几水上那座刚架好不久的雄伟木桥,然后,那些工人无需驱赶,均四散而逃。这样,乐坝又孤绝于外部世界了。

被抓住的官员和马弁被绑在木头上,顺水漂流,生死由天。他们哀求圣上把他们松开,他们保证不再踏入乐坝半步。但圣上没有理睬。他们的声音很快就被流水声淹没,身影也随着江水远去了。

圣上望了一眼向南流去的几水,回头看了一眼所有臣民,对玄甲军士们说:"把洋人押到白鸟堂前来。"

军士们押着洋人,臣民们紧跟其后,到了白鸟堂前。所有洋人均被五花大绑,面朝白鸟堂前的新唐大旗跪着,个个面如死灰。

圣上看了一眼那个叫嚷着抗议的洋顾问、二十名洋兵士弁和那个洋女人,高声宣布:"祭旗大典开始!"

刀斧手举起了手里的长刀。

这时，那个洋女人用吓得发抖的声音说："皇……皇帝，难道，你……你们连女人……也要杀吗？我……我只能……算半个……洋人，我的妈妈……她是……和你们一样的人……"

她说的竟是汉话。

圣上把她看了几眼，对站在她身后举着屠刀的军士说："让她抬起头来！"

玄甲军士攥住她的头发，把她的脸抬起。她有一张美得难以言表的面孔。圣上看了两眼，又走下台阶，前行数步，仔细看了，然后说："这个女子免死，把她拉下去。"

圣上重新回到台阶上站好，做了个砍头的手势。

他做那手势时，太阳正从东方升起来，他的手势就像要把那个红彤彤的太阳切成两半。

二十一名刀斧手几乎同时砍了下去，二十一股血几乎同时喷出来，二十一颗人头几乎同时掉落地上，二十一具无头尸体先后栽倒下去。

人们欢呼起来。大家欢呼够了，圣上站在白鸟堂前的石阶上，高声说："现在，我们不得不暂时抛弃乐坝了，我们又得转战、远征了，大家即刻回去准备，明晨一早出发！"

梅枝收拾着东西，她没想到这一切会发展得这么快。现在，她只能和大家在一起了。她希望接下来的远征会使人们宽容她，理解她。

好在那天阳光明媚，这使每个人的心情好了一些。

艾莉娅：
我要归顺新唐

我叫安德鲁·艾米莉娅，我看见了落地后滚动的人头、喷出的血和栽倒的躯体。我并未恐惧，因为我见过这样的场景，因为我一直生活在恐惧之中。

我当时已知道那个白胡子老人是个皇帝，我从小就知道，皇帝至高无上，生杀予夺全在一念之间。我当时已吓得浑身冰凉，但我做了最后的呼救。他没有杀我，也没有把我绑在木头上顺水漂走，的确出乎我的意料——我知道，那些人无一能够活命。对此，我心怀感激。

皇帝被前呼后拥着离开了神庙。除了二十一个俯躺在地的无头洋人，神庙前空空荡荡。冰冷的太阳当头照着，能听见血汩汩流出的声音。被伐木工人抛弃在这里的野狗已闻到血腥味，朝这里跑来。我害怕狗，赶紧躲开了。

我本该逃命，却不知逃往何处。我再一次陷入无依无靠的孤独境地。我像趋光的虫子一样，本能地朝有人的地方走去，不由自主地走到了村东头的柴垛前。

我觉得，我只有跟着这个皇帝，才能活命；才不会像我父亲一样，被刘大帅的端公活活烧死，镇压在深井里。

我父亲叫安德鲁·特立斯，很多人叫他安神父，我母亲是他来到这个东方国度第十年的初秋认识的。母亲的老家到处是水，母亲也就是个水一样的乡下姑娘。听说那个时候在那个地方，人们都很尊敬我父亲。因为父亲会看病，会把钱给穷人，会办学堂让穷人的孩子去读书，会养育那些被人抛弃的婴儿，还会和上帝——当地人说上帝就是天上的皇帝，也就是玉皇大帝——通话，让上帝宽恕他们的罪。听人说，母亲开始是圣西学堂的学生，长大后因为喜欢我父亲而做了一名修女。

父亲也没法拒绝母亲的爱。但他们相爱后，来自遥远之地的教会剥夺了父亲的牧师资格并予以除名，但父亲依然做着他之前所做的事，后来生下了我。我在教堂长大，我以为教堂就是我的家。但父亲告诉我，那个地方属于所有信仰上帝的信众，是所有信众的家。对于父亲和母亲的事情，当地人并没有觉得不妥，说他们既然都是上帝的人，在一起就在一起吧，凡间的人哪里管得着？那隔着十万八千里的教会就更管不着了！

后来，起义的人或穿着草鞋、或光着脚板、或骑着黄牛、水牛，或骑着马、骡子、毛驴，或穿着短裤、长衫，甚至赤裸着上身，披着蓑衣，戴着草帽、斗笠，扛着锄头、扁担、铁锹、铁耙、粪叉、柴刀、毛铁、鸟铳，如风一样席卷而来，攻占了衙门，抢走了大户的银元、粮食、牲口和女人，烧掉了教堂和学堂。母亲被奸杀，父亲带着我往西边逃。我们逆长江而上，一口气逃亡了七百多里。我记得木船在一个小镇靠岸时，父亲望了望几点稀疏的灯火和平静的夜空，把我搂在怀里，长舒了一口气，说了句："但愿安全了"。

我随着父亲西逃，一路做着噩梦，老梦见母亲像被人剥羊皮一样，剥得一丝不挂，然后大卸八块，扔在沸水里熬煮。我乘坐着木船去捞，船里也涌进沸水来，我也被熬煮着。他们用铁叉一边翻搅，一边往里面加着蒜瓣、八角、桂皮、花椒、小茴香、肉蔻、香叶、丁香、南姜、草果、香茅草、甘草这些佐料。而我试图把剁成块的母亲拼装起来——因为有人似乎暗示过我,如果能把母亲拼装完整,母亲就能复活,但每次都差那么一点;要么是缺了母亲的一根手指,要么是怎么也找不到她的右耳,要么就是左边的乳房并不是母亲的。后来我才知道,这是他们故意那样做的,也就是说,我永远不可能把母亲的身体拼装完整。这样的噩梦令人绝望,父亲呼唤耶和华帮助我,也没有用。我总是沉浸在母亲悲惨的命运中难以摆脱,总是沉浸在失去母亲的无限悲伤中不能自拔。

父亲安慰我说到了陆地上也许就会好些,所以我俩中途下了船,我们本来想一直到达万州或重庆。事后我非常后悔把我的梦境不断给父亲讲,如果我们不在那个江边小镇下船,而是继续逆流而上,可能就不会遭受那样的厄运。

那个小镇叫云泽,很有诗意。云泽的确有泽,那个时候,我对水特别敏感,而泽里自然有水。我们在狗叫声中找了一家临江的旅馆。我当时又饿又渴,舔着干裂的嘴唇对父亲说我不想再看到江,也不想再听到水声。

他只好再带着我,在冷清的街上继续寻找住处。街面铺着青石板,已被人的脚磨得很光滑,湿气很重,没人踩踏的地方长满了青苔。街上回荡着我们疲惫的脚步声,一重,一轻。找了很久,才在镇子背后找了家小旅馆,暂时安顿下来。

第二天,父亲就出去传教。到了傍晚,他已在小镇西头的龙王庙一侧找到了一块空地并买了下来,准备修一座小教堂。

第三天一大早,他就带着我去现场看了。虽然龙王要掌管云雨风雹,保佑船夫安危,庙子却并不临江,这里看不到江水,也听不到

513

涛声。

转眼半月已过，虽然还没有一个人被父亲吸收为上帝的子民，但教堂的地基已经打好，一共五间房屋，中间是礼拜堂，礼拜堂一侧是两间小屋，分别是父亲和我的卧室，外加一间厨房；另一侧则是学堂，依然叫"圣西学堂"。

又两个月后，教堂修好了，父亲对房屋做了简单的粉刷后，就开学招生。开始只收了四个学生，我也跟着他们一起上学。

再两个月后，我听到江水声不再眩晕了，看到奔流的大江也不再呕吐，母亲到我梦里来的时候也少了。

学堂的学生连我增加到了七个，还有一个被上游的洪水冲下来抱着一根木头漂流到云泽的妇女，叫傅氏。她被人打捞上来，无处可去，寄身教堂，给我们做饭，然后信了上帝。这让父亲格外高兴。但就在给傅氏受洗的那一天，我们唱诗班刚唱到"我心欢乐如火荧荧，将此欢乐到处传述"时，有人撞开门，惊恐地喊叫道，东边的义军乘船靠岸了！

父亲依然镇定自若，做完了整个仪式。受洗之后的傅氏特别激动，她说："信而受洗的必然得救，不信的必被定罪。这个我信！"她刚说完，几个义军士兵就冲了进来，其中一个一刀把十字架上本就在受难的基督砍了下来。傅氏非常生气，大喊了一声："你们这些撒旦！"那个士兵一听，问道："撒旦是啥玩意儿？"傅氏昂着头："就是妖魔鬼怪！"那个士兵气哼哼地说："这个死婆娘，敢骂老子是妖魔鬼怪！"手起刀落，女人的头已掉在了圣坛前。那个可怜的人头在地上弹了两弹，眼睛还圆睁着，嘴巴还张着，脸上依然是惊讶的表情。她的身材不高，虽然头已落地，但身子并没有当即倒下，还站立了一小会儿。她脖子上从后向前略微倾斜的刀口很是平整，血从那里猛地喷出，如红色喷泉一般。直到血喷得不那么有力的时候，她才很不情愿地倒在了地上。

父亲和我们这七个小孩儿显然被吓呆了，像被法术定住了一样，一动不动。直到他们把父亲抓住，才有人哭出声来。

我跑上前去，问他们："你们为什么杀人？"

"咦，老子杀人还需要原因吗？老子想杀人就杀了！"

"你想杀人就杀吗？"

"是啊？咋的啦？敢骂老子南蜀皇帝刘大川的大军是妖魔鬼怪，她就该杀！"

父亲见了，赶紧呵斥我："艾莉娅，不要说话！"他省略了"米"字，使我的名字听上去像个汉族名字。

"那你们为什么抓他？"

"我们圣上有旨，洋鬼、洋妖，人人得而诛之！"

我还想说什么，父亲非常着急，再次呵斥道："艾莉娅，赶紧和其他孩儿一起回家去，回家！都回自己的家！"

我从父亲的话里听出了另外的意思，没再吭声，眼巴巴地看着父亲被他们押走了。

父亲被押到一个南蜀军头目那里，被那个头目认定为洋妖。当地人说，这个洋人虽然长得像妖，但其实是个好人，免费招收当地的孩子读书。那个头目说，洋妖哪有那么好的心肠，他是以招收孩子读书为名，吸孩子的血，到一定时候，就会把孩子炖了吃肉。

为了降服我父亲，他们把队伍里的随军端公叫出来，让他们施法降服。三个端公用在狗血中浸泡过的"捆妖索"——麻绳——把父亲五花大绑，接着把他捆束在涂满狗血的"降妖柱"上，然后施法术，念神咒，舞之蹈之，装神弄鬼，像演大戏一样地折腾一番后，大声宣称洋妖的妖魂已被他们镇住,再也跑不掉了,四周乡亲不必再担心害怕。

接下来,三个端公就各带着一小队士兵四处去搜集没有一根杂毛的红公鸡——这样的公鸡要找九九八十一只,再去捕捉没有半根杂毛的黑狗——这样的黑狗要找七七四十九只。方圆百里搜寻遍了,符合要求的鸡狗终于找齐,三名端公把它们一一宰杀,鸡血和狗血都放进一口焚化过符咒的大木桶里,以备降我父亲时使用。

父亲被绑在降妖柱上,展示了七天。不让任何人靠近他。他的屎尿都只能拉在裤裆里。他变得越来越臭,绿头苍蝇一直围绕着他。第七天傍晚,端公向奄奄一息的父亲泼了九瓢鸡血和狗血后,把咒符贴满父亲全身,才在他四周架起柴火,然后点着。

我那时才明白父亲的意思,就是不能让他们知道我是他的孩子,不然,我与他的遭遇就是一样的。但我还是忍不住偷偷哭泣。我当时眼睛碧蓝,头发金黄——这是父亲遗传给我的;但有一张瓜子脸和轮廓分明的厚嘴唇,鼻子也没有父亲的那么高——这是母亲遗传给我的。当地人很是好心,他们把黑大豆在醋里泡了,煮烂滤渣,再用小火熬制成稠膏状,把我的金发染黑,使我看上去跟中国女孩一样;又特别嘱咐我,不要去和那些义军士兵对视,不要让他们看到我眼睛的颜色——那些天,我只好把眼睛故意眯着。

火焰升起来后,我只能隐约看到父亲的脸。他一直没有动——被五花大绑,他也动不了。他和那些柴火一起,被烧成了白灰,这些灰被扫起来,装进了一个铁盒子里,贴了各种咒符,扔进了一口九丈九尺深的枯井。接着他们又往枯井里泼洒鸡血、狗血各九瓢,然后用石头、土块将枯井填平。这样他们还不放心,又将剩下的鸡血和狗血全泼在了上面,再在最上面用要十九个人才能抬动的青石死死压住,又在青石上立了镇妖碑。有人提议应该像镇压白娘子那样修一座塔,无奈南蜀军财力不足,只得作罢。

虽然在南蜀军驻扎的一个月零三天时间里,我极少在人前睁开过眼睛,隔一两天染一次头发,但还是有义军细作侦知了我是洋妖的女儿。我立即被他们抓了起来,送到了一个头目那里。那个头目盯着我看了好几遍,觉得我的眼睛不对劲。他问我:"你是洋妖的女儿?"

我不想撒谎,点点头。

"那你怎么又长得像我南蜀国的人?"

"我妈是大清国人。"

"原来是杂种!那也应属洋妖,你还挺能藏的。"他让身边的士兵去叫来了三名端公,对端公们说,"得像处理她爹那样把这个洋杂种也处理干净。"

三名端公中一位年纪最大的说:"早晓得,和那个洋妖一起处理就省事了,这方圆百里的红公鸡和黑狗已被我们搜罗一空了,还有,大军后天就要开拔,哪来得及?恐怕只能一刀砍了了事。"

"一刀砍了倒是省事,但妖气压不住、危害百姓怎么办?所以待我禀报圣上再说。"

他们把我五花大绑,送到了他们的皇帝跟前。那皇帝看了我几眼,说:"还是个小女娃子,我看了,就眼睛跟我们不同嘛,她肯定是人,不是妖。带上一起走吧。"

我这才幸免于难。

南蜀军开拔后,我随着刘圣上南征北战。清帝逊位,不能再有皇帝,刘皇帝摇身一变,成了军阀刘大帅,他不再杀洋人了,还跟洋人合作,贩卖军火、鸦片。他有一个以汉特·安德烈为首的顾问团队,我被他作为礼物,送给了汉特·安德烈做情妇。

所以，我虽然出生和成长在这个国家，但我没有故乡。如果有，也需要自己去寻找。但当我看到新唐皇帝，当他的刽子手攥住我的头发，把我的脸朝向他，在四目相对的瞬间，我突然觉得，他就是我的故乡了。

　　他杀了洋顾问，差点把我也杀了。我本该恐惧，本该势不两立，被刀下留人后本该逃走，但我做不到。因为这不是别的，是故乡——我第一次知道，故乡也可能是一个人。我再难离开了。

　　我小心翼翼地问一个人："请问，你们的皇帝住在哪里？"

　　他看了我一眼，很警惕地敷衍道："我们没有皇帝。"

　　"就是你们那个年龄很大，长着白胡子、指挥砍头的那个长者。"

　　"那你要叫圣上，你找他何事？"那人说完，给我指了指他住的地方。

　　我说："那不是孙大人的衙门吗？"

　　"那原本是圣上的宫殿。"

　　我便小心地走过去，站在院子里。李娥儿见了，便迎出来。正午的阳光使她显得雍容华贵。她正要问我什么，我先开口了："你是这里的公主吧？你真漂亮！"

　　李娥儿被我夸赞，很是高兴，很好看地笑了笑，说："你也漂亮啊，你有什么事吗？"

　　"我想拜见那位长着白胡须的皇帝。"

　　"你是说，要拜见我皇祖父？"

　　"皇祖父？"我想了想，点了点头。

　　"他带人做棺材埋那些洋人去了，一时半会儿回不来，你有什么事？"

　　"你是说，杀了的洋人，还要用棺材装起来，埋掉？"

"是的。"

梅枝、云珠和李嫦都好奇地出来看我。云珠给我搬了一把椅子，让我坐，李嫦殷勤地进屋去给我倒了一碗热水。

"哎呀，你们皇室，可全都是美人啊！"

"你怎么不逃走呢？"梅枝问我。

"我走不了，我怕我走不出去。"我说。

"应该走不了多久的，你很少走路吗？"云珠问道。

"这是一个我不熟悉的地方，我心里害怕得很。"我望了一眼远处，"就是走出去了，我也不晓得到哪里去。"

"难道你没有老家？"李嫦问道。

"应该有，但我不知道在哪里。我爸爸说过，回老家的路很远很远，隔着辽阔无边的海洋。我的家在欧洲，欧洲，你们知道吗？"

她们都摇头。

"英国。"

她们还是摇头。云珠说："洋人不都一样吗？"

"其实是不一样的。洋人分英国洋人、法国洋人、美国洋人、西班牙洋人、德国洋人、葡萄牙洋人、意大利洋人。"

云珠说："我以为洋人都一样，都来自一个地方。你留在这里，准备怎么办？"

我耸耸肩，摊了摊手，低声说："我也不知道，皇帝不会杀我了吧？"

云珠说："因为你只有一半是洋人，应该不会了。要杀你的话，刚才就一并杀了。"

"这样的话，我能够先留下来吗？我找皇帝，就是来问这个事的。"

梅枝接过话茬，回答说："这个得圣上才能决定。"

云珠说:"我们在这里生活很多年了,一直与世隔绝,对外面的事情知道得少,也不想知道。每个人都觉得很好,以为能一直这样生活下去呢,没想被刘大帅破坏了。我们杀的那个男人是你丈夫吗?"

"不是。他是……怎么说呢?按你们的说法,我是……他的那个什么……"

她们虽还没有听我说完,但像已明白,几乎同时"哦"了一声。

梅枝说:"我看你们一点也不般配。"

"般配?"我不懂这句话的意思。

"就是他那么肥、丑,你这么瘦、美,他那么老,你这么年轻,在一起……怎么说呢,不像是两口子。"

"他对我还行。"

"你就像是他的小妾?"梅枝问。

我想了想说:"不,你们说的小妾还是老婆,是小老婆,我不是她的小老婆,对了,我是刘大帅送给他的女人,临时在一起。刘大帅给他送了好几个女人。"

三个女人又点了点头,终于明白了。云珠好奇地问:"那个胖子是刘大帅的顾问,顾问是个什么职务?"

我其实也不知道,想了好一会儿,才说:"就是所有的主意,都是他出,刘大帅下面的官员去做。这些地方都属于刘大帅的,安德烈负责指导那些官员开矿、伐木,以及鸦片的种植、加工和贩卖,怎么说呢?把森林砍掉,把矿开采了,把土地开垦出来种鸦片,然后卖木材、卖矿石、卖鸦片,卖的钱和刘大帅平分。他的钱汇回英国,帮英国养军队,打仗;刘大帅用那些钱养自己的军队,打仗,夺取更多疆土,开更多土地上的矿、砍更多土地上的树,开垦更多的土地,种更多鸦片,明白吗?"

她们使劲点了点头。

云珠说："那我们杀了个大官。"

梅枝接话："我晓得,那的确是个很大的官,跟刘大帅差不多一样大的官,我们惹大祸了。"

李娥儿说："我们不怕惹祸,我们之前就是因为惹了祸才到这里来的。"

李嫦一直没有开口说话,只是面带忧戚,安静地听着。她现在终于微启有些苍白的双唇,轻声问我："你知道革命党是干什么的吗?"

"具体的我也不知道,我只知道他们想要消灭军阀,统一中华,建立一个民主、自由、富强的王朝。"

"所以,凡是革命党的人,刘大帅就要杀。"

"那是当然,所有的军阀逮着了革命党,都会杀无赦。到现在,刘大帅至少杀掉三百多人了。"

"哦,我明白了。"

我看了看那些收拾好的大小包裹,问道："你们是要离开这里,躲起来吗?"

云珠轻描淡写地说："不是躲起来,我们要打仗,要远征。很多年前,我们就是从千里之外的东边的大海里打到陆地上,然后一路远征来到这里的。"

我有些不解："这里很好,两面是森林,还有一条很美的河,不过,你们至少得躲一躲,你们杀了洋人,杀了大帅的官兵,他也会把你们视同革命党的。"

"我们其实不想杀人,只是因为他们占了新唐的皇宫,把皇祖父赶到了白鸟堂栖身,而洋人还要住进去,那是我们的神住的地方,是圣上栖身之处,这伤了所有人的心。我们在神前,只有两条路可以选择,要么等待神降灾难于我们,要么杀掉冒犯神的人,以求神的宽恕。"

"那神就是你们心中的上帝。"

"上帝?"

"上帝是我们的神。不过,有人信它,也有人不信。"

"那还叫啥子神?"

我听后,笑了笑,说:"不同的人信不同的神,不同的神活在不同的人心里。"

这时,外面一阵喧嚣。圣上带着一帮玄甲军士回来了。四十七个男人已用缴获的洋枪把自己武装起来,让这个村庄的空气里充满了一种钢铁的、杀气腾腾的气息。那种气息让男人热血沸腾,让女人担心悲伤。

圣上一进院门,看见了我,怔了一下。

大家连忙跪下。李娥儿说:"皇祖父,她找您有事。"

"你找朕?"圣上问我。

我一见圣上,身体不由自主地发起抖来,哆哆嗦嗦的,像是很冷。也赶紧跪下,向他磕头。抬头见他正和蔼慈祥地看着我,我这才不害怕了,点点头说:"我想来拜见您。"

李嫦替圣上解下长刀和洋枪,往屋里去了;云珠给圣上搬来了椅子;李娥儿从里屋走出来,拿来了一杆长长的黄铜烟锅;景芳卷了烟叶,放进去,点燃。圣上一边吸着烟锅,一边跟我说:"有什么事,你说。"

"我想请求您,能允许我留下来成为你们的人吗?"我的声音仍然有些发抖。

"你说什么?"圣上以为自己听错了。

"我想成为你们的人,新唐的人,想和你们一起成为森林的人。"

"森林的人?说得好,我们就是森林的臣民。"但他看了我一眼,不知道该怎么答复我,"你是要归顺朕的新唐,不回自己的王国了?"

"她说太远了,她回不去。"云珠替我回答。

"是的,我家在欧洲的英国。"

"朕当年在海上时,听说过这个国家,隔着辽阔无边的大海,的确很远,叫什么日不落帝国。"

"是的。我的名字叫安德鲁·艾米莉娅。我是真的想留下来,我爱乡村和森林,我喜欢清静和自由,这些,你们这儿都有。"

"安德鲁?艾米莉娅?你有两个名字啊!这两个名字跟我们的名字都差不多嘛。朕之华夏也有姓安的、姓艾的。朕姓李,名宗羲,字嘉陵,打江山时人赠外号'疯举人',之前人们也叫朕文斋公,朕的臣民都叫朕圣上。你如果真想归顺朕,当然可以。"

我一听,非常高兴,连忙谢恩,然后说:"我叫艾米莉娅,前面是父亲的名字。"

"艾米莉娅,四个字,属于复姓了,类似司马、欧阳什么的,那好吧,朕正式准许你归顺新唐。"

我笑了,又忙着跪下谢恩。

圣上很高兴,捋了一把胡子,很高兴地说:"你能这么自然地下跪,能入乡随俗,很好!"

"我看的很多中国故事里的神仙,都长着又白又长的好看的胡子,跟圣上一样。我觉得您就是神仙,您这么高寿,还能带兵打仗,只有神仙能做到。"

"朕哪是什么神仙,就是活得太长了,你不晓得,这是上天对朕的惩罚,朕早就不想活了。"

"这应该是神对您的奖赏。我想有个跟你们一样的名字,您能给我取一个吗?"

"好啊!"

"那太谢谢了!"

"那你就叫艾莉娅吧。往这里迁徙的路上本有一家姓艾的,但他们没有走到这里就全部殉国了,艾姓在朕的新唐就没了。你这一来,正好为我们把这个姓补上。"

"太好了,我喜欢这个名字,这个名字跟我爸爸曾叫过我的名字一样。"我像一个小女孩儿一样欢喜地说。

"好了,明天一大早就得出发,朕还得去巡视一番,看每家每户准备得怎么样了。"圣上站起来,走了两步,又回过头来对我说,"你就跟李嫦暂时住在一起吧,相互也有个照应。"

新唐所有的人都聚集在了白鸟堂前,像以前一样,带着火镰、种子、衣被和干粮,牵着牲畜;孩子们抱着鸡和鸭;男人们披挂着各式武器,全副武装,几乎都是战士。

他们算是正式反了,反了刘大帅,反了四川军政府,自然也反了新建立不久的中华民国。

林景芳:
天地间只有燃烧的大火

远征的路线只有圣上和我知道——其实也就是一直向北,走到从碧波一样的青山间耸峙而出的、有着银色峰冠的高山之北——我们现在还不知道那座山的名字。圣上说他梦到过那座高山,所有人都相信,他梦中的山都会应验在现实世界里,并耸立在它应该耸立的地方。我们将在那里开辟新的龙兴之地,积蓄力量,占领集州、巴州、壁州,割据汉中,然后占据成都平原、三秦大地,问鼎中原。

圣上的计划是,他率臣民向那座高山进发,太子李绍谋带着三十九名年轻的玄甲军士,暂时以乐坝为据点,游击刘大帅的人马。遵照圣上的计划,李绍谋得先派人潜入林海城,放话说一帮乐坝的山民杀了洋人和刘大帅的伪官兵。因为害怕刘大帅捉拿,他们有些逆流,有些顺江,四散逃亡了。然后,他们会在几水右岸神出鬼没,狙击胆敢过江的敌人,掩护臣民北进。他们前后至少要坚持一个月时间,如能幸存,然后才可循着圣上一路留下的路引——所有新唐臣民都能看懂的各种羽毛——来找我们,并消除我们沿途可能留下的任何踪迹。

我们消失于这个世界的方式与之前大致相同。

圣上祭了神,把神像竖起,然后扛着它,出了白鸟堂。

还是凌晨,霜风劲吹,寒意萧瑟。柏皮火把的光照在人们脸上,长刀反映着火光。

众人拜了神灵，又转回头，拜了栖居过的家园。妇女首先忍不住哭起来，孩子也跟着流泪，男人把热泪含在眼眶里。

圣上扛着神像走在最前面，其余的人则背着一些简单的家什紧紧跟随——走了好远，队伍中还有人在哭泣。

为了尽可能地迷惑刘大帅的追兵，圣上同时令蜀王李寥先带着二十余人向西走——西边有一条比较明显的小路；并要他们在路上挖一些烧饭用的灶头，弄上尽可能多的宿营点，然后毁弃、遮掩。西行到第十七天后，再从我们原来狩猎走过的一条山径插到北边的柏树坡，与主力会合。

年纪稍大的人都记得新唐短暂历史上那史诗般的远征，所以他们对这次远征并没有多少新鲜感，但他们明白路上会遇到怎样的艰辛。

李寥背着洋枪奉命离开后，梅枝很是担心。她快要分娩了。艾莉娅也换上了兽皮做的高筒鞋，穿了兽皮袄，腰间还束了一根布带。她帮圣上扛着枪，一会儿走在圣上身后，一会儿又走到队伍中来，说些稍带西洋味儿的俏皮话，逗得大家嘻嘻哈哈地笑。我看到，每当圣上看到她，眼里就有了异样的光，就像当年看我时的眼神一样。他的脚步又变得轻快了，须发又开始由白变黑，腰身也挺拔起来。很多人都认为是我的功劳，但只有我知道真实的原因是什么。这无疑让我嫉妒不已。但我也知道，他既然是圣上，就不可能专宠一人。这么长时间以来，我能是他唯一的女人，已经够幸运了，以致幸运得心生了愧意。现在，我芳华不在，明珠暗淡，自从有了艾莉娅，圣上临幸我的时候已是云淡雨稀。

我无奈地叹息一声，心中自然感到悲哀，却也无可奈何。

她倒是很喜欢我,很多时候愿意像影子一样随我左右。她跟我说,我们是一群不一样的人。更让她感动的是,我们是这么自信,好像前面真有个全新的美好王国在等着我们。

当时,新唐所有人都不知道,我们一次杀了二十二名洋人——他们以为艾莉娅也死了,轰动世界。当然,我也是时隔多年之后才知道的。

我听艾莉娅说,自从乐坝被外人发现之后,就有人向刘大帅禀告,刘特使和孙县长也都更详细地禀报过。起先有人告诉刘大帅,说乐坝不是个村子而是个王国,有正儿八经的皇帝时,刘大帅问了问那个王国有多少人,国号是什么,皇帝姓甚名谁。听闻只有三两百号人,国号新唐,有个老皇帝叫李宗羲,已一百多岁时,他不禁哈哈大笑起来,然后说:"那个老东西我晓得,大清不是说把他剿灭了吗?没想大清灭掉了,人家还活着。这也算个奇迹,就让李宗羲在自己的井底王国,继续过他的皇帝瘾吧,待我腾出手来,有了闲暇,再去拜访他,请教他是怎么能如此长寿的。"刘大帅肯定万万没想到,就是这他不屑一顾的三两百号人,最后给他捅了个大娄子。

大概在几十年后,我看到过一册印制粗陋、不过一百二十页、由四川省集州县政协文史资料委员会编的《集州文史》第三期,那一期是"新唐专辑",我没想到,后人把我们定义成了"反帝反封建的先锋",其中一篇文章的名字叫《川北最早的革命烽火》,记叙了新唐臣民反清、反军阀刘大帅的故事,其中一段是这么说的:

> 刘大川大帅不愿承认什么新唐,只认为是刘特使来乐坝期间蛊惑起来的一股逆党的暴动。但他其实非常惊恐,忙从与军阀混战的前线,抽调了三个旅万余精兵强将,杀气腾腾地撤回

林海城,并向乐坝压来。他们是那么迅速,在事发后第十五天便陆续有部队到达了几水左岸。

负责这次行动的总指挥是军阀刘大川的弟弟、第一军军长刘二川中将,具体指挥的是刘大帅的军事顾问、洋人克拉克·吉尔伯特准将。他发誓要将逆党斩尽杀绝、鸡犬不留。

大军进到乐坝,留给他们的却是一个空村,连鬼影都没有。刘二川气急败坏,一把火让乐坝化作了烟尘,变成了焦土。他们找到了被杀的洋人的坟墓,是二十一座新坟——呈倒三角形,坟头高,坟尾低,因为洋顾问太过肥硕,位于正中的那座显得高大不少。吉尔伯特下令掘坟,想把这些遗体运走。掘开坟墓,发现尸体都用新做的柏木棺材收殓,棺材来不及上漆,木头经泥土的滋润,显得很新鲜。吉尔伯特半晌没有说话,然后对那些兵士说:"让他们就埋在这里吧!"兵士们把棺材又掩埋上了。

但新唐的仁义并没有让吉尔伯特准将停止搜剿行动,万余大军在他的指挥下,如狼似虎地围绕着乐坝进行了地毯式的搜剿。但除了不断袭扰他们的玄甲军士,他们没有找到一个村民,而这些玄甲军士也一个没有抓到,更没有见到任何人的面目,所以,他们不能确定袭击他们的究竟是什么人。最后,他们终于知道乐坝有人出来当了矿工、伐木工人、筑路工人和放木筏的工头,前往抓捕,但也早已逃遁。原来,李绍谋派人去林海城放话迷惑敌人时,已把他们带回来了,他们也参加了战斗。

这让刘大帅相信了流传在林海城的传言:逆党已逆着或顺着几水,四散逃亡。根据这一情报,刘二川调集船艇,封锁江面,进行拉网式搜剿。上达几水源头,下至几水与嘉陵江汇流处,可以说,把整条江道来来回回至少搜剿了九次,把沿江两岸百里以内的每一寸土地也搜剿了九次,真是掘地三尺,但除了捕捞上来的孙金满和一些马弁的尸骨,一无所获。这些人好像凭空消失了。

最后,吉尔伯特带兵找到了李寮带人故意留下的踪迹,大喜过望,率领部队逆流而上,接着向西边的森林进行地毯式搜剿,但依然没有发现一个人、一缕烟,最后,连几水也消失在了一座高山的半山腰,化作了一小股甘冽的清泉;然后,他们顺流搜剿,又将几水两岸的无数村庄搜剿了一遍,连一个新唐的臣民也没有抓到,最后,那支不知人数的玄甲游击队,也像空气一样消失了。

按照圣上的英明旨意,我们暂时摆脱了敌人,所有人马都会集在一起,经过短暂休整,继续北进。圣上走在最前面。他用左肩扛着神像,用右手挥舞长刀砍开荆棘,妇女们紧跟着他;随后是背着东西的一部分男人,最后是新唐的玄甲将士——他们负责消除有可能留下的踪迹,在有些地方设下陷阱,让追杀他们的敌人每前进一步都要流血和死亡。那些布满陷阱和机关、故意留给敌人、实为通向地狱的道路至少有九条,而真正行进的方向则巧妙地隐藏了起来。

刘二川中将和吉尔伯特准将找到新唐臣民留下的踪迹已是三个月后,自然欣喜不已,命令军队跟踪而来。但第一天就付出了伤亡一百五十多名官兵的代价。那是令他们心惊胆战、魂飞魄散的一天。他们追击到最后,依然没有抓到一个人。

圣上让孟状元扛着神像,带领妇女和孩子们继续前行。他则回到队伍中,指挥阻击敌人。我紧跟着他。我不跟紧他,就不放心。圣上一次次让我回到妇女和老人的队伍里去,我没有答应。他就说如果非要跟在身边,就让艾莉娅来保护我。我答应了。这样,艾莉娅就只能紧跟在我左右了。

圣上必须带着军队和那些敌人在这林莽里周旋些时日,以掩护臣民远离危险。

他组织了一次伏击。

那已是春天的森林,春光和煦。在蓝得逼人的春日碧空中,太阳充满了朝气,温暖的光芒照耀着大地。这样的春光显然不是为了杀戮而准备的,但厮杀前的紧张气氛已使整个森林一动不动。森林被它凝固了。每一棵树,每一丛荆棘,每一声野兽的嗥叫、鸟儿的啼鸣,都被凝固了,它们如那些覆盖着青苔和藤蔓的岩石一样,沉默,无声。世界紧张得大气都不敢出。

队伍居高临下,一动不动地埋伏在峡谷两侧,火枪和洋枪的枪口显得格外饥渴。

直到午后,才有探子回来报告说敌兵到了。没过多久,就听到了人马的喧嚣声,最后可以听见两千只脚和四千只铁蹄踩踏在峡谷里的回声。为麻痹敌人,那段没有陷阱和机关的路是专门留给他们的,再往前行,便是一片预备好的大坟场,那里有无数的陷阱、机关。至少有一百条通向死亡的路。在那里,敌人将寸步难行。

枪声响了,尖锐的声音像被禁闭的天鹅骤然啄破蛋壳,让人在一瞬间想起一团新的鹅黄在骤然飞舞。我看见好几个人身上的血飞溅出来,像突然开放的一朵花,然后他们极不情愿地扑倒在地。森林突然像炸开了锅。敌人为发现了目标而叫嚷着,挥着刀,端着枪,吆喝着,但只能在峡谷里乱窜,更多的人倒下,更多的人落入陷阱,更多的人奔向死亡的旅程。

弹药消耗得差不多了,圣上一挥手,这支身上披了绿树枝的队伍开始撤退。但有个人没有动,那是年老的成老七,他仍伏在那株翠绿的棕树下,枪口仍朝着前方。那是只崭新的洋枪,金属枪身上镀了一层春日阳光。枪口还冒着一缕淡蓝色的残烟,像一缕魂魄,舒缓地飘散在峡谷上空。

"喂,快点,撤了!"有人轻声叫他。

他仍然没有动。

艾莉娅像一只母鹿,从圣上和我身边蹦开,轻捷地从一丛荆棘上跃过,到了成老七的身边,她推了推他,说:"要撤退了,圣上让你快走!"

但他还是没有动。

我们已感知到了什么,艾莉娅去看他的脸,只见他额头上的伤口正往外冒着血。

"你怎么啦?"她问。

但成老七已不可能回答她了。

她回过头,对圣上说:"他死了。"

我跳跃着跑过去,见他的眼睛仍睁着,仍盯着枪口对准的方向。

圣上也过来了,替他合上眼睛,我用衣裳为他擦去脸上的血,又撕下一片衣襟把伤口包住。人们怀着悲伤,把他放到担架上,抬着他,转身向森林深处撤退。

敌人用自己的血肉填平峡谷里的陷阱后,已是胆战心惊,但仍死死地咬住我们,追击上来。

圣上的队伍与他们保持着不远不近的距离,让他们能够发现,却又追不上。刘大帅的军队如同蝗群,他们走过的地方,荆棘和杂草都被践踏,原本没有路的地方留下了一条灰色的大路。他们不时遭到圣上派出的由三五个人组成的游击小队的袭击。游击小队一会儿在他们后面，一会儿在他们侧面打上几枪。游击小队里每个人都是新唐最好的猎手，弹无虚发——这样的猎手自然也不会捕杀普通的猎物，所以每枪毙命的都是军官、头目，幸存的军官无不心惊胆战——而每当他们朝枪响处扑去，却什么也没有了。

这只庞大的队伍就这样追击着这支小小的武装，在茫茫无际的大森林里转了一天又一天，却一无所获，最终不得不考虑撤兵。这时，圣上则带着队伍神出鬼没地咬紧了他们，追踪袭击。三十多天的周旋，刘二川的部队竟损失了九百六十三人。这使刘大帅异常恼火，最后气急败坏，命令士兵点燃了森林。

圣上摆脱了敌人的追击，领着队伍正往梦中见过的高山所在的方向行进。慢慢地，天地陷入黑暗之中，浓黑的乌云很快遮住了日头，而烈火则把天空烧得通红。

圣上悲愤地大叫了一声："敌人放火烧林啦！"

天地间只有燃烧的大火，森林燃烧的声音即使在地狱里也能听见。

圣上狂奔到山头一块巨石上，白发披散开来，望着远处烧红了的天空，把自己苍老的、像鹰爪一样的双手伸向天空，仰着头——他的身体和须发因为内心的极度悲愤而颤抖起来，脸上纵横的老泪顺着苍老的面孔流入白须之中，然后是他回响在惊悸着的天地间的虔诚祈祷声——

"神啊，我们从不因为苦难而乞求你拯救我们卑贱的生命，我只乞求你拯救大地、拯救森林、拯救众生，为了他们，我乞求你降下夹着雷鸣和闪电的暴雨吧！"

圣上祈祷完，长跪于地，众人也跟着跪了下来，把头重重地叩下去。

当圣上祷告完第九次,当他们把头第九次叩向大地时,一阵旋风把火掠到了正幸灾乐祸的刘二川中将和杜尔伯特准将那里,那火像被神奇的力量操纵着,紧紧地裹缠着他们焚烧起来,撕心裂肺的号叫声从烈火中传出。紧接着,黑沉沉的远天滚来一声惊雷,一道撕破黑色天空的闪电劈开天地之后,大雨倾盆而下……

人们仰面朝天,望着从天空倾倒到脸上的银白色雨水,没有一个人相信这是真的。

结语

作者：
上述均为亡魂所述

一个人很难有机会说出自己的故事并让更多人知道。

他们有幸说出来了，他们都是单独去和这个叫卢一萍的人来倾诉的，所以没有多少保留。

他们无需隐讳，因为他们都是亡魂。

上述均为亡魂所述。

在人世间他们说够了假话、空话、大话、套话、屁话，所以这次他们说的，虽为鬼话，但都是真话、实话。

死亡是肉体的过滤器和升华器，人一旦脱离俗世，灵魂就自带五分浪漫和七分诗意，所以亡魂都是诗人，讲出来的语言就是卢一萍记录下来的样子。如若不信，有一天你可自己来证明，或者去亲自聆听亡魂的诉说。

最后，自然要感谢那个叫李宗羲的皇帝恩准我忠实记录他们所讲述的一切。最后，自然感谢所有讲述者，是你们让我了解了那个时代，并让我拥有了珍贵、独特的友谊，使暂时有形的我与无形的你们之间，通过这份口述实录，有了一座沟通的桥梁。我渴望有朝一日成为你们中的一员，继续畅谈我们留在人世的秘密和梦想。

你们珍贵！

1995 年冬，乌鲁木齐南山，残稿

2022 年 4 月 10 日，成都北较场，二稿

2022 年 7 月 24 日，成都北较场，三稿

2022 年立秋，成都花源，四稿

2022 年白露，南江老家，五稿

2022 年 11 月 3 日，成都花源，六稿

2022 年 11 月 11 日，成都花源，七稿

2023 年 5 月 31 日，成都白果林，修改

2023 年 7 月 23 日，成都牧马山，改定